ハヤカワ・ミステリ

ANGIE KIM

# ミラクル・クリーク

# MIRACLE CREEK

アンジー・キム

服部京子訳

TOKYO HAYAKAWA BOOKS

A HAYAKAWA
POCKET MYSTERY BOOK

MIRACLE CREEK
by
*ANGIE KIM*
Copyright © 2019 by
ANGELA SUYEON KIM
Translated by
*KYOKO HATTORI*
First published 2020 in Japan by
HAYAKAWA PUBLISHING, INC.
This book is published in Japan by
arrangement with
WRITERS HOUSE LLC
through JAPAN UNI AGENCY, INC., TOKYO.

装幀／水戸部 功

ジムへ、いつまでも
そして
オンマとアッパへ
その身を犠牲にし、愛してくれてありがとう

高気圧酸素供給

通常の気圧よりも高い気圧のなかで酸素を供給する施術。通常の三倍の気圧のなかで百パーセントの純酸素を供給するために特別にデザインされたカプセルのなかで施術は行なわれる。（中略）高気圧酸素供給の実用化を限定する要因には、火災や爆発型減圧の危険性がふくまれる。（中略）〝高気圧酸素治療〟とも呼ばれる。

——モスビー医学辞典　第九版（二〇一三年）

# ミラクル・クリーク

# 登場人物

## ○ミラクル・サブマリンのオーナー一家

ユー一家

**パク・ユー**　韓国人移民。バージニア州ミラクル・クリークにある高気圧酸素治療センター、ミラクル・サブマリン有限責任会社の専門技師

**ヨン**……パクの妻。ミラクル・サブマリンでの夫の事業を補佐する

**メアリー**……パクとヨンの娘

## ○ミラクル・サブマリンの患者

トンプソン／チョウ一家

**マット・トンプソン**……放射線科医。ミラクル・サブマリンの患者第一号。不妊症の治療を受ける

**ジャニーン・チョウ**……マットの妻。内科医。ミラクル・サブマリンの医療アドバイザー

**ミスター&ミセス・チョウ**……ジャニーンの両親。ユー一家の友人。ミラクル・サブマリンへの出資者

ワード一家

**エリザベス**　ヘンリーの母親。離婚経験者。以前は会計事務所に勤務

**ヘンリー**　エリザベスの息子。自閉スペクトラム症、注意欠陥・多動性障害《ADHD》、強迫性障害《OCD》の治療を受ける

**ヴィクター**　エリザベスの元夫でヘンリーの父親

サンティアゴ一家

**テレサ**　ローザとカルロスの母親。離婚経験者

**ローザ**　テレサのティーンエイジの娘。脳性麻痺の治療を受ける

**カルロス**　テレサの息子。ローザの弟

コズラウスキー一家

**キット**　専業主婦。五人の子どもの母親

**TJ**　キットの末の息子。自閉スペクトラム症の治療を受ける。話すことができない

## ○裁判の関係者

**フレデリック・カールトン三世**　判事

**エイブラハム（エイブ）・パターリー**　検察官

**シャノン・ハウ**　被告の弁護人。弁護チームの主任

**アナ、アンドリュー**　シャノンの同僚、弁護チームのメンバー

**スティーヴ・ピアソン刑事**　放火事件専門の刑事

**モーガン・ハイツ刑事**　児童保護サービス《CPS》と連携して児童虐待の捜査を行なう刑事

事件
二〇〇八年八月二十六日　火曜日
バージニア州ミラクル・クリーク

夫のパクから嘘をつくよう頼まれた。たいした嘘ではないと。夫はそれが嘘にあたるとも思っていなかったようで、最初はわたしも同じように考えていた。夫が頼んできたのはそれほど些細なことだった。抗議者グループの面々が警察の事情聴取を終えて解放されたとの報を受け、夫は抗議者たちが戻ってこないことを確認しに外へ行き、そのあいだわたしは彼の椅子にすわることになった。かわりをつとめるために。同僚があたりまえに代理を引き受けるように。食料雑貨店で働いていたころは、わたしが食事をしたり、パクが煙草を吸ったりするあいだ、互いの仕事を補いあうのがふつうだった。でもこれはふつうではない気がする。椅子にすわろうとして机に身体をぶつけてしまい、そのせいで壁にかかっている認定書がわずかに傾いたときにそう思った。パクはいままで一度だってわたしにかわりをつとめさせたことはない。人にまかせないのには理由がある。

パクは身を乗りだして額をまっすぐにし、英語の文字をじっと見つめた。〝パク・ユー、ミラクル・サブマリン有限責任会社、高気圧酸素治療専門技師〟パクは認定書を見据えたまま、わたしにではなく額に話しかけるように言った。「すべて順調だ。患者はなかへ入り、ハッチは密閉され、酸素はきちんと流入している。きみはただここにすわっていればいい」そこでわたしを見る。「簡単なことだ」

先月、わたしたちはカプセルを水色に塗り、この納屋のなかに設置した。わたしはカプセル内部をコントロロールするための制御装置、見慣れないダイヤルやスイッチを見つめた。「患者さんにインターホンで呼ばれたらどうするの？　パクはすぐに戻りますって言うしかないでしょうけど――」

「いや、わたしが席をはずしているのを患者に知られたらまずい。パクはいるかと訊かれたら、ここにいるが手が離せないと答えてくれ。ずっとここにいたことにするんだ」

「でも、何かまずいことが起きたら――」

「何が起きるっていうんだ」パクは命令を下すような強い口調で言った。「わたしはすぐに戻ってくるし、患者はブザーできみを呼びはしない。何も起きはしないさ」話はおしまいとばかりにパクは歩きだしたが、ドアロのところで振りかえった。「何も起きないよ」口調をやわらげてもう一度言う。今度は懇願しているように聞こえる。

納屋のドアが閉まると同時にわたしは叫びだしたくなった。こんな日に何もまずいことが起きないと考えるなんて頭がおかしいんじゃないの、一日じゅうまずいことだらけだったこんな日に。抗議者、彼女たちの妨害行為、その一環としての停電、警察に連れていかれる抗議者たち。これだけいろいろあったのだからもう何も起きるはずはないとパクは考えたのだろうか。人生はそんなに都合よくはいかない。悲劇に見舞われたら抗体ができてさらなる悲劇を防いでくれるわけではないし、災難は一日に何度までと決まっているわけでもない。厄介ごとは束になって押し寄せてくる。そうなったら混乱の渦に巻きこまれてどうしようもなくなる。これまでふたりでたいへんな思いをしてきたというのに、パクにはどうしてそれがわからないのだろう。

午後八時二分から八時十四分まで、わたしは夫に言われたとおりじっとすわったまま何も言わず、何もしなかった。顔を汗で湿らせ、エアコンがきいていない

（発電機が動かすのは加圧と酸素供給の装置、インターホンだけ）密閉された空間にいる六人の患者たちのようすを思い浮かべた。ありがたいことに、電池式のポータブルDVDプレイヤーのおかげで子どもたちは静かにしていた。わたしは夫を信じろと自分に言い聞かせ、時計に目をやり、ドアを見て、また時計に目を向け、戻ってきて（早く！）と祈りながら、ひたすら待っていた。そのうちに〈バーニー&フレンズ〉の本編が終わり、患者がインターホンを鳴らして次のDVDを要求してきた。エンディングの歌が流れだすと同時に、わたしの携帯電話が鳴る。パクからだ。

「やつらがいる」とパクが小声で言う。「あいつらがまた何かやらかさないように見張っていなくちゃならない。セッションが終わったら酸素を切っといてくれ。ダイヤルはわかるよな」

「わかるけど――」

「左にまわすんだ、それ以上まわらなくなるまできっちりと。忘れないようにアラームをセットしておいたほうがいい。掛け時計で八時二十分になったら鳴るように」そこで電話が切れた。

わたしは〝酸素〟と記されたダイヤルに触れた。真鍮は変色していて、わたしたちが昔住んでいたソウルの古いアパートメントに備わっていた、きゅっきゅっと鳴る蛇口と同じ色をしている。さわってみると意外に冷たい。それから自分の腕時計の時刻を掛け時計とあわせ、八時二十分にアラームをセットしてそれをオンにするボタンを探す。小さなボタンを押そうとしたちょうどそのとき、DVDの電池が切れ、わたしは驚いて時計から手を離した。

わたしはあの瞬間をよく思いかえす。死、下肢の麻痺、裁判――ボタンを押していればすべてを回避できたかもしれない。どういうわけか、もっと重大で誹《そし》りを免れない過ちに比べればほんの小さなこの過ちへと、思考がつねに立ち戻っていく。たぶん、ささやかで取るに足らない過ちであるからこそ、ああしていればよかった、という思いが強くなるのだろう。DVDに気をとられなかったら。百万分の一秒早く指を動かしていたら。DVDがとまるまえに、エンディングの歌の途中でアラームのボタンをオンにしていれば。**ぼくはきみを愛してる。きみもぼくを愛してる。ぼくらはしあ……わせ……か……ぞ——**

とつぜん訪れた静寂の間《ま》は、見えない圧力となって四方からわたしを押しつぶした。ようやく物音——カプセルの内部で舷窓をノックする音——が聞こえてきたとき、わたしはほっとひと息ついた。けれどもノックが三拍子のリズムで拳を叩きつけ、「出・し・て！」と叫んでいるみたいに激しくなり、さらにあらんかぎりの力で強打する音に変わったところで、ようやく気づいた。TJが頭を打ちつけているのだ。TJは自閉スペクトラム症の少年で、紫色の恐竜のバーニーが大好き。はじめて会ったとき、わたしに駆け寄って抱きついてきた。母親は驚き、TJは誰ともハグしたことがない（人に触れるのをいやがる）、たぶんわたしのシャツがバーニーと同じ紫色だからだと言った。それ以来、わたしは毎日同じシャツを着ている。毎晩手洗いして、TJの治療時間になると着て、毎回ハグされる。みんなはわたしがやさしい人間だと思っているけれど、じつは自分のためにやっている。TJの腕が巻きついてきて、きつく抱きしめてくれるのが待ち遠しいから。娘が昔やってくれたみたいに。いまではハグをしても娘は腕をだらりと垂らしたまま身体をのけぞらせる。TJの頭にキスをして、あの子の赤毛に唇をくすぐられるのもたまらなく好きだ。それがいま、ハグで楽しませてくれる少年が鋼鉄製の壁に頭を打ちつけている。

TJは頭がおかしいわけじゃない。まえに母親が説明してくれた。TJは腸の炎症が原因の慢性的な痛みをかかえていて、痛みがひどくなると、言葉を発するかわりに苦痛を鎮められる唯一の行動としてどこかに頭を打ちつける。新たな痛みを感じることで、もとの痛みを追いだそうとしているのかもしれない。我慢できないかゆみを感じたときに血が出るまで強くひっかくのに似ている。痛みが引いた気がしても、あとから百倍になって返ってくるはずだ。TJが窓に顔を叩きつけたという話も母親から聞いたことがある。八歳の少年が鋼鉄に頭を打ちつけねばならないほどの強烈な痛みをかかえていると思うとかわいそうでたまらない。しつこいくらいに何度も何度も頭を打ちつけるのは、それほど痛みがひどいということなのだろう。一撃ごとの振動がいくつも重なり、形と重量を持った塊となってわたしの身体を突き抜けていく。塊が肌にぶつかって体内を揺さぶると、そのリズムに呼応して鼓動がより速く、激しくなる。

やめさせなければならなかった。これは口実。密閉されたカプセルのなかにとらわれている六人の人間を置き去りにして、納屋から走りでたことへの言い訳。気圧をさげてカプセルをあけ、TJを外へ出してやりたかったが、やり方がわからなかった。それに、インターホンをとおしてTJの母親が(たぶんパクに向けて)治療をつづけてくれと頼んできた。息子を落ちつかせるからと。でもそのためには電池を取りかえてすぐにバーニーのDVDを再生してほしいとのことだった。納屋から走って二十秒のところにある自宅のどこかに電池があったはずで、酸素を切るまでにはあと五分あった。だから、わたしは外へ出た。そのまえに口もとを手で覆い、くぐもった低い声でパクの強い訛りをまねて言った。「電池を取りかえます。数分、待っていてください」それから走りでた。

自宅のドアが少しあいていたので、メアリーが家にいて、言いつけられたとおりに掃除をしているのだと いう希望が芽生えた。今日はいろいろあったけれど最後にはうまくいくのだと。ところがなかへ入ってみるとメアリーはいなかった。わたしはひとりで、どこに電池があるのかもわからず、助けてくれる人もいなかった。そうなると予想はしていたけれど、一瞬、希望を抱いたおかげで期待は空に届くほど高まり、そのあと地に落ちて砕けた。落ちつきなさい、と自分に言い聞かせ、収納庫として使っている灰色の鋼鉄製の物入れを探しはじめる。コート。パンフレット。コード。電池はどこにもない。ぴしゃりと扉を閉じると、物入れはがたつき、うすっぺらな金属が震えてＴＪが頭を打ちつけるのに似た音を響かせた。鋼鉄にぶつけたＴＪの頭が熟れたスイカみたいにぱっくり割れるようすが目に浮かぶ。

　わたしは頭を振ってその情景を追い払った。「ミヒちゃん《ミヒヤ》」娘が嫌っているメアリーの韓国名を呼ぶ。返事はなし。応えはないとわかっていたけれど、それでも腹が立った。「ミヒヤ」ともう一度、さらに大きな声で音を引きのばして呼びかけると喉がざらついた。でも大声を出さなければならない。そうしないと、耳のなかで鳴り響く、ＴＪの頭が鋼鉄を叩く幻聴を払いのけられない。

　家のなかを探しまわり、箱のなかをひとつひとつ見ていく。電池を見つけられずに一秒一秒が過ぎるにつれ腹立ちがつのり、いつしか今朝の娘との諍いを思いだしていた。もう少し親の手伝いをしてくれたって――あなたは十七歳なのよ！――バチはあたらないとわたしが言うと、娘は何も言わずに外へ出ていった。そのあとでパクが娘の肩を持つところを想像する（「アメリカへ来るのに韓国で覚えたことをぜんぶ捨ててきたわけじゃないんだから、あの子だって料理や掃除のしかたはわかっているさ」とパクはことあるごとに言う。「けっこうよ、それはわたしの仕事だから」と言ってやりたいが口にしたことはない）。次にメアリーが呆れ顔で耳にイヤホンをつけ、こっちの話が聞こえないふりをしているところを想像した。なんでもいいから怒っていれば、頭がいっぱいになってＴＪが鋼鉄を叩く音を閉めだせる。娘に対する腹立ちは日常茶飯事で、使いこんだ毛布のような心地よささえ感じさせた。そうしているうちに動揺はおさまり、ぼんやりした不安に変わった。

メアリーがいつも眠る場所で箱を見つけ、互い違いにして閉じてある蓋を無理やりあけて中身をどさりと出す。ティーンエイジャーが集めそうなガラクタばかり。わたしが見たこともない映画の半券、わたしが会ったこともない友だちの写真、メモの束。いちばん上にあるのは、待ちぼうけだった。明日はどう？　と走り書きされたメモ。

わたしは叫びたくなった。電池はどこ？（頭の片隅では、このメモ、誰が書いたの？　男子？　なんのための待ち合わせ？　という疑問が渦巻いていた）ちょうどそのとき携帯電話が鳴った。またパクからで、画面に表示された時刻は八時二十二分。そこではたと思いだす。アラーム。酸素を切る時間。

電話に出たとき、どうしてまだ酸素を切っていないのかを説明するつもりだったし、すぐに切りにいくと伝え、ついでに、それほど大きな問題ではない、あなただって一時間を過ぎても切るのを忘れてそのままにすることがあるでしょう、と言ってやるつもりだった。ところがまったくちがう意味の言葉が出てきた。嘔吐するように一気に口からあふれ、自分ではとめられなくなっていた。「メアリーがどこにもいない。ぜんぶあの子のためにやっているのに、あの子はここにいない。あの子が必要なのに、ＴＪの頭がぱっくり割れてしまうまえにＤＶＤ用の替えの電池を見つけなきゃならなくて、そのためにあの子の助けが必要なのに」

「きみはメアリーをどうしようもない娘だと思っているようだけど、メアリーならここにいて、手を貸してくれてるよ」とパクが言う。「それに、電池なら台所のシンクの下にある。だが患者をほったらかしにしてちゃだめだ。メアリーをそっちへやるから、電池のことはこの子にまかせなさい。メアリー、すぐに家へ行くんだ。そして単一の乾電池を四本、納屋へ持っていってくれ。わたしは一分で戻る――」

電話を切る。何も言わないほうがいいときもある。

それから台所のシンクへ走る。パクが言ったとおり、電池はそこにあった。泥と煤《すす》で汚れた軍手の下の、ゴミが入っていると思っていた袋のなかに。昨日まで軍手はきれいだった。いったいパクは何をしたのだろうか。

わたしは首を振った。とにかく電池はあった。早くTJのもとへ戻らないと。

外へ飛びだすと、湿った木が焦げたような嗅ぎ慣れないにおいがあたりに満ちていて、とたんに鼻に刺すような痛みを感じた。すでに暗くなりはじめていてよく見えなかったけれど、少し離れたところにパクがいて、納屋に向かって走っているのはわかった。

メアリーはパクの前を走っていた。「メアリー、走らなくていいわよ。電池は見つけたから」と呼びかけたが、それでも娘は走りつづけた。家に向かってくるのではなく、納屋のほうへ。「メアリー、とまって」

娘はとまらない。納屋のドアの前を通りすぎて、裏へまわっていく。なぜかはわからないけれど、納屋の裏へと急ぐ娘を見てわたしは怖くなり、もう一度、今度は韓国語の名前を小さな声で呼んだ。「ミヒヤ」それから娘のもとへ走った。娘が振り向く。わたしは思わず立ちどまった。娘の顔が照り輝いている。肌がオレンジ色の光に包まれ、沈みゆく太陽に向かって立っているみたいに輝いていた。わたしは娘の顔に触れてこう言いたかった。「すごくきれいよ」

メアリーが向かっていた場所のほうから何かが聞こえた。パチパチ鳴っているがはっきりとは聞きとれない。飛びたっていくガンの群れが、何百枚もの羽をいっせいに空に向けてはばたかせている音にも聞こえる。

実際に群れを見た気さえした。灰色のカーテンが風を受けて揺らめきながら、暗くなりかけた紫色の空を上へ上へとのぼっていく。けれど瞬きすると、空には一羽の鳥の姿もなかった。わたしは音のするほうへ走り、何が起きているのかを目にした。メアリーは見ていたけれど、わたしは見ていなかったものを。メアリーが走っていく先にあったものを。

炎。

煙。

納屋の裏側が燃えていた。

なぜかはわからないけれど、わたしはもう走りも叫びもしなかった。それはメアリーも同じだった。もちろん走り寄って大声をあげたかったのに、ゆっくりと慎重に一度に一歩ずつしか近づいていけず、ゆらゆらとはためき、跳びはね、ダンスのパートナー同士のようにめまぐるしく位置を変えていく、赤やオレンジ色の炎に目が吸い寄せられたままだった。

ドーンという音が響き、わたしは膝をついた。けれども娘からはけっして目を離さなかった。毎晩、明かりを消してベッドに入り目を閉じると、あのときのわたしの娘が、わたしのミヒが見える。身体がぬいぐるみ人形みたいに宙に放りあげられ、弧を描くようにゆっくりと降りてくる。優雅に。美しい姿で。すとんと着地する直前に、ポニーテールが跳ねるのが見える。幼かったころに縄跳びをしていたときとおんなじふうに。

一年後

公判初日

二〇〇九年八月十七日　月曜日

ヨン・ユー

法廷に入っていくとき、ヨン・ユーは花嫁になった気がした。しんと静まりかえる会場へ大勢の人からの注目を浴びて入場したのは、自分の結婚式が最初で最後だった。集まった人間の髪の色がこれほどバラエティーに富んでいなければ、通路を歩くときに聞こえてくるささやき――「あれ、オーナーよ」「娘さん、何カ月も昏睡状態だったんですって、かわいそうにね」「旦那は下半身不随だってよ」――が英語でなければ、まだ韓国にいると思っただろう。

狭い法廷には通路の両側に軋んだ音を立てる木製のベンチシートがあり、なかは古い教会のように見える。ヨンは二十年前の結婚式のときと同様に頭を垂れている。ふだんは注目を浴びることなどなく、いまの状況が異様に感じられるから。ひかえめにしてまわりに溶けこみ、目立たないようにしているのが妻の美徳であり、話題の人になったり、華美に走ったりしてはいけない。まわりからの視線を避けるために、頬の赤らみをはっきり見せないために、花嫁はベールをかぶるのではないか？　ヨンは通路の両側を見やった。右手の検察席の後ろに、患者の家族たちの見慣れた顔が並んでいる。

患者たちは一度だけ、全員顔をそろえたことがあった。昨年の七月、納屋の前で行われた説明会のときだ。夫のパクがドアをあけ、真新しく塗装がほどこされた水色のカプセルを披露した。パクが胸を張って言った。「これがミラクル・サブマリンです。純酸素、高気圧、病からの回復、すべてがここにあります」みなが拍手した。母親たちは泣いていた。そしていまここにあのときと同じ面々が集まり、重苦しい雰囲気をかもしている。かつては奇跡への期待感で輝いていた彼らの顔が、いまではスーパーマーケットでタブロイド紙を手に取る人びとの好奇の対象になっている。同情に値するのは自分なのか彼らなのか、ヨン本人にもわからない。今日は元患者やその家族から怒りをぶつけられるだろうと覚悟していたが、歩を進めるなかで彼らに笑みを向けられ、自分もここでは被害者なのだとあらためて思った。被告人でもなければ、二名の患者が命を落とした爆発に対して責めを負わされるべき立場でもない。ヨンはパクから毎日聞かされる言葉を思いだした。あの晩ふたりとも納屋にいなかったことが火災の原因ではないし、たとえ自分が患者といっしょにいたとしても爆発は防げなかっただろうとパクは言う。ヨンは元患者たちに笑みを返した。彼らの家族が温かく接してくれるのはありがたいと心から思う。反面でズルをして賞を勝ちとったような後ろめたさを感じ、元気づけられるどころか、神がどこかで見ていて、いつの日か不正を正し、嘘をついた自分になんらかの形で代償を払わせるのではないかという不安が重くのしかかっていた。

木製の手すりをつかんだとき、ヨンは手すりを跳びこえて被告人の席につきたい衝動と闘った。それを抑えて検察席の後ろに家族とすわる。となりにはマットとテレサがいる。ふたりともあの夜、ミラクル・サブマリンに閉じこめられていた。病院で顔をあわせたきり、ずいぶん長いあいだ会っていなかった。ふたりとも挨拶の言葉を口にしない。ただうつむいている。そう、彼らは被害者なのだ。

裁判所をふくむ郡庁舎があるパインバーグはミラクル・クリークに隣接している。ミラクル・クリークという町はその地名とはまったく逆の印象を与えている。

奇跡《ミラクル》が起きる場所にはとうてい見えないのだから。ただし、退屈すぎても住民が正気を失うことなく長年暮らしていけるのを奇跡と呼ぶならべつだが。アジア系住民だけでなく移民自体が皆無であるにもかかわらず、〝ミラクル〟という名前に加え、地価高騰の見込み（そもそもの地価は安い）がパクの関心を引きつけた。ワシントンDCからほんの一時間で、ダレス空港といった超近代的な施設から車でのアクセスも抜群なのに、ミラクル・クリークは、文明から切り離された村、完全なる異世界といった感が強い。コンクリートの歩道のかわりに土の小道。車よりも目につく牛。がたついた木造の納屋はあるが、鋼鉄とガラスの高層建築物はない。まるで粒子の粗い白黒映画のなかに迷いこんだようで、使われていながら打ち捨てられているといった雰囲気がただよっている。はじめてこの地を訪れたとき、ヨンはポケットのなかのゴミをぜんぶ、できるだけ遠くへ投げ捨てたい衝動に駆られた。

一方パインバーグは、平凡な名称に加え、ミラクル・クリークのすぐとなりに位置しながらも魅力にあふれた町で、狭い石畳の道ぞいにはスイスの田舎ふうのシャレースタイルの店が軒を連ね、どの店も独自の派手な色に塗られている。メイン・ストリートに建ち並ぶ店を見て、ヨンはソウルの市場で売られている伝統的な野菜や果物——緑色のホウレンソウ、赤いトウガラシ、紫のビート、オレンジ色のカキ——を思いだした。そんな具合だからパインバーグはカラフルな町だと思われるかもしれないが、じつはその逆で、強烈な色彩が集まると互いの色味が弱まるのか、とにかくこの町の全体的な雰囲気は上品なうえにかわいらしい。

郡庁舎は小高い山のふもとにあり、両側の丘の斜面にはブドウの木が直線をなして植えられている。きっちりした幾何学的な美しさは落ちつきや穏やかさを生みだし、整然と並ぶブドウの木と正義の館は申しぶんのない取りあわせに思える。

公判初日の朝、郡庁舎の前でそそり立つ白い柱を見つめながら、ヨンはこれこそ自分が思い描いていたアメリカにもっとも近いと感じた。韓国でパクがヨンとメアリーをボルチモアへ移住させると決めたあと、ヨンは本屋へ行き、アメリカの写真に目を通した。アメリカ合衆国議会議事堂、マンハッタンの摩天楼、インナー・ハーバー。アメリカで暮らした五年間でどれひとつとして見たことがない。最初の四年間はインナー・ハーバーから二マイルのところにある食料雑貨店で働いていたが、近所の人たちが〝ゲットー〟と呼んでいたその地域では、家に板が打ちつけられ、あらゆるところに割れた瓶が転がっていた。防弾ガラスで守られた狭い空間。それがヨンにとってのアメリカだった。

あの埃だらけの世界から死ぬほど逃げだしたかったのに、なぜかいまではあそこが恋しくてしかたがない。ミラクル・クリークはよそ者を受け入れず、生まれたときから住んでいる住人しかいない（何世代もまえからずっとそうらしい）。最初は人見知りの人が多いのだと思い、とくに親切そうに見えた近所の家族を選んで友人になろうとした。しかし時がたつにつれて気がついた。彼らは親切ではない。礼儀正しく不親切なのだ。ヨンはそういうタイプを知っていた。身体のにおいを隠すために香水を使うように、礼儀正しく接して不親切さを表に出さない人間のカテゴリーに自分の母親も入っていたからだ。悪質な者ほど香水をたっぷり使う。彼らのこれ以上ない礼儀正しい態度——笑うときにけっして口をあけない女性、会話中のセンテンスのはじめか終わりにかならず〝奥さん《マーム》〟をつける男性——のせいで、ヨンは相手の懐《ふところ》に入ることができず、いつまでたってもよそ者のままだった。ボルチモアの常連客たちは、値段が高すぎる、ソーダがぬるい、切り分けたミートローフがうすすぎる、と文句ばかり言って怒りっぽかったが、ぶしつけな態度のなかには正直さが感じられたし、不満をぶつけられるとそのぶん友情が深まる気がした。口喧嘩するきょうだいみたいに。隠すものなど何もなかった。

去年パクがアメリカにやってきて家族に合流したあと、一家はワシントン地区の韓国人街があるアナンデールで家を探した。そこからならミラクル・クリークへは車で通勤できる。ところが火災のために家探しは中断を余儀なくされ、家族はいまだに〝仮住まい〟の家に住んでいる。本で見たアメリカとはほど遠い、人情のかけらもない町の吹けば飛ぶような小屋に。今日に至るまで、ヨンにとってアメリカでもっとも心地よかった場所は、パクとメアリーが爆発のあと何カ月も入院していた病院だった。

法廷内はやかましかった。人間――被害者、弁護士、記者、そのほかありとあらゆる人たち――だけでなく、判事の左右後方の窓に一台ずつ取りつけられたおんぼろのエアコンまでも。芝刈り機のスイッチが入ったり切れたりするみたいに、とつぜんモーター音が鳴ったかと思うと鳴りやむ。片方が鳴りだすともう片方も鳴るという具合で、まるで機械で動く獣が交尾のサインを送りあっているみたいだ。作動している最中はそれぞれが微妙にちがう音の高さでカタカタ鳴ったりブーンとうなったりして、そのせいでヨンは耳のなかがむずむずした。脳に届くぐらい耳の奥深くまで小指を突っこんでなかを掻きむしりたくなった。

ロビーに掲げられている説明板は、この裁判所は二百五十年前に建てられた町の歴史的建造物だと語り、パインバーグ裁判所保存協会への寄付をつのっている。協会の唯一の目的は裁判所の近代的なビルへの建てかえを未然に防ぐことで、ヨンはその方針に首をかしげた。アメリカ人は二、三百年の時を経ているものをとても誇りに思っているらしい。古いというだけで価値があるかのように（当然ながら、その哲学の対象に〝人間〟はふくまれていない）。世界がアメリカに価値を見いだすのは、古さではなく新しさだということに、当のアメリカ人は気づいていないようだ。韓国人はそれとは正反対。ソウルに〝近代化協会〟を発足させ、この裁判所の〝骨董的な価値がある〟木造の床やパイン材の机を大理石や鋼鉄製に変えようとするだろう。

「全員、起立。これよりスカイライン郡刑事法廷を開廷します。フレデリック・カールトン三世判事、入廷」廷吏が告げ、みなが起立する。パクを除いて。彼の手は車椅子の肘掛けを握りしめ、まるで腕が身体の重みを受けとめているかのように手首にかけての静脈が浮きあがっている。ヨンは手をさしのべようとしたところで思いとどまった。立ちあがるというごく単純な動作にさえ助けを必要とするのは、立ちあがれないという事実よりももっとひどく夫の自尊心を傷つけるとわかっているからだ。パクは人の目を気にし、ルールに従って期待に応えようとするタイプで、いわば骨の髄まで韓国人だ。同じ韓国人なのにヨンにはそういうところがまったくない（ヨンの実家は金持ちで、すべてに無頓着でいられるという恩恵を受けている、とパクは言うだろう）。もちろん夫の落胆は理解できる。まわりの者がすべて立っているなかで、ひとりぽつんとすわっていなければならないのだから。子どものように心もとない思いでいるにちがいない。ヨンは自分の両腕でパクをすっぽりと包みこみ、夫の屈辱を覆い隠してやりたい衝動に駆られた。

「これより審理に入ります。訴訟番号四九六二一、バージニア州対エリザベス・ワード」判事はそう言って小槌を打ちつけた。予定どおりとでもいうようにエアコンが両方ともとまり、木材を木材に打ちつけた音が傾いた天井にぶつかって反響し、静寂のなかに響きわたった。

これで正式にエリザベスは被告人となった。思わずヨンの胸が高鳴る。いままで休眠していた安堵と希望という細胞が動きだして身体のなかで火花を散らし、日々の生活に入りこんでいた恐怖を追い払ってくれた。エリザベスが逮捕され、パクは潔白だとみなされてからほぼ一年がたつというのに、じつはそれは罠で、今日裁判がはじまると同時に検察が狙っているのはパクだと告げられるのではないかという疑念にヨンはとりつかれていた。しかしいまここで悶々と待つ日々は終わった。証人尋問が幾日かつづいたあと――検察側は〝強力な証拠〟があると言っている――エリザベスには有罪の判決が下され、自分たちは保険金を受けとって生活を立て直す。身動きのとれない毎日は過去のものとなる。

陪審員が一団となって入ってきた。男性七名、女性五名の計十二名の陪審をヨンはじっと見つめた。死刑制度を支持し、必要とあらばよろこんで致死剤の注射による死に一票を投じる人たちだという。ヨンは先週そのことを知った。検察官のエイブがやけに機嫌がよかったのでそのわけを訊いたところ、エリザベスに同情的だった陪審員候補が死刑反対を表明していることを理由に候補からはずされたから、という答えが返ってきた。

「死刑？　絞首刑ですか？」とヨンは訊いた。

内心の驚きと嫌悪感が顔に出てしまったらしく、エイブの笑顔が消えた。「いいえ、注射です。点滴で薬剤を流しこむんです。苦痛はありません」

エイブによると、かならずしもエリザベスに死刑判決が下るとはかぎらず、あくまでも可能性の話ということだったが、それでもヨンはエリザベスを、その顔に浮かんでいるはずの恐怖を目にするのが怖くてたまらなかった。なんといってもエリザベスは自分の生死の決定権を握っている者たちと対峙しているのだ。

ヨンは無理やりに目を被告席にいるエリザベスに向けた。ブロンドをねじってひとつにまとめ、深緑色のスーツを着て、パールのネックレスをつけてパンプスをはいている。まるでエリザベスが弁護士みたいだ。以前は脂っぽい髪をポニーテールにまとめ、皺だらけのトレーナーを着て、左右べつべつの靴下をはいていた。あまりの変貌ぶりに、ヨンは思わず二度見するところだった。

皮肉なことに、すべての患者の親たちのなかでエリザベスはいちばん扱いやすい子どもの母親だったのに、いちばん身なりがだらしなかった。ひとりっ子のヘンリーはほかの子どもの患者たちとはちがい、行儀がよく、歩けたし話せたし、トイレもひとりで行けたし、かんしゃくを起こすこともなかった。説明会の最中に自閉スペクトラム症とてんかんをかかえる双子の母親に「失礼ですけど、ヘンリーはどこが悪いの？　ごくふつうに見えるけれど」と訊かれたとき、エリザベスはムッとしたように顔をしかめ、強迫性障害《OCD》、注意欠陥・多動性障害《ADHD》、感覚障害、自閉スペクトラム症、不安障害と、ひとつひとつの名称をあげ、毎日毎日、実験的な治療法を探しつづけるのがいかにたいへんかを語った。車椅子にすわったり、栄養を送るチューブを鼻に挿入している子どもたちに囲まれているなかで、自分が不満たらたらにしゃべっていることに本人は気づいていないようだった。

カールトン判事はエリザベスに起立するよう命じた。判事が起訴状を朗読するあいだ、エリザベスは泣きだすか、もしくは赤面して恥じ入るか目を伏せるくらいはするだろうとヨンは思った。ところが、エリザベスは頬を紅潮させることも目を瞬かせることもなく、まっすぐに陪審を見つめている。その顔はまったくの無表情で、もしかするとショックのために感覚が麻痺しているのかもしれない。いや、ちがう。うつろというよりも、安らかに見える。幸せそうに。これまで彼女のしかめっ面ばかり見ていたので、きっとそれ以外の表情のエリザベスは満足げに見えるのだろう。

もしくは、エリザベスはずっと息子を排除したくてたまらず、ついに彼が死に、ようやく平穏を手に入れたとする新聞記事が正しいのかもしれない。新聞が語るとおり、当時もいまもエリザベスはモンスターなのだ。

マット・トンプソン

マット・トンプソンは今日この場にいないですむのならなんでもさしだしただろう。完璧な右腕は提供できないが、三本残った指の一本くらいは渡してもいい。指を失ったことですでに五体満足とは言えないのだから、あと一本くらいなんてことはない。避けたかったレポーターどもに遭遇したうえに、カメラのフラッシュが焚かれたとき顔に両手をかざすというミスを犯してしまった。右手の指の残骸を覆うつやつやした瘢痕組織がフラッシュの光で浮かびあがるさまを想像するとうんざりする。「見ろよ、あれがタネなしの医者だ」というささやきも聞きたくないし、検察官のエイブとも顔をあわせたくない。まえにしげしげと眺められたあげく、不思議でしかたないといったふうにこう訊かれたことがある。「養子縁組を考えたことは？　奥さんのジャニーンは韓国系ですよね？　聞いた話では、韓国には半分白人の子どもがたくさんいるそうじゃないですか」妻の実家のチョウ一家とも話したくない。みな手の傷を目にすると、そろって舌打ちして視線をそらす。目に見える傷や欠陥を恥とみなす彼らをジャニーンが痛罵するのも聞きたくない。ジャニーンはチョウたちの態度を〝典型的な韓国人〟の偏見や偏狭さのあらわれだと考えている。何よりも、ミラクル・サブマリンの関係者とは会いたくない。親たちにも、エリザベスにも、もちろんメアリー・ユーにも。

　エイブが歩み寄ってきて、手すりごしにだらんとしていたヨンの手に触れた。やさしく叩かれヨンが微笑む。口を引き結んでいたパクはエイブに笑いかけられると、自分も笑おうとしたらしく口角をきゅっとあげたが、とても笑顔には見えない。韓国人の義父と同じく、パクもアフリカ系アメリカ人を好意的には見られず、アフリカ系アメリカ人の大統領が誕生したことはこの国の大いなる過ちだと思っているにちがいない。

　エイブに会ったとき、マットは驚いた。ミラクル・クリークとパインバーグは田舎くさい、白人だらけの土地だと思っていたからだ。陪審員は全員白人。判事も白人。警官も消防士も白人。黒人の検察官がいるなんて思いもよらない土地柄だ。それを言うなら、韓国人移民が医療機器として小型版の潜水艦《サブマリン》を動かしていたなんて、想像すらできそうもない場所でもあるが、実際にサブマリンは動いていた。

「陪審員のみなさん、わたしはエイブラハム・パターリーと申します。検察官です。被告人エリザベス・ワードに対するバージニア州の代表をつとめます」エイブが右手の人さし指でエリザベスを指さすと、彼女は自分が訴追されているとは知らなかったとばかりにぎょっとした顔を見せた。マットはエイブの人さし指を見つめながら、自分と同じようにその指を失ったらエイブはどうするだろうと考えた。切断手術の直前に外科医は言った。「運がよかったですね、あなたのキャリアは切断によって影響を受けることはないんだから。ご自分がピアニストや外科医だったら、と想像してみてください」マットは外科医の言葉についていやというほど考えた。右手の人さし指と中指を切断することにより、どの職業だと影響を受けて、どの仕事なら影響を受けないのか。法律家を〝それほど影響を受けない〟カテゴリーに入れようと考えていたが、どうしようかと迷いはじめた。指さすという単純な動作でエイブがエリザベスをはっとさせたことで、指が検察官に与える力を目のあたりにしたからだ。

「なぜ今日、エリザベス・ワードはここにいるのか。みなさんはすでに起訴状の内容を耳にされました。放火、暴行、殺人未遂」エイブはエリザベスに視線を注ぎ、それから陪審員がすわるボックス席のほうへ身体の向きを変えた。

「それに、殺人。被害者の方々はこの場にいて」――エイブは傍聴席の最前列を手ぶりで示した――「自分の身に何が起きたのか、陪審員のみなさんに語る用意ができています。なかでも甚大な被害を受けた方がふたりいます。被告人と長いつきあいのある友人、キット・コズラウスキーと、被告の八歳の息子、ヘンリー・ワードです。残念ながら両者はみなさんに語りかけることはできません。なぜなら、亡くなったからです。

二〇〇八年八月二十六日、午後八時二十五分ごろ、ミラクル・サブマリンの酸素タンクが爆発し、消火困難な火災が発生しました。六名が密閉されたサブマリンのなかにおり、すぐ近くに三名がいました。そして二名が死亡。四名が重傷を負い、数カ月の入院を余儀なくされる、下肢が麻痺状態になる、指を切断される、という悲劇に見舞われました。

被告は息子とともにサブマリンのなかにいるはずで

した。ところが、いなかった。みなに具合が悪いと告げたのです。頭痛がするから密閉された場所にいるのは無理だと。うまく理由をつけてサブマリンから離れたわけです。被告はほかの患者の母親であるキットに自分が休んでいるあいだにヘンリーの面倒をみてくれと頼みました。そして近くの川のほとりで持参したワインを飲んだのです。さらに、煙草を吸っていました。被告が吸っていた煙草は火災を発生させた煙草と同じ銘柄で、使っていた紙マッチは、これもまた火災を発生させたのと同じタイプのマッチでした」

エイブは陪審を見た。「わたしがみなさんに申しあげたことはすべて明白な事実です」

エイブはいったん口を閉じ、効果を狙うために間をおき「議論の余地のない、しん・じつ、なのです」と真実という言葉を強調して語った。それからふたたびエリザベスを人さし指で指さし、つづける。「ここにいる被告は、すべてを**認めています**。故意に外にいたことも、具合が悪いと偽ったことも。そして息子と友人がサブマリンのなかで焼かれているときに、ワインを飲み、火災を発生させたときに使ったのと同じ煙草とマッチで喫煙を楽しみ、iPodでビヨンセの曲を聴いていたことも」

マットは自分が最初の証人になる理由を知っていた。エイブからあらましを語れる証人が必要だとの説明を受けていたからだ。「高圧とか酸素とか、理解するのはなかなかたいへんです。あなたは医師だから、陪審が理解するのに手を貸せる。それに、実際にあそこにいた。トップバッターには最適な証人ですよ」最適だろうとなかろうと、最初の証人として状況を説明しなくてはならないのがいやでたまらなかった。エイブがサブマリンを使った治療ビジネスを胡散くさいと思っているのは知っている。だから皮肉まじりにこんなふうに言うかもしれない。みなさん、この証人はふつうのアメリカ人で、正式にメディカルスクールを卒業した正規の医師です。その人物がサブマリンの治療を受けていたのだから、まさかそれがばかげた治療のはずはないでしょう、と。

「聖書に左手を置いて、右手をあげてください」と廷吏。マットは聖書に右手を置き、左手をあげて、廷吏の目をまっすぐに見た。右と左がわからないまぬけだと思われてもかまわない。指のない手を見せつけて、みながたじろぎ、どこに視線を向けるべきかわからずに目を泳がせるのを眺めるよりはましだ。

エイブは簡単なことから質問をはじめた。出身地は（メリーランド州ベセスダ）、出身大学は（タフツ大学）、メディカルスクールは（ジョージタウン大学）、臨床研修は（ジョージタウン大学）、専門科研修は（ジョージタウン大学）、専門は（放射線学）、勤務地は（フェアファックス）。「では、爆発の件を聞いた際に、わたしが第一に疑問に思ったことから質問します。ミラクル・サブマリンとはどんなもので、近くに海のない、バージニアのまんなかでなぜ潜水艦《サブマリン》が必要とされるのですか」何人かの記者が笑い声をあげた。不思議に思っていたことを訊いてくれてありがたいというふうに。

マットは口もとに笑みを浮かべた。「本物のサブマリンではないんです。舷窓があり、ハッチで密閉されて、壁が鋼鉄という造りがサブマリンと同様というだけで。実際には医療機器で、高気圧酸素治療のためのカプセルなんです。その治療は頭文字をとってＨＢＯＴと表記され、Ｈボットと呼ばれています」

「どのような効果があるのか教えてください、ドクター・トンプソン」

「患者は気圧が通常の大気圧より一・五から三倍に加圧された密閉空間にいて、百パーセントの純酸素を体内に取りこみます。高い気圧のおかげで血液や体液、体内の組織のなかにたくさんの酸素を溶けこませることができます。ダメージを受けた細胞は回復のために酸素を必要とするので、多くの酸素を取りこめればそのぶん細胞の回復や再生が早まります。そういうわけで、多くの病院がHボットを提供しています」

「ミラクル・サブマリンは病院の診察室ではありません。そうですよね？」

マットはスクラブを着た専門医が処置をする、不妊治療の病院の診察室を思いかえし、次に古びた納屋に斜めに置かれた、パクの錆の浮いたカプセルを思い浮かべた。「ええ、ちがいます。通常、病院では透明なカプセルのなかに一名の患者が横になって治療を受けます。ミラクル・サブマリンはそれよりも大きく、四名の患者と、それぞれの付き添いがいっしょになかに入ることができ、そのぶん費用も安くすみます。また、病院ではふつうは受け入れない認可外の疾患の治療も行なっています」

「どのような疾患ですか？」

「さまざまです。自閉スペクトラム症、脳性麻痺、不妊症、クローン病、神経症などです」リストのまんなかにまぎれこませて目立たないようにした疾患名――不妊症――を口にしたとき、後ろからくすくす笑う声が聞こえたような気がした。もしかしたら、精液の検査のあと、ジャニーンからはじめてHボットをすすめられたときの自分の笑い声の記憶がよみがえっただけかもしれない。

「ありがとうございます、ドクター・トンプソン。さて、あなたはミラクル・サブマリンの患者第一号になられたわけですね。そのことについてお話しいただけますか」

望むところだ。そのことならいくらでも話して聞かせられる。いかにしてジャニーンが完璧にお膳立てしたかを。ジャニーンはパクのことも、Hボットについても、夫が果たすべき〝貢献〟に関してもひと言も触れずに、実家でのディナーにマットを誘った。周到な不意打ちだった。

「昨年、妻の実家でパクに会いました。彼らは家族ぐるみの友人同士なんです。義父とパクの父親が韓国の同じ村の出身で。とにかく、そこでパクがHボットのビジネスをはじめたことを知りました。しかも義父はそれに投資しているという話で」みなすでに夕食のテーブルを囲んですわっていて、マットが入っていくとパクは王族を出迎えるように急いで立ちあがった。かなり緊張したようすで、ひきつった笑いを浮かべたせいで鋭角的な顔のラインがくっきりとし、握手を交わすと指のつけ根の関節が盛りあがった。パクの妻のヨンは目を伏せながら軽くお辞儀をした。夫妻の十六歳の娘のメアリーは母親にそっくりで、細面のわりに目が大きく、気安げにいたずらっぽく笑いかけてきた。まるでマットの秘密を知っていて、それが暴露されたときの当人の反応を見るのが待ちきれないといった感じだった。まさにこのあと、そういったことが起きたのだが。

マットが席につくと、すぐにパクが口を開いた。

「Hボットをご存じですか?」入念にリハーサルを重ねてきた芝居の最初のセリフみたいだった。その場の全員が身を乗りだしてマットに視線を向け、まえもって打ち合わせしていたように、順番に次から次へと話を繰りだした。鍼灸師の義父は、アジア系の客のあいだではHボットはかなり評判が高いと話した。日本や韓国には、遠赤外線サウナやHボットを完備した健康増進のためのウェルネスセンターがあると。義母は、パクはソウルで何年もHボットの経験を積んだという話を披露した。内科医のジャニーンは、多くの慢性疾患の治療にHボットの有効性が見込まれているとの研究報告について語った。

「それで、あなたはHボットのビジネスについてどう反応したんですか?」とエイブが訊く。

マットはジャニーンが親指を唇にあて、爪の甘皮を噛んでいることに気づいた。気分が落ちつかないときの癖で、夕食会の席でも同じことをしていた。まちがいなく、夫がどう思っているかを知っていたからだ。ふたりがつとめる病院の同僚たちもみなマットと同じ考えだった。Hボットなどインチキ療法だと考えていたのだ。義父がすすめるべつの代替療法にホリスティック・セラピーなるものがあり、これは回復の見込みがなく絶望している患者か、頭のおかしな患者がカモにされる詐欺まがいの療法だとマットはみなしていた。もちろんそんなことを口に出しはしない。それでなくてもミスター・チョウは、韓国人ではないという理由でマットを娘の婿と認めるのをいやがっている。マットが義父の鍼灸術を、そして東洋医学のすべてを単なる気休めと決めつけていることをミスター・チョウが知ったらどうなるか。とんでもない。ひとつもいいことなどない。マットがミスター・チョウの前ではHボットを否定できないと見越して、ジャニーンは両親とパクたちが居並ぶなかで夫に新たな治療法をすすめたのだった。

「Hボットに関しては、みなかなり積極的でした」マットはエイブに答える。「キャリア三十年の鍼灸師の義父はHボットを支持し、内科医の妻は有効性を確信していました。得るべき情報としてはそれだけで充分でした」ジャニーンが甘皮を噛むのをやめた。「申しあげておきますが、妻はメディカルスクールではわたしよりずっと成績がよかったんです」ジャニーンが陪審員といっしょになって笑う。

「あなたは治療に同意した。そのときのことを話してください」

マットは唇を噛み、目をそらした。こういう流れになるのはわかっていたし、答え方の練習もしてきた。感情をまじえずにあっさりと答えるのだ。パクが夕食会の席でごく自然に、お義父上《ちちうえ》は投資してくださっていますと言い、大統領の決定だといわんばかりに、奥さまのジャニーンは医療アドバイザーに就任されていますと告げたときみたいに。すでに外堀は埋められていた。「ドクター・トンプソン、あなたは患者第一号です」マットは耳を疑った。パクはじょうずに英語を話すが、強い訛りがあるし、単語レベルでまちがうときもあった。患者ではなく、〝理事〟とか〝監査役〟と言うつもりだったのだろう。だがパクはこう付け加えた。「ほとんどの患者は子どもですが、大人の患者もいるといい宣伝になる」

マットは何も答えずにワインを飲み、いったいどうして自分のような健康な男性にHボットが必要だとパクは考えたのだろうと訝しんだ。そのとき、ふとひらめいた。ジャニーンがふたりの、いやぼくの〝問題〟をしゃべったにちがいない。その考えを脇に押しやり、食事に集中しようとしたが、手が震えてカルビをうまくつかめず、マリネにされて滑りやすくなった肉は細い銀色の箸からするりと逃げていった。メアリーが気づき、助け船を出した。「わたしもステンレス製の箸を使えないの」そう言って、中華のテイクアウトについているのと同じ木製の箸をさしだした。「これのほうが簡単。使ってみて。ママったら、だからわたしたち、韓国を出なきゃならなかったって言うのよ。あの国じゃ、箸も使えないような子は嫁のもらい手がないからって。そうよね、ママ」ほかのメンバーはみな顔をしかめて黙っていたが、マットは声を立てて笑った。メアリーも笑い、しかめっ面が並ぶなかで笑いあうふたりは、大勢の大人がいる部屋でいたずらに夢中になる子どものようだった。

マットとメアリーが笑っているちょうどそのとき、パクが言った。「Hボットは不妊症の治療にもかなりの効果があります。あなたのような精子の運動性が低い方の場合はとくに」妻が夫に関する詳細を――医療上の詳細も個人的な詳細も――義父母だけでなくいままで顔をあわせたこともない人間と共有していた事実があきらかになり、マットは胸のなかが煮えたぎるのを感じた。真っ赤な溶岩を詰めた風船が肺のなかで膨張して破裂し、酸素を押しだしているかのようだった。それでもパクの目をまっすぐに見て、ふつうと変わらずに呼吸を繰りかえそうとした。意外にも、避けたいのはジャニーンの視線ではなくメアリーの視線だった。**不妊症、精子の低い運動性**という言葉を聞いてメアリーの目つきが変わるのを見たくなかった。さきほどまでの茶目っ気（もしくは好奇心？）たっぷりの表情が嫌悪、または同情の色に覆われるさまを目にしたくなかった。

マットはエイブに言った。「妻とわたしは不妊の問題をかかえていて、Hボットはそういう状況にある男性への実験的な治療法だと聞き、新しい取り組みを受け入れてみることにしました」最初は同意せず、夕食会でのそのあとの会話には加わりもしなかったという事実は省いた。あのとき、ジャニーンはあきらかに練習を繰りかえしたと思われる内容を口にした。マットが患者として名乗りをあげてくれれば、ビジネスの滑りだしに大きく貢献する、なんといっても〝現役の医者〟（ジャニーンの言葉）が患者であれば、Hボットによる治療を考えている患者に向けて安全性と有効性をアピールできると。マットが返事もせず、じっと皿を見つめたままでいることにジャニーンは気づいていないようだった。だがメアリーは気づき、マットの箸遣いをからかい、ワインとキムチのニンニク風味の相性について冗談を飛ばしたりして、何度も何度も助け船を出してきた。

その後の数日間、ジャニーンはHボットの安全性や有効性をしゃべりつづけ、マットをいらつかせた。それでも夫が譲歩しないと、今度は搦め手から攻め、拒否しつづければチョウはみずからの生業である鍼灸術もマットが軽んじていると思うだろうと迫った。「ああ、軽んじているよ。そもそも、あれが医療行為だとは思っていないし、きみは最初からぼくの考えを知っていたじゃないか」それを受けてジャニーンは攻撃的な言葉を返した。「つまり、あなたはアジア的なものには何もかも反対ってことよね。そういうことでしょ」

人種差別主義者呼ばわりされたことに対し、アジア人の女性と結婚している事実を指摘して（いつもジャニーンが自分の親を昔ながらの人種差別主義者だとののしっていることも引き合いに出し）反論しようとしたところで、ジャニーンはため息をつき、懇願口調で言った。「一カ月でいいの。もしうまくいったら、もう体外受精にトライしなくてすむ。カップのなかに精液を絞りださなくてもよくなるのよ。それだけでもためす価値があるんじゃない？」

マットはやるとはけっして言わなかった。沈黙を黙認だとする妻を放っておいた。妻が言ったこともあながち間違いではないし、Hボットを受け入れれば、義父は娘婿《むすめむこ》が韓国人ではないという事実を大目に見はじめてくれるかもしれないとも思った。

「Hボットを開始したのはいつですか？」エイブは訊いた。

「八月四日のオープン日です。八月中に四十回、治療を受けたかったので。夏休みなら道路もすいているし。それで一日に二回〝潜水《ダイブ》〟することにしました。一回目が午前九時から、二回目が午後六時四十五分からです。パクは一日に六回、治療を行なっていました。そのうちの朝の九時と晩の六時四十五分の回は〝ダブル・ダイブ〟の患者たち専用でした」

「ほかには誰がダブル・ダイブのグループにいましたか？」とエイブ。

「ほかに三人の患者がいました。ヘンリーとTJとローザです。彼らの母親も乗りこんでいました。身体の調子が悪いとか、交通渋滞に引っかかったとかの数回は除き、わたしたちは毎日、日に二回、サブマリンに乗りこんでいました」

「その三人の患者と母親たちについて教えてください」

「わかりました。いちばん年上のローザは十六歳、だったと思います。脳性麻痺の患者です。車椅子を使い、鼻から栄養チューブを挿入しています。母親はテレサ・サンティアゴです」傍聴席のテレサを指さす。「われわれはマザー・テレサと呼んでいます。とても親切で忍耐強い方だからです」テレサは顔を赤らめた。マザー・テレサと呼ばれるといつもそうなる。

「それから、TJ。八歳で、自閉スペクトラム症の患者です。言葉は発しません。母親はキット――」

「昨年の夏に殺害されたキット・コズラウスキーですね」

「はい」

「この写真に見覚えはありますか」エィブはイーゼルに一枚の家族写真を置いた。どことなく写真家アン・ゲデスの赤ちゃんと花の写真を思わせる。まんなかでキットがポーズをとり、花びらのかわりに家族の顔がまわりを縁どっている。上には夫（キットの後ろに立っている）、下にはTJ（キットの膝の上にすわっている）、右側に女の子がふたり、左にもふたり、五人の子どもたちの髪はキットと同じ赤いくせ毛。幸せな家族の肖像。だが、ママは死んでしまい、花びらを支えるまんなかの花盤《かばん》を失ったヒマワリが残された。

マットは息を呑み、咳払いをした。「これはキットです、家族といっしょの、TJといっしょの」

エィブはそのとなりにもう一枚の写真を置いた。ヘンリーだ。写真スタジオで撮られたものではなく、少しピンぼけ気味だがよく晴れた日の一枚で、青い空と緑の葉を背景にヘンリーが笑っている。ブロンドの髪はあちこちがはね、頭をのけぞらせ、青い目を細めて心から楽しそうに笑っている。あけた口のまんなかには、見せびらかしているみたいに、いまにも抜け落ちそうな歯がのぞいている。

マットはふたたび息を呑んだ。「これはヘンリーです。ヘンリー・ワード。エリザベスの息子の」

「被告はほかの母親と同様に、ダイブのときにはヘンリーに付き添っていたんですか」とエイブが訊く。

「はい。いつもヘンリーといっしょに乗りこんでいました。ただし、最後のダイブには付き添っていませんでした」

「いつもかならず付き添っていて、たった一度だけ外で待機していたのが、なかにいた人たちが怪我を負ったり亡くなったりしたときなんですね」

「そうです。その一回だけです」マットはエリザベスを絶対に見ないようにエイブに視線を据えていたが、視界の隅にその姿が見えていた。エリザベスは写真を見つめ、下唇をきつく嚙み、そのせいでピンクの口紅がすっかりとれてしまっている。唇そのものが消えてしまったように見える。青い目のまわりにアイラインを引き、頬にはチークを塗り、影をつけることで鼻を高く見せているのに、その鼻の下には何もなく、ただ白いだけ。まるで唇を描き忘れたピエロだ。

エイブは二台目のイーゼルに図が描かれたフリップボードを置いた。「ドクター・トンプソン、ミラクル・サブマリンの物理的環境を説明する手伝いをしていただけますか」

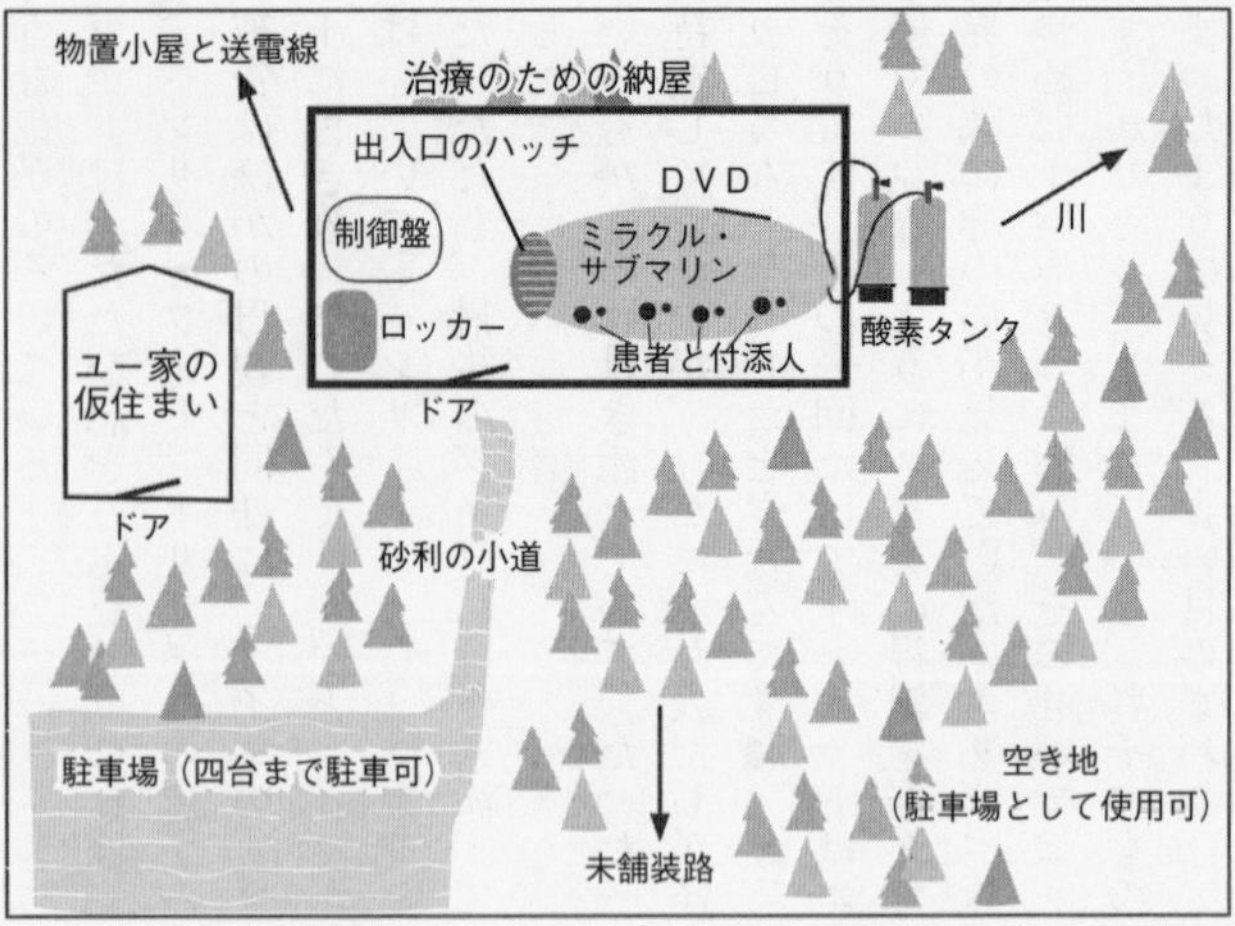


「はい、もちろんです。これはわたしが描いた現場のおおざっぱな図です。パインバーグから西に十マイルの場所で、ミラクル・クリークの町のなかにあります。実際にミラクル・クリークという小さな川《クリーク》が町のなかを流れています。それで町にこの名前がついたんです。川は治療のための納屋のとなりに広がる林のなかを流れています」

「すみません、〝治療のための納屋〟とおっしゃいましたか？」エイブが困惑した表情を見せる。まるで一度も見たことがないとでもいうように。

「はい。敷地のまんなかの木造の納屋にHボットのカプセルが置かれています。ドアから入った左側に制御盤があって、その前にいつもパクがすわっていました。それからわれわれのためのロッカー。カプセルのなかへの持ちこみが禁止されているものがありまして、たとえば宝石類、電子機器、紙、合成繊維の衣類、とにかく静電気を起こしやすいものはだめです。パクは安全を守るためにとても厳しい規則を設定していました」

「納屋の外には何があるんですか？」

「正面の砂利敷きの駐車場には、車を四台までとめることができます。向かって右手は林と川。左手にはパクの家族が住んでいる小さな家、裏には物置小屋があって、送電線が通っています」

「ありがとうございます」とエイブ。「では、通常のダイブについて説明してください。どういう手順で行なわれていたんですか」

「まず、出入口であるハッチをくぐってカプセルのなかへ這って入ります。わたしはいつも最後に入って、ハッチのいちばん近くにすわっていました。そのあたりにインターホン用のヘッドセットがあって、それでパクと連絡をとるのはたいていわたしでしたから」もっともな理由に聞こえるが、じつのところグループの外側にいたかったのだ。ママたちはおしゃべり好きで、これからためしてみたい治療法について話したり、これまでの日々を語りあったりしていた。ママたちはそれでいいかもしれないが、自分はちがった。ひとつには医者である自分は代替療法などはなから信用していなかったからだ。それに加えて子を持つ親ではないし、ましてや特別なケアが必要な子どもの親ではない。雑誌か仕事の書類でも持ちこめれば、次々に投げかけられる質問をシャットアウトするための盾にできるのにと思えてならなかった。皮肉なことに、子どもを持とうとしてあそこにいたのに、ぼくはほんとうに子どもがほしいのか？ と思わずにはいられなかった。望んだとおりの子が生まれてこない可能性もあるのにと。

「それから」とマットはつづけた。「加圧がはじまります。ほんとうに潜水するとどんな感じか、疑似体験できますよ」

「どんな感じなんでしょうか。潜水艦に乗った経験のないわたしたちにはぴんときませんが」エイブが何名かの陪審員から好意的な笑いを引きだす。

「離着陸するときの飛行機に乗っているのに似ています。耳が詰まって、とつぜんパンと破裂してもおかしくない気がする。パクはそういう不快感を最小限に抑えるためにゆっくりと、五分くらいかけて加圧していきました。絶対圧力が一・五ATAになったところで——水深十七フィートといったところです——酸素吸入用のヘルメットを装着します」

エイブの部下が透明なプラスチック製のヘルメットを彼に手渡した。「このようなものですか？」

マットがそのヘルメットを手に取る。「そうです」

「どうやって使うんでしょうか」

マットは陪審のほうを向き、ヘルメットの下部についている青いラテックスの輪を指し示した。「この部分が首に密着します。これのおかげで、頭がすっぽりおさまり流れてくる酸素を逃さずにすむんです」それからその輪をタートルネックのように引っぱって広げ、上からかぶる。透明なヘルメットが頭を包みこむ。

「次はチューブです」マットが言うと、エイブがきっちり巻かれた透明なプラスチック製のチューブをさしだす。のばしていくとかなりの長さになり、全長十フィートにもなるヘビを思わせた。

「それをどうするんですか、ドクター」

マットはちょうどあごのあたりにある、ヘルメットにあいた穴にチューブを挿入した。「このチューブによってヘルメットとカプセルの内部にある酸素コックがつながります。納屋の裏手には酸素タンクがあり、それとカプセル内の酸素コックもチューブでつながっています。パクがタンクから酸素の流入をスタートさせると、酸素はチューブを通ってヘルメットのなかに入ってきます。ヘルメット内部に酸素が充満し、われわれはそれを吸いこむわけです」

エイブが笑みを浮かべる。「頭に金魚鉢をかぶっているように見えますよ」陪審も笑う。エイブがすっかり陪審の心をつかんでいるのがわかる。見たままの感想をあけすけに語り、才気走ったところが微塵もないこの男は好意を持たれている。「で、それから？」

「あとは簡単です。わたしたち四人はふつうに呼吸を繰りかえしていました。入ってくる酸素は百パーセントの純酸素で、それを六十分間、吸いつづけます。時間になるとパクは酸素のスイッチを切り、わたしたちはヘルメットを脱いで、減圧がすんでからカプセルを出ます」マットは言い、ヘルメットを脱いだ。

「ありがとうございます、ドクター・トンプソン。おかげで治療の概要がつかめました。さて、次はわたしたちがここに集まる原因となった話題に移りましょう。昨年の八月二十六日、何が起きたのか。あなたはその日を覚えていますか」

マットはうなずいた。

「申しわけありませんが、声に出して答えてください。裁判所の書記官のために」

「はい」一度、咳払いをする。「はい、覚えています」

エイブの目が少し細められ、また見開かれる。次に取りあげることに対し遺憾に思うべきか、興奮をあらわにすべきかわからないといったふうに。「あなたの言葉で、あの日の出来事を語ってください」

ほんのかすかながら法廷内に動きが見られた。陪審席と傍聴席にすわるすべての人間の身体が十分の一インチ、前に乗りだしたのだ。事件の詳細を関係者から直接聞くために、人びとは今日ここに集まった。吹き飛ばされた写真や黒焦げになった装置の残骸を目にすれば、そこで流血の惨事が起きたことはあきらかだが、人びとが聞きたいのは単なる概要だけではなく、悲劇のドラマだ。マットは病院で毎日のように痛ましいドラマを見ている。折れた骨、自動車事故、癌に対する怯え。人びとは痛みや不公平さ、不都合さに怒り、涙するが、どんな家族にも悲しみや苦しみに直面することで逆に力を与えられ、身体のなかのあらゆる細胞がわずかながらもまえより活発に活動しだし、休眠状態にあった日常から目覚める人がひとりかふたりはかならずいる。

マットは原型をなくした自分の手をじっと見た。親指と薬指と小指が赤っぽい塊から突きでている。それからもう一度、ひとつ咳払いをする。いままで事件当日の話を何度もしてきた。警察に、医師たちに、保険調査員に、エイブに。これが最後だと自分に言い聞かせる。爆発と、荒れ狂う炎と、消滅したヘンリーの小さな頭について、もう一度だけ。それが終われば、二度とこの話をせずにすむ。

## テレサ・サンティアゴ

暑い日だった。午前七時ですでに汗だくになるような。三日間のどしゃ降りのあとようやく晴れたものの、空気はじっとりと重く、濡れた服でいっぱいの乾燥機のなかにいるみたいだった。テレサ・サンティアゴは午前中のダイブを待ちこがれていた。エアコンがきいたカプセルのなかに入ればひと息つけるだろう。

駐車場に入ろうとしたところであやうく誰かを轢きそうになった。六人の女性がストライキのピケ隊さながらに看板を掲げ、ぐるぐると楕円を描いて歩いていた。車のスピードを落として看板に書かれた文字を読もうとしたとき、誰かが車の進路に侵入してきた。テレサは思いっきりブレーキを踏んで、なんとか事なきを得た。「ちょっと！」バンを降りて声を荒らげて言う。女性は歩みをとめない。叫びもせず、拳を突きあげもせず、こちらを見るでもなく、ただ歩いている。

「すみませんけど、いったい何をやっているの？　駐車場に入りたいんだけど」とテレサ。一団のメンバーはすべて女性で、掲げられた看板には原色のブロック体でこう書かれている。**わたしは子ども、実験動物じゃない。わたしを愛して、わたしを受け入れて、わたしに毒を盛らないで。インチキな治療は児童虐待。**

　銀髪をボブにした背の高い女性が近づいてきた。

「この通りは公道よ。だからわたしたちにはここにいて、あなたたちをとめる権利がある。Ｈボットは危険なうえ効果はない。そんなものを子どもたちに押しつけるなんて、自分の子どもを愛していない証拠だわ」

　後ろで車のクラクションが鳴った。キットだ。「あっちにとめればいいわ。頭のおかしなやつらなんか無視しなさい」キットが道路の先を指し示す。テレサはバンのドアを閉めて、彼女のあとにつづいた。キットはいくらも行かないうちに林のなかの空き地に車をとめた。生い茂る葉の向こうに、水量が増してもの憂げに流れる茶色いミラクル川がちらりと見えた。

　空き地にはマットとエリザベスがいた。「あいつら何者なんだろう」とマット。

　キットがエリザベスに話しかける。「あの人たち、あなたのことを目の敵にして、ばかみたいな脅しをかけている連中よね。こんなふうに実際に行動に出るとは思わなかった」

「あなた、あの人たちを知っているの？」とテレサが訊く。

「ネットのなかだけだけど」とエリザベスが答えた。

「狂信者たちよ。あの人たちの子どもはみんな自閉スペクトラム症。どこにでも出没して、自分たちの主義主張をわめいている。すべての治療は有害かつ恥ずべきもので、子どもを殺してしまうって」

「でも、Ｈボットはそういうものじゃないのに」とテレサが言う。「マット、あの人たちに言ってやってちょうだい」

　エリザベスは首を振る。「彼女たちには理性的に考えられる脳みそがないのよ。こっちから何を言ってもむだ。さあ、行きましょう。このままじゃ遅刻しちゃう」

　一行は抗議者たちを避けるために林のなかを通ったが、むだな努力に終わった。抗議者たちに見つかって追いつかれ、行く手をさえぎられたのだ。銀髪ボブの女性がパンフレットを掲げる。そこには炎に包まれるＨボットのカプセルの絵が描かれ、そのうえに43!と書かれていた。「これは事実よ。いままでに四十三件のＨボットの火災が発生して、なかには爆発したものまである」と銀髪の女性が言う。「どうしてあなた方はそんな危険なことに子どもたちを巻きこもうとするの？　なんのために？　そうすれば子どもたちが親の目をしっかり見るようになるの？　手を打ち鳴らす回数が減る？　ありのままの子どもたちを受け入れなさい。神さまが子どもたちをああいうふうにおつくりになってこの世に送りだされた――」

「ローザはちがう」テレサが一歩前に進みでる。「ローザは生まれたときから脳性麻痺を患っていたわけじゃない。あの子は健康そのものだった。歩けたし、しゃべれたし、雲梯《うんてい》にぶらさがるのが大好きだった。でも具合が悪くなって。なのにわたしたちはすぐに病院へ連れていかず、緊急の処置を受けさせてやらなかった」テレサは誰かの手が肩に触れるのを感じた。キットだ。「あの子は車椅子にくくりつけられるはずじゃなかった。そんなあの子を直してやろうとしているわたしを、あなたたちは非難するの？　とがめだてするの？」

　銀髪ボブの女性が答える。「心からお気の毒に思うわ。でもわたしたちの目的は自閉スペクトラム症の親にわからせることで、ほかの疾病とはわけて――」

「なぜわけるの？」テレサが訊く。「自閉スペクトラム症は生まれながらだから？　じゃあ、生まれながらになんらかの腫瘍をかかえていたり、先天的に口蓋裂の子どもはどうなの？　神さまがそういうふうにおつくりになったというのはわかるけれど、それって親は外科手術や放射線治療や、とにかく子どもを健康で五体満足にしてくれる何かを探してはいけないっていう意味なの？」

「わたしたちの子どもはそのままで健康で五体満足なのよ」と銀髪の女性が答える。「自閉スペクトラム症は障害じゃない。ほかの人と生き方がちがうだけ。それを治療するなんてばかげた行為だし、いかさまもいいとこだわ」

「ほんとにそう思ってるの？」キットが一歩前へ出てテレサのとなりに並ぶ。「わたしもまえはそう思っていたけれど、あるとき、自閉スペクトラム症の子どもの多くは消化器系の問題をかかえていて、だからつま先歩きをするという記事を読んだの――筋肉をのばすと痛みがひどくなるからって。ＴＪはいつもつま先歩きをしていたから検査を受けさせた。そしたら消化器官にひどい炎症が起きていることがわかったけれど、あの子はわたしたちに痛いってことも伝えられなかった」

「治療をばかにしちゃいけないわ」テレサがエリザベスを指さす。「彼女は数えきれないほどの治療をためしてきて、息子さんは医者がもう自閉スペクトラム症とは言えないっていうくらいよくなっているの」

「そうらしいわね。彼女の〝治療〟についてはわたしたちみんな承知している。それらをくぐり抜けてまだ生きているなんて、息子さんはとてもラッキーだわ。子どもが全員そうとはかぎらない」銀髪の女性はエリザベスの顔の前にＨボットの火災についてのパンフレットを突きつけた。

エリザベスは嘲るような笑みを浮かべて首を振り、ヘンリーを引き寄せて歩き去ろうとした。女性がエリザベスの腕をつかみ、ぐいっと引っぱる。エリザベスは悲鳴をあげて腕を引きはがそうとするが、強い力でつかまれていて振り払えない。そこで女性が口を開く。「無視されてもこれだけは言っておく。インチキな治療をやめなければ何かひどいことが起きる。かならず」

「ちょっと、離しなさいよ」テレサがふたりのあいだに割りこみ、女性の手を引きはがした。女性がこちらを向き、パンチを繰りだそうとでもいうのか、両手を拳に丸める。テレサの背中に冷たい衝撃が走った。なんでもないから、と心のなかでつぶやく。この人は確固たる意見を持った女性というだけ。怖がる必要なんかない。「通してちょうだい」とテレサが言う。一瞬の間をおいて抗議者たちは引きさがった。それからブロック体の文字が書かれた看板を掲げ、ふたたび楕円を描くように歩きはじめた。

傍聴席にすわり、爆発の日の午前中の出来事をマットが詳述するのを聞いていると不思議な気持ちになる。マットと自分の記憶が完全に一致するとは思っていなかったけれど——〈ロー&オーダー〉を観ているし、現実的に考えられる——、それでもけっこうな違いがあることに落ちつかない気分になった。マットは抗議者と出くわした場面を、実験的な自閉スペクトラム症の治療についての有効性と安全性について議論した、という具合にあっさりと片づけて、ほかの疾患についてはどうなのかというテレサの指摘には言及しなかった。マットには口論の内容が意味不明だったか、あるいは筋違いに思えたのかもしれない。〝ローザは健康だった〟という思いがつねにテレサの心を占め、考えるたびに苦しくなるのに、マットにとってはどうでもいいことなのだ。マットに障害のある子どもがいたら、もちろん状況はちがっていただろう。特別なケアを必要とする子どもをかかえると、人は変わってしまう。それもただ単に変わるだけではなく、人格まですっかり変貌し、重力軸のちがう異世界に追いやられてしまう。

「そのあいだ」エイブが質問をつづける。「被告は何をしていたのですか？」

「エリザベスは抗議者との諍いにはいっさい口をはさみませんでした」とマットが答える。「ちょっとへんだなと思いました。エリザベスは自閉スペクトラム症の治療についてはいつも自分の意見をはっきりと述べていましたから。あのときはただじっとパンフレットを見つめているだけでした。下のほうに文章が載っていて、彼女は目を細めて何が書いてあるのかを読もうとしているみたいでした」

エイブは一枚の紙をマットに手渡した。「そのパンフレットとは、これですか？」

「そうです」

「いちばん下の文章を読んでみてください」

「カプセルのなかで火花が出ないようにするだけでは充分とは言えません。ある事例では、カプセルの外側の酸素チューブの下で燃えだした火が爆発を引き起こし、死者が出る大惨事となりました」

「カプセルの外側の酸素チューブの下で燃えだした火」とエイブが繰りかえす。「これは、まさにあの日にミラクル・サブマリンで起きたことではありませんか？」

マットはエリザベスを見やった。知らず知らずのうちにギリギリと臼歯を嚙みしめていたのか、あごがこわばる。「はい。どうやらエリザベスはそれが頭から離れなかったらしく、そのあとすぐにパクのところへ行き、パンフレットの内容を彼に話していました。パクはそんなことがわれわれの身に起きるなんてありえない、そもそも納屋には関係者以外は誰も近寄らせせないと言いましたが、エリザベスは抗議者たちがいかに危険かを訴えつづけ、彼女らがわたしたちを脅かしていると警察へ通報し、その旨を記録に残してもらうようパクに約束させました」

「ダイブのあいだはどうでしたか？　その件について被告は何か言っていましたか？」

「いいえ、エリザベスは黙っていました。何かに気をとられているみたいで。何ごとかをじっと考えているようでした」

「何かを計画しているようでしたか？」とエイブが訊く。

「異議あり」エリザベスの弁護人が言った。

「認めます。陪審はいまの質問を無視してください」

判事はそう言ったが、どこか〝どうでもいい〟という口調だった。〝はい、はい、わかりましたよ〟の法廷バージョン。異議を認めようが認めまいがかまわない。みなすでに思っている――そのパンフレットを見て、エリザベスは火をつけ、罪を抗議者になすりつけるというアイデアを思いついたと。

「ドクター・トンプソン、被告が熱心に読んでいたパンフレットの記述とまったく同じ状況でミラクル・サブマリンが爆発したあと、被告はふたたび抗議者が疑われるよう仕向けましたか？」

「はい」マットが答える。「爆発の晩、抗議者がやった、彼女たちが外の酸素チューブの下で火をおこしたにちがいないとエリザベスが刑事に言っているのを聞きました」テレサもそれを聞いた。事件後ほぼ一週間は抗議者たちが第一容疑者で、テレサもほかの人と同様に、抗議者が犯人だと確信していた。エリザベスが逮捕されたあともその確信は変わらなかった。そして今日、検察側の冒頭陳述後、エリザベスの弁護人が被告側の冒頭陳述をさしひかえたとき、テレサはがっかりした。被告側は抗議者を真犯人と定めて陳述すると期待していたからだ。

「ドクター・トンプソン」とエイブが言う。「爆発の日の午前中、抗議者グループとのいざこざのあと、ほかに何が起きましたか」

「午前中のダイブのあと、エリザベスとキットが先に外へ出て、わたしはローザの車椅子が林をうまく通り抜けられるようテレサに手を貸しました。空き地に着くと、ヘンリーとTJはすでに車に乗っていて、エリザベスとキットは少し離れたところで言い争っていました」テレサも覚えている――言い争っていたが、人前で私的な件について口論する人のつねで声は低く抑えられていた。

「ふたりはなんと言っていたんですか？」

「よく聞こえませんでしたが、エリザベスがキットに向かって〝あなたは嫉妬している〟とかなんとか言っていました。あと〝わたしだってヘンリーの世話をさぼって、一日じゅうソファにごろんとしてボンボンを食べていたいわよ〟と言っているのは聞こえました」


テレサも〝ボンボン〟は聞こえたが、ほかは聞こえなかった。マットのほうがふたりの近くにいたのだから当然だけれど。空き地に着いたとたん、マットはワイパーに何かがはさまっているのを見つけ、自分の車へ走っていったのだった。

「確認しますが」とエイブ。「被告はキットに〝あなたは嫉妬している〟と言い、息子のヘンリーの世話をせずにボンボンを食べていたい、と爆発事故でキットとヘンリーが死亡する数時間前に言った。これであっていますか？」

「はい」

エイブはキットとヘンリーの写真を見つめ、首を振った。気持ちを落ちつかせるためか、数秒間、目を閉じたあと、ふたたび口を開く。「ほかにも被告とキットが言い争っているのを見たことがありますか」

「はい」マットはエリザベスをまっすぐ見ながら答えた。「一度、エリザベスがみんなの前でキットをどなりつけ、彼女を突きとばしたことがありました」

「**突きとばした？**　実際にですか？」エイブは口をあんぐりとあけたままにした。「具体的に話してください」

テレサはマットが語ろうとしている話を知っていた。エリザベスとキットは友人同士だったけれど、ふたりのあいだにはどことなく緊張感がただよっていて、ときおりちょっとした喧嘩という形で爆発していた。いつもはつまらない口喧嘩で終わり、大ごとにはならないのだけれど、一度だけひどい諍いに発展したことがあった。ある日のダイブのあと、みんなが帰っていくなかで、キットはバーニーの絵が描かれた歯磨き粉のチューブみたいなものをTJに手渡した。

「ちょっと、それ、新しいヨーグルト？」とエリザベスが訊いた。

キットはため息をついた。「そうよ、これはヨーファンのヨーグルト。GFCFじゃないのはわかってる」キットはテレサとマットに向けて言った。「GFCFっていうのはグルテンフリー・カゼイン（牛乳やチーズなどにふくまれるリンタンパク質）フリーって意味で、自閉スペクトラム症の食事療法なの」

エリザベスが訊く。「TJはGFCFをやめたの？」

「いいえ、ほかのはぜんぶGFCFよ。でもこれ、TJの大好物で、これといっしょじゃないとサプリメントをのんでくれないの。一日に一回だけだから」

「毎日ってこと？　これ、**乳製品よ**」エリザベスは〝乳製品〟と言うときに極端に顔をしかめた。「主たる原材料は**カゼイン**。毎日カゼインを摂取しているのに、どうしたら食事はカゼインフリーですって言えるわけ？　それに**着色料**が入っているじゃない。**オーガニック**でもないし」

キットはいまにも泣きだしそうに見えた。「じゃあどうすればいいのよ。この子、サプリメントをのむときは大好物のヨーファンのヨーグルトといっしょじゃないと錠剤を吐きだしちゃうの。それに、ＧＦＣＦがほんとうに効くとは思えなくて。ＴＪにはいっこうに変化が見られないんだもの」

エリザベスは唇を引き結んだ。「あなたがちゃんと療法を守らないから効かないのよ。**フリーは摂っちゃだめ**ってこと。うちではヘンリーのお皿はヘンリーだけしか使わない。ヘンリーのお皿を洗うときは専用のスポンジを使ってる」

キットは立ちあがった。「ああそう。でもわたしには無理。うちにはほかに四人も子どもがいるのよ。その子たちのためにも料理をしたり洗濯をしてやらなきゃならない。やろうとするだけで、もううんざり。みんな言ってるわ、できる範囲でやればいい、やらないよりはやったほうがまし、くらいのことは思いきってやめちゃいなさいって。ごめんなさい、でもわたしはあなたみたいに百パーセント完璧なママにはなれない」

エリザベスの眉毛が吊りあがった。「〝ごめんなさい〟はわたしにじゃなくてＴＪに言って。グルテンとカゼインはわたしたちの子どもにとっては毒なのよ。ひと口食べただけでも脳の機能に害を与える。ＴＪがいまだにしゃべれないのも無理ないわ」エリザベスは立ちあがり、「さあ、ヘンリー、行きましょう」と言って出ていこうとした。

キットがエリザベスの前に立ちふさがった。「待ちなさいよ、そんなひどいことを言って――」

エリザベスがキットを突きとばす。それほど強くではなく、キットの身体がどこかにぶつかって怪我をするというものではなかったが、キット本人にとってはショックなようだった。まわりのみんなにとっても。エリザベスはドアまで行って振りかえった。「ところで、ＧＦＣＦの効果がちっとも見られないっていう泣き言を、お願いだからほかの人に触れまわらないでくれる？　やめるのはあなたの勝手だけど、意味もなくほかの人のやる気をそぐのはどうかと思うから」それからドアをぴしゃりと閉めた。

マットが話しおえると、エイブが言った。「ドクター・トンプソン、ほかにも被告が喧嘩腰になる現場を見たことがありますか」

マットはうなずいた。「爆発の起きた日にキットと言い争っているときもかなり喧嘩腰でした」

「被告がキットに〝あなたは嫉妬している〟と言い、息子の世話をせずに一日じゅうボンボンを食べていたいと言ったときですね？」

「はい。そのときは手は出していませんでしたが、ムッとした態度で足早に車まで行き、ドアを勢いよく閉め、エンジンをかけたかと思うとすぐにバックしてきて、わたしの車にぶつかりそうになりました。キットはちょっと待って、落ちついて、と必死に声をかけていましたが……」そこで首を振る。「ヘンリーのことがすごく心配になったのを覚えています。エリザベスはタイヤが軋むほどの猛スピードでその場をあとにしましたから」

「次に何が起きたのですか？」とエイブ。

「キットにだいじょうぶかどうか、いったい何が起きたのか尋ねました」

「それで？」

「キットはかなり動揺して、いまにも泣きだしそうでした。ちっともだいじょうぶじゃない、エリザベスが自分に対してものすごく怒っている、と言いました。そのあと、こうも言っていました。たいへんなことをやらかした、エリザベスに見つかるまえになんとかしなければならないと。もしエリザベスにばれたら……」エリザベスのほうを見る。

「つづけてください」

「〝わたしがやったことがエリザベスにばれたら、わたし、彼女に殺される〟とキットは言いました」

## パク・ユー

正午になり、判事は休廷を宣言した。最近のパクはランチタイムが来ると憂鬱になる。ドクター・チョウ——娘のジャニーンではなく父親のほうで、医者ではなく鍼灸師なのに誰からも〝ドクター・チョウ〟と呼ばれている——が自分たち一家にランチをごちそうすると言ってきかないからだ。施しのつもりなのだろう。入院費の請求書が届きはじめてから、家族はラーメン、ライス、キムチ以外はめったに食べられず、誘われれば断らないが、ドクター・チョウからはすでに充分すぎる支援を受けていてそれが心の重荷になっている。ドクター・チョウは生活必需品をクレジット払いした代金をもってくれ、パクの不動産ローンの肩がわりをし、メアリーの車を高額で引き取り、電気料金まで支払ってくれる。パクはすべて受け入れるしかなく、ドクター・チョウの突飛な最新の提案にも同意した。寄付をつのる英語と韓国語のウェブサイトを立ちあげ、そこで下半身不随の極貧の物乞い、パク・ユーが世界のみなさまに施しをお願いするという計画らしい。勘弁してくれ、もうたくさんだ。パクはドクター・チョウに昼休憩にはべつの約束があると告げ、車のなかで食事している姿を彼に見られずにすむことを願った。

車まで行く途中、パクは十数羽のガンが自分たちの前を歩いているのを目にした。ヨンかメアリーが追い払ってくれるものと思ったが、ふたりは歩きつづけ、車椅子がピンに向かうボウリングのボールみたいに鳥のほうへどんどん近づいていく。ガンたちは人間が気にならないのか、それとも単に動くのが面倒くさいのか、いっこうに逃げるようすはない。パクは車椅子があと数センチでガンにぶつかるところまで来たら大声を出そうと思っていたが、そのまえに一羽がひと声鳴き、つづいてあとのすべてが鳴きだし、それを機にいっせいに飛びたっていった。ヨンとメアリーは何ごともなかったようにペースを変えずに歩きつづけた。パクはふたりの鈍感ぶりに叫び声をあげたくなった。

それでもなんとか目を閉じて呼吸を繰りかえす。吸って、吐いて。心のなかでおまえはばかなやつだとつぶやく。ガンに気づかないくらいで妻と娘に腹を立てるなんて！　かつて経験した四年間の孤独からガンと自分を重ねあわせ、つい湿っぽい気分になってしまったが、本来なら自分のばかさ加減を笑いとばすところだ。

韓国語で言うところのギロギアッパ。ガンパパ。よりよい教育機会を授けるために妻と子どもを外国へ移住させる一方で、韓国に残って働きつづけ、一年に一回、家族と会うために飛んでいく（または〝渡りをする〟）父親を韓国人はこう呼ぶ（昨年、ソウルに住む十万人のガンパパたちのなかでアルコール依存症に陥る者と自殺する者の数が憂慮すべきレベルに達したころ、パクのように渡航費用を賄えずに一度も飛んだことがない父親は〝ペンギンパパ〟と呼ばれるようになった。だがガンパパと呼ばれるのにも慣れたパクは、いまさらペンギン呼ばわりされるのはお断りだった）。

そもそもパクはガンパパになるつもりはなかった。一家全員でいっしょにアメリカへ渡る計画だったのだ。ところが、家族ビザの発給を待っている最中にあるホストファミリーについての情報が舞いこんできた。それはボルチモアに住む一家が子どもひとりと親ひとりにかぎり、移民のスポンサーになるという話で、親子の居住費は不要、子どもは近くの学校へ通うことができるが、交換条件としてスポンサー一家が経営する食料雑貨店で親が働くというものだった。そこでパクはすぐに合流すると約束し、ヨンとメアリーをボルチモアへ送りこんだ。

結局、家族ビザを取得するまで四年かかった。家族のいない父親の四年間。だらしない恰好のガンパパたちが住む、〝ヴィラ〟と称するワンルームのアパートメントにひとりさびしく暮らした四年間。ふたつの仕事をかけもちし、一週間に七日働き、倹約して金を貯めた四年間。こうした犠牲はすべてメアリーの教育のため、メアリーの将来のためだったのに、いまや娘は心に傷を負って基盤となるものを失い、大学入学のめどもつかず、セミナーやパーティーへ出かけるかわりに殺人事件の裁判を傍聴し、治療を受けつづけている。

「メアリー」ヨンが韓国語で言う。「食べなくちゃだめよ」メアリーは首を振り、車の窓の外を見つめるが、ヨンはメアリーの膝の上にライスが盛られたボウルを置いた。「ひと口でもふた口でもいいから」

メアリーは唇を噛み、しぶしぶといった感じで箸を手に取った。まるでこわごわエスニック料理を食べようとするように。米をひと粒、箸ではさんで口に入れる。韓国にいたときにヨンがこういう食べ方をメアリーにして見せたことがあったのをパクは思いだした。そのときヨンはこう言った。「わたしがあなたの年のころ、あなたのおばあちゃんがわたしにひと粒ひと粒ライスを食べる練習をさせたのよ。おばあちゃんは言ってた。〝こうして食べると、食べ物がいつでもあなたの口のなかにあるから、あなたはしゃべっちゃいけないことになるけれど、ブタみたいな外見にならずにすむのよ。食べすぎたりしゃべりすぎたりする嫁を望む男はいないわ〟って」メアリーは笑いながらパクに訊いた。「アッパ、オンマはデートのとき、こんなふうに食べてたの?」パクは答えた。「まったくちがう。わたしがブタ好きでよかったよ」そしてみんなで笑い、順番にブタの鳴き声をまねながら、わざとだらしなく、騒々しく残りの夕食を平らげた。あれはそんなに昔の出来事だっただろうか?

パクはライスをひと粒ひと粒噛んでいる娘を見て、

次に眉間に皺を寄せて心配げに娘を見つめる妻に目を向けたあと、無理にでも食べようとキムチを口もとに運んだ。しかし、熱気のなかをただよう発酵したニンニクの強烈なにおいを吸いこんだとたんに、げんなりして食べる気が失せてしまった。しかたなくハンドルをまわして窓をあけ、頭を外に突きだす。飛びたったガンの群れが美しく均整のとれたV字編隊飛行で空の彼方へ遠ざかっていくのが見え、自分のような男をガンパパと呼ぶのはつくづくガンに失礼だと思えてきた。本物のガンのオスは一生、一羽のメスとつがう。本物のガンの家族はともに暮らし、みないっしょになって餌を探し、巣づくりをし、渡りをする。

とつぜん目の前に画像が浮かぶ。オスのガンたちが法廷に集まっている戯画。名誉棄損で韓国の新聞社を訴え、すべての〝ガンパパ〟の記載を紙面から削除するよう求めている。パクはくっくと笑い、ヨンとメアリーから困惑と心配が入り混じった目を向けられる。

一瞬、説明しようと思ったが、どう言えばいい？

〝それでさ、ガンのオスたちが集団代表訴訟を起こすんだよ……〟「ちょっとおもしろいことを思いついたんだ」とパクは言う。ふたりはそれは何かとは訊いてこない。メアリーはライスを食べることに戻り、ヨンはメアリーを見つめることに戻り、パクは窓の外を眺めることに戻る。ガンたちが形づくるV字はどんどん遠ざかっていく。

昼休憩のあとに法廷へ入ったとき、パクは傍聴席の後ろのほうに銀髪の女性の姿を認めた。事件当日の朝、あなたが詐欺師としての正体を暴かれてビジネスを永久に休業とするまで、休むことなく活動をつづける、と言い放った抗議者のひとり。「いますぐ閉鎖しないと、あなたは後悔することになる。かならず」と彼女は言った。誓いは果たされ、彼女はここにいて、舞台の初日を迎えた誇り高き演出家のように法廷内を見まわしている。パクは彼女に面と向かって、あんたが爆発の日の晩について嘘をついたことを暴露し、わたしが見た内容すべてを警察に話してやる、と脅しているところを想像した。彼女の目から独善的な光が消えて恐怖の色が表われたら、どんなにか胸のすく思いがするだろう。だが、だめだ。あの夜、自分が納屋の外にいたことは誰にも知られてはならない。どれほどの代償を払おうとも、口を閉じていなければ。

エイブが立ちあがると、床に何かが落ちた。パンフレットだ。赤い炎が舞うような字体で43!と書かれている。パクはすべてのはじまりだった紙きれをじっと見つめた。エリザベスがパンフレットを見て、酸素チューブの下に火種をセットするという破壊行為にとりつかれなければ、いまごろ自分はメアリーを車で大学へ送っていただろう。熱が身体のなかを走り、筋肉を震わせる。パクはパンフレットをつかみ、くしゃくしゃに丸めて、人生をめちゃくちゃにしたエリザベスと抗議者の女に投げつけてやりたかった。

「ドクター・トンプソン」エイブが言う。「中断するまえに戻りましょう。最後のダイブ、すなわち爆発が起きたダイブについて話してください」

マットが話しだす。「開始が遅れました。われわれのまえのダイブは通常なら六時十五分に終わりますが、それが遅れていたのです。わたしは遅れていることを知らず、いつもの時間どおりに着きました。納屋の前の駐車場が満車状態だったので、ダブル・ダイブのメンバーは全員、その日の午前中と同じく、道の先にある代替えの駐車場に車をとめなければなりませんでした。ダイブは七時十分にようやくはじまりました」

「なぜ遅れたんですか？　抗議者はまだいましたか？」

「いいえ。警察がかなりまえに彼女たちを連れていったとのことでした。どうやら抗議者たちは送電線にアルミ製のバルーンを放ってダイブを中止させようとしたらしく、そのせいで停電が起きていました」マットが言いおわり、パクは簡潔明瞭な説明に思わず笑いだしそうになった。当日の混乱は六時間にもおよんだ――抗議者は患者を怯えさせた。警察は〝平和的な抗議活動〟をやめさせる権限は自分たちにはないと言った。午後のダイブではエアコンは作動せず照明は消え、患者を動揺させた。やっとのことで警察が到着した。抗議者たちが金切り声をあげた。「送電線ってなんのこと？」「バルーンが停電の原因って、いったい何を言ってるの？」続発した混乱のすべてがマットによる十秒間の説明に要約された。

「停電の最中に、どうやってダイブがつづけられたんですか？」とエイブが訊く。

「発電機がありました。設置が義務づけられていたんでしょうね。加圧、酸素供給、インターホンを通しての会話――これらは機能していました。重要度が落ちるエアコンや照明、ＤＶＤはストップしていました」

「ＤＶＤ？　エアコンはわかりますが、なぜＤＶＤが必要なんですか？」

「子どもたちをじっとすわらせておくために必要だったんです。パクは舷窓の外側に画面を取りつけて、カプセル内にスピーカーを設置していました。子どもたちはＤＶＤが大好きでした。というか、大人も楽しんでいました」

エイブが笑う。「そうですね、わたしの家でも、とにかく子どもはテレビの前にいるとおとなしくなりますからね」

「そのようですね」マットも笑った。「パクは停電対策で電池式のポータブルＤＶＤを奥の舷窓の外側に引っかけていました。それを設置するのに時間がかかって、さらに遅れが生じたと言っていました。また、早い時間の患者が抗議者に怯えてダイブをキャンセルしてきたらしく、対応に時間がかかったようでした」

「照明はどうでしたか？　消えていたとおっしゃいま

したか？」

「納屋のなかは、はい、消えていました。ダイブがはじまったのは七時過ぎで、暗くなりはじめていましたが、夏だったのでまわりが見えるくらいの日光はさしこんでいました」

「電気がストップし、ダイブは遅れた。ほかに何か変わったことはありましたか？」

マットはうなずいた。「はい、エリザベスが」

エイブが眉を吊りあげた。「彼女のどんな点が？」

「覚えていらっしゃるでしょうか、午前中のダイブ終了後にキットと口論したあと、エリザベスは怒り心頭といった感じで去っていきました。だから、わたしはまだ彼女が怒っていると思っていたんです。ところが納屋に入ってきたエリザベスはとても機嫌がよかった。いつもとはちがって愛想もよく、キットにもフレンドリーに接していました」

「晩のダイブがはじまるまえにふたりで話しあい、和解していたのでは？」とエイブ。

マットは首を振った。「いいえ。エリザベスが到着するまえにキットが言っていました。エリザベスと話をしたけれど、まだ怒っていたと。もっとおかしな点もありました。エリザベスが具合が悪いと言いだしたことです。へんだなと思ったのを覚えています。どこが悪いにしろ、病気にしてはずいぶん陽気だったからです」ここでひと息ついてつづける。「とにかく、エリザベスは外で待機したい、ダイブのあいだは車のなかで休みたい、と言ったんです。それから……」マットは顔をゆがませ、視線をエリザベスへ向けた。傷つき、裏切られ、落胆したといった内心の思いが彼の表情からうかがえた。サンタクロースは存在しないと知ってしまった子どもが母親に向ける表情に似ていた。

「それから？」エイブは落ちつかせるためか、マットの腕に触れた。

「エリザベスはキットに、ダイブのあいだヘンリーのとなりにすわってようすを見ていてくれと頼んだんです。そしてわたしにも、ヘンリーのもう一方のとなりにすわって、何かあったら手を貸すようにと」

「つまり、被告はヘンリーの両どなりにキットとあなたを配置したというわけですね」

「はい」

「ほかに被告からすわる位置についての提案はありましたか？」エイブは提案という言葉を強調した。そのせいでこの質問は不吉な響きを帯びた。

「はい」マットはふたたび〝傷ついて落胆して裏切られた子ども〟の表情を浮かべてエリザベスを凝視した。

「いつものように、テレサがいちばん先になかへ入ろうとしました。しかしエリザベスがそれをとめたんです。DVDの画面は奥のほうに掛かっていて、ローザはDVDを見ないから、TJとヘンリーが奥にすわるべきだと言ったんです」

「もっともなように思えますが、ちがいますか？」


「ぜんぜんちがいます。エリザベスはヘンリーが観るDVDについては細心の注意を払っていました」マットの顔がこわばるのを見てパクはぴんときた。どのDVDを選ぶかで起きた一連のもめごとを彼は思いだしているのだと。エリザベスは教育的なものや、歴史や科学のドキュメンタリーを希望した。一方、キットはTJの好きな〈バーニー&フレンズ〉を観たいと主張した。エリザベスはいったんは折れたが、数日後に「TJはもう八歳よ。そろそろ年齢にあったものを選ぶべきだと思わない？」と言った。

それに対しキットは反論した。「TJを静かにさせておくためにバーニーが必要なの。あなただって知ってるでしょ。ヘンリーはだいじょうぶよ。一時間バーニーを観せられたくらいで死にゃあしないわ」

「TJだって、バーニーなしで一時間過ごしたくらいじゃ死にゃあしないわよ」

キットは長いあいだエリザベスの目を見つめてから、

笑みらしきものを浮かべた。「わかった。あなたの言うとおりにやってみましょう」そう言ってバーニーのDVDを自分のロッカーに放り入れた。

そのときのダイブはさんざんだった。ドキュメンタリーがはじまるなりTJがわめきだした。「ほら、見てTJ、これはバーニーとおんなじ恐竜のDVDよ」エリザベスがわめくTJに向かって言ったが、TJが無理やりヘルメットを脱いで壁に頭を打ちつけはじめると、もはや収拾がつかなくなった。ヘンリーは耳が痛いと言って泣きだし、マットはパクに〈バーニー&フレンズ〉をかけてくれ、いますぐに、と大声で呼びかけた。

DVDをめぐるもめごとをかいつまんで述べたあと、マットは言った。「その日以降、パクはいつも〈バーニー&フレンズ〉をかけ、エリザベスはかならずヘンリーをDVDの画面から遠い場所にすわらせました。〈バーニー&フレンズ〉はくだらなすぎる、ヘンリーをそんなものの近くにはすわらせたくない、と言って。そういうわけで、エリザベスがとつぜん考えを変えてヘンリーをDVDのそばにすわらせたのは——おかしいなんてもんじゃありませんでした。キットがほんとうにそれでいいのかと尋ねると、エリザベスはヘンリーへの特別なご褒美だから、と言いました」

「ドクター・トンプソン」エイブが言う。「被告によってすわる位置が変えられたことにより、ほかになんらかの影響が出ましたか」

「はい。どの酸素タンクに誰がつながっているか、に変化が生じました」

「すみません、よく理解できないのですが」とエイブ。

マットは陪審のほうを向いた。「まえに説明したとおり、それぞれがかぶったヘルメットはカプセル内部にある酸素のコックにつながっています。コックはふたつあって、ひとつはカプセルのいちばん奥、もうひとつはそれより少し手前にあり、それぞれが納屋の外にあるべつべつの酸素タンクにつながっています。ふたりでひとつのコックを使い、一本の酸素タンクを共有する形になります」陪審がうなずく。「エリザベスがすわる場所を変更させたことにより、ヘンリーはいつも使っていた手前側のコックではなく、奥側のコックとつながりました」

「被告は事前にヘンリーが奥側の酸素タンクとつながるよう念を押しましたか」

「はい。エリザベスはわたしのヘルメットが手前側と、ヘンリーのが奥側と、それぞれつながっていることを確認するよう言ってきました。わたしは了解しましたが、手前側か奥側かで何がちがうのかはわかりませんでした」

「それで?」

「彼女が言うには、手前にいるわたしと、奥にいるヘンリーの、それぞれのチューブが交差すると、ヘンリーの強迫性障害《OCD》の症状が唐突に出るかもしれないとのことでした」

「それまでにヘンリーのOCDが〝唐突に〟出たことがありましたか」エイブは〝唐突に〟のところで指で引用符の形をつくった。「三十回以上もいっしょにダイブしてきたなかで」

「いいえ」

「それから?」

「わたしはあとでふたりのチューブが交差していないか確認しておく、と言いましたが、エリザベスは納得しませんでした。床を這っていって、自分の手でヘンリーのチューブを奥側のコックにつなぎました」

エイブがマットに歩み寄り、彼の目の前に立つ。

「ドクター・トンプソン」そのひと言が開始の合図になったかのように、マットに近いほうのエアコンがパタパタと鳴りだした。「どちらの酸素タンクが爆発したんですか」

マットはエリザベスに視線を据え、瞬きもせずに答えた。ゆっくりと、落ちつき払い、一音ずつ区切って。悪意を塗りたくったそれぞれの音をエリザベスに投げつけ、血を流させてやるといわんばかりに。「奥のタンクが爆発しました。奥側のコックにつながっていたタンクです。**あの女性が**」――マットは間をおいた。パクはマットが腕を持ちあげてエリザベスを指さすと確信したが、彼はただ瞬きを繰りかえして視線をそらしただけだった――「自分の息子の頭につながっていることを確認したタンクです」

「希望どおりにすべての準備を終えたあと、被告はどうしましたか」とエイブ。

「エリザベスはヘンリーに言いました。〝愛してるわ、とっても、わたしのスウィーティー〟」

「〝愛してるわ、とっても、わたしのスウィーティー〟」エイブはヘンリーの写真に顔を向けながら繰りかえした。パクは陪審がエリザベスを見て顔をしかめ、そのうちの何人かが首を振っているのに気づいた。

「それから？」

「エリザベスは出ていきました」マットが小さな声で答える。「笑みを浮かべ、手を振って。ジェットコースターに乗る人を見送るみたいに。そして歩き去りました」

## マット

「被告は去り、晩のダイブがはじまりました。次には何が起きたんですか、ミスター・トンプソン」とエイブが言った。

ハッチが閉じた瞬間に、マットはこのダイブは最悪だと感じた。空気は異様なほどよどみ、体臭の強烈な残り香とカプセルにしみこんだ消毒液のリゾールのにおいが混じり、呼吸をするのも苦しかった。キットがパクに耳の感染症が治りかけているTJのために、加圧にはいつもより時間をかけてほしいと頼んでいたので、完了までに通常の五分ではなく十分かかった。加圧が進むにつれ、空気は濃く熱くなっていく気がした。ポータブルDVDはカプセル内のスピーカーには接続していなかったので、バーニーの動物園では何を見よう〜の歌声がぶ厚い舷窓のガラスごしにくぐもって聞こえ、ほんとうに海の底で潜水している気分にさせられた。

「エアコンが切れていたので暑かったですが、そのほかは通常どおりでした」と言ったものの、ほんとうはそうではなかった。マットは女性陣がエリザベスの意外な陽気ぶりと仮病についてあれこれと話すだろうと思っていたが、キットとテレサはずっと口を閉じたままだった。マットをはさんでしゃべるのに気が引けたのかもしれないし、暑さのせいだったのかもしれない。いずれにしろ、マットにしてみればすわって考える時間があるのはありがたかった。メアリーにどう言うべきか決めておく必要があったからだ。

「異変の最初の兆候はどんなものでしたか」とエイブが訊く。

「歌の途中でDVDがとまりました」瞬間、カプセル内がしんと静まりかえった。エアコンが低くうなる音も、〈バーニー&フレンズ〉の音声も、おしゃべりする声も、何もない。すぐにTJが舷窓を叩きだした。DVDプレイヤーは眠っている動物で、叩けば目覚めるとでもいうように。「だいじょうぶよ、TJ。電池が切れただけだから」いきなり危機に襲われながらも無理やり気持ちを落ちつかせようという口調でキットが言った。

混乱のさなかで記憶している残りの部分は、めまぐるしく切りかわる古い映画のシーンのようで、雑につなぎあわせたいくつもの場面が次から次へと現われては消えた。TJが舷窓に拳を打ちつける。TJが酸素ヘルメットを脱いで脇へ放り、壁に頭を叩きつける。キットがTJを壁から引き離そうとする。

「あなたはパクにダイブを中断するよう依頼しましたか」

マットは首を振った。いま、日の光のなかではそうするべきだったとはっきりわかる。しかし、あのときはどうすべきか決断するすべがなかった。「テレサは中断すべきだと言っていたと思います。キットはだめだと言い、DVDをもう一度かければすむと主張しました」

「パクはなんと言っていたんですか」

マットはパクのほうを見た。「カプセルのなかはカオス状態で、非常にうるさくてはっきりとは聞きとれませんでしたが、パクは電池を取ってくるとかなんとか言っていました。数分かかるけれど待っていろと」

「パクはDVDを復活させようとしていたんですね。それから何が起きましたか?」

「キットがTJをおとなしくさせて、ヘルメットをかぶせました。落ちつかせるために歌をうたっていました」たしか同じ歌を繰りかえしうたっていた。〈バーニー&フレンズ〉が中断したときにちょうどかかっていた曲を。何度も何度も、やさしくゆっくりと、子守歌のように。マットはそれを聴いているうちに眠りに引きこまれた。**ぼくはきみを愛してる。きみもぼくを愛してる。ぼくらは幸せ家族。**はっと目覚めたときには、心臓が激しく鼓動していた。自分がバーニーの紫色の丸い頭をもぎとって踏みつけ、頭をなくした胴体がどさりと倒れて紫色の両手が宙で静止している場面が見えたからだった。

「それからどうなりましたか」とエイブが訊く。

みな静かにじっとしていて、キットはハミングをまじえて歌をうたい、TJはキットの胸にもたれて目を閉じていた。ふいにヘンリーが「おしっこ」と言い、緊急用に奥のほうに置いてある尿瓶《しびん》を取ろうとした。そばを通ったヘンリーの胸がTJの脚に触れ、驚いたTJは電気ショックを受けたみたいに腕と脚を細かく震わせ、そのあとは激しく脚をばたつかせて、もはや手がつけられない状態となった。マットがヘンリーを引き寄せているあいだに、TJはヘルメットを脱いでキットの膝の上へ放り、ふたたび頭を壁に打ちつけはじめた。

子どもの頭が鈍い音を立てながら鋼鉄製の壁に何度も何度も打ちつけられても砕け散らないとは、にわかには信じられなかった。ドス、ドスという音を聞きながら、次の一打でTJの頭が割れてしまうかもしれないと思うと、マットはヘルメットを脱ぎすてて耳を手で覆い、目をしっかり閉じてしまいたくなった。ヘンリーも同じ思いらしく、瞳孔が過度に縮小して射的のまんなかの円みたいになった目を大きく見開き、じっと見つめてきた。

マットはヘンリーの小さな手を握りしめた。ヘンリーのほうに顔を寄せ、ヘルメットごしに目を見て笑いかけ、だいじょうぶ、なんでもないよ、と語りかける。そして「深呼吸して」と言い、自分も深く酸素を吸いこみながら、ヘンリーの目をしっかりと見つづけた。

ヘンリーはマットにあわせて呼吸した。吸って、吐いて。吸って、吐いて。ヘンリーの顔に浮かんでいたパニックの色が消えていく。まぶたは緊張をやわらげ、瞳孔は広がり、唇の端はきゅっとあがって笑顔の形をつくる。マットは上の乳歯が抜けたところに新たに生えはじめた歯の先っぽを見つけた。おっ、新しい歯が生えてきているじゃないか、と言おうとしたところで、ドンと音が鳴った。ついにTJの頭が割れてしまったのかと思ったが、音はそれよりもはるかに大きく、百、いや千個の頭が鋼鉄を叩いたかのようだった。爆発音にも聞こえた。

瞬きをして——かかった時間は？　十分の一秒？　百分の一秒？——目を開いたとき、ヘンリーの顔があったところが、燃えていた。顔、それから瞬き、それから炎。いやもっとすばやい。顔、瞬き、炎。顔、瞬き、炎。

エイブは長いこと口を開かなかった。マットも。ただすわり、傍聴席と陪審席から、被告席以外のあらゆる場所から聞こえてくる泣き声や鼻をすする音に耳を傾けていた。

「検察側は休廷を求めますか」判事がエイブに訊いた。

エイブは眉をあげてマットを見た。マットは目もとや口もとに疲れの色が表われているのが自分でもわかった。休憩する頃合いだろう。

エリザベスのほうへ顔を向ける。彼女は一日じゅう落ちつき払い、まるっきり興味がないように見えるほどだった。だがいまこそ仮面をかなぐり捨て、息子を愛していた、傷つけるつもりはなかったと泣き叫ぶべきときではないのか。自分の息子を殺したとして起訴され、むごたらしい死の一部始終を聞かされているいま、まともな人間であれば感じているはずの荒れ狂う心のうちをさらけだすべきではないのか。礼儀正しさなどくそ食らえ、ルールなどくそ食らえだ。それでもエリザベスは何も言わず、身じろぎもしなかった。南極大陸の気候変動についての番組を見ているとでもいうふうに、たいした関心も示さずにマットを見つめ、聞いているだけだった。

マットはエリザベスのもとへ駆け寄って、肩をつかんで揺すってやりたかった。顔と顔を突きあわせ、いまでもあのときの、子どもが描く宇宙人みたいなヘンリー——炎に包まれたヘルメットをかぶり、首から下は完全に無傷で服の乱れもないのに、無言の叫びをあげながら両脚をばたつかせている——が夢に出てくるんだとどなりつけてやりたい。目に焼きついている残像をエリザベスの頭のなかへ移動させて、こちらの頭からは消し去ってしまいたい。彼女のいまいましいまでの落ちつき払った態度を突きくずし、二度と平静でいられなくしてやりたい。

「いいえ」とマットはエイブに言った。疲れは吹き飛んだし、休憩したいという気持ちも消えた。人間の皮をかぶった化け物を死刑囚監房送りにするのは、早ければ早いほどいい。「このままつづけてください」

エイブはうなずいた。「爆発が起きたあと、キットはどうなりましたか」

「火がまわったのは奥側の酸素のコックだけでした。TJのヘルメットもそことつながっていましたが、TJはすでにヘルメットを脱いでいて、キットがヘルメットを持っていました。炎がキットの膝の上にあったヘルメットに挿入されていたチューブから噴きだし、彼女は炎に包まれました」

「それから？」

「わたしはヘンリーのヘルメットを脱がせようとしました。しかし……」マットは自分の両手を見つめた。切断された部分を覆う瘢痕組織は、溶けたプラスチックのようにつやつやして真新しく見える。

「ドクター・トンプソン？　ヘルメットを脱がせることはできたんですか？」とエイブが訊く。

マットは顔をあげた。「すみません。できませんでした」無理やり大きな声を出してみると、言葉がするりと出てきた。「溶けはじめたプラスチックは非常に熱く、わたしはヘルメットに触れていられませんでした」火かき棒をつかみ、そのまま握っているようなものだった。それでもやらねばと思いはしたが、手が言うことを聞かなかった。いや、それは嘘かもしれない。形ばかりやってみて、精いっぱいやったと納得したかっただけかもしれない。自分の手を守ろうとしなかったら、少年を死なせずにすんだかもしれない。「わたしはシャツを脱ぎ、それで手を覆ってふたたびチャレンジしようとしましたが、ヘンリーのヘルメットはすでに形が崩れ、わたしは手に大火傷を負いました」

「ほかの人たちはどうなりましたか」

「キットは悲鳴をあげ、あたりには煙が充満していました。テレサはTJのところまで這っていって、彼を炎から遠ざけようとしていました。わたしたちはみな、パクにハッチをあけてくれと大声で叫びました」

「彼はあけてくれたんですか？」

「はい。パクはハッチをあけて、わたしたちを引っぱりだしました。まずはローザとテレサを、それから這ってきてTJとわたしを押しだしました」

「それから？」

「納屋は燃えていました。煙が充満していて息ができませんでした。どうしてそんなことができたのか、よく覚えていませんが、とにかくパクはテレサ、ローザ、TJ、そしてわたしを納屋の外へ出し、走ってまたなかへ戻っていきました。しばらくなかにいて、ようやくヘンリーをかついで出てきて、その身体を地面に寝かせました。パクは身体じゅうに火傷を負い、さかんに咳きこんでいたので、わたしは救助を待ったほうがいいと言いましたが、パクは聞き入れませんでした。そしてキットを助けるためになかへ戻っていきました」

「ヘンリーの状態はどうだったんですか？」

すぐにここから走り去れ、と身体じゅうのあらゆる細胞が呼びかけてくる声を振り払い、マットはヘンリーのもとへ向かった。膝をついてヘンリーの手を取る――首から下の身体と同じでひっかき傷すらない。服にはどこにも焦げはなく、靴下は白かった。

マットはヘンリーの顔を見ようとはしなかった。それでも、ヘルメットがなくなっていることはわかった。パクがなんとか脱がせたにちがいないと思ったが、ヘンリーの首をぐるりと囲む青いラテックスを目にし、悟った。ヘルメットの透明なプラスチックはすべて溶け、首もとのラテックスの輪だけが残ったのだと。ヘンリーの首から下を守った防火材はいまだにもとの状態を保っていた。

マットはみずからに強いてヘンリーの顔に目を向けた。いまもくすぶっていて、髪の毛はちりちりになり、皮膚一面が焦げて水泡に覆われ、血にまみれている。もっとも損傷がひどいのはあごの右側。酸素――炎――がヘルメットのなかに流れこんできた場所だ。そこの皮膚は完全に焼け落ち、骨と歯が露出している。ヘンリーの新しく生えた歯は見えるものの、歯を覆っていた歯茎はなくなっている。まだ残っている乳歯の下で生え変わるのを待っていた小さな永久歯がまる見えになっている。一陣の風がそよと吹き、黒焦げになった肉体の、ちりちりになった髪の、焼かれた肉のにおいを運んでくる。

「わたしがヘンリーのもとへ行ったときには、もう死んでいました」

## ヨン

ヨンは家とはとても呼べない家に住んでいる。ほとんど掘っ立て小屋。ある意味、風変わりでおもしろいと思う者もいるかもしれない。外観は丸太小屋か、木の上につくるツリーハウスみたいで、ティーンエイジャーが手先の不器用な父親といっしょにつくり、完成品を見た母親が「がんばったわね。木工のクラスはとったことがないのに！」と感想を述べるような家。

はじめて家を見たとき、ヨンはメアリーに言った。「見てくれはどうでもいい。雨露《あめつゆ》をしのげて安全に暮らせれば。その点が重要なのよ」そうはいっても片側に傾いて軋む小屋で安心して暮らすのは難しい。なにしろ小屋全体がゆっくりと土のなかに沈んでいっているようなものなのだから（土地はやわらかくぬかるんでいるので、実際に沈んでも不思議ではない）。ドアと、壁をくり抜いて透明のフィルムを貼り、ダクトテープでとめた〝窓〟がひとつあるだけ。ドアは建てつけが悪く、合板の床はあちこちにでっぱりがある。誰がこの小屋を建てたにしろ、その人物は〝床は平坦に〟とか〝ドアの取りつけは正しい角度で〟といったあたりまえのことに考えがおよばなかったのだろう。

けれどもいま、ゆがんだドアをあけてぎしぎし鳴る床を踏みしめながら、安心とはまさにこういう気持ちなのだろうとヨンは思った。公判初日の終わりを告げるべく判事が小槌を打ち鳴らしてからやりたかったことを、心おきなくやってみる。歯をむきだしにして大きな声で笑い、アメリカの裁判って最高、エイブも判事も、誰よりも陪審を愛している、と叫ぶ。ほんとうに陪審員たちはすばらしい。互いはもとより、誰とも事件に関して話しあってはならないという判事の指示を無視して、判事が退廷しようと立ちあがるとすぐに——行ってしまうのを待ちもせず——エリザベスの話をしはじめて、気味の悪い女だとか、自分が人生をめちゃくちゃにした人たちの前でつんと澄ましているなんてどういう神経だろうとか、口ぐちにののしったのだから。あげくに、退廷しようと立ちあがったときに、みな嫌悪の表情を浮かべていっせいにエリザベスを睨みつけたのだから。振付師に振りつけてもらったとも思える、一糸乱れぬ美しさだった。

そんなふうに思ってはいけないとわかっている。マットの身の毛のよだつ証言でヘンリーとキットの死、マット本人のひどい火傷を負って切断を余儀なくされた指、左手ですべてをこなさねばならない苦労があらためて思い起こされたというのに。ヨンはこの一年、永遠につづくかに思われた悲しみのなかで生きてきた。火傷治療センターでのパクの苦悶する声が耳によみがえり、下肢が麻痺した夫の将来を憂い、何を聞かされても心が反応しなくなっていた。火にかかった水に入れられたカエルがしだいに熱くなる湯から逃げださないのと同じで、一家は煮えたぎる鍋のなかで生きることにすっかり慣れてしまっていた。ヨンは悲劇に慣れすぎてしまい、もはや何も感じなくなっていた。

それがこうして、喜びと安堵を感じている——そんな感情は過去の遺物で、どこかへ埋められ忘れられていたのに、掘りかえされ解き放たれている。爆発する数分前についてのマットの証言のなかには、パクが納屋にいないことを示す内容はひとつもなかった。これまでは泥が血管を流れ臓器を痛めつけてきたのに、ダムが決壊してようやく泥をすべて押し流してくれた気がする。パクが家族を守るために事実をごまかして考えだした筋書が真実となり、嘘を見抜ける唯一の人物がさらにそれを確固たるものにしてくれたのだ。

ヨンは振り向いてパクを見た。夫がなかへ入るのを助けるために近づいていくと、パクは「今日はいい一日だったな」と言い、笑みを向けてきた。口の端を片側だけきゅっとあげて、片方の頬にだけえくぼができている。少年みたいだ、とヨンは思う。「じつは、きみとふたりきりになるまでいい知らせをとっておいたんだ」顔をいちだんとゆがめてにやりと笑う。ヨンは夫と楽しい企みごとをしている気分になった。「保険調査員が裁判所に来ていてな。きみがトイレへ行っているあいだに話をした。評決が出しだい、報告書を提出するそうだ。彼によると、金が全額支払われるまでほんの数週間らしい」

ヨンは顔を空に向けて目を閉じ、両手を打ち鳴らした。母がよい知らせを聞いて神に感謝するときにいつもそうやっていた。パクは笑い、ヨンも笑った。「メアリーは知っているの?」

「いや。きみからあの子に伝えたいかい?」いつもの押しつける感じではなく、こちらに選択をまかせる言い方に驚く。

ヨンは結婚式前夜の花嫁のように不安と幸せを感じながら、うなずいて微笑んだ。「あなたはひと休みしていて。わたしが行って伝えてくるから」行きしなに夫の肩に手を置く。パクはその手に自分の手を重ねて笑みを見せた。ふたりの手が重なりあう——一致団結したひとつのチーム。

ヨンはヘリウムでふくらんだ風船さながらに身体がふわりと浮かんだ気がしたものの、メアリー——納屋の前に立ちつくし、声も立てずに泣きながらなかば崩れた建物を呆然と見つめている——の悲しみを思うと、いつまでも喜びにひたってはいられなかった。何よりもメアリーの涙がヨンを奮い立たせる。爆発以来、メアリーはすぐにカッとなる口数の多い女の子から、ひとりでいることを好む無口な娘に変わった。医者たちは心的外傷後ストレス障害《ポスト・トラウマティック・ストレス・ディスオーダー》(PTSD、医者たちはそう呼ぶ——アメリカ人はなんでも頭文字をとって略す癖がある。少しの時間でも節約するのが重要だとでもいうように）と診断し、メアリーが事件の当日について話すのを拒否するのは典型的なPTSDだと語った。メアリーは裁判を傍聴したがらなかったが、法廷での陳述が記憶をよみがえらせるきっかけになるかもしれないと医者は言った。たしかに今日、ヨンはきつい結び目がほどけはじめたと実感させられた。メアリーはマットの証言に集中し、彼女自身は大学進学適性試験《SAT》の準備クラスに出席していて見ていなかった事件当日の出来事——抗議者、治療開始の遅れ、停電——の詳細にじっと耳を傾けていた。そしていま、メアリーは泣いている。爆発以来、はじめて見せる本物の感情。

　メアリーに近づき、娘の唇がつぶやきほどの声を発して動いているのに気づく。「静か……、とても静か……」たしかに言葉を発してはいるが、はかなげで、どこか眠りを誘い、マントラのようにも聞こえる。昏睡から目覚めたときも、爆発前の静けさについて英語と韓国語で同様の言葉を発していた。医者の説明によると、心的外傷を受けた患者は、原因となった出来事を見たり聞いたりしたときの印象にとらわれ、頭のなかでイメージを何度もよみがえらせてしまうという。医者は「爆発事件の被害者は、爆発時の音響にとりつかれてしまうケースがよく見られます」とも言っていた。「娘さんがその瞬間に聴覚で感じとったものに固執するのはごく自然なことです」

　メアリーのとなりに並ぶ。娘は身じろぎもせず黒焦げのサブマリンを見つめたまま、涙を流している。

「今日はたいへんな一日だったわね。でも、あなたがようやく、こうして泣いているのを見て、わたしはうれしいの」ヨンは韓国語でそう言ってメアリーの肩に手を置こうとした。

　とたんにメアリーが身体を引いた。「ママは何もわかってない」としゃくりあげながら英語で返し、家のほうへ走りだす。拒絶されて胸が痛んだものの、それもつかの間で、ヨンはすぐに気をとりなおした。泣いたり、大声を出したり、逃げだしたりするのは爆発前のあの子の十八番《おはこ》だったじゃない。以前はティーンエイジの女の子の芝居がかったところが気に入らず、そんな意味のないことはやめなさいとメアリーを叱っていたのに、なくなるとなんだか恋しくなり、いまそれが戻ってきたところでほっとしていた。

ヨンはメアリーのあとを追って家のなかへ入り、娘の寝る場所とそのほかを仕切る黒いシャワーカーテンをあけた。カーテンはうすっぺらくて、とてもではないが娘の（そして反対側にいるパクとヨンの）プライバシーを守ることはできず、ひとりで放っておいてほしいというティーンエイジャーの望みに申しわけ程度に応えたものにすぎない。

メアリーはベッドがわりのマットに横になり、顔をまくらにうずめていた。ヨンは腰をおろしてメアリーの長い黒髪をなでた。「いい知らせがあるの」と穏やかに言う。「裁判が終わったらすぐに保険金が入ってくるんですって。わたしたちもすぐに引っ越せる。あなた、いつもカリフォルニアに行きたいって言ってたでしょう。あっちの大学に願書を出せばいいわ。そうしたらここでの出来事をぜんぶ忘れられる」

メアリーは頭を少しあげ、赤ん坊が頭の重みに振りまわされてもがくように、やっとのことでヨンのほうを向いた。顔には皺が寄ったまくらカバーのあとがつき、まぶたが腫れている。「どうしてそんなことを考えられるの？　キットとヘンリーが死んだっていうのに、なんで大学とかカリフォルニアの話ができるわけ？」メアリーの言葉は非難そのものだったが、目は見開かれていて、こんなときに将来の話ができる母親に感心して、どうすればまねできるか考えている、とでもいうふうだった。

「すべて、むごくてひどいことだってわかってる。でも前へ進まないと。わたしたち家族と、あなたの将来に目を向けないと」ヨンはシルクにアイロンがけするときのようにメアリーの額をやさしくなでた。

メアリーは顔をそむけた。「ヘンリーがどうやって死んでいったか、わたし、知らなかった。あの子の顔が……」閉じた目から涙が伝い落ちてまくらを濡らした。

ヨンは娘のとなりに横になった。「しー。いいの、いいの」メアリーの髪の毛を目から払い、韓国で毎晩やっていたように指で髪を梳いてやる。どれほどこういったふれあいが恋しかったか。アメリカでの生活にはいやなことがたくさんあった。ガンパパを擁するガンファミリーとして四年間、一家はばらばらになった。ホストファミリーからは（ボルチモアに落ちついてからわかったことだが）一週間に七日、朝の六時から夜中まで働くことを期待された。四人になり、防弾ガラスで仕切られた部屋にひとり閉じこめられた。いちばん残念だったのは、娘との親密な関係が失われたことだった。四年間、母と娘はほとんど顔をあわせなかった。メアリーはヨンが帰宅する時間にはもう寝ていて、ヨンが出かけるときはまだ寝ていた。最初の数週間、メアリーは週末になると店を訪ねてきたが、最初から最後まで母親に泣きついていた。学校が大嫌いだとか、まわりの子どもはみんな意地悪だとか、クラスメイトが何を言っているかわからないとか、父親が恋しいとか、友だちが恋しいとか。それがしだいに怒りに変わり、自分をほったらかしにして、知らない国で娘が孤児同然になっても知らぬふりをしたとヨンを大声で非難した。最後には、最悪なことに、無言で母親を避けるようになった。声を荒らげもせず、頼みこみもせず、睨みつけもせずに。

理解できないのは、なぜメアリーの怒りが母親にだけ向かうのか、という点だった。自分は韓国に残り、ボルチモアのホストファミリーのもとへ妻と娘を送りだす、という計画を立てたのはパクなのに。メアリーだってそれは知っていたはずだ。パクがひとりで話を進めてヨンの反対意見には耳を貸さなかったところを見ていたのだから。それなのにメアリーはなぜか母親だけを非難した。もしかしたら、移民にともなうあらゆる痛み――分離、孤独、いじめ――をヨンと結びつけ（ヨンはアメリカにいるから）、一方でパクをひとりでがんばる立派な父親とみなし、韓国での温かい思い出――韓国人として韓国で家族とともに平和に暮らす――と結びつけていたのかもしれない。ホストファミリーは時が解決すると言った。メアリーは移民の子どもたちがたどる典型的なパターンをたどった。アメリカの生活様式をどんどん吸収し、韓国語ではなく英語を話し、キムチは食べずにマクドナルドのハンバーガーを食べることで親を悩ませたのだった。そういった過程を経ながらもヨン、もしくはアメリカに対するかたくなな態度は変わらず、友だちができ、母親に話しかけるめったにない機会に英語が使われはじめたころ、初期の〝関連づけ〟が不等式の形で真理となり、メアリーの固定概念となったようだった。

（パク＝韓国＝幸せ）＞（ヨン＝アメリカ＝みじめ）

過去の固定概念は消えたのだろうか。泣いている娘の髪を梳き、添い寝をして安心させても拒絶されないのだから。五分か十分が過ぎてメアリーの呼吸がゆっくりとしたリズムを刻みはじめ、ヨンは娘の寝顔を眺めた。目覚めているときのメアリーの顔はとても鋭角的だ。細い鼻筋、高い頬骨、しかめた顔の額に深く刻まれる線路を思わせる皺。眠っているときはすべてが溶けたばかりの蠟のようにやわらかく、尖っていた部分もゆるやかなカーブを描いているように見える。頬の傷さえもあまり目立たなくなり、こすれば消えそうだ。

目を閉じ、娘の呼吸に自分の息遣いをあわせているうちに、自分はほんとうにここにいていいのかという心もとなさを感じはじめた。いままでに何度メアリーのとなりで横になり、彼女を抱きしめただろう。百回？　千回？　いずれにしろ、ずいぶん昔の話だ。この十年のあいだ、長時間にわたって娘の身体に触れることができたのは入院中だけだった。年を経るごとに夫婦のあいだでうすれていく愛情について人びとは語り、〝結婚した年〟対〝そのほかの年〟のセックスの回数を調べる報告が数多くなされているのに、赤ちゃんが〝生まれた年〟対〝そのほかの年〟でわが子を抱きしめて過ごした時間数を比べる人はいない。子どもがよちよち歩きの幼児からティーンへと成長するにつれ、授乳したり抱っこしたりあやしたりという親子のスキンシップが極端に減るのはいたしかたないのかもしれない。同じ家で暮らしはするが触れあうことはなくなり、相手にいらいらしながらも、関心はうすれていく。たしかに触れあいもせずに何年でも過ごせるだろうが、人はその心地よさを忘れることはなく、懐かしく思う気持ちもとめられない。いまみたいに少しでもチャンスがあれば、かならずものにしたいと強く願う。

ヨンは目をあけた。何年もまえによくやっていたように、メアリーのほうへ顔を近づけて、鼻と鼻を触れあわせる。娘が漏らす温かい息がこちらの唇にかかり、やさしくキスしているような気になる。

ヨンは夕食にパクが好物だと言い張るメニューを用意した。豆腐と玉ねぎの味噌仕立てのスープ。ほんとうの好物はあばら肉をタレにつけこんだカルビで、ふたりが大学で出会ったころからの大好物だ。けれども、あまり質がよくないくず肉でもあばら肉は一ポンド四ドル以上はする。豆腐は一丁二ドルで、そこにライスとキムチをつけても充分に賄える。週の残りは一ダースを数ドルで買えるラーメンでしのぐ。夫が退院してきた日に、ヨンがこのスープを出すと、パクは思いきり香りを吸いこみ、味噌と玉ねぎの食欲を刺激するにおいで肺を満たしたようだった。それからひと口食べて目を閉じ、なんの味もしない病院食を四ヵ月も食べていたあいだは、しっかりした味つけのものが食べたくてしかたなかった、だからこのスープは自分の新たな好物だ、と語った。ヨンには夫が面目を保とうとしているのだとわかった――パクは家計が困窮するのを恥じ、家計の問題を話しあうことさえ拒否した――が、それはともかく、スープを食べながらいかにもうれしそうにしている夫を見てヨンもうれしくなり、これからはできるだけこのメニューを用意しようと決めた。

煮たちはじめた鍋のなかで味噌を溶き、湯がおいしそうな茶色に変わっていくのを見ながら、ヨンは心から満足して笑みをこぼした。記憶にあるかぎり、アメリカへ来てからいちばん幸せだと感じていた。客観的に見れば、いまはアメリカでの生活、いや、これまでの生涯で最悪の時期だろう。夫は下肢が麻痺し、娘はショックのために動いたり話したりするのも困難で、顔には傷が残り、心はばらばらになっている。家計は崩壊している。希望が見えもしない状態に追いやられ、他人に憐れまれ、耐えられないほどの絶望を感じていてもおかしくない。

なのに、こうして木製のお玉を手に、味噌を溶いた湯のなかにスライスした玉ねぎを入れてかき混ぜ、顔の前に立ちのぼってくる湯気を吸いこみ、調理を心から楽しんでいる。ヨンは保険金が入ってくるというパクの言葉を、さらには、やさしげに微笑みながら肩にそっと手を置く夫のしぐさを思いだしていた。今日はふたりで思いきり笑った。そんなふうに笑ったのはいつ以来だろう。喜びを奪われた月日があまりにも長かったので、ちょっとしたことにでも過剰に反応してしまうのかもしれないし、ささやかな幸せ――ふつうの生活を送っているときは毎日あってあたりまえで、それゆえに気づかなかった——さえも、いまでは婚約や卒業などと同じく、人生の画期的な出来事として祝う対象となったのかもしれない。

「幸せって相対的なものよね」と爆発が起きる数日前にテレサが言っていた。あの日、テレサは午前中のダイブに早めに到着したので、パクが納屋で準備をしているあいだうちへ来て待たないかとヨンは彼女を誘った。メアリーがSATの準備クラスに出かけるまえにテレサに声をかけた。「ミズ・サンティアゴ、お会いできてうれしいです。こんにちは、ローザ」そう言って、ローザの目の高さにあうよう腰を落とした。メアリーは母親以外の人間にならこんなにやさしくなれるのかと、ヨンは内心で驚いた。ローザはメアリーの呼びかけに元気に応えた。笑みを見せ、懸命に何かを言おうとしているらしく、喉からうなっているような、うがいをしているような声を出した。

「聞いてみて」テレサが言った。「ローザはね、お話をしようとしているの。今週ずっとこうなのよ。いろんな音を出して。Hボットが効いているみたい」テレサはローザの額に自分の額をくっつけて、娘の髪をくしゃくしゃっとして笑った。ローザは口を閉じてハミングし、それからふたたび口を開いて「ムア」と言った。

テレサが息を呑んだ。「いまの聞いた？　〝マ〟って言ったわ」

「聞こえた！　ローザが〝マ〟って言った」とメアリーが答えた。ヨンの身体のなかを震えが走った。

テレサは腰を落としてローザを見あげた。「もう一回、言ってちょうだい、スウィーティー。〝マ〟って。〝ママ〟って」

ローザがもう一度ハミングしてから言った。「マ」ちょっと間をおいて「マ！」

「もう、なんてことでしょう！」テレサはローザの顔じゅうにキスをし、母の唇に触れられてローザは笑った。ヨンとメアリーも笑った。一瞬の出来事に驚き、その驚きでみながひとつになったみたいだった。テレサは神に無言の感謝の祈りを捧げるかのように宙を仰いだ。涙がテレサの頬を流れ落ちていくのをヨンは見た。喜びに打ち震えて目を閉じるテレサは涙をこらえようともせず、感極まったようすで大きく口を開いた。そしてローザの額にキスをする。今回はやさしく触れるのではなく、唇でローザの皮膚を味わうとでもいうように長く。

ヨンは胸に嫉妬が渦巻くのを感じた。歩くことも話すこともできず、将来的に大学へ進学することも、夫や子どもを持つこともない娘の母親を妬むとはおかしな話だ。同情すべきところなのに嫉妬するとは何ごとか、と胸のなかでつぶやいた。それにしても、テレサの顔から発散されている純粋な喜びを自分が感じたのはいつだっただろうか。少なくとも、ここ最近ではない。近ごろはいつだって、こちらが何か言うたびにメアリーは顔をしかめて声を荒らげるし、もっとひどいと、母親を無視するか、知らない人間みたいに扱うのだから。

ローザがテレサに「ママ」と言ったのは、まさしく奇跡にも等しい進歩で、テレサに大いなる幸せをもたらしてくれた。いまのヨンにとっての大いなる幸せとはなんだろうか。メアリーがいままでに成し遂げたこと、これから実現してくれること、驚かせてくれるはずのことをあれこれ考える。ハーヴァード大学かイェール大学に入学すること?

母親の胸のうちを読んだのか、メアリーはテレサとローザににこやかにさようならを言い、ヨンには何も言わずにドアに向かった。

ヨンは顔が赤くなるのを感じ、テレサに気づかれたかと心配になった。「安全運転でいってらっしゃい、メアリー」わざと明るい口調で言った。「夕食は八時半よ」どちらも英語を使った。韓国語を使うことでテレサに疎外感を味わわせたくなかったのだが、メアリーの前で英語をしゃべるのはじつのところ気が引けた。自分の発音が、ほかのこと同様に、娘の気分を害するのを知っているからだ。

ヨンはテレサに向きなおり、無理やり楽しげに笑った。「あの子、忙しいのよ。SATの準備クラスにテニスにヴァイオリン。それに、もう大学のリサーチまでしているの。驚いちゃう。十六歳の女の子がすることをしているんでしょうけど」しゃべりだすまえは、こんな話をしたいとは思っていなかったのに、映画のワンシーンを演じているみたいに出てくる言葉をとめられなかった。本音ではテレサを傷つけたかった。少しのあいだ——一瞬でもいいからテレサをいやな気分にさせられるくらいのあいだ——しゃべっていたかった。このうえない喜びにひたっているテレサに現実という薬を注入して、夢の世界から引きもどしてやりたかった。ローザにはいまもこれから先もできないことが山ほどあるのだと、わからせてやりたかった。

テレサの顔がゆがみ、目尻と唇の端が垂れさがった。いままで目もとと口もとを持ちあげていた見えない糸が切れたとでもいうように。まさに自分が求めていた反応だったけれど、それを見たとたん、ヨンは自己嫌悪に陥った。

「ごめんなさい。なんであんなことを言ったのか自分でもわからない」ヨンはテレサの手を握りながら言った。「わたし、ほんとに無神経だった」

テレサが見つめてくる。そして「いいのよ」と言った。その言葉を疑う気持ちが顔に出てしまったらしくテレサは笑みを浮かべて手をぎゅっと握りかえしてきた。「ほんとよ、ヨン。だいじょうぶ。ローザが最初に具合が悪くなったときは、だいじょうぶじゃなかったけどね。この子とおんなじ年ごろの子を見ると、いっつも思った。〝あれはローザだったはず。サッカーを楽しんで、パジャマ・パーティーに参加して〟って。

でもね、ある時点で」――ローザの髪をなでる――「わたし、受け入れたの。学んだのよ、ローザがほかの子みたいになるのを望んじゃいけないって。いまは自分はよそのママと少しも変わらないと思ってる。いい日もあれば悪い日もあるし、がっかりするときもあるけれど、ローザが笑わせてくれたり、さっきみたいにいままでやったことがないことをしてくれるときもある。そういうとき、人生はまんざら悪くないって思えるの」

ヨンはうなずいたけれど、テレサがなぜあんなにも幸せそうに見えるのか、悪くはない人生だと口に出して言えるのか、ほんとうのところは理解していなかった。客観的に考えると、テレサの人生はかなり厳しく、悲劇的なのだから。けれどいまになって、夕食よ、と寝ている夫の頬にキスをして起こし、「わたしの好物をつくってくれたんだね。いいにおいだ」と言われて笑みを向けられ、ヨンは理解した。これこそ、いちばん幸せであってもおかしくない金持ちや成功した人たち――最高経営責任者《CEO》、宝くじの当せん者、オリンピックのメダリスト――が、じつのところ、いちばん幸せとは言えないという研究報告がある理由であり、貧しい人や身体が不自由な人がかならずしも打ちひしがれているとはかぎらない理由だ。何を達成しようが、どんなトラブルに巻きこまれようが、人間の基盤となるのは毎日の生活であり、日々の生活を大切にするなかで夢や希望が生まれてくる。

パクを起こしたあと、ヨンはメアリーが眠る場所へ行き、床を二度、踏み鳴らし――幻想でしかないプライバシーを守るため、ノックのかわりにこうしている――、シャワーカーテンをあけた。メアリーはまだ眠っていた。髪は乱れ、口はミルクを求める赤ん坊のようにぽかんとあいている。身体じゅう傷だらけで頬から血を流していた爆発のあとの姿と同じで、なんとも脆くて危うく見える。ヨンは瞬きをして過去の姿を振り払い、娘の横に膝をついてメアリーのこめかみに口づけした。目を閉じて、時間をかけてキスをし、唇でメアリーの肌を、その下で脈打つ血流のリズムを感じとり、肌と肌をあわせて自分の娘とひとつになる、この幸せをどれくらいつづけられるだろうかと考えた。

## メアリー・ユー

メアリーは母の声で目覚めた。「ミヒヤ、起きて。夕食の時間よ」と母はささやき声で言った。言葉とは裏腹に、起こすつもりはなさそうな小さな声で。メアリーは目をあけずに、やさしげに「ミヒ」と呼ぶ母の声を聞きながら、自分がいまどこにいるのかわからず、混乱する頭を整理しようとした。この五年間、母が韓国名で呼びかけてくるのは、口論などをして娘に手を焼いたときだけだった。そういえば、ここ一年でミヒと呼ばれたことは一度もない。爆発以来、母は超がつくほどやさしくなり、もっぱら〝メアリー〟と呼んでいた。

おかしなことに、メアリーは自分の英語名を嫌っている。ただし、はじめからではない。母親（大学で英語を学び、いまでも英語の本を読んでいる）が〝ミヒ〟にいちばん近い英語名として〝メアリー〟はどうかと提案してきたときは、本名と同じMではじまる名前を見て興奮した。ソウルからニューヨークまでの十四時間のフライト、つまり、ミヒ・ユーとしての最後の十四時間を使って、新しい名前を書く練習をし、すべての書類にメアリーと書きこみ、字面がかわいらしいと思ったりした。到着後、アメリカ人の入国審査官が、韓国人の舌ではとてもまねできないような、いかにもアメリカ人という巻き舌で「メアリー・ユー」と呼んだとき、メアリーはさなぎから姿を変えた蝶のように自分も新しく生まれ変わったのだと感じた。

しかし、ボルチモアの中学校に転校してから二週間が過ぎ、生まれ変わった蝶はこの先けっして慣れることはない世界に迷いこんでしまったと気づいた。まず朝の出欠確認のおりに韓国の友だちからの手紙をこっそり読んでいて、自分の名前が呼ばれたのに気がつかなかった。そのため返答できず、ほかの生徒たちに笑いものにされてしまった。丸い穴に四角いものを押しこもうとしてもけっしてはまりはしない。その後ランチタイムのカフェテリアで、ふたりの女子生徒が出欠確認のようすを再現し、ちぢれ毛の女子が「メアリー・ユー？　メーアリー・ユー？　メーアーリー・ユーーー？」と大声で繰りかえした。ハンマーが振りおろされ、円の縁に引っかかっていた四つの角が粉々に砕かれた。

もちろん名前が悪いわけじゃないとわかっていた。言葉も習慣もまわりの人びとのことも、何ひとつ知らないというのが問題だったのだが、新しい名前と新しい自分とを結びつけるのも生易しいことではなかった。韓国ではミヒは話好きの女の子だった。友だちとおしゃべりしてはしょっちゅう叱られ、いつもごめんなさいと謝ってなんとか許してもらっていた。新しいメアリーはおしゃべりはいっさいしない数学オタクだ。何も期待せずに殻に閉じこもる、無口で従順で孤独な女子。韓国名を捨て去ることで、髪を切られたサムソン（サムソンは旧約聖書に登場する英雄で、その髪の毛が怪力の源だった）さながらに弱くなり、本人が知りもしないし好きでもない、おとなしすぎる女子生徒となった。

母親にはじめてメアリーと呼ばれたのは、出欠確認／カフェテリア事件があった週末で、ホストファミリーが経営する食料雑貨店を訪ねたときのことだった。ホストファミリーのカン夫妻は二週間かけて母親に仕事を教えこみ、店の管理をまかせる準備は整ったと考えていた。メアリーはまだその店へ行ったことがなく、買い物をしやすい小ぎれいなスーパーマーケットを想像していた。いかにもアメリカ的ですてきな店。自分たちはそういうすてきなものを求めてアメリカへ来たのだ。けれども車を降りて歩いていく途中、割れた瓶や吸い殻、新聞紙をかぶって歩道で寝ている人間をよけなければならなかった。

店の出入口のスペースは、サイズといい見かけといい、貨物用のエレベーターみたいだった。商品が並ぶスタッフ用の小さな部屋と客とのあいだにはぶ厚いガラスが設置されていて、金をやりとりするターンテーブルがついた窓にはこう書かれた看板が貼られている。この店は防弾ガラスで守られています。お客さまは神さまです。午前六時から午前十二時まで、週七日オープン。メアリーが呆然として出入口に立ちつくしていると、母親が防弾と、おそらく防臭もほどこされたドアの鍵をあけた。デリの肉料理のかすかなにおいが鼻をついた。

「朝の六時から夜中まで？　それも毎日？」メアリーは部屋へ入りながら言った。母親はカンに困ったような笑みを向け、娘を連れてアイスクリームのクーラーボックスとデリで使うスライサーの前を通りすぎ、狭い廊下を歩いていった。奥のスペースに着くなり、メアリーが母に面と向かって言った。「どれくらいまえから知っていたの？」

母の顔がつらそうにゆがむ。「ミヒヤ、わたしはね、ずっと、カンさんの助手として働くんだと思っていたの。カンさんもそれを望んでいると。でも昨日の夜、カンさんたちは引退を考えているって知らされて。それで、誰か人を雇ってください、週に一度だけ来てくれる人でもいいからって頼んだんだけど、そんなお金はない、あなたの学費を払うだけで精いっぱいだって言われて」母は背後の扉をあけて、物入れのなかを見せた。コンクリートの床にマットレスが一枚、敷かれている。「カンさんたちがわたしのために寝る場所を用意してくれたの。もちろん、毎晩じゃなくて、くたびれて車の運転ができないときのために」

「じゃあ、わたしもここにいっしょに住んでもいい？　このへんの学校へ行けばいいし、そうすれば放課後にお手伝いもできる」とメアリーは言った。

「だめよ、このあたりの学校はどこも荒れているって話だし。それに、あなたが夜ここで過ごすなんて論外。とても危険で、ギャングもたくさんいる……」母は口を閉じて首を振った。「カンさんたちは、頼めばあなたを週末にここへ連れてきてくれるだろうけれど、あの人たちの家は遠いし。たびたび遠出を押しつけるわけにはいかない」

「それくらいやってくれて当然でしょ？」とメアリーは言う。「あの人たちはオンマを奴隷扱いして、オンマもそれを受け入れている。もうわたし、なんでアメリカへ来たのかわからない。アメリカの学校ってそんなにすばらしいわけ？　あいつら、わたしが四年生のときに習っていた算数をいまやってるんだよ！」

「たいへんなのはわかってる」と母親が言う。「でも、みんなあなたの将来のためなの。なんでも受け入れて、ベストを尽くさなきゃ」

なんでも受け入れて闘うことを拒否している母親を

非難したくてたまらなかった。いやならばいやだと言うべきだと。韓国でメアリーはそうした。父親がはじめて自分の計画を打ちあけたときに抗議の声をあげた。父母が言い争っているのを漏れ聞いたから、母親も計画に反対なのは知っていた。なのに、結局母はいつものとおり折れ、いまも折れつづけている。

メアリーは何も言わず後ずさりして、母の姿をもっとはっきり見ようと目を細めた。母は祈るように顔の前で両手をあわせ、静かに涙を流していた。メアリーは背を向けてその場をあとにした。

カン夫妻が引退を祝うために出かけていったあと、メアリーはずっと店で過ごした。母親に対していらついていたものの、反面ではしっかりと店を切り盛りする姿に感銘を受けていた。〝研修期間〟はたった二週間だったのに、母は顧客の顔をほぼすべて覚えていて、ひとりひとりの名を呼んで挨拶し、英語で家族の調子はどうかと訊いている。英語自体はつっかえつっかえで訛りがきついけれど、それでもメアリーよりはじょうずにしゃべっていた。いろいろな意味で、メアリーの母親は顧客みんなの母親でもあるようだった。先まわりをして客が必要な商品をそろえ、愛情たっぷりに、へたをすると色気までただよわせて笑い、話しかけ、客の機嫌を上向かせている。だが必要とあれば厳しくしてもいた。たとえば、フードスタンプで煙草は買えません、と注意するときとか。母親を見ていてメアリーは思った。母はここでこうして働くのがほんとうは好きなのかもしれない。だから自分たち親子はアメリカにとどまっているのだろうか。店を切り盛りするのは単に母親であるというよりは達成感を得られるから?

午後遅くになって、ふたりの少女が店にやってきた。小さい子は五歳くらいで、大きい子はメアリーと同じ年ごろ。メアリーの母親はすぐにドアの鍵をあけた。「アニーシャ、トーシャ、ふたりとも今日はずいぶんとかわいいわね」母は言い、ハグをする。「わたしの娘を紹介するわ。メアリーよ」

メアリー。慣れ親しんだ弾むような口調で母が言うと、一度も耳にしたことがない外国の言葉に聞こえた。不自然だ。何かがちがう。メアリーが黙って立っていると、五歳くらいの女の子のほうが笑って言った。「あたし、あなたのママが好き。いつもトッツィロールをくれるのよ」メアリーの母親は笑い、女の子にトッツィロールを手渡して額にキスをした。「だから、ふたりは毎日来るのよね」

年上の子が言った。「聞いて、聞いて。わたし、数学のテストでAをとったよ！」メアリーの母は「すごい、すごい、だから言ったでしょ、あなたならできるって」と言い、その子がメアリーに言う。「あなたのママはね、今週ずっと、紙に書いて計算する割り算を教えてくれたの」

ふたりが帰ったあと、母親が言った。「あの子たち、すごくかわいいでしょ？ でもとてもかわいそうなの。去年、お父さんが亡くなったんですって」

メアリーはあの子たちのために悲しもうとした。愛すべき、心の広い女性が自分の母親であることを誇りに思おうとした。しかし頭に浮かんでくるのは、あの子たちは毎日メアリーの母親に会い、ハグしてもらえるけれど、自分は会えもしないし、ハグもしてもらえない、ということだけだった。「こんなふうにドアをあけておいちゃ危ないよ」とメアリーは言った。「あけてお客をなかに入れたら、防弾ガラス製のドアの意味がないじゃない」

メアリーの母親はしばらくじっと娘を見ていた。それから「ミヒヤ」と呼んで、娘の身体に腕をまわそうとした。メアリーは後ずさって母の手を逃れた。「わたしの名前はメアリーだよ」

その日からメアリーは母を〝オンマ〟ではなく〝マ

マ〃と呼ぶようになった。オンマは手ざわりのいいセーターを編んでくれ、学校から帰ると毎日麦茶をさしだして「おかえり」と言い、その日に起きたあれこれを聞きながらいっしょにジャックス（ゴムボールを使う子どもの遊び）をやってくれるお母さんだ。おいしいお弁当をこしらえてもくれる。うちのオンマのみごとな弁当をうらやましく思わない生徒が学校にいただろうか。韓国のふつうの弁当はライスとキムチがステンレスの弁当箱に詰められているだけ。でもオンマはいつもおかずを追加してくれた――骨を抜いた魚のフライをそえてくれたり、雪をかぶった火山から黄身の溶岩が噴きだしているみたいに、まんなかが盛りあがったライスに炒り卵をまんべんなく散らしてくれたり。大根やにんじんを具にしたのり巻きや、油揚げに甘めに味つけしたライスを詰めたいなり寿司もつくってくれた。

でも、オンマはどこかへ行ってしまい、ママに変わってしまった。ママは娘をひとりでよその家に置き去りにし、娘が男子から〃まぬけな中国人〃と呼ばれていることや、女子たちにくすくす笑われていることを知らないし、メアリーとは誰なのか、ミヒはどこへ行ったのかを探し求めて苦しんでいることも知らない。

だから店を去るときに、メアリーは韓国語で「ごきげんよう」と挨拶し――わざとていねいな言葉を選んで、ふたりのあいだには距離があること、お互いに見知らぬ者同士だということをほのめかした――、母の目をまっすぐに見て、〃オンマ〃ではなく「ママ」と言った。母親の頬から血の気が引き、反論しようとしたのか口が開かれたが、すぐにあきらめたらしく閉じられた。母の顔にショックの色が浮かぶのを見て、メアリーはいい気分になるかと思ったが、まったくの逆だった。部屋が傾いたように見えた。泣きたくなった。

翌日からメアリーの母親はひとりで店を切り盛りしはじめ、たいていは店で眠った。メアリーはそれを受け入れた。少なくとも頭では。家までは車で三十分かかり、移動時間を睡眠にあてたほうが時間を有効活用できる。母が帰宅するころにはメアリーはもう寝ているのだから、なおさらだ。母が店に泊まって帰らなかった最初の夜、生まれてはじめて母に会うことも話すこともなく一日を過ごしたのだと思い至り、ベッドで横になりながら母を憎んだ。彼女が自分の母であることに対し。じつの母を憎く思わせたこの場所へ、自分を連れてきたことに対し。

誰ともいっさい話をしない夏がはじまった。カン夫妻は息子が住むカリフォルニアへ二カ月の旅に出た。残されたメアリーは家にひとりきりで、学校もキャンプもなく、友だちも家族もいなかった。こうなったら自由を謳歌しようと決め、十二歳の女の子なら誰もが夢見る世界で生きられる、と自分に言い聞かせた——両親やきょうだいに邪魔されずに、一日じゅう好きなことをして、好きなものを食べ、好きなテレビ番組を観られる世界。もっとも、カン夫妻が旅行に出かけるまえでさえ、ふたりとは頻繁に顔をあわせていたわけではない。ふたりとも静かで遠慮がちな人で、自分たちの世界に住み、とやかく言ってきたことはなかったので、ひとりきりで暮らすといっても、まえとどれほどの違いがあるのかはよくわからなかった。

とはいえ、ほかの人が立てる音に関しての違いはあきらかだ。しゃべる声だけじゃない。階段が軋む音、誰かがハミングする声、テレビの音、皿が触れあって鳴る音、こういった生活音は孤独感を消し去ってくれる。なくなったら恋しくなるはずだ。まったくない場合、完全なる静寂、完全なる孤独が訪れる。

これがメアリーが過ごした夏だった。ほかの人間には誰ひとり会わずに日々が過ぎていった。母親はかならず毎日帰宅すると約束してくれたが、午前零時よりまえに帰ってくることはなく、夜が明けるまえに出かけていった。メアリーは母親とはいっさい会っていなかった。

けれども、声は聞いていた。母親は帰宅するとかならずメアリーの部屋へ入ってきて、汚れた服の山を踏みこえ、ブランケットを引っぱりあげ、お休みのキスをした。じっとベッドの上にすわり、韓国でよくやっていたように、指でメアリーの髪を何度も何度も梳くときもあった。たいていの晩はメアリーは目覚めていた。母親が真夜中に防弾ガラスに守られた場所から出たとたん、銃撃戦に巻きこまれるというイメージにさいなまれていたからだ。それは現実になる可能性もあった。だからこそ母はメアリーを店へ連れていくことをしぶったのだ。母親が廊下をつま先歩きする音が聞こえると、安堵と怒りが入り混じった感情を覚えた。メアリーはしゃべらないほうがいいと考え、寝ているふりをした。目を閉じ、身じろぎもせず、鼓動がなるべくゆっくりと静かになるようにつとめ、このひとときがずっとつづくようにと願った。オンマに戻ってくれた母に甘え、昔どおりの母親の愛情を受けとめたかった。

これが五年前の出来事だった。そのあと、カン夫妻が戻り、母親はふたたび店で眠るようになった。メアリーの英語がうんと上達し、いじめっ子がいなくなった。父親がアメリカへ渡ってきて、ふたたび自分が外国人として扱われる場所に引っ越し、そこでどこから来たのかと訊かれたからボルチモアと答えたら、「ちがう、どこの国の出身だ?」と訊かれた。煙草があって、マットがいた。それから、爆発が起きた。

ふたたび親子は小屋にいる。母親はメアリーの髪を指で梳き、メアリーは寝ているふりをしている。半分眠っている霞のなかで横になり、ボルチモアに戻ったような感じがして、自分が毎晩目を覚ましていたこと、オンマが戻ってくるのをひたすら待っていたことを母は知っていただろうかと考えた。

「おーい、夕食が冷めちゃうぞ」父親の声が聞こえてきて、母親とのひとときが終わった。母が「わかった、いま行く」と答えてメアリーをやさしく揺すり、「メアリー、夕食の用意ができたわよ。すぐに起きてきてね」と声をかけた。

メアリーは、いま起きるから、とでもいうように、瞬きを繰りかえしてつぶやきを漏らした。母親が出ていってカーテンを閉めるのを待ってからゆっくりと身体を起こし、頭をはっきりさせていまの状況を呑みこもうとした。ミラクル・クリークにいる。ボルチモアじゃない。ソウルでもない。マット。火事。裁判。ヘンリーとキットは死んでる。

ヘンリーの黒焦げになった頭と炎に包まれているキットの胸のあたりのイメージが即座に脳裡によみがえり、涙が目をちくちくと刺した。ここ一年間、ふたりのことや事件当夜のことは考えないようにしてきたが、今日、ふたりの最期のようすを聞き、彼らの痛みを想像してしまった。ふたりの姿がメアリーの脳に移植されて鋭い針となり、ちょっとでも動こうものなら容赦なく突き刺してくる。目の裏側に焼けつくような閃光が走り、その圧力に耐えかねて口が開き、叫び声が漏れだす。

マットレスの横に裁判所で拾った新聞が置いてあった。今日の朝刊で、見出しは〝〈ママ、最愛の息子を殺す〉事件の裁判、本日開廷〟。写真がそえられていて、エリザベスがぼんやりした笑みを浮かべてヘンリーを見つめ、首をかしげている。自分でもどうしたらいいかわからないほど息子を愛しているというふうに。エリザベスが息子を愛してやまない姿を、メアリーは以前にもHボットで見たことがある。エリザベスはヘンリーを引き寄せ、髪をなでながら本を読み聞かせていた。目のあたりにしたエリザベスのヘンリーに対する無私無欲の献身ぶりは韓国のオンマを連想させ、メアリーの胸をうずかせた。

そのすべては策略だったのだ。そうに決まっている。ヘンリーが生きながらにして焼かれたようすをマットが語るのを、エリザベスはただ黙って聞いていたのだから。たじろぎもせず、泣きもせず、叫ぶでもなければ逃げだすでもない。子どもを愛していながら、あんなふうにふるまえる親はいない。

メアリーはもう一度、写真を見た。この人は去年の夏じゅう、ひそかに息子を殺す計画を立てながら彼を愛しているふりをし、酸素チューブから数インチのところに煙草を置いた。酸素がチューブを通り、息子へ送られているのを知りながら。かわいそうなヘンリー。写真の美しい少年は髪も乳歯も何もかも炎に呑みこまれてしまった……。

なんてことだろう。メアリーはぎゅっと目を閉じて首を振った。右、左、右、左。しだいに激しさを増し、やがて首が痛み、部屋がぐるぐるとまわって、世界が右から左、上から下へとジグザグに動きだす。頭がからっぽになって、もはや身体を起こしてはいられず、マットレスの上に倒れこみ、まくらに顔をうずめた。

涙が綿のカバーを濡らした。

## エリザベス・ワード

エリザベスが六年前にはじめて自分の息子を故意に傷つけたとき、ヘンリーは三歳だった。一家はワシントンDC郊外の新しい家に引っ越したばかりだった。型抜きクッキーみたいなマックマンション（マクドナルド店のように画一的な邸宅）――ぽつんと建っているぶんには許せるが、狭い土地に細長い芝生を境界としてくっつきあうように建っている、同一の型のマックマンション〝群〟となると、お話にならないくらいひどい。そもそもエリザベスは郊外になど住みたくなかったが、当時の夫のヴィクターが都市部に住むのに反対し（「騒音！」）、かといって田舎暮らしもいやがり（「遠い！」）、考えるまでもないと言ってこの家（ふたつの空港と、有名小学校への進学率が高い三つの幼稚園に近い）を選んだ。

越してきた最初の週に、隣人のシェリルがご近所さんが集まるパーティーを開いた。エリザベスがヘンリーを連れていってみると、洞窟を思わせる地下室で子どもたちが木馬や〈きかんしゃトーマス〉の汽車や〈カーズ〉の車で遊び、跳びはね、金切り声をあげていた（楽しいのか、怖いのか、痛いのか、エリザベスには判断がつかなかった）。両親たちは子どもの遊び場とはベビーゲートで仕切られたスペースに設えられたバーに集まっている。動物園の檻のなかの動物に見えなくもないが、みなワイングラスを片手に、子どもたちの声に負けじと、互いに身を乗りだして話をしていた。

数歩なかへ入ったとたんに、ヘンリーは両のてのひらを耳にあてて叫びだし、その甲高い声がざわつく部屋のなかを駆け抜けていった。みんなの視線が最初はヘンリーに集中し、それからママのエリザベスに注がれた。

エリザベスはヘンリーをきつく抱きしめ、胸に息子の顔をうずめて叫び声を抑えようとした。「しーーー」と言いながら、何度もヘンリーの髪をなでているうちに、ようやく叫び声がおさまった。そこでまわりの人に向かって言う。「ごめんなさい。この子、物音にはすごく敏感で。それに引っ越してきたばかりで、荷ほどきなんかも忙しくて、ちょっとまいっちゃってるの」

大人たちは笑みを浮かべ、陳腐な言葉を吐く。「そうだろうとも」とか「気にしなくていいよ」とか「誰にでもそういうとこ、あるから」とか。ひとりの男性がヘンリーに言った。「この一時間、きみみたいに叫びたくてうずうずしてたんだ。ぼくのかわりにやってくれてありがとな、相棒」そしてとても自然に、いかにも楽しそうにくっくと笑った。エリザベスはその場の緊張を解いてくれたお礼にハグしたい気持ちでいっぱいだった。シェリルはベビーゲートをあけて大人たちを遊び場に誘い入れ、歌うように言った。「おーい、みんなー、新しいお友だちよー。自己紹介して」

よちよち歩きの子も就学前の子も、ひとりひとりシェリルのすすめに応じて、名前と年を言いはじめた。いちばん年下のベスは自分の名前を「ベスト」と発音し、年を言うかわりに小さな人さし指を高くあげた。シェリルがヘンリーのほうを向いた。「それで、次はきみよ、ハンサムくん」まわりの子どもがくすくす笑う。「お名前は?」

エリザベスは「ヘンリーです、三歳です」と答えてほしかった。せめて母のスカートで顔を隠してくれればいい。ヘンリーははじめての人たちと会うと、恥ずかしがるんです」ともっともらしく言える。そうすると「かわいいわねー」というママたちからの口をそろえた言葉が返ってくるだろう。だがそうはならなかった。

ヘンリーは無表情のまま、あごをあげて宙を見つめ、口をぽかんとあけている。まるで抜け殻。個性も、知性も、感情もない。

エリザベスはひとつ咳払いをして「この子の名前はヘンリー。三歳よ」と、なにげない口ぶりで言った。いまにも吐きそうなほどあわてふためいている心中はおくびにも出さず。小さなベスがよちよち歩きで寄ってきて「ハイ、ヘンウィー」と言うと、大人たちがいろんなバージョンで「うわあ、かわいい」と口ぐちに言った。バーへ戻っておしゃべりしはじめたとき、エリザベスはすすめられた酒を受けとりながら、さきほどの行動を奇妙だと思われただろうかと考えていた。へんだと思われてもしかたがないけれど。

エリザベスが大人たちの輪に加わっている一方で、ヘンリーは五分ほど同じ場所に何も言わずに立ちつくしていた。ほかの子と遊ばず、楽しんでいるようには見えなかったが、少なくとも注意を引くようなまねはしていなかった。ひとまずはそれが重要だ。エリザベスはワインを飲み、冷たい酸味が喉を潤し、胃を温めるのを感じた。目に見えない円蓋にすっぽり覆われている感じがしてきて、目の前で遊ぶ子どもたちが映画のスクリーンのなかにいるように見え、騒がしい声が心地よいほろ酔いのなかに遠ざかっていく気がした。

シェリルの声でふとわれに返った。「どうしちゃったのかしらね、ヘンリー。誰とも遊ばないなんて」その晩遅く、ヴィクターからの電話を待ちながら（夫は月に三度目の、LAでの会議に出席中）、エリザベスは適切な対処をするのにどんな選択肢があったかを考えた。「あの子、疲れているの。昼寝をさせなきゃ」と言って家に帰ることもできただろうし、ヘンリーが大好きな音の鳴るおもちゃを渡していたら、ほかの子といっしょにではないけれどその近くで遊んでいるように見せることができたかもしれない。たしかなのは、シェリルがヘンリーも誘ってゲームをはじめたとき、割って入るべきだったということだ。

そのあとの数日間、ワインでほろ酔いになって感覚が鈍り、何も対処しなかった自分をエリザベスは責めることになる。エリザベスがワインを飲みつづけるあいだ、シェリルとその夫が五フィート離れたところにすわり、ふたりで両腕をあげてゲートの形をつくっていた。誰もルールの説明をしなかったが、ゲーム自体はごくシンプルで、説明はいらないみたいだった。ふたりが〝ビー、ビー〟と言って腕をあげているあいだ、子どもたちはその下を走り、腕がおりてくるまえに通り抜けようとする。エリザベスには何がおかしいのかさっぱりわからなかったが、みんな、両親までもげらげら笑っていた。

ゲートを上下させるのを何度か繰りかえしたあと、シェリルが言った。「ヘンリー、いっしょに遊びましょう。すっごく楽しいから」子どもたちのひとり、ヘンリーと同じく三歳の少年が、手をあげて誘った。

「おいでよ、いっしょに走ろう」

ヘンリーは突っ立ったまま、なんの反応も示さなかった。感覚器官が機能せず、相手の手も見えないし、声も聞こえないといったふうだった。ただじっと天井を見ているので、ほかの子の半数が何かおもしろいものがあるのかと同じように天井を見あげた。するとヘンリーはみんなに背を向けてすわりこみ、身体を揺らしはじめた。

その場の全員が動きをとめてヘンリーをじっと見た。それほど長い時間ではなかった――三秒か、せいぜい五秒――が、ヘンリーが身体を揺らす以外はしんと静まりかえり、誰も動かなかった。音と動きが失われたからなのか、時の流れがひどく遅く感じられた。事故などに遭うと時間がとまり、自分の生涯が目の前を一秒で駆け抜けるという話をエリザベスは信じていなかったが、まさにそれが起きていた。ヘンリーが身体を揺らすのを見つめているあいだに、これまでの人生の断片が頭のなかで細切れの映像として映しだされた。生まれたばかりのヘンリーがお乳を飲むのをいやがり、顔をミルクだらけにして激しく首を振る。三カ月のヘンリーが四時間ぶっつづけで泣いている。夜、顧客との会食で遅くに帰宅した夫に、キッチンの床に倒れこんで泣きじゃくっている姿を見られる。十五カ月のヘンリー、仲間うちの子どものなかでヘンリーだけハイハイもせず、歩きもしない。すでに走ったり、短い言葉をしゃべったりしている女の子のママが言う。「気にしないの。赤ちゃんの成長はみんなそれぞれペースがちがうんだから」（おかしなことに、発達の過程について悩まないのが正しい子育てだ、とのたまうのは決まって発達の早い子のママで、そう諭すときにはかならず〝進んだ〟子どもを持った喜びが得意満面の笑顔になって表われる）二歳のヘンリーはまだしゃべらず、ヴィクターの母親がヘンリーの誕生日パーティーにやってきて言う。「アインシュタインは五歳になるまでしゃべらなかったのよ！」先週はヘンリーの三歳児健診で、目をあわせない息子に小児科医は恐ろしいことを言った（「わたしは自閉スペクトラム症だと言っているわけではありません。ただ、検査を受けても害にはなりませんよ」）。昨日、ジョージタウンの児童相談所の担当者から自閉スペクトラム症の検査は現在八カ月待ちだと告げられ、エリザベスは一年前に——いや、二年前に——電話しなかった自分に腹を立てた。正直に言うと、そのころから何かがおかしいとわかっていた。確信に近いものがあった。しかし、なんでもないと自分に言い聞かせ、いまいましいアインシュタインを引き合いに出して時間をむだにしてしまった。そしていまここで、ヘンリーは新たな隣人たちの前で身体を揺らしている。

シェリルが沈黙を破った。「ヘンリーはいま、遊びたい気分じゃないみたいね。さあ、次は誰？」無理やりなにげないふうを装い、わざと明るくふるまおうとしているのがその声からありありとわかり、エリザベスはぴんときた。シェリルはヘンリーの存在に困っている。

みなが背を向け、ゲームを再開し、ワインを飲んだりおしゃべりをはじめたが、まえよりも声のボリュームを半分に落とし、こわごわと用心深そうにしている。場の活気も消えた。大人たちがヘンリーのほうを極力見ないようにしているなかで、小さなベスが「ヘンウィーは何をしているの？」と訊くと、母親が「しー。いまはだめ」と答え、おもむろにエリザベスに顔を向け「このディップおいしいでしょ。コストコで買ったのよ！」と言った。エリザベスにはみんなが自分のためになんでもないふりをしてくれているのがわかっていた。たぶん感謝すべきなのだろうが、ヘンリーの行動がものすごく異常だから見ないふりをしなければ、という態度に、感謝するどころか腹が立った。もしヘンリーが癌や難聴だったら、みな同情し、見て見ぬふりなどしないだろう。きっとまわりに集まってきて、いろいろ質問し、思いやりを示してくれるはずだ。自閉スペクトラム症だとそうはいかない。自閉スペクトラム症自体が恥なのだから。エリザベスは息子の症状を誰にも言わず、誰にも気づかれないようにすれば、息子を（あるいは自分を？）守れると思いこんでしまった。

「失礼」エリザベスはヘンリーのそばへ歩いていった。鎖で檻につながれているみたいに足が重く、歩くのに全力を振りしぼった。ママたちは気づかないふりをしていたが、エリザベスには彼女たちの目が自分を追っているのがわかり、その顔に〝ああいう子の母親でなくてよかった〟という感謝の念が浮かんでいるかと思うと、喉もとまで怒りがこみあがってきた。ごくふつうの子どもがいる彼女たちがうらやましく、妬ましい。自分と代わってほしいと願い、心から憎んだ。笑ったりおしゃべりしている子どもたちのあいだを縫って歩きながら、このなかの誰かひとりを選び、わが子だと言えればいいのにと、痛いほど思った。そうすれば人生が大きく変わる。些細なことにも笑いが絶えない毎日を送れる（「もう、ほんと困っちゃう。ジョーイがジュースを飲んでくれないの！」とか「ファニーが髪を赤紫に染めちゃった！」とか）。

ヘンリーのところまで行き、息子の背後で屈む。ほかの親たちは見えないけれど、あらゆる方向から注がれる彼らの視線が、虫眼鏡で日光を集めるように、背中に一点集中しているのが感じられ、頰と耳が熱くなり、目が潤んだ。両手をヘンリーの肩にしっかりと置く。「だいじょうぶよ、ヘンリー」できるだけやさしく語りかける。「もうやめようね」

ヘンリーはエリザベスの言葉を聞かず、肩に手が置かれたことも感じていないようだった。そのまま身体を揺らしつづけている。前、後ろ。同じリズム。同じペース。ひとつのことを繰りかえす、誤作動を起こした機械さながらに。

エリザベスはヘンリーの耳に向かって叫びたかった。手をつかんで激しく振り、とらわれている世界から息子を引きずりだし、視線をこちらに向けさせたかった。顔が熱を帯びる。指がびりびりとしびれる。

「ヘンリー、やめなさい。いま、すぐ」叫びをささやきに押しこめて言い、まわりから悟られないように注意しながら息子の肩を締めつけるように握った。強く。ヘンリーは動きをとめたが、それはほんの一秒にも満たず、また身体を揺らしはじめた。エリザベスはより強く握り、肩と首のやわらかい肉がぴんと張るまで締めつけた。息子を痛めつけたくて、叫び声をあげるか、こちらを押しのけて逃げだすか、ヘンリーが母と同じ世界に生きていることを示す何かを求めてさらに強く握りつづけた。

あとになって、息が詰まるほどの恥ずかしさと恐ろしさに何度も襲われた。帰りぎわにほかのママたちがささやきあっているのを見て、彼女たちに見られただろうかと不安になった。風呂の時間にヘンリーのシャツを脱がせると、肌にうっすらと赤い三日月形の痣がついているのが目に入った。エリザベスは息子を引き寄せて頭にキスし、彼の心が取りかえしがつかないほど傷ついてはいないことを祈った。

けれども息子の肩に指を食いこませていたあいだ、エリザベスが感じたのは爽快感だった。ドアを乱暴に閉めたときや皿を放り投げたときの一瞬だけ気分が晴れるという感じではなく、ゆっくりと怒りが消えていき、少しずつ喜びに変わっていくという感じ。パン生地か何かやわらかいものをこねているときに感じる心地よさとでも言えばいいか。ヘンリーがようやく身体を揺らすのをやめて振りかえったとき、口は苦痛にゆがみ、目はまっすぐに母親の目に向けられた。ここ数週間、いや数カ月のうちではじめて、ゆるぎないまなざしを向けられて、エリザベスは身体に力がみなぎって喜びが爆発するのを感じた。苦痛や憎しみは粉々に砕け散り、もはや少しも感じなくなっていた。

郡庁舎の駐車場はほぼからっぽだったが、法廷が数時間前に休廷になったことを考えるとべつに不思議ではない。休廷が宣言されてから、エリザベスは〝緊急の仕事〟が入ったという弁護士にずっと控室で待機させられていた(みなが帰るまで女性の殺人者たるクライアントを隠しておくためだろう)。それはそれでかまわない。行くべき場所ややるべきことがあるわけではないのだから。拘置所ではなく自宅に監禁されている身なので、行くのが許されているのは裁判所と弁護士のシャノンのオフィスのみ。車の運転もシャノンがする。

シャノンの黒のメルセデスは一日じゅう日向にとめられていたので、シャノンはエンジンをかけると同時にエアコンを全開にした。吹きだした風がエリザベスのあごの右側にあたる。エアコンがきくまでには時間がかかるため、その風は炎のように熱かった。エリザベスはあごに触れ、まさにその場所をめがけてヘンリーを焼いた炎が噴きだしたというマットの証言を思いだした。火が右あごの肌と筋肉を直撃する場面を想像する。とたんに口が開き、膝の上に嘔吐してしまった。「ああ、もう」エリザベスはドアをあけて車の外へ這いだしたものの、レザーシートにもドアにも床にも、あらゆるところに吐物をまき散らしてしまった。「たいへん。汚してしまったわ。ごめんなさい」コンクリートの上になかば倒れこんだ状態で謝る。自分はだいじょうぶ、ただ水がほしいだけ、と言おうとしたのに、シャノンはすぐさま車から降りてきて母親か医者のまねごと――脈をチェックし、額に触れて熱を調べる――をしてから、すぐに戻ると言いおいてどこかへ行ってしまった。しばらくして――二分？　十分？――防犯カメラが自分のほうを向いているのに気づき、スーツ姿の女がヒールをはいたまま地面に倒れこんでゲロまみれになっている姿を想像して、笑いださずにはいられなくなった。激しく。ヒステリックに。シャノンがペーパータオルを手に戻ってくるころには、自分が泣いていることに気づいていて、それに驚いてもいた。笑っていたはずなのに、いつ泣きだしたのかも覚えていない。ありがたいことにシャノンは何も言わず、エリザベスが笑ったり泣いたり、ときには泣き笑いしているあいだに、すべてをきっちりと片づけてくれた。

車が走りだし、感情を爆発させたあとに心がからっぽになったエリザベスにシャノンが言った。「さっきの法廷でだけど、感情はどこへ行っちゃってたの？」

エリザベスは答えなかった。肩をすくめて、野にぽつんと立つ細い木のまわりに二十頭ほどの牛が集まっているのを眺めた。

「もう気づいているでしょうけど、被告は自分の息子の身に起きたことにまるで関心がないって陪審は思っているわよ。あなたをすぐにでも死刑囚監房に送りたくてうずうずしている。あんな態度をとったのはそれが望みだったの？」

白地に黒い模様がついている牛——ジャージー種だっけ？　それともホルスタイン？——は茶一色の牛より涼しいのだろうか。「わたしはあなたの指示どおりにしただけ」とエリザベスは答えた。「陪審の心象を悪くするようなまねはするな、って言ってたでしょ。おとなしく冷静にしてろって」

「ばかなまねはするなっていう意味よ。叫んだり、泣きわめいたり。ロボットになれなんて言っていない。自分の子どもの死についての証言を聞いて、あんなに平然とした人にはお目にかかったことがない。ほんと、ぞっとした。自分は傷ついているってことをみんなに見せたってかまわないのよ」

「どうして？　それで何が変わるの？　あなただって証拠を見たでしょう。わたしに勝ちめはない」

シャノンはエリザベスを見て唇を嚙み、車を路肩に寄せてブレーキを踏んだ。「あなたがそう思っているなら、なんでわたしたちは闘っているの？　どうしてわたしを雇って無罪答弁をして、公判に臨んでいるの？」

エリザベスはうつむいた。ほんとうのところ、そもそものきっかけはヘンリーの葬儀の翌日に開始した自殺についてのリサーチだった。たくさんの方法があった——首吊り、海や川への身投げ、一酸化炭素の吸引、リストカット、などなど。メリットとデメリットのリストをつくり、最終的に睡眠薬の服用（メリット：痛みはない。デメリット：確実に死ねない——発見され、蘇生させられるおそれがある）か、銃（メリット：確実に死ねる。デメリット：購入まで時間がかかる？）を使うかで迷っていたとき、警察は抗議者たちを容疑者からはずし、エリザベスを逮捕した。検察側が死刑を求刑するつもりだと宣言したときに、エリザベスは気づいた――裁判を受けること、それ自体が罪の償いになるのではないか。怒りと憎悪に駆られてあの日にとった取り消すことも忘れることもできない行動は、頭のなかで昼も夜も、寝ても覚めても、何度も何度も再生されて、正気を奪っていった。公の場で公式にヘンリーの死に責任があるとして非難され、息子に降りかかった苦しみの詳細を聞かされたのちに血液中に直接、毒を注射されて殺される。これほどまでに申しぶんのない責め苦はあるだろうか。瞬きする間もなく、楽に死ねる特典までついているのだ。

そんな胸のうちをエリザベスはけっして口にしない。今日どんな気持ちだったかを告げるつもりもない。大勢の人の目にさらされ、すべてのやりとりを聞かされ、提示されたものを見ねばならず、そのなかで無表情を貫いた。少しでも感情を表わしたら、ドミノ倒しさながらに次から次へと感情があふれでてしまうことが怖かったからだ。百名もの人びとが臆面もなく、毒矢を射るように、それぞれが下した判決を視線に乗せて投げつけてきた。そういった彼らの非難を受け入れて身のうちにおさめ飲み下していくうちに、しまいには身体じゅうが人びとの憎悪であふれかえった。エリザベスはそれでいいと思う。非難や憎悪の対象になるのを強く望んでいたのだから。

シャノンはエリザベスの沈黙を無言の降伏と解釈したらしく、ふたたび運転しはじめ、同時に口を開いた。

「そうそう、いい知らせがあるの。ヴィクターは証言しない。法廷には来ないわ」

エリザベスはうなずいた。それがなぜいい知らせなのかはわかっている。シャノンは悲しみに打ちひしがれた父親が陪審に与える影響を心配していたようだが、夫の不在は祝うほどの価値もない。ヴィクターはエリザベスが逮捕されてからいっさいの連絡を絶っていた。エリザベスにしてもそれは予想できた。なんといっても、夫は新しい家、新しい妻、新しい子どもがそろったカリフォルニアでの生活で忙しいのだから。それでも少なくとも自分の息子が殺された事件の裁判には顔を出すだろうと思っていた。エリザベスは芽生えたいらだちが胸のなかでわだかまり、心臓を締めつけてくるのを感じた。かわいそうなヘンリー。これほどまでにひどい両親のもとに生まれ落ちて。片方は息子を苦しめ、殺した責任を問われ、もうひとりは役立たずすぎて気にかける価値もない。

シャノンの電話が鳴った。どうやら予期していた連絡らしく、前置きもなしに「手に入れた？　読んでみて」と応答した。エリザベスは深呼吸をした。吐物のにおいが鼻を刺したので窓をあけてみたものの、外から入ってくる甘ったるい堆肥のにおいとすっぱい吐物のにおいが混じり、腐りかけの中華料理みたいな、もっとひどいにおいがただよいはじめた。ちょうど窓を閉めたのと同時に通話が終わり、エリザベスはシャノンに言った。「洗車したほうがいいわ。支払いはこちらへの請求書につけておいて。でもきっとあなたのところの経理担当は〝どうして殺人事件の裁判費用に吐物で汚れた車の洗車代が入っているんだろう〟って悩むでしょうね」そして笑った。シャノンは笑わなかった。

「聞いて。今日、ユーの隣人のひとりが傍聴していたの」かすかな笑みがシャノンの唇の両端に浮かんだ。「彼はある情報を持ってやってきた。今日の審理を聞いて自分が目撃した内容が重要だと気づいて。で、弁護チームのメンバーに調査を依頼したところ、見つかったのよ、ほかの証拠が。まだ裏がとれていなかったから、あなたには伝えていなかったんだけど」

どこかで牛たちがいっせいにモーと鳴いた。エリザベスは息を呑んだ。耳のなかでカチリと鳴る音がした。「抗議者たちがやったという証拠？　とうとう何かをつかんだの？　まえに彼女たちに注目すべきだって言ったわよね、わたしは――」

シャノンは首を振った。「いいえ、彼女たちじゃない。マットよ。彼は嘘をついている。わたしが証明してみせる。エリザベス、わたしはあなたじゃないほかの人間が火をつけたという証拠を握っているの」

## 公判二日目
## 二〇〇九年八月十八日　火曜日

# マット

今日は昨日より楽だろうとマットは思った。すべてを語りおえ、飲みすぎたあとに吐いたときみたいにさっぱりした気分だった。

しかしふたたび証人席にすわると、顔をあげるのが昨日よりもつらくなっていた。法廷内の多くの人間から非難されている気がしてならない。健康で若く、しかも医師という立場の男性が、目の前で子どもが生きたまま焼かれるのを黙って見ていたとは何ごとかと。

「おはようございます。ドクター・トンプソン。わたしはエリザベス・ワードの弁護人、シャノン・ハウです」

マットはうなずいた。

シャノンが話しだす。「まずは、恐ろしい目に遭わされたドクターを心からお気の毒に思っていることをお伝えいたします。ふたたびすべてを思いだしていただき、ときには詳細に至るまでお話しいただかねばならないことを、事前にお詫び申しあげます。わたしの目的はドクターを困らせることではなく、ただ単に真実を見つけることです。中断が必要となったらいつでもお知らせください。よろしいですね」

マットはあごの力が自然とゆるむのを感じ、意外にも笑みを浮かべていた。エイブはやれやれといったふうに宙を仰いだ。どうやらシャノンを好きではないらしい。彼女を〝すばらしい訴訟工場の大物弁護士〟と評していたので、マットはテレビのショー番組に出てくる弁護士タイプを想像していた。髪をフレンチツイストにまとめ、スーツの下はタイトなペンシルスカートで靴はスパイクヒール。謎めいた笑みを浮かべ、恐ろしいほどゴージャスな女性を。ところが実際のシャノン・ハウは見た目も声も親切なおばさんといった感じで、身体全体からやさしさがにじみでている。スーツはゆったりしていてやや皺が目立ち、肩にかかるグレイの髪は縮れている。豊かな胸は魔性の女、ではなく、乳母を思わせる。「彼女は敵だ」とエイブは警告したが、マットはシャノンがかもしだす女性的な温かい雰囲気に甘えてみたくてしかたなかった。

「さて」とシャノンが口火を切る。「基本的な事柄からはじめましょう。簡単に、はい、いいえでお答えください。あなたはエリザベスがミラクル・サブマリンのどこかで火をおこすのを見ましたか？」

「いいえ」

「彼女が煙草を吸っているところを、もしくは手にしているのを見たことがありますか」

「いいえ」

「ほかに誰かがHボットで煙草を吸っているのを見たことがありますか」

マットは顔が赤らむのを感じた。ここはさらりとすませるにかぎる。「パクはHボットでの喫煙を許可していませんでした。われわれはみなそれに従っていました」

シャノンは微笑み、一歩近くへ寄った。「それは〝いいえ〟という意味ですか？　では、ミラクル・サブマリンの敷地内で誰かが煙草やマッチや、それに類するものを持っているのを見たことがありますか」

「わたしの答えはどちらもいいえです」とマットは答えた。べつに嘘をついているわけではない。川は〝敷地〟の外なのだから。だが鼓動は速いままで落ちつかない。

「あなたの知っているかぎりで、ミラクル・サブマリンで煙草を吸っている人はいましたか」

まえにメアリーは、パクの好きな銘柄はキャメルだと言っていた。しかし口に出して答えはせず、心のなかでみずからに言い聞かせる。おまえはそれを知らないはずだ。「なんとも言えません。みなさんに会うのは、喫煙が禁じられているHボットだけでしたから」

「そうですね」シャノンは肩をすくめ、自分のテーブルのほうへ行った。これはチェックリストに載っているお定まりの質問で、とくに何かを引きだせるとは思っていない、といったふうだった。テーブルまで行く途中で、シャノンは身体の向きを変え、さりげない口調で尋ねた。「ところで、あなたは煙草を吸いますか」

マットは失った指がうずくのを感じ、その指のあいだに細いキャメルをはさんでいるような気がした。

「わたしですか?」ふくみ笑いが自分で思っているほどわざとらしく聞こえないように祈る。「喫煙者の肺のレントゲン写真の束を目にすると、煙草を吸うからには死ぬ覚悟が必要だなと思います」

シャノンは笑った。ありがたいことに、証人の機嫌を損ねないようにするためか、はい、いいえで答えろとは言ってこなかった。次にテーブルから何かを取りあげ、歩み寄ってきた。「エリザベスのことに戻ります。あなたは彼女がヘンリーを叩いたところを見たことがありますか。形はどうあれ、ヘンリーを傷つけているところを」

「いいえ」

「ヘンリーに向かってどなっているところを見たことがありますか」

「いいえ」

「育児放棄についてはどうですか。ぼろぼろの服を着せたり、ジャンクフードを食べさせたり、そういうところを見たことがありますか」

マットはヘンリーが穴のあいた靴下をはいていたり、キャンディのスキトルズを食べているところを想像して、笑いそうになった。エリザベスはオーガニック、着色料無添加、無糖以外のものをけっしてヘンリーには与えなかったはずだ。「絶対にありません」

「それどころか、エリザベスはヘンリーの世話をするために多大な努力をしていた、そう言ってさしつかえありませんね？」

マットは肩をすくめながら眉をあげた。「そう思います」

「エリザベスはダイブの前後にはかならずオトスコープ（耳の内部を検査する器具）でヘンリーの鼓膜をチェックしていましたか」

「はい」

「ほかの親は誰もそういうことはしていなかった、あっていますか？」

「はい、あっています」

「エリザベスはダイブのまえにヘンリーに本を読み聞かせていましたか」

「はい」

「ヘンリーに与えるおやつはすべて手づくりでしたか」

「はい。というか、エリザベスはそう言っていました」

シャノンはマットを見て、首をかしげた。「ヘンリーにはひどい食物アレルギーがあったため、エリザベスはすべて材料からつくっていた、それはほんとうですか？」

「それも、本人がそう言っていました」

シャノンはさらにマットに近づき、今度は反対側に首をかしげた。抽象画を観ていて、どちらが上か下か決めかねているといったふうに。「ドクター・トンプソン、あなたはヘンリーのアレルギーについてエリザベスが嘘をついていると非難しているのですか」

「マットは頬が紅潮するのを感じた。「かならずしもそうではありません。わたしには真実はわからないというだけです」

「では、これでどうでしょうか」シャノンはマットに一枚の書類を手渡した。「それが何か、読んでみてください」

　マットはざっと目を通した。「これはヘンリーがピーナッツ、魚、甲殻類、乳製品、卵のひどいアレルギーだという診断書です」エイブがマットを見て首を振る。

「では、もう一度うかがいます。エリザベスはヘンリーがアレルギー反応を起こさないよう、手づくりのおやつを与えていた、あっていますか」

「これを見ると、はい、あっています」

「ヘンリーにとってもっともひどいアレルギー反応を引き起こす、ピーナッツに関する出来事を覚えていますか」

「はい」

「どんなことが起きましたか」

「ＴＪがピーナッツバターのサンドイッチを食べていたらしく、カプセルのなかに入るときにハッチのハンドルにピーナッツバターをつけてしまいました。ヘンリーはそこに触れてしまいましたが、さいわいエリザベスが気づきました」

「エリザベスはどんな反応を見せましたか？」

　エリザベスは異常に怯え、叫んだ。「ヘンリーが**死んでしまう**」そして茶色い物体がコブラだといわんばかりにふるまった。ところで、弁護士はエリザベスが献身的な母親だという印象を与えたいはずなのに、なぜこんな質問をしてくるのだろうか。「エリザベスはＴＪに手を洗ってくるよう頼み、パクがカプセル内を清掃しました」マットは〝頼んだ〟と答えたが、実際には**命令**で、エリザベスはＴＪに歯を磨き、顔を洗い、服を着替えろ、とまで迫った。

「もしエリザベスがピーナッツバターに気づかなかったら、どんなことが起きたと思いますか」

　シャノンが質問しおえないうちから、エイブが立ちあがった。椅子が床をこする音が集合ラッパみたいに〝異議あり〟を告げていた。「異議あり。これを推量と呼ばずして、なんと呼ぶのでしょうか」

シャノンが言う。「裁判長、いま少しのご猶予をいただけますでしょうか。かならず落ちつくところへ落ちつかせますので」

判事が言う。「あまり時間をかけないように。異議を却下します」

エイブは腰をおろし、椅子を動かした。椅子の脚が床をドンと打つ音が、いらついたティーンエイジャーがドアをバタンと閉める音に聞こえる。シャノンがおもしろがっている母親のようにエイブに微笑みかけ、マットに向きなおった。「ではもう一度訊きます。ドクター、ヘンリーがピーナッツバターに触れたことにエリザベスが気づかなかったら、何が起きたでしょうか」

マットは肩をすくめた。「よくわかりません」

「ではいっしょに考えてみましょう。ヘンリーはいつも自分の爪を嚙んでいた。あなたは気づいていましたか」

「はい」

「ということは、ダイブの最中にピーナッツバターはおそらくヘンリーの口に入っただろうと考えてよいでしょうか」

「はい、そう思います」

「ドクター、ヘンリーのピーナッツアレルギーがかなり重症だったとすると、どんなことが起きたと考えられますか」

「気道が腫れあがって閉じ、呼吸ができなくなります。しかしヘンリーはそういう症状を緩和させるエピペン、つまりエピネフリンを持っていました」

「エピペンはカプセル内にあったのですか」

「いいえ。食品などは持ちこみ不可だったので、パクの要請でエリザベスはカプセルの外に置いていまし」

「減圧してハッチをあけるまで、どれくらいの時間がかかりますか」

「患者に不快感を与えないよう、パクはいつも時間をかけて減圧していましたが、必要とあればもっとすばやく、一分かそこらで完了できたと思います」

「呼吸できない状態でたっぷり一分。エピネフリンを注射するまで一分以上かかった場合、間にあわない可能性もありますか」

「あまり考えたくありませんが、はい、そういう可能性もあります」

「つまり、そうなった場合、ヘンリーは死んでいたかもしれないと」

マットはため息をついた。「それはないと思います。そうなった場合は気管切開をほどこせたでしょうし」そこで陪審のほうを向く。「喉頭に小さな切込みを入れて気道内の障害物を取りのぞくことができます。緊急の場合はボールペンでもできます」

「カプセルのなかにボールペンはありましたか」

マットはふたたび頬が紅潮するのを感じた。「いいえ」

「たまたまメスをお持ちだったということもなかったと思いますが」

「ありません」

「では、もう一度おうかがいします。ヘンリーはそれで亡くなった可能性はありましたか。たとえ低くても、ドクター」

「可能性としてはかなり低いですが」

「エリザベスはそれを防いだ。未然に食いとめたということですよね？」

マットはふたたびため息をついた。「はい」そう答えるしかない。そして次に来る順当な質問を待ちかまえた。〝もしエリザベスがヘンリーに死んでほしかったなら、ピーナッツバターについては何も語らないほうがうが簡単ではなかったですか？〝自分なら〝いいえ〟と答え、少量のピーナッツバターが手についたくらいで実際に死ぬ危険性はなかったし、あったとしても確実に死ぬという保証はないと指摘しただろう。顔面にいまいましい火の玉を浴びせるのだって確実に成功するとはかぎらないが。だが、シャノンはその質問はしなかった。やさしげなおばさんの表情で陪審とエリザベスを順に見やり、彼らがいまのやりとりの結果を呑みこむのを待っているようだった。マットは陪審員たちの顔つきがやわらかくなったのに気づいた。視線はいまだに無表情のエリザベスの顔に注がれているが、彼女は冷たい人間ではないし、悲劇をまるで気にかけていないのでもなく、ただ疲れて麻痺しているのだとみな考えはじめているようすだった。疲れすぎていて仮面をはずせないのだと。

いまの流れを強調するかのように、シャノンは「ドクター、エリザベスはいままで出会ったなかでもっとも献身的な母親だと、あなたは本人に言いましたよね？」と訊いてきた。

言った。たしかにそう言った。だがあれは批判のつもりで、断じて彼女をほめたのではない。子どもを管理することにかけてはヘリコプターペアレント（上空を旋回するヘリコプターになぞらえ、子どもを監視し干渉しつづける親のこと）なんてもんじゃないと言いたかった。操り人形のように子どもを操る親だと。ここでそれをどう説明すればいいだろう。献身的な母親とやらが大嫌いだから、つい皮肉をこめてそう言ってしまいました、とか？「はい」ようやくマットは答えた。「わたしはこう思っていました。エリザベスはヘンリーに献身しているように**見せかける**ことに多大なる努力をしていると」

シャノンは何かを見つけたとでもいうように口の両端をゆっくりと持ちあげ、マットを見つめた。「ドクター、ちょっとした好奇心からお訊きします。あなたはエリザベスを好きですか？　事故のまえの彼女、という意味で。いままで彼女に好意を持ったことがありますか？」

マットはシャノンの際立った手腕に驚いた。どういう答えを引きだそうとエリザベスに不利になることはない。〝はい。わたしは彼女を好きでした〟という答えならば、引きつづき陪審にエリザベスは血のかよった人間であることを印象づけられ、〝いいえ、好意を持ったことは一度もありません〟という答えならば、証人は偏見を持っていると陪審に思わせることができる。「エリザベスのことはあまりよく知りませんでした」とマットは考えたすえに答えた。

シャノンは微笑んだ。幼児がついたあきらかな嘘はひとまず脇へ置きましょう、と決めた母親の許しを与える微笑み。「それでは……」傍聴席に視線を走らせる。ひとりで舞台に立つコメディアンが観客のなかから〝いじる〟対象を探すみたいに。「パク・ユーは？彼はエリザベスが好きだったと思いますか？」

質問の何かがマットをたじろがせた。たぶんシャノンの口調だろう——故意にさりげなさを装った口調。ちょっと訊いてみただけ、というような。予期せぬ瞬間に予期せぬ形でパクの名をあげてみただけで、どんな答えが返ってこようがべつにかまわないといったふうな。

マットはシャノンの〝たいした問題じゃない〟という口調にあわせて答えた。「わたしは他人の心のなかを読むのは得意ではありません。**パク本人**に訊いてみてください」

「おっしゃるとおりです。では言いかえましょう。パクはエリザベスについて批判的に語ったことはありますか」

マットは首を振った。「パクがエリザベスについて何か批判的なことを言ったのを聞いたことはありません」それは事実だ。メアリーをつうじてパクのエリザベスに対する不快感を頻繁に耳にしていたが、パク本シャノンはマットの質問を無視し、証人席へ近づいてマットの目をじっと見つめた。「あなたのご家族もふくめ、ミラクル・サブマリンの関係者のなかで、あなたと火災保険について話をした人がいますか?」

「絶対にいません」

「誰かが話しあったり、その件を口にしたのを聞いたことがありますか」

「いいえ」マットは腹が立ってきた。同時に少しだけ恐ろしい気がした。なぜかはわからないが。

「あなたはミラクル・サブマリンが火災保険をかけていたのはどの会社かご存じですか」

「いいえ」

「ミラクル・サブマリンの保険会社に電話をしたことは?」

「えっ? どうしてわたしが……」失った指の関節がむずがゆい気がする。拳を何かに叩きつけたい。たぶん、シャノンの顔面に。「言ったとおり、どの保険会社の人から直接聞いたことはない。マットは瞬きをしてからつづけた。「パクはプロです。患者といっしょになって噂話に興じるようなまねはしませんでしたし、ほかの患者について話すなんて論外です」

「でも、あなたは単なる患者ではなかった。ユー一家はあなたのご家族の友人でもあったわけで」

たしかに〝家族の友人〟ではあったかもしれないが、パクはとりたててフレンドリーではなかった。自分が知っている多くの韓国人と同じで、パクは韓国人の女性を妻とする白人男性を嫌っているのだろうと思っていた。マットは「いいえ、わたしは単なる患者でした。それ以上でも以下でもなく」と答えた。

「それでは、たとえば火災保険などについても話しあったことはないと?」

「なんだって?」どこからそんな話が出てきたんだ。「いいえ。火災保険? なんでわたしたちが火災保険について話しあわなきゃならないんですか?」

社かも知らないんですよ」

「ということは、爆発が起きたまえの週にポトマック・ミューチュアル保険会社に電話はかけていない、というのがあなたの宣誓証言でよろしいですね？」

「えっ？　はい、もちろんかけていません」

「絶対ですね？」

「百パーセント、絶対です」

シャノンの顔全体――目も口も、耳さえも――が吊りあがったように見えた。それからゆうゆうとした足取りで弁護側のテーブルまで行き、一枚の書類を手に取り、戻ってきてそれを突きつけてきた。「これがわかりますか？」

電話番号のリストで、日にちと時間もそえられている。いちばん上にマットの電話番号が書かれている。

「これは請求書です、わたしの携帯電話の」

「下線を引いてあるところを読んでください」

「二〇〇八年八月二十一日、午前八時五十八分。四分間。相手先は八〇〇―五五五―〇一九九。ポトマック・ミューチュアル保険」マットは顔をあげた。「理解できない。あなたは**わたしが**ここに電話をしたと言うんですか」

「わたしではなく、その書類が言っているんです」シャノンはいかにもおかしそうに、勝ち誇っているように見える。

マットは午前八時五十八分という時刻に目をやった。たぶんかけまちがえたのだろう。だが四分間とは？

「おそらく、保険内容の宣伝を聞いて、見積もりをとるために電話をしたのではないかと思います」ほんとうにそうしたのか思いだせないが、もう一年もまえのことなのだ。毎日毎日、ほんの思いつきでつまらないことをやらかし、一年どころか一週間後には些細なことなどすっかり忘れているというのに、どうしたらぜんぶ覚えていられるというのだ。

「この電話はかけたけれど、広告につられてのことだったと?」

マットはジャニーンを見た。妻は両手で口もとを覆っている。「いや、つまり、おそらくは。覚えていないので、いま思いだそうとしているのですが……。といっても、この会社名は一度も聞いたことがありません。そんなところへなぜわたしが電話したことになっているのか」

シャノンは笑みを浮かべた。「たまたまポトマック・ミューチュアルはすべての通話を記録しているんです」そう言って、書類をエイブと判事に手渡す。「裁判長、事前に通知せずに申しわけありません。ですが、わたしたちは昨日この通話の件を知ったばかりで、通話記録を入手したのも昨晩でした」

マットはエイブを見つめた。〝いったいどうなっているんだ〟と表情で疑問を伝え、助け船を求めたが、エイブは顔をしかめて書類を読むだけだった。「異議はありますか、ミスター・パターリー」と判事が訊く。


エイブは小声で「いいえ」と返し、まだ書類を読んでいる。

シャノンがマットに向けて書類を掲げた。マットは相手の手から書類をもぎとってやりたかったが、紙に目をやることさえせずにじっとこらえていると、シャノンが声に出して読めと言ってきた。はじめに日にちと時間、受信までのコール時間(一分以下)、通話時間(四分間)が記され、その下に通話記録が書かれていた。

氏名:匿名
用件:火災保険――放火の場合
内容:発信者はわが社の火災保険証券に放火の場合でも保険金を支払うと明記されているかどうかを知りたがっていた。証券には放火でも支払うが、証券の所持者自身が放火の計画/実行にかかわっている場合はそのかぎりではない旨を説明すると、発信者は満足していた。

マットは放火を計画、実行した人物と思われないよう、冷静で穏やかな口調で内容を読みおえると同時に顔をあげた。シャノンは何も言わなかった——相手が沈黙を破るのを待つといったふうに、じっと見つめてくるだけだった。マットは**おまえはこの件とは何ひとつ関係ない**とみずからに言い聞かせてから口を開いた。

「結局のところ、見積もりの依頼ではなかったみたいですね」誰も笑わない。

「もう一度おうかがいしますが、ドクター」とシャノン。「あなたは爆発が起きたまえの週にミラクル・サブマリンが契約している保険会社に匿名の電話をかけ、誰かが故意に火をつけたとしても保険金が支払われるかどうか訊いたんですね？」

「そんなことはしていません」

「では、あなたの手のなかにある書類について説明できますか？」

いい質問だ。だが、いい答えは出せそうにない。説明への期待で空気が濃密になったように感じられ、息が苦しくなり、もはや何も考えられない。「おそらく保険会社の手違いでしょう。わたしの番号と誰かの番号を混同してしまったとか」

シャノンは大げさにうなずいた。「それはありえますね。どこかの誰かが電話をして、驚くべき偶然により、保険会社がその番号をあなたの電話番号と勘違いし、またべつの驚くべき偶然により、あなたは殺人事件の、しかもまあ、放火殺人の裁判の重要証人におさまっている。この説明でよろしいですか？」何人かの陪審員がくすくす笑う。

マットはため息をついた。「わたしに言えるのは、わたしは電話をかけていない、ということだけです。誰かがわたしの電話を使ったにちがいない」

再度からかわれるのを覚悟したが、シャノンは納得しているようだった。まことに興味深い、といった感じで。そして口を開く。「ちょっと細かく見てみましょう。去年の八月、木曜日の午前八時五十八分。そのころ、あなたは携帯電話をなくすか盗まれるかしましたか？」

「いいえ」

「誰かが使ったとか？　自分の携帯電話を忘れてきた人に貸したとか、そういうことはありましたか」

「いいえ」

「では、午前八時五十八分に、あなたの携帯電話を使えたのは誰でしょう」

「わたしがHボットのカプセルのなかにいたのはほぼ確実です。午前中のダイブを休んだことはありませんでしたから。ダイブがはじまるのは九時でしたが、みんなが早く集まっていたら、早くはじまっていたし、誰かが遅刻していたら、開始は遅れました。もう一年もまえのことなので、当日の朝のダイブが何時にはじまったのかは覚えていません」

「たとえば、その日、開始が遅れたとして、そうですね、九時十分ごろと仮定しますか。そういう場合、知らないうちに誰かがあなたの電話を使えたりしたでしょうか」

マットは首を振った。「それはないと思います。車に携帯電話を置いておいたか、もちろん車はロックしてですよ、納屋まで持っていってダイブがはじまる直前にロッカーに入れたでしょうから」

「では、もし早めにダイブがスタートしていたら――そうですね、八時五十五分とか？　八時五十八分にはあなたはエリザベスもふくめたほかの患者さんたちといっしょにカプセルに入っています。その場合、誰ならあなたの携帯電話を使えますか？」

シャノンの眉は期待で吊りあがり、唇が笑みの形をつくり、気持ちが高ぶっているのがうかがえる。マットは彼女のようすを目にして気づいた。さきほどからの一連の質問は余興だったのだ。シャノンはマットが電話をかけたとは一瞬たりとも思っていなかった。ただ、そう思わせておけば相手は狼狽し、是が非でもかわりの疑わしい人物を考えだし、皿にのせてさしだすだろうと算段した。べつの選択肢となる人物を。そう、それはひとりしかいない。

「午前中のダイブのあいだ、納屋にいた唯一の人物は」マットは一瞬、間をおいた。「パクです」これは秘密でもなんでもない。だが、いざ口に出して言ってみると、なんだか自分が裏切り者になった気がする。もはやパクを見ることができない。

「つまり、パク・ユーは午前中のダイブの最中にあなたの電話を使うことができた。午前中のダイブは八時五十八分よりまえにはじまる場合もあり、八時五十八分というのは問題の電話が保険会社にかけられた時刻である。これであっていますか？」

「はい」

「ドクター・トンプソン、あなたの証言を整理してみると、パク・ユーがあなたの携帯電話を使って匿名で自分が契約している保険会社に電話をかけたと考えられ、何者かが彼の施設に火をつけた場合でも保険金が支払われる旨が保険証券にうたわれているかどうか確認し、実際その数日後に放火事件が発生した、となりますか？　要約として正しいですか？」

はい、と答えろ。正しいですと答えたくてたまらない。いや、待て、パクはやっていない、エリザベスがやったんだ。でもそうするとぼくが電話をかけたことになってしまう……。じゃあ、パクが自分の施設を吹っ飛ばしたというのか？　金のために患者を殺したと？　それはおかしい。火災のさなかにパクは必死で患者を助けようとしていた。みずからが怪我を負ったり、へたすると死ぬ危険性もかえりみず。なんにせよ、自分ではなくパクがシャノンのターゲットだと知り、マットはほっとした——心の底から。パクを尊敬しているし、彼の無実をかたく信じているし、誰かが罰せられるなら、それはエリザベスだと思う。だが、湧きあがってくる安堵は、それらをすべて巻きこんで表面下に沈め、覆い隠してしまった。ここで〝はい〟と言ったところで、すでに認めてしまった内容をほんのちょっと補強するだけだ。パクが火をつけたと言っているわけじゃない。電話の件と爆発の件のあいだには四千歩もの距離がある。

マットはたいしたことはないと自分に言い聞かせ、「はい」と答えた。とたんにブーンという音が聞こえだす。死骸に群がるハエが狂乱する音。あるいは、後ろのほうにすわる傍聴人のつぶやき声かもしれない。

パクの顔が朱に染まっている――恥なのか怒りなのか、マットにはわからない。シャノンが言った。「ドクター、爆発の起きた夜、エリザベスが川のそばで一枚のメモを発見したことをご存じですか。Hマートのロゴ入りのメモ用紙に〝これを最後にする。今夜八時十五分に会いたい〟と書かれていました」

それは反射的な反応だった。目が磁石に向かう鉄さながらにメアリーに吸い寄せられる。マットは目を瞬かせ、いまの自分のミスに誰も気づいていないことを願った。そして居並ぶ韓国人たちに目を走らせているといったふうに、視線をめぐらせた。「いいえ、ぜんぜん知りませんでした。そのメモ用紙自体は知っていますが」ここで陪審のほうを向く。「Hマートとは韓国の食材を扱うスーパーマーケットです。わたしたちもたまにそこで買い物をします」

「パク・ユーがいつもそこのメモ用紙を使っていたというのはほんとうですか」

マットは安堵のため息が漏れないよう自分を抑えなければならなかった。シャノンはそのメモはパクが書いたものだと考えている。マットが書いたとは夢にも思っていない。そしてメアリーは――シャノンの眼中にはない。「はい、パクはそれを使っていました」

シャノンはゆっくりとパクへ視線を向け、ふたたびマットに視線を戻した。「夜の八時十五分に、パクはどこにいたとあなたはお考えですか、爆発が起きる十分前に」

〝お考えですか〟という言い方に気持ちが落ちつかなくなる。「パクは納屋にいました」何か疑問な点があるのだろうか。

「どうしてわかるんですか」

マットは考えこんだ。**どうしてわかるのか**。みんながそう言うからそうだと思っていたとしか言いようがない。ユー一家は全員が納屋にいた、と言われている。DVDがとまったとき、パクはヨンを自宅に行かせて電池を探させた。探すのに手間どっていたのでメアリーが手伝いに向かったが、納屋の裏側で異変が起きているると気づき、そちらに向かったところで爆発音が、という流れだった。しかし、もしパクが火をつけたとしたら……、ヨンとメアリーは嘘をついているのか？　パクをかばうために？　そこでもう一度考える。もしパクが火をつけたのだとしたら、命がけで患者を救ったりはしないだろうし、まちがいなくメアリーが火のそばにいないことを確認しただろう。パクが犯人とは考えられない。マットは口を開いた。「パクがダイブを監督していたからです。わたしたちをカプセルのなかへ入れ、ダイブの最中にわたしと話し、爆発のあとにハッチをあけてわたしたちを外に出したのがパクだからです」

「ハッチをあけるという件ですが、さきほどあなたは、一分あれば減圧してハッチをあけられる、とおっしゃいました。あっていますか？」

「はい」

「では、もしパクが納屋にいたら、ハッチは爆発の一分後に開いたはずですね」

「はい」

「ドクター、ひとつためしてみましょう。ここにストップウォッチがあります。あなたには目を閉じて、爆発からハッチが開くまでの出来事を頭のなかで再現していただきたい。ハッチがあいたところでストップウォッチをとめてください。やっていただけますか？」

マットはうなずいて、十分の一秒までカウントできるデジタルのストップウォッチを受けとった。ばかばかしさに笑いながらも、一年前のあの日を振りかえり、少年の頭が燃えつきるまで四十八・八秒か四十八・九秒だったろうかと考えた。スタートボタンを押し、目を閉じて記憶のなかにわけ入っていく。一瞬のうちに火が噴きだし、シャツの袖口から炎が音を立てて迫ってくる。ハッチが開くときのキーという音を耳にし、ストップボタンを押す。二分三十六秒八。「二分半です。でもこれはあまりあてにならないと思います」

シャノンは折りたたんだ紙を掲げた。「これは検察側の事故再現の専門家がまとめた報告書で、爆発からハッチがあくまでの推定時間も記載されています。読んでいただけますか、ドクター」

マットは紙を受けとって開いた。報告書の中盤あたりに黄色い蛍光ペンで印がつけられた箇所があり、数字をふくめた文字が書かれていた。「二分から最大で三分」

「あなたの記憶と報告書の記載はおおむね一致しています」とシャノン。「爆発から二分以上たってからハッチが開いた。もしパク・ユーが納屋のなかにいたのなら、あと一分くらいは早くあいたのではないでしょうか」

「失礼ながら」とマット。「それは科学的な考察とは思えません」

シャノンはおもしろがりながらも多少憐れみのこもった目でマットを見た。まだ歯の妖精を信じている子どもを見るような目で。「では、パク・ユーが納屋のなかにいたとあなたが考えるもうひとつの理由に移りましょう。そう、インターホンごしにしゃべったという点です。昨日のあなたの証言を引用しましょう。〝カプセルのなかはカオス状態で、非常にうるさくてはっきりとは聞きとれませんでした〟覚えていますか?」

マットは唾を呑みこんだ。「はい」

「はっきりと聞こえなかったけれど、当然それはパク・ユーの声だと思った。しかし、絶対にたしかではない、そうですね?」

「いいえ、すべての言葉は聞きとれませんでしたが、声そのものは聞こえました。あれはたしかにパクでした」マットはそう言いながらもほんとうだろうかと考えていた。自分はむきになって言い張っているのではないか?

シャノンはマットを憐れむような目で見つめ、やや小さめの声で言った。「ドクター、あなたはユー一家の近所に住むロバート・スピナムが宣誓供述書を提出したのをご存じですか。それによると、彼はあの晩の八時十一分から八時二十分まで外で電話をしていて、そのあいだずっと、パク・ユーが納屋から四分の一マイル離れたところにいるのを見ていたそうです」

エイブがすぐさま立ちあがり、根拠のなさそうな異議を申し立てたが、マットの目はエイブの背後で息を呑んでいる人物に釘づけになっていた。ヨン。両手で口もとを覆っている。何かをひどく恐れているように見える。だが、驚いているようには見えない。

「裁判長、わたしは証人にこの新たな局面について承知しているかどうか訊いただけですが、よろこんで質問をとりさげます。ミスター・スピナムは非常に協力的で証言をする準備を整えていますので、極力、早い機会に証人尋問するつもりでおります」シャノンは陳述の最後のほうで目を細めてマットを見つめた。まるで脅しをかけるみたいに。「ドクター、もう一度お訊きします。あなたがインターホンごしに聞いた声はパク・ユーの声だとは断定できない、これで正しいですか？」

マットは人さし指の切断面をなでた。どくどくと脈打ってうずいているが、それが妙に心地よい。「パクの声だと思っていましたが、いまは百パーセントそうだとは言いきれません」

「ハッチをあける件についての証言を考えあわせると、パク・ユーは爆発の起きるまえ、少なくとも十分間は納屋にいなかったとは思いませんか？　それどころか、誰もダイブを監督していなかった可能性もあるのではありませんか？」

マットはうつむいて肩を落としているパクとヨンを見やった。それから唇をなめる。塩っぽい味がする。

「はい。その可能性はあります」

ヨン

シャノンが質問を終えたとき、ヨンはあたりが静まりかえっていることに驚いた。ささやく者も咳払いする者もいない。エアコンも鳴りやんでいる。まるで誰かがポーズボタンを押してみんなの動きをとめてしまったみたいだった。全員の顔をパクのほうに向けたまま。エリザベスに対する態度と同じで、みな嫌悪感をあらわにして顔をしかめている。一時間でヒーローから殺人者に変身。いったいどうしたらこんなことが起きるのか。手品のショーに似ているけれど、変化を印象づけるための〝はい〟という合図はなしだ。

バーンと鳴る効果音や、雷鳴くらいあってもいいのではないか。人生が惨憺たるものに変わるときは大音響に包まれるのでは？　サイレンとか警告音とか、実際に崩壊の合図となる**何か**が。判事席へ駆け寄って小槌をつかみ、打ち鳴らしたい——沈黙をまっぷたつに割るために。**全員、起立。バージニア州対ヨン・ユー**。家族の試練が終わるのならばそれでいい。マッチ棒でできた塔さながらに、物ごとがあっという間にばらばらに壊れてしまうのを何度も見るのはもう耐えられない。

エイブが立ちあがったとき、ヨンはわずかに残った希望をかき集め、どうして嘘をつくのか、なぜ無実の男を巻きこむのかとマットに訊いてくれるのを待った。けれどエイブは打ちのめされたような声でとおり一遍の質問をするだけだった。ほかに誰がHマートのメモ用紙を使っているかとか、爆発からハッチがあくまでの推定時間はほんとうにそれでいいのかとか。ヨンは穴があいたボールさながらに、身体から空気が漏れ、しぼんでいく気がした。

立ちあがって叫びたい。陪審に向かって、パクは患者を救うために文字どおり火のなかに飛びこんだ、賞賛すべき人物だと。エリザベスの弁護士に向かって、パクは金のために自分や自分の娘の命を危険にさらす男ではないと。エイブに向かって、証拠の断片はすべてエリザベスを指しているのだから、パクへの疑念を晴らしてくれと。

判事が昼休憩を宣言し、法廷の扉が開いた。ようやくヨンは耳にした。遠くのほうで小槌が打ち鳴らされる音を。その音がこめかみで脈打つ音と響きあいながら鼓膜をとおして耳の奥へ流れこみ、水中にいるみたいに音と音が重なって共鳴する。木を打ちつける音はブドウ園で労働者が立てる音かもしれない。今朝がた見たときには丘のふもとに木の柱が積まれていた。新たなブドウの木のための杭。午前中ずっと、あれらが土に打ちこまれていたにちがいない。ただ自分の耳には聞こえなかっただけで。

法廷からエイブのオフィスまで一列になって歩く――先頭にエイブ、それからパクの車椅子を押しているヨン、その後ろにメアリー。身体の大きな男に先導されて一家は直線をなし、近づいてくる大勢の者たちは、岩にはじかれる水の流れのように、列の先頭で左右に割れる。自分たちは死刑執行人に連れられて町じゅうを引きまわされる死刑囚で、まわりの人間はぽかんと見とれながらも裁きを下す民衆。

エイブは一家を引き連れて暗い廊下を進み、別棟になっている黄色い建物に入り、ヨンたちを会議室へ案内してそこで待つようにと言い残したあと、スタッフとのミーティングへ向かった。ドアが閉まると、ヨンはすぐさまパクに近寄った。二十年間、夫に見おろされていたので、立場が逆転してパクの頭頂で渦を巻く髪を見ると不思議な気持ちになる。上から夫の顔をのぞきこむことで勇気が湧き、いつも言葉をせきとめていたダムの水門が開いた。「こうなるとわかっていた」ヨンは口火を切った。「はじめから真実を話すべきだったのよ。嘘はいけないってわたし、言ったわよね」

パクは顔をしかめ、窓の外を眺めているメアリーをあごで指し示した。

ヨンはそれを無視した。メアリーに聞かれたところで、何が問題なのか。娘は親が嘘をついていることをすでに知っている。親は娘に打ちあけざるをえなかった。メアリーはすでにパクがでっちあげたストーリーの一部となっているからだ。「あなたはミスター・スピナムに見られた」とヨン。「わたしたちが嘘をついたのをみんなが知っている」

「誰も何も知りはしないさ」パクは小声で言ったが、近くに誰かいたとしてもふたりが話す早口の韓国語は理解できないだろう。「やつは単にわれわれの言葉が気に入らないだけだ。ぶ厚いレンズの眼鏡をかけた年寄りの人種差別主義者は、きみ、わたし、そしてメアリーが気に食わないんだよ」

ヨンはパクの肩をつかんで、大声でわめきながら夫の身体を揺すってやりたかった。そうすればこちらの言葉が頭蓋骨を通り抜けて、ピンボールみたいに脳のあちこちを跳びはねるだろう。だがそうはせず、てのひらに爪を食いこませ、穏やかに話すよう自分に命じた。何年もまえに、大声でわめくよりも落ちついて静かに話すほうが夫の関心を引けることを学んだからだ。

「いつまでも嘘をつきつづけられない。そもそも、わたしたちは何もまちがったことはしていない。あなたはわたしたちを守るために抗議者のようすを見にいっただけ。そのあいだはわたしがかわりにカプセルの番をしていた。エイブはきっとわかってくれる」

「じゃあ、番をする人間が納屋に不在で、患者全員を燃えるカプセルのなかに閉じこめたままどこかに行っていたという点はどうするんだ。エイブはそこのところろも理解してくれると思っているのか？」

ヨンはパクのとなりの椅子に崩れるようにすわりこんだ。もう何度、あのときに戻ってやり直したいと願ったことだろう。「あれはわたしの落ち度よ、あなたのではなく。わたしを守るためにあなたが非難されるなんて耐えられない。自分が犯罪者になってみんなに嘘をついているみたいな気になる。こんなことはつづけられない」

パクの手がヨンの手に重ねられる。青い静脈が夫の手の甲を走り、こちらの手にまでつながっているように見える。「われわれは罪を犯していない。火をつけたわけじゃないんだから。どこにいたかなんて関係ない――どこにいたって爆発をとめることはできなかっただろう。われわれふたりが納屋のなかにいたとしても、ヘンリーとキットは死んでいたにちがいない」

「でも、わたしが時間どおりに酸素を切っていれば――」

パクは首を振った。「何度も言っているだろう、時間どおりに流入をとめても、チューブのなかには酸素が残っていたはずだ」

「それでも、火の力はあんなには強くなかったはずで、あなたがすぐにハッチをあければふたりを救えたかもしれない」

「まだわからないのかい」パクが穏やかな口調で落ちついて言い、ヨンのあごに触れ、顔を持ちあげて目をあわせた。「もしわたしがあそこにいても、八時二十分には酸素を切らなかっただろう。それはまちがいない。きみも覚えているだろう、TJがヘルメットを脱いでしまったのを。脱いでしまったときはいつも、あの子に充分な酸素を吸わせるためにわたしは時間を延長していた――」

「でも――」

「――つまり」パクがつづける。「わたしがあそこにいたとしても、酸素は出つづけ、火災と爆発は現実と同じく起きていたはずだ」

ヨンは目を閉じてため息をついた。同じ内容を何度、繰りかえしただろう。互いに仮説を立てあい、そのたびに自分の説を正当化してきた。「何もまちがったことをしていないのなら、どうして真実を言わないの？」

パクが手をぐっと握ってきた。痛いくらいに。「わたしたちは自分たちがつくった話にしがみつかなきゃならないんだ。わたしは納屋を離れた。きみは資格を持っていない。証券がうたう論理は明快だ。監督責任をまっとうしなかったイコール規定を破ったとされ、規定を破った場合は自動的に注意義務を怠ったとみなされる。そして注意義務を怠った場合は保険金は支払われない」

「保険ですって！」声を落とすのも忘れてヨンは言った。「なんでいまそんなことに気を配らなきゃいけないのよ」

「わたしたちには金がいる。保険金以外には何もないんだから。いままでメアリーの将来のためにいろんなことを犠牲にしてきた。それがすべてむだになってしまう」

「聞いて」ヨンはパクの前で膝をついた。見おろしている人間の発した言葉なら受け入れやすくなるはずだ。「弁護側は殺人を隠すためにあなたが嘘をついていると思ってる。あの弁護士はエリザベスのかわりにあなたを刑務所へ送ろうとしているのよ。それがどれほどたいへんなことかわからないの？　死刑になるかもしれないのよ！」

メアリーが息を呑む気配がした。娘はいつものとおり自分の世界に閉じこもっているとばかり思っていたが、意外にも両親のほうを向いていた。パクが睨みつけてくる。「芝居がかった態度はやめてくれ。きみはむやみにメアリーを怖がらせている」

ヨンは腕をのばしてメアリーをしっかりと抱きしめた。腕を振り払われるのを覚悟していたが、メアリーはじっとしていた。ヨンはパクに言った。「メアリーも心配でしかたがないのよ。わたしは現実的に考えている。なのにあなたはちっとも真剣にとらえてくれない」

「真剣にとらえているさ。それに落ちついている。法廷できみはちょっとヒステリックになっていた。はっと息を呑んだりして。みんながきみを見ていた。気づかなかったのかい？　そういうふうにすると罪を犯しているように見えるんだよ。いまさら自分たちの説を変えるなんて悪手もいいところだ」

ドアが開いた。パクはエイブを見ながら韓国語でつづけた。「ふたりとも口を出さないように。わたしが話すから」内容に反して口調はゆったりとしていて、天気の話でもしているようだった。

エイブは熱があるように見えた。ふだんの顔は油で磨きあげたマホガニー色なのに、いまはつやが失せた薄茶色に変わっていて、汗がうっすらとにじんでいる。ヨンと目があうと、いつもみたいに歯を見せて笑うこともなく、困惑げにさっと目をそらした。「ヨン、メアリー、わたしはパクとふたりだけで話したい。廊下の先で待っていてくれないかな。そこで昼食がとれるよ」

「わたしは夫といっしょにいたいです」ヨンはそう答え、パクの肩に手を置いて、夫の力になりたいという意思をパク本人が受け入れてくれるしぐさ——微笑むとかうなずくとか、昨晩と同じく手を重ねてくるとか——を期待した。しかしパクは顔をしかめ、韓国語で「言われたとおりにしなさい」と言った。ささやきほどの小さな声だったが、命令の色を帯びていた。

ヨンは手をおろした。昨晩、夫があんなにもやさしかったから、パクは以前のパクではなくなったと思ってしまった。自分はなんてばかなんだろう。昔気質《むかしかたぎ》の韓国人男性は、人前では妻はおとなしく従順でいてほしいと望む。いまでもパクはそのうちのひとりだ。ヨンはメアリーを連れて会議室を出た。

廊下の先へと歩きはじめると、後ろでドアが閉まった。メアリーは立ちどまり、あたりを見まわして、つま先歩きで会議室のほうへ戻った。

「何をしているの？」大声を出したいところをこらえてヨンはささやいた。

メアリーは唇に指を一本あて、口の形で〝しーっ〟と伝えてきてから、ドアに耳を押しあてた。

ヨンは廊下を見渡した。自分たちのほかには誰もいない。つま先歩きで足早にメアリーのとなりに並び、聞き耳を立てる。

なかからは何も聞こえず、それがヨンを驚かせた。エイブは沈黙がつづくのをいやがるからだ。いつも次から次へと休みなくエイブの口から言葉があふれでていた。そうでなかった打ち合わせは記憶にない。いったいこの沈黙はどういう意味なのだろう。エイブは用心に用心を重ね、ゆっくりと慎重に頭のなかで言葉を選んでいるのだろうか。それもこれも、パクに殺人の容疑がかかったから？

エイブがついに言葉を発した。「今日はいろんなことが起きました。それも、困ったことが」声は重々しく、レクイエムのように平坦だった。

パクはしゃべるのを待ちかまえていたとでもいうように、すぐさま反応した。「わたしは容疑者になったんですか？」

ヨンはエイブが〝ちがう！　ちがうに決まっているだろう！〟と返すのを期待した。だがなんの返答もない。聞こえてくるのはメアリーが太く編んだ髪を嚙むかすかな音だけ。髪を嚙む悪い癖はアメリカへ来た最初の年にはじまった。

しばらくしてエイブが言った。「あなたはほかの人と同じく容疑者ではありません」

どういう意味？　エイブはよくこんな言いまわしをする。安心してもいいだろうと思いきや、よくよく考えてみると〝いい〟と〝よくない〟のあいだには大聖堂ほどの広さの振れ幅がある。たとえば、パクが注意義務を怠ったかどで警察の取り調べを受けたとき、エイブは「容疑は晴れたも同然」と言った。容疑は晴れたのか、晴れていないのか――〝容疑は晴れたも同然〟と言われて、どう判断すればいいというのか。

エイブが話をつづける。「いくつか……矛盾点がある。保険会社への電話、これもそのひとつです。あなたが電話をかけたんですか？」

「いいえ」パクが答える。ヨンは詳しく話せと、大声でパクに言ってやりたかった。すでに回答は得ていたのだから、電話をかける理由はなかったと。サインをするまえに、ヨンはパクのために保険証券を翻訳してやり、子どもでもわかるあたりまえの事柄を何ページにもわたって述べるアメリカ式契約の愚かしさにふたりして大笑いした。ヨンがことさらに指摘したのが放火についての部分だった（「自分で自分の所有物を燃やしたり、誰かほかの人に燃やさせた場合は保険金は支払われない、と伝えるだけなのに二ページも使ってる！」）。

「あなたも知っておいたほうがいいでしょう」とエイブが言う。「保険会社ではその電話の録音データを探しています」

「よし。それが見つかればわたしが電話したのではないことが証明できる」パクが腹立たしげに答えた。

「午前中のダイブのあいだ、マットの携帯電話を使えた者がほかにいましたか」

「いいえ。メアリーはSATの準備クラスがあったんで、八時三十分に家を出ました。ヨンは朝食の後片付けをしていた。初回のダイブのときはいつも、納屋にはわたしひとりでした。しかし……」パクの声が尻すぼみになる。

「しかし、なんですか」

「ある日、マットが言ってたんです。彼がジャニーンの携帯電話を持っていて、ジャニーンがマットの携帯電話を持っていると。お互いに相手の電話をまちがえて持って出かけてしまったと」ヨンも覚えていた。マットはかなり動揺していた。ダイブを休んで、すぐにでも電話を取りかえしにいくという勢いだった。

「それは保険会社に電話がかかってきた日でしたか。爆発のまえの週の」

「覚えていません」

長い沈黙がつづいたあと、エイブが言った。「ジャニーンはあなたがどの保険会社と契約したか知っていましたか」

「はい。彼女からその会社をすすめられたんです。ジャニーンも使っているところらしく」

「興味深い話ですね」やりとりのなかの何かがエイブの注意を引いたらしい。スピードに乗ったアップダウンの激しいリズム――メリーゴーランドにも似た話し方——が戻ってきた。「では、次に移りましょう。あなたの隣人の証言についてです。最後のダイブの最中にあなたは納屋を離れたのですか」

「いいえ」とパクは答えた。夫の明確な否定にヨンはたじろいだ。自分は誰と結婚したのだろう。なんのためらいもなく、目的のためならきっぱりと嘘をつけるこの男と、ほんとうに結婚したのだろうか。

「あなたのご近所の方は、爆発の直前の十分間、外にいるあなたを見ていたと言っています」

「彼が嘘をついているか、記憶がまちがっているんです。あの日、わたしは何度も送電線をチェックして、電力会社の人が復旧作業をしにきてくれたか確認しました。それも休憩時間にかぎってです。ダイブの最中にはけっして外に出ていません」パクは傲慢と言えるほど自信たっぷりに答えた。

エイブはそれまでの堅苦しさを捨て去って言った。

「聞いてくれ、パク。わたしにまだ言っていないことがあったら、いまが話すときだ。あなたは重い外傷を負っていた。そんな目に遭ったら誰でも記憶が曖昧になるだろう。ふたつ、三つまちがって記憶していても、それがふつうだ。信じないかもしれないが、証人の記憶は曖昧な場合がじつに多い。自分の記憶は完璧だと断言する証人に〝ほかの誰かはこう言っている〟と伝えると、いきなりわけがわからなくなって混乱するし、ぜんぜん覚えていないと言っていたことをとつぜん思いだしたりする。わたしが言いたいのは、あなたが宣誓証言するまえに、いまここで洗いざらい話してしまえ、ということだ。陪審にいっぺんにすべてを話せばうまく切り抜けられるだろう。だが、小出しにして出ししぶれば、そうもいかない。ふいに陪審はこう考えはじめる。〝この証人は何を隠しているのだろうか。なぜ話を変えるのだろう〟と。そうなったらたいへんだ。シャノンは合理的な疑いありとわめきだし、すべてが崩れてしまう」

「そんなことにはなりません。わたしは真実を語っているんですから」パクの声が大きくなる。

「言っておくが、あなたの隣人の話は非常に説得力がある。彼は息子と電話で話している最中に、あなたが送電線に引っかかったバルーンと遊んでいるとか、そんなたぐいのことを話題にしたと言っている。息子のほうもそういう話をしたと認めている。ふたりの携帯電話の通話記録も供述を裏づけている。つまり、あなたの話と彼らの供述のどちらかが嘘ということになるんだ」

「あっちが嘘をついているんですよ」パクが答える。

エイブはパクの発言が聞こえなかったかのようにつづける。「わからないのは、なぜあなたが隣人の供述を認めないのかということだ。これは鉄壁のアリバイなんだぞ。事件にかかわりのない中立な人間が、あなたは発火地点から離れたところにいたと供述しているんだ。シャノンはすぐにハッチをあけなかった件をしつこく非難してくるだろうが、それくらいでエリザベスが火をつけたという事実が覆ることはない。わたしの目的はあの女性を刑務所に送ることだから、スピナムの供述はありがたい。ありがたくないのは、あなたがそれについて嘘を言っていることだ。嘘をつくことであなたが何かを隠していると勘ぐらざるをえないんだよ」

メアリーがまた髪を噛みだした。歯が軋る音が静寂のなかで無視できぬほど大きくなり、ヨンの耳のなかでどくどくと鳴る鼓動のリズムと調和しあう。

「わたしは納屋にいました」とパク。

メアリーが首を振った。不安で曇らせた顔を思いきりしかめると、頬に走る傷が白く浮かびあがる。「どうにかしなくちゃ。お父さんを助けなくちゃ」と英語で言う。

「お父さんから何もするなって言われたでしょう。指示に従いなさい」ヨンが韓国語で返す。

メアリーが見つめてくる。何かを言おうとして口を開いたが、ひとつも音は出てこない。ヨンはこうした表情を以前にも見たことがあった。パクがアメリカへやってきた直後、ミラクル・クリークへの移住を決めたと言ってきたとき、メアリーは強く反対し、泣き叫びながら知らない人ばかりの見知らぬ土地へは行きたくないと訴えた。子どものくせに親の決定に盾つくのかとパクにどなられると、メアリーはヨンに言った。「お父さんに言ってやって。お母さんが反対なのはわかってる。発言権だってある。どうしてその権利を使おうとしないの?」

ヨンも反対したかった。パクに向かってこう言ってやりたかった。ようやく一家全員がアメリカにそろいはしたけれど、自分は四年間ひとりで子育てをして、店を切り盛りし、家計のやりくりをしてきた。パクはその苦労も知らず、自分の半分ほどもアメリカの事情につうじていない。そんな男になぜここアメリカであしろこうしろと命令されなければならないのかと。一方でパクの面持ち——途方に暮れ、不安に押しつぶされそうで、どこにすわればいいかもわからない転校生の男の子のよう——から、離れ離れの年月のなかであらゆるものを失った夫が、家長としての役割を必死に取りもどそうとしているのが見てとれた。夫をおもんぱかってヨンの心は痛んだ。「わたしはあなたを信じます。家族にとっていちばんの道を選んでくれたのだと」ヨンはパクにそう告げ、メアリーの顔を見た。そこにはいまと同じ表情が浮かんでいた。失望と軽蔑と、何よりも胸にこたえた、母親の無力さを憐れむ表情が。ヨンは身体が小さくなった気がした。自分が子どもで、メアリーが母親とでもいうように。

ヨンは娘に釈明するため、娘の手を取ってふたりで話せる場所へ連れていこうとした。ところがそうする間もなく、メアリーは顔をそむけ、ドアをあけ、大きな声ではっきりと言った。「それはわたしです」

怒りは湧かなかった。自分の娘が何も考えず、結果がどうなるか考慮もせずに子どもみたいな行動に出たとき、瞬間的に表面に浮かびあがってきた感情は嫉妬だった。ティーンエイジャーの娘が行動する勇気を持っていることに嫉妬したのだ。

「何があなたなんですか」とエイブが訊く。

「ミスター・スピナムが見たのはわたしだったんです」とメアリーが答える。「爆発の直前、わたしは外にいました。髪をアップにして、父がかぶるのと同じように野球帽をかぶっていたので、遠くから見たスピナムさんがわたしを父だと思ったとしてもおかしくありません」

「しかし、あなたは納屋にいたはずだ」エイブの眉間に深い皺が寄る。「これまで一貫してあなたはそう言っていた。爆発の直前まで父親といっしょにいたと」

メアリーの顔から血の気が引いた。あきらかに、自分が言いだした新たな説といままでの話の辻褄をどうあわせるかまでは考えていなかったようだ。ヨンとパクに向けられた目にはパニックの色が浮かび、助けてくれと訴えていた。

パクは娘の救出に乗りだし、英語で言った。「メアリー、医師はきみの記憶はゆっくりと、少しずつ戻ってくるだろうと言っていた。何か思いだしたことがあるのかい。きみは電池を探しているママに手を貸そうとして外へ出た。そのときに何かが起きたのだろうか」

メアリーは泣きださないようにするためか、唇を嚙み、ゆっくりうなずいた。ようやく口を開いたときは、言葉はつっかえつっかえで意味が不明瞭だった。「それより早い時間にママと喧嘩して——もっと料理とか掃除とか、お手伝いしろって言われて……それで……ふたりっきりになったらまた叱られると思って……家のなかには入りませんでした。それで……」曖昧な記憶を呼びもどそうと集中しているのか、眉間に皺が寄る。「送電線のことを思いだして……家には入らず、そっちのほうへ行きました。たぶん……バルーンをなんとかはずそうとしたんですけど……ひもに届かなくて。それで、納屋へ戻ろうとしました」エイブのほうを見る。「そのときに煙が見えたんです。だから、そっちへ、納屋の裏へ行き、そしたら……」言葉が途切れ、メアリーは目を閉じた。涙が頬を流れ、皮膚の上で盛りあがったりへこんだりしている傷を濡らした。

　これまでけっしてあの夜について語らなかった娘の痛みを察し、母親として行動すべきなのはわかっていた。娘を抱きしめるとか、髪をなでるとか、とにかくなんでも子どもを落ちつかせるために母親がやることをすべきだと。だがヨンはその場に立ちつくしたままだった。エイブはメアリーの嘘を見抜いているにちがいないと思うと、吐き気を覚えるほど不安になった。しかしエイブは嘘を見破ってはいないようだった。メアリーの話を受け入れ――少なくとも受け入れたようにふるまっていた――、外に出たメアリーを隣人がパクだと勘違いしたのなら納得がいく、それにメアリーが供述とちがう内容を話しだしたのも、記憶はゆっくりと、少しずつ脳裡によみがえってくるという医師の話からも理解できる、と言った。どうやら、ミスター・スピナムの供述に対するもっともらしい反論を聞いてほっとしているようだった。エイブがメアリーの話に疑いを抱いているとしても――遠くからとはいえ、女の子と中年男をどうやったら見まちがえられるのか、ほんの短いあいだ送電線の近くにいたというメアリーの話と、パクを十分弱のあいだ見ていたというミスター・スピナムの話の辻褄をどうしたらあわせられるのか――、ミスター・スピナムの視力が弱いのだろうとか、白人にはアジア人はみな同じに見えるものだとか、ティーンエイジャーは大人とは時間経過の感覚がちがうとか、そういったことをぶつぶつとつぶやいて、疑念をうまく隠していた。

エイブがパクに言った。「シャノンがなぜあなたに狙いを定めたのかわからない。動機がまったくないのだから。保険金を手にしたいなら、カプセルに誰もいないときを見計らって燃やせばいいだけの話だ。どうして子どもを殺す必要がある？　まったく説明がつかない。納屋にいた、いないという、ごたごたさえなければ、シャノンにとってあなたは単なる事件の関係者だっただろうに」

メアリーはうれしいのか悲しいのか、よくわからないような声を出した。「わたしのせいです。わたしの記憶がしっかりしていれば……」つらさに顔をゆがめながらエイブを見やる。「ごめんなさい。覚えていないからって、パパの不利にはならないですよね？　パパは何もまちがったことをしていません。だから、刑務所にも行きようがない」

そう言ってから、パクのとなりに膝をつき、父親の肩に頭をあずけた。パクはだいじょうぶだよ、すべて許されるから、と言うかわりなのか、娘の頭をぽんぽんと軽く叩いた。メアリーの手がヨンにさしのべられ、家族の輪へ加わるよううながしてくる。ふたりのもとへ行き、左右の手それぞれでメアリーの手とパクの手を握って家族の輪を完成させても、ヨンは自分は部外者で、絆で結ばれている夫と娘のあいだに入ることは禁じられている気がした。パクはみずから立てた計画に従わなかったメアリーを許した。同じように自分も許してもらえただろうか。そしてメアリーは何カ月にもおよぶ沈黙をパクのために破った。自分のためにもそうしてくれただろうか、とヨンは思わずにはいられなかった。

エイブが口を開いた。「心配無用。みんなでなんとか乗り切ろう。パク、ひとまず明日のあなたの証言中にいろいろと説明してもらうことにします。メアリー、おそらくきみにも証言してもらわなければならないだろう」ここで立ちあがる。「ともかく、あなた方に正直になってもらわないとどうしようもないし、今日みたいな日はもう勘弁してほしい。そこで、訊いておきたい。わたしに何か、なんでもかまわない、まだ言っていないことはあるだろうか」

パクが「いいえ」と答える。

メアリーは「いいえ、何も」と答える。

エイブに見つめられ、ヨンは口を開くが、言葉が出てこない。メアリーがドアを開いてから、この会議室でひと言もしゃべっていないことに気づく。

「ヨン？　ほかに何かありますか」とエイブが訊いてくる。

ヨンは事件当夜のメアリーについて考えた。自分がひとりで電池を求めて家のなかを探しまわっているあいだ、パクのために抗議者の動向を見張っているメアリー。パクとの通話についても考えた。メアリーへの不満をぶつけるといつものように娘をかばったパク。

「何かありますか？　そろそろ時間なんですが」とエイブ。パクとメアリーの手がこちらの手をぎゅっと握り、〝いいえ〟と答えろとうながしてくる。

ヨンは夫と娘の顔を見てからエイブのほうを向き、言った。「あなたは何もかもご存じのはずです」そのまま家族と手をつなぎ立ちつくしていると、エイブはこう言った。次の証人の宣誓証言がすんだら、誰も、誰ひとりとして、エリザベスが息子の死を望んでいたことにかすかな疑いさえも持たなくなるだろうと。

## テレサ

テレサはセックスについて考えるのをやめられなかった。昼休憩のあいだ、食事をとり、店を見てまわり、ブドウ園を眺めながらも、ずっと。セックス、セックス、セックス。

きっかけはメイン・ストリートを彩るかわいらしいカフェだった。壁はすべてライラック色に塗られてブドウの絵が描かれた、金持ちで暇を持てあましている奥さま方のランチのための店。レジの男性は男の色気むんむんで、ポルノビデオサイトの〈ホット・ヤング・デューダ〉で見かける、のみで削ったような筋骨たくましい身体が、優美な絵を背景にして際立っている。ランチのサラダの代金を支払うために男性に近づいていくうちに、遠い昔によく嗅いだにおいがテレサの鼻をかすめた。たぶん、高校時代のボーイフレンドがつけていたポロのコロンの乾いた汗と混じりあうスパイシーな香り。ムスク。オーガズムの刺激的なにおい——上掛けの下でひとり、人さし指で小さな円を描くように動かすときのいつものにおいではなく、もう十一年も嗅いでいない、男に組み敷かれて互いの身体が汗で滑るときのにおい。

「今日は外は暑いですよ。お持ち帰りでほんとうによろしいんですか?」と男性が訊いた。

テレサは自分なりにセクシーだと思っている調子で「暑いのが好きなの」と答えた。挑発的ともとれるかすかな笑みを見せ、スカートの裾をひるがえし、肌をシルクがこするのを感じながら、ゆっくりと店を出る。一ブロックほど行ったところで、テレサを〝マザー・テレサ〟と呼ぶマットと会い、自分でも滑稽と思うほどの爽快感に声を立てて笑ってしまわないよう、自制しなければならなかった。

たぶんスカートのせいだろう。テレサはもう何年もスカートをはいていなかった。ローザを車椅子にすわらせたり、栄養を送るチューブを鼻に挿入したりするときに、どうしても身体を折り曲げなければならないので、スカートは選択肢にはない。もしくは、ひとりだからかもしれない。**ひとりになれる**のはめったにないことで、めまいを覚えるほどすばらしい。いまだけは世話をしなければならない相手もいない。ローザにとっての週七日、毎日二十四時間の〝ママ兼看護師〟、カルロス（別名〝ほかの子〟。彼自身が自分をそう呼ぶ）にとっての〝余った時間にママになる人〟の役割からこの十一年ではじめて解放されたのだ。

これまで自由な時間がいっさいなかったわけではない。毎週数時間、教会のボランティアが交代でベビーシッター役を引き受けてくれるから。けれども、そういうときの外出は用事がたくさんあってせわしない。

昨日は十年あまりではじめて、まるまる一日をローザから離れて過ごした――食事させることもおむつを替えることもせず、セラピーへ行くために障害者向けに改造されたバンを運転することもなく、おはようの挨拶もおやすみのキスもしなかった。気がとがめたけれど、ボランティアたちにドアまで背中を押され、何も心配せずに裁判に集中するようにと言われた。それでも裁判所に着くとすぐに、そして最初の休憩時間に二度、自宅へ電話を入れた。

昨日の昼休憩には、家に電話し、自分で詰めてきたサンドイッチを食べた。時計を見たら十五分残っていてやるべきこともなかったので、そのへんを歩くことにした。あてもなく。大型スーパーマーケットのターゲットもコストコもない。宝石を散りばめたような色彩の店には用途がよくわからない品物が並び、実用一点張りの店とはあきらかに趣を異にしている。古本屋に入ってみると、店の大部分は古地図で占められ、特に別なケアを必要とする子を持つ親が好みそうな本は一冊もない。衣料品店には十五種類のリストバンドが売られているのに、下着も靴下もなかった。店をひやかしながら一分が過ぎるごとに、テレサは介護人の役割から離れ、脱皮中のヘビさながらに自分を覆っていたものから抜けだしていく気がした。ママのテレサでも看護師のテレサでもない、ただのテレサというひとりの女性。ローザとカルロスと車椅子と栄養チューブの世界はもはや現実とは思えず、はるか彼方へ遠のいていった。ふたりの子を愛しその身を案じる母親ならではの強い気持ちが、夜明けの星のようにうすれていく——まだそこにあるものの、うっすらとしか見えない。

初日の公判が閉廷したあと、テレサは借りたクーペを運転し、ロックのナンバーを口ずさみながら帰宅の途についた。ローザの就寝時間の十分前に到着して、そのまま家の前を通りすぎ、木の陰に車をとめて十五分間、昼休憩中に九十九セントで買ったメアリ・ヒギンズ・クラークのミステリー小説を読み、おまけの盗んだ時間を満喫した。

言うなればメソッド演技法みたいなもので、役にのめりこむうちに、役の人間そっくりにふるまうのをやめられなくなる。今日、テレサは必要以上に早く家を出た。演じる役柄は独身女性。車のなかで化粧をし、髪をおろし、ブドウ園の労働者を見つめた。レジの男性とのほんの短いやりとりのあいだは、身体障害者の娘とひねくれた息子を持ち、男を寄せつけない女ではなく、ほんとうに自由奔放な女性になった気がした。

テレサは午後の公判がはじまるぎりぎりの時間になってようやく法廷に戻った。ドアのところで、以前に数回会ったことがある女性たち——ミラクル・サブマリンの患者の母親で、午前中のテレサたちのあとのダイブに来ていた——が挨拶してきた。そのうちのひとりが「ここに来るのはひと苦労だって、いま言っていたの。夫は子どもたちの面倒をみるのに慣れていなくて」と言い、もうひとりが「わたしもおんなじ。早く裁判が終わるといいんだけど」と言った。

テレサはうなずき、唇をすぼめて〝わたしもそう思う〟というような笑みをこしらえた。日常にぽっかりあいた空白の時間を勝手気ままに楽しむのは悪いことなのか。ローザのゆがんだ口が開いて「ママ」と言うのをいまは聞きたいと思わないのは、悪い母親だから？　裁判が一カ月つづくようにと願うのは、ボランティアの人たちにしてみればひどい友人なのだろうか。「わかる、わかる、なんか後ろめたいのよね」と言おうとして口を開きかけたところで彼女たちの顔を見る――ちっとも後ろめたそうではなく、それどころか興奮気味に目をきょろきょろさせて法廷内のドラマに夢中になっている。そのとき、ふと思った。もしかしたら彼女たちも自分と同じく〝よいお母さん〟の役を演じ、日常生活の修羅場を夫に押しつけて休暇もどきを楽しむなんてとんでもない、というふりをしているのかもしれない。テレサは彼女たちを見てにっこり微笑んだ。「ほんと、その気持ち、わかる」

法廷内は蒸し暑かった。テレサは灼熱――誰かが三十七度は超えていると言っていた――から逃れられると思っていたが、なかはなかでじっとりとしていた。たぶん、照りつける太陽のもとでスポンジみたいに湿気を吸いとりながら歩いていた人たちが、いっせいに法廷内に入り、湿った熱を放出しているのだろう。エアコンは動いていたが、か弱い音しか立てず、ときたま疲弊しきったとでもいうようにモーターがとまりそうになっていた。風は断続的にしか吹きださず、法廷内を冷やすどころか、まわりについた水滴を払えもしなかった。

エイブが次の検察側の証人を呼んだ。スティーヴ・ピアソン。放火事件の専門家で、今回の事件を担当した刑事。証人席へと進むなか、ピアソンの禿げあがった頭は汗が浮いてピンクに染まり、そこから立ちのぼる湯気まで見えそうだった。テレサの身長はかろうじて五フィートに届くくらいなのでほとんどの人間は大きく見えるが、ピアソン刑事は巨大で、大柄なエイブよりもさらに背が高い。証人席がピアソンの重みで軋み、彼のすぐ横にある木製の椅子はまるでおもちゃみたいだった。ピアソンが腰をおろすと、窓からさしこむ日の光がスポットライトとなって毛のない丸い頭を照らし、何やら光輪みたいなものを浮かびあがらせた。それを目にして、テレサは爆発の起きた夜にはじめてピアソンを見たときのことを思いだした。火事の現場を背にして立つピアソンの頭は、揺らぐ炎の光を浴びててかてかと光っていた。

まるで悪夢の一場面のようだった。パチパチ鳴りながら納屋を呑みこもうとする炎の上空に、消防車や救急車やパトロールカーの高音や低音が入り乱れたサイレンの音が流れていく。緊急車両が放つ点滅する光が、真っ黒な空を背景にしてサイケデリックなナイトクラブの雰囲気をつくりだし、ホースから放水される水が空中で紙テープみたいに交差する。それにストレッチャー。輝くばかりの白いシーツを敷いたストレッチャーがあちこちに置かれている。

テレサもローザも煙を吸いこんだだけで奇跡的に無事で、皮肉にも与えられた純酸素を吸入していた。テレサは呼吸を繰りかえしながら、マットが救急救命士の手を振り払おうとしているのを目にした。「離してくれ！　彼女はまだ知らないんだ。ぼくが知らせなければ」

テレサは息を呑んだ。エリザベス。彼女は自分の息子が死んだことを知らない。

そのときスティーヴ・ピアソンが視界に入ってきた。恐ろしいほど広い肩と禿げあがった頭は映画に出てくる悪役そのもの。「すみません、われわれは死亡した少年の母親を探しているんですが」ピアソンは鼻にかかった甲高い声で言い、それがさらに奇怪な印象を強めた。大きな身体から出てくるはずの朗々とした低音とは正反対の声だったからだ。ピアソンのほんとうの声に、声変わりするまえの少年の声を録音したものをかぶせたみたいで、ものすごくへんな気がした。「知らせを届けないとならないんで」

知らせを届ける。〝奥さん、お知らせをお届けします〟ヘンリーの死がCNNの外国人記者が伝えてくるめずらしいニュースだとでもいうように彼がしゃべっているところをテレサは想像した。〝息子さんが死にました〟

いいえ。見かけはスカンジナビア人のスモウ・レスラーで、しゃべり方は〈アルビンとチップマンクス〉のアルビンみたいな見ず知らずの男からエリザベスに伝えさせるわけにはいかない。あとから彼女が何度も何度も振りかえるはずの瞬間を膿んだまま癒えない傷口にさせてはならない。テレサ自身がその傷口をかかえて生きてきた。〝お忙しくてご立派な医者〟が「あなたの娘さんが昏睡状態に陥っていることをお知らせするために電話をしました」と言い、「なんですって？　冗談をおっしゃってるんですか」という狼狽のあまり飛びだした言葉を断ち切られ、「できるだけ早くこちらへお見えになったほうがよいと思います。娘さんはそれほど長くは持ちこたえられないでしょうから」と聞かされたときの傷口を。エリザベスに知らせを告げるのは、なんとしても親しい友人でなければならない。見知らぬ人間ではなく、元夫にかわっていっしょに泣き、抱きしめてやれる友人でなければ。

テレサは救急救命士にローザをあずけてエリザベスを探しにいった。すでに八時四十五分をまわっていて、ダイブは少しまえに終わっているはずだった。エリザベスはどこにいるの？　車のなかにはいない。もしかしたら散歩にでも出かけた？　川のそばにすてきな散歩道があると、まえにマットが言っていた。

五分ほど探して、ようやく川の近くに広げたブランケットに横たわっているエリザベスを見つけた。「エリザベス」と声をかけても返事はない。近づいてみると、耳にはまっているイヤホンが見えた。そこから漏れてくる音と、川が流れる音、それにコオロギの鳴き声が静かに響きあっている。

暗くなりつつある空がエリザベスの顔に紫色の影を投げかけていた。目は閉じられ、顔にかすかな笑みが浮かんでいる。安らかな寝顔。ブランケットの上には煙草のパックとマッチ。となりに吸い殻があり、丸めた紙とステンレスボトルも置かれている。

「エリザベス」もう一度、声をかける。やはり返事はない。テレサは膝をついてイヤホンを引き抜いた。エリザベスは驚いたようすでがばっと身体を起こした。ステンレスボトルが倒れ、淡いわら色の液体がこぼれた。ワイン？

「あらやだ。眠っていたなんて信じられない。いま何時？」エリザベスが訊いた。

「エリザベス」テレサは口もとで両手をあわせた。救急車が放つ点滅する光が、遠くで打ちあがる花火のように、間隔をあけて空を明るくする。「ひどいことになったの。爆発が起きて、火がついて。あっという間だった」エリザベスの手を握る。「ほんとに残念なんだけど、ヘンリーが巻きこまれて、それで……あの子は……」

エリザベスは何も言わなかった。〝ヘンリーがどうしたの？〟とも訊かず、息を呑みもせず、叫びもしなかった。ただ、一定の間《ま》をあけて瞬きを繰りかえすだけ。テレサが締めくくりの言葉を発するのを待ってカウントダウンしているみたいに。五、四、三、二、一。怪我を負った、と言ってやりたい。せめて、死にかけていると。希望のかけらを持てるならなんでもいい。

「ヘンリーは死んでしまった」思いをめぐらせたすえにテレサはようやく言った。「かわいそうに。いまは

──」

　エリザベスはきつく目を閉じ、片手をあげてテレサの言葉を制した。それからハンガーにかけたシャツが夏の風になびくように、かすかに身体を前後に揺らしはじめた。テレサが身を乗りだして動きをとめようとすると、口をあけて静寂の叫びを漏らし、頭をのけぞらせた。そのとき、テレサは気づいた。エリザベスは笑っていた。気がふれたみたいに甲高い声をあげて。「ヘンリーは死んだ、死んだ、**死んだ！**」とマントラのごとく繰りかえしながら。

　テレサはその後の状況についてピアソン刑事が証言するのを聞いていた。エリザベスが不気味なほど穏やかに現場を見まわしていたことや、ピアソンがヘンリーを乗せたストレッチャーへエリザベスを連れていくと、とめる間もなく彼女がヘンリーの顔を覆っていた白い布をはぎとったことを。悲しみにむせぶふつうの親とはちがい、エリザベスは泣きも叫びもせず、遺体にすがりつきもしなかったので、ピアソンはショックのあまり神経が麻痺してしまったのだろうと思ったという。それにしても、あの姿にはぞっとした、とも。

　思いだすのもつらい事実が語られるのを聞いているあいだ、テレサは顔を伏せ、手の皺をのばし、〝ヘンリーは死んだ〟と叫んでいたエリザベスのことを考えていた。彼女が発したとつぜんの高笑い──あれはエリザベスがヘンリーを殺していないことを物語っている。たとえ殺したとしても、わざとのはずはないから、殺人ではない。テレサには八歳のときに凍った池に落ちた経験がある。水が冷たすぎて、逆に沸騰した湯に感じられた。エリザベスの高笑いはあのときと同じで、痛みが強すぎるあまり、泣くのを通りこして、気持ちが対極にあるものに結びついてしまったのだ。悲しみに打ちのめされたときの笑いは、泣いたり叫んだりする姿よりも痛みを伝えてくる。けれど、悲しみのショックがエリザベスの笑いを引き起こしたのだと言葉で説明するのは難しい。酒を飲んだり煙草を吸ったりという母親らしからぬ行ないはたしかによくない。子どもが死んだと知らされたときに笑うのはよくないどころか、頭がおかしくなったか、悪くするともともと病的な人間だと思われかねない。だからテレサは誰にも言えずにいる。

エイブが何かをイーゼルに置いた。メモ用紙を引きのばしたもので、あちこちに走り書きの文字が書かれている。〝やることリスト〟にも見える。電話番号、いくつものURL、食料品の名前。五つのフレーズには黄色の蛍光ペンで線が引かれている。〝もうできない〟〝人生を取りもどさなくては〟〝今日、終わりにする!!〟〝ヘンリー＝犠牲者？どのようにして？〟そして〝もうHボットはなし〟が最後のフレーズで、子どもが描く竜巻みたいに、一筆でいくつもの円を少しずつずらして描いた模様で囲まれている。紙自体にはまっすぐではない線が何本も走っている。どうやら破られたものを、パズルさながらにひとつひとつ貼りあわせたらしい。

エイブが口を開いた。「ピアソン刑事、これはなんなのか説明してください」

「これは被告宅のキッチンで発見されたメモのコピーを引きのばして、ペンで印をつけたものです。破られて九つの断片になり、ゴミ箱に捨てられていました。筆跡鑑定の結果、被告が書いたものであると判明しています」

「つまり、被告が書き、破り、捨てたというわけですね。なぜこれが重要なんでしょうか」

「ここに計画らしきものが記されているからです。被告は特別なケアを必要とする子どもの世話にうんざりしていました。それをすべてあの夜で〝終わりにする〟計画を立てたのです」ピアソンは〝終わりにする〟のところで引用符のマークを指で形づくった。

「〝もうHボットはなし〞と被告は書いています。ここにあるURLおよび番号と、被告のインターネットの閲覧履歴および電話の通話記録とを照合した結果、被告はこのメモを爆発が起きた日に書いたとわれわれは結論づけました。これを書いた数時間後、Hボットは吹き飛ばされ、被告の息子は殺されました。そして事件のさなかに、被告は酒を飲み、煙草を吸って何ごとかを祝いました。親の責任から解放されて自由になったことを祝っていたと考えられます」ピアソンは腐った食べ物を口にしてしまったとでもいうように、エリザベスに向かって顔をしかめた。テレサは考えた。昨日の晩、障害のある子どもから自由になるためにほんの数分間、車のなかに隠れていた自分をピアソンが見たら、いまと同じように顔をしかめるだろうか。

「被告はHボットにうんざりしていてメモを書き、もうやめるつもりでいた、そういう可能性はありませんか、刑事」

ピアソンは首を振った。「被告はまさにその日に各所へメールを送り、スピーチセラピー、作業療法、理学療法、ソーシャルスキルトレーニングなどのヘンリーのセラピーを、Hボット以外はすべて中止としました。仮に〝もうHボットはなし〞がやめたいという意味ならば、なぜHボットもほかのセラピーとともに中止にしなかったのか。Hボットの施設が破壊されると知っていたからもう必要ない、という意味なら理解できます」

「なるほど。かなり奇妙な話ではありますね」エイブは〝よくわからないなあ〞という表情を顔に張りつけた。

「はい。実際にすごい偶然なんですよ。被告が〝もうHボットはなし〞と書いたその日に爆発が起き、彼女が書き記したすべてが現実となり、さらに都合のいいことに、彼女が中止にしたセラピーをヘンリーはもう受ける必要がなくなったんです」

「しかし、偶然というのは起きるものです」エイブの声は生き生きとしていて、あきらかに〝いい警官と悪い警官〟のショーを陪審に披露していた。

「そのとおりですが、被告がやめると決めていたのなら、なぜ次のダイブへ出かけていったんですか？　なぜわざわざミラクル・クリークまで運転していって、あげくに体調が悪いと嘘をついたんでしょう。情報技術解析部門の担当者が被告のパソコンを調べた結果によると、被告は事件当日の午後いっぱいをかけてHボットの火災事例をリサーチしています。そして晩のダイブへ出かけ、具合が悪いと嘘をついたわけです。それはなぜでしょうか」

「ピアソン刑事、放火事件の専門家として、被告がパソコンで調べていたことや書いたメモから、あなたはどのような結論を導きだしましたか」

「被告のリサーチはHボットで火災が発生するメカニズム、つまり、どこが起点となるか、どのように燃え広がるか、という点に集中していました。要するに、Hボットのカプセルのなかにいる人たちを確実に死なせるためにはどのように火をつけるのがベストかを調べていたというわけです。彼女のメモにある〝ヘンリー＝犠牲者？　どのようにして？〟は、ヘンリーをまさに犠牲者、殺される人間に仕立てるにはどうすればよいか、という被告の思惑を示しています。のちに被告はヘンリーがもっとも危険な場所にすわるよう、あれこれと指示を出しています」

「異議あり」エリザベスの弁護士が陪審に聞かれないところでの判事との協議を要求した。弁護士と判事が話しあっているあいだ、テレサは拡大されたメモを見た。どの走り書きも自分でも書いたかもしれないと思われるものだった。何度〝もうできない〟〝人生を取りもどさなくては〟と思っただろう。それは夕べの祈りの一部でもあった。「神さま、どうかローザをお助けください。わたしたちに新しい治療法や薬や、何かそういったものをお与えください。神さま、なぜならわたしには人生を取りもどす必要があるからです。カルロスも人生を取りもどす必要があります。誰よりもローザは人生を取りもどす必要があるのです。お願いします、神さま」そして去年の夏、日に二回の長い運転をこなしつつ、日にちを数え、ローザにこう言わなかったか？「あと九日よ、ローザ、そしたらもうHボットはなしよ！」

〝ヘンリー＝犠牲者？どのようにして？〟の走り書き。ピアソンの説明は論理的にまちがいなく筋が通っているけれど、そのフレーズの何かが引っかかる。〝ヘンリー＝犠牲者、どうして？ヘンリーは犠牲者、犠牲者ヘンリー？なんで？〟何度も繰りかえしていくうちに、なじんできたリズムに没頭した。遠い昔に聞いた子守歌にうっとりするように。

ふいにひらめいた。あの日の朝の抗議者たち。「あなたたちは子どもを痛めつけている」銀髪ボブの女性はそう言っていた。「あなた方は模範的な子どもを持ちたいと願い、子どもたちをねじくれた願望の犠牲者にしてしまったのよ」この言葉にはさすがのエリザベスもショックを受けたらしく、灼熱のなかでさえ顔から血の気が引いていた。「やめてよ、ヘンリーが犠牲者ですって？そんなのばかげてる。エリザベスはヘンリーにオーガニックコットンの下着を買ってあげてる。それなのに、犠牲者？」とテレサは言った。けれどもあとになって考えた。〝わたしはありのままのローザを受け入れられず、あれこれとためしている。ローザは犠牲者なの？ただ健康になってほしいだけなのに。それのどこが悪いっていうの？〟紙があったら、いたずら書きしていただろう。〝ローザ＝犠牲者？どうして？〟

弁護士が自分の席に戻ると、エイブは絵が描かれたべつのフリップボードをイーゼルに置いた。

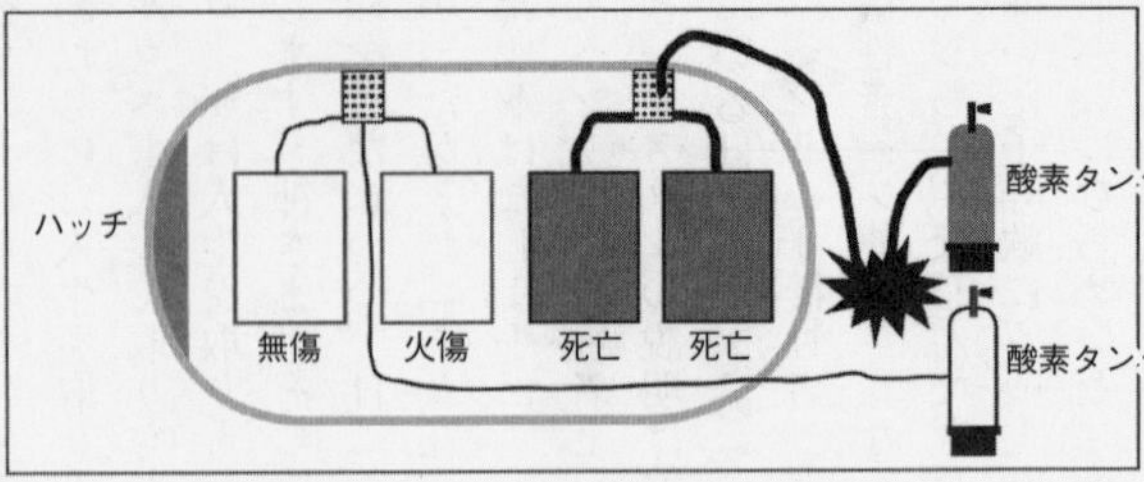


「刑事」とエイブ。「これはなんなのか説明してください」

「これは爆発前に被告が最後に閲覧したウェブサイトに載っていたイラストです。〝カプセルの外側から火災が発生〟で検索し、おそらく抗議者のパンフレットに載っていた事例を探し、これを見つけたと思われます。ミラクル・サブマリンと似たようなカプセルで、外側で火災の原因が発生しています。火によって酸素のチューブにひびが入り、酸素が外に逃げると同時に火と接触しました。その結果、酸素タンク1が爆発し、それとつながっていた患者二名が死亡しました」

「被告はこのイラストを見た数時間後に自分の息子を、イラストでいうと左から三番目の〝死亡〟と書かれた場所にあたるところにすわらせた。あなたはそうおっしゃっているわけですか?」

「そのとおりです。ここで思いだしてください」――ピアソンは陪審のほうを向き――「ミラクル・サブマリンはこれとまったく同じ条件下で爆発しました。同じ地点、つまり酸素チューブがＵの字を描いて垂れさがっている、そのすぐ下に火種があったのです。死亡者の数も同じく二名で、犠牲者ふたりは被告が息子をすわらせたのと同じ、奥の席にすわっていました」

テレサは左側の〝無傷〟と書かれた四角形を見た。ミラクル・サブマリンで爆発が起きたとき、ローザはそこにすわっていた。ほかのダイブではローザはいつも〝死亡〟と書かれた赤い四角形にすわっていた。もしエリザベスが席を交換するようにと言い張らなければ、ローザの頭部は炎に包まれ、骨まで真っ黒になっていただろう。テレサは身体を震わせ、頭を振ってその考えを払いのけた。奇跡的にローザは助かったのだと思うと、安堵の波が押し寄せて膝が震えだし、それからはっとして、娘のかわりにほかの子どもが苦痛に満ちた死を迎えたことを神に感謝した自分を恥じた。同時にはたと思いついた。自分がエリザベスの味方をするのは、彼女が無実だと信じているからではなく、爆発時にローザの安全が確保できるよう仕向けてくれたことに対する感謝からではないのか。自分の身勝手さがエリザベスの高笑いやメモの解釈をゆがめているのではなかろうか。

エイブが言う。「あなたは被告と発火地点について話をしましたか」

「はい、被告が息子の遺体の身元確認をした直後に。わたしはかならず責めを負うべき人間を見つけ、真相を究明すると彼女に告げました。すると被告は〝犯人は抗議者たちだ。彼女たちがカプセルの外の酸素チューブの下に火種をセットした〟と言いました。申しあげておきますが、その時点では、われわれはどこで、どのようにして火がついたのかまだ知りませんでした。あとになって、発火地点が被告の言うとおりだったという分析結果が出たとき、ひかえめに言って、心の底から驚きました」

「被告がそう言ったのは、真相を知っていたからではないですか？　抗議者たちがみずからつくったパンフレットの事例どおりに火をつけたという真相を」イースターのウサギはほんとうにいるのかと訊く無邪気な子どもみたいな口調でエイブが訊いた。

「それは真相ではありません」ピアソンは首を振った。「抗議者たちを徹底的に調べた結果、われわれはいくつかの理由から彼女たちを容疑者リストから除外しました。六人の抗議者たちは全員、午後八時に事情聴取を終えて警察署を出ました。彼女らによると、みなどこにも立ち寄らず、まっすぐにワシントンDCへ戻ったとのことで、携帯電話の基地局の情報が彼女たちの供述を裏づけています。さらに、六人とも、子どもたちを害から守ることを第一の目的とし、平和的で法律を遵守する市民として非の打ちどころがない経歴があります」

テレサはそれを聞いて首を激しく振り、〝平和的〟という言葉にだまされてはいけないと陪審に言ってやりたいと思った。テレサたちが事件当日の午前中に遭遇した、歯を食いしばり、目に蔑みの色を浮かべていた抗議者たちの姿を陪審員たちは見ていないからわかるはずもない。中絶手術を行なう医師を、生まれてくる命を救うと称して銃で撃つ狂信者さながらに、彼女たちはHボットをやめさせるためならなんでもやりそうに見えた。

ひとまず深呼吸をして気持ちを落ちつける。証人席ではピアソンが引きつづきしゃべっている。「Hボットの中止に向け、人びとを怯えさせる目的で放火といった極端な手段を彼女たちがとるとお考えなら、こう申しあげておきます。酸素がカプセル内に絶え間なく送られ、内部に子どもたちがいる状態で、彼女たちがそんなまねをするとは考えられません」

酸素が絶え間なく送られている状態。この言葉がきっかけになり、テレサの身体を冷たいものが走った。

もし彼女らが酸素が流入中だと知らなかった場合はどうなる？　爆発が起きた日の午前中、一回目のダイブを終えたあとも抗議者たちは居残っていた。彼女たちの前を急いで通り抜けたとき、銀髪ボブの女性が大声で呼びかけてきた。「わたしたちはどこへも行かないから。今晩六時四十五分に会いましょう」当時は少しとまどっただけであまり深くは考えなかったが、いまははっきりわかる。抗議者たちはスケジュールをきっちり把握していたのだ。ということは、八時五分までには酸素の供給が終わっていると考えたはずだ。ピアソンによると、火をつけたのが誰であれ、八時十分から十五分のあいだに煙草に火がつけられたという。完璧なタイミングだ。抗議者たちはダイブは終了に向かっていて、すでに酸素の供給はストップしていると思いこんだ。火はゆっくりと燃えだすから、患者たちは納屋を出たところで出火していることに気づく。そして、怯え、もう治療はやめようと決めてパクにそう言う。もうHボットはなし。抗議者たちはそう予測したにちがいない。

「あなたが抗議者たちを容疑者リストから除外した理由はわかりました。ですが、抗議者たちがかかわっていないのなら、被告はどうやって発火地点を特定できたのでしょうか」エイブはまったくわからないというふうに、困惑と好奇心が入り混じった口調で訊いた。

「ふたつの可能性があります」とピアソンが答える。

「ひとつは、被告自身があの場所に火をつけた。そうすれば抗議者の関与をにおわすことができる。殺人の罪を誰かになすりつけるわけです。古典的な手口ですね。しかもずる賢い。彼女が犯人だとする強力な証拠をわれわれが見つけていなければ、その手口に引っかかっていたかもしれません」

「ふたつめの可能性は？」

「信じられないかもしれませんが、単なるあてずっぽうです」

何人かの陪審員がくすくす笑う。テレサは胸がぎゅっと締めつけられた気がした。エリザベスは抗議者をひどく嫌っていた。それはあきらかだった。でも、納屋に火をつけるというリスクを冒すほど憎んでいただろうか。誰かを殺すつもりはなかったにしろ、抗議者を窮地に追いこむためなら手段を選ばなかったとか？最後のダイブのとき、TJが耳の感染症を患っていたので、パクは加圧するのにいつもの倍の時間をかけてから酸素を流しこみはじめた。そうとは知らず、エリザベスは八時十五分には確実に酸素の栓が閉められていると思っていたのかもしれない。そのころに火がつくようにしておけば、火が大きくなるまえにみんなは納屋の外に出て火災に気づく、とも。それならば、火災とヘンリーの死を聞かされたときにエリザベスが驚きもせず、無表情のままだったことの説明がつく。息子の死の原因が自分にあると気づき――皮肉にも、憎悪をたぎらせて策を弄した自分自身の罪の代償を息子に払わせたという痛恨の事実を知り――、まちがいなくそのせいで心が壊れ、テレサの記憶から消せない、例の苦悶の高笑いとなった、とも考えられる。

エイブが訊く。「刑事、それでは実際にはどのように発火したのでしょうか」

ピアソンがうなずく。「われわれの放火担当の科学捜査チームはこう結論づけました。火のついた煙草と紙マッチが、酸素チューブのすぐ下に重ねられた小枝の山に置かれ、それが火種になったと。その結果チューブにひびが入り、火と酸素が接触した。酸素自体は燃えるものではないにしろ、混入物と混ざりあい仕掛けがそろえば爆発も起きます。爆発時の風圧で煙草と紙マッチは燃えつきるまえに吹っ飛ばされました。われわれはそれらの断片を探しだし、ラボに送って化学成分と色味を調べてもらいました。煙草の銘柄はキャメル、紙マッチはこの地域にあるセブン‐イレブンで配られているものだとわかりました」

笑いをかみ殺しているのか、エイブの唇が震えた。

「被告がピクニックをしていた場所で見つかった煙草の銘柄と紙マッチはどんなものでしたか？」〝ピクニック〟を何か汚らわしいものを呼ぶように言う。

「煙草はキャメル、紙マッチはセブン－イレブンのものでした」

法廷内が揺れ、盛りあがったように見えた。みながエリザベスの反応をひと目見ようと、椅子のなかで思いきり背筋をのばし、前や横に身を乗りだしたからだ。

エイブはささやき声や椅子が軋む音がやむのを待ってから言った。「刑事、被告はこの相関関係について釈明したことはありましたか」

「はい。逮捕後、被告は事件当日の晩に、林のなかで封の切られた煙草のパックと紙マッチを発見したと供述しました」ピアソンのしゃべりは歌うような調子に変わり、子どもにおとぎ話を読み聞かせるベビーシッターを思わせた。「捨てられたものに見えたので、それを拾って吸ったとのことでした。もうひとつ、Hマートのロゴが入ったメモ用紙を見つけたとも供述しました。〝これを最後にする。今夜八時十五分に会いたい〟と書いてあったそうです。拾ったときには気づかなかったものの、それらの品々は放火犯が捨てたものだと思うとも話していました」

「あなたはその説明にどう応えましたか」

「信用できないと思いました。ティーンエイジャーが捨てられた煙草を拾って吸うならまだしも、四十歳の上流階級のご婦人ですよ？　それはともかく、われわれは被告の〝説明〟を真剣に受けとりました」〝説明〟のところで引用符のジェスチャー。「ひとまず煙草のパックと紙マッチから指紋を採取しました」

「何が見つかりましたか」

「おかしなことに、見つかったのは被告の指紋だけで、ほかには誰のものも発見されませんでした。それについて被告はこんなふうに説明しました」笑いだすのをこらえているらしく、ピアソンの顔がぴくぴくとひきつる。「〝使用するまえに、除菌のために抗菌シートでひとふきしました。ご存じかと思うけれど、地面に落ちていましたから〟と」

しのび笑いがあちこちで聞かれた。あっはは と笑う者もいた。エイブはわざとらしく顔をしかめ、眉間に皺を寄せた。「すみませんが、いま、抗菌シートで**ひとふき**とおっしゃいましたか?」エイブが驚くふりをする見え透いた小芝居に、陪審はいかにもおかしそうに笑ったが、テレサは嫌悪感を覚えた。「被告は**抗菌シートでひとふきすれば**、誰のものかは神のみぞ知る煙草でもよろこんで吸っていた、ということですか?」〝抗菌シートでひとふき〟を繰りかえすさまは子どもじみたいじめのように感じられ、テレサは黙りなさいとどなりつけ、実際にエリザベスはどこへ行くにも抗菌シートを持ち歩き、なんでもふく癖がある、それのどこがいけないのかと言ってやりたかった。

「はい」とピアソンが答えた。「そうすることで、被告の話を裏づけたり否定したりする証拠を都合よく〝ひとふき〟してしまったというわけです」テレサはピアソンに飛びかかり、肉づきのよい真っ白な指を一本一本へし折ってやりたいと思った。

「Hマートのメモからは指紋が採取できましたか。まさか被告は紙まで**抗菌シートでひとふき**はしなかったでしょうから」

「それが、メモはどこにもありませんでした」

「見落とした可能性は?」

「爆発が起きた夜、ピクニック現場を中心にかなり広範囲にわたって立ち入り禁止とし、翌朝、しらみつぶしにメモを探しました。周辺にはHマートのロゴ入りのメモは一枚もありませんでした」

衝撃がテレサの頭を揺さぶり、見えないショールとなって肩の上に広がっていく。あの夜、メモはあった。目を閉じると見える——ブランケットの上に放られた、くしゃくしゃの紙が。何が書いてあるかまではわからないが、鮮やかな赤のHマートのロゴの一部がちらりとのぞいている。

エイブに訴えている自分の姿を想像する。彼は信じてくれるだろうか。なぜいままで言わなかったのかと訊いてくるだろう。じつのところ、ヘンリーの死を聞かされたときにエリザベスが大笑いしたという話をしないですませるため、何を見たかもふくめて、彼女との会話についてはよく覚えていないと答えていた。「ヘンリーが亡くなったことを伝えなければと思うあまり、ほかのことは記憶からこぼれてしまったようで」と。ピアソンの証言を聞いて記憶がよみがえったと言ってもいいが、おそらくエイブは信じないだろう。ハゲワシみたいにつついたあげく、話をでっちあげたと疑ってくるかもしれない。信じてもらうには、エリザベスが大笑いした話にも触れなければならない。けれども、いくらHマートのメモらしきものを見たと伝えるためとはいえ、友人が高笑いの話を漏らしたことを知ったらエリザベスは傷つくにちがいない。

エイブに直接会いにいくのはうまい手とは言えないが、黙っているわけにもいかない。エリザベスがメモについて嘘をついていないことをなんとかして陪審に知らせなくては。

目をあけたとき、ピアソンがメモについてのエリザベスの話を裏づけるものは何もないとしゃべっていた。テレサは立ちあがった。ひとつ咳払いをして口を開く。「それは真実ではありません。わたしは見ました。Hマートのロゴ入りのメモを見たんです」

判事が小槌を打ち鳴らして静粛に、と言い、エイブがすわってください、と言ったが、テレサは立ちあがったままエリザベスを見た。シャノンがエリザベスに向かって何か言っていたが、エリザベスは弁護士を見ずにテレサと目をあわせた。唇を震わせながら、笑みの形をつくろうとしている。瞬きを繰りかえすと、目にたまっていた涙が頬を伝い落ちた。はじめて、かたく閉ざされていたダムの水門が開いたようだった。

エリザベス

裁判がはじまるまえの週に、エリザベスはシャノンからできるだけ多くの人を集めて、法廷内の被告席の後ろにすわってもらう必要があると言われた。ティッシュを手渡してくれる人、検察側の証人を睨みつけてくれる人、そういうたぐいの人たち。家族はいないので――エリザベスはひとりっ子で、両親は一九八九年のサンフランシスコ地震で死亡――、残るは友人たち。だが問題は、友人がひとりもいないことだった。「なにも小さいころからの大親友じゃなくていいの。あなたの近くにすわってくれる人なら誰でも。すわる、ただそれだけ。行きつけの美容院の美容師さんとか、通っている歯医者の歯科衛生士とか、ホールフーズ・マーケットのレジ係の女の子とか。とにかく、誰でもいい」そう言うシャノンにエリザベスは「俳優を雇うのはどう？」と返した。

いままでひとりも友人がいなかったわけじゃない。引っこみ思案だったことはたしかだけれど、大学にも、会計事務所にも仲のいい友だちはいた。結婚式のときの花嫁の付添人は三人いたし、自分がなったことも二度ある。しかしヘンリーが六年前に自閉スペクトラム症と診断されてからは、忙しすぎて息子がらみ以外のことは何もできなくなった。日中は車を運転してヘンリーに七種類のセラピー――スピーチセラピー、作業療法、理学療法、聴覚および発声の改善トレーニング（トマティス法）、対人関係発達指導法（ＲＤＩ）、ヴィジョントレーニング、脳トレーニングのニューロフィードバック――を受けさせ、その合間にホリスティック／オーガニックの店をめぐり、ピーナッツ／グルテン／カゼイン／乳製品／魚／卵フリーの食品を買いこむ。夜はヘンリーの食事とサプリメントの用意をし、〝Ｈボットキッズ〟とか〝自閉スペクトラム症の医師とママの会〟といった自閉スペクトラム症の治療についての掲示板を見にいく。何年も連絡をとらないでいたら、友人たちからはいっさい何も言ってこなくなった。いまさらどうすればいい？　電話して、ハイ！　お久しぶり！　わたしの殺人事件の裁判に来てくれないかなと思って。判決が出るまで法廷にいてくれるだけでいいの、と言うとか。もしくは、六年間、折り返しの電話をしなくてごめんなさい。でも、息子のことで忙しくて。そうそう、わたし、殺人容疑で起訴されたんだけど、知ってた？

そう、だから、誰も支援するために来てくれないことはわかっていた（シャノン以外は。ただし彼女はカウント外。時給六百ドルを払わなくてはならないから）。とはいえ昨日、法廷に入って自分の後ろの席に誰もいないのを見て――そこだけが法廷内で唯一、空席だった――、目に見えないボクサーに腹を殴られたような痛みを感じた。二日間、後ろの席は無人のままで、支援してくれる人は誰ひとりなく、孤独が浮き彫りになっているようすが報道された。

テレサがHマートのロゴ入りのメモを見たと声をあげたとき、判事は彼女の声を抹消しようとした。小槌を打ち鳴らし、テレサに審理中に声をかけてはならないと注意し、陪審には無視するようにと指示した。テレサは謝罪したが、すわるようにと言われると――そのあとの光景をエリザベスはベッドのなかで何度も何度も思いかえすようになる――、ユー一家の前を通り抜けて、通路を横切り、無人の列に入ってエリザベスのちょうど後ろにすわった。陪審員の何人かは息を呑んだ。どうやら彼らはエリザベスをハンセン病患者同然にみなしているらしい――うつらないのはわかっているが、近づきたくはないと。

振り向いてテレサを見る。自分のために立ちあがり、味方だと宣言して堂々と近くにすわってくれる友人。自分には誰もいないのだとあきらめていたし、些事にこだわるなとみずからに言い聞かせてきた。しかし、毎日何時間もともに過ごしたダブル・ダイブの仲間が、会いにこようともせず、会いにいってもいいかと訊いてもくれなかったことに、ほんとうは深く傷ついていた。もうすでに有罪と決めつけられているのだと。

けれどもいまここに、友だちだと無言の名乗りをあげてくれる人がいる。ありがたいと思う気持ちが胸のうちでしだいにふくらんでいく。まるで水が注ぎこまれていく風船みたいに、声にできない〝ありがとう〟がたまりすぎていまにも水がほとばしりでそうだ。エリザベスはテレサをじっと見つめ、目で感謝の気持ちを伝えようとした。

ちょうどそのとき、人でうまった傍聴席のなかに銀髪がちらりと見えた。抗議者グループのリーダーで、いかにも尊大な〝自閉症と生きるママ〟というユーザーネームを持つ女性。エリザベスはシャノンが彼女のアリバイを崩して窮地に立たせることを期待したが、放火についての問い合わせ電話の件をつかんでからシャノンはパクを標的に据え、おかげで銀髪の女は心地よさそうに椅子にすわり、無実の傍聴人として裁判の行方を眺められるようになった。喉もとに苦いものがせりあがってくるのがわかる。怒りと憎悪と非難が混じりあったいつもの感情。あの女がいなければ、息子はいまも生きていたはずだ。九歳になって、じきに四年生にあがる。ルース・ウェイス。エリザベスを脅しつづけ、人生を破壊しようとした女。キットとの決定的な電話であの女がとった行動の全貌を知った。知らずにすめばどんなによかったか。あの電話でエリザベスは動揺し、通常の合理性は引きはがされ、生きているかぎり悔やんでも悔やみきれない瞬間へと導かれてしまった。人生を決定づけることになる自分でも理解できないばかげた行動の数々——結果として、ヘンリーの人生も取りかえしがつかないことになった。

ふたたびテレサのほう見て、荒れ狂う炎のなかにとらわれた彼女の姿を想像する。一方で自分はワインを飲んで最後のHボットを祝い、指にはさんだ煙草を見やって、われながら呆れていた。もしテレサがほんとうは何があったのかをすべて知り、ルース・ウェイスを憎むあまり、この自分がヘンリーの死の責任を負うべき立場にいると知ったら、いったいどう思うだろう。

シャノンはピアソン刑事を嫌っていた。「なんて恩着せがましい、うぬぼれ屋なんでしょう」ピアソンとはじめて会ったあとにそう言い、彼の宣誓証言のあとにもう一度言った。「あの甲高い声には我慢ならない。耳もとをハチの大群が飛びまわっているみたいで」

エリザベスはピアソンと顔をあわせるのはつらいだろうと思っていた。自分をヘンリーの亡骸へ、命の火の消えた息子のもとへ連れていった男だから。けれどもピアソンのことは少しも覚えていなかった。顔も、身体とは恐ろしいほど不釣り合いな声も。証言の内容も何ひとつ記憶になかった。シャノンからは誤りがあったら指摘してほしいと言われていたが、証言するピアソンをぼんやりとテレビを見るみたいに眺めるしかなかった。

判事から反対尋問をはじめるよう告げられると、シャノンはエリザベスに「くつろいで、楽しんでちょうだい。あの男をずたずたにしてやるから」と言った。しかしいざ立ちあがると、シャノンはピアソンを横目でちらりと見て（なんなの？　誘惑しようとでも？）、両頰のえくぼを見せて微笑んだ。「こんにちは、刑事」わざとらしく低い声で言い（セクシーと思わせたいのか、ピアソンの高い声を目立たせるためか、よくわからない）、小さな歩幅で腰を振りながら気取った感じでピアソンのほうへ歩いていった。

「刑事」シャノンは喉がむせそうなほどの低い声で言

い、エリザベスは思わず咳払いをしたくなった。「あなた自身のことをお話ししましょう。聞いたところによると、あなたは犯罪捜査の専門家で、二十年のキャリアがあり、今回の捜査では主任をおつとめだったとか。そればかりか、証拠固めのセミナーで講師をなさっているとの話も聞きました」陪審のほうを向いて、わが子を自慢して鼻高々な母親さながらに言う。「新米刑事向けの必修クラスだとか」そこでピアソンに向きなおる。「そうなんですか？」

「ええ、まあ」こんな展開になるとは思いもよらなかったという口ぶり。

「セミナーは〝犯罪捜査演習〟と呼ばれているってほんとうですか？」シャノンは言いながら、どういうわけかくすくす笑った。あまり似あっていない格子柄のスーツを着て、光沢のないパンティーストッキングをはいた、まじめでプロ意識が高く、少しばかりぽっちゃりした弁護士が四歳の子どものようにくすくす笑っている。

「正式な名称ではありませんが、はい、そう呼ぶ者もいます」

「すばらしいチャートをつくって、クラスで教えるときはかならず使っていると聞きました。一ページの。ですよね？」

ピアソンは困った顔になった。友だちから答えを教えてもらおうとする生徒みたいにエイブを見やる。エイブは肩をすくめた。「はい、一ページのチャートを使って教えています」

「チャートではご自身の経験、つまり、教科書の受け売りではなく、どういう証拠がもっとも信頼できるか、もっとも適切であるかを実体験から得た知識に基づいて説明していらっしゃいます。そうですよね？」

「はい」

「すばらしい」シャノンはフリップボードをイーゼルに置いた。

### 犯罪捜査演習

| 直接的証拠 | 状況証拠 |
| --- | --- |
| より望ましい、信頼できる!!!! | (絶対的信頼はないので、次のうち複数が必要) |

**直接的証拠**

より望ましい、信頼できる!!!!

- 目撃証人
- 犯罪が行なわれた際に音声を録音したもの、および動画を録画したもの
- 容疑者が犯罪を行なっているときの写真
- 容疑者、証人、共犯者によって書かれた、犯罪を示す書類
- 究極の証拠：自白
(真実であることを要確認!!!!)

**状況証拠**

(絶対的信頼はないので、次のうち複数が必要)

- 動かぬ証拠：犯罪に用いられた道具を容疑者が使ったという証拠（指紋、DNA）
- 容疑者の所有物／所持品
- 犯罪を行なう機会の有無——アリバイ？
- 犯罪を行なう動機——脅迫、過去の出来事
- 特別な知識と興味（爆発物製造の専門的技術、調査事例の有無）

「刑事、これがあなたがつくったチャートですか?」シャノンが訊く。声にこめられた甘ったるさはかなりわざとらしく、それゆえにほんの少し嘲りが感じられる。

ピアソンの「いったいこれをどこで手に入れたんですか?」と同時にエイブが吠える。「異議あり! これは誤解を招きかねない。ミズ・ハウはバージニア州の法律では立証の手段として直接的証拠と状況証拠をともに認めていることをよくご存じのはずだ」

シャノンが言う。「裁判長、裁判長が陪審に説示を行なうまえに、直接的証拠や状況証拠といった専門用語の意味を明確にしておくのは意義があると考えます。わたしは捜査の主任に対し専門用語を織りまぜながら捜査の方法について質問しようと思っています。申しあげておきますが、この書類は機密でもなんでもありません。警察内でのセミナーのためにピアソン刑事が書いたものです」

「異議を却下します」判事が言う。

エイブは信じられないというふうに口を開いた。そして首を振り、席につく。

「刑事、ではもう一度お訊きします」シャノンの口調は真剣そのものに戻っていて、甘ったるい層はバナナの皮さながらにむかれて捨てられている。「これはあなたのチャートで、本件での捜査もふくめて、捜査をする際の手引として使われていますね?」

ピアソン刑事はシャノンをひと睨みしてから、小声で答えた。「はい」

「このチャートは、あなたの経験に基づき、直接的証拠が状況証拠より好ましく、かつ信頼できると述べています。正しいですか?」

ピアソンがエイブを見る。エイブは顔をしかめて眉を吊りあげた。その顔は、わかっている、だがこうもイカれた判断が下されたら打つ手はない、と語っていた。「はい」とピアソンが答える。

「それらふたつの証拠にはどんな違いがあるのでしょうか。あなたはセミナーではランナーにたとえて説明していますよね？」

ピアソンは驚きと困惑が入り混じった表情を浮かべ、顔をゆがませた。あきらかに、誰が密告者かを頭のなかで探し、裏切り者に対してどう制裁を加えるかを算段している。そして思考を整理しているのか、首を振りながらこう答えた。「ランナーについての直接的証拠とは、その人物が実際に走っているところを誰かが見たということです。状況証拠というのは、ランニングコースの近くにジョギング用のウェアを着てシューズをはき、赤い顔をして汗をかいている人間がいるのを誰かが見た、ということです」

「つまり、状況証拠はまちがっている可能性もある。たとえば汗をかいている人は、あとで走る予定になっているのかもしれないし、ただ単に暑苦しい車のなかにいたのかもしれない、ということですね。正しいですか？」

「はい」

「では、本件にあてはめてみましょう。あなたの専門家としての指導要領に照らし、まずは重要な直接的証拠からいきます。あなたがリストにあげている最初の直接的証拠は〝目撃証人〟です。エリザベスが火をつけているところを誰かが目撃しましたか」

「いいえ」

「納屋の近くでエリザベスが煙草を吸うか、マッチで火をつけるところを誰かが目撃しましたか」

「いいえ」

シャノンは太いマーカーペンを取りだし、直接的証拠の下に列挙された項目のうち、いちばん上の〝目撃証人〟を線で消した。「次です。エリザベスが火をつけているところの動画、もしくは写真はありますか」

「いいえ」シャノンが〝犯罪が行なわれた際に音声を録音したもの、および動画を録画したもの〟と〝容疑者が犯罪を行なっているときの写真〟を消す。

「次。〝容疑者、証人、共犯者によって書かれた、犯罪を示す書類〟はありますか」

「いいえ」その項目も消される。

「さて、残るは〝究極の証拠〟――自白です。エリザベスは火をつけたと自白はしていません。あっていますか？」

ピアソンの唇がピンクの直線に引き結ばれる。「あっています」最後の項目も消される。

「エリザベスが犯罪を行なったという直接的証拠はひとつもありません。あなたが掲げている〝より望ましい、信頼できる〟タイプの証拠はないということでよろしいですね」

ピアソンは大きく息を吸いこみ、馬のように鼻孔をふくらませた。「はい、しかし――」

「ありがとうございます、刑事。直接的証拠はありません」シャノンはチャートの〝直接的証拠〟の上に太い線を引いて消した。

**犯罪捜査演習**

**~~直接的証拠~~**

~~より望ましい、信頼できる!!!!~~

- ~~目撃証人~~
- ~~犯罪が行なわれた際に音声を録音したもの、および動画を録画したもの~~
- ~~容疑者が犯罪を行なっているときの写真~~
- ~~容疑者、証人、共犯者によって書かれた、犯罪を示す書類~~
- ~~究極の証拠：自白~~
  ~~（真実であることを要確認!!!!）~~

**状況証拠**

（絶対的信頼はないので、次のうち複数が必要）

- 動かぬ証拠：犯罪に用いられた道具を容疑者が使ったという証拠（指紋、DNA）
- 容疑者の所有物／所持品
- 犯罪を行なう機会の有無——アリバイ？
- 犯罪を行なう動機——脅迫、過去の出来事
- 特別な知識と興味（爆発物製造の専門的技術、調査事例の有無）

シャノンは一歩さがって微笑んだ。タガがはずれたような笑みで、顔のあらゆる部分に勝利の喜びが表われている——目にも頬にも唇にもあごにも。耳までも笑顔の一部になっているみたいに見える。裁判の結果がどうであれ、それによってシャノンの人生が左右されるわけでもないのに、どうしてこれほどまでによろこべるのだろうか。勝っても負けても、シャノンは同じ収入、同じ家、同じ家族を維持できるはずだ。一方で、エリザベスは裁判の結果によって郊外の家に住みつづけるか、死刑囚監房に入るかが決まる。シャノンの興奮がこちらにひとつも伝わってこないのはなぜだろうとエリザベスは考えた。

シャノンがつづける。「さて、残るは状況証拠です。あなたの言葉を借りると〝絶対的信頼はない〟証拠です。最初は〝動かぬ証拠《スモーキング・ガン》〟ですが、これは本件にあてはめると吸いかけの煙草《スモーキング・シガレット》ですかね」何人かの陪審員が笑う。

「爆発の現場から見つかった煙草、もしくはマ

ッチから、エリザベスの指紋かDNA、あるいはそれに類する証拠が発見されましたか」

「火事による損傷がはなはだしかったので、個人を特定する情報は取りだせませんでした」とピアソンが答える。

「それは、いいえ、という意味ですか、刑事」

ピアソンの唇がかたく引き結ばれてから開く。「そうです」

シャノンは〝状況証拠〟の下の〝動かぬ証拠〟に線を引いた。

「次。ひとつとんで〝犯罪を行なう機会の有無〟へ行きましょう。火はカプセルの外、納屋の裏で点火された、正しいですか？」

「はい」

「誰でもそこまで歩いていけて、点火できる、そうですね？　鍵もフェンスもなく」

「たしかに。ですが、われわれは〝理論上の〟機会の有無ではなく、犯罪を行なう〝実際の〟機会について話をしています。その周辺にいてアリバイのない、まさに被告のような誰かを探しているんです」

「周辺にいてアリバイがない、ですか。わかりました。それでは、パク・ユーはどうでしょう。彼はその周辺にいた。それどころか、エリザベスよりもずっと近い場所にいた、そうですよね？」

「はい。しかしパクにはアリバイがあります。彼は納屋のなかにいた。それは彼の妻、娘、そして患者たちが証明しています」

「ええ、そうですね、アリバイがありますね。ところで刑事、近所に住む者が爆発の直前に納屋の外にいるパクを見たと宣誓供述しているのをご存じですか？」

「はい」ピアソンは自信たっぷりに答え、誰も知らない秘密を知る者が浮かべる、いかにも愉快そうな笑みを見せた。「あなたのほうこそご存じですか、ミズ・ハウ。メアリー・ユーがその点をはっきりさせています。あの晩、納屋の外にいたのはメアリー自身で、彼女の話を聞いた隣人も、遠くから見た人物はメアリーである可能性があると認めています」ピアソンは首を振り笑った。「メアリーは髪をアップにして野球帽をかぶっていたそうで、だから隣人も彼女を男性と思いこんだわけです。罪のない間違いです」

シャノンが反応した。「異議を申し立てます。いまの発言を記録から削除するよう命令――」

エイブが立ちあがる。「ミズ・ハウが仕掛けたことです、裁判長」

「異議を却下します」と判事。

シャノンは陪審に背を向けてうつむいた。何かを読んでいるふうだったが、エリザベスにはシャノンが目をかたく閉じ、眉間に深い皺を刻んでいるのが見えた。すぐにその目が開く。「では、ひとつひとつ考えてみましょう」そう言ってピアソンのほうを向く。「ユー一家は全員、納屋のなかにいた。それからヨン・ユーが電池を取ってくるために納屋を離れ、そのあとでメアリーが外に出て隣人に目撃された。あっていますか？」

ピアソンが瞬きを何度もすばやく繰りかえす。それは情報を処理する近未来のアンドロイドを思わせた。「そう理解しています」どこかためらいがちに答える。

「つまり、パク・ユーは爆発の直前に納屋でひとりきりだった――周辺にいて、かつアリバイがない、〝犯罪を行なう機会の有無〟にみごとに合致していませんか？」

ピアソンの瞬きがやんだ。息を詰めているように見える。顔にも身体にも動きがない。一拍おいて息を呑む。喉仏が上下する。「はい」

シャノンはしてやったり、という笑みを浮かべ、〝犯罪を行なう機会の有無〟の横に赤い字で〝P・ユー〟と書いた。「次は動機です。教えてください、刑事。いままで扱ったなかで、放火に至るもっとも一般

「本件は一般的な放火事件ではありません」

「刑事、わたしは本件が一般的な放火事件かどうかを訊いたわけではありません。こちらの質問に答えてください。いままであなたが見てきたなかで、放火に至るもっとも一般的な動機はなんですか」

ピアソンは母親に答えるのを拒否するように口を開こうとしなかったが、ようやくこう言った。「金です。保険金詐欺」

「パク・ユーは火災保険から百三十万ドルを受けとれる立場にいる、正しいですか？」

ピアソンは肩をすくめた。「たぶんそうだと思います。ですが、これは一般的な放火事件ではありません。ほとんどの保険金詐欺事件では、火がつけられるのは建物内に誰もいないときです。当然、死傷者も出ません」

「ほんとうですか？　それはおかしいですね。ここにあなたが直近に手がけた事件の報告書があります」——手のなかの書類を見つめる——「えーと、昨年十一月のウィンチェスターでの事件です。あなたはこう書いている。〝犯人が火をつけたとき、当人はまだなかにいた。建物内が無人だと保険会社が保険金詐欺を疑うと考えてのことだ。自分が負傷すれば、保険会社は事故だと信じやすくなり保険金もすぐにおりる、と犯人は考えていた〟」書類をピアソンに手渡す。「これはあなたが書いた報告書ですよね？」

ピアソンはあごをこわばらせ、目を細くして、書類をほとんど見ることなく言った。「そうです」

「では、みずからの経験に基づいてお答えください。百三十万ドルの保険金は、パク・ユーのような事業者にとって自分が所有する建物に火を放つ動機になりえますか、たとえ建物内に人がいたとしても」

ピアソン刑事はパクを見てから目をそらし、沈黙のすえに答えた。「はい」

シャノンは〝犯罪を行なう動機〟の横に大きな赤い字で〝P・ユー〟と書いた。そして次の項目を指さす。

「刑事、ここには〝特別な知識と興味〟とあり、カッコをつけて〝爆発物製造の専門的技術、調査事例の有無〟とあります。これはどういう意味ですか」

「専門分野に特化した犯罪の場合、たとえば、爆発物の製造を例にとると、容疑者がある種の爆発物の製造方法を知っているとか、製造法を調べたことがあるとすると、わたしはそれが強力な証拠になると考えます。被告のパソコンから発見されたデータも同様に証拠となりえます」

「刑事、パク・ユーはHボットが引き起こす火災について特別な知識を持っていたと考えますが、あっていますか？　実際に彼は本件と似た過去の事例を調べていますよね？」

「パクがどんな知識を持っているか、わたしにはわかりません。直接パクに訊くべきでしょう」

「わたしが訊くまでもなく、あなたの部下がかわりに訊いてくれました」シャノンはもう一枚べつの紙を掲げた。「あなたへの連絡メモで、火災におけるパク・ユーの過失責任はなしと思われる、という内容です」そこで紙をピアソンに手渡す。「下線を引いた部分を読んでください」

ピアソンはひとつ咳払いして読みはじめた。「〝パク・ユーは火災の危険性を熟知している。過去事例もしっかりと研究しており、そのなかにはカプセルの外にある酸素チューブの真下で発火が起きた事例もふくまれる〟」

「そこで、もう一度お訊きします。パク・ユーは本件と酷似した、高気圧酸素治療の現場で起きた火災について、特別な知識と興味を持っていましたか」

「はい、しかし――」

「ありがとうございます、刑事」シャノンは〝特別な知識と興味〟の横に〝P・ユー〟と書き、一歩さがった。「さて、これでミラクル・サブマリンのオーナーであるパク・ユーには犯罪を行なう動機、機会、特別な知識と興味があることがわかりました。次にあなたのチャートで最後に残った項目、道具の所持に移りましょう。あなたは本件で使用された道具、すなわち火種として使われた煙草とマッチをエリザベスが所有していたとお考えですよね？」

「べつに〝考えている〟わけではありません、ミズ・ハウ。実際に一本のキャメルとセブン‐イレブンのマッチが火災を引き起こし、現場の近くにいた被告のもとにキャメルとセブン‐イレブンのマッチがあった、ということです」

「煙草とマッチは自分のものではなく、林で見つけたと被告は供述しています。誰かが火災を発生させる目的でそれらを使い、使用後に証拠を隠滅するために投げ捨てたとも考えられます。エリザベス以外の人物がそれらの品物を買った可能性を視野に入れて捜査なさいましたか？」

「はい、捜査しました。わたしのチームをミラクル・クリーク付近と被告の住む地区にあるすべてのセブン‐イレブンに派遣し、販売記録か、それに類するものを探すよう命じました」

「それで安心しました。パク・ユーをふくめて、犯罪を行なう動機、機会、特別な知識と興味をもつ人物すべての写真を店員たちに見せて、見た覚えがあるかどうか訊くよう指示したわけですね」シャノンは鮮やかな赤い字で書かれた三つの〝P・ユー〟を指さした。

ピアソンはシャノンを睨みつけた。口はかたく閉じられている。

「刑事、一店舗でも、セブン‐イレブンの店員にパクがキャメルを買ったことがあるかどうか訊きましたか？」

「いいえ」彼の回答から腹立ちがうかがえた。

「パクのクレジットカードをチェックして、セブン‐

イレブンで買い物をしたことがあるかどうか確認しましたか」

「いいえ」

「パクの家のゴミ箱からセブン-イレブンのレシートを見つけようとしましたか」

「いいえ」

「わかりました。つまり、捜査のターゲットは、もともとわたしのクライアントに絞られていたというわけですね。では、お訊きします。何店舗のセブン-イレブンの店員にエリザベスの写真を見せて、見覚えがあるかどうか訊きましたか？」

「一店舗も訊いていません」

「一店舗も？ ではレシートはどうでしょう。エリザベスの家のゴミ箱、車、バッグ、ポケットを探して、セブン-イレブンのレシートを発見しようとした、そうですね？」

「はい。しかし、何も見つかりませんでした」

「エリザベスのクレジットカードの使用履歴は？」

「調べていません。ですが、結局のところ指紋が——」

「ああ、そうでした、指紋の件がありました。その話に移りましょう。あなたはエリザベスが煙草とマッチを拾ったという話を信じていない。エリザベスが煙草を購入してマッチも手に入れた証拠は何もないのに、彼女が所有していたとあなたはおっしゃる。そこにほかの人物の指紋がないのはエリザベスしか触れていないからだと、そうですね？」

「そのとおりです」

「刑事、その点がわたしには納得がいきません。煙草とマッチがエリザベスの所有物だとしたら、彼女はそれらをどこかで購入したはずです。それなら店員の指紋がついていてもおかしくないですよね？」

「カートンで買った場合はつきません」

「一カートンに十パック。二百本の煙草。あなたはエリザベスの自宅のどこかから、封の切られたキャメルのカートンか煙草のパックを発見しましたか」

「いいえ」

「バッグのなかからは？」

「いいえ」

「彼女の車は？」

「いいえ」

「車のなかや彼女の自宅のゴミ箱から吸い殻が見つかりましたか？　煙草をカートン買いするほど日常的に彼女が喫煙していたことを示すものは？」「いいえ」

ピアソンは数回、瞬きをした。

「マッチはどうでしょう。煙草を一カートン買った場合でも、店員は紙マッチを手渡してくれますよね？」

「はい、しかし時が経過するうちに何度も触れていたら、被告の指紋が店員の指紋を消し去ってしまうはずです。マッチと煙草のパック、両方に言えることです。店員の指紋が煙草にもマッチにもないとしても、それほどおかしな話ではありません」

「刑事、古い指紋を消し去ってしまうほど頻繁に使われる品物には、所有者の指紋が複数回、重なることもありますよね？」

「そう思います」

シャノンは自分のテーブルへ行き、ファイルのなかを探して一枚の紙を見つけだし、にっこりと笑った。それからゆっくりともとの場所へ戻り、ピアソンにその紙を手渡した。「それが何か、教えてください」

「これはピクニック現場で発見された品物から採取された指紋についての分析結果です」

「下線が引かれた部分を読んでください」

書類を読んでいくうちに、ピアソンの顔は暑い日の蠟人形さながらに垂れさがりはじめた。「紙マッチ、屋外：完全指紋一、部分指紋四。煙草が入ったパック、屋外：完全指紋四、部分指紋六。十点法指紋鑑定：エリザベス・ワード」

「刑事、あなたの部署では、重なった指紋が見つかった場合はその存在を報告することになっていますか?」

「はい」

「あなたの部署では、煙草とマッチについた重なった指紋をいくつ発見しましたか」

ピアソンの鼻孔がふくらむ。ごくりと唾を呑み、わざと笑みをつくろうとするみたいに口角をあげる。

「ゼロです」

「発見された指紋はマッチから五、煙草から十、それがすべてエリザベスのもので、重なりあった指紋はなし、ほかの人物の指紋はなし。かなりきれいですね、そう思いませんか?」

ピアソンは脇のほうへ目をやった。一瞬ののち、唇をなめる。「そう思います」

「少なくともほかにひとり、つまり店員がこれらの品物に触れているはずです。ほかの指紋がないということは、どこかの時点で誰かがふきとったと考えられますが、いかがでしょう」

「そうですが——」

「パク・ユーもふくめて何人もの人間がこれらの品物にさわった可能性はあるが、指紋がふきとられたことで誰がさわったかを知る方法はない、そうですね?」

「はい、知る方法はありません」ピアソンは答え、目を二本の線になるくらいまで細めた。シャノンがチャートの〝容疑者の所有物／所持品〟の横に〝何人もの人間(P・ユーをふくむ)〟と書くあいだに、ピアソンは言った。「しかし、そもそも指紋をふきとったのは被告だということを忘れないでいただきたい」

「まあ、刑事」シャノンは目を見開きながら言った。「エリザベスが指紋をふきとったという話をあなたは信じていないと思っていました。ここにきてようやく、あなたが考えを変えてくださったことをうれしく思います」ぬり絵をはみださずにぬれるようになった子を誇りに思う母親、といった感じで、ピアソンににっこりと——微笑むのではなく——笑いかけ、できあがったチャートがよく見えるよう、一歩後ろへさがった。

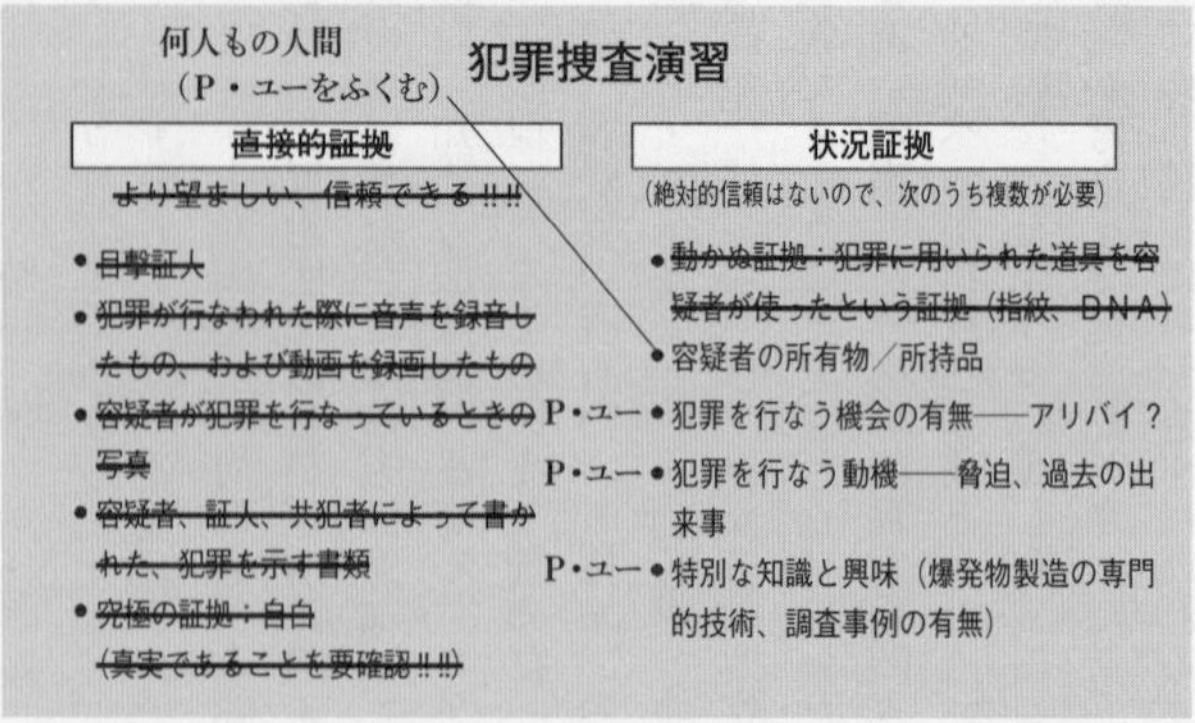

犯罪捜査演習
何人もの人間
（P・ユーをふくむ）
~~直接的証拠~~
~~より望ましい、信頼できる!!!!~~
• ~~目撃証人~~
• ~~犯罪が行なわれた際に音声を録音したもの、および動画を録画したもの~~
• ~~容疑者が犯罪を行なっているときの写真~~
• ~~容疑者、証人、共犯者によって書かれた、犯罪を示す書類~~
• ~~究極の証拠：自白~~
~~（真実であることを要確認!!!!）~~
状況証拠
（絶対的信頼はないので、次のうち複数が必要）
• ~~動かぬ証拠：犯罪に用いられた道具を容疑者が使ったという証拠（指紋、DNA）~~
• 容疑者の所有物／所持品
P・ユー • 犯罪を行なう機会の有無——アリバイ？
P・ユー • 犯罪を行なう動機——脅迫、過去の出来事
P・ユー • 特別な知識と興味（爆発物製造の専門的技術、調査事例の有無）

「刑事、大いに参考になる証言、ありがとうございました。質問は以上です」

## マット

マットは指紋のことを考えながらセブン - イレブンへと車を走らせていた。指紋——線が描く紋様によって弓状紋、蹄状紋、渦状紋に分類され、線状に隆起している部分から汗や脂がしみだしてカップやスプーンや、トイレを流すときに触れるレバーや車のハンドルに目にはほとんど見えないあとをつけ、数秒前か数日前か数年前についたほかの指紋を覆ってしまう。人それぞれちがう紋様を持ち、指一本一本の紋様もそれぞれちがい、ゆえに現存する指紋の紋様はめまいがするほどの数——何十億？　何兆？——になる。六カ月の胎児から大人へと身体が大きくなり、それからまた年をとるうちに縮んでも、それぞれの指紋は一生のうちはけっして変わることがない。

マットにはほかの人と同じく十の指紋があった。母親の子宮のなかで身長一フィート弱、指の腹が豆粒ほどの大きさのころから、三十三歳に至るまで、まったく変わらなかった十の紋様。それがすべてなくなってしまった。焼かれ、はぎとられて。右手の人さし指と中指は手術室のまばゆいライトの下で切断され、紋様もろとも廃棄され、医療用廃棄物を処理する焼却炉が点火されると同時に塵となって消えた。残った八本の指の腹は溶けて、隆起部のない、てかてかしたピンクの傷あとに変わった。ヘンリーのヘルメットのなめらかなプラスチックがいまだに指にくっつき、けっして離れないようにも感じられる。

記憶にあるかぎりでは、指紋を採取されたことは一度もない。まあ、手形でターキーを描くというサンクスギビングの幼稚園でのイベントを数に入れなければ、だが。自分の指紋の記録はどこにもない。ひとつも。

壁やドアノブやレントゲン写真のフィルムについた数えきれないほどの潜在指紋のうち、どれが自分のものであるかを知るすべはない。

切断手術の直後、自分を憐れんで落ちこんでいたころ、火傷専門病棟のお気に入りの看護師が言った。「明るい面を見てみましょう。世の中には実際に指紋をはぎとってほしいと思っている人もいるんですよね」マットが「そうだね、ギャングの一員とか、ヤクの売人とか」と返すと、看護師は笑って「そう、あなたは誰かが夢見ることを実現させて、そのうえ保険金までもらったんですよ！」と言った。ふたりは笑った――声を立てるのではなく、微笑む程度だったが、ともかく、切断手術以来、顔をしかめる以外にはじめてほかのことをやった気がした。「いまはもう、どこかの警官がどこかで起きた殺人事件とぼくの指紋を結びつける心配をしなくていいんだね」

あのときの会話が繰りかえし思いだされる。看護師のジョークと、それにつられて自分でも言ったジョークにともに笑い、他愛のない話をしていたはずなのに、おしまいのジョークがその後を予見したものになってしまうとは。看護師との会話から一週間後、ピアソン刑事が火種となった煙草を発見した、ほかに吸い殻や煙草のパックがないかどうか、林一帯をくまなく探すつもりだ、と言ってきた。マットはゴミ入れとして使っていた、川のほとりに立つ木の洞《うろ》を思いだし、あわてふためいた。火事の発生に関与した疑いを持たれると思ったからではなく、もしメアリーとのことが公になれば、恥さらしになるのはもとより、ジャニーンの疑念を招きかねないと恐れたからだ。ピアソンが容疑者を見つけだしてやるから安心してくれ、なにしろ指紋は嘘をつかないからと言ったときに、マットはジョークを思いだし、安堵を咳でごまかした。おそらく林のなかに捨てられた吸い殻やパックから自分の指紋が採取されるだろうが、それが誰のものかは誰にもわからない。だからなんの問題もない。

　だがセブン－イレブンとなると話はべつだ。そっちは予見できなかったし、問題になりうる。今日の午前中、法廷で聞いてはじめて、火種となったものとエリザベスがピクニック現場で吸っていた煙草が両方ともセブン－イレブンで購入されたキャメルだと知った。マットが去年の夏じゅう吸っていたのと同じ銘柄で、購入したのが同じチェーンストア。以前は考えたこともなかったが、両方とも自分のものだったという可能性はあるだろうかとマットは頭をめぐらせた。どこかに落とし、エリザベスなりパクなり神のみぞ知る人物がそれを拾って火をつけたことで、偶然にも自分自身を殺人の道具を供給した者にしてしまったのだろうか。シャノンがピアソンを相手に警察の〝手抜き捜査〟を指摘したため、警官たちがこの地域にあるすべてのセブン－イレブンに出向き、パクの写真を見せてまわるかもしれない。パクだけでなくほかの者や自分の写真まで店員に見せるだろうかとマットは怯えた。

　そしてあのメモ——まちがいなく自分が書いたものをエリザベスが煙草のすぐ横で見つけたというのはどういうことなのか。たしかに〝これを最後にする。今夜八時十五分に会いたい。川辺で〟とHマートのメモ用紙に書いて、爆発の起きた日の朝、メアリーの車のワイパーにはさんでおいた。その後、メアリーが〝わかった〟と付け加えたものが車のワイパーにはさまれていた。午前中のダイブのあとにそれを手に取り、丸めてポケットに入れたが、うっかり落としてしまって風で飛ばされていき、とんでもない偶然で煙草のそばに行き着いたのだろうか。

　セブン‐イレブンに向かい、入口から遠いところに車をとめてバックミラーに映る外観を見る。店はほぼ一年前の夏から変わったようすはない。あいかわらず打ち捨てられた雰囲気に包まれている——すっかり古くなったせいなのか、セブン‐イレブンの看板はひびが走って片方に傾き、錆びた鉄製のポールについているはずの障害者用駐車スペースのサインはなくなり、駐車スペースを区切る白い線はなかば消えて途切れ途切れになっている。道路の向こう側にはエクソンモービルのガソリンスタンドがあり、自動車やトラックがずらりと並び、人が出たり入ったりして絶え間なくドアが開いたり閉まったりしている。去年の夏はじめて煙草を買った日、ほんとうはそこへ行くつもりだった。エクソンモービルへ向かうレーンに入って左折を待っている二台のセミトレーラーの後ろについたが、数分待ってあきらめ、そのまま直進してセブン‐イレブンへ行った。ややさびれ気味だったが、時間は短縮できた。

　そしていま、車のなかから目を細め、すすけたガラスごしにレジ係を見ようとしながら、ふと思った。セミトレーラーが左折するまであと三十秒我慢して、エクソンモービルへ入っていたらどうなっていただろう。

店員が自分の顔を覚えているかどうか心配する必要などなかったはずだ。道路の向こう側の店員たちは忙しくて、いや、忙しいにちがいなく、入ってきては出ていく顔をいちいち覚えてはいないだろうから。セブン‐イレブンの店員たちはそれとはちがい、サンタクロースによく似た店員は煙草を買いながら空咳をするマットを心配し、からかい半分に〝煙草好きの先生《スモーキング・ドク》〟と呼びはじめた。左折できるまで辛抱してエクソンモービルへ行っていれば、そもそも煙草を買いはしなかっただろう。手軽にさっと食べられるものがほしかっただけなのだから。たとえばドーナツとコーヒーとか、アメリカンドッグとコークとか。いずれも精子には毒だとしてジャニーンから食べるのを禁止されているのだが。セブン‐イレブンの前で喫煙者とすれちがうまで、煙草を吸おうなどとは思いもしなかった。なんといっても、煙草はジャンクフードよりもさらに精子の運動性には毒なのだ。もしあの些細な出来事がなかったら、煙草を吸うために川辺まで行くこともなく、メアリーと出会うことも、次から次へと数えきれないほどの煙草を買いつづけることもなかったはずだ。自分が買った煙草がめぐりめぐって殺人者の手に渡ることも。一年前の夏、左ではなく右に曲がったことで――はずみであって、今日のネクタイを選ぶのと同じくけっして〝決断〟ではない――自分がすべてを変えてしまったなんてことがありうるのか？　左に曲がっていれば、ヘンリーは頭が燃えつきることもなくまだ生きていて、自分はこんなさびれた駐車場で、おのれと殺人の道具を結びつけることができる店員がまだ働いているかどうかさぐりを入れるのではなく、指が十本そろった手で、すやすや眠る生まれたばかりのわが子の写真を撮っていたのではないか？

マットは頭を振ってそういった考えを追い払った。〝あのときああしておけば〟という答えようのない質問を自分自身に投げかけ、みずからを精神的に追いつめるのはもうやめて、やるべきことに集中しなければ。五分を要した。一分をかけてレジ係が女の子であることをたしかめ、四分を費やして外の公衆電話から電話をかけて、レジ係の女の子に髪が白い、サンタクロース似の年をとった男の従業員を探していると告げた。女の子が自分がここで働いている十カ月のあいだにそういう人は働いていなかったと言った瞬間、電話を切り、深呼吸をした。一日じゅうかかえていた大きな不安が去ってほっとすると思っていた。なにしろ、プレッシャーのあまり肺が締めつけられ、落ちつこうと呼吸を繰りかえすだけでぐったりするほどだったのだ。だが少しも安心できなかった。それどころか不安は増すばかりだった。たとえるなら、セブン－イレブンの店員に関する気がかりは絆創膏のようにほかの心配ごとを覆っていたが、それがはがされたいま、より大きな本物の懸念に直面しなければならない、といった具合だった。法廷で彼女とすれちがいざまに「今夜六時半、いつもの場所で」とささやいたときからずっと抱いている不安。メアリーと会うと考えるだけで、不安は増していった。

去年の夏、マットがはじめてメアリーとふたりきりで会ったのは、ジャニーンの〝排卵の日〟、別名〝できるかぎり何度でもセックスをする日〟だった。排卵日をきっちりチェックするのはジャニーンの度を超した几帳面さの表われでもあり、彼女のいびきや焦げた料理、尻の下のほうにあるほくろ同様に、はじめはチャーミングだと思っていたが、いまやどうしようもなく癇に障る。どうしてこうなってしまったのか。どこで切りかわったのかは思いだせない。もしかしたら、崖から転落するような急激な変化だったのかもしれない。ほかの女性とはちがうところをたまらなく愛していたはずなのに、翌日に目覚めるとそういう点が大嫌いになっていたというふうに。あるいは新しい車のにおいが徐々にうすれていくように、結婚生活を一時間つづけるごとに彼女の魅力自体が目減りしていき、気づかないまま我慢の境界線を越えていたのかもしれない。好きだったのが一時間たって少しだけ好きに変わり、次は好きでも嫌いでもないになり、また一時間がたって少しだけ嫌いになり、このままいくと十年で嫌悪を覚えるレベルにまで落ちこみ、三十年で〝その口を閉じなければ斧で頭をかちわってやるぞ〟まで悪化しそうだ。

いまでは信じられないが、ジャニーンにひと目惚れしたのは、ひとつには目標達成に向かって全力投球する姿に惹かれたからだった。がむしゃらなようすが異常だとは少しも思わなかった。たいていの医学生は目標を達成したいという強い願望を抱いているものだが、とくにマットが知りあったアジア人学生たちの成功への欲求はほかの学生とは次元がちがうくらいに強かった。ジャニーンに異常なところがあったとすれば、それは全力投球する理由だった。アジア系アメリカ人の友人たちは、親たちから一日二十四時間、週七日勉強しろ、絶対にアイビーリーグへ入れとうるさく言われたという話をしていたが、ジャニーンの場合は彼らとは正反対で、彼女の成果志向は、親があありろ、こうしろと押しつけてこなかったことに対する反抗心から生まれた。ジャニーンは最初のデートで両親と弟に対するわだかまりと、そこから自由になってどんなに幸せかを話した。ジャニーンによると、両親のふたりの子どもへの態度は極端にちがい、病気になった場合は弟だけ無理やり学校へ登校させられ、成績でAマイナスをとってきたときは弟だけが叱られたという。やがてジャニーンは気づいた。両親にとっては長男だけが大切で、息子だからという理由で弟に期待をかけているのだと。そこで、親が弟に期待すること（ハーヴァードへ行き、医者になる）を自分が成し遂げて彼らを見返してやると決めた。

たしかに興味深い話だったが、マットの関心を引いたのはジャニーンの口ぶりだった。ジャニーンは韓国文化の目にあまるあけすけな男性優位の性的差別を罵倒し、そのせいで韓国人が嫌いになり、自分が韓国人だという事実がいやになるときがあると打ちあけた。アジア的なジェンダー観から逃れようとして、アジア人を蔑視するアメリカの白人と同じ人種差別主義に陥ったものの、結局のところ自分は期待以上の成果をおさめようとする頭でっかちなアジア人にほかならないと気づいたと言って自虐的に笑った。ジャニーンは気性が激しくておもしろい反面、脆くもあり、悲しげで途方に暮れていて、だからマットは彼女を励まし、守ってやりたいと思った。両親がまちがっていることを証明しようとする彼女の闘いを支援したかった。とくにジャニーンの母親に最初に会ったときにこう言われてからは。「娘は韓国人の男性と結婚させたいの。でもまあ、とにかくあなたは医者ですからね」（そう、まさにこのとき、ジャニーンの闘いに部分的につきあってやろうと思った。あくまでも部分的にだが）

理由はどうあれ、学校へ通っているあいだずっと、マットはジャニーンが好成績と奨学金取得に向けてひとつひとつ目標を設定し、きっちりと達成のチェックマークをつけていくのを見守った。その姿に感嘆させられた。セクシーだとさえ思った。たしかに犠牲を払わねばならなかった——ディナーはキャンセル、映画はなし——が、気にもならなかった。大学での四年間を終えたあとでメディカルスクールへ進んでもふたりのつきあい方に変化はなかった。もともと何かが変わると期待してはいなかったが。結局のところ、メディカルスクールは前向きな夢を現実の形にするための場所なのだから。徹夜をし、きちんとした食事もとらず、借金をつくっても、目標に到達したとき、つまり卒業後に職に就き、ほんとうの人生をスタートさせたときに、すべてが報われる。だが、ジャニーンは目標に到達しても達成感を味わおうとせず、けっして満足せずに次の目標を設定した。彼女にとってひとつの目標への到達は新たなより大きくて難易度の高い目標へのチャレンジを意味した。ジャニーンの弟が大学を中退して役者になったときに、幾度にもわたる目標へのチャレンジを中断してジャニーンが勝利を宣言するとマットは思ったが、そのころには彼女の終わりのない目標設定は習慣化していて、やめることができなくなっていた。目標へチャレンジしつづけるジャニーンの姿からは闘いをはじめたころの生き生きとしたようすは消え、むだな努力をしているように見えた。その姿は神々から下された罰で毎日巨岩を山の上まで運ぶギリシャ神話のシーシュポスを思わせた。運びあげたはいいが、毎晩その岩は転がり落ちて、山は倍の高さになる。

ふたりの生活でセックスは息抜きのひとつといったものだった。子どもをつくろうと決めたときでさえ、ほかの夫婦間の決めごと——夫の姓を名乗るかどうか（名乗らない）から電球のタイプ（LED）まで——とはちがい、何時間も話しあったすえに結論を出したというわけではなかった。それはある夜、前戯の最中にマットがコンドームに手をのばしたときに、自然発生的に決まった。ジャニーンが「それ、いる？」と言っていきなり馬乗りになり、陰部をマットのペニスの先に触れさせた。マットが頭を振ってだめだと伝えてもかまわずに少しずつ腰を落としていき、夫の肌とみずからの濡れて温かい部分とをじかにからみあわせながら、その瞬間の衝撃を味わいつくすとでもいうように、一ミリずつマットを呑みこんでいった。翌朝も晩も、その月の残りぜんぶ、ふたりはコンドームなしのセックス三昧の日々を送った。生理周期のことも赤ん坊のことも、ひと言も口にしなかった。

生理が来たとき、ジャニーンはとりたてて残念がるようすもなく、だめだったとぽつりと告げただけだった。だがそれはわざとらしいほどにあっさりとしていて、かえってやきもきしている心中を感じさせた。翌月のだめだったという報告は、やきもきにほんの少しせっぱつまった感じが加わり、次の月はせっぱつまった感じにヒステリー気味な色が加わった。身ごもるにはどうするべきかを伝授する本が何冊もベッド脇のテーブルに並んだ。

ジャニーンは生理の周期を記録し、排卵が起きる前後を〝排卵の週〟と名づけた。その間はできるかぎりセックスをすると宣言したとき、マットは気づいた。セックスはもはや息抜きでもなんでもなく、ジャニーンが定めた目標達成のための手段となったのだと。排卵の週以外の三週間のセックスライフについてジャニーンは何も言わなかったが、話題にもあげないことが何ごとかを如実に表わしていた。予想どおり、セックスは子づくりだけを目的とするものになり、スケジュールできっちり管理された。マットは診療所で精子の受精能力と運動能力のテストを受け、それ以降は〝排卵の週〟は〝排卵の日〟になり、生理周期のなかでセックスをするのは二十四時間にかぎられ、決められた時間内にできるだけ多く性交し、あとの二十七日間は〝休息日〟となった。

Hボットで特別なケアを必要とする子どもたち——ローザ、TJ、ヘンリーだけでなく、ほかの回の子たちともたまに顔をあわせた——に出会い、さらに毎日二時間、強制的に母親たちの話を聞かされて、マットはすっかりうろたえてしまった。放射線科医としてつねに病気か怪我を負った子どもを見ていたが、手のかかる子たちを実際に育てる苦労を毎日、目のあたりにして、子どもを持つことが心の底から怖くなり、不妊症の自分がHボットを受ける子どもと出会ったのは単なる偶然ではなく、きっと天の声が子どもをつくるのはやめろと言っている（いや、大声で呼びかけている）か、少なくとも、もう少し時間をかけて考えてみろと諭しているにちがいないという考えを振り払えなくなった。

Hボットをはじめてから一週間がたったころのこと。午前中のダイブを終え、キットがTJの新たな〝素行〟の〝糞便なすりつけ〟（「〝糞便〟てうんこのことかい？」とマットが訊くと、キットは「そうなの、〝なすりつけ〟っていうのは、それを壁とかカーテンとか本とか、とにかくなんにでもこすりつけるってこと」と答えた）について話していたとき、ジャニーンからのボイスメールを聞いた。尿検査の結果、今日が〝排卵の日〟だとわかったのですぐに帰ってきてくれ、とのことだった。マットはそれを無視して勤務先の病院へ行き、携帯電話の電源を切って、頻繁に入ってくる電話を無視した。これで逃げきれると思った矢先に、義母がオフィスのドアを乱暴にあけた。「ジャニーンがすぐに家に帰ってきてほしいそうよ。あの子、今日は……なんとかの日だって言っていた。なんだったかしら」義母が〝排卵《オヴュレイション》〟と言うまえに急いでドアを閉めようとしたが間にあわず、よく通るはっきりとした声をまともに聞いてしまった。「オーガズム。オーガズムの日だそうよ」

帰宅すると、ジャニーンは裸でベッドに入っていた――おそらく六時間前にボイスメールを受けとったときからだ。マットは悪かった、バッテリーが切れていたんだと言おうとしたが、ジャニーンに先を越された。「なんでもいいから。とにかくベッドに入って。もう時間がないの。早くして！」

マットは上着を脱ぎ、わざとゆっくりシャツのボタンとベルトをはずしていった。ベッドに入り、ジャニーンにキスをしたあと、乳首に舌を這わせようとしたとき、妻の手がペニスを握ってきた。が、何も変化は起きなかった。「がんばってよ」ジャニーンはそう言って、やや強めにペニスをつかんだ手を上下させた。マットはベッド脇のテーブルに広げられたティッシュの上にぽつんと置かれた排卵検査キットを見つめ、なんだか〝やってやれ！　いますぐ女房をファックするんだ！〟と無言の圧力をかけられている気がしてきた。ドラッグストアのCVS／ファーマシーで買った九十九セントのピンクのスティックにわずかばかりのセックスライフを支配され、ハイジャックされていると考えると、あまりのばかばかしさに笑わずにはいられなくなった。

「どうしたっていうのよ」ジャニーンが言う。

マットはごろんと仰向けになった。なんと答えればいい？　「ごめんよ、ハニー。でもきみのママとオーガズムがどうのこうのという話をして、すっかりその気が失せちゃってさ。それに、神はぼくらが子どもを持つのを望んでいないと思うんだ。きみは〝糞便なすりつけ〟って聞いたことがあるかい」とでも？　「たぶん、Hボットのせいだ。あんまりよく眠れなくて。今月はスキップしよう」

ジャニーンは何も言わなかった。ふたりはそれほど間隔をあけずに並んで横になっていたが、互いの身体に触れることはなく、裸のまま天井を見つめていた。しばらくしてジャニーンが身体を起こした。「そうね――今回のことは忘れましょう。あなたは身体を休めていて」そう言って、夫の下半身のほうへ顔を向け、おもむろにペニス――締まりのない肉の塊が皮のひだのなかに引っこんでいる――を口にふくんだ。これは子づくりのための行為でも、将来のための行為でもない、という考えが何かに衝撃を与え、休眠中のニューロンを起こすスイッチが入った。口腔という温かい空洞から離さないでいてほしくて、妻の頭を押さえる。そしてそのまま射精した。

あとになって、マットはその直後に起きたことをどうして予測できなかったのかと首をかしげることになる。ジャニーンがほぼひと月に一度の排卵日のセックスをあっさりとあきらめるはずがないのに、どうして今月はスキップさせてくれたと勘違いしてしまったのだろう、と。しかし射精のあとの心地よい疲れのなかでうとうとし、なぜジャニーンが跳ね起きてバスルームへ飛びこんだのか、考えようともしなかった。呆けたようにベッドにだらんと横になり、温かな幸福感にひたりながら、ジャニーンはいったい何をしているのかと頭のどこかで訝しみながらも、ほとんど気にとめなかった。ただ、ジャニーンが立てる大きな物音は耳に届いていた――キャビネットの扉が軋み、プラスチックの袋か何かが破れ、液体が注がれ、最後に唾を吐く音が聞こえた。ジャニーンがベッドにするりと入ってくる。マットは彼女のほうに身体を向け、腕をのばして妻を引き寄せようとした。

「ちょっと手伝ってほしいの。まくらをお尻の下に押しこんでくれる?」ジャニーンは脚を大きく開いて尻を持ちあげた。手には針のない注射器が握られている。なかには粘液のようなものが浮いている透明な液体が入っている。粘液に見えるのは精液にちがいない。注射器はターキーベイスターのかわりのつもりだろう(ターキーベイスターは七面鳥を焼くときにしたたった肉汁をかけるために使うスポイト状の調理器具。その形状から人工授精を意味するスラングとして使われる)。以前、これに関するジャニーンのジョークを聞いたことがある(「聞いて、聞いて、ほんとにターキーベイスターを使う女性がいるんですって。マジな話!」)。ジャニーンは注射器を膣に挿入し、尻をさらにあげて、ゆっくりと液体を身体のなかに注入した。

「ほんとに**いま**、まくらが必要なの」

マットはまくらを妻のふとももの裏に押しあてた。ほんの少しまえに、舌でなめてやろうと思った場所に。立ちあがってゆっくりと服を着ながら思った。ジャニーンはオーラルセックスの最中に次の一手をあれこれと考えていたのだろうか。純粋な愛の行為(「あなたは身体を休めていて」と彼女は言った!)を人工授精というべつの目的のために利用したことはたしかだ。

マットは交通渋滞がどうのこうのとぶつぶつ言いな

がら、晩のダイブのために早めに家を出た。ベッドルームのドアを閉めるときにジャニーンをちらりと見やると、妻は宙に両脚をまっすぐにあげて、裸のままベッドに横たわっていた。まるでソフトポルノの〈シルク・ドゥ・ソレイユ〉バージョンだった。午後の残り──ミラクル・クリークへ車を走らせ、セブン‐イレブンでとまって煙草を買い（セール中のキャメル）、川辺へと歩くまでのあいだずっと──は、マットは自分の精子について考えていた。やつらは子宮頸管に向かって膣の壁を滑りおりていき、みずからの運動力ではなく重力によって子宮の内部へと入っていく。それから煙草に火をつけて煙を吸いこみながら、精子について想像をめぐらせた。ムチみたいな尻尾を振りまわしながら卵子に向かっていくが、のろすぎて、弱すぎて、卵子の殻を突き抜けることができない。

三本目の煙草に火をつけたとき、メアリーがやってきた。ふたりが顔をあわせたのはマットの義父宅でのディナーの席での一度だけだったが、メアリーはマットのすぐ横に腰をおろし、よく知らない者同士がぎこちなく交わす〝こんにちは、ここで何をしているの〟という社交辞令はいっさい口にしなかった。ただ「ヘイ」と放課後に待ちあわせた子ども同士みたいに気さくに声をかけてきた。

「ヘイ」マットも言い、メアリーの手のなかにある本に目をやった。「SATの問題集か。問題を出してほしいかい」

いったいどうして考えもなしにメアリーとあんなことをはじめてしまったのか。過去を振りかえりマットは何度も頭をひねった。〝あんなこと〟とは具体的に何をさすのかわからないが、とにかくそれがなんであれ、答えを出そうとするたびにあの日のメアリーが頭に浮かんだ。彼女はフリスビーを投げるように問題集の〈バロンズ〉を放り投げ、呆れた顔で一瞥をくれ、顔をしかめて首を振った。それはジャニーンがときたま見せる表情とそっくりだった。〝だめに決まってるでしょ〟とでもいうようなジャニーンの表情を最初に見たのは、学生時代に息抜きに映画を観にいこうと誘ったときだった。直近に見たのが今日で、〝今月はスキップしよう〟と言ったときだ。ほんとうに言ったのか思っただけなのかはっきり覚えていないが。実際問題として、子づくりはあきらめて、養子縁組の待機リストに名前を載せるべきなのだ。それはともかく、問題集を放り投げたときの、若かりしころのジャニーンそっくりなメアリーの表情を見たとき、マットはジャニーンとのはじめてのデートで、ほんとうの顔をのぞかせた彼女が学校なんかどうでもいい、ときどき教科書をぜんぶ学生寮の窓から放り投げたくなると話していたのを思いだした。

「キャメル。わたしの好きなやつ。いい？」メアリーはマットの煙草のパックを手に取った。

だめだ、もちろんだめに決まっているだろう、きみは子どもで、未成年に煙草を吸わせるつもりはない、と言おうとしてマットは口を開いたが、気ままな〝本物〟のジャニーンとメアリーが重なる感覚、不妊に悩んでいない以前のジャニーンを求める気持ち――そういったものがあいまって、喉に水門をこしらえ言葉をせきとめた。メアリーは返事がないのをオーケーのサインと受けとったらしく、煙草を一本、引き抜いた。

火をつけて指にはさんだ煙草を、ほとんどあがめるといった感じで愛おしそうに見つめ（その表情――メアリーはティーンエイジャーだ。それはわかっている。だから、あらぬことは考えないようにしたが、考えないようにすればするほど頭に浮かんできてしまう――ジャニーンがペニスを口にふくむまえに手で握っている姿が）、おもむろにくわえる。煙を吸いこみ（考えるな、考えてはいけない）、唇を少し突きだして煙を吐きだしたあとで仰向けになる。長い黒髪が砂利の上に広がる。それを見てマットはまたしてもジャニーンを思いだした。同じように長く、黒が濃すぎて青みがかって見える髪がまくらの上に広がるさまを。

マットは顔をそむけた。「煙草なんか吸っちゃまずいだろ。ところで、きみは何歳なんだい」

「もうすぐ十七歳」そう答えてふたたび煙を吸いこむ。「そっちは何歳なの？　そうだな、三十ってとこ？」

「いつも吸っているのか、煙草を」

メアリーは、たいしたことじゃない、とでも言いたげに肩をすくめた。「パパの煙草を隠してあるんだ。キャメルをすごくたくさん。次のときに持ってきてあげる」

「パクは煙草を吸うのか？」

「やめたって言ってるけど……」また肩をすくめて、目を閉じ、口をゆがめて笑う。煙草を口に持っていき、ゆっくり吸うと、胸が持ちあがって、またさがる。身体のなかへ吸いこんでは、吐きだす。吸う、吐く。マットは自分のリズムをメアリーの喫煙のリズムとあわせた。同時に吸って、同時に吐くふたりのあいだには沈黙が降り――心地よい沈黙で、親密なひとときを包みこむようだった――、そのせいか、マットはメアリーにキスしたくなった。空の青さを映すような、なめらかな若々しい肌に吸い寄せられたのかもしれない。たまらずメアリーの顔をのぞきこむ。

のぞきこむと同時にメアリーが目をあけた。「それで、どうなの、ちりょ――」そこで言葉が尻すぼみになった。メアリーは眉を吊りあげ、いらついているようすで顔をしかめた（こっそりキスしようとしたことに対してか、臆病風に吹かれて途中でやめたことに対してか？）。

メアリーに説明したかった。だが、どう言えばわかってもらえるだろう。安らかそうに見えた――いや、安らかどころではなく、このうえない喜びにひたっているように見えた――ので、彼女の心境をわけてもらいたくて、透明感のある美しい肌に唇で触れればそれを自分のものにできると思ったことを。「ごめん、虫がいたんだ、蚊が。えーっと、きみの頬に。だから、その、払ってやろうと思って」毛細血管が広がって頬に勢いよく血液が流れこまないようにと願いながら、マットは言った。

　メアリーは曲げた両肘を支えにして上体を起こした。マットは煙草を吸った。「なんて言おうとしてた？ どうなのって、何が？」なにげない口調で訊く。

　メアリーがふたたび仰向けに身体を倒す。彼女の顔にちらりと微妙な表情が浮かんだ気がした。男の興味を惹いたときに覚える女のひそかな満足感だろうか、単にこれから言おうとしたことが顔にも表われただけなのか。「治療はどうなのって言おうとしてたの。ほら、Hボット。精子の状態、よくなった？」メアリーはこともなげにあっさりと、からかうでもなく、憐れむでもなく、そう言った。不妊症なんて悲劇的な病でもなんでもない、ジャニーンや医者連中やいまいましい義父母が大げさに騒ぎたて、夫にまで悲劇だと思わせるなんてばかげている、とでもいうように。メアリーの言葉を聞いた瞬間に、男として期待され、**予定に組みこまれている**ことを成し遂げられずにいるという事実は、落胆や後悔の念を呼ぶものから、気楽にかまえてもいいものに変わった。もう気に病むこともなく、未来に縛られることもない、まったくの自由を感じさせた。

　蚊というのは性悪だ。去年の夏はメアリーとここにすわっていても近づいてきもしなかったのに、煙草の煙で追い払われないとわかると、大群となってしつこくまとわりつく。一日じゅう汗をかき、暑さでふくれあがった血管に温かい血がどくどくと流れる、新鮮な肉の到来に大興奮で羽をブーンと鳴らしている。マットは手首や首筋にとまって血を味わっている黒っぽい身体を叩きつぶした。煙草が吸えればと心から思う。

　メアリーが近づいてくるのを見て手をとめる。蚊の勢いは増すが、ここは落ちついた態度を見せなければ。それに、いくら叩きつぶしてもきりがない。「来てくれてありがとう。来ないかと思ったよ」そう声をかけると、メアリーの足がとまった。少し遠いが、お互いの声を聞けるくらいの距離だ。

「なんの用？」一本調子の声は爆発前よりも低く感じられ、二十も年をとったみたいだった。

「きみは明日、証言するらしいね」とマット。

　メアリーは答えなかった。彼女とジャニーンに共通の、例の〝だめに決まってるでしょ〟という表情を見せてから、そっぽを向いて歩き去ろうとした。

「メアリー、待ってくれ」彼女の足がとまったかに見えたが、一度瞬きすると、まだ歩きつづけていた。マットは走り寄っていった。「メアリー」今度は穏やかに言い、彼女の腕に触れる。自分の指がメアリーの肌に触れているのは見えるのに、神経がかよっていない傷あとごしではそのなめらかさを感じられないのが奇妙で、視覚と触覚の主導権争いの果てに脳が麻痺してしまった。

　メアリーは立ちどまってマットの手を見やり、たじろいだような表情――嫌悪か？　憐れみか？――を一瞬浮かべてから腕を引いた。ゆっくりと、慎重に、マットの手が破裂寸前の爆弾とでもいうように。

　マットは手をのばし、自分の傷とメアリーの傷を触れあわせたいと思ったが、引きさがった。「すまない」

「何が？」

　口を開いたものの、弁明したかったこと――メモのことも、妻に秘密にしていたことも、証言についても、何よりも去年のメアリーの誕生日の出来事も――すべてが先陣を切ろうとせめぎあい、声帯のあたりに大渋滞を引き起こした。そこでひとつ咳払いをする。「誰かに話したかどうかを教えてほしい」

メアリーは人さし指でポニーテールをくるくるまわした。髪を逃がし、またまわす。

マットは湿って黴くさい空気を肺に吸いこんだ。煙草を吸っている気分になった。「きみの両親。彼らは知っているのかい」

「知ってるって、何を？」

「とぼけないでくれ」失った指がひきつる感じがしたが、残念ながらこすってやることはできない。

メアリーはマットの顔に書いてある小さな文字を読もうとするみたいに目を細めた。「いいえ。誰にも話してない」

マットは息を詰めていたことに気づいた。めまいを覚える。蚊の羽音が耳もとで鳴っている。音は高くなったり低くなったりして、通りすぎるサイレンのようだった。

「じゃあ、ジャニーンは？」メアリーが訊く。「彼女、証人リストに入ってるよね。何か言うつもりなんじゃないの」

マットは首を振った。「彼女は知らない」

メアリーが顔をしかめる。「彼女は知らないって、どういう意味？　わたしたち、いまここで何について話してるわけ？」

「ぼくらのことだ。メモのことも喫煙も、ジャニーンは何も知らない。彼女にはいっさい話していない」

メアリーは信じられないといった表情で顔をゆがませ、一歩、前に出てマットを突きとばした。「この嘘つき！」声は爆発を予兆させながらどんどん高くなっていく。「昏睡に陥っていたからわたしがぜんぶ忘れたと思っているんでしょ。あいにくと、何もかも覚えてるんだから。いままで生きてきたなかであんなに屈辱的なことはなかった。あの人、わたしのことを自分の旦那にくっついて離れない、頭のおかしいストーカーみたいに扱ったんだよ。あなたが二度とわたしに顔向けができないってことはわかってた。でも、なんで奥さんをさしむけてきたわけ？」

マットはよろめいた。メアリーに突きとばされて胸のなかでピンボールが弾け、ボール同士がぶつかって肋骨や背骨を直撃し、まっすぐ立っていられなくなったとでもいうように。「ジャニーンが……、彼女がどうしたって？」

メアリーは一歩、後ろへさがった。顔にはいまだに不信感があふれているが、マットのあきらかに困惑しているようすを見て、少しだけ表情をやわらげていた。「知らなかったの？　でも……」目をかたく閉じて顔をこする。傷が青白い肌の上に赤く浮かびあがり、山から流れ落ちていく溶岩を思わせた。「あの人、知ってるって言ってた。爆発の前日にぜんぶあなたから聞いたって」

目を閉じると情景が見えてきた。爆発の前夜、ベッドルームでジャニーンはマットを後ろからかかえこみ、手にメアリーからの最新のメモを握っていた。メモにはこう書かれていた。〝なぜ話しあわなきゃならないのか、わからない。お互いにいままでのことをすべて忘れるだけじゃだめなの？〟ジャニーンが背後から、魂が抜けたような声で言った。「クローゼットで見つけたんだけど。これ、何？　誰からのメモ？」マットはとっさに嘘をつき、ジャニーンがそれを信じたと思いこんでいた。自分は誤認していたのか？

「で？　彼女に言ったの、言ってないの？」メアリーがたたみかける。

マットはメアリーの顔を見つめた。「彼女はきみが書いたメモを見つけたが、ぼくは反射的に嘘をついた。それはインターンの子が渡してきたもので、ぼくはすごく困っていると言ったんだ。ジャニーンは嘘を信じた。ほんとうに信じていたよ。それから二度とその件は口にしなかった。いつジャニーンと話をしたんだ？　どこで？」

メアリーはポニーテールをくわえ、それから離して落ちるにまかせた。「爆発の起きた夜、八時ごろ。ここで」

「八時？　ここで？　それはへんだな。ジャニーンには伝えてあった。彼女に電話をして、ダイブの開始が遅れたから帰りも遅くなると。こっちに来るとか、きみのこととかは何も言っていなかった。どういうことだ――」

「あの人、ダイブの開始が遅れたことを知ってたの？　でも……」その声は尻すぼみになり、口はまだ開いていたが、言葉はひとつも出てこなかった。

「でも、何？　ジャニーンは何か言ったのかい」

メアリーは自分の考えに集中しているらしく、ただ首を振るだけだった。「わたし、ここであなたを待っていた。そこへあの人がやってきて、あなたからぜんぶ話を聞いたって言った。わたしが、なんの話かさっぱりわからない、って返したら、ちょっと言いづらいんだけど、って切りだした。わたしがあなたをストーキングしていて、それをやめろと言われた。それと、夫はメアリー・ユーとはかかわりたくないから会いにもこないし、もう先に帰ったと。それで、これ以上つきまとわないよう、ちゃんと言いふくめておいてくれと夫から頼まれたって言ってた」

マットは目を閉じて、ぼそりと言った。「なんてことだ」心のなかでつぶやいただけかもしれないが、区別がつかなかった。頭が混乱していた。「なんの話かさっぱりわからないって何度も言ったんだけど、あの人、バッグを持ちあげて、それで……」メアリーの声が途切れ途切れになる。「煙草のパックを取りだして、わたしに投げつけた。それと、マッチとメモも。みんなあんたのでしょ、ってわめきながら」

夢を見ているのだろうか。目が覚めたら、すべてがきっちりと説明がつく世界へ戻っているだろうか。いや、夢だって夢なりの理屈が通っているものだ。これは夢のようでありながら、現に自分の身に起きていることなのだ。「それから？」

「それはわたしのじゃないと言って、立ち去った」

妻がこの場に立って怒り狂い、煙草とマッチを投げ捨てる一方で、自分はほんの数分離れたところの酸素カプセルのなかにいた。そう考えると、耳のなかで血が勢いよく流れる音が聞こえてきた。

「彼女が投げつけてきた煙草を、エリザベスが拾ったんだと思う？」

マットはうなずいた。もちろん、そうだろう。唯一不明なのは、そう、エリザベスが拾うまえにジャニーンがその煙草とマッチで何をしたのか、ということだ。

少ししてからメアリーが言った。「爆発の日、あなたはわたしと会うつもりでいたの？」

マットは目を開いて、ふたたびうなずいた。頭のなかがすかすかになって、うなずいた拍子に脳みそが頭蓋骨にぶつかった気がした。「そのつもりでいた」きちんと答えろ、と自分を叱咤する。声が何日も発声していないみたいにかすれる。「ダイブが終わったら、会おうと思っていた」

メアリーはマットを見つめたまま何も言わなかった。マットはメアリーの表情を読みとろうとした。何かを切望している？　それとも、後悔している？

メアリーは首を振った。「帰らないと。もう遅いから」マットに背を向けて歩きだし、数歩進んだところで足をとめて振りかえる。「後ろめたいと思ってる？たとえば、知っていることをぜんぶ話すべきとか、成り行きにまかせたことをそのまま放っておいちゃいけないとか」

マットはいきなり動脈が収縮して、身体全体がパニックに陥ったような気がした。心拍数が急上昇し、血流が速さを増し、空気を求めて呼吸がせわしなくなる。たしかに自分はティーンエイジャーとのちょっとした悪癖が露見したらどうなるかとずっと心配していた。だが、それはジャニーンがとった行動に比べればばかばかしいほど子どもっぽいおふざけにすぎない。ジャニーンが爆発前にここにいた事実を隠しているのを陪審が知ったら、彼らはいったいどう思うだろう――いや、それを知った自分はいまどう思っているのだろう。

「ぼくもそれを考えた」ゆっくり穏やかに話せと自分に言い聞かせる。講義中に興味深い指摘についてじっくりと考えているみたいに。「しかし、とりたてて申しでるほどのことは何もないと思う。きみとジャニーンとぼくがしていたことは、火災とはまったく関係ない。メモも煙草も――もちろん、それらがどこから来たのか推測すれば好奇心が刺激されるが、どこから来ようと、実際に誰が火をつけたのかという問題とは無関係だ。申しでたところで、混乱を招くおそれもある。あの弁護士が証人の言葉をねじ曲げるのをきみも見ただろう」

「そうだね。あなたは正しいと思う。じゃあ、おやすみ」

「メアリー」マットは彼女のほうへ歩を進めた。「きみが何か言ったら、ぼくらの家族、それにぼくらの未来は――」

メアリーは制止するようにてのひらをマットに向け、しばらくのあいだ目をのぞきこんでいた。それからゆっくりと手をおろし、背を向けて歩き去った。

メアリーが道を折れ、姿が見えなくなると、マットは息をついた。動脈が拡張し、血液が順調に身体じゅうをめぐり、流れる音まで聞こえそうな気がした。そのとき、どこかがチクリとした。視線を下に向ける。蚊が肘の内側にとまり、ゆうゆうと血を吸っていた。それをすばやくぴしゃりと叩きつぶして手をどける。蚊はてのひらの上でつぶれて死んでいた。そいつが死ぬ直前に吸った血がてのひらににじみ、黒いしみができていた。

## メアリー

メアリーは林のなかのお気に入りの場所へ歩いていった。葉を揺らすシダレヤナギの並木にそってミラクル川が蛇行するあたりの人目につかぬ隠れ場所へ。動揺したときはいつでもここへ来て考えごとをする。マットとの不快な思い出が残る去年の誕生日にも、爆発の直前にジャニーンから煙草を投げつけられたときにも、ここへ来た。平らでなめらかな岩の上にすわり、近くを流れる川のせせらぎを聞き、シダレヤナギの緑のカーテンで世界から切り離されていると、自分が林の一部になった気がして、ほっと心がやすらぐ。肌が風になでられているうちに空気のなかに溶けこんでいくような感覚を覚える。細胞のひとつひとつにまで空気が行きわたると、身体は印象派の絵画さながらに輪郭がぼやけて見えるかもしれない。毛穴をとおして内側にたまったものが外へ放たれると、身体は軽くなり、消えてしまったようにも思える。

メアリーは腰をかがめて水に手をひたした。ここは流れが強くて、勢いのある水に小石がかきまぜられ、指にぶつかってくる。水をすくって、マットにさわられた腕にかけてこする。胃は落ちついたが、脳は猛スピードで回転しながらも麻痺しているという奇妙な状態で、考えは次々に浮かんでくるのに、きちんと整理できない。立ちあがって、近くのシダレヤナギの枝が揺れるのにあわせて呼吸をする。緑のベールがフラのダンサーがはく草のスカートみたいに、風を受けて右に左にゆっくりとうねる。メアリーは思った。思考のもつれをほどき、ひとつひとつ合理的に物ごとを考えなければ。

火災を引き起こした煙草とマッチはジャニーンが投

げつけてきたのと同じものだ。この点は確実。わからないのは誰が、という点。煙草とマッチを林で拾って納屋へ持っていき、小枝を重ねて小さな山をつくり、煙草に火をつけて小山に置き、立ち去った人物は誰？ジャニーンか、エリザベスか。抗議者たちという可能性は？

最初に疑ったのはジャニーンだった。昏睡から目覚めたあと、医師たちに励まされながら病院のベッドに横たわっているあいだ、思いだしていたのは激怒するジャニーンの姿だった。怒りを爆発させて抑制がきかなくなったジャニーンが、憎くてしかたないティーンエイジャーに関連するあらゆるものを破壊するために犯罪に手を染めたのだと考えた。

けれども警察に何をどう言うべきかで悩んでいるあいだに――すべてを話す勇気が自分にはあるのか、マットと過ごした誕生日の晩の屈辱に満ちた詳細まであかさなければならないのか――母親からエリザベスの喫煙、児童虐待、ネットでのリサーチなどを聞かされ、自分なりに納得した。すべてがぴたりとあてはまる。エリザベスはジャニーンが投げ捨てた場所で煙草を拾い、自分の息子を殺す目的で火種をセットし、抗議者たちに濡れ衣を着せようとしたにちがいない。そこに疑問をさしはさむ余地はなさそうだ。それに加えて、エリザベスは有罪であるとするエイブの〝百パーセント以上の〟自信。たとえ良心がうずき、あの夜の出来事を打ちあけたいと心から願っても、自分の出る幕ではないとメアリーは思おうとした。

しかし今日、すべてが変わった。反対尋問だけではなく（エイブが豪語したエリザベスの百パーセントの有罪は遠のいた）、たったいまマットから聞かされた内容で。マットによると、彼はわたしと会っていたことをジャニーンにはいっさい話していないし、自分のかわりにわたしと対決するよう頼んでもいないという。それが何を意味する？　ジャニーンの嘘と秘密は放火殺人計画の一部なのだろうか。想像以上にジャニーンの怒りは激しく――なんらかの方法で誕生日の夜の出来事を知った？――納屋のなかにマットがいるのを知って、夫を殺すために煙草を置いたのだろうか。

いいえ。それはありえない。無力な子どもや母親がなかにいるのを知りながら、酸素が流れている近くに火のついた煙草を置くなんて、そんなことができるのはモンスターさながらの極悪人だけ。ジャニーンはモンスターなんかじゃない。ひとりの医者として人の命を救うことに身を捧げている。それにミラクル・サブマリンの設立に尽力した。でも？

それと今日、抗議者に対しての疑念が深まることを聞かされた。ピアソン刑事が抗議者を容疑者リストから除外した理由は、彼女たちが警察での事情聴取を終えたあとまっすぐにワシントンDCへ帰ったからだというが、それは真実じゃない。爆発の起きるわずか十分前に、抗議者たちが敷地内を車で走っているところを父親が目撃しているのだから。なぜ抗議者たちは嘘をついたのだろう。嘘で隠さなければならないなんて、彼女たちはいったい何をやったのか。

メアリーはいちばん近くのシダレヤナギの木まで歩き、地面につきそうなほど垂れさがっている枝に触れた。枝と枝をわけるようにして、指を走らせていく。昔、母が髪を指で梳いてくれたみたいに。それからシダレヤナギのベールの内側に入る。やわらかい葉が頬をやさしくこすり、傷が走るあたりがちょっとちくちくして、むずがゆくなった。

頬の傷。車椅子にすわる父の動かなくなった脚。ひとりの女性と、ひとりの少年が死んだ。少年の母親が殺人の罪で裁判にかけられている。もしエリザベスが火災となんの関係もないのなら、彼女は不当に地獄を見せられていることになる。しかも今度は、父に殺人の嫌疑がかけられそうになっている。すでに多大な痛みをこうむり、人生をめちゃくちゃにされているのに、娘が沈黙しているせいで殺人者呼ばわりされるなんて。いま自分はすべてを知ったうえでジャニーンと抗議者に疑惑の目を向け、エリザベスにかけられた嫌疑に疑いを抱いている。結果がどうなろうと、自分には人前に出て語る義務があるんじゃないだろうか。

エイブには近いうちに証言してほしいと言われている。たぶん、それこそ自分が望んでいるものだろう。真実を語る機会として。もはや義務と言えるかもしれない。あと少しの辛抱だ。エイブは明日、エリザベスの有罪を示す、もっともショッキングで明白な証拠を提示するつもりだと言っていた。ひとまずは、それがなんなのかを見てみよう。それでも疑問が残り、ほんのわずかでもエリザベスは責められるべきではないと思ったら、法廷に立ち、去年の夏に起きた出来事をすべて話そう。

ジャニーン・チョウ

ジャニーンはまっすぐに中華鍋を保管してあるキッチンの戸棚へ行った。中華鍋はマットのいとこたちからの結婚祝いで、送り主はこう言っていた。「これがあなたの〝結婚祝いにほしいものリスト〟に載っていないことはわかっているけれど、あなたたちにはぴったりだと思ったの……」いとこの女性は〝ぴったり〟だと思った理由は説明しなかったけれど、ジャニーンにはわかっていた。花嫁がアジア系だからだ。中華鍋は韓国人ではなく中国人が使うものだと言ってやりたかったが、ぐっと言葉を呑みこみ、すてきなプレゼントをありがとうと返した。あとでどこかに寄付するか、ほかの人に贈るつもりでいたが、そのままとってあり、一度も使ったことがないほかのガラクタの後ろに保管していた。

中華鍋が入っている箱をあけ――あけたのはこれで二回目――、取扱説明書／レシピ集の小冊子をつかんだ。それをぱらぱらとめくり、ようやく目当てのものを見つけた。例のHマートのロゴ入りのメモで、去年からずっと隠していて忘れようと思っていたものだ。

マットとメアリーと自分以外の誰かがこのメモのことを知っていて、さらにはその存在が争点になっていることを、今日はじめて法廷で知った。もっとも、法廷でメモの話になったときは存在自体を忘れかけていたのだけれど。ピアソンが抗議者たちを容疑者リストからはずしたと語ったあと、ジャニーンは事件当夜の状況をあれこれと考えた。抗議者たちがミラクル・サブマリンの周辺で車を走らせていたのを見たけれど、あれは何時だったか（八時十分？　八時十五分？）、もし抗議者たちの嘘の供述の裏がとれているのだとしたら、〝携帯電話の基地局の情報〟とやらは信用には値しないのではないか、自分の携帯電話の記録も基地局の情報のどこかにあるのだろうか、などなど。テレサが立ちあがり、〝Hマートのロゴ入りのメモを見た〟と大声で言ったとき、ジャニーンは心臓が胸郭を激しく打つのを感じ、髪を整えなおして紅潮した頰を隠さねばならなかった。

なぜこんなものを保管していたのだろうか。このうえない愚行だという以外に、目的も理由も思いつかない。爆発のあと、刑事たちが煙草を発見したという件を報告しあい、朝になったら林一帯をくまなく捜索すると話しているのを病院でふと耳にして、あわてて夜中にミラクル・クリークまで車を走らせ、考えもなしにメアリーに投げつけたものを回収した。煙草とマッチは見つからなかった。見つけたのはメモだけで、黄色いテープで囲われて立ち入り禁止となっている場所（エリザベスがピクニックをしていた現場だと、あとになって知った）の近くの茂みの裏側に落ちていた。ジャニーンはメモをつかみ、いわく説明しがたい奇妙な理由から、それを保管することにした。

一年たったいまになってみると、自分のとった行動すべてが自分でさえ理解できない。けれど当時は恥辱と怒りが入り混じった、狂気とも言える感情が身体を貫き、すべての行動は完全に筋が通っていた。メモを中華鍋の箱に保管したことさえも。マットには〝東洋人《オリエンタル》フェティシズム《フェチ》〟の傾向があると言った女性からのプレゼントのなかに、彼と韓国人の女の子の関係を証明するものを保管するのは、不思議と気の利いた処理に思えた。

オリエンタルフェチなる言葉を耳にしたのは、マットの祖父母の家に親族が集まった、婚約後のサンクスギビングのパーティーでのことだった。マットの親族に紹介されたあと、バスルームから戻ろうとしたところで、ジャニーンは女性たち――マットのいとこたちで、強弱の度合いは異なるが全員が南部訛りでしゃべる、元気のいいブロンド――が、恥ずかしい秘密を告白しあっているみたいにひそひそ声で話しているのを漏れ聞いてしまった。「相手が東洋人だなんて、わたし知らなかった」「今度ので三人目だっけ？」「はじめはパキスタン人だったと思う。それはカウントに入れた？」「言ったでしょ、マットはオリエンタルフェチだって。そういう男、いるのよねえ」

最後の発言（後日、中華鍋を贈ってきた女性から発せられた）を聞いて、ジャニーンは後ずさりした。バスルームの鍵を閉めて洗面台のほうを向き、鏡に映る自分の顔を見る。オリエンタルフェチ。その対象が自分なのだろうか。なんだかわからないけれど、性的に異常な欲求を白人以外の女性を相手にすることで満足させるということ？　〝フェティシズム〟というのは何かいけないものをほのめかしている。わいせつな感じさえする。そして〝東洋人《オリエンタル》〟という言葉。第三世界の、時代に逆行している村といった異国のイメージが想起される。ゲイシャ、幼な妻。服従と腐敗。ジャニーンは恥辱の波に洗われるのを感じた。頭からつま先へ。右から左へ。どの波もすごい勢いで押し寄せてくる。あまりにも不公平だという思いとともに、怒りがたぎる。ジャニーンにはいままでに白人のボーイフレンドが何人かいたが、誰からも〝白色人種《コーカソイド》フェチ〟なんて言われなかった。ブロンドとかユダヤ系の女性とか共和党支持の男性としかつきあわない(たまたまか、意図的にか、それは誰にもわからないし、気にもしない)友人もいたが、ブロンドフェチとかユダヤ系フェチとか共和党フェチとか、誰ひとりそんなふうに揶揄された人はいなかった。ところがアジア系ではない男性が少なくともふたりのアジア人女性とつきあった経験があると、フェチ呼ばわりされ、エキゾチックな東洋人女性を求める、性的に異常な欲求を満たしたがっている人間とみなされる。でも、なぜ? ブロンドやユダヤ系や共和党支持者に惹かれるのはふつうで、アジア系の女性に惹かれるのは異常だと、いったい誰が決めたの? 性的な異常性という言外の意味をふくんだ〝フェティシズム〟を、〝脚〟につけるのと同様にどうして〝アジア人女性〟にもくっつけるのだろうか。腹立たしくてばかくさくて、ジャニーンは叫びたくなった。「わたしは〝オリエンタル〟じゃないし、〝脚〟でもない!」

ディナーの席でジャニーンはマットのとなりにすわり(間隔をそこそこあけて)、場違いだと感じ、不快感を覚えながら、ほかに誰がマットと自分を見て〝オリエンタルフェチ〟と思っているのだろうと考えた。誰かがアジア人についての話をすると、かならず〝自分は外国人だ〟という意識が腹のなかでわだかまる。たいていは笑ってすませる、お決まりのアジア人評や、さりげない口調のコメントに対してでさえも。たとえば、マットのやさしそうな祖母が言った「きっとすばらしくかわいい子どもを授かるわね。このまえヴェトナム戦争の特別番組に半分アジア人で半分白人の子どもたちが出ていたんだけれど、そりゃあもう、きれいだったのよ」とか、マットの心配性っぽい叔父が言った「マットから聞いたんだけど、きみはクラスでいちばんだそうだね。わたしはそれほど驚いてはいないよ。同じ大学にいたアジア人学生は――日本人、だったかな――めっぽう頭がよかったからね」とか(すぐあとで彼の妻が言った「バークレーの半分はアジア人学生だそうよ」も、ジャニーンに向かって言った「べつにいいとか悪いとかってことじゃないのよ」も)。

ジャニーンはオリエンタルフェチという言葉を忘れようとした。無知な人間が発したばか丸出しの言葉など忘れるにかぎると自分に言い聞かせて。じつはマットには非アジア系のガールフレンドが過去にたくさんいた(特筆すべきは、アジア系アメリカ人がふたりに対して、白人が六人――ジャニーンは翌日にすぐさま調べた)が、マットが病院内のカフェでアジア系の看護師と冗談を言いあっているのを見たり、けっして好きになれない女性から「あなたたちご夫婦と、新しい足専門医とその奥さんでダブルデートしたら? 奥さんもアジア系だから」と言われたりすると、いつでも中華鍋のいとこを思いだし、目と頬が焼けつくように熱くなるのを感じた。

もちろんマットが何も悪いことはしていないとわかっていたので、感情的な反応を示しはしなかった。でも、メモはちがう。爆発が起きるまえの日の晩、洗濯をしようとマットのズボンのポケットに手を突っこんだときに、最初のメモを見つけた。それをマットに見せたところ、メモは病院のインターンから渡されたもので、まとわりつかれて困っているとのことだった。ジャニーンは夫の言葉を信じようとしたし、もちろん信じたかったけれど、翌朝も彼の服や車、ゴミ箱のなかまでも探さずにはいられず、結局、同じ筆跡のメモを何枚も見つけてしまった。ほとんどは短い文面で、〝今夜、会える？〟とか〝昨日の晩も会いたかった〟といった内容が書かれていたが、〝SATなんかなくなっちゃえ！　煙草が吸いたい、今夜！〟というメモがふと目にとまり、ジャニーンは知った。マットは嘘をついていたと。

最後のメモ——まさに法廷で取りざたされているものので、Hマートのロゴ入りのメモ用紙に書かれ、一年間、中華鍋といっしょに保管され、いま自分の手に握られている——を見つけ、夫の筆跡で走り書きされた〝これを最後にする。今夜八時十五分に会いたい、川辺で〟と、その下に女の子の筆跡と思われる〝わかった〟を読んだとき、ジャニーンは気づいた。提示された時間（ダイブの終了直後）と場所（〝川辺〟とだけ書かれている）から推測すると、マットが会っている女の子は、いっしょに煙草を吸っている娘は、メアリー・ユーとしか考えられない。

突きつけられた現実に気がへんになりそうだった。メモを見つけ、マットが韓国人の娘と関係していることに気づき、どちらに——相手がティーンエイジャーだという点か、韓国人だという点か——より腹が立つのかわからないながらも、中華鍋のいとこが正しかったのだろうかと考えていた。熱風が身体のなかを吹き抜け、残った熱でなんだか具合が悪くなった気がした。夫をひっぱたいてわめきちらし、このメモはどういうことなのか、あなたはオリエンタルフェチなのかと問いつめたかったが、反面でオリエンタルフェチなるものの存在を認めている自分に腹が立ち、恥辱にまみれた言葉を夫に向かってけっして言いたくないと思いなおした。

そしていま、すべてのはじまりと終わりになった一片の紙を手にキッチンに立ちつくし、できることならあの夜をなかったことにしてほしいと思った。メモを持ってメアリーと対決するためにミラクル・クリークまで車を走らせたところから、夜中にメモを回収したところまで、その間に起きた恐ろしい出来事すべてを。ジャニーンはシンクへ行き、メモを流れる水にさらして、細かい紙片になるまで何度も何度も破き、最後に手から離して流れるにまかせた。それからディスポーザーのスイッチを入れ、金属の歯が回転してメモをパルプの粉にしていく音に耳を傾けた。気分が落ちつき、鼓膜を叩く血流の音が聞こえなくなると、ディスポーザーと水をとめ、中華鍋の小冊子を箱に戻し、蓋を閉めた。戸棚の扉をあけて、一度も使ったことのないガラクタの後ろに中華鍋の箱を置き、きっちりと扉を閉めた。

## 公判三日目
## 二〇〇九年八月十九日　水曜日

## パク

パク・ユーは、話す言葉を韓国語から英語に切りかえるとべつの人間になる。移民が子どものころの自分に逆戻りするのは、ある意味しかたないとパクは思う。流暢に話せる言葉を取りあげられたら、せっかく積みあげてきた能力も発揮できなくなるからだ。アメリカに移り住む以前から、これから先は困難な事態に直面するだろうと覚悟はしていた。しゃべるまえにまず頭のなかで韓国語から英語に翻訳しなければならないので意思の疎通に手間がかかるとか、前後関係から言葉の意味を読みとらねばならないので納税時にはうんと頭を振りしぼらなければならないとか。韓国語にはない音を発音するために、舌をいままでとはまったくちがう具合に使うという身体的な難題もあるだろうと。だが、まったく思いもよらなかったのは、言葉に問題をかかえていると、話すという行為だけにとどまらず、ウィルスの感染が拡大するみたいにほかの部分にも次々と悪影響がおよんでしまうということだ。思考とか、行動とか、性格にさえも。韓国語を話すときは、きちんとした教育を受け、人から信頼され尊敬されるにふさわしい人間なのに、英語になると耳が不自由でろくに言葉もしゃべれず、自信もなくおろおろしてばかりいるまぬけな人間になる。救いようのないばか者に。

パクはボルチモアの食料雑貨店でヨンに合流した初日に、その事実を受け入れた。街の悪ガキどもが聞きとりにくい発音で「バーカ」と言い、パクが「何をさ《メイ・ア》しあげましょう《イ・ヘルプ・ユー》」と言うのを理解できないふりをして、はやしたてる調子で「メヒ・アー・ヘアプ・ユーーー？」と繰りかえしながらげらげら笑った。度が過ぎるとは思ったが、子どもがふざけているだけだと自分に言い聞かせ、それはなんとか受け流せた。しかしボローニャハムのサンドイッチを注文してきた女性の場合はそうはいかなかった。パクが朝に覚えたばかりの「いっしょにソーダもいかがですか？」というフレーズを彼女はどうにも理解できず、ふざけているのではなくほんとうに困惑しきっていた。「聞こえなかったの。悪いけど、もう一度言ってくれる？」と返されたので、今度はさっきより大きな声でゆっくりと言ってみたところ、「もう一回、言って」と言われ、しまいには相手のほうが「ごめんなさい。今日は耳の調子が悪いみたい」とばつの悪そうな笑みを浮かべて首を振った。**自分のせいで**客が気まずい思いをしている。パクは〝もう一度言って〟を繰りかえされるたびに、顔から火が出る思いをした。まるで燃えている炭に向かって頭を押さえつけられ、一センチずつ押しさげられていくみたいだった。最後の手段でコークを指さし、飲むしぐさをしてみせると、女性はほっとしたように笑い、「ええ、いただくわ」と言った。金を受けとりながらパクの頭に浮かんだのは、彼女と同じく目にやさしさと憐れみの表情を浮かべた人びとから小銭を受けとる物乞いの姿だった。

パクは口数が少なくなった。沈黙の殻に閉じこもるとほっとし、なるべく目立たないように小さくなっていた。だが厄介なことにアメリカ人は沈黙を嫌う。黙っていると不安になるらしい。韓国人にとって言葉を節約するのはきまじめさの表われだが、アメリカ人にとっての饒舌は持って生まれたすばらしい資質で、思いやりや勇気と同列に並ぶ。彼らは言葉を愛し、よりたくさん長く早口でしゃべるほうが賢く見え、よい印象を残せると思っている。そして沈黙はからっぽの頭――言うべきことがひとつもなく、聞いてためになる考えは入っていない——と同等だとみなす。もしくは気難しいやつだと思うかもしれない。悪だくみをしている、とも。そういうわけで、エイブはパクが証言することに気をもんでいた。「陪審はあなたから情報を得たいと思っています」パクと証言の準備をしながらエイブは言った。「長い間をおくと、〝何を隠しているのだろう。どうやって嘘をつくのがいちばんいいか考えているのか〟と思われてしまいます」

陪審が席につき、ひそひそ話が途切れて静まりかえるなか、パクは証人席にすわって目を閉じ、ふたたび言葉が飛び交うまでの最後の静寂のひとときを楽しんだ。砂漠を渡るラクダが腹にためこんだ水で渇きをしのぐように、静けさを呑みこんでそれをためこんでおけば、証人席でおのれを奮いたたせるために使えるかもしれない。

証言するというのは演技をするのに似ている。ステージで一身に注目を浴び、誰かが書いた台本のセリフを思いだそうとするのだから。エイブは答えを簡単に思いだせる基本的な質問からはじめてくれた。「わたしは四十一歳です」「韓国で生まれ、そこで育ちました」「去年アメリカに来ました」「最初は食料雑貨店で働いていました」こんな感じの質疑応答例がパクの古い英語の教科書に書かれていた。韓国ではメアリーに英語を教えるためにその教科書を使っていた。繰りかえし何度も何度も、反射的に答えが言えるようになるまで練習させた。同じように昨夜はメアリーがパクに練習させ、発音を直し、最後にもう一度と言って何度も回答を繰りかえさせた。そしていま、メアリーは椅子から身を乗りだして瞬きもせずに、テレパシーで父親に念を送るかのようにじっとパクを見つめている。韓国ではパクも毎月行なわれていた数学の大会で同じように娘を見つめていた。

父子の立場の逆転が、アメリカへの移住を後悔させた最大の要因だった。わが子に比べて英語が少しも上達せず、自分が子どもになった気がして面映《おもは》ゆくてしかたなかった。もちろん、いつか立場は逆転するものだとわかっていた。年がたつにつれて親のほうが心も身体も子ども時代へ、幼児のころへ、そして生まれるまえへと逆戻りしていくのをいままでにも見てきた。だが、自分たちにそういうときが訪れるのはまだまだ先のはずだった。なんといってもメアリーはまだ半分、子どもなのだから。韓国ではパクが教師役だった。アメリカに渡ってきたあとにメアリーの学校を訪ね、校長から「ようこそ！　ボルチモアを気に入っていただけましたか？」と言われ、笑いながら会釈し、どう答えるべきか決めかねていたとき——笑顔と会釈だけで充分じゃないか？——、メアリーが「父はボルチモアを気に入っています。インナー・ハーバーのすぐ近くで店を経営しているんです。そうよね、お父さん？」と答えた。あとはずっとメアリーがパクのかわりにしゃべり、校長から父に向けられた質問に答え、さながら二歳の息子の母親のようだった。

皮肉にも、それこそが一家がアメリカへ移住してきたいちばんの理由だった。メアリーがアメリカの生活に慣れて英語をうまく話せれば、よりよい生活を送り、輝ける未来を見据えられる（そもそも親は子どもが自分たちよりも背が高くなり、賢くなり、金持ちになるのを望むものではないのか？）。パクはメアリーを誇らしく思った。自分には理解できない外国語をあっという間に覚えて流暢に操れるようになり、アメリカ人に同化する道を突き進んでいるのだから。自分が娘のスピードについていけないのは想定内だった。娘が自分よりも四年長くアメリカに住んでいるからだけではなく、子どもは言葉を覚えるのが得意で、若ければそのぶん上達も早いからだ。そんなことは誰でも知っている。思春期になると舌がかたまって、訛らずに新しい音《おん》を発するのが難しくなる。それはわかっていても、親が言葉で苦労しているところを子どもに見られ、子どもの目に映る親の姿が偉大な人物からただの人に変わっていくのに気づくのはつらいものだ。

「パク、なぜミラクル・サブマリンを立ちあげたのですか。韓国人が雑貨店を経営するのを見たことはありますが、Hボットとなるとかなりめずらしいと思いますが」エイブが訊いた。経緯を説明しなければならないという意味で、答えるのがたいへんだった質問だ。

パクは陪審のほうを見て、エイブにアドバイスされたとおり、彼らのことを親しくなりつつある新しい友人だと思おうとした。「わたしは……ソウルの……健康増進の……ための……ウェルネスセンターで……働いていました。人びとを助ける……ために……同じような施設を……経営する……のが……夢でした」暗記したセリフは、舌に張りついているみたいで自分の言葉とは思えなかった。次はもっとうまくしゃべらなければ。

「どうして火災保険に入ったのか教えてください」

「高気圧酸素治療を、行なう、際には、火災保険、に加入するよう、すすめられますので」昨晩、このセリフを百回以上、練習し、巻き舌で発音する箇所では何度もつっかえた。ありがたいことに、陪審はいまの回答を理解してくれたようだ。

「なぜ百三十万ドルなんですか」

「保険会社のほうが保険金額を設定しました」実際には起こりえないことに対し、こんなにも高額な保険料を支払わねばならないのかと――それも毎月！――憤慨したものだが、こちらには選択の余地はなかった。

ジャニーンは保険金額を受け入れろと言った。それが取り決めの条件だと。エイブの後ろでジャニーンは青白い顔を伏せている。パクは考えた。ふたりのあいだで秘密の取り決めを交わして現金を動かしたことを後悔し、胸躍らせた計画があえなく潰えてしまったことを嘆いて、彼女は夜も眠れずにいるのだろうか。

「昨日、ミズ・ハウはあなたがマット・トンプソンの電話を使い、放火の件で保険会社に電話をかけたと非難しました」――証人席に近寄る――「あなたはその電話をかけましたか」

「いいえ。わたしはマットの電話を使ったことなどありません。保険会社に電話をしたこともありません。かける必要はないんです。すでに答えは知っていますから。保険証券に明記されているので」

エイブは小冊子を掲げ、厚さ――少なくとも二センチはある――を見せびらかすようにしてから、パクに手渡した。「それがあなたがおっしゃっている保険証券ですね」

「はい。読んでからサインしました」

エイブは驚きの表情を見せた。「ほんとうですか？かなりの分量がありますよ。たいていの人は細則は読みません。わたしも、法律家ですが読みませんね」

陪審がうなずく。彼らはエイブが言うところの、読まずにサインするだけの〝たいていのアメリカ人〟のカテゴリーに入るのだろうとパクは思った。他人をとてつもなく信用しているか、ただ単に怠け者かのどちらかにちがいない。もしかしたら、両方か。「わたしはアメリカ式のやり方には慣れていません。だから読む必要があります。辞書を使って韓国語に翻訳しました」そう言ってページをめくり、放火の項を開いて掲げた。陪審は席が遠すぎて文字を読むことまではできないが、余白に走り書きされた字は確実に見えたはずだ。

「放火に関する質問の答えはそこに記されているのですか」

「はい」パクは該当する条項を読んだ。文章はアメリカ人の饒舌ぶりを示すもので、十八行にわたってセミコロンと文字がびっしりと印刷されていた。次に韓国語の走り書きを指さす。「これはわたしが翻訳したものです。〝誰かが火をつけた場合は保険金が支払われるが、契約者が関与している場合は支払われない〟という意味です」

エイブがうなずく。「さて、次に、弁護人があなたに嫌疑をかけようとして持ちだした、被告が見つけたというHマートのメモの件に移りましょう」そう言ったあと、エイブは歯を食いしばった。どうやらテレサの〝背信行為〟にまだ腹を立てているようだ。「パク、あなたはそのようなメモを書いたか、または受けとりましたか」

「いいえ。どちらもしていません」

「メモについて何かご存じですか」

「いいえ」

「あなたはHマートのメモ帳を持っていますよね？」

「はい。納屋に置いてありました。みなさんも使っていました。エリザベスもです。彼女はサイズが気に入っていました。だから、ひとつあげました。彼女のバッグに入れるのにもちょうどいい大きさだったんで」

「待ってください、つまり、被告はHマートのメモ帳を一冊、バッグのなかに入れていたということですか？」エイブは驚き顔を見せた。それは初耳だといわんばかりに。パクの回答のための台本を書いたのは自分だとはおくびにも出さずに。

「はい」エイブの小芝居に笑いだしそうになるのをなんとか抑える。

「被告がHマートのメモ帳を丸めて捨てて、それをほかの誰かが目にする可能性があったということですか？」

シャノンが立ちあがる。「異議あり、推測を求めています」

「質問を取り消します」雲がさっと通りすぎるようにエイブの顔に笑みがよぎった。そしてフリップボードをイーゼルに置きながら言う。「これは昨日ミズ・ハウが提示した書きこみ入りのチャートのコピーです」

## 犯罪捜査演習

何人もの人間（P・ユーをふくむ）

| ~~直接的証拠~~ | | 状況証拠 |
| --- | --- | --- |
| ~~より望ましい、信頼できる!!!~~ | | （絶対的信頼はないので、次のうち複数が必要） |
| • ~~目撃証人~~ | | • ~~動かぬ証拠：犯罪に用いられた道具を容疑者が使ったという証拠（指紋、DNA）~~ |
| • ~~犯罪が行なわれた際に音声を録音したもの、および動画を録画したもの~~ | | • 容疑者の所有物／所持品 |
| • ~~容疑者が犯罪を行なっているときの写真~~ | P・ユー | • 犯罪を行なう機会の有無——アリバイ？ |
| • ~~容疑者、証人、共犯者によって書かれた、犯罪を示す書類~~ | P・ユー | • 犯罪を行なう動機——脅迫、過去の出来事 |
| • ~~究極の証拠：自白（真実であることを要確認!!!）~~ | P・ユー | • 特別な知識と興味（爆発物製造の専門的技術、調査事例の有無） |

患者の命を奪い、娘の顔に癒えぬ傷を残し、みずからの脚を麻痺させた責任は自分にあると非難している赤い文字をパクは見つめた。

「パク、あなたの名前がチャートのあちこちに書かれています。ひとつひとつ見ていきましょう。まず、道具の所有、もしくは所持——本件の場合は煙草のキャメルです。昨年の夏、あなたはそれを所持していましたか？」

「いいえ。禁煙を規則として定めていましたから。煙草と酸素の組み合わせはあまりにも危険です」

「昨年の夏より以前はどうでしょう。いままで煙草を吸ったことがありますか」

この質問はしないでくれとエイブに頼んだが、エイブによると、シャノンはパクの過去の喫煙癖の証拠を見つけているはずだから、最初に認めてしまえば弁護側の攻撃の芽をつぶせるとのことだった。「はい。ボルチモアで。しかしバージニアでは一度も吸っていません」

「どこかのセブン-イレブンで煙草か、ほかのものを買ったことがありますか」

「いいえ。ボルチモアでセブン-イレブンを見かけましたが、入ったことはありません。ミラクル・クリーク付近ではセブン-イレブンを見たこともありません」

エイブが証人席に近づく。「去年の夏、煙草を買いましたか？　または手に取ったことは？」

パクは唾を呑みこんだ。罪のない嘘をつくのは恥ずべきことではない。厳密には虚偽の回答になるが、より大きな目的のためにはいたしかたない。「いいえ」

エイブは赤のマーカーペンを手に取り、〝容疑者の所有物／所持品〟のとなりの〝P・ユー〟の上に線を引いた。マーカーペンのキャップをはめるときのカチッという音が、パクの名前を消したことを強調する感嘆符となって法廷内に響く。「次は〝犯罪を行なう機会の有無〟です。この点については、隣人とあなたの供述が一致せず、かなり混乱しています。そこで、これを最後としてお訊きします。爆発の直前、あなたはどこにいましたか」

パクはゆっくりと、ひとつひとつの音を引きのばして答えた。「わたしは納屋のなかにいました。最初から最後まで」これは虚偽にも値しない、いわばどうでもいい話だ。火をつけたのは誰かという究極の問いに対する答えとはまったく関係ないのだから。

「あなたはすぐにハッチをあけましたか」

「いいえ」これは真実で、あの場にいたとしてもすぐにはあけなかっただろう。自分がなかにいたと仮定して、とったはずの行動を説明する。制御盤が機能しない場合を考えて緊急用のバルブギアで酸素を切り、気圧の急激な変化により次の爆発が起きないよう、ふだんよりも時間をかけて減圧し、そのためにハッチをあけるのが一分以上遅れてしまったと。

「なるほど、よくわかりました。ありがとうございます」とエイブ。「では、パク、爆発の直前にあなたが納屋の外の酸素タンクの近くにはいなかったことを証明する、べつの証拠はありますか」

「はい。わたしの携帯電話の通話記録があります」そう言って、エイブに紙を手渡す。「八時五分から八時二十二分まで、わたしは電話で会話をしていました。電力会社に電話をかけて、いつ修理に来られるか尋ね、妻にも電話して、乾電池を持ってくるのにどれくらいかかるか訊きました。十七分間、ずっと電話をしていたんです」

「わかりました。どうやらそのようですが、これがなんの証明になるんですか？　外にいて、酸素チューブの下に火をおこしながらでも電話はかけられます」

パクは首を振りつつ、笑みが浮かぶのを抑えられなかった。「いいえ。それは不可能です」

エイブが顔をしかめ、当惑しているふりをする。

「なぜですか」

「酸素タンクの近くでは携帯電話の電波が届かないんです。納屋の正面にいなくてはなりません。裏側ではだめなんです。納屋のなかはだいじょうぶです。わたしの患者はみんなそのことを知っています。電話をかけたければ正面にまわらなければなりません」

「わかりました。つまり、八時五分から爆発が起きるまで、あなたが発火場所にいるのは不可能だったんですね。付近にいなかったわけだから、火をつける機会もなかった」エイブはマーカーペンのキャップをはずし、〝犯罪を行なう機会の有無〟の横に書かれたパクの名を線で消した。「では次に特別な知識と興味に移りましょう。ミズ・ハウはこの横にも〝P・ユー〟と書いています」

法廷内にくすくすと笑う声が響いた。だがパクはエイブがわざわざ〝P・ユー〟と言ったことに子どもっぽい嫌味を感じた。「もちろんわざとですよ。わたしはあの女性が大嫌いでね」とエイブは言っていた。

「パク、あなたはＨボットの資格を持つ専門技師として、Hボットの火災案件をリサーチしましたね？」

「はい。火災をどう防ぐかを学ぶためにリサーチしました。安全性を高めるために」

「ありがとうございます」〝特別な知識と興味〟の横の〝P・ユー〟の下にエイブは〝説明のつく理由あり──安全のため〟と書き、言った。「では、最後のひとつに移りましょう。動機です。単刀直入にお訊きします。百三十万ドルを手に入れるために、あなたは患者とその家族をカプセルのなかに入れたまま、みずからの施設に火をつけましたか？」

　ばかばかしい話を笑い飛ばす、という芝居すらする必要がなかった。「いいえ」陪審のなかの、年をとっていそうな者の顔を見つめて言う。「子どもがいればわかるはずです。わたしは金のために自分の子どもを危険にさらすようなまねはけっして、**絶対**にしません。わたしたちは娘のためにアメリカへ来ました。娘の将来のために。すべては家族のためなんです」陪審がうなずく。「わたしは事業を立ちあげたことに興奮していました。ミラクル・サブマリン！　障害のある子どもをかかえる多くの親たちが〝奇跡の潜水艦〟と呼び、キャンセル待ちのリストまでできていました。わたしたちはみな幸せでした。それを壊す理由などありませんでした。なぜ壊す必要があるんですか？」

「百三十万ドルは充分な答えになります。莫大な金額ですから」

　パクは使いものにならなくなった脚を見つめ、車椅子の鋼鉄の部分に触れた──暑い法廷のなかでもそこだけは冷たかった。「病院からの請求書。総額で五十万ドルです。娘は昏睡状態に陥っていました。わたしは二度と歩けないだろうと医師に言われています」そこでメアリーのほうを見る。娘の頬は涙で濡れている。

「いいえ。百三十万ドルは莫大な金ではありません」

エイブが陪審へ顔を向ける。十二人が全員、目に同情の色を浮かべてパクを見つめ、手すりごしにパクに触れ、なぐさめてやりたいと思っているかのように座席から身を乗りだしている。エイブはマーカーペンの先端を〝犯罪を行なう動機〟の横に書かれた〝P・ユー〟の〝ユー〟にあてた。そこをじっと見つめ、首を振る。それからおもむろにパクの名前の上に赤い線を引いた。

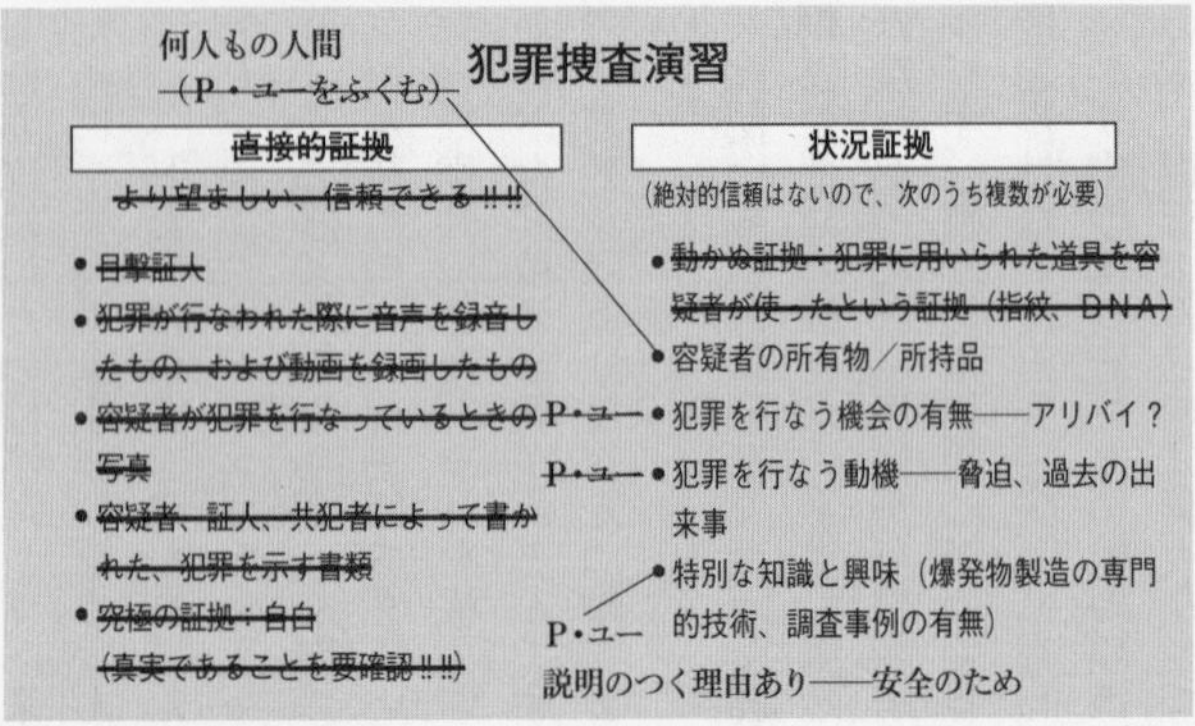

犯罪捜査演習
何人もの人間
(P・ユーをふくむ)
直接的証拠
より望ましい、信頼できる!!!!
• 目撃証人
• 犯罪が行なわれた際に音声を録音したもの、および動画を録画したもの
• 容疑者が犯罪を行なっているときの写真
• 容疑者、証人、共犯者によって書かれた、犯罪を示す書類
• 究極の証拠：自白
(真実であることを要確認!!!!)
状況証拠
(絶対的信頼はないので、次のうち複数が必要)
• 動かぬ証拠：犯罪に用いられた道具を容疑者が使ったという証拠(指紋、DNA)
• 容疑者の所有物／所持品
P・ユー
• 犯罪を行なう機会の有無――アリバイ？
P・ユー
• 犯罪を行なう動機――脅迫、過去の出来事
• 特別な知識と興味（爆発物製造の専門的技術、調査事例の有無）
P・ユー
説明のつく理由あり――安全のため

「パク」とエイブ。「マット・トンプソンはこう証言しました。あなたは火のなかへ、燃えているカプセルのなかへ飛びこんでいった。しかも、何度も。自分自身が重傷を負ったあとでさえ。なぜですか？」

これは台本にはなかったが、ぶっつけ本番の回答を求められても不思議とあわてることはなかった。パクは傍聴席にいるマットとテレサ、ふたりの後ろにいるほかの患者たちを見やった。それから子どもたちのことを思い浮かべる。車椅子にすわるローザ、鳥になったみたいに腕をはためかせるTJ、そして、ヘンリー。いつでも空を見あげて目を泳がせていた、恥ずかしがりやのヘンリー。「わたしのつとめですから。患者に対する。なんとしても彼らを守らなければならない。自分が負傷することなど、ものの数には入りません」そこでエリザベスに視線を向ける。「わたしはヘンリーを救おうとしました。しかし火の勢いが……」

エリザベスは恥じ入っているかのように目を伏せ、水が入ったグラスを手に取った。エイブが言う。「ありがとうございます、パク。証言するのはつらいだろうとお察しします。最後の質問をします。これがほんとうに最後です。ふたりの患者を死に至らしめ、ご自分と娘さんの命をも奪おうとした火災を引き起こした煙草やマッチなど、発火の原因となる**いずれかのもの**と、あなたはなんらかのつながりがありますか？」

答えようとして口を開きかけたとき、口もとにグラスを持っていったエリザベスの手がかすかに震えているのが目に入った。そのとき、頻繁に脳の奥底から這いだしてきては夢に出てくる見慣れた映像が頭に浮かんだ。軍手をはめた指が煙草をつまみ、かすかに震えながら酸素チューブの下にある紙マッチのほうへそれを近づけていく。

パクは目を瞬かせた。早鐘を打つ心臓を鎮めるために深呼吸をする。あの瞬間のことは忘れろ、丸めて投げ捨ててしまえ、と自分に言い聞かせ、エイブを見て首を振った。「いいえ、ありません。まったくありません」

ヨン

エリザベスの弁護士が「こんにちは、ミスター・ユー」と言ったとき、奇妙にもヨンの頭にメアリーを出産したときの記憶がよみがえった。たぶんパクの顔に浮かんだ表情のせいだろう。顔のすべての筋肉がこわばった無表情の仮面からは、不安を隠すための心の準備をしているようすがうかがえる。ほぼ十八年前（いや、きっかり十八年前だ——メアリーの誕生日は明日だけれど、時差の関係でソウルはすでに明日の娘の誕生日を迎えている）、出産後に搬送された部屋に医者が深刻そうな顔つきで現われ、言葉もなく近づいてきたときにパクが見せたのと同じ表情だ。医者は緊急に子宮摘出の手術を行なわなければならなかったと告げ、少なくとも赤ちゃんは元気だと付け加えた。赤ちゃんは女の子だとも。医者たちは口々に残念だと言った（子宮を失ったからではなく、赤ちゃんが女の子だったから彼らは残念がったのだろうか）。たいていの韓国人男性と同じく、パクも男の子をほしがり、期待をふくらませていた。それでも女の子という結果に失望の色は見せなかった。唯一の子どもが女の子だという不運を嘆く親族に、パクは「すばらしい子だ。十人の息子が束になってもかなわないくらいだよ」と言った。しかし口調はかたく、自分で自分の言葉を信じていないふうだった。ヨンはパクの声から緊張を感じとり、わざと明るくふるまおうとしていつもよりも声が甲高くなっているのに気づいた。

あのときとそっくりの声でパクが返す。「こんにちは」

エリザベスの弁護士はほかの証人を相手にしてきたのと同様に、パクに対してもご機嫌伺いをして時間をむだに使いはしなかった。「あなたはこの周辺のセブン‐イレブンには一度も行ったことがないとおっしゃいました。あっていますか？」

「はい。見かけたこともありません。どこにあるかさえわかりません」そう答える夫を見てヨンは微笑んだ。ただ〝はい〟と答えるだけではシャノンにつけ入る隙を与えてしまうからだめだとエイブに釘を刺されていたからだ。よく考え、説明しろと言われ、夫はそのとおりにしている。

シャノンはあごを引いて笑みを浮かべ、獲物を狙うハンターさながらにパクに近づいた。「あなたはATMで使うキャッシュカードを持っていますか」

「はい」急に話題が変わってとまどったらしく、パクは顔をしかめた。

「あなたの奥さんはそのカードを使いますか？」

眉間に寄った皺が深くなる。「いいえ。妻はべつのカードを持っていますから」

シャノンはパクに書類を手渡した。「それに見覚えはありますか?」

パクは紙の裏まで見て答えた。「わたしの銀行口座の明細書です」

「〝ATMで現金引き出し〟の下線を引いたところを読んでみてください」

「二〇〇八年六月二十二日——十ドル。二〇〇八年七月六日——十ドル。二〇〇八年八月十日——十ドル。二〇〇八年七月二十四日——十ドル」

「その四件の引き出しが行なわれたのはどこになっていますか?」

「バージニア州パインエッジ、プリンス・ストリート一〇八です」

「ミスター・ユー、その住所を覚えていますか? パインエッジのプリンス・ストリート一〇八を」

パクは顔をあげ、思いだそうと集中しているのか顔をゆがめ、首を振った。「いいえ」

「それでは、あなたの記憶を呼び起こしてさしあげます」シャノンはイーゼルに一枚の写真を置いた。それはオレンジと緑と赤の三色の縞の日除けが張りだした、ATMつきのセブン - イレブンの写真だった。ガラス製のドアに書かれた、バージニア州パインエッジ、プリンス・ストリート一〇八という住所もはっきりと見える。ヨンは腹のなかを何かが落ちていき、腸を圧迫するのを感じた。

パクは無表情のままだったが、青白かった顔色は風雨にさらされた墓石を思わせる灰色に変わっていた。

「ミスター・ユー、この住所にあるATMの脇には何がありますか」

「セブン - イレブンです」

「あなたは周辺のセブン - イレブンには行ったこともないし、見かけたことすらないと証言しましたが、あなたが去年の夏に四度使ったATMはいまでもセブン - イレブンのなかにあります。写真のとおりに」

「わたしはこのATMを覚えていません。一度も行ったことがないからです」そう答えるパクの顔は毅然としていたが、声には迷いが表われていた。陪審もそれに気づいただろうか。

「あなたの銀行口座の明細書がまちがっていると考える理由はありますか？　去年の夏にキャッシュカードをなくしたとか盗まれたとか」

パクの表情が動いた。何か妙案でも思いついたのか、口が開きかけた。けれどもすぐに口は閉じられ、パクはうつむいてしまった。「いいえ。盗まれていません」

「あなたが複数回、このセブン－イレブンへ行ったことを示す銀行口座の明細書は正しいと認めるけれど、そこへ行ったこと自体は覚えていないとおっしゃるんですね？」

パクはうつむいたまま言った。「わたしは覚えていません」

「去年の夏に煙草を買ったことも覚えていないんですか？」

「異議あり、しつこい質問で証人を困らせています」とエイブが言う。

「質問を取り消します」シャノンは言い、べつの質問に移った。「八月二十六日にセブン－イレブンへ行きませんでしたか？　爆発が起きる数時間前に」

「いいえ！」憤慨のあまりパクの声が大きくなり、顔に色が戻った。「わたしはセブン－イレブンへ行ったことなどありません。一度も。爆発が起きた日も。あの日は一日じゅう仕事場を離れませんでした」

シャノンが眉を吊りあげる。「その日は一日じゅう、敷地から出なかったということですね」

パクが口を開く。ヨンは夫が「はい！」と力強く言うのを待ったが、夫の口は閉じられた。身体は空気でふくらむ人形がしぼむみたいに前かがみになった。

「ミスター・ユー？」とシャノンから声をかけられ、

パクは顔をあげて言った。「いま思いだしました。あの日は買い物に行きました。ベビーパウダーが必要だったんで」そこで陪審を見る。「患者が酸素ヘルメットをかぶるときに使うんです。汗どめに。肌を乾燥させておくために」

パクはベビーパウダーがもっと必要だと言ってはいたが、敷地内に抗議者がいて結局、買いにいけなかったことをヨンは思いだした。最後のダイブのまえに、夫はベビーパウダーのかわりにとキッチンからコーンスターチを持っていった。なぜ嘘をつくのだろう。

「どこへ行ったんですか」とシャノンが訊く。

「ベビーパウダーを買いに、薬局チェーンのウォルグリーンまで。それから、その近くのATMへ」

「ミスター・ユー、あなたの銀行口座の明細書の二〇〇八年八月二十六日のところを読んでください」

パクはうなずいた。「ATM現金引き出し。百ドル。午後十二時四十八分。バージニア州ミラクル・クリーク、クリークサイド・プラザ」

「そこがウォルグリーンのあとにあなたが行ったATMですか？」

「はい」ヨンは記憶をたどった。十二時四十八分なら昼休み中だ。夫はもう一度抗議者を説得してくるからランチを用意しておいてくれと頼んできた。二十分後に戻ってきて、説得しようとしたけれど耳を貸してもくれなかったと言っていた。あの時間に町へ行っていたのだろうか。でも、なぜ？　シャノンがべつの写真をイーゼルにのせる。「これがクリークサイド・プラザのATMですか？」

「そうです」写真は〝プラザ〟全体を写している。ご立派な名称がついているが、実際は店舗が三つと、正面に〝貸店舗〟と書かれた紙が貼られた四つの空き店舗があるだけ。写真の中央にATMが見え、となりにはパーティー用品を売るパーティー・セントラルという店がある。

「興味深いことに、プラザのちょうどこちら側にセブン‐イレブンがあります。見えますか？」シャノンは隅のほうに写っている、見まちがえようのない三色の縞を指さした。

パクは写真を見ずに答えた。「はい」

「さらに興味深いことに、あなたはウォルグリーンから数マイル離れたこのATMへ行った。ウォルグリーンのなかにもATMがあり、口座の明細書によると、いつもならあなたはそちらを使っているというのに。そうですよね？」

「ウォルグリーンを出るまで現金がないことに気づかなかったんです」

「それはおかしな話ですね。ウォルグリーンで自分の財布からベビーパウダーの代金を支払っているのに、現金がないことに気づかなかったとは」シャノンは笑みを浮かべて自分のテーブルへ戻りはじめた。

パクは顔をあげて言った。「ウォルグリーンにも煙草は売っています」

シャノンが振りかえる。「どういう意味ですか？」

「あなたはわたしがプラザのATMを使ったのはセブン‐イレブンへ煙草を買いにいったからだと思っています。だが、煙草がほしければ、ウォルグリーンでだって買えるんですよ」もちろんそうだ。そうなるとシャノンの論法には無理が生じる。ヨンはパクのみごとな論理に、得意げな表情に、そして陪審がうなずく姿に、胸のすく思いがした。

シャノンが言う。「わたしはあなたがウォルグリーンへ行ったとは考えていませんから。わたしが考えているのは、あなたはキャメルを買いにセブン‐イレブンへ行き、それから近くのATMに寄ったということです。ウォルグリーンの件は、仕事場を離れた理由を説明するためにあなたがつくった話にすぎないと思っています」シャノンが声を荒らげたり、勝ち誇った調子で話していたら、ヨンはいまの発言を偏見を抱いた敵の大言壮語だとして聞き流すこともできただろう。けれども彼女の話しぶりは穏やかで、幼稚園の先生が園児に答えがまちがっていると残念そうに告げるのに似た口調で──そもそも指摘したくないが仕事だからしかたないといったふう──、ヨンは気がつくとシャノンの考えに同意していた。なんといってもシャノンが正しいとわかっているのだから。パクはウォルグリーンへは行っていない。行ったはずがない。じゃあ夫はどこへ行って、何をし、なぜ妻にまで事実を隠したのだろうか。

エイブが異議を申し立て、判事は陪審に最後のやりとりを無視するようにと告げた。シャノンが言う。

「ミスター・ユー、去年の夏以前の約二十年間、日常的に煙草を吸っていたのではありませんか？」

パクはしばらく考えてようやく「はい」と言った。答えるまでの間《ま》で、ヨンには夫がどうしたら明言を避けられるか、あれこれと逡巡している脳内の音が聞こえてきそうだった。

「どのようにしてやめたのですか」とシャノン。

パクは顔をしかめ、困り顔を見せた。「ただ……吸うのをやめました」

「ほんとうですか？　おそらくニコチンガムとかパッチを使ったはずですが」シャノンの声には〝信じられない〟といった気持ちがにじんではいたが、とりたてて冷淡ではなかった。声は穏やかで──感服している気配さえうかがえた──、ヨンはまたしてもシャノンの考えに同調し、二十年間つづいた習慣をそんなに簡単にやめられるものだろうかと思った。同じ疑問が陪審の顔にも浮かんでいた。

「いいえ。ただ吸うのをやめただけです」

「ただ、吸うのをやめたと」

「はい」

シャノンはしばらくのあいだパクを見つめ、ふたりはにらめっこをしているみたいに瞬きさえしなかった。

シャノンが視線をはずし、瞬きをして言う。「わかりました。あなたはただ、吸うのをやめた」彼女が浮かべた微笑みは母親然としていて、三歳児の頭をなでながら、〝お部屋で紫色のゾウが踊っているのを見たの？　そうね、もちろん見たのよね、ダーリン〟と言っている姿まで見えるようだった。「喫煙を」――ここで間をおく――「やめるまえは、いつも吸っていた銘柄はキャメルでしたか？」

パクは首を振った。「韓国ではエッセを吸っていましたが、アメリカでは売っていません。ボルチモアではいろんな銘柄を吸っていました」

シャノンは笑みを浮かべた。「たとえば、あなたが休憩時間にいっしょに煙草を吸っていた配送業者の男性に――そうですね、ミスター・フランク・フィシェルとしておきましょうか――わたしが質問したとして、彼はあなたにはアメリカの煙草の銘柄でお気に入りのものはなかったと答えるんでしょうか？」フランク・フィシェル。エイブが見せてくれた弁護側証人のリストにはその名前はなかったはずだ。フランキーという名の配送業者はいたが、フルネームまでは誰も知らなかった。

エイブが立ちあがった。「異議あり。ミズ・ハウがほかの人物の意見を知りたいのならば、パクにではなく、その本人に尋ねるべきです」

「ええ、そのつもりです。フランク・フィシェルはボルチモアからこちらへ来る予定になっています。ですが、あなたのおっしゃるとおりです。質問は取り消します」シャノンはパクのほうを向いた。「ミスター・ユー、あなたは喫煙仲間にアメリカの煙草のなかでどの銘柄が好きだと言っていましたか？」

パクは口をかたく結び、シャノンを睨みつけた。あきらかな証拠があるのに悪さをしたことをかたくなに認めない、手に負えない子どものように。

「裁判長」シャノンが言う。「証人に答えるよう命じて――」

「キャメル」パクが吐き捨てるように言った。

「キャメルですか」シャノンが満足げに言う。「ありがとうございます」

ヨンは陪審のほうを見た。みなパクに向けた顔をしかめ、首を振っている。パクがキャメルを吸っていたことをすぐに認めていれば、陪審はただの偶然だと思ったかもしれないが、ここまで答えを引きのばしたからには事件との関連を疑われてもしかたがない。現にヨンは考えた。昼間に買ったらしき煙草を、パクは酸素チューブの下に置いたのだろうか。そうだとしたら、なぜ?

ヨンの疑問に答えるとでもいうようにシャノンが言った。「あなたは抗議者に腹を立てていましたね」

「腹を立てるというのとはちがいます。わたしの患者を困らせているのが気に入らなかったんです」

シャノンは机から一冊のファイルを取りあげた。

「警察の記録によると、爆発の翌日、あなたは抗議者たちが火をつけたと非難したあと、こう供述しています。記録を引用すると、〝抗議者はHボットをやめさせるためならなんでもすると脅した〟」シャノンが顔をあげる。「この記録は正しいですか?」

パクは一瞬、目をそらした。「はい」

「あなたは抗議者たちは本気だと思った、そうですね? 彼女たちは停電を引き起こして業務を混乱させ、警察署に連れていかれるとき、かならず戻ってきて、あなたが施設を閉鎖するまで抗議をつづけると言い放った。それであっていますか?」

パクは肩をすくめた。「抗議者が何を言おうと、患者はHボットの効果を信じていました」

「ミスター・ユー、あなたは四年以上ソウルにあるHボットを行なう施設で働いていたそうですね。その経験があるからこそ、患者はあなたを信じていたんですよね?」

パクは首を振った。「患者は子どもに改善が見られるという結果しか信じません」

「お訊きしますが」シャノンはかまわずつづける。「抗議者たちはあなたについて調べあげてやると脅し、あなたが働いていたソウルのウェルネスセンターと連絡をとると言っていたんですよね？」

パクは何も答えなかった。あごがこわばっている。

「ミスター・ユー、爆発が起きず、抗議者たちが実際にセンターのオーナーと連絡をとっていたら、ミスター・ビョンリュン・キムはなんと言ったと思いますか？」

エイブが異議を申し立て、判事が認めた。パクは身じろぎもせず、瞬きもしなかった。

「実際には」とシャノン。「あなたは働きはじめてから一年以内に、アメリカへ来る三年以上もまえに**能力**的に**不適格**という理由で**解雇**されていますね？　抗議者がその事実を知り、あなたの嘘を患者たちに暴露したら、当然、患者は離れていってビジネスはだめになり、あとには何も残らない。あなたはそうさせるわけにはいかなかったんですよね？」

いいえ、それはありえない。けれどもパクを見ると、顔は怒りで紫色になっていた。ちがう、怒りではなく恥じているのだ。目を伏せて、こちらと目をあわせないようすから、そうだとわかる。ヨンはソウルの仕事場のメールはもう使えない、新しい規則で私用のメールのやりとりは禁止になったとパクから聞かされたのを思いだした。エイブが異議を申し立てるのと同時に、パクは患者に害を与えたことは一度もないとわめき、判事は小槌を打ちつけ、ヨンは目をそむけるしかなかった。視線が法廷内を泳ぎ、ふとイーゼルに置かれた写真でとまる。パーティー・セントラルのショーウィンドーのなかで何かが日差しを受けて輝いている。ヨンは昨日、裁判所に来る途中でその店の前を通った。目を閉じれば昨日へと時間を巻きもどせる気がする。

夫の秘密や嘘は何も知らず、メアリーの誕生日用の紙テープやバルーンはいくらだろうかと考えていた昨日へと。

バルーン。ヨンは目をぱちりとあけ、イーゼルを注視した。ショーウィンドーのなかで輝きを放っているものはなんなのか、写真ではわからない。でも昨日、店の前を通りすぎたとき、ＡＴＭのとなりのガラスのなかでふわふわと浮いているものをたしかに見た。星と虹の模様のきらきらと輝くアルミ製のバルーンだ。爆発の日に送電線にからまっていたのとそっくりのバルーン。

メアリー（当時はミヒ）が一歳のとき、ヨンから自分たちの赤ちゃんがはじめて風船を見てすごくよろこんだと聞かされたパクは、イベントの仕事でもらった風船をこみあう地下鉄やバスのなかに持ちこんでまで家に持ち帰ってきた。そのために帰宅が遅くなった――パクの話では、三十分以上待って、風船が割れないように比較的すいている地下鉄を選んだという――が、父親が帰ってくるとミヒは喜びの声をあげ、ぷくぷくした足で近づいていき、風船をハグする恰好で抱きしめた。パクは声を立てて笑い、道化さながらにおかしな顔をしながら風船に勢いよく頭をあてていた。近くに立っていたヨンはこの男性は誰だろうと不思議な気持ちになった。夫がそんな人物だとは少しも気づいていなかったからだ（それからも娘のそばにいるときは同じようにふるまっていた）。ヨンが知るパクは現実的で、静かな威厳をかもしだそうとするまじめな人間。冗談を飛ばしたり、腹をかかえて笑ったりはめったにしなかった。

いまヨンはあのときと同じ心境になっていた。パクを見て、この男性――額の静脈を浮きあがらせてシャノンを睨みつけ、髪が汗で湿って垂れている――は、娘の頭よりも大きな風船を持ち帰ってきたのと同じ人物だと自分に言い聞かせる。ただし、当時の〝この人は自分が思っていたのとはちがう人〟は比喩的な表現で、自分の夫の見たことのない側面を発見できてうれしかったけれど、いまは文字どおりの意味でそう思っている。パクはヨンがそうだと思っていた人物、ウェルネスセンターの主任でもなければ、Hボットの専門技師でもなかったのだ。

　昼休憩のために閉廷が宣言され、ヨンは証人席から戻ってくるパクと目をあわせようとしたが、夫は目をそらした。そのうえ、エイブが割りこんでくるとほっとした表情を浮かべた。エイブは再度の直接尋問に向けての準備が必要だと言い、ヨンのほうを見もせずに車椅子を押していってしまった。

　再直接尋問。さらなる質問をされれば、夫は次々と嘘の上塗りをするだろう。ヨンは胃が締めつけられ、酸っぱいものが食道をせりあがってくるのを感じた。前かがみになって胃を落ちつかせ、酸っぱいものをごくりと呑みこむ。ここから出なければ。喉が詰まって息ができない。

　ヨンはバッグをつかみ、メアリーに気分が悪いと告げた。何か口に入れたほうがいいかもしれないと言いそえ、よろめかないように注意しつつ急いでその場をあとにする。行き先をメアリーに告げるべきだと思ったが、自分にもわからないのだからしかたがない。とにかくここから出る必要があるのだけはたしかだ。それも、いますぐに。

　ヨンはスピードをあげて車を走らせた。パインバーグから抜ける道は舗装されていない田舎道で、今日のような雨模様の日には泥だらけで滑りやすくなる。トップスピードでカーブにさしかかり、ブレーキを踏みながら両手でハンドルを切ると、こらえきれずに身体がドアのほうへ流れていく。そうやって運転すると心が落ちついた。となりにパクが乗っていたら、スピードを落とせ、ちゃんとした母親らしく運転しろと叱りつけてくるだろうが、夫は離れた場所にいて、ヨンはひとりきりだ。タイヤが砂利を踏みしだき、雨が車の屋根を叩き、葉を茂らせた木々がトンネルとなって頭上を覆うのを、たったひとりで感じとっている。胸のむかつきは消え、もう一度、息ができるようになった。

　増水した道路ぞいの川を見るたびに、ヨンはプサン郊外にあるパクの故郷の村を思いだす。以前、夫にそう話したとき、パクはばかなことを言うな、自分の故郷の村にはちっとも似ていない、都会育ちのきみには田舎っぽいものはなんでも同じに見えるのだろう、と言った。たしかに、ここにはブドウ園はあるが田んぼはなく、シカはいるがヤギはいない。それでも田んぼを覆っていた水は嵐のときのミラクル川《クリーク》の色とまったく同じだ。ぼろぼろと崩れる古くなったチョコレートに似た明るい茶色。水の色が、アメリカにいるのに韓国の田舎の村にいるような感覚を呼び起こすのだろう。いまはいつで、ここはどこなのかという実感が希薄になり、いつのまにか地球の反対側へ移動し、時を飛びこえている。

　ふたりが最初に喧嘩をしたのはパクの実家がある村でだった。婚約した直後に、パクの両親に挨拶するためにふたりでそこへ出向いたときのことだ。パクはどこかぴりぴりしていた。どうやら屋内トイレがあり、セントラルヒーティングを完備した高層マンションに住んでいるヨンのような女性は、自分の故郷を嫌うだろうと思いこんでいたようだった。パクには理解してもらえなかったが、ヨンは彼の村がとても気に入っていた。オリンピックをひかえて街全体がつくりなおされているソウルでは大気汚染がはなはだしく、建築現場からの騒音はひどくなる一方で、そこから逃げだして静けさを味わうのは気分がよかった。村に着いて車から降りると、数日発酵させたあとではじめて甕の蓋をあけたときのキムチのような堆肥の甘いにおいが香った。ヨンは丘や、川床を走る子どもたちや、その脇で洗濯板を使って衣類を洗っているお母さんたちを見て言った。「あなたがこんな場所で生まれ育ったなんて信じられない」パクは自分の出身地をけなされたと思いこみ、ヨンの家族やヨン本人から〝下〟に見られているという、長いあいだのわだかまりが思い過ごしではなかったと考えたらしい。一方でヨンは、田舎育ちながらも立派に大学に進学したパクをほめたたえるつもりで言ったのだった。諍いはこじれにこじれ、最後にパクはヨンの父親からの持参金と、ヨンの叔父が経営する電子機器会社での営業職を辞退するとまで言いだし、「施しは受けない」と言い張った。

かつての出来事を思いだしながら、ヨンはハンドルを握っていた。そのとき何か——アライグマ？——が道路を横切るのが目に入り、とっさにハンドルを切ったとたんにタイヤは道路をはずれ、車はオークの巨木に向かってスリップした。きつくブレーキを踏んでも車はとまらず、ゆっくりとスリップしていく。サイドブレーキを引く。車はがくんととまり、頭がのけぞった。

木の幹が車のまん前、バンパーから数センチのところにあり、自分でもなぜかはわからないが、大声をあげて笑わずにはいられなかった。パニックと安堵が入り混じり、奇妙にも意気揚々とした気分にひたっていた。何が起きてもだいじょうぶ、という意味なのだろうか。気持ちを落ちつけるために呼吸を繰りかえし、雨が木のこぶを伝い落ちていくさまを眺めたまま、家族がよその国へ移住してから一年もたたないうちに職場を首になった、誇り高きパク・ユーのことを考える。離れ離れに暮らした四年間、夫婦はめったに話をせず——国際電話は高いし、仕事の都合で時間もあわなかった——、電話で会話してもよくない知らせは自分からわざわざ伝えずにいた。なのに夫が電話やメールでみずからの恥をさらすのをいやがったことに驚くなんて。夫の欺瞞を知った直後の衝撃もいくぶんうすまり、怒りは隅に追いやられて夫をいたわる気持ちに傾きはじめていた。何かが起きても、遠く離れている家族に伝えるのはやめておこうという気持ちはわかる。知らせてもどうしようもないときはとくに。だから夫が知らせてこなかったことも許せるはず。

それはそれとして、まだバルーンの件が残っている。パクはアルミ製のバルーンが電力回路をショートさせることを知っている。おそらく韓国人の親なら誰でも知っているだろう。家庭にあるもので電気関連の事故を起こしてみる実験は韓国の学校で行なわれる科学大会では人気があり、メアリーが五年生のときの大会では、ひとりの児童がアルミ製のバルーンを使った実験、ヘアドライヤーを浴槽に落とす実験、むきだしの電気コードで火花を散らす実験で優勝した。メアリーはほとんどのアメリカ人はそういうことを知らないみたいだと言って、驚いていた（ちなみにアメリカは科学教育の国別ランキングでは下位に甘んじている）。しかもパクは停電が起きた数時間前にバルーンが売られている店に行っている。だからといってパクが停電を引き起こした、ということになるだろうか。パクみずから停電を起こすなんて筋が通らないのに。喫煙の件はどうだろう。昨年の夏、二、三度くらい煙草の煙のにおいがしたけれど、ほんのかすかだったから、近所の人が犬の散歩で近くを通ったときに煙草を吸っていたのだろうと考えていた。パクが韓国で仕事を失ったのが事実なら、アメリカに渡ってくるまえにどうやって大金を貯められたのだろうか。

ヨンは目を閉じて首を激しく振り、いくつもの考えを頭から閉めだしたいと思ったが、複数の疑問が頭蓋にあたっては跳ねかえり、そのたびに衝撃が増して脳のなかでばらばらになり、最後にはめまいを残した。一匹のリスがボンネットに跳び乗り、フロントガラスごしになかをのぞきこんで首をかしげた。リスの姿は金魚鉢のなかの金魚をじっと観察する子どもを思わせ、こんな声まで聞こえてきそうだった。〝あなた、いったい何してるの？〟

とにかく、答えが必要だ。ヨンはサイドブレーキを解除し、バックして木から離れ、車を道路のほうへ向けた。左へ行けば、昼休憩が終わるまえに裁判所に戻れて、夫のそばについていてあげられる。でもそれでは答えは得られない。さらに質問が繰りだされ、さらに嘘を聞かされるだけだ。いまはメアリーとパクはふたりとも家をあけている。やるべきことをするには完璧かつ唯一の機会だ。曖昧で無意味な回答を与えられるのはもうたくさん。漫然と見たままを信じているだけではだめだ。

ヨンは右へ行った。答えを探さなくては。たったひとりで。

物置小屋は敷地の端っこにあり、バルーンがからまった電柱とは目と鼻の先だ。なかへ入ると、何から発生しているのかわからない、湿った、酸っぱいような刺激臭が鼻をついた。雨がスネアドラムを思わせるすばやいビートを刻んでアルミニウムの屋根を叩き、屋根の裂け目から雨水が、今度はバスドラムのビートで腐った床板を叩く。床には工具類と枯葉が散らばり、埃と錆と黴に覆われている。四隅にはやはり枯葉が黒と緑がまざった色のヘドロとなってかたまっている。

身じろぎもせずに立ちつくしていると、クモが脚を這いのぼってきて、ヨンはわれに返った。一年、放置されていた物置――霧雨の多い秋をやりすごし、ハリケーンの襲来と四度の吹雪を経て、記録破りの湿度を記録する夏を迎えた。たったの一年で、ソウルとボルチモアでの一家の年月が、腐食の度合いもさまざまな、すっかり忘れ去られたガラクタの山に変わった。家族が暮らす小屋には屋根裏もクローゼットもない。パクが何かを隠しているならここにあるにちがいない。

引っ越し用の箱を三つ重ねてあるところへ行き、いちばん上にかぶせておいた、かつては透明だったがいまでは一面にクモの巣がくっついているゴミ袋を引きはがした。霧状の粉っぽい埃が舞いあがり、空気中の湿気を吸って落ちていくなかで、ヨンは湿ったにおいを嗅いだ。深いところから掘り起こされて、はじめて空気に触れた土、といったにおいだった。

ヨンがそれを見つけたのはいちばん下にあった三番目の箱のなかだった。上にあったふたつの箱はほとんど空だったが、三番目は自分で入れたことも忘れていた哲学の教科書でいっぱいだった。本をぱらぱらとめくるだけでさっさと蓋を閉めていたら、そこにあるものを見逃していただろう。見つけたのは紙袋に入れられたブリキ缶で、同じくらいの大きさの本と本のあいだにはさまれていた。食料雑貨店で働いていたとき、ブリキ缶のなかに輸送途中で傷ものになった煙草のパックから無傷なものを抜きだして保管していた。ヨンが一本五十セントで売ることを思いついたからだった。生活保護を受けているお客に、フードスタンプで煙草は買えないけれど、フードスタンプで何かを買ったあとで受けとる**おつり**でバラを買うのはかまわないと告げると、バラ売り煙草の売上はあがり、売り物をそろえるために無傷のパックもあけるようになった。

最後にバラの煙草が入ったブリキ缶を見たのは、ここへ引っ越してくるための荷造りの最中だった。箱詰めされて蓋が閉じられるのを待っているセーター類の上にブリキ缶が置いてあり、手に取ってあけてみると、缶いっぱいに煙草が入っていた。ヨンはパクになぜそれを持っていくのかと訊いた。たしか夫は煙草はやめたと言っていたはず、と思いながら。缶にはおそらく百本ほどの煙草が入っていて、パクは無傷の煙草を捨てるのは忍びないと答えた。「じゃあ、あなたは孫に遺すために**その煙草**をとっておくの？」とヨンは笑い、目をあわせずに笑みを浮かべるパクに、それは在庫品でオーナーのものだから、オーナーに返さねばならないと念を押した。それがこの缶を目にした最後だった。ボルチモアで、パクは缶を手に取ってカンさんに返してくると告げた。なのにいまここにある。目につかないよう隠されて、べつの州まで運ばれてきた。

ヨンは紙袋からブリキ缶を取りだして蓋をあけた。最後に見たときと変わらず、細い巻き煙草が兵隊さながらに整然と並んでいるが、その上にダブルミントガム（パクのお気に入り）と旅行用サイズのファブリーズ（〝消臭〟と書かれている）が置かれていた。

ブリキ缶の蓋をぴしゃりと閉じ、引っ越し用の箱を見る。ほかに何が隠されているのだろうか。

ヨンは箱を持ちあげた。重く、底は黴に覆われていたが、かまわずにしっかりと持って逆さまにする。中身がすべてどさりと落ち、あたりには埃が立ちこめ、乾燥したクモの巣が四散する。空箱を壁に投げつけ——箱が壁にあたる音を聞いて気分がすっとしたが、重い本が一冊ずつ床に落ちて、そのたびにどさっと鳴る音を聞くほうがもっと気分がよかった——、床に散らばったものに目を走らせて探す……何を？　バルーンを買ったときのレシート？　セブン‐イレブンのマッチ？　Hマートのロゴ入りのメモ？　とにかく**何か**。

でも何も見つからなかった。まわりにあるのは韓国語で書かれた本だけ。落下の衝撃で破れた本もあるし、束になって落ちてきたからか、のりでくっつけられたみたいに三冊がきれいに山になっているのもあった。

山になった三冊の本に近づいて見てみると、まんなかの本が平らでないことに気づいた。なかに何かがはさまっていて、部分的にふくらんでいる。サンダルの先でいちばん上の本をつつき——注意深く。三冊の本は毒ヘビで、死んだように見えるがじつは眠っているだけだといわんばかりに——、山から落とせるくらいの力をこめて蹴った。それからかがんで、いまはいちばん上に来ている二番目の本を手に取る。ジョン・ロールズの『正義論』。大学生のときに大好きだった本。ふくらんだところを開くと、折りたたまれた紙が目に入った。なかには見慣れた文字が書かれている。『罪と罰』のラスコーリニコフを例にしてロールズとカントとロックの理論を比べるという修士論文のためのメモ。結局、論文は仕上げられなかった。母に強く反対されて（「自分より学のある女を妻にしたがる男はいないの！　自尊心を傷つけられるから！」）書くのをやめ、メモをとっておいたことさえ忘れていた。ヨンは手にした本を脇に放り、いちばん下の本のページをぱらぱらとめくった。何もなし。

すべての本をチェックしている途中で、自分が息を詰めていたことに気づく。目を閉じて息を吐きだし、肺から黴くさい空気を追いだしてほっとひと息つき、指がびりびりとしびれるのを感じて空気がふたたび身体に行きわたるのを実感した。何かを探しながらも、不安をかきたてるものを見つけてしまうと考えていたのだろう。でも実際に見つけたのは？　パクが禁煙していなかったことや、ぜんぶで五十ドルに相当する煙草をくすねた（そう呼んでもいいなら）ことを示すもの？　だから何？　たしかにパクはつねに秘密をかかえていた。夫とはそういうものじゃないの？　パクは煙草を吸っていて、爆発が起きたあと、公正とは言えない判断が下されるのを恐れて喫煙の事実を隠すことにした。それのどこが悪い？

ヨンは時計を見た。二時十九分。裁判所に戻る頃合いだ。ブリキ缶は自分で保管しておいて、あとで時間を見つけてパクに問いただそう。いや、〝問いただす〟んじゃない――言葉が強すぎる。訊いてみる、話しあう、くらいか。いずれにしろパクに見せて、なんと答えるかを聞いてみよう。

ブリキ缶に手をのばしたとき、手がかすかに震えているのに気づいて思わず苦笑した。夫が嘘つきだという明白な証拠をつかみ、狼狽し、取り乱していたのだろう。いや、手が震えるほど気持ちが高ぶっていたのにはもっと切実な理由がある。心やさしくて妻と娘を愛する夫が、自分の患者のために身を挺して**火のなか**に飛びこんだ男が、殺人者だという証拠が見つかるだろうと思っていたからだ。「サリン。バンファ」とヨンは韓国語でつぶやいた。**殺人。放火**。無意識のうちにとはいえ、夫を疑ったことを恥ずかしく思った。悪い妻だと。

ふたたびブリキ缶をつかみ、それが入っていた紙袋を拾いあげる。紙袋の口を開いてブリキ缶をなかに戻そうとしたとき、何かが目にとまり、なかから引っぱりだす。それは韓国語で〝韓国に再入国するための必要手続き〟と書かれたパンフレットで、アナンデールの不動産業者の名刺がクリップでとめられ、手書きの韓国語のメモがそえられていた。〝帰国されるなんてわくわくしますね。パンフレットがお役に立つことを願っています。リストを同封しておきますので目をお通しください。いつでもお電話をお待ちしております〟

パンフレットのほかにホッチキスどめされた書類も入っていた。ソウルのアパートメントのリストで、いつでも入居できる物件があげられている。最初のページに戻って日にちを確認する。**検索日**は〇八／〇八／一九。韓国式の日付表示で、二〇〇八年八月十九日を表わす。

爆発の起きるきっかり一週間前に、パクは一家で韓国へ戻ることを計画していた。

## テレサ

爆発から二日がたっていた。爆発事件は〝悲劇〟と呼ばれるようになっていて、テレサは〝悲劇〟について人びとが話すのを漏れ聞いていた。病院のカフェテリアでコーヒーを飲みながら――もしくはコーヒーをかきまわして飲むふりをしながら。

「ふたりの子どもが助かったのは奇跡だよね」と女性の声。低く、かすれていてセクシーに、あるいは男みたいに聞こえるようにわざとしているのだとテレサは思った。

「ほんと、そのとおり」と男の声。

「でも、なんか考えちゃうのよねえ。神さまも意地の悪いことをするなって」

「どういう意味だい」

「だって、ほとんどふつうに近い子は亡くなって、自閉スペクトラム症の子は生き残ったけど怪我を負って、脳がひどく損傷している子は無傷なんて。皮肉もいいとこ」

テレサはコーヒーをかきまわすことに集中した。スプーンがまわるスピードが増して白いクリームが渦巻き模様を描いていく。液体が渦巻きに呑みこまれていく音さえ聞こえるようだった。ブーンという音がカフェテリアの雑音を押しのけてくるくるまわりながら耳を覆う。コーヒーが縁からあふれでて手を濡らしてもおかまいなく、速く、強くかきまわしつづける。コーヒーの大竜巻がマグの底まで届くようにと。

スプーンが何かにぶつかってどこかへ飛んでいった。テレサは目を瞬かせて、マグが倒れ、コーヒーがこぼれているのを眺めた。耳鳴りはやみ、静寂のなかで残響じみた音がかすかに聞こえる。顔をあげると、まわりの人たちがこちらを見つめていた。誰も、何も動かない。こぼれたコーヒーがテーブルの端に向かって広がっていくだけ。

「奥さん、だいじょうぶですか」低い声の女性が言って、テーブルの上にナプキンを置き、コーヒーが流れていくのをとめた。女性からナプキンを手渡されて、テレサは「ごめんなさい。えっと、ありがとう」と言った。女性が「気にしないで」と答える。そしてテレサの肩に手を置き、もう一度言う。「ほんと、気にしないで」女性の視線が下を向き、頬が赤らむのを見て、テレサは悟った。彼女は、目の前にいる人物こそ、皮肉にも無傷で生き残った子の母親だと気づいたのだと。

あとになって低い声の女性はモーガン・ハイツ刑事だとわかった。そしていま、テレサはランチ後に法廷へ戻る途中でハイツ刑事を見かけた。誰もが思っていることをカフェテリアでみなを代表して刑事が語ったのを思いだすたびに、なぜかはわからないが恥ずかしさがこみあげてきて頬が熱くなる。内容を要約すると、誰よりも障害が重いからこそローザが死ぬべきだった、ということになる。もっともな言いぶんだ。理にかなっているし、明快でさえある。脳が壊れていて身体に障害があり、しゃべることも歩くこともできない、もはや死んでいるも同然の子どもこそ、取りのぞかれるべきだったのだ。

ハイツ刑事に気づかれないようにテレサは傘を傾けた。法廷内に入るための列に並んでいると、誰かの話し声が聞こえてきた。「彼を施設に収容したほうがいいと思う。糞便のなすりつけがひどくなる一方らしいから。頭を打ちつける行為もひどくなっていて、学校側では拘束服を着せなきゃならないそうよ」ほかの声が言う。「かわいそうに。母親を亡くしてしまったからでしょうね。そうなるのも無理ないわ。でも――」そこへティーンエイジャーが三人、列に並んできて、彼らのおしゃべりでそれ以上の話は聞こえなくなった。

TJ。糞便なすりつけ。まえにキットがダイブのあいだにその話をしていた。エリザベスが〝新たな自閉スペクトラム症的な行為〟としてヘンリーが岩についての何度も同じことをしゃべるという話をしていたとき、キットが言った。「あなた、わたしが昨日、四時間も何をしていたか知ってる？　うんちの始末をしていたの。文字どおりの意味で。TJの新たな行為は糞便なすりつけ。おむつをはずして、うんちをなすりつけるの——壁、カーテン、ラグ、とにかくどこにでも。それがどんなものか、あなたには想像もできないでしょうね。あなたはTJとヘンリーはどっちも自閉スペクトラム症で、ふたりはおんなじって言う。そう言われると、ほんと腹が立つ。ヘンリーは人と目をあわせられない、人の顔色を読めない、あまり友だちがいないって、あなたは文句を言うでしょ？　それが胸がつぶれるほど悲しいことだと思ってる。気持ちはわかる。子どもを育てていると、毎日、胸がつぶれるほど悲しいことの連続だもの。いじめられる子どももいるし、骨を折る子も、パーティーに誘ってもらえない子もいる。自分の娘がいやな目に遭ったら胸がつぶれるほどの悲しみを覚えるし、いっしょに泣きもする。でもね、そういうふつうの出来事は、わたしがTJといっしょに経験しなくちゃならないこととは何億光年もの距離があるの」

ふたりはいつも自分たちの子どもの症状を比べては、どちらが重症かを競いあって口喧嘩をしていた。いわば親たちによる特別なケアの自慢大会みたいなもので、会話にテレサが割りこんで、ローザが喉に唾を詰まらせたり、床ずれから敗血症を起こして死んだらどうしようと、自分の心配ごとを投げかけると、たいていふたりともすぐに口をつぐんだ。けれどもキットの話を聞き、においや汚さや、掃除をする彼女に降りかかる精神的苦痛を想像すると、テレサもつらくなった。

〝少なくともわたしの人生はそれほど悪くない〟とキ

ットに思わせるような、糞便なすりつけ以上にひどい話はひとつもないかもしれないと思った。

キットが亡くなったいま、彼女が背負っていたものは夫に移され、夫はTJを施設へ送ることを考えている。テレサは施設のなかの鋼鉄製ベッドが並んだ無菌室にいるローザを思い浮かべ、とたんに家へ飛んで帰って娘のえくぼにキスしたくなった。時計を見る。二時二十四分。家に電話をかける時間は充分にある。ローザに愛していると伝え、ローザが何度も何度も「マ」と言うのを聞きたくてたまらなかった。

テレサは公判に注意を向けようとした。パクの再直接尋問をしっかり聞かなければ。昼休憩のあいだ小耳にはさんだ話によると、シャノンが不穏な質問を発したため、公判がはじまって以来はじめて人びとのあいだに動揺が走ったとのことだった。公判が再開されると、みなメアリーのとなりの空席に注目し、ヨンはどこへ行ったのか、彼女の不在は何を意味するのかとささやきあった(「離婚専門の弁護士に会っていると思うよ」と後ろの男性は言っていた)。パクの再直接尋問のあいだずっと——パクはセブン‐イレブンと煙草について断固として否定し、ウェルネスセンターを辞めたのは、無能を理由に解雇されたのではなく夜間の副業があったからで、すぐにべつのHボット施設での仕事に就いたとの説明がなされた——、テレサはメアリーを見ていた。いつもなら両親がすわっている両どなりの席にいまは誰もおらず、メアリーはぽつんとひとりですわっていた。ローザと同じ十七歳だが、不安のためか顔をしかめ、そのせいで頬の傷がやけに浮かびあがって見える。

テレサがはじめてメアリーの傷を見たのは、病院のカフェテリアでコーヒーをこぼした直後だった。ヨンの力になるために見舞うのだと自分に言い聞かせはしたが、じつのところ昏睡状態に陥ったメアリーの姿を見てみたかった。顔に包帯を巻かれ、身体のあちこちにチューブを挿入されたメアリーを窓にかかったブラインドの隙間ごしに見ながら、あの声の低い女性はまちがっていると思った。巻きこまれた子どもは四人で、三人じゃない。三人にメアリーを加えたら彼女はなんと言うだろう。ヘンリーはローザとTJに比べたら〝ほとんどふつうに近い子〟だけれど、メアリーは比べものにならないくらい完璧な子だった。かわいいし、成績はいいし、大学を目指していた。ほぼふつうの少年が生きながら焼かれたことと、ふつう以上の少女が昏睡状態に陥ったことは、どちらがより皮肉で、より大きな悲劇なのだろうか。しかも少女のほうは平均以上の顔に傷が残り、平均以上の頭脳にダメージが残るかもしれない。

テレサは病室へ入り、時間をかけてヨンをきつく抱きしめた。葬式の喪主と会葬者が悲しみをわけあうように。ヨンは言った。「先週、メアリーは元気だった。何度も何度もそのことを考えるの」

テレサはうなずいた。人はみずからの体験を語ることで相手をなぐさめようとするが、テレサはそれが大嫌いなので何も返さなかった。黙っていてもヨンの気持ちはちゃんとわかっていた。五歳のローザが病気になったとき、病院のベッドに腰かけて、ヨンがメアリーにしているのと同じく腕をさすりながら、何度も何度も繰りかえし考えていた。〝二日前はこの子は元気だったのに〟と。ローザの具合が悪くなったとき、テレサは出張中だった。出かけるまえの晩、ローザがおやすみを言いに下へ降りてきた。テレサはまだよちよち歩きだったカルロスを膝にのせ、爪を切ってやっていたので、娘のほうは見ずに「お休み、スウィーティー、愛してる」と言い、頬に軽くキスをした。このときのことは悔やんでも悔やみきれない。ふつうの娘とふつうに過ごした最後のときだったのに、ローザをちゃんと見もしなかったのだから。カルロスの爪を切るパチン、パチンという音、ローザの歯磨き粉の風船ガムのにおい、娘の頬に触れた唇の張りつくような感覚、それと早口の「お休み、ママ。お休み、カルロス」——これが病気にかかるまえのローザとの最後の思い出。次に娘を見たときは、歌をうたい、跳びはね、「お休み、ママ」と言った女の子はどこかへ消えていた。

だからヨンが感じているはずの無力感はよくわかる。ヨンから「脳にダメージが残るかもしれない、もしかしたら二度と目覚めないかもしれないって医者が言うの」と言われて、彼女の手をぎゅっと握り、いっしょに泣いた。けれども、ヨンの痛みを憂い、わかちあう（ほんとうに痛みを感じた）一方で、脳の奥深くにあるひとつの細胞の十分の一くらいの、ごくごく小さく微細な部分で、メアリーが昏睡に陥り、ローザと同じようになる可能性があることをよろこび、うれしく思っていた。

それは否定できない事実だった。自分は悪い人間だとテレサは思った。〝こんな経験をするのはわたしひとりで充分だ〟と人びとが言うのを理解できなかった。誰にも自分と同じ目に遭ってほしくない、遭わせちゃいけない、といくらみずからに言い聞かせても、すべての親に自分と同じ経験をしてほしいと思うときがかならずあった。そして、自分の考えを嫌悪するがゆえに、正当化しようとした。ローザの脳の機能を奪ったウィルスが蔓延すれば、何十億ドルもの資金が治療法の開発に使われ、多くの子どもたちが短期間でもとの状態に戻れるようになるだろうと。しかしテレサにはわかっていた——娘と同じ病が蔓延すればいいと願うのは**ローザのためではない**。単に妬みからくる願いなのだ。テレサは自分ひとりだけが憐れまれるのがいやでたまらなかった。友人がキャセロールを持って訪ねてきて、小一時間ほどいっしょに泣いたあと、子どもをサッカーやバレエに行かせるために急いで帰っていくのが憎くてたまらなかった。自分がふつうの人生に戻れないのなら、彼らのふつうの生活の基盤となっているものを叩き壊してやりたかった。そうすれば重荷をわけあうことができ、孤独をさほど感じなくてすむだろう。

ヨンに対してはそういうことを考えないようにした。メアリーが昏睡に陥っていた二カ月のあいだ、毎週、見舞いにいき、たまにローザを連れていってメアリーのそばにすわらせ、自分はヨンと話すときもあった。メアリーは包帯を巻かれて目を閉じて横になり、車椅子にすわったローザがメアリーを見おろしている。ふたりの娘がこうしていっしょにいると、はじめてふたりは同等に見え、友人同士にさえ見えた。

メアリーが昏睡から目覚めた日は、ローザを連れずにひとりだった。病室のドアをあけると、ベッドのまわりを医師が取り囲み、医師と医師のあいだからメアリーが身体を起こして目をあけているのが見えた。いきなりヨンに抱きつかれ、ハグの勢いで壁に押しつけられる恰好になった。ヨンが「メアリーが目を覚ましたの！　元気よ。脳も異常なし」と言った。テレサはハグを返し、ほんとうによかった、奇跡が起きたのね、と言おうとしたが、見えないロープで両手を後ろ手に縛られ、そこからのびたロープが首に巻かれて息が詰まり、喉から鼻腔にかけて全体がうずいて目に涙がこみあげてきた。

テレサがハグを返せず、言葉もかけられないでいることにヨンはまったく気づかなかった。メアリーのもとへ戻るまえに「ありがとう、テレサ。あなたはいつでもわたしのためにここにいてくれる。ほんとうにいい友だち」と言った。テレサはうなずき、ゆっくりと後ずさりして病室を出てトイレへ行き、個室に入って鍵を閉めた。〝いい友だち〟というヨンの言葉が頭によみがえった。胃に手を押しあて、痛いくらいに強くハグしてきた彼女に対する妬みや怒りや嫌悪感を吐きだそうとする。と同時に、この結果はそもそも自分が願っていたことではないか、と考えようとする。脱いで丸めた上着で口もとを押さえて泣き叫び、何度も何度もトイレの水を流した。そうすれば、誰にも何も聞こえないから。

モーガン・ハイツ刑事が証言しはじめた矢先にヨンが法廷内に入ってきた。なんだか具合が悪そうに見える。足を引きずり気味に通路を歩き、いつもの桃色の肌は灰に覆われているみたいで長い入院生活を送る患者を思わせ、目には疲れの色が見え、まぶたは垂れさがっている。そんなヨンの姿を見てテレサは後ろめたい気持ちになった。メアリーが昏睡から目覚めたあと、一度も見舞いに行かなかったからだ。ちょうど同じ時期にローザの臍帯血治療がはじまったので、それが言い訳になったが、自分がとつぜん姿を見せなくなったことで当然ヨンは当惑しただろう。メアリーが健康になったからといってヨンを見捨てるようなまねをした自分をテレサは深く恥じた。だから自分はエリザベスを援護する側にまわったのだろうか。ヨンがいちばん助けを必要とするときに、メアリーが健康を取りもどしたという理由でヨンにひどい仕打ちをしたことを反省して？

傍聴席ではささやき声が広がっている。シャノンが立ちあがり「裁判長、あらためて一連の質問に異議を申し立てます。内容は伝聞にすぎず、本件とは関係がなく、偏見を抱かせるに充分だと考えます」と言い、判事が「わかりました。ですが、異議は却下します。刑事、質問に答えてください」と返した。

ハイツ刑事が言う。「爆発が起きるまえの週、二〇〇八年八月二十日、午後九時三十三分に、児童保護サービス《CPS》のホットラインに、エリザベスという名の女性が息子であるヘンリーを虐待しているとの通報がありました。キレーション療法をふくむ、違法かつ危険な薬物治療を息子に受けさせているとのことでした。キレーション療法に関しては、治療中の子どもの死亡事故が報告されています。通報者はエリザベスが息子に漂白剤を飲ませる治療をはじめたとも述べ、この治療法を非常に憂慮しているとのことでした。なお、エリザベスのラストネームおよび住所はわからないと言っていました。わたしは免許を保持する臨床心理士で、われわれの部署ではCPSと連携して児童虐待の捜査にあたっています。本件はわたしが捜査を担当しました」

「通報者は誰だったのですか」とエイブが訊く。

「匿名でしたが、調査の結果、通報者はルース・ウェイスと判明しました。抗議者のひとりです」ルース。銀髪ボブの女。テレサは後ろのほうで頬を赤らめてすわっているルースを見た。ひっぱたいてやりたかった。なんという臆病者だろう。なんの影響も受けず、なんの責任も負わない、匿名の通報だなんて。そこでふたたび、抗議者たちが納屋の陰に隠れて、酸素が流れだす、火をつけるには絶好のタイミングを待ちかまえている姿を想像する。自分の説を、彼女たちがHボットの正確なスケジュールをきっちり把握していたことを、シャノンに伝えなくては。

「あなたはどのようにしてエリザベスとヘンリーを見つけたんですか」とエイブ。

「通報者はオンラインのチャットからヘンリーがどこのサマーキャンプに参加するかを知り、こちらに場所と時間を伝えてきました。そこで翌日、キャンプの終了時刻にあわせて会いにいきましたが、エリザベスはいませんでした。かわりに友人がヘンリーを迎えにきていました。わたしは出向いた理由を説明し、薬物治療について教えてほしいと頼みました」

「友人はなんと言ったんですか」

「最初は何も言おうとしなかったので、もうひと押ししたところ、エリザベスがヘンリーには必要のない治療にとりつかれている──〝とりつかれている〟というのは彼女の言葉そのままです――、それが心配だと述べました。彼女によると、ヘンリーは〝特殊な子ども〟で――これも彼女の言葉そのままです――、かつては問題をかかえていたけれど、いまは健康で、それでもエリザベスは次々と出てくる自閉スペクトラム症の治療をすべて受けさせようとしているとのことでした。その友人は大学で心理学を専攻していたそうで、エリザベスは代理ミュンヒハウゼン症候群なのではないかと語っていました」

「代理ミュンヒハウゼン症候群？」

「〝医療的虐待〟と呼ばれる場合もある精神疾患です。まわりからの注目や同情を集めるために、介護者が子どもの病状を誇張して吹聴したり、病気そのものや症状を捏造したりします」

「友人の心配はそれだけでしたか？」

「いいえ。さらにもうひと押ししてみると、彼女はほかの出来事もしぶしぶながら話してくれました。キャンプの講師から聞いた話で、ヘンリーの両腕に猫によるひっかき傷があり、本人がすごく痛がったので、講師たちは軟膏を塗って包帯を巻いてあげたそうです。ヘンリーは猫を飼っていないので友人は不思議に思ったのですが、何も言わなかったとのことでした」

テレサもひっかき傷を見たのを覚えていた。ヘンリーの左の二の腕に血管が破裂したみたいに赤い点が並んでいた。エリザベスはテレサに気づかれたことを察知したようで、ヘンリーは何かの虫に嚙まれたらしく、搔くのをやめられないのだと話した。猫についてはとくに何も言っていなかった。

「友人はヘンリーの自己評価についても心配していました」ハイツがつづける。「まえに彼女がヘンリーをほめると、ヘンリーは〝ぼくは困ってる。みんなぼくのことが嫌いだから〟と言い、なぜそう思うのかを訊いてみると〝ママがそう言った〟と答えたそうです」

テレサは息を吞んだ。〝ぼくは困ってる。みんなぼくのことが嫌いだから〟そしてエリザベスがヘンリーに岩について同じことを何度もしゃべるのはやめなさいと叱ったときのことを思いだした。エリザベスは腰を落としてヘンリーと鼻と鼻を突きあわせるぐらいまで顔を寄せ、ささやいた。「楽しいのはわかるけど、あなたはずーっとしゃべりつづけている。ひとりで、大きな声で。そういうことをされると、まわりの人たちはすごく困るの。あなたがそんなふうにしゃべりつづけていたら、みんなあなたのことが嫌いになるわよ。だから、口を閉じなきゃね。わかった?」

エイブが言う。「それから何が起きましたか」

「友人は自分の名前をあかしてくれませんでしたが、ヘンリーのラストネームと住所は教えてくれました。それが八月二十一日の木曜日です。翌週の月曜日、わたしたちはキャンプでヘンリーと面談しました。バージニア州法典は、親のいないところで、通知や承諾なしに子どもと面談することを認めています。わたしたちは親の介入を最小限にするため、そのような手段をとりました」

「被告は児童虐待の捜査が行なわれたことを知りましたか?」

「はい。八月二十五日、月曜日、つまり爆発が起きる前日の晩、わたしが彼らの住居を訪問し、虐待の疑いがある旨を通知しました」警察官がエリザベスの家のドアをノックし、虐待の疑いがあると詰め寄っているところをテレサは想像した。爆発が起きた日、エリザベスがやけによそよそしかったのも無理はない。知り合いか友人の誰かから児童虐待で非難されていると知ったら、どんなふうに感じるだろう。

エイブが言う。「被告は嫌疑を否定しましたか?」

「いいえ。彼女は誰が通報したかを知りたいと言い、わたしは匿名だったと告げました。こちらでもわからないと。しかし、翌日の午前中、例の友人、キャンプまでヘンリーを迎えにきた女性から電話がかかってきました」

「ほんとうですか？　彼女はなんと言いましたか？」

「彼女はうろたえていました。被告と大喧嘩をした直後だったようです」

エイブが一歩前へ出る。「それは爆発の日の午前中ですか？」

「はい。彼女の話では、エリザベスがかんかんに怒って、ＣＰＳに通報しただろうと詰め寄ってきたとのことでした。友人はわたしに、誰が通報したのかエリザベスに教えてあげてくれ、と頼んできました。そうすれば通報者が自分ではないとエリザベスにもわかるから、と言っていました」

「あなたはどのように対応しましたか」

「それはできない、匿名の通報だから、と答えました。友人はさらにうろたえて、それは抗議者に決まっている、と言いました。そしてもう一度、エリザベスがすごく怒っていると告げ、わたしと話をしなければよかったと言いました。彼女はこうも言っていました。〝エリザベスは怒り狂っている。このぶんだと彼女に殺される〟と」

「ハイツ刑事」とエイブ。「友人の身元は判明しましたか？　爆発の日の午前中に電話をかけてきて、被告について〝怒り狂っている。このぶんだと彼女に殺される〟と発言した女性の身元ですが」

「はい。モルグの写真を見て確認がとれました」

「それは誰ですか？」

ハイツ刑事はエリザベスを見てから答えた。「キット・コズラウスキーです」

## エリザベス

キットとエリザベスは友人同士というよりも姉妹に近かった。〝友人同士よりももっと強い絆で結ばれている〟というのではなく、〝友人としてはつきあわなかっただろうけれど何かの縁だから仲よくしてみた〟といったふうだった。六年前のジョージタウン病院。エリザベスとキットの息子は同じ日に同じ場所で自閉スペクトラム症と診断され、ふたりのつきあいははじまった。エリザベスはヘンリーの診断結果を待っていて、そのときひとりの女性に話しかけられた。「これってギロチンを待っているみたいよね」エリザベスは答えなかったが、女性は話しつづけた。「こんなときに仕事に集中できるなんて、男ってよくわかんない」と言って、ノートパソコンで仕事をしているヴィクターともうひとりの男性——おそらく彼女の夫——を見た。エリザベスはおざなりに笑みを見せて、雑誌を手に取った。けれども女性は自分の息子について話しつづけた。もうすぐこの子の四歳の誕生日だから、バーニーのケーキを焼くの。この子、バーニーが大好きで、もう夢中。なぜか口をきかないけれど（もちろん話せるはずなんだけど、みんなの会話にうまく入っていけないのよ）、それはたぶんこの子がいちばん下だからで、ほかの四人の子はぜんぶ女の子だからひっきりなしにしゃべるのよね（それって遺伝かな）。女の子がどんなだかわかるでしょ、などなど。女性はひとりで勝手に自己紹介し——キットよ。キットカットのキット。でもtはふたつ——、エリザベスが返事をしないことに気づいていないのか、気にとめていないのか、会話をするというよりも一方的にまくしたてていた。看護師がヘンリー・ワードの両親を診察室へ呼ぶまでしゃべりつづけた。

医師が口を開いた。「えーっと……、ああ、ヘンリーですね。ご不安でしょうから、さっそく本題に入ります。ヘンリーは自閉スペクトラム症だと判明しました」医師はコーヒーを飲む合間にさらりと言った。お子さんは自閉スペクトラム症です、と親に告げるのは、ごくありふれた毎日のことだとでもいうようだった。自閉スペクトラム症の専門クリニックの神経科医である医師にとっては、毎日のことというよりもおそらく毎時間のことだろう。けれども親であるエリザベスにとっては、自分の世界を〝まえ〟と〝あと〟にわけた瞬間であり、人生を決定づけたこの場面をあとから何度も思いかえすことになる。エリザベスはのほほんとフラペチーノもどきを飲んでいる場合なのかと心のなかで医者を非難した。それに言い方ってものがあるだろうと。〝ヘンリーは判明しました〟医者が自分で検査して診断を下したのではなく、そのへんに寝ころがっているヘンリーを見つけたら、未知の力によって〝自閉症の子〟とスタンプが押されていたとでもいうような。この先ヘンリーには〝自閉症の〟がついてまわるのだろうか。息子をそんなふうに変えた医者に腹が立った。自閉症がヘンリーを特徴づけるもの、ヘンリーの人となりを示すものになることに怒りを抑えきれなかった。

ヘンリーを定義する言葉がきっかけとなって頭が雑多な思考でうまっているときに――〝自閉症の子〟のほかに〝糖尿病の人〟とは言うが〝癌の人〟とはあまり言わないとか、〝かなり重度〟（ヘンリーの自閉スペクトラム症の重症度）と〝重度のなかの中程度〟の違いとか――、キットとすれちがった。エリザベスは泣いてはいなかったし涙がこみあげてもいなかったが、顔は絶望に覆われていたにちがいなく、キットは立ちどまってエリザベスをきつく抱きしめた。けっしてひとりにはしないという、友情にあふれたハグだった。

よく知らない女性から人前でハグされたらぎょっとするはずなのに、なぜか家族に抱きしめられているような安心感を覚え、エリザベスはハグを返し、泣いた。

ふたりは電話番号やメールアドレスの交換もしなかったし、ラストネームすら教えあわなかったので、エリザベスはキットとふたたび会うことはないと思っていた。しかし一週間後、ふたりはばったり顔をあわせた。最初は就学をひかえた自閉スペクトラム症の子どもを対象とした郡主催のオリエンテーションで、次はスピーチセラピーで。応用行動分析学の説明会でも。ジョージタウンでは自閉症の子どもを持つ親にそういった会への参加をすすめているので、べつに驚くことでもなかったが、偶然にしては偶然すぎて運命のように感じられた。ヘンリーとTJが同じ学校の同じクラスになると、エリザベスとキットはなんでもいっしょに行動するようになった。ふたりはそれを〝自閉症ブートキャンプ〟と呼んでいた。学校やセラピーへ車を相乗りし、自閉スペクトラム症と診断された悲しみへの対処をテーマとする講演会へ行き、自閉症の母親が集まる地元のグループのメンバーになった。そうしているうちに、必然的にふたりの仲はどんどん親密になっていった。いっしょにいるのが楽しかったからというわけではなく、ともに行動するのがすでに習慣になっていて、好むと好まざるとにかかわらず毎日顔を突きあわせていたからだった。四六時中、近くにいると、いやでも親密さが増す。ヴィクターが新たな恋を見つけるという爆弾を落としてカリフォルニアへ去ったあと、ふたりで夜どおし呑んだくれたこともあった。

ともに行動して多くのこと――年四度の自閉スペクトラム症の重症度を測ったスコアや、同じことを何度繰りかえしたかを（ヘンリーは身体を揺らすこと、TJは頭を打ちつけること）教師が毎日カウントした合計数など――をわかちあった結果、ひとりっ子のエリザベスにはなじみがなかった競争関係が生じはじめた。

芽生えたライバル心はあらゆる行動に影響をおよぼし、ふたりのあいだの至るところに入りこんで、良好だった関係を少しずつ険悪なものに変えた。エリザベスの理解では、競争はもともと〝模範的な〟子どものママたちの世界にはびこるもので、スーパーマーケットのトレーダー・ジョーズで、英才教育で有名な学校にわが子が入学できるかで母親たちがやきもきしているのを聞いたこともあった。自閉症の子どものママたちの世界は競争が激しいと同時に協力的でもある。もちろん嫉妬が渦巻く世界でもあるけれど、重要なのは子どもを一流大学へ入れることではなく、社会のなかで生きのびさせることだ。うまく話せるようになるか、実家から出て独り立ちできるか、親が死んだあとも生きていけるかどうか。〝模範的〟な世界とちがうのは、よその子が成功し、わが子が望む結果を得られない場合でも、ともに成功を祝い、よろこびあう点だ。ほかの子どもの進歩はわが子の希望につながる。とはいえ、わが子にもよい結果をもたらそうと親は自分自身にプレッシャーをかける。ヘンリーとTJの場合は、同じ年齢、同じクラスであるがゆえに、互いに比較しあわずにいるのは不可能で、だからこそ事情はややこしくなった。

栄養療法をはじめると、ヘンリーには改善が見られたがTJには見られなかった。そのときからエリザベスとキットの関係はぎくしゃくしはじめた。それでもあいかわらず車の相乗りをしていたし、毎週木曜日にはいっしょにコーヒーを飲んでいた。外から見ればその友情に変わりはないようだったが、エリザベスは内心でべつの気持ちを抱くようになっていた。自閉症からの〝回復〟に向けての治療を推奨している〈自閉症《D》を《A》やっ《N》つける《!》!〉という医師たち（彼らのほとんどが自閉スペクトラム症の子どもを持つ）のグループについての話を最初に持ってきたのはめずらしいことにキットだった。グループの考え方が一風変わっていると受けとられたのは、そもそも自閉スペクトラム症が〝回復〟する病とはエリザベスもふくめ誰も思っていなかったからだ。骨折は治癒する。肺炎はかなりの確率でよくなる。癌でさえも運がよければ治る。でも自閉症は？　これは一生つきあっていかなければならないものだ。それに〝回復〟とは失われたものを取りもどして正常化するというふくみがあるが、自閉症は生まれもった特質と考えられているため、当然のことながら取りもどすべきものがない。エリザベスはなかば疑いながらも、神を信じてもいないのにヘンリーに洗礼を受けさせたのを思いかえし、その治療をはじめることにした。神がいなければ、ヘンリーの額に水を垂らされるだけで終わるだろうし（とくに害はない）、ヴィクターが言っていたとおり神がいるのであれば、ヘンリーは永遠の呪いから救われるだろう（大きな利点）。同様の考えから、食事療法とビタミンの摂取を取り入れた。どちらもヘンリーの害にはならないが、そこに少しでも〝回復〟の可能性があるならば、ヘンリーの人生を変えられるかもしれない。危険性はゼロ。見返りはゼロかもしれないし、大きいかもしれない。やってみて損はない。

　そう考えてためしてみた。ヘンリーの食生活から着色料、添加物、グルテン、カゼインを取りのぞき、ヘンリーのおやつはスナックのゴールドフィッシュのかわりにオーガニックのブドウにさせてくれと先生に頼んだときの〝なんとも神経過敏なママだこと〟という表情も受け流した。ヘンリーの小児科医をなんとか説得して、反対されながらも無理やり血液検査をしてもらい（「必要もないのに幼い子どもから採血するのは気がすすまない。それに保険のむだ遣いだ」）、〈自閉症をやっつける！《DAN!》〉の医師が予言したとおりの異常値（高い銅の値、低い亜鉛の値、高いウィルス価）が出ると、つっけんどんだった小児科医は少しだけ態度をあらため、ビタミンB12や亜鉛や、善玉菌とも呼ばれるプロバイオティクスはとくに害にはならないとしてヘンリーに与えることに同意した。

エリザベスだけがこの手段を取り入れていたわけではない。自閉症の子を持つママたちのグループのなかには、何年も〝栄養療法コース〟をひた走っている人が十数人はいた。けれども改善が見られたのはヘンリーだけだった。ヘンリーは栄養療法における希望の星となった。劇的に反応し高い効果が出る、いわゆるスーパーレスポンダーだった。エリザベスが食生活から着色料を排除してから一週間後（たったの一週間！）、ヘンリーが身体を揺らす回数が、それまでの平均回数の一日に二十五回から六回に減った。亜鉛摂取をはじめてから二週間後には、目をあわせるようになった――ほんのつかの間で散発的だったけれど、いままで一度もなかったことを考えると大いなる前進だった。ビタミンB12をのみはじめてからひと月後には、ひとつながりで発することができる平均的単語数《MLU》が一・六から三・三に増えた。

キットと話すときは、TJになんの効果も出ていないことを考慮して、得意げな態度をとらないように注意した。問題は治療に対するふたりの方針が正反対だったことだ――エリザベスは、やるからには徹底的に。キットは、リラックスしてのんびりと。たとえば、エリザベスは食事療法をきっちりと守るために、トースターや調理器具までヘンリー専用のものを買いそろえた。口には出さないけれど、そうした入念な気配りがヘンリーの劇的な反応を生む一助になったにちがいないと思っていた。一方のキットは、特別な機会にはTJに食事療法を〝お休み〟させた。TJには四人の姉妹と、四人の祖父母、九人のいとこたちと三十二人のクラスメイトがいて、彼らたちと食事をともにするときには〝お休み〟もやむなしと考えた。TJにサプリメントをのますのを頻繁に忘れもした。そんなキットを見てエリザベスは、TJは自分の子どもではないし、みんなそれぞれやり方があるのだと自分に言い聞かせた。それでも、ヘンリーが効果をあげるかたわらでいっこうに進歩しないTJを見るのはつらく、また気の毒にも思い、なんとかしてふたりの差を縮めてやりたかった。本音を言うと、TJに手をさしのべることで、キットとの親密な関係を取りもどしたいと思っていた。そこで実際に手を貸し、TJの一週間ぶんのサプリメントを一日ぶんごとに小分けにしたり、クラスでの誕生会に食事療法に従ってつくったカップケーキを持っていったりした。それに対するキットからの言葉は「自閉症の監視員に生活を乗っとられちゃった。やだなあ、もう」だった。ウィンクと笑いをそえて冗談めかして言っていたけれど、表面下に悪意がひそんでいるのはあきらかだった。

　ヘンリーを自閉スペクトラム症のクラスから注意欠《A》陥《D》・多動《H》性障害《D》などの言葉を話せて症状が軽い子どもたちのクラス――矛盾した表現を使うと〝一般的な特別クラス〟――へ移すと校長から告げられた日、キットからハグされて「すばらしいわ。わたしまでどきどきしちゃう」と言われた。キットはややゆっくりとした瞬きを間隔をあけずに繰りかえし、にこやかすぎる笑顔を見せた。十分後に駐車場にとまっているキットの車のそばを通りすぎたとき、彼女がハンドルに突っ伏して身体を震わせて泣いているのをエリザベスは見てしまった。

　それを思いだしながら、エリザベスはあのときに戻って車のドアをあけ、泣かないで、何も悲しむことはないから、と言えたらどんなにいいかと考えた。ヘンリーの機能に改善が見られ、言葉を話せるようになったからといって、それがなんだというのか。TJは生きているけれど、ヘンリーは棺のなかで横たわっているというのに。TJはこれからも食べて走って笑えるけれど、ヘンリーはもうどれもできないのに。あれから数年後のいま、エリザベスが何をさしだしてもいいからキットと立場を交換したがっていることを、当時のキットが知ったらなんと言っただろうか。息子を死なせて自分が生き残るより、自分が死んで息子が生き残ったほうがずっといい、息子を守りながら死んでいき、息子の痛みを想像しつつ彼の死の原因が自分にあるとの罪悪感を覚える生き地獄を味わわなくてすむのなら、なんでもさしだすと。

もちろん、過去の時点のふたりには、その後に起きる出来事を知るすべはなかった。駐車場でキットの車の横を走り抜けながら、最初に出会った日に彼女が立ちどまってきつく抱きしめてくれたことを思いだし、エリザベスは車をとめてキットのほうへ走り寄り、彼女を抱きしめていっしょに泣きたいという思いに駆られた。〝手を貸す〟という行為で暗黙のうちにキットを批判したことを謝り、これからはただそばにいて話を聞くからと伝えたかった。けれども涙の原因となった子どもの母親になぐさめられて、キットはどんなふうに感じるだろう。嘘でも理解を示してくれるだろうか。自分はほんとうにキットのことを考えているんだろうか。身勝手にもたったひとりの友人をなくしたくないと思っているだけなのではないか。

結局エリザベスはそのまま車を走らせて帰途についた。同じ日にキットからメールで、ヘンリーの新しいクラスはいまの学校から五マイル離れたところにあるのだから、もう車の相乗りはできない、と告げられた。今週の木曜日は娘のひとりが遠足に出かけるからいつものコーヒーにはつきあえない、とも。エリザベスは、わかった、また会いましょう、と返信した。次の週はキットからのメールは一通も届かなかったが、それでも木曜日にはいつもどおりスターバックスへ行き、待った。キットは現われなかった。エリザベスは電話もしなかったし、メールも送らなかった。毎週木曜日になるとスターバックスへ行き、窓に面した席にすわり、友人が入ってくるのを待ちつづけた。

法廷内の椅子に腰かけながら、エリザベスは爆発の起きるまえの週の木曜日、ハイツ刑事がヘンリーのキャンプを訪れてキットと会った日のことを思いだしていた。いつものようにエリザベスはスターバックスの席につき、キットのことを考えていた。ヘンリーがべつの場所にある学校へ移ったあと、キットとは月に一度の自閉症の子のママたちの会で顔をあわせるくらいで、ほとんど会っていなかったが、Hボットをいっしょに受けることでまた以前と同じ親しいつきあいができると期待していた。ある意味ではそのとおりになっていた。密閉されたカプセルのなかで毎日、数時間しゃべり、失ってしまったものを取りもどしていたのだから。しかしぎこちなさはなかなか消えず、すでに消えてしまった昔の親密さを復活させようとふたりとも(あるいはエリザベスだけが)必死になっている気がしていた。そして例の〝ヨーファンのヨーグルト事件〟が起きた。ある日のダイブのあと、エリザベスが新しい治療とキャンプについて話をしているときに、キットは神妙にうなずくばかりでいっしょに参加するとはけっして言わなかった。エリザベスの不満はどんどんたまっていき、しだいにそれが沸騰して怒りに変わり、自分で認めるのもつらいが、その怒りを抑えているうちに鼻持ちならない嫌味な女になってしまった。自分でもわかっていたし、とめたいとも思ったが、ふさいでいた傷口が徐々に開いてしまうのと同じで、抑えこんでいた怒りがにじみでてしまったようだった。

エリザベスはコーヒーを置き、心を決めた。きちんと面と向かってキットに謝らなければ。Hボットではだめだし(ふたりきりにはなれない)、キットの家に押しかけるわけにもいかない(何ごとかと思われるだろうし、ストーカーっぽい)。でも、キットに電話をかけ、遅くなりそうなのでキャンプまでヘンリーを迎えにいってほしいと頼むことならできそうだ(TJのキャンプの場所とは一ブロックしか離れていない）。それからヘンリーを迎えにキットの家へ行って、彼女と話をすればいい。そこでならごめんなさいと謝れるし、会いたかったとすなおに言えるはず。ぎこちなさは抜けないだろうけれど、敵意みたいなものは消え、すぐに親しみが湧いてくるにちがいない。そう、これがことの成り行きだった。つまり皮肉にも、エリザベスは自分でキットをハイツ刑事と会わせ、児童虐待の疑いありと語らせてしまったことになる。結局、エリザベスはキットに謝ることはできなかった。ヘンリーを迎えにいくと、キットはなにやらひどく動揺しているように見え、猫のひっかき傷がどうのと口走り、エリザベスがなんとか気持ちをさらけだして真摯に話そうとしたのに、ふたりの会話は玄関先でものの一分で終わってしまった。

　キットは死に、そしていま臨床心理士兼刑事が証人席につき、キットが頭のおかしい元友人のエリザベスについて考え、述べたことを世界に向かって代弁している。エイブが訊く。「爆発の起きた日にキットが電話してきて、〝エリザベスは怒り狂っている。このぶんだと彼女に殺される〟と言ってきたとき、ほかに何か話していましたか」

　ハイツが答える。「はい。ヘンリーがキレーション療法を受けさせられているみたいだとも言っていました」そこで陪審を見る。「キレーションとは、体内から有害金属を取りのぞくために、強い薬物を静脈へ注入させる治療法です。重金属中毒の治療法として食品医薬品局《FDA》が認可しています」

「ヘンリーは中毒だったんですか？」エイブがおなじみのわざとらしい驚き顔を見せて訊く。

「いいえ。ただ、空気中や水中にふくまれる金属や農薬が自閉スペクトラム症の原因で、体内から毒性のものを取りのぞけば自閉症も治る、と考える人もいます」

「標準的な治療とは思えませんが、これは医学的判断に基づいているんですよね？」

「いいえ。この治療が原因で亡くなった子どももいますし、被告もそれは承知していました。被告はキレーション療法についてネット上に投稿していますが、ヘンリーの小児科医には伝えていませんでした。この手の代替医療はバージニア州では正式に承認されていないので、州外の自然療法医を使って、ネットで取引されているキレート剤を手に入れていました。わたしの意見を申しあげますと、これは子どもを死に至らしめかねない危険な療法であり、秘密裡に行なわれる実験的な意味合いの強い治療法と言わざるをえません」

「キットはこの治療法のそういった側面を不安視していましたか？」

「はい。キットによると、エリザベスはキレーション療法と、MMSと呼ばれるさらに極端な療法を組みあわせようとしていたらしいです」

エイブが一冊の本と二本のプラスチック製のボトルが入ったジッパーつきのビニール袋を掲げた。「刑事、これがなんだかおわかりですか」

「はい、それはわたしが被告宅のキッチンのシンクの下から発見したものです。本はMMSについてのものです。MMSとはミラクル・ミネラル溶液《ソリューション》の略で、自閉スペクトラム症の治療法としてこのところ流行っているものです。亜塩素酸ナトリウムとクエン酸を混ぜると、この二本のボトルの中身の二酸化塩素になります」そこで陪審のほうを見る。「これは漂白剤です。この療法ではこれを一日に八回、経口摂取するよう提唱しています。言いかえると、一日に八回、子どもに漂白剤を飲ませろ、ということです」

エイブは憤慨した表情を顔に張りつけている。「被告はそれを自分の息子に行なったのですか？」

「はい、彼が亡くなるまえの週に。彼女はその本についている表に、ヘンリーが泣いたこと、胃に痛みがあり熱が三十九・四度まであがったこと、四回吐いたことを記録しています」

「被告が詳細を記録しているということは、つまり、動物実験を行なっているつもりだったのでしょうか」

シャノンが異議を申し立てると、判事はそれを認め、真実からそれないようにとエイブに注意を与えた。エリザベスは陪審員たちの顔に嫌悪と恐怖が浮かんだのを見逃さなかった。彼らの頭のなかには囚人を拷問するナチのサディスティックな医者たちの姿があるのだろう。実際にはヘンリーをきつく抱きしめながら、すぐによくなるからと呼びかけ、震える手と涙でかすむ目で体温計の目盛りを読むのもひと苦労だったのに。

ハイツが言う。「これはキットの話と整合します。どうやらエリザベスはMMSを中止しなければならないと言っていたようです。というのも、ヘンリーの具合が悪くなったからで、エリザベスとしてはキャンプを休ませたくなかったのでしょう。しかしキャンプが終了したら、今度はキレーションと組みあわせて再開するつもりだったようです。そんなことをしたら、ヘンリーはほんとうに病気になっていたかもしれません。エリザベスはおかまいなしだったでしょうけれど」

「病気になってもおかまいなし」エイブは具合が悪くなったヘンリーを想像しているのか、目を一点に据えて繰りかえし、首を振った。キットも同じことをした——エリザベスの言葉を繰りかえし、首を振ったが、口調はエイブとはちがい怒りがにじみでていた。「病気になってもかまわないってこと？　よく考えてみなさいよ。ヘンリーはすごくよくなってる。なんでまだそんなばかみたいなことをつづけるの？」キットはいつもの〝ボンボン〟のコメントを口にするまえに言った——これを聞いてエリザベスは黙ってはいられなくなり、キットが死ぬ十時間前に、大喧嘩へとつながってしまった。

キットがはじめてボンボンのフレーズを口にしたの

は、ジョージタウンの神経科医がヘンリーの再検査をして「もう自閉スペクトラムには属していない」と告げたあと、自閉症の子のママたちが集まった席でのことだった。七色の文字で〝ワオ！〟と書かれたパーティー用のカップにシャンパンが注がれ、ママたちは乾杯をし、なかには泣いているママもいた――もっとも、かならずしもうれし涙だとはかぎらない。エリザベスは〝うちの子は奇跡的に自閉症が治った〟というたぐいの回想録を読むといつもこらえきれずに泣いてしまうのだが、その経験からすると、涙は絶望（〝よその子はよくなったのに、うちの子はぜんぜんよくならない〟）と希望（〝よその子がよくなったのだから、うちの子もきっとよくなる〟）を行ったり来たりするうちに湧いてくる。

これでもうお別れだけど、会合のたびにエリザベスが恋しくなるだろう、と誰かが言った。エリザベスが、いいえ、これからも会合には参加するし、栄養療法もスピーチセラピーもつづけると返したときに、キットがボンボンうんぬんの話をしたのだった。キットは聞きわけのない子に対するようにエリザベスに向かって首を振り、笑いをにじませながら言った。「ヘンリーみたいな子が自分の子だったら、一日じゅうソファに寝ころがってボンボンを食べるだろうな」

エリザベスは針で刺されたみたいにはっとしたが、なんとか笑みを浮かべた。威圧的な母親を見て天を仰ぐティーンエイジャーじみたキットの無頓着を装った声と、人を小ばかにしたくすくす笑いには目をつぶる。彼女はそもそもぶしつけで嫌味っぽく、考えなしでしゃべるのだから気にするなと自分に言い聞かせる。ボンボンのコメントはいかにも彼女らしく――笑いをとろうとして、その言葉がいかに辛辣かには気づきもしない――、本人としてはふたりいっしょに走りはじめたマラソンでエリザベスが完走したことを祝い、リラックスする権利を得たのだと言っているのだろう。人生を楽しめと。

問題は自分が（もしくはヘンリーが）ほんとうにゴールテープを切ったのか確信できないことだった。自閉症ではないからといって、ふつうであるとはかぎらない。医師が告げた言葉——「話す能力の面では、標準的な人間とほぼ区別がつかない」——もそれをはっきりと示している。ヘンリーは標準的ではないけれど、研究所で訓練を受けたサルみたいに標準的な人間をまねることは覚えた。注意深くしていればふつうで通るかもしれないが、端のほうでふらふら揺れる、不安定なタイプの〝ふつう〟だ。

そう考えると、自閉スペクトラム症から回復した子どもを持つのは、癌が治った子やアルコール依存症を克服した子を持つのと似ている。つねにふつうとちがう徴候、つまり後戻りを示すサインに注意し、その一方で妄想に振りまわされないようにしなければならない。逆境に打ち勝っておめでとう、と言われて無理やり笑みをこしらえながらも、〝猶予期間〟がいつまでつづくかと考え、不安のあまり胃が痛くなる。

けれどもエリザベスはそういうことをキットにも、自閉症の子のママたちにも言えなかった。癌でいまにも死にそうになっている人に向かって、すっかり治った人が癌が再発して死んだらどうしようとすがりついて泣いているようなものだから。こういうときは自分の幸運をよろこび、問題があろうとどうってことはない、くらいの態度をとらなくては。だから、キットがボンボンがどうのこうのと言ったときにも、ヘンリーが後戻りする可能性だってあると口論をふっかけたりはしなかった。まだまだ心配ごとがたくさんあるとは言わなかった。たとえば、ヘンリーには新しいクラスに友だちがいないとか、体調が悪くなったり精神的に不安定になるといつもの癖が戻ってきて、上を向いてロボットみたいに同じセリフを何度も何度も繰りかえすとか。キットが何を話そうと（しゃべるたびに、たくさんの笑いがとれると思っているようだ)、いっしょになって笑っていればいい。

　あの最後の日だけはちがった。爆発が起きた日の午前中、それぞれの車に向かって歩きながら、エリザベスがMMSの話をしていたとき、キットが言った。

「なんでまだそんなばかみたいなことをつづけるの？　抗議者たちはあなたのそういった点を問題視してるんだと思う。わたしがいつも言っているように――」そしてお決まりのボンボンのコメントがはじまった。このときばかりは笑ってはいられなかった。

　エリザベスは何も言わず、ヘンリーを車に乗せてうすく切ったリンゴを与えてから、キットがTJを車に乗りこませるのを待った。キットがTJ側のドアを閉めたと同時に、エリザベスは言った。「いいえ、あなたはそうはしていられない」

「わたしが何をしていられないって？」

「TJがヘンリーみたいになれても、あなたは一日じゅうソファに寝ころがってボンボンを食べてはいられない。親たる者がすることじゃないから。あなただってそれくらいわかっているでしょう。ふつうの子どものママがみんな〝うちの子どもには特別なケアが必要ないから、わたしにはやることがない。そうだ、ボンボンをメールでオーダーしてフランスから取り寄せよう〟なんてすると思っているの？　そりゃあ、わたしだってヘンリーの世話をさぼって、一日じゅうソファにごろんとしてボンボンを食べていたいわよ。でも、いつだって心配ごとはあるし、やっておかなきゃならないことがある。健康面に関することじゃなくても、学校のこととか、友だちのこととか、何かが。けっして終わりはない。どうしてあなたにはわからないの？」

　キットは天を仰いだ。「ちょっとしたジョークじゃない。言葉のあやってやつ。〝子どもが完璧になるまで休めない〟なんて思うのはやめて、肩の力を抜いてゆっくりしたらって言ってるの」

「わたしにやめろと言う権利はあなたにはない。TJは歩けるんだからもう彼の世話をするのはやめろと言う権利がテレサにはないのと同じで」

「ばかばかしくて聞いてられない」キットが背を向ける。

エリザベスはキットの前へまわりこんだ。「考えてみてよ。ローザが明日の朝、目覚めて、TJみたいになっていたら、それこそ奇跡だわ。テレサだってそうなるように治療を受けさせているんだから。でも、ローザにとってTJは〝奇跡の人〟だから、もっとよくなるためにつらい治療を受けさせることはないと言う権利はテレサにはないでしょう?」

キットは首を振った。「気を楽にしてもらいたかっただけ。他愛のないジョークじゃない」

「いいえ、そうじゃない。あなたは腹を立てている。この子たち、ふたりでいっしょに治療をはじめたのに、ヘンリーにだけ改善が見られてTJはちっとも変わらないから、あなたはそのことに嫉妬している。だからねちねち難癖をつけて、あなたを置き去りにしたわたしに後ろめたい思いをさせようとしている。ね、あたってるでしょ? お望みのとおり、わたしは後ろめたいと思っている」そう告白すると身体からわだかまりがふっと消え、しびれた脚に血が通いはじめたときのように、心地よい疼痛を残した。ついに何もかも話せるチャンスが訪れた。どれほど後ろめたく思っていたか、どんなにキットに会いたかったか、こちらの考えを押しつけて非難したことをどれほどすまないと思っていたかを。

すべてを告げ赦しを乞うために口を開きかけたとき、キットが車のボンネットに腰かけ、両手で顔を覆った。泣いているのかと思って近寄ると、ふいに手がおろされる。涙はどこにもない。顔はたしかに疲れているが、呆れているようにも見え、〝こんな頭のおかしな人と話しているなんて信じられない〟という心のうちが表われていた。

キットはエリザベスに目を向けて首を振った。「ほんとくっだらない。あなたって扱いにくい人よねえ。ああ、もう、信じらんない」

エリザベスは何も言わなかった。いや、言えなかった。

キットはふうっと聞こえるほどの音を立ててため息をついた。「わたしがもうやめろと言うのはヘンリーが自閉症に逆戻りするようにと願っているから、とあなたは考えているってわけ？　わたしのことをそんなクズ女だと思ってるの？　言っとくけど、わたしはあなたに嫉妬していないし、腹を立ててもいない。TJがヘンリーみたいにしゃべれるようになって、もう少しふつうに近いクラスに入ってほしいかと訊かれたら、答えはもちろんイエスよ。わたしだって人間だもん。もうひとつ言っとくけど、ヘンリーの進歩をよろこぶ気持ちに変わりはないわ。ただ……」キットはもう一度、息を吐きだした。今回は唇をすぼめて。ヨガの呼吸法みたいで、これから話すことがきっちり相手に伝わるよう、空気をたっぷり吸いこもうとしている感じだった。「これはジョークじゃない。ヘンリーをいまのヘンリーにするためにあなたは懸命に努力した。ただ、その期間があまりに長かったから、やめ方がわからなくなった。たぶん……」キットは唇を嚙んだ。

「たぶん、何？」

「ヘンリーから自閉症を取りのぞくためにあなたはすごくがんばって、がんばった結果のヘンリーがいまそばにいる。でもあなたはその子を気に入っていない。ちょっとどこかへんだし、岩とか、頭に浮かんだことをしゃべってばかりいる。人気者じゃないし、これからもなれそうにない。あなたはその子を自分の望みどおりの子に変えられたらいいのにと思っている。でもね、完璧な子どもなんていないの。いくら治療をしたところで、ヘンリーを完璧な子にするのは無理。危険を冒してまでヘンリーに治療を受けさせる必要はない。癌がぜんぶ消えたのに、まだ化学療法をつづけるようなもんよ。誰のためにそんなことをするの？　自分のため？　それともヘンリーのため？」

癌が消えたのに化学療法をつづける。昨日の夜に訪ねてきた刑事は、通報者について説明するときに同じ言葉を使っていなかっただろうか。エリザベスはキットを見た。「あなたなのね」

「何？　何がわたしなの？」

「あなたが児童保護サービス《CPS》に電話をかけて、わたしが子どもを虐待していると通報したのね」

「なんですって？　いいえ。あなたが、なんの話、を、しているのか、もわからない」キットはそう言ったが、なんの話かはもちろんわかっているはずだ。その証拠にキットの顔と首のあたりが即座に朱に染まり、言葉がとつぜん途切れ途切れになり、あちこちに泳ぐ視線はけっしてこちらに向くことはない。裏切り、狼狽、混乱。すべてがもつれあってエリザベスの首を締めつけ、視界に星がちらつく。もう一秒も立っていられない。エリザベスは車へと走った。勢いにまかせてドアを閉め、すぐさまその場から走り去る。あとにはおそらく砂埃の渦が巻きあがっているだろう。

## ヨン

　ヨンは自分の車を見つけられなかった。裁判所の障害者用駐車スペースにも、前の通りにもない。パクは何も言わずに首を振るだけだった。疲れていて、忘れっぽい女の子を叱る気力もないといったふうに。

「駐車した場所をどうしたら忘れられるの？　ほんの二、三時間前のことなのに」とメアリー。

　ヨンは口を閉じて唇を噛んだ。ビンゴマシンから数字つきのボールが出てくるみたいに、質問と非難の文句が次々と頭に湧いてくるけれど、公道で娘といっしょにいるいまは、そういった言葉を口から出すときではない。

　ようやく二ブロック先のパーキングメーターで車を見つける。ふたりにこっちよと手招きしながら、ふと視線をそらすと、ワイパーの下に紙がはさまっているのが目に入った。駐車違反切符？　メーターに料金を入れた覚えがないことにはたと気づく。そもそもここに駐車した記憶すらない。ヨンは悪臭を放つ大型ゴミ容器の前を大股で通りすぎ、パクからフロントガラスが見えないように傘を開いて視界をさえぎってから、切符をつかんだ。罰金は三十五ドル。

　ソウルのアパートメントのリストを見つけてからの三時間、車でパインバーグへ戻り、法廷へ入り、ハイツ刑事の証言を最初から最後まで聞いた。そのあいだずっと夢のなかをさまよっているような気がしていた。なんでも望みが叶うというタイプのいい夢ではなく、かといって悪夢でもなく、現実の生活っぽいけれど、どこかゆがんで何かがおかしいと訝るような夢。〝帰国されるなんてわくわくしますね〟不動産業者のメモにはそう書いてあった。故国へ戻るというのに、妻にはひと言もなし。妻を置いていくつもりなのだろうか。それともべつの女性といっしょに？　もしくはエリザベスの弁護士の言いぶんが正しくて、パクは〝金を手にしてさっさと逃げる〟計画を立案したのだろうか。どちらがましだろう、不義を犯した夫と殺人者では。

　パクと話そう。**どうしても**話をして、頭のなかで同じ筋書が何度も再生されるのをとめないと。法廷での短い休憩時間に、パクは解雇された件を伝えなくて悪かったと謝ってきた。ふたつの仕事をかけもちしていることを知られたくなかった、心配をかけたくなかったと言っていたが、夫なら妻に言うべきだったろう。率直に謝罪するパクを見てヨンは思った。この人はまちがったことをやらかしたけれど、やはりいい人だ。見つけたものを見せて――なんでもないことのように、決めつけたり非難したりはせずに――、説明を待とう。

　あなた《ヨボ》。夫婦同士で互いを呼びあう、韓国語の〝ヨボ〟という言葉を使って訊いてみよう。どうして納屋に煙草を隠していたの？

　ヨボ、爆発が起きた日にパーティー・セントラルで何をしていたの？

　ヨボ、納屋のなかにわたしをひとり残して、いったい何をしたの？

　考えれば考えるほど、答えを見つけねばと心が焦る。もっとも重要な最後の質問――爆発が起きるまえに夫は何をしていたのか――についてさえ、はっきりした答えは得られていない。爆発時にパクは納屋にいたと口裏をあわせることばかりに気をとられ、抗議者を〝見張る〟ために夫が実際のところ具体的には何をしていたのかをきちんと訊けずにいた。

　ヨンは駐車違反切符をバッグの奥のほうへ突っこみ、ジッパーを閉めた。それからパクが車に乗りこむのに手を貸し、車椅子を押しこみ、家に向けて車を走らせた。今夜こそ、この一年、怖くてずっとできなかった質問をしよう。

ヨボ、爆発にかかわっていたの？

ようやくパクとふたりきりになれたときには八時をまわっていた。いつもならメアリーは夕食後に林へ散歩に行くのだけれど、雨のために外に出るのはやめていた。ヨンは娘に三十ドルを渡し、十七歳の最後の夜だから車で友だちに会ってきたらどうかとすすめた。それだけのお金を渡してしまったら今月はもっと切りつめなければならないが、答えを得るためなら少しも惜しくはない。それにメアリーにとっては、十八歳を迎えるまえの記念となる夜なのだ。外食することもプレゼントを買ってやることもできないのだから、これくらいはしてやらなくては。

物置小屋から紙袋を取ってきて家に戻ると、パクはテーブルについて裁判所のリサイクルボックスから拾ってきた新聞を読んでいた。ヨンに気づいて顔をあげる。「濡れているよ」まだ雨が降っているにちがいないが、ヨンは気がつかなかった。物置小屋まで歩いていき、紙袋のなかを見てアパートメントのリストがまだそこにあるのを確認し、幻覚ではなかったと少しほっとしたときも、自分が雨に打たれて肌までびっしょり濡れていることに気づかなかった。びしょ濡れなのに気づかないなんておかしな話だけれど、パクに言われて急に恥ずかしくなった。動かぬ証拠が入っている紙袋が足もとにあり、非難の言葉が喉もとまでせりあがってきているのに、濡れたきめの粗いナイロン製のブラウスが肌にぴたりと張りついているのが気になり、あちこちがむずむずして話をはじめられない。

「わたしに見せるものがあるんだろ？」パクが新聞をテーブルに置く。

何かを見つけたことをどうしてパクが知っているのかと一瞬、困惑し、そのあとすぐにテーブルの上に置かれた、口があいたバッグから駐車違反切符がのぞいているのが目に入った。

悪さをした子どもを見るような目を向けてくる夫を、ヨンはじっと見つめた。その表情からすると、妻の私物をあさっても少しも悪いと思っていないらしい。パクの顔を見ているうちに湧きあがってきた怒りが、ほてりとなって首もとを這いあがる。

テーブルまで歩き、バッグをつかむ。「わたしのバッグのなかをあさったの？」

「車まで行ったときに、きみがそれを隠すのが見えた。三十五ドルは大金だ。どうしてそんなばかなまねをしたんだい」口調は穏やかだが、けっしてやさしくはない。声は子どもを叱るときのためのとっておきの保護者ぶった調子を帯び、怒りを隠そうとするようにわざとらしいくらいに落ちついている。

パクは怒っている。ヨンにもそれはわかる。今日の法廷で夫の数年にわたる嘘を見知らぬ人たちとともに〝発見〟した妻に対して、パクは腹を立てている。ふいに、この会話も、おもちゃじみたブリキ缶について夫と向きあわねばならない事態に不安を抱いていた自分も、みんなばかばかしく思えてきて、夫をひっぱたくべきか、声を立てて笑うべきか、わからなくなった。

「わたしが何を考えていたか、わかる？　駐車違反切符なんかそっちのけで、ずっと何を考えていたか」紙袋を持ちあげると、主導権を握ったという思いが力となって身体にみなぎり、気持ちを落ちつかせた。「どうやら、**これ**のことばかり考えていたみたい」ブリキ缶を紙袋から出してテーブルに落とす。金属音が響く。「あなたが隠してきたものよ」

パクは缶を見据えたあと腕をのばした。人さし指が缶の端に触れるとさっと手を引っこめ、目を瞬かせる。幽霊に触れてみたら、実体があってびっくりしたとでもいうように。「これをどこで見つけた？　どうやって？」

「あなたが隠してた、物置小屋のなかで見つけた」

「物置小屋？　だが、たしか渡した……」缶を見て、目をそらす。懸命に何かを思いだそうとしているのか視線が小刻みに動き、謎解きに没頭して眉間に皺が寄っている。夫のようすを見て、ヨンはこの人はほんとうに缶をオーナーに渡したと思いこんでいたのだろうかと考えた。

パクが首を振る。「これをカンに渡すのを忘れたのだろう。だからいまここにある。何か問題でも? 古い煙草を物置に保管していたのをすっかり忘れていた。それだけの話だ」

パクの説明を信じそうになる。でも、ガムやファブリーズやアパートメントのリストがある。それらは去年の夏、パクがものを隠す場所としてブリキ缶と紙袋を使っていた事実を物語っている。パクはエイブのオフィスで嘘をついたのと同様に、ここでも嘘をついている。あの場で夫がそれらしい話をつくり、あきらかに嘘だとわかることを真実だと押しとおすのを見て、背筋に冷たいものが走ったのを思いだす。この人はまたしても嘘をつき、妻は引きつづきだまされるだろうと思っている。

パクは妻の沈黙を了承と受けとったようだった。缶を押しのけて言う。「これで話は終わりだ。缶ごと煙草を捨てて、忘れてしまえばいい」そして駐車違反切符を掲げた。「さて、これを――」

ヨンは夫の手から切符をひったくり、ふたつにちぎった。「違反切符? それがどうしたっていうの。お金を払って、おしまい。でも、これは?」缶を持ちあげて振ると、中身が動いてカタカタと鳴った。それを勢いよくテーブルの上に戻して蓋をあける。「この煙草を見て。キャメルよ。**誰か**が**わたしたち**の地所で**わたしたち**の患者さんを殺すために使ったのと同じ煙草。それにガムとファブリーズ。喫煙を隠すために使うもの。これがみんな物置小屋に隠されていた。あなたは今日、法廷でもう煙草は吸っていないと長い時間をかけて**誓った**のに、なんでもないって言えるの? なんでもなくなんかない。これは証拠品だから」不動産業者からの書類一式を取りだして、テーブルの上に置く。「それに、**これ**を手にしたらエリザベスの弁護士はどうすると思う？　爆発の直前に、あなたがひそかにソウルへ戻る計画を立てていたことを陪審が知ったら、彼らはなんと言うかしら」

パクは書類を手に取り、表紙を見つめた。

「わたしはあなたの妻よ。わたしからこれを隠しきれると思ったの？」

パクはパンフレットのページをめくり、一枚一枚に視線を走らせていった。何が書いてあるのか懸命に読みとろうとするみたいに。

パクの自信なげなとまどいの表情を見ていると、怒りが消えて不安に変わるのを感じた。医者からはあとになって症状が出てくるかもしれないと警告されていた。傷が脳にまで広がり、リストのことをすっかり忘れてしまったのだろうか。「ヨボ、どうしたの？　具合が悪いの？」

パクがヨンの顔を見て、次に妻の手に目をやる。そばにいることをすっかり忘れていたみたいに。顔をしかめ、息を吐きだして長いため息をつく。「すまない。ばかみたいなことを考えていたせいなんだ。だから、きみには話さなかった」

「話さなかったって、何を？」吐き気の新たな波が胃に押し寄せる。真実を聞けば、抱いていた疑念が払拭されて安心するだろうと思っていたが、夫が顔に後悔の色を浮かべて告白しようとしているいま、何が不安なのかも、怒りが正当なのかもわからずにいた少しまえに時計の針を戻せればいいのにと思う。

「すまない。この煙草はわたしが保管していた。禁煙しなくてはならないとわかっていたし、実際に吸うのはやめていたが、どうしても煙草を手もとに置いておきたかった。不安になったときや困ったことが起きたときに助けになるんじゃないかと思って……においだけを嗅いでいた。吸わなくてもにおいは残るから、消臭剤とガムも保管していた。きみには知られたくなかったんだ。**ばかみたい**だから。弱い人間だと思われるのもいやだった」

パクは目を閉じ、つらいからなのか、妻に理解を求めているからなのか、顔をしかめた。

「じゃあ、アパートメントのリストは?」

「それは……」顔をこする。「自分用じゃないんだ。そのお……ビジネスがうまくいっていたから、弟がソウルに移る手助けができるんじゃないかと思った。やつがソウルに住みたがっていたことはきみも知っているだろ」そこで首を振る。「いずれにしろ、きみも価格を見たはずだ。とてもじゃないけど援助はできないと弟に言ったよ。それで終わり。捨てようと思っていたが、爆発のあとのごたごたですっかり忘れていた」

パクはふたたびため息をついた。「きみに言うべきだったんだが、まず先に価格を見たかった。それを見たあとは、きみに言うことは何もなくなった」

「でも、不動産屋はあなたが韓国へ戻るって言っている」

「彼女にそう言ったからだ。どれくらいの価格か調べているだけだと言ったら、すすんで情報を提供してはくれないだろ?」

「じゃあ、韓国へ戻るつもりはまったくなかったってこと?」

「どうして戻るんだ? アメリカにとどまるために懸命に働いたっていうのに。いまだって、ここにとどまって、うまくいくように努力したいと思っている。きみもだろ?」顔をやや左側に傾かせ、目を見開いているさまはご主人を見あげる子犬を思わせ、ヨンは夫の真意に疑問を投げかけることにやましさを覚えた。

「クリークサイド・プラザへ行った件は? ベビーパウダーを買いにウォルグリーンへ行っていないのは**わかっている**のよ。かわりにコーンスターチを使ったことをちゃんと覚えているんだから」

パクは自分の手をヨンの手に重ねた。「言おうと思っていた。だがきみを守りたかった。きみにはもう、わたしのために嘘をついてほしくなかったんだ」うつむいて、妻の手に浮かんだ静脈を指でなぞる。「パーティー・セントラルからバルーンを買った。どうにかして抗議者を排除したかったからだ。停電を起こしてそれを抗議者のせいにすれば、警察が彼女たちを連行してくれると考えた」

部屋が傾いたような気がした。写真のなかにバルーンを見た瞬間からそう推測していたものの、夫の口から聞くのはかなりの衝撃だった。それでも奇妙なことに、いま夫が違法行為を隠していたことを認めているのに、ヨンは手を引っこめるでもなく、今日いちばんのいい気分にひたっていた。ほんとうならパクは告白する必要はなかった。なんの証拠もなく、ただヨンが推測していただけなのだから。夫はいくらでも話をでっちあげることができたはずなのに正直に告白したということは、今夜パクが話した内容はすべて、おそらく真実なのだろう。ヨンの胸に希望が芽生えた。

「あの夜に納屋を離れたのもそれが原因なの？　バルーンがらみで？」

パクはうなずいて唇を噛んだ。「すまなかった。あんなふうにきみをひとり残すべきじゃなかった。しかし警察から電話があって、いますぐ出向いてバルーンから指紋を採取すると言われて。指紋から停電を起こしたのは抗議者だと証明できれば、ここへの接近禁止命令を出してもらえるからと。そこではたとバルーンの表面をふいていないことに気づいた。警察に**わたし**の指紋を発見させるわけにはいかないので、バルーンを回収しにいった。一分ほどですむと思ったが、なかなかおろせずにいたときに抗議者の姿が見えた。あいつらがどんな手を使ってくるか見張っていなくてはと考え、きみに電話をしてダイブが終わるまで戻れないと伝えたんだ」

「メアリーもそこにいて、バルーンをおろすのを手伝っていたの？　すべての事情をメアリーも知っていたの？」

「いや」パクが言い、ヨンは何か重いものが胸から浮きあがるのを感じた。重くのしかかっていたのは、夫が隠しごとをしているという疑惑と、娘にだけ秘密をすべて打ちあけていたのかという落胆だった。「メアリーにはバルーンをおろすのを手伝ってほしいと言っただけだ。もちろんあの子は手を貸してくれて、物置小屋からバルーンを引っかけるための棒みたいなものを探してきてくれた。わたしがあの子を持ちあげもした」

ヨンはテーブルの上で握りしめあっているふたりの手を見おろした。

「ヨボ、ほんとうにすまなかった。もっと早くきみにすべてを打ちあけるべきだった。もう二度と隠しごとはしないと誓うよ」

ヨンは夫の目を見つめ、うなずいた。この人の言っていることはすべて筋が通る。嘘はもうない。たしかにパクは疑念を招くことをした――ソウルでの仕事について嘘をつき、煙草が入ったブリキ缶を隠し、バルーンについても嘘をついた。けれども、どれも些細な悪事ばかりだ。厳密に言えば悪事だけれど、真の悪事とはちがう。いわば罪のない嘘だ。職場を変えたとはいえ、ソウルで四年間、きっちりとHボットの経験を積んだ。その点が大事なのだ。缶に入れて隠してあった煙草は、不安にさいなまれたときに眺めて気持ちを支えるために使っていたという。それのどこが悪い？バルーンの件はいちばん悩ましい。あの夜、停電がなければパクは納屋にいたはずで、時間どおりに酸素を切り、もっとすばやくハッチをあけていただろう。でも火災を引き起こしたのはエリザベスなのだから、結果として発生した惨事の責任はすべてエリザベスにある。

ヨンはパクの指に自分の指をからめ、手と手が離れないよう、しっかりと握りあった。夫を疑った自分が悪かったと心のなかでつぶやきながら、あなたを信じ、許し、信頼していると伝えた。けれども何かが胸に引っかかっていた。パクの話はどこかがおかしいと直感が告げているのに、どこがおかしいのかはっきりとわからない。ささやかな〝何か〟が、米の袋のなかにいるマメゾウムシみたいに、胸の奥深くでしきりに這いまわっている。

その晩ベッドに横たわっているあいだ、パクが語った話がビデオ映像のように頭のなかで再生されていた。しばらくしてヨンはようやく引っかかっていた〝何か〟に気づいた。

メアリーとパクが電柱のすぐ近くでかなりの時間をかけていっしょに作業していたなら、なぜ隣人は目撃したのはひとりと供述したのだろうか。

マット

雨に気分が振りまわされていた。降りはじめはそれほどひどくなかったが、ジャニーンが車を運転して家に向かっているときにはどしゃ降りになっていた。猛烈な雨音――ものすごい勢いで車の屋根を叩く雨の音で雷鳴さえもほとんど聞こえなかった――に気持ちが休まり、マットは頭上のサンルーフにてのひらを押しあてて、肉に雨粒があたるところを想像し、厚みのある傷あとの下の神経に刺激が与えられて何かを感じるようになるだろうかと考えていた。家に帰りついたときには雨脚は弱くなり、いまや霧雨に変わってバスルームの窓ごしにかすかな雨音が聞こえている――じめじめとした空気を通って耳に届くのは、くぐもった、何かをひっかいているみたいな音で、聞いていると首や肩のあたりがむずがゆくなってきた。

マットはシャツの下に指を入れて肌をこすった。爪がなくなってしまったいまは、それで精いっぱいだ。おかしなもので、爪は進化しそこなった役立たずの部位だと思っていたのに、いざなくなってみると恋しくて、爪を肉に突き立てて掻きむしりたくてたまらない。かゆみがおさまるのを期待して強めにこするが、指のつるつるした傷あとは湿った肌の上を滑るだけで、かえって腕から指先に至るまでのあらゆるところのかゆみが強くなり、瘢痕組織の層の下までがむずむずする。同時に、昨夜、川辺で蚊に嚙まれたところがまたかゆくなり、腕に残るあとが野に咲くケシの花のように明るい赤に変わった。

服を脱ぎ、ジェットマッサージモードにしたシャワーの栓をひねる。刺すような冷水を浴びると、あちこちのかゆみが瞬時に消えてなくなった。次に温水に切りかえて噴きだす湯に頭を突っこみ、雑然とした考えをリスト化してみた。ジャニーンはリストを好み、口論（本人は〝議論〟と訂正）のあいだも自分が論理的で公正であることを証明するためにリストを活用した（「べつにあなたを非難しているわけじゃないの。事実をリスト化して、情報を並べているだけ。事実1：うんたらかんたら。事実2：うんたらかんたら」）。数字を振った事実の羅列はジャニーンの大のお気に入りだ。さっそく彼女のやり方を踏襲しよう。マットは目を閉じて呼吸を繰りかえし、知り得た事実を思い浮かべた――質問も憶測もなし。確固たる事実だけを列挙していく。

事実#1：爆発のまえに、ジャニーンはどうにかして、メモを送ってきた人物は病院のインターンではなくメアリーだと知った。

事実#2：ジャニーンは爆発の三十分前にミラクル・サブマリンにいた。
事実#3：そのときジャニーンは怒っていて、メアリーに対峙し、彼女に嘘をついた（メアリーにつきまとわれて夫が迷惑していると言った）。
事実#4：ジャニーンは煙草のキャメル、セブン‐イレブンのマッチ、丸めたHマートのメモ用紙をメアリーに投げつけた（関連する事実#4A：エリザベスは煙草のキャメル、セブン‐イレブンのマッチ、丸めたHマートのメモ用紙を、同じ晩に川辺の近くで拾ったと供述）。
事実#5：ジャニーンは以上のどの事実も秘密にしていた。警察やエイブには、爆発の起きた夜はひと晩じゅう家にいたと語った。

ジャニーンの秘密と嘘のなかでも、最後の事実がもっともいらつく。事件から一年、夫の車か服のポケットか、とにかくどこかで見つけてかすめとった煙草が殺人者の手に渡ったということを彼女はひと言も語らなかった。これまでずっと煙草の件とは無関係だと偽る夫をそのまま好きにさせ、夫の嘘に知らないふりをしてきた。なんてやつだ。

リストがなんだ。真実なんかクソ食らえ。こうなったら本人に問いただすしかない。ぼくとメアリーのことについて何を知っていて、何を知らないのか。そもそもふたりのことをどうやって知って、なぜぼくのところへ訊きにこなかったのか。なぜ秘密裡にティーンエイジの女の子と対決し、嘘八百を並べたてたのか。メアリーが走り去ったあと、煙草やマッチを誰かが見つけるようにとその場に捨て置いたのか。もしくは彼女が……シャノンが指摘していたように、それらの品を捨てた〝誰か〟がじつは殺人者で、その〝誰か〟は自分の妻なのか？　だが、なぜ？　夫を傷つけるため？　メアリーを？　あるいは両方を？

　マットはボディ用のスポンジをつかんだ。蚊に嚙まれたところがかゆくてどうにかなりそうで――おさまっていたかゆみがお湯でぶりかえしたにちがいない――、脳のすべての細胞が、とにかくなんでもいいからこのかゆみを抑えてくれ、血が出るまで搔きまくってくれと叫んでいる。スポンジで激しく身体をこすると、メッシュが肌に刺激を与え、ミントの香りのソープがしみこんでいく心地よさが感じられた。

「あなた、なかにいるの？」シャワー室のドアが開いた。

「もう終わる」

「エイブが来ているの」ジャニーンの顔には狼狽の色が浮かび、額には長さもまちまちな、ジグザグの皺が刻まれている。「いますぐあなたと話したいそうよ。なんだかすごくあわてているみたい」――手を口もとへ持っていき、爪の甘皮を嚙んでいる――「おそらく、見つけたんだわ」

「見つけたって、何を？」

「わかっているはずよ」ジャニーンはマットの目をまっすぐに見て言った。「煙草のこと。あなたとメアリーのこと」

　ジャニーンは正しかった。エイブは動揺していた。それを隠そうとして微笑み、マットと握手をしたが（マットは握手がいやでしかたがなかった。相手の手とこちらの変形した手が触れあう瞬間の〝見ちゃいけない、でも見たい〟という表情がたまらなくいやだったが、さしだされた手が変形していることに気づかないふりをして、相手がぎこちない態度をとるのよりはましだった）、なにやら深刻そうな、あきらかに落ちつきをなくしているようすで、ひとりずつと話がしたい、まずはマットから、と言った。どうやらジャニーンの推測はどちらも正しく、エイブはメアリーとの関係や喫煙の件をだいたいのところは把握しているとみえる。そうじゃなかったらエイブがこんな目つき——重要証人ではなく容疑者を見る目つき——で見てはこないだろう。

ふたりきりになると、エイブが口火を切った。「われわれは誰が放火の件で電話をかけたのかを追跡しました」

マットは安堵のため息が漏れるのを抑えなければならなかった。これはメアリーについての話ではない。ほっとしたところで、自分がいかに愚かだったかを再認識した。万が一ことが発覚したら面目が丸つぶれになるだろうと。「わかりました。電話をかけたのは誰だったんですか？　パクですか？」

エイブは尖塔の形にした両手の上にあごをのせ、頭のなかで何かを決めかねているという顔でマットを見た。「ひとまずそれは置いておいて、まずはこれを見てください」書類を取りだして言う。「これは反対尋問で放火の件での通話記録が載っていると指摘された、あなたの携帯電話の請求書です。それぞれの電話番号と時間を見て、かけた覚えのない通話があったら教えてください」

マットはリストをざっと見た。留守番電話の記録、勤務先の病院、それと自分のオフィス、ジャニーンのオフィスへの通話がいくつかあった。不妊症治療のクリニックへ一回、電話をかけている。いつもならジャニーンが連絡をとるのだが、ほんのまれに、たとえば時間に遅れると知らせる場合など、マットから電話をかけたこともあった。「いいえ。目につくのは、保険会社への通話だけです」

エイブが二枚目の書類を手渡してきた。べつの請求書で、日にちと電話番号が記されているはずの部分が消えている。「これはどうですか」とエイブが訊く。

「覚えのない通話はありますか」

この請求書にも一枚目と同様に留守番電話の使用記録、勤務先の病院、自分のオフィス、ジャニーンのオフィスの番号が並んでいる。「いいえ、覚えのないものはありません」とマットは答えた。

「保険会社への電話を除き、二枚の請求書を比べて、どちらがあなたの通常の通話記録に近いですか？」

もう一度、二枚の請求書に目を通す。「二枚目のほうだと思います。いつもなら不妊症治療のクリニックへは電話をかけませんから。でも、どうして？　これになんの意味があるんですか？」

エイブはテーブルの上で二枚の請求書をとなりあわせた。「この二枚は同じ日のものです。これは」――二枚目の請求書をこつこつと叩き――「ジャニーンの携帯電話の請求書です、あなたのではなく」

マットは二枚を何度も見比べた。エイブの〝あなたのではなく〟という言い方――謎めいていて、法廷でここぞというときにエイブが好んで使うのと同じ――が、ここは重要なポイントだぞと告げていたが、思いあたることはひとつもなかった。自分は何を見逃しているのだろう？

エイブが言う。「たしか、あなたたちは同じタイプの折りたたみ式の携帯電話を使っていて、保険会社に電話をかけた日あたりに、お互いに相手の電話を持っていってしまったことがあった、そうですね？」

そうだっただろうか。困ったことに過去の出来事を時系列で並べられない。二〇〇八年八月二十一日はとても重要な日で、何者かが放火の件で電話をかけた日だが、当日のことを思いかえしてみてもほかの日と同じで、似たような用件や会議でうまっているだけだ。電話の取り違いは記憶に残るかもしれないが、あとあとのために記録しておくものでもない。取り違いが起きたのが八月二十一日だったのか、それとも日常に埋もれたほかの日だったのか、誰が覚えていられるというのか。

マットは首を振った。「いつだったか覚えていません。でもなんだってそんなことを……ちょっと待ってください、あなたはジャニーンが電話をかけたと思っているんですか？」

エイブは何も言わず、〝それはお答えできません〟という顔で見かえしてくるだけだった。

「カスタマーサービスの担当者はなんと言っているんですか」とマットが訊く。「教えてください、いますぐに」

エイブはしばらくのあいだ目を細めていた。「パクではありませんでした。訛りのない英語を流暢にしゃべる人物です。どうしてわかるかというと、マーケティングの研究のために、保険会社では放火についての問い合わせのような、何かおかしな点がある通話については報告書を残しておくことになっているからです」

マットはふたたび首を振った。「いいえ。ジャニーンのはずはありません。そんな電話をかける理由がない。かけたとしたら、どうしてなんでしょうか」

「そうですね、シャノン・ハウなら、ジャニーンは百三十万ドルを手に入れるためにパクと共謀し、実際に火をつけるのに先立ち、まったくの第三者が火をつけた場合は保険金がおりるのかどうか電話して確認した、と答えるでしょう」

エイブの目を見つめる。まったく瞬きをしない。こちらの反応を一瞬たりとも見逃すものかと思っているのかもしれない。「あなたは？　**あなたなら**なんと答えるんですか」

エイブの唇が笑みの形をつくる。ほんとうに微笑んでいるのか、つくり笑いか、マットにはわからない。

「そうですね、あなたとジャニーンがどう説明をつけるかによるでしょうね。しかしできればこんなふうに陪審には言いたいところです。シャノンはいつものとおりドラマ風な話に仕立てあげようとしている。これは夫婦間で誤って携帯電話を取り違えてしまった、ただそれだけの話で、妻のほうはビジネスの一環で電話をかけたにすぎない。自分が医療アドバイザーとしてかかわっているビジネスのための保険が妥当かどうかを確認するために、たまたまかけた電話の一本だったと」

エイブの話を聞いて、マットは少し恐ろしくなった。法律家というものは与えられた事実を勝手に解釈して、まったく逆のほうへねじ曲げてしまう。医療の現場でそういうことが起きないとは言わない。ふたりの医師が同じ症状に対し正反対の診断を下すことはよく起きる。だが、少なくとも医師は真実を究明しようとする。エイブがある案件における真実を尊重するのは自説と一致する場合にかぎられるのだろう。それ以外の場合は真実などどうでもいい。自説と相いれない新たな証拠は、方向性を考えなおさせるものではなく、自分の利になるように解釈すべきものなのだ。

「では、」とエイブ。「もう一度おうかがいします。二〇〇八年八月二十一日はあなたたちが偶然に携帯電話を取り違えてしまった日ですか？ 思いだしてほしいのですが、ジャニーンの通話記録のほうが」――二枚目の請求書に触れる――「自分のいつもの通話パターンに近いとあなたはおっしゃいました」

質問の形をとっているがこれは質問ではない。エイブは真実を答える必要はなく、問題をはらんだ新たな証拠を無力化させる説明に裏づけを与えてくれればいいと言っている。被害を最小限に抑えるためにエイブがとる対策の〝駒〟にされて腹が立つが、ここは同調しておかないとさらに質問攻めにされたり、ジャニーンのことを訊かれるおそれがある。それはなんとか避けなければならない。マットはうなずいた。「八月二十一日が、われわれが携帯電話を取り違えた日だと思います」

「英語を流暢に操るアドバイザーとして、ジャニーンはパクのビジネスにおける多くの問題解決にも手を貸していたと考えられます。もちろん、そこには保険の契約もふくまれていたでしょう。あなたもこのように記憶していますか？」

「はい。まったくそのとおりに記憶しています」

マットはベランダに出て、カーテンに浮かぶエイブとジャニーンの影を見ていた。ふたりはチェスの試合の対戦相手同士さながらにテーブルをはさんですわっている。雨がいまのマットの気分を表わすように降っている――弱く、もの憂げに。雲がさっきのどしゃ降りでためていた水分を落としきってしまったらしく、小止みになったり、ときたま生温かい雨が降ったりしている。今日みたいなどしゃ降りのあとの霧雨も、肌が腫れぼったくなってべとつく感じも大嫌いだ。だが、それも今夜の憂鬱な気分によく似あっている気がする。じめじめした空気のせいで肺が重く感じられ、気持ちまで落ちこんでくる。

今日はメアリーから聞かされた事実ですでに気分が重かった。爆発の直前に、ジャニーンは殺人の道具を手に、激しい怒りに打ち震えながら現場にいた。そこにエイブの好意で事実#6が加わる。ジャニーンはミラクル・サブマリンが契約している保険会社に、放火によって施設が破壊されるまえの週に電話をかけ、放火の際の補償範囲について質問している。なんてことだ！

人の影が立ちあがってその場を去るのを目にし、玄関のドアが閉まる音を聞いて、マットはすぐにでも逃げだしたくなった。車に乗りこみ、ハードロックをがんがんかけながら環状高速道路《ベルトウェイ》を二、三周したら、このあとの数時間が気楽で楽しいものになるだろうと考えた。だがそうはせずにキッチンへ行き、いつもならジャニーンにあわせて靴を脱ぐところをあえてそのままで、冷凍庫からジンのタンカレーを取りだして一気に飲む。靴がなんだっていうんだ。グラスなんか使ってたまるか。

氷のように冷たい液体を流しこむと、喉が燃え、胃のなかに熱い水たまりができあがる。あっという間に熱が肋骨に向かい、細胞のひとつひとつに広がっていく――まるで何千ものピースからなる、長くて複雑なデザインのドミノのひとつが倒れると、一連のピースが矢継ぎ早に倒れ、ものの数秒でドミノ倒しが完了するかのようだ。

もうひと口、飲もうとしたところで、ジャニーンがキッチンに入ってきた。「あなたがあんなことをするなんて信じられない」と言う。

マットはタンカレーを再度、一気に飲んだ。舌がうずき、いまにも麻痺しそうだ。

ジャニーンがボトルをひったくり、力まかせにカウンターの上に置く。ボトルと御影石がぶつかる音がマットをひるませる。「エイブから聞いた――あなた、わたしが例の保険会社への電話をかけたって言ったそうね。なんでそんなことをよりによって検察官に言うのよ。いったい何を考えてるわけ？」

それらしいことは言ったかもしれないが、そんな言い方はしていないと反論しようと思ったが、抗議したところでなんの意味がある？　標的に向かってまっすぐに進めるのに、どうしてまわり道をする必要があるんだ？　マットはジャニーンを見て、息を吸いこんだ。

「ぼくは爆発が起きた夜のことを知っている。きみがメアリーに会ったことを」

エリザベスがヘンリーにクイズを出すのに使っていた、どの表情がどの感情を表わしているかをひとつひとつ絵で示している本のページをめくっているみたいだった。驚き。困惑。恐怖。好奇。安堵。それらすべてがジャニーンの顔に次から次へとよぎり、ついに最後の感情が顔に表われた。あきらめ。同時に顔をそむける。

「どうして言ってくれなかったんだ。**一年間**も。ひと言たりとも。何を考えていたんだい」

　とたんにジャニーンの顔つきが変わった。受け身の感じがたちまち消えてまったくちがう表情が表われ、それとともにちがう人格が表に出てきたようだった。突進しようとする猛牛さながらにあごを引き、瞳孔を収縮させ、身体のなかに鬱積した怒りをいまにも燃えあがりそうな双眸にあらわにしている。「**あなたがわたしに**説教しようっていうの？　本気？　じゃあ、あなたの煙草とマッチと、ティーンエイジの**小娘**に書いたメモはどうなの？　**あなただって**わたしにひと言も言おうとしなかった。罪深い隠しごとをしていたのはいったい誰よ」

　ジャニーンの言葉は氷柱《つらら》となり、アルコールでほてった身体に突き刺さった。ジャニーンは正しい。こっちが正しいと思いこんでいた自分は何様だ？　そもそもの発端をつくったのは自分だ――隠しごと、嘘、秘密。眼窩からふくらはぎに至るまでのあらゆる筋肉がしぼみ、垂れさがった気がした。「きみが正しい。きみに言うべきだった。ずっとまえに」

　謝罪にも等しい言葉でジャニーンの怒りはすっと引いたようで、眉間の皺がうすくなった。「じゃあ、教えて。すべてを」

　おかしなことに、メアリーについて話さなければならないときが来るのをずっと恐れていたのに、それが現実になったいま、マットは何よりも安堵を覚えていた。まずは真実から話しはじめる。不妊症にまつわるすべてにいらついていたので、タブーとされていることをあえてやりたくなり、ふと思いついて煙草を買った、と。真実をすべて認めてしまうと話し合いという闘いのなかでの――いや、結婚生活のなかでの――自分の立場を悪くしてしまいかねない。そうならないように人は真実のなかに嘘をまぶそうとする。とくにほんとうに隠したい事実がある場合は、相手の気をそらすためのおとりとして、恥ずべき真実をストレートに投げつければいい。ぽつりぽつりと語る泣き言のなかに嘘をまぎれこませて細かい部分をひねっていけば、いとも簡単に真実としか思えない話ができあがる。マットは話をつづけた。川辺で煙草を吸っているところをメアリーに見つかり、彼女から煙草をくれと言われて、未成年なのにと思いながら煙草を渡した（真実）。やましさを覚えて（真実。とはいえ喫煙に対してではない）、二度とここで煙草は吸わないと決めた（嘘）。一度きりにすると決めたときに彼女と彼女の友人のためにもっと煙草を買ってきてくれと頼まれた（嘘）。そのうちにメアリーは煙草を吸うために（嘘）会おうという誘いのメモを送ってくるようになり（真実）、マットはメモをすべて無視した（嘘）。メモは少なくとも十回は送られてきた（真実）。こんなことはやめなければならないと決意し（〝こんなこと〟の内容いかんにもよるが、おおむね真実。ただし喫煙をやましく思ったからではない）、これで最後にする、八時十五分に会おう、と書いたメモをメアリーに送った（真実）。

　ジャニーンが言う。「じゃあ、わたしが見つけた煙草は、あなたが彼女と会った最初の日に買ったものなの？」マットはもちろんそうだと答えた。煙草を買ったのは、その日のひとパックだけだと（嘘）。「いずれにしろ、たった一度だけだ」ここまでしゃべったなかでいちばんの揺るぎない真実であり、真っ赤な嘘でもあるのはこれかもしれない（〝煙草を吸ったのはたった一度だけ〟は嘘だが、〝メアリーの誕生日にたった一度だけ、彼女が倒れこんできたときに屈辱的な思いをさせたことがある〟は真実）。

　話が終わってから、たっぷり一分間、ジャニーンは何も言わなかった。テーブルをはさんですわっている彼女は、夫の顔から何かを読みとれると思っているのか、ひと言も発することなくマットを見つめていた。マットもここで目をそらせば信じてもらえなくなるといわんばかりに、視線をあわせたまま妻を見つめていた。ついにジャニーンが目をそらして言った。「爆発が起きるまえの晩、わたしがメモを見つけたとき、どうしてほんとうのことを言ってくれなかったの？」

「きみはメアリーを知っている。ぼくたちは彼女の両親の友人だから、もしメモの送り主がメアリーだと知ったら、きみは両親に話す義務があると思ったかもしれない。でもそこまで大ごとには思えなかった。親を悩ますほどのことではないと」マットは肩をすくめた。「きみはどうやって見破ったんだい。メモの送り主がインターンじゃないってことを」

「翌日に病院の駐車場であなたの車の横を通ったとき、八時十五分に会いたいと書かれたメモがシートにあるのが目に入ったの」何をばかなことを、とマットは反射的に思った。人目につくところにメモを置いておくわけがないじゃないか。賭けてもいい。ジャニーンは午前中いっぱいをかけて、夫のポケットのなかをくまなく探し、メールを調べ、ゴミ箱をあさったにちがいない。

「八時過ぎにHボットが終了すると考えて、あなたがそのあとに会える人物はだいたい絞りこめた。絶対に病院のインターンじゃないのもわかった。車のなかをざっと見てみると、SATがどうのこうのって書いてあるメモが目にとまって、誰なのかぴんときた」

そのメモなら覚えている。メアリーはいつもメモをワイパーにはさんでいたが、その日は雨が降っていたので、車体の下に貼ってあるマグネット式のホルダーに入ったスペアキーで解錠して、ハンドルにテープどめしていた。メモに描かれたスマイリーにマットはメアリーの若さと無邪気さを感じて笑った。

「それなら、なんでぼくに言ってこなかったんだい」非難ではなく、ちょっとした好奇心から訊いていると思われるよう、穏やかに言う。

「わからない。メモの意味することがよくわからなかったから、自分の目でたしかめようとして出かけたんだと思う。でもダイブの開始時間が遅れていて、メアリーはひとりで川辺にいて、だから……」ジャニーンは両手を見つつ、手相でも見るようにてのひらの線を指先でなぞっている。「どうやってわたしがメアリーに会ったことを知ったの？」

「昨日の晩、メアリーと会って話をした。エイブがメアリーの宣誓証言について何やら言っていたし、彼女とはこの一年、話をしていなかったから、会って何を証言するつもりなのか聞いておこうと思ったんだ」

ジャニーンはゆっくりとうなずいた。マットは〝メアリーとはこの一年、話をしていない〟と言ったときに妻の顔に安堵の色を見た気がした。「メアリーは何も覚えていないと思ってた」とジャニーンが言う。

「ヨンがそう言っていたから」

「おそらく爆発の件は何も覚えていないんだろう。だが、きみが」――ここで適切な言葉を探す――「あの夜に訪ねてきたのは覚えていた。それについては二言《ふたこと》三言《みこと》しゃべっただけだったよ。どうやらぼくがすでにきみから聞いて知っていると思ったらしい」マットは〝どうしてぼくに言わなかったんだ〟という言葉が喉から飛びだしそうになったところで、ぐっとこらえた。妻との口論はシーソーみたいなものだと学んでいたからだ。非難の応酬になりそうなときにはとくに慎重にならなくては。相手方を非難してばかりいると、シーソーのあちら側がどすんと地面を叩き、乗っていた者が憤慨して降りると同時にシーソーが跳ねあがって、今度は自分の尻が地面を叩くことになる。

ジャニーンは爪の甘皮を噛んだ。しばらくして口を開く。「必要はないと思った。あなたに言う必要はなかったってことだけど。ふたりが亡くなって、あなたは火傷を負い、メアリーは昏睡状態。そんなときにメモやあの子と話したことを伝えるなんてばかげているでしょ？　それほど重要な件とも思えなかったし」

あの場にきみがいたという事実が重要なんじゃないのか。事件が起きたときの犯罪現場に、犯罪の道具となったものを手にして、とマットは思った。警察だって注目に値すると考えただろう。

マットの心のうちを読んだとでもいうように、ジャニーンが言い訳がましく言った。「警察が煙草がどうのと騒ぎはじめたとき、わたしも何か言わなきゃと思いはしたけれど、何をどう言うべきかわからなかった。一時間、車を走らせて、ティーンエイジの女の子に夫にメモを送るのはやめてくれと頼みにいきました、とでも？　そうそう、そういえば、立ち去るまえに、おそらく爆発を引き起こしたのと同じ煙草とマッチをその子に渡しましたと？」

**渡した**。ジャニーンには誰かにいやな思いをさせる天賦の才があると驚いているのに、そのうえ言葉の選択にまでその才能がおよんでいるとは恐れ入るばかりだ。〝渡した〟という言葉は、相手方のメアリーが問題の品々を受けとったとほのめかしている。「ちょっと待ってくれ。きみが、煙草とかを、えーっと、渡したあと、メアリーはそれを投げ捨てて、品物ときみを残して立ち去ったのか、それとも、きみのほうがそれとメアリーを残して先に立ち去ったのか、どっちなんだい」アルコールがいまになって脳にまわり、考えごとをしづらくなっているが、この点だけは押さえておかなければ。

「えっ？　わからないわよ。それで何がどうちがってくるというの？　ふたりとも立ち去った。わかっているのは、わたしがあの子に、そんなものを夫に近づけないで、メモとかそのたぐいのものをもう送らないで、と言ったことだけよ」

ジャニーンはほかにも何ごとかを話しつづけていた。煙草を林のなかに残してきたことを気に病んでいるとかなんとか。あきらかに頭のおかしいエリザベスがあれを殺人の道具として使っているところが目に浮かんでどうしようもないとか、どうとか。だが、マットの頭には誰が最後にあの煙草を持っていたかという疑問が張りついて離れなかった。ジャニーンがそれを持っていた場合は、**ジャニーンが**火をつけたとも考えられる。ジャニーンが先にその場を離れ、最後に煙草を持っていたのがメアリーの場合は、**メアリーが**火をつけたと——。

そこでジャニーンが言う。「明日、エイブがわたしの声のサンプルをとりたいって」

「なんだって?」

「わたしの声を録音して、それをカスタマーサービスの担当者に聞かせたいんですって。ばかばかしいんだけどね。一年前の二分間の会話よ。そんな昔に聞いた声を担当者が覚えているわけがない。かけてきたのが男か女かさえも覚えていないんじゃないかな。覚えているのは、訛りのない英語をしゃべっていた人物だってことだけ。そんな人、大勢いるだろうに。しかも、ほんの数分間だけ、あなたの電話を盗んだ人がいるっていうのが前提なのよ。なぜエイブがそんなことをするのか、わたしには意味がわからない」

〝訛りのない英語をしゃべり、ほんの数分のあいだ電話を盗めた人物〟そのとき、ふいに見落としていたある事実に気づいた。そんな可能性を考えてみたこともなかった。いまのいままでは。

メアリーはマットの車のスペアキーの隠し場所を知っていた。彼女なら、好きなときに車のロックをはずして携帯電話を自由に使えたはずだ。それに完璧な英語を話す。もちろん、訛りはない。

# 公判四日目

二〇〇九年八月二十日　木曜日

ジャニーン

嘘発見器についてのインターネットの記事を読むと、器械をだますのはいとも簡単という印象を受ける。心拍数と呼吸数と血圧を低く抑えるために気持ちを落ちつけて自分の呼吸をコントロールする。そうすれば思うがままに嘘がつける! らしい。しかし、どんなに長くヨガのポーズをとろうと、穏やかな海の景色を思い描こうと、清浄な空気を吸いこもうと、むだだった。マットの携帯電話を思い浮かべるたびに(通話を思いだしたときは言うまでもなく)、血流は穏やかな流れから白く泡立つ急流に変わる。脳が危険を察知して身体じゅうに警戒警報を流し、心臓があわてて血液を送りだしているみたいだった。

多くの過ちと嘘を重ねたあとに、自分の世界を崩壊させようとしているのがあの保険会社への電話だというのは、なんという皮肉なめぐりあわせだろう。しかも通話そのものですらなく、電話をかけた日にマットの電話と取り違えてしまったことが原因になるとは。さらに腹立たしいのは、そもそも電話をする必要すらなかったことだ。放火で保険金がおりないのはどういう場合か、くらいはネットで簡単に調べがついただろうし、実際のところ察しはついていたが、パクが電話を寄こして、はじめは煙草についてとりとめもなくしゃべり、そのあと咳払いを繰りかえしたり、口ごもっては取り決めは間違いだったと言ってこちらをいらつかせ、ついにはもののはずみでわたしが保険会社に確認の電話をかけることになった。あろうことか、誤ってマットの携帯電話を持っていってしまった日に!

もしふたりが電話を取り違えたのがべつの日だったら、もしくは自分のオフィスの電話を使っていたら（ちょうどデスクについていて、電話はすぐ手の届くところにあった！）、電話の請求書の件で悩まされることもなく、すべてうまくいっていたはずだ。

シャノンがはじめて通話の件を持ちだした（まあ、通話中のすべての話ではなく、ほんの一部を）二日前に真実を話しにいくべきだった。エイブに打ちあけて、もっともらしい説明をすることもできただろう。たとえば、両親がミラクル・サブマリンに投資した金が完璧に守られるかどうか確認したかった、とか。ある朝、心ここにあらずの夫がまちがった携帯電話を持っていってしまったために、パクは殺人者と名指しされたも同然となったが、あらかじめ真実を話しておけばシャノンの熱心な仕事ぶりをみんなで笑いとばせたはずだ。しかし実際には、あの弁護士がパクを追いつめていくようすを見て、ジャニーンはパニックに陥った。もしシャノンの疑念が自分に向けられ、**自分**の通話を調査され、動機を探られ、〝携帯電話の基地局〟の情報もふくめて**自分**の携帯電話の記録を調べられたらどうしよう、と。ほんとうは爆発の数分前に、キャメルを手にミラクル・サブマリンの敷地内にいたのに、そのことについて一年間も嘘をついていた事実をシャノンが知ったらどうするだろう。保険会社への電話の件を、放火の、さらには殺人の動機を示す証拠として使われたら？

何もせず、何も言わないのがいちばん楽だった。時間が過ぎてしまうと、あとから真実を話しにいくわけにもいかなくなり、嘘をつくはめになった。もう後戻りはできなかった。いったん嘘をついたら、でっちあげた話を貫きとおすしかない。昨晩エイブがやってきて、携帯電話の取り違いがあったと仮定した場合の仮説を披露したとき、エイブは知っていると思えてならなかった。**すべてを知っている**と。それでも彼の仮説を認めることも、嘘にからめとられているという醜態をさらけだすこともできなかった。たとえ通話時の録音テープといった明白な証拠を提示されても、それは真実ではないと言い、自分は罠にはめられた、テープは偽物だと突っぱねただろう。自分はまったく関係ないとする、みずからつくりあげたストーリーに固執するしかないのだ。エイブがどんなに真実を突きつけてきても――実際に電話を受けたカスタマーサービスの担当者や、録音テープを見つけてきたとしても――、かたくなに否定しつづけるしかない。それは自分ではないと。

昨晩、マットが自分の秘密を告白して、こちらにも正直に話してくれと言ってきたとき、いっそのこと打ちあけてしまおうかと思った。しかし、通話について なぜ嘘をついたかを説明するためには、すべてを語る必要があった。パクと交わした秘密の取り決めについても。ジャニーンは過去に何カ月にもわたって複数の口座を介してミラクル・サブマリンへ送金し、それを隠すために送金の記載がある銀行取引明細書を夫の目には触れないようにしてきた。もしマットに知られたら結婚が破綻するおそれがある。

メアリーについてのマットの告白が想像していたとおりの浅ましい内容だったら、こちらもすべてをぶちまけていたかもしれないが、彼の打ちあけ話はまったくの無害なものであり、悪行とはほど遠かった。爆発の日にいかに自分が過剰に反応したか（怒り狂っていた、と言いかえてもいい）を考えると、自分はなんてばかだったのだろうと思い、なおさら打ちあけられなかった。

これから殺人事件の裁判を担当している検察官の事務所に出向こうとしている。声のサンプルをとるためだ。サンプルをとられることに関してはまったく心配していない。カスタマーサービスの担当者が一年前に二分間だけ話した相手の声を覚えているわけがない。

けれど嘘発見器——エイブが帰りぎわに、「声のサンプルでらちがあかなかったら、嘘発見器の出番だ！」と言っていた——にかけられてだましとおせるだろうか。マジックミラーごしにのぞかれ、器械に向かって次々に繰りだされる質問に〝いいえ〟と答えつづけているうちに、身体が——肺が、心臓が、血流が——反応してしまうのではないか。

乗り切らなければならない。それだけのこと。いま見ているのは、靴のなかに画鋲を入れておいて嘘発見器をだますという記事。最初に名前、年齢など、嘘のつきようがないことを訊かれたときに画鋲を踏みながら答えると、嘘をついているときと同じ生理学的な反応が現われるので、嘘か真実かの反応に差がなくなるというもの。筋は通っている。これは使えそうだ。

ジャニーンはブラウザを閉じた。インターネットの設定画面を開いて閲覧履歴を削除し、ログアウトしてパソコンを閉じた。そのあとでつま先歩きでベッドルームへ入り、マットを起こさないように注意しながらクローゼットへ行き、画鋲を探した。

## マット

メアリーはマットの夢のなかでいつも着ている服を着ていた。赤いサンドレス。去年の夏、最後にふたりきりで会ったメアリーの十七歳の誕生日、彼女はその赤いサンドレスを着ていた。夢のなかでは、マットは毎回きれいだよと言い、メアリーにキスした。最初は軽く、閉じた唇に閉じた唇を重ねて。キスはしだいに激しくなり、彼女の下唇を吸い、自分の唇を押しつけてぽてりとした感触をむさぼった。それから細いストラップをおろして彼女の胸を両手で包みこみ、乳首がしだいにかたくなるのを感じとる。夢のなかの自分はそれが夢であることを自覚していて、夢の世界では何もかも指で感じることができる。

現実では彼女のドレスに気づいてもいないふりをした。爆発が起きるまえの週の水曜日、いつもの時間（午後八時十五分）に川辺へ行くと、メアリーは倒木に腰かけ、片方の手には火のついた煙草を、もう片方にはプラスチックのカップを持ち、長くつらい一日を終えた年寄りみたいに肩を落としていた。マットはそこはかとなくただよう孤独を感じとり、彼女を腕に抱き、孤独を何か——なんでもいい——で埋めてやりたくなった。だがそうはせずに腰をおろして言った。

「ヘイ」いまの心境とは正反対の軽い感じをひねりだす。

「つきあってよ」メアリーはそう言うと、透明な液体が注がれたべつのプラスチックのカップをさしだした。

「これはなんだい」と言ったものの、訊きおえるまえににおいを感じとって笑った。「ピーチシュナップス？　冗談だろ。こんなもの、もう十年も飲んでないよ」大学時代のガールフレンドがピーチシュナップスが大好きだった。「これは受けとれないな」カップを返そうとする。「きみが酒を飲めるようになるまでにまだ五年あるだろ」

「四年よ。今日、誕生日だから」メアリーがふたたび酒の入ったカップをさしだす。

「ワオ」なんと言っていいかわからない。「友だちとお祝いしないのかい」

「SATの準備クラスの子を誘ったけど、みんな忙しいんだって」どうやらメアリーはマットの目に同情の色を見たらしく、その証拠に肩をすくめ、わざとらしいほど明るい調子で言った。「でもいまは、ここにあなたがいて、わたしがいる。だからさあ、飲んでよ。ひと口でいいから。せっかくの誕生日にわたしひとりに飲ませないでよね。ひとりで飲んだらツキが逃げちゃう」

ばかなことをしたと思うが、メアリーのあんな顔を見てしまったらしかたがない。唇は横に広がり上下の歯が見えているのに、泣いていたのか目は腫れぼったく光っていた。彼女の表情は顔の上半分と下半分をマッチさせる子ども向けのパズルを連想させた。じょうずにできない子どもがつくる顔は、口もとはうれしそうにしているのに、顔の上半分は悲しそうだった。つくり笑いを張りつけ、吊りあげた眉毛に期待と懇願をにじませているメアリーの顔を見て、マットは自分のカップをメアリーのカップに軽くあてた。「誕生日おめでとう」そう言って中身を一気にあおった。

一時間が過ぎ、二時間たっても、ふたりはずっと飲んでしゃべっていた。メアリーはつねに英語をしゃべるいまでも、韓国にいる夢を見ると話した。マットはこの川を見ると子どものころに飼っていた犬を思いだす、犬が死んだときにここそっくりな川のほとりに埋めたから、と話した。今夜の空の色を話題にし、メアリーはオレンジがかった赤だと言い、マットは紫がかった赤だと言って、どちらが近い色だろうかと語りあった。メアリーはどこもかしこも人でいっぱいの——学校の教室もバスも道路も——ソウルは大嫌いだったけれど、いまでは懐かしい、ここに住んでいても心が穏やかになることはなく、孤独しか感じないし、ときには喪失感さえ覚えると打ちあけた。ここの学校に通いはじめるのが不安でたまらなかったとも語った。町で同じ年ごろの子にハイと声をかけても誰ひとり返事を寄こさず、〝とっとと自分の国に帰れ〟という目で見られたこと、そのあとで彼らが家のビジネスを〝韓国版の黒魔術〟と嘲っているのを漏れ聞いたことを話した。マットは養子縁組を考えてくれとジャニーンに頼んでも拒まれると語り、ジャニーンとかちあわないように休日をとるべくスケジュールを調整し、家のなかでふたりになるのを避けていると打ちあけた。

十時ちかくになり、日没の名残が消えてあたりが真っ暗になると、目がまわったから水が飲みたいと言ってメアリーが立ちあがった。マットも立ちあがり、そろそろ帰らなくてはと言ったちょうどそのとき、メアリーが石につまずいて倒れこんできた。なんとかメアリーを受けとめようとしたが、マットも石で足を滑らせ、しまいにはメアリーがマットの上に乗っかる形で倒れこみ、ふたりして声をあげて笑った。

ふたりは立ちあがろうとしたが、さんざんに酔っぱらっていて、結局はもつれあってしまい、そのあいだにメアリーのふとももがマットの股間を押し、マットはかたくなった。まずい。自分は三十三歳、メアリーは十七歳、ここでことを起こしたら重罪だぞ、とみずからに言い聞かせるが、どれほどの効力があるかは定かではない。日頃から自分が三十歳を過ぎているとは意識していなかったからだ。毎日ではないにしろ、病院でティーンエイジのボランティアスタッフといっしょにいると、自分は年齢ほどには老けてはいないと感じてしまい、なぜ彼らから〝サー〟づけで呼ばれるのか不思議に思った。すべてはピーチシュナップスのせいだろう。こんなものはアルコールのうちに入らないはずなのに（そう感じているだけ）、熱いものが喉を下っていき、胃のなかを燃えたたせ、口と鼻には甘い香りを残している。即席のタイムマシンに乗りこんで、高校時代に女子たちと酔っぱらって何時間も話をしたり、自慰をしたころに時代を遡った気がする。大学卒業以来、久しぶりに酒を飲んで酩酊し、とりとめのない会話で盛りあがったせいで、マットは自分を若いと感じていた。赤いドレスを着たメアリーは無垢な女の子には見えず、話に聞く誘惑の罠というやつを仕掛けていると思えてならなかった。

マットはメアリーにキスをした。もしくはメアリーからキスされたのかもしれない。頭はまったく働かなかった。そのときの記憶をあとからくまなく探り、こっちが思うほどメアリーはキスを楽しんでいないという印——身体をくねらせて逃れようとしていなかったか？　聞こえないほどの声で〝やめて〟と言っていなかったか？——があったかどうか必死になって思いかえしたが、じつのところ、こちらに触れているメアリーの身体の部分以外は、彼女の反応も声も動きも、まったく眼中になかったということを思い知らされただけだった。マットは目を閉じて、すべての神経をキスをする心地よさに集中させ、はじめて触れあうメアリーの唇と舌と歯の感触をむさぼり、それと同時にティーンに逆戻りしたという非現実的な実感を抱いていた。純粋に肉体と肉体が結びついているこのひとときを終わらせたくない一心で、メアリーをきつく抱きしめ、唇が離れないように片手で頭を押さえ、もう一方の手を彼女の尻にあて、ティーンエイジャー同士の性交のように骨盤と骨盤をこすりつけた。そのうちに陰囊からの圧力が湧きあがってくるのを感じ、衝動がどんどん強くなっていった。射精しなければ。いますぐに。目を閉じたままズボンのジッパーをさげ、メアリーの手をつかんで下着の内側へ自分の手もろとも突っこむ。

メアリーの指の上に自分の手をかぶせ、そのままの形でメアリーにペニスを握らせて上下動させる。いつものマスターベーションにメアリーの唇とてのひらのなめらかさが加わり、マットはこのうえない快感の波に呑みこまれた。

あっという間に絶頂に達して精液がほとばしり、それにともなう心地よい痛みが、電気が走るのにも似た疼きとなって脚全体からつま先へとおりていく。アルコールによる耳鳴りが耳をふさぎ、まぶたの裏側で白い光がはじける。マットはぐったりして、メアリーの頭と手から自分の手を離した。

地面に横になり、世界がぐるぐるとまわるなかで、何かが胸を押さえつけてくる――押さえつけるといっても、おずおずといった感じでとても弱く――のを感じ、びくりとして目をあけた。あいかわらず世界がまわり、めまいもするが、胸の上に置かれたものは見えた。**メアリー**の手。震えている。もう少し上のほうを見やると、彼女の口が何かを言いかけているように開いていた。見開かれた目はみずからのべとつく手に向けられ、それから視線が**マット自身**へと動く。まだ勃起しているペニスへ。恐れとショックがメアリーの顔に表われているが、何よりも混乱の色が濃い。何が起きたのか理解できず、指を覆っているものの正体がわからず、目の前の男のパンツを突きあげている**物体**がなんなのか見当もつかない、とでもいうようだった。まるで子ども。小さな女の子に見える。

マットは走って逃げた。どうやって帰宅したのかは覚えていない。大量のアルコールが血管をめぐっているなかでどうやって車を運転したのかは言うにおよばず、立ちあがったところさえ覚えていない。翌朝、目覚めると、二日酔いで動くのもままならず、一瞬、もしやあの出来事はアルコールが引き起こした幻覚だったのではないか、という淡い期待を抱いた。だが、パンツには精液の残滓がこびりつき、靴は泥にまみれている。それらが記憶にあるのは現実に起きたことだと告げていた。羞恥心が湧き起こり、ふたたび耳鳴りがしだし、目のなかで白い光がはじけた。

マットはその晩以来、メアリーと口をきくことはなかった。釈明して謝罪しようとした（正直に言うと、彼女が誰かにしゃべっていないか確認しようとした）が、メアリーは巧妙にマットを避けていた。それでも彼女のSATの準備クラスまで行って車を見つけ、何度かメモを残した。しかし返ってきたのは〝なんで話をする必要があるのかわからない。いままでのことはぜんぶ忘れてしまえばいいんじゃないの？〟と書かれたメモだった。マットとしてはメアリーに言われたからといって記憶を消せるわけもなく、簡単になかったことにはできなかった。そういうわけで、いまや有名になってしまった例のHマートのメモをメアリーに残した。あろうことかまわりまわって自分の妻がそれをメアリーの顔に投げつけ、夫をストーキングしているとなじるとは！

あのひどい出来事から一年になるが、羞恥心も罪の意識も面目を失ったという思いもけっして消えてはくれない。たいていは紐できつく結わえつけられて腹のなかでおとなしくしているが、メアリーのことを考えるときはいつでも、食事中や運転中、テレビを観ているときなど、彼女のことを考えていないときでもたまに、結び目がほどけて羞恥心や罪悪感が噴きだしてくる。

メアリーと過ごした夜が絶頂に達した最後だった。彼女とのことだけではなく、爆発と指の切断のワン、ツー、スリーパンチで、まだ残っていた性的な欲望はどこかへ吹っ飛んでしまった。二度とセックスにチャレンジしなかったわけではない。ワン、ツー、スリーのパンチのあと、はじめていつもの前戯――ジャニーンの乳首を親指でなぞる――を開始したときに気づいた。指先になんの感覚もない。強く触れているか、弱く触れているかもわからず、ジャニーンが濡れているのをたしかめることさえできなかった。理学療法士からはタイプの仕方や食べ方、尻のふき方も教わっていた。手に野球のミットをつけてふいている感じはぬぐえなかったが。だが、この手で〝妻を絶頂に導く方法〟までは教わっていなかったし、指を使わずに妻をよろこばせるほどのテクニックもない。爆発によってまたひとつ、生活するうえでの重要な要素が失われたことがわかり、そのうえペニスはかたくならず、マットは叫びだしたくなった。

ジャニーンがためしにフェラチオをしてみたところ、少しのあいだ勃起したが、そこでマットは目をあけるという痛恨のミスを犯した。ベッドルームには月明りがさしこんでいたので、ジャニーンが長い髪をカーテンのように垂らして頭を上下させているところが見えてしまった。その姿は倒れこんできたメアリーが立ちあがろうとしたときに、彼女の髪が顔の前で揺れていたのを思いださせた。そしてすぐにペニスはしぼんだ。

それがマットのインポテンツのはじまりだった。ジャニーンが女性をばかにしているとしてかつてはあざ笑っていたもの——ネグリジェ、大人のおもちゃ、ポルノビデオ——を用いてみた。しかし何をもってしてもメアリーとのことで生じた羞恥心はもとより、ベッドではぶざまで無力だという劣等感を吹き消すまでには至らず、自分の手を使ってみても状況はまったく変わらなかった。一度ためしてみたときは（ジャニーンとのセックスに失敗したあと、このままでは一生不能になるとパニックに陥りバスルームにこもった）、表面がなめらかすぎる手でいくらこすっても以前のようには勃起しなかった。ペニスを握った自分の手を見ることはできても、実際に握っている感触がないのは現実離れしていて、ついには誰か見知らぬ人間に握られているような気までして、背中がぞくぞくした。同時にこうも思った。赤の他人の男に手でヤッてもらっていると想像して、おまえは興奮しているのか？

何度か夢精しそうになったことはあった。以前なら〝なんてことだ〟（思春期に逆戻りかと情けなく思う間もないほどの一瞬の快感）と思ったものだが、いまはまた起きてくれと祈るような気持ちでいる。というのも、性機能は休止しているだけで死んだわけじゃないと安心できるからだ。問題はメアリーがいつでも夢のなかに侵入してきて、そのたびに小児性愛／レイプという罪を犯した罪悪感で目が覚めてしまうという点だ。これまではそうだった。

今夜は夢を見つづけていた。彼女のパンティーを脱がす。彼女にズボンと下着を脱がしてもらう。上になって彼女の脚を広げ、指が切断された手を掲げて言う。「きみがぼくをめちゃくちゃに破壊した」彼女が言う。「先にあなたがわたしをめちゃくちゃに破壊したから」それから腰を浮かせてきつく、湿った自分のなかへマットを招き入れる。マットはこれまでに感じてきたよりもずっと生々しい感じを覚える。絶頂に達すると、夢のなかのメアリーは叫び声を残して粉々に割れ、何百万ものガラスの破片に変わった。飛び散るガラスの粒となったメアリーがスローモーションでマットの身体のなかへ入ってくる。肌を突き破って肋骨を目指しつつ、温かな疼きと純粋な喜びを与えながら。

「ハニー、起きてる？」ジャニーンの声に呼びかけられて目が覚める。マットはブランケットをぐいっとつかんで寝返りを打ち、ジャニーンが声のサンプルをとるために出かけると話しているあいだ眠っているふりをしていた。そして妻が出ていくまでじっとしていた。車が走り去る音が聞こえたあとでバスルームに入る。水を出して、下着をこすって洗いはじめた。

ヨン

目が覚めて最初に気づいたのは、日の光だった。窓として使うために木の壁をくり抜いた部分は小さすぎて充分な日光を取りこめない。でも、太陽がまさにいまのようにちょうどいい場所にくると――太陽が間にあわせの窓のまんなかに見える木の真上にのぼって、四角い穴に完璧に縁どられると――日光が四角い光の帯となって押し寄せてくる。窓のすぐ近くでは形のあるものに見えるが、奥へ行くにつれてぼやけ、空気に溶けこむ光となって小屋のなかをくまなく照らし、おとぎ話の世界にも似た情景を生みだす。日の光のベールのなかで舞い踊る塵がきらきらと輝く。鳥たちのにぎやかに鳴く声が聞こえてくる。

裏の林の厄介なところは、昨晩のように月のない夜には真の暗闇になること。光がなくなるから闇になるのではなく、闇自体が重量と形をそなえて存在している。黒いインクを流したような完全な闇のなかでは、目をあけていても閉じていても、まったく変わりはない。昨晩はずっと目が覚めたままベッドに横たわり、屋根を叩き、闇のなかで息づく雨の音を聞きながら、パクを揺り起こしたいという衝動をこらえていた。行動を起こすまえに、問題があってもまずは眠るのが先決だとヨンはつねづね思っている。なぜかアメリカ人は一日の終わりに諍いごとを解決するのが生きる上での知恵だ（「喧嘩は朝まで持ち越さない！」）とさかんに言うけれど、それは常識に反する。夜は喧嘩をする時間帯としては最悪だ。闇は不安や疑念をあおる。だから朝まで待ったほうがいい。目覚めたときは気分が上向いているから、しっかりとものを考えられるし、相手に対して思いやりの心も持てる。それに一定の時間をおいたあとで新しい一日の光を浴びれば、感情は落ちついて怒りもしぼむ。

でもいつもというわけじゃない。現にいま新しい一日——雨はやみ、雲は去り、空気は軽い——を迎えても、昨晩の不安は少しも軽くはなっておらず、むしろその逆だ。時間をおいたぶんだけ、夫が嘘つきで、もしかしたら殺人者かもしれないという、世界を様変わりさせる現実がさらに真実味を帯びてくる。昨晩の非現実的なほどぼんやりとしたなかでは、新たな現実はほんとうのことではないという可能性もあった。けれども清澄な朝の空気がその可能性を完全に運び去ってしまった。

ヨンは身体を起こした。パクのまくらもとにメモが置いてある。〝新鮮な空気を吸いに外へ行ってくる。八時三十分までには戻る〟そこで時計を見る。八時四分。パクが話した内容を詳しく調べる——隣人のミスター・スピナムを訪ねる。ソウルのアパートメントのリストを送ってきた不動産業者に電話をする。図書館のパソコンを使って、パクと弟のメールのやりとりをチェックする——という計画を実行に移すにはまだ早いが、いまできることがひとつある。爆発の夜、パクといっしょに実際は何をしていたのかメアリーに詳細を訊く。

メアリーのスペースを囲っているシャワーカーテンの前でノックがわりに二度、足を踏み鳴らす。そして「メアリー、起きなさい」と韓国語で言う。英語で言うか（「ママがなんて言っているか、誰にもわからない！」）、韓国語で言うか（「どうりで英語が上達しないわけだ。もっと練習しなよ！」）は表が出るか裏が出るかのコイン投げみたいなもので、どちらをより不快に思うかはメアリーの気分しだいだ。しかし、重要な話をする際に外国語を使うリスクは冒したくない。英語から韓国語に切りかえれば言語能力に関するＩＱは倍になり、どんなに些細なことでも取りこぼさずにすむはずだ。「起きなさい」さっきより大きな声で呼びかけ、また足を踏み鳴らした。反応はない。

ふいにヨンは思いだした。今日はメアリーの誕生日だ。韓国にいたころは、朝起きてきたメアリーを驚かせるために夜どおしカードやリボンで部屋の飾りつけをし、家族で誕生日を盛大に祝った。アメリカへ来てからはそれができなくなった。店にいる時間が長かったので、ごくシンプルに誕生日を祝うだけで精いっぱいだったからだ。それでも、人生の記念となる十八歳の誕生日なのだから、メアリーは何か特別なことを期待しているかもしれない。「お誕生日おめでとう」とヨンは言った。「十八歳になった娘と顔をあわせられるなんて最高だわ。入ってもいい?」

依然として反応はない。シーツがこすれる音も、いびきも寝息も聞こえてこない。「メアリー?」ヨンはカーテンをあけた。

メアリーはいなかった。ベッドがわりのマットは昨晩と同様に隅に丸められ、まくらとブランケットがなくなっている。メアリーはここでは眠らなかったらしい。あの子は昨日の晩はたしかに家に戻ってきた。深夜にヘッドライトが小屋の窓を照らし、出入口のドアが開く音が聞こえたのだから。そのあと物音は聞こえなかったと思うが、メアリーはもう一度出かけたのだろうか?

ヨンは外へ飛びだした。車はあるがなかにメアリーはいない。物置小屋へと急ぐ。誰もいない。昨晩の雨のなかで濡れずに眠れる場所などどこにもない、少なくとも歩いて行ける範囲には……。

そのとき、あるイメージが頭に浮かんだ。暗い、金属製のカプセルのなかでメアリーが仰向けに横たわっている姿が。

ヨンは昨晩メアリーが眠った正確な場所を知った。

最初はなかへ入らなかった。入口に立ってメアリーを呼ぼうと口を開いたけれど、何かが腐っているようなにおいがして、とっさに焼けた肉や焦げた髪が頭に浮かんだ。すでに火災から一年が過ぎている、と自分に言い聞かせてなかへ入り、目を伏せて火事の痕跡を見ないようにしたが、それは無理だった。壁の半分が失われ、激しい雨が降ったあとにできた泥の水たまりが焼け残った床を覆っていた。屋根が崩れ落ちた部分から日光がさしこみ、それがスポットライトとなって博物館の展示物のようなカプセルを照らしだしている。厚い鋼鉄製の本体部分は火災のなかでも無傷で焼け残ったが、水色に塗られていた表面は一面水ぶくれのようになっていて、舷窓のガラスは粉々に割れている。

去年の夏、メアリーはたいていここで寝ていた。最初は家族三人で小屋で寝ていたが、メアリーは口を開けば文句ばかり言っていた。明かりを消すのが早すぎる、朝の目覚ましが鳴るのが早すぎる、パクのいびきがうるさい、などなど。小屋に住むのは一時的なことだし、韓国では伝統にのっとって家族が全員同じ部屋に寝ていたとヨンが指摘すると、メアリーは反論した（英語で）。「そうだね、わたしたちがほんとうの家族だったころはね。それに、そんなに韓国の伝統が恋しいなら、なんであっちに戻らないの？　これの」――両手をすっと広げる――「どこが昔よりいい生活なの？」

家のなかに自分だけのスペースがないのがどれほどつらいかはよくわかっていると言ってやりたかった。パクと自分だって夫婦生活に必要なプライバシーはもとより、夫婦だけで口論するためのプライバシーすらなくて、つらいのだとも。しかしメアリーが天井を仰いで冷笑を浮かべるようすを見て、激しい怒りが湧きあがってくるのを感じた。娘の態度はあからさまでふてぶてしく、この母親は尊敬に値しないのだから軽蔑する気持ちを隠そうとする必要さえないといわんばかりだった。ヨンはこんな娘など生まなければよかったと思い、絶対に口に出すまいと誓っていた母親の常套句を知らず知らずのうちに娘に投げつけていた。食べるものや住むところのない子どもだっているのに、あなたは自分がどれほど恩知らずでわがままか気づいていないのか、と（ティーンエイジの娘の策略にまんまとはまったわけだ。言ったらかならず後悔するようなことを言わされてしまったのだから）。

翌日、メアリーは喧嘩の最中にかならずとる行動に出た。パクにはやけにべたべたと接し、ヨンには辛辣な態度をとったのだ。ヨンは無視したが、パク（娘の甘えっぷりが作戦だとは知らない）はメアリーの〝愛情攻撃〟を楽しんでいた。メアリーはいかにもなにげなさそうに、ときたま申しわけなさそうな口調をまじえて、不眠がつづいているとパクに言い、どうしたらいいか考えてほしいと頼み、それならカプセルのなかで寝ればいいとの**パクからの**提案を引きだした。ヨンはメアリーの巧みな誘導に驚いた。それから爆発が起きるまで、メアリーは毎晩カプセルのなかで寝ていた。

退院してきた夜、メアリーは家のなかの自分のスペースで寝た。けれどもヨンが目を覚ますとメアリーはいなくなっていた。ヨンはあらゆる場所へ探しにいった。ただし納屋は除外した。メアリーが納屋を囲っている黄色いテープを乗り越え、さらにはふたりの人間が生きながら焼かれた鋼鉄製のカプセルに近づくとは思いもしなかった。しかし納屋の壁にあいた黒焦げの穴の前を通ったとき、カプセルから漏れている懐中電灯の明かりが見えた。ハッチをあけてみると、なかにメアリーがいて仰向けに横になっていた。まくらもマットレスもブランケットもなしで。たったひとりの娘が身じろぎもせず目を閉じて、身体の両脇に腕をぴたりとつけている。その姿は棺におさまった遺体を連想させた。火葬場で焼かれるのを待つ遺体。ヨンは叫び声をあげた。

それ以来、ふたりがそのときの話をすることはなかった。メアリーは説明しようとしなかったし、ヨンも訊かなかった。メアリーは毎晩、自分のスペースで寝るようになり、カプセルで眠ることはなくなった。

　いま、このときまでは。ヨンはあの夜と同じようにハッチをあけた。錆びついた蝶番が軋み、日の光がなかを照らす。メアリーはいなかったが、いた形跡はある。メアリーのまくらとブランケットがあるし、メアリーのとおぼしき長い黒髪が二本、まくらの上で交差してX《エックス》を描いている。ブランケットの上には茶色い紙袋が置かれている。これはヨンが物置小屋から持ってきて、パクが家の出入口に置き、今日、捨てるはずだったものだ。帰宅したときにメアリーはこれを見つけたのだろうか。

　ヨンは腰を落として紙袋を手に取った。傾けてなかを見ようとしたとき、物音が聞こえた。砂利を踏む音、地面に落ちた枯れ枝が折れる音。足音。納屋に向かって誰かが駆けてくる音。叫び声。パクの声だ。「ミヒヤ、待て、説明させてくれ」さらに足音。どさりという音。メアリーが倒れた？　それからすぐ外ですすり泣く声。

　外に出て、何が起きているのか確かめるべきだとわかっていたが、状況――おそらく動揺しているメアリーがパクのもとから走り去り、そのあとをパクが追っている――の異様さに、ヨンは動けなくなった。紙袋のなかを見る。ブリキ缶。紙。思ったとおりだ。メアリーは煙草とソウルのアパートメントのリストを見つけたのだ。自分と同じようにメアリーはパクを問いただしていたのだろうか。

　パクの車椅子の音が近づいてくる。ヨンはハッチを閉めた。なかに隠れる形になるけれど、少しあいた隙間から外をのぞける。身体をうす闇のなかに沈めながら、メアリーのまくらを抱きしめる。まくらは湿っていた。

　車椅子の音がやんだ。「ミヒヤ」パクが韓国語で言う。声は近く、納屋のすぐ外から聞こえる。「わたしがどれほど後悔しているか、おまえにはわかってもらえないだろう」

メアリーが震える声で、すすり泣きで途切れ途切れになりながら英語で言う。「信じられ……ない……パパ……が……関与して……たなんて。意味が……わかん……ない」

少しの間《ま》があってパクの声。「わたしだって嘘だと思いたいよ。でもほんとうなんだ。煙草とマッチ。あれはわたしがやったんだ」パクはブリキ缶の話をしている。そうに決まっている。けれど、あそこにマッチはなかったはず。

メアリーの声。英語をしゃべっている。「でもどうしてここなの？　敷地のなかでもいちばん危険な場所に煙草とマッチが、どうして？」ようやく声がどこから聞こえてくるのかわかった。納屋の裏。酸素タンクが置かれていた場所。

ため息。それほど長くはないが重く、不安としゃべらずにすませたいという思いが詰まっているようだ。ヨンもため息がずっとつづけばいいのにと思った。そうすれば次の言葉を聞かずにすむ。

「わたしが置いた」パクが言う。「この場所を選んで、酸素チューブのすぐ下に。小枝と枯葉を集めて。それからマッチと、煙草を置いた」

「ちがう」メアリーが言った。

「ちがわない。ぜんぶわたしだ。わたしがやった」

わたしがやった。

その言葉を聞いて、ヨンはメアリーのまくらに頭をのせ、メアリーの涙で濡れたところに頬をあてた。目を閉じると身体がまわりはじめた。もしくはカプセルがまわっているのかもしれない。まわる速度がどんどん速くなり、カプセルは小さくなってピンの先ほどの大きさになり、身体が押しつぶされていく。

**わたしがやった。ぜんぶわたしだ。**

〝ぜんぶわたしだ〟とはいったいどういうことか。どうしてこんなにあっさりと言ってのけられるのだろうか。ふたりを殺した火災を引き起こしたことを冷静に認めたあげく、どうしていまだに息をして、しゃべっていられるのだろう。

メアリーのすすり泣きがいまや号泣に変わり、そこでヨンは頭に霧がかかって見とおせていなかったことにはたと気づいた。メアリーはたったいま、父親が殺人を犯したことを知った。ヨン自身が受けたのと同じ大きなショックをメアリーも受けている。ヨンは目をかっと見開いた。ここから出て、メアリーを抱きしめていっしょに泣き、愛する人に関する恐ろしい事実を知ってしまったという悲しみを嘆きたい。母親が悲しむ子どもをなぐさめるときの〝シー〟という声さえ聞こえそうだった。パクに向かってメアリーから離れろ、わたしたちを放っておいてくれ、あなたの罪でわたしたちを汚すのをやめてくれ、と叫びたかった。そのときメアリーが言った。「なぜこの場所なの？　ほかの場所を選んでいたら――」

「抗議者たち」パクが答えた。「エリザベスが抗議者たちのパンフレットを見せて、彼女らは治療を妨害するために火をつけるかもしれないと言いつづけていた。そこでひらめいたんだ――もし警察がパンフレットの事例と同じ場所に煙草があるのを発見したら、抗議者たちは厄介なことになると」なるほど。絶好の策だ。火をつける、抗議者のせいにする、保険金をもらう。パクを激怒させた人間に濡れ衣を着せる巧妙な罠。

「警察はバルーンの件で抗議者たちを連行していった」メアリーが言う。「どうしてほかのことまでしなきゃならなかったの？」

「抗議者が電話をかけてきた。警察は彼女たちに警告を与えただけだったという。それでは毎日、抗議者たちがやってくるのをとめられず、そのうちに患者はひとりも来なくなってしまうだろう。やつらを困った立場に追いやって永遠にここへは来られないようにするために、何か思いきった手を打たなければならなかった。近くにおまえがいるなんて思いもしなかった。それに……」パクの言葉が尻すぼみになり、ヨンの頭にはあのときの記憶が押し寄せてきた。納屋に向かって走っているメアリーが振り向き、瞬きを繰りかえす。炎の明かりを受けて顔がオレンジ色に染まり、爆発の衝撃で身体が宙に投げだされる。

メアリーもあの瞬間にとらわれているようだった。

「Hボットからエアコンの音が聞こえないなって、ずっと考えていた。すごく静かだった」ヨンもそれは覚えている——エアコンがうなるいつものやかましい音はせず、遠くでカエルが鳴く声が聞こえていた。爆発のまえの静寂のひととき。

「それもわたしがやったことだ」とパクが言う。「抗議者をはめるために停電を引き起こした。それで、すべてが動きだした——治療開始が遅れ、すべてがまちがったほうへ走りだした。あんなに多くのことがまちがったほうへ動くとは夢にも思わなかった。誰かが被害をこうむるとは思いもしなかった」

ヨンは叫びたかった。どうしたら酸素が流れている真下で火をおこすなんてことを考えられたのか教えてほしいと。それでもパクは危機一髪のところで患者たちを外に出す計画を立てていたはずだとも思った。その証拠に火災が発生するまで少しずつ燃えていく煙草を道具として使い、ヨンに酸素を切る仕事をまかせ、酸素が流れているあいだ、つまり八時二十分よりまえに煙草を火種とした火が燃え広がらないよう見張るために外にいた。パクは人を怯えさせるが誰も傷つけない、ゆっくりと燃える火をセットするという完璧な計画を実行に移した。しかし計画どおりに進まなかった。しょせん計画とはそういうものだ。

長い沈黙のあと、耳をそばだてなければ聞こえない小さな震え声でメアリーが英語で言った。「わたし、いつもヘンリーとキットのことを考えている」

「あれは事故だったんだ」とパクが言う。「そう考えるべきなんだ」

「でもわたしのせいでもある。わたしがわがままで、韓国へ帰りたがったから。パパはいずれ状況はよくなるって言ったけど、わたしは強情を張って文句ばっかり言って、こんなことに……」メアリーは泣きはじめた。ヨンは悟った。パクは娘がほしがっていたものを与えることに決め、それを実現させるために自分ができる唯一のことをしたのだと。

ヨンは誰かに肺を殴られたみたいに、何かが壊れるのを感じた。考えてもしかたがないと知りつつも、〝なぜ〟と問いかけずにはいられないことにわれながらいらつく。パクは抗議者を憎んでいた。永遠に追い払いたいと思っていた。でも、なぜ火を？ ビジネスはうまくいっていたのだから、火をつけて壊さねばならない理由なんてなかった。けれどもひとつだけ理由があった。メアリーはパクにすがりつき、韓国へ帰ろうと懇願していた。放火は自然と考えついたアイデアではなく、パクの抗議者に対する怒りから生まれたものだろう。そして計画を練った。いまはそれですべてに説明がつき、ピースがぴたりとはまる。放火についての問い合わせの電話も、ソウルのアパートメントのリストも――すべてが計画に組みこまれていた。抗議者は罪をなすりつける絶好のカモだった。

去年の夏、メアリーがどうしても韓国に帰りたいと泣いてパクにすがるところを想像すると、小鳥に心臓をつつかれたみたいに胸に痛みが走る。どうしてメアリーは母親である自分のところに頼みにこなかったのだろう。韓国では毎日午後に、韓国の子どもの遊びのひとつ、コンギをふたりでやりながら、メアリーはいじめっ子の男子の話とか、授業中にこっそり読んだ本の話をしていた。母娘の仲のよさはどこへ行ってしまったのだろう。すっかり消えてしまって二度と取りもどせないのか、それともティーンエイジのあいだはどこかに埋もれて休眠しているだけなのか。メアリーがアメリカを嫌って韓国へ戻りたがっているのは知っていたが、それは慣れない異国での一時的な考えで、パクに打ちあける機会をうかがうほどの心の底からの願いとは思いもしなかった。パクはパクでそのことを妻には話さず、メアリーの願いを叶えるために危険な計画を実行に移していた——ひとりで勝手に決めて、二十年連れ添った妻には何も言わずに。これは一種の裏切りだ。娘と夫の。誰よりも愛し、信頼していたふたりから裏切られたのだ。

「エイブに言わないと」とメアリーが言った。「いますぐに。エリザベスを苦しめるのをやめさせないと」

「そのことはずいぶん考えた」とパクが言う。「だが裁判はじきに終わる。エリザベスが無罪となる可能性は高い。結審したら、韓国へ戻って一からやり直せばいい」

「もし有罪となったら？　エリザベスは死刑になるかもしれないんだよ」

「そうなったら、わたしが真実を告白する。保険金がおりるのを待って、おまえとおまえのお母さんがどこか安全な場所へ落ちつくのを見届けてから、エイブのところへ行く。やってもいない罪でエリザベスを刑務所へ行かせるわけにはいかないからな。そんなまねはできない」そこで間をおく。「わたしはまちがったことをたくさんしてしまったが、誰も、**誰ひとりとして**傷つけるつもりはなかった。それだけは覚えておいてほしい」

「エリザベスはすでに苦しんでいるんだよ。息子を殺したとして裁判にかけられて。ほんとにつらい思いをしているはずで、わたしには耐えられ——」

「聞きなさい。わたしだって現状に胸が張り裂けている。変えられるものなら変えたいとも。だが、エリザベスが同じ思いでいるとは思えない。彼女は火をつけてはいないかもしれないが、ヘンリーには死んでほしがっていたし、それが現実となってよろこんでいる、わたしはそう思っている」

「どうしてそんなことが言えるの？ エリザベスがヘンリーを虐待したと言われているのは知っている。でも実際にヘンリーに死んでほしがっていたとは――」

「わたしは聞いたんだ、この耳で。インターホンを通して。エリザベスがオフになっていると思って話したときに」

「聞いたって、何を？」

「エリザベスがテレサに、ヘンリーには死んでほしい、あの子が死ぬのを空想していると」

「ちょっと待って、いつの話？ パパはどうしてそのことを言わなかったの？ 証言したときだって言わなかった」

「エイブから話すなと。エイブはテレサを証人尋問してその件を問うつもりでいるが、真実を引きだすために不意打ちをかけたがっている」これは初耳だった。ヨンが友人のテレサに何ごとかしゃべるのをエイブが警戒し、ヨンの耳には入らないようにしたのだろう。わたしに隠しごとをしていない人間などいるのだろうか、とヨンは思った。

「重要なのはエリザベスがヘンリーの死を望んでいたという点だ。それに虐待もしていた。いずれにしろ、虐待の件で訴追されていたはずだし、現にいまそのことが焦点になっている。もう一週間、裁判が長引いたところで、彼女にとってはそれほど変わりはないだろう。それに覚えていてほしいんだが、もし有罪という評決が出たら、わたしは進みでて真実を話すつもりだ。約束する」

ほんとうだろうか。メアリーを沈黙させておくための方便では？ 評決が有罪と出たら、ちがう口実をひねりだしてエリザベスを死なせるつもりではないのか。

「さて、家に帰るまえに約束してほしい。わたしの言うとおりにすると。おまえの母親もふくめて、誰にも何も、ひと言もしゃべらないと。わかったかい」

〝おまえの母親〟と聞いてヨンの心臓は激しいスピードで胸郭を打った。パクが言う。「ミヒヤ、答えなさい。わかったね？」

「わからない。オンマには話さなくちゃ」メアリーが〝オンマ〟以外は英語で言う。娘は敵意という鎧に身を包むまえにヨンをそう呼んでいた。最後にオンマと呼ばれたのはいつだっただろう。「パパはオンマが何かを疑っているみたいだと言ってたよね。爆発の夜のことを訊かれたらどうするの？　わたし、なんて答えればいい？」

「ずっと言っていたように、すべてがぼんやりしている、と返せばいい」

「だめ、オンマには言わなくちゃ」声は震え、話しぶりは自信なげで、少女がしゃべっているみたいだった。

「だめだ」パクがヨンの耳を打つほどの強い口調で吐き捨てるように言ったが、そこでひと呼吸入れ、みずからを落ちつかせるように深呼吸を繰りかえした。「わたしのために、ミヒヤ、わたしのために約束してくれ」無理やり自分を抑えている感じが言葉から伝わってくる。「わたしがそう決めたんだ、わたしの責任で。もしおまえの母親が知ったら……」パクはため息をついた。

沈黙が降りた。メアリーはうなずいたにちがいない。娘が従わなかったら、パクはしつこく言い聞かせつづけていただろうから。少しして足音と車椅子が動く音が聞こえてきた。どんどん近づいてきて、そのあと家のほうへと向かっていく。ふたりが家のなかに入るのを待ってからここを出よう。それとも、ふたりに追いつき、何も聞いていないし、夫と娘が密約めいたものを交わしたことも知らないふりをしようか。どちらも卑怯だとわかっているが、ヨンはあまりにも疲れていた。このままここにいて世界を閉めだし、身体がまわっている感覚がやむまで、すべてが過ぎ去り崩れ去って無に変わるまで、埋葬されたように横たわっていられたらどんなにか楽だろう。

いいえ。何もしないわけにはいかない。パクに脇へ押しのけられ、いままで以上に蚊帳の外に置かれた状態に甘んじてはいられない。ヨンはハッチを押した。開いたハッチが立てる甲高い音が耳をつんざいて、思わず叫びだしたくなる。背をのばした瞬間に頭を鋼鉄製の天井にぶつけ、ゴンと鳴った音が打ち鳴らされたゴングのように頭のなかで反響した。

納屋のなかにそっと、慎重に足を踏み入れる音がした。パクがなんでもなさそうだ、おそらく小動物だろうと言ったところで、メアリーが「ママ？　ママなの？」と呼びかけてきた。娘の声には不安がにじんでいるけれど、何かほかのものも混じっている。期待だろうか。

ヨンはゆっくりと身体を持ちあげた。外へ這いだし立ちあがる。こっちへおいでと誘うようにメアリーのほうへ腕をのばす。自分たちに降りかかったこの悲しみをともに嘆こうと。頬を涙で濡らしながらメアリーは母親を見つめるが、歩み寄りはしなかった。かわりに許可を求めるようにパクを見た。パクが手をさしのべると、メアリーはためらいを見せたあと、パクのほうへ近づいていった。

記憶がよみがえる。メアリーが赤ちゃんのころ、娘をはさんでヨンとパクはふたりともわが子の名を呼びながら手をさしのべた。ふたりの愛娘はパクのほうへハイハイしていった。いつでもパクのほうだった。ヨンは傷ついたそぶりは見せず、笑って手を叩き、心のなかでこうつぶやいた。よその父親とはちがい、パクがわが子と仲がいいのはすばらしいことだ。ミヒは一日じゅう母親といっしょにいるから、あまり見慣れない親のほうを選ぶというだけの話だけれど、と。三人はいつでもこんなふうだった。どことなく不安定で、三人で三角形を形づくっているというのに、ヨンだけはのけ者で、ほかのふたりからは距離がある、いわばいびつな三角形だった。子どもがひとりしかいない家庭はどこも似たようなもので、親密さの度合いはかならずしも同等ではなく、その結果、三人のグループには嫉妬心が生まれやすいのだろう。結局のところ、三辺が美しい均衡を保つ正三角形は理論上は存在するが、実生活ではありえない。ミヒとふたりでパクから離れてちがう大陸で暮らすようになれば一家のバランスは変わるだろうとヨンは思ったが、ふたりがアメリカへ移住してからは、皮肉なことにパクのほうがヨンよりもメアリーと多く会っていた。週に二回、スカイプで(店はインターネットが使える環境ではなかったので、ヨンはスカイプを使えなかった)。バランスはいつでもパクとメアリーのラインへ傾いていた。それは過去の話だと思っていたのに、いまでもそうだった。

ヨンはふたりを見た。車椅子の男は身の毛のよだつようなことをしでかし、それを一年間、隠したあげく、秘密を妻ではなく娘に負わせた。男のとなりにいる頬に傷がある女の子は、犯罪に手を染めたうえに娘に傷を負わせた父親をすでに許している。その女の子はつねに父親を選び、本来ならヨンに打ちあけられるべき秘密を父親から聞かされていくらもたっていないいまも父親の味方についている。わが夫とわが娘。自分にとっての太陽と月。自分を形づくっている骨組でもあり、力の源でもある。ふたりがいなければ自分の人生は存在しないはずなのに、いつもふたりには手が届かず、ふたりを知ることができない。ヨンは胸に大いなる痛みを感じた。心臓の細胞がひとつ残らず窒息させられて、ゆっくりと死につつあるとでもいうように。

パクがヨンを見た。ヨンはパクが後悔の念を表わすことを期待した。しおれたヒマワリさながらに首を垂《こうべ》れるとか、こちらの目をまっすぐに見られないとか、犯罪を告白して赦しを乞うとか。だがどれもせずにパクは言った。「ヨボ、きみがそこにいるなんて気づかなかったよ。何をしていたんだい」——非難がましくもなく、いらだったようすもないが、口調はなにげなさを装っているのがわかる。嘘をつきつづけてもだいじょうぶかどうか、妻をためしている感じがうかがえる。うす気味悪いほど本物に見える夫のつくり笑いを見ながら、ヨンはよろめいて後ずさった。とつぜん床が消えて、何もない空間へ落ちていく気がした。ここから出ていかなければ。死と嘘が渦巻くこの廃墟から。焦げた床はでこぼこしていて足もとがおぼつかなく、乱気流に巻きこまれた飛行機の通路を歩くときのように、バランスをとるために腕を左右にのばす。パクとメアリーの前を通りすぎて木の切り株のところまで行き、涙をぬぐう。

「きみは、聞いていたんだね」とパクが話しかけてくる。「ヨボ、わかってほしい。きみを悩ませたくなかったたし、ちゃんと手を打てば最後にはうまくいくと思っていた。もし——」

「うまくいく、ですって?」ヨンは振りかえってパクを見つめた。「うまくいくって、いったいなんなの? 男の子がひとり亡くなった。五人の子どもが母親を失った。無実の女性が殺人の嫌疑で裁判にかけられている。あなたは車椅子の生活になった。そしてメアリーはこの先ずっと、自分の父親が殺人者だと知りながら生きていかなくちゃならない。そんな状況で物ごとがうまくいくなんてことはありえないの」大声を出しているつもりはなかったけれど、言いおえると、静寂のなかで自分の言葉がこだましているのが聞こえた。喉に痛みが走る。

「ヨボ、家のなかに入って話をしよう。そうすればきみも——すべてうまくいくとわかるはずだ。いまはこのまま、口を閉じているべきなんだ」

ヨンは後ずさり、その拍子に枝を踏んだせいで身体メアリーとパクが前かがみになって手をさしのべた。こちらの身体を支えるためにさしのべられた夫と娘の手を見る。それからふたりの顔を。愛するふたりが川ぞいの散歩道の入口に立っている。背後に立つ背の高い木々が自然の天蓋をつくり、葉と葉のあいだから日の光がこぼれてくる。こんなにも美しい朝に自分の人生が壊れるとは。神がふざけて皮肉な設定を用意したとしか思えなかった。

メアリーがヨンを見て言った。「オンマ、お願い」〝ママ〟を意味する言葉を韓国語でやさしく言われると、ヨンは娘を抱きしめて、昔のように親指で涙をぬぐってやりたくなった。〝わかった〟と言い、秘密によって永遠に結びつけられる同盟に参加できれば、どんなに楽だろう。顔をあげると、八歳の少年と彼を助けようとした女性を呑みこんだ炎によって焼かれ、いまでは真っ黒になった潜水艦が垣間見えた。

ヨンは首を振った。一歩後ろへさがり、一歩、また一歩と、ふたりの手が届かないところまで後退する。

「あなたたちにはわたしに何かを頼む資格はない」そう言い捨て、夫と娘に背を向けて歩き去った。

## マット

マットは法廷内でメアリーを探した。彼女に会いたかった。いや、〝会いたい〟ではなく、〝会わねばならない〟のほうが近い。たとえれば、歯根の治療はあまり歓迎しないが、腐った歯は抜いて痛みをとめなければならない、といったところだ。おそらく最新のニュース（〝殺人ママの裁判：被告は息子に漂白剤を飲ませた〟）の影響で、法廷はいつにもまして人であふれているが、ヨンの姿はなく、それが奇妙に思えた。

ジャニーンはすでに法廷に来ていた。「声のサンプルをとってきた。今日、当時の担当者がそれを聞くと思う」ジャニーンが小さな声で言うと、マットは自分の車からメアリーが携帯電話を取りだして使用した可能性を考え、不安で胃がキリキリした。

エイブが現われた。「ユー一家を見なかったかい」

マットは首を振った。ジャニーンが「今日はメアリーのお誕生日だから、家族でお祝いをしてるんじゃないかしら」と言った。

メアリーの誕生日。彼女が車のキーを使えた件とあの夢。気持ちをかき乱すものがそろうと、何やら不穏でいやな気分になる。メアリーは十八歳になり、法的には成人だ。成人として訴追もされうる。なんてことだ。

ハイツ刑事が反対尋問のために証人席にすわる。シャノンは〝おはようございます〟や〝ご気分はいかがですか〟で時間を浪費せず、立ちつくして傍聴席のささやき声がやむのを待ちもしなかった。自分の席からただこう言うだけだった。「あなたはエリザベス・ワードが児童虐待をしていたと思っている、そうですね？」

傍聴人はあたりを見まわした。どこから質問が飛んできているのかたしかめるといったふうに。ハイッは驚いた表情を見せた。ゴングが鳴った直後、相手の出方を見ようとしていたのにいきなり顔面にパンチを食らったボクサーみたいだった。「えー、そう思います、はい」

席にすわったまま、シャノンが言う。「あなたは本件の捜査において自分の考えに耳を貸そうとしない同僚刑事に対し、虐待の通報以外には動機の証拠となるものは何もないとおっしゃいましたよね？」

ハイッは顔をしかめた。「覚えていません」

「覚えていない？　二〇〇八年八月三十日の本件に関する会議で、ホワイトボードに〝虐待がなければ動機がないも同然〟と書いたことを覚えていないんですか？」

ハイッはごくりと唾を呑んだ。少し間をおいて咳払いをする。「思いだしました。たしかに書きましたが――」

「ありがとうございます、刑事。さて」――ここでシャノンは立ちあがった――「児童虐待の訴えを一般的にはどう処理するのか教えてください」庭を散歩しているみたいに、肩の力を抜いてゆっくりと歩く。「深刻な通報を受けた場合、捜査が完了しないうちから、子どもを親の保護下から引き離すときもありますよね？」

「はい。児童に深刻な危害を加えかねない、たしかな脅威がある場合は、捜査のあいだ一時的に児童を児童養護施設へ移すための緊急命令を要請します」

「〝深刻な危害を加えかねない、たしかな脅威〟」シャノンが一歩、証人のほうへ寄る。「本件ではエリザベスについての匿名の通報を受けた際、あなたはヘンリーを家庭から引き離さなかったし、しようともしなかった。それで正しいですか？」

ハイッは口をかたく閉じ、瞬きもせずにシャノンを見た。長い間をおいて答える。「正しいです」

「つまり、ヘンリーに危害が加えられるあきらかな危険性はないとあなたは考えた、そうですね？」

ハイツはエイブを見て、それから視線をシャノンに戻し、目を瞬かせた。「それがわれわれの初期評価でした。捜査をはじめるまえの」

「なるほど、そうですか。あなたは五日間、捜査をした。いずれかの時点でヘンリーが実際に虐待されているとあなたが見きわめた場合、保護を目的としてヘンリーを家庭から引き離すことができた。それがあなたの仕事ですね？」

「はい、でも――」

「でも、あなたはしなかった」シャノンは障害物に向かっていくブルドーザーみたいに前へ進みでた。「通報を受けてから五日間、あなたはヘンリーを家庭に残した、そうですね？」

ハイツは唇を嚙んだ。「われわれの判断にはあきらかな誤りがあった――」

「刑事」シャノンがはっきりとした声で言う。「わたしの質問に答えてください。わたしからの質問にだけ。あなたの仕事の出来、不出来は訊いていません。もっとも、あなたの上司や、ヘンリーになりかわって訴訟を起こそうとしている弁護士なら、あなたがここで間違いを認めるのを聞きたがるでしょうけれど。わたしの質問はこうです。捜査を行なった五日間で、エリザベスがヘンリーに深刻な害を与える、あきらかな危険性を持った虐待者である事実を発見しましたか、しませんでしたか」

「発見しませんでした」ハイツは気落ちしたように見え、言葉にも抑揚がなかった。

「ありがとうございます。では、あなたの捜査そのものに移りましょう」シャノンはイーゼルに何も書かれていないフリップボードを置いた。「昨日、あなたはここにある四つのタイプの虐待を捜査したとおっしゃいました。育児放棄、心理的虐待、身体的虐待、医療的虐待の四つで正しいですか？」

「はい」

シャノンは縦線と横線を引いて、横の並びの左端に四つのカテゴリー名を書いた。「あなたが会って話を聞いたのはキット・コズラウスキー、八名の教師、四名の療法士、二名の医師と、それにヘンリーの父親ですね。これで間違いありませんか？」

「間違いありません」

シャノンはハイツと話をした者を縦の列のいちばん上に書き入れた。

| | 父親 | 8／教師 | 4／療法士 | 2／医師 | キット |
|---|---|---|---|---|---|
| 育児放棄 | | | | | |
| 心理的虐待 | | | | | |
| 身体的虐待 | | | | | |
| 医療的虐待 | | | | | |

シャノンが言う。「エリザベスのヘンリーに対する育児放棄について、懸念を表わした人はいましたか？」

「いいえ」

シャノンは〝育児放棄〟の並びの五つの枠のなかに〝なし〟と書いて、全体に線を引いた。「次です。キット以外に心理的虐待か身体的虐待について懸念を表わした人はいましたか」

ハイツは「いいえ」と答えた。

「現にヘンリーの担任教師は――あなたのノートから引用させてもらいます――〝エリザベスが自分の子どもを心理的にも身体的にも傷つけるとはとても思えない〟と言っていた、あっていますか？」

ハイツはため息をつくように息を吐きだして言った。

「はい」

「ありがとうございます」シャノンは〝キット〟の列以外の〝心理的虐待〟と〝身体的虐待〟の並びのすべての枠に〝なし〟と書いた。「最後に医療的虐待です。あなたはこの点に焦点を絞っていたようですから、たぶん話を聞いた人たちにも詳しいところまで質問したのでしょう」シャノンはマーカーペンを下に置いた。「さて、手はじめに、キットを除いた十五人が医療的虐待について話した内容をすべて開示してください」

ハイツは何も言わず、嫌悪感をあらわにしてシャノンを見つめていた。

「刑事、返答は？」

「そこが問題点のひとつで、被告がヘンリーに行なっていたようないわゆる薬物療法について、彼らはまったく知らされておらず――」

「わかりました、ヘンリーの療法についてはのちほどうかがいます。ですがひとつだけ、あなたの回答からすると、あなたが話を聞いた十五人の方たちは、エリザベスは医療的虐待はしていなかったと考えているように聞こえます。刑事、それで正しいですか？」

ハイッは呼吸を繰りかえし、そのうちに鼻が赤くなった。「はい」

「ありがとうございます」シャノンは最後の並びにも〃なし〃と書き入れ後ろへさがって陪審にはっきりと見えるようにした。

| | 父親 | 8／教師 | 4／療法士 | 2／医師 | キット |
|---|---|---|---|---|---|
| ~~育児放棄~~ | ~~なし~~ | ~~なし~~ | ~~なし~~ | ~~なし~~ | ~~なし~~ |
| 心理的虐待 | なし | なし | なし | なし | |
| 身体的虐待 | なし | なし | なし | なし | |
| 医療的虐待 | なし | なし | なし | なし | |

シャノンはフリップボードを指さした。「要するに、ヘンリーをいちばんよく知り、彼の生活状態を見守っていた十五人は、エリザベスがいかなる意味でもヘンリーを虐待してはいなかったと考えています。ここで懸念を表わしていた人物の話に移りましょう。キットはエリザベスが心理的な虐待をしていたと、実際に非難したのですか？」

ハイツは顔をしかめた。「キットはヘンリーが〝ぼくは困っている。みんながぼくのことが嫌いだから〟と言うのを聞いて、被告がヘンリーを傷つけていると疑っていた、と言ったほうが正しいです」

「キットは心理的虐待を疑っていたと」シャノンは〝心理的虐待／キット〟の欄にクエスチョンマークを入れた。「刑事、あなたはどう思いますか。これは児童虐待にあたりますか？　わたしにもひとり子どもがいます。ティーンエイジまっただなかの女の子で、すでにお察しかと思いますが、ふと気づくとわたしは彼女にこんなふうに言っています。いますぐその無礼で意地悪な態度をあらためないと、みんなに嫌われて、あげくのはてに友人も夫もいなくて、職もない、孤独な人生を送るようになる、と」何人かの陪審員がくすくす笑ってうなずく。「これでは〝すてきなママ大賞〟はもらえないとわかっていますが、こんなふうに言ったからといって子どもを母親から引き離すものですか？」

「いいえ。おっしゃるとおり、あまりほめられたことではありませんが、虐待のレベルには達していません」

シャノンは笑みを浮かべて、〝心理的虐待〟の並びのいちばん端まで線を引いた。「次は身体的虐待についてです。キットは身体的虐待を行なっているとエリザベスを非難しましたか？」

「いいえ。ただ、ヘンリーの腕にあったひっかき傷のことを疑問に思っていました」

シャノンは〝身体的虐待／キット〟の欄にクエスチョンマークを書き入れた。「あなたがヘンリーに話を聞きにいったとき、ヘンリーはとなりの家の猫にひっかかれたと言ったんですよね？」

「はい」

「実際にヘンリーの話を聞いてノートに書きとめていますね。ノートの記述を引用します。〝身体的虐待があったことを示す証拠はない〟あっていますか？」

「あっています」

シャノンは〝身体的虐待〟の並びのいちばん端まで線を引いた。「残るは医療的虐待です。主張の中心はエリザベスの代替療法で、とくにキレーション療法とMMSが問題視されています。あっていますか？」

「はい」

シャノンは表に〝キレーション療法とMMS（〝漂白剤〟）〟と書き入れた。「さて、お断りしておきますが、わたしはこういったことに関する専門家ではありません。しかし医療的虐待の前提条件は、母親が子どもに薬物を与えたことにより、子どもに害が生じる——つまり子どもに病気の症状が出る、または症状が悪化する、ということだと思うのですが、あっていますか？」

「本件はその典型的なケースです」

「そこがわたしにはわからないのですが。健康面で回復に向かっていたのに、なぜヘンリーの治療が虐待に該当するのですか？」

ハイツは二、三度、瞬きをした。「回復に向かっていたかどうかはわかりません」

「わからない？」マットはシャノンの顔におもしろがっているといった表情が浮かぶのを見た。子どもが〝ねえ、これ見て！〟と言っているときのような。

「ジョージタウンにあるクリニックの神経科医が、ヘンリーが三歳のときに自閉スペクトラム症だと診断したのをご存じですか？」

「はい。ヘンリーの医療記録にありましたから」マットは知らなかった。キットのコメントから想像して、ヘンリーの〝自閉症〟はエリザベスがそう決めつけているだけだとつねづね思っていた。

「医療記録のなかには、同じ神経科医が昨年の二月に、ヘンリーはもはや自閉スペクトラム症ではないと診断を下している記載もあります」

「はい」

「〝自閉スペクトラム症〟から〝自閉スペクトラム症ではない〟に移行するのは、悪化ではなく回復なのではないですか？」

「実際には、神経科医が診断を誤った可能性もあり——」

「ヘンリーの病状の改善は説明がつかないほどめざましく、たいていの子どもはヘンリーのようには改善しないから、もともと自閉スペクトラム症ではなかったと？」

「いずれにしろ、その医師は、ヘンリーがかなりの量のスピーチセラピーとソーシャルスキルトレーニングをこなした結果、改善につながったのだろうと述べています」

「それらのかなりの量のセラピーもエリザベスがどうしてもと希望して受けさせ、毎日ヘンリーを車で送り迎えしていたんですよね？」シャノンはエリザベスを〝すてきなママ大賞〟の優勝者として印象づけようとしているようだった。このやりとりを聞いてマットは思った。自分の認識がまちがっていたのだろうか。エリザベスには彼女なりの理由があってとりつかれたようにヘンリーに治療を受けさせ、その結果、ヘンリーは〝自閉症〟から〝自閉症ではない〟に移行したのだろうか。

ハイツは顔をしかめた。「そう思います」

「自閉スペクトラム症はひとまず置いておいて、ヘンリーの改善はほかの面でも見られますよね？　たとえば体重。年齢べつの測定値の分布で見ると、三歳のときには慢性的な下痢のために下から二パーセント、わかりやすく言うと百人のなかの下から二番目でしたが、八歳のときには腸の問題もなくなり、下から四十パーセント、つまり百人のなかの下から四十番目になっています。これはヘンリーの医療記録に載っていますね、刑事」

ハイツの顔が朱に染まる。「でもそれは大きな問題ではありません。問題なのは、いかなる結果がもたらされようと、ヘンリーが受けた治療が危険かつ不要なもので、医療的虐待の範疇にふくまれるという点です。そして忘れてはならないのが、ヘンリーに有害な結果を、はっきり言えば**死**をもたらしたHボットも、火災の危険性が広く知られていたことを考えると、医療的虐待に相当します」

「そうなのですか？　認可を受けた治療施設であるHボットが医療的虐待にあたるとは知りませんでした」

そこでシャノンは傍聴席のほうを向く。「ここにはミラクル・サブマリンの顧客だった家族が二十か三十は来ているはずです。あなたはそれらの家族も、子どもたちに危険性の高い治療を受けさせたとして児童虐待の捜査対象にしたわけですね。刑事、そう解釈してよろしいですか」

マットは傍聴席にいる女性たちを目の端でとらえた。彼女たちはエリザベスが糾弾されているのと同じ罪を犯しているとして自分たちも疑われているとは思いもよらなかったとでもいうように、落ちつきなく互いを見て、エリザベスのほうへ視線を向けた。いま彼女たちはエリザベスを冷酷な殺人者だと思いたくてしかたがないはずだ。エリザベスが故意に火をつけたのではないとすると、誰がつけたにせよHボットには火災が起きる危険性がつねにつきまとっていたことになり、自分たちの子どもが棺のなかではなく無事に家にいられるのも単なる偶然にすぎないということになるからだ。

　ハイツが答える。「いいえ、もちろんちがいます。一面だけを見て全体を語ろうとしないでいただきたい。問題はHボットだけにとどまりません。エリザベスはキレーション療法や漂白剤を飲ませるといった過激なことをやっていました」

「まあ、そうです。ではその点を考えてみましょう。キレーション療法は食品医薬品局《FDA》が認可している治療法ですよね？」

「はい。しかし重金属中毒の治療法としてです。ヘンリーは該当しませんでした」

「刑事、ブラウン大学の研究報告についてお聞きになったことはありませんか？　さまざまな重金属を注入されたマウスが自閉スペクトラム症の症状と酷似した変則的な動きを見せるようになり、キレーション療法を試みるとふつうの行動に戻った、というものです」

　マットはそんな報告は聞いたことがなかった。ほんとうなのだろうか。

「いいえ、その研究報告は聞いたことがありません」

「ほんとうですか？　あなたのファイルのなかにあった〈ウォール・ストリート・ジャーナル〉の記事に要約が載っていたのですが。ファイルにはヘンリーの体内の水銀や鉛、そのほかの重金属の濃度が高水準だったことを示す検査結果もありました。つまりヘンリーは重金属中毒の可能性もあったわけですね」

　ハイツは何も言うまいと決めているみたいに口をかたく結んでいた。

　シャノンが言う。「あなたはドクター・アンジェリ・ホールという研究者をご存じですか？　スタンフォード大学病院に勤務し、スタンフォード大学メディカルスクールの教授でもある人物です。自閉スペクトラム症の子どもに対し、ほかの治療法とともにキレーション療法も行なっています」

　マットは研究者の名前は知らないが、スタンフォードと聞いてその人物の正当性を疑う者がいるだろうかと思った。

「いいえ。その医師は存じあげません」ハイツが答える。「しかし、最近、自閉スペクトラム症の子どもがキレーション療法が原因で亡くなったということは知っています」

「診療医としての資格を有さない医師の不注意から起きた事故ですね」

「はい、そうだと思います」

「医者の不注意で人は死にます」シャノンが陪審に向かって言う。「つい先月、小児科医による解熱鎮痛剤のタイレノールの投薬ミスで子どもが亡くなったという記事を読みました。おうかがいしますが刑事、もしわたしが明日タイレノールを自分の子どもにのませた場合、タイレノールの投与は子どもを殺す可能性のある危険な治療法だから医療的虐待に該当する、となりますか？」

「キレート剤はタイレノールとはちがいます。被告は重金属の解毒剤として知られるDMPSをヘンリーにのませていました。これはふつうは病院で投与される、取り扱いに注意が必要な化学品です。被告はそれを州外の自然療法医を通して手に入れていました」

「刑事、あなたはその州外の自然療法医がドクター・ホールのもとで診療を行ない、もともとドクター・ホールがヘンリーのために書いた処方箋をもとに調剤していたのをご存じですか？」

ハイツの眉が驚きで吊りあがった。「いいえ、知りませんでした」

「スタンフォードで教鞭をとる神経科医が処方した薬剤を子どもに投与することが医療的虐待に該当するのでしょうか。あなたは該当すると思いますか？」

ハイツは唇を引き結んだまましばらくのあいだ考えた。マットは、悩んでいないでさっさと答えろ、と言ってやりたかった。ハイツはようやく「いいえ」と答えた。

「けっこうです」シャノンは表に書かれた〝キレーション療法〟に線を引いた。「さて、残るはいわゆる漂白剤治療です。刑事、代表的な漂白剤の化学式はなんですか？」

「わかりません」

「それもあなたのファイルにありました。化学式はNaClO、次亜塩素酸ナトリウムです。エリザベスがヘンリーに与え、あなた方が漂白剤と呼んでいるミネラル溶剤、すなわちMMSの化学式はなんですか？」

ハイツは少しだけ顔をしかめた。「二酸化塩素です」

「はい、化学式はClO2。実際に飲料水のなかにも溶けこんでいます。刑事、ボトル入りの水を消毒するために製造会社は二酸化塩素を使っているのをご存じですか？」シャノンは陪審のほうを向いた。「わたしたちがスーパーマーケットで買う水には、ハイツ刑事が〝漂白剤〟と呼ぶMMSの化学式と同じ化学品が入っています」

エイブが立ちあがって「判事、いったい誰が証言しているんでしょうか」と言ったが、シャノンは話しつづけ、声は大きくなり、しゃべるスピードは速くなっていった。「二酸化塩素は処方箋なしで買える殺菌剤です。あなたはそれをウォルグリーンで買う親をすべて逮捕しているんですか？」

エイブがふたたび声をあげた。「異議あり。わたしは忍耐を重ねてきましたがもう我慢なりません。弁護人は証人が専門とする分野の範囲を超えた質問を繰りかえし、さらには証拠なしに事実だと決めてかかることで証人を困らせています。ハイツ刑事は医者でも、化学者でも、医療の専門家でもありません」

シャノンの顔が怒りをあらわにしてか、赤みを帯びた。「わたしが強調したいのはまさしくその点です、裁判長。ハイツ刑事は専門家でもなく、ヘンリーが受けていた治療について基本的なことも知らず、それなのにどういうわけかそれらを危険かつ不要と決めつけ、すべて彼女のファイルにあるにもかかわらず、基礎的な事実すら学ぼうとしませんでした。ファイルをちらりとでも見たかどうかも定かではありません」

「異議を認めます」と判事が言う。「ミズ・ハウ、専門的なことを質問したければ、弁護側で専門家を召喚してもかまいません。でもいまは、医療記録にある事柄についてのみにとどめ、ハイツ刑事の専門分野から逸脱しない範囲の質問に限定してください」

シャノンはうなずいた。「承知しました、裁判長」そしてハイツに向きなおる。「刑事、あなたは独自に捜査をはじめることを許されているのですか？　たとえば、ひとつの案件を捜査している最中でも、ほかに虐待が疑われる証拠を見つけたら、そちらの捜査も並行して行なうのですか？」

「もちろんです。虐待の証拠が見つかりしだい、通報の有無にかかわらず捜査を開始します」

「証拠といえば、オンラインのチャットや掲示板などを通して、あなたの担当地区に住む多くの親たちがキレーション療法とMMSのどちらも行なっているという証拠を見つけたことはありますか？」

〝はい〟と答えるまえに、刑事の目が傍聴席のほうへちらりと動いた。

「そういった親たちのうち、医療的虐待を行なっているとして、あなたは何人の親を捜査対象としましたか？」

刑事の視線がふたたび傍聴席へ走る。「ひとりも捜査していません」

「捜査対象にしなかったのは、あなたはMMSとキレーション療法を児童虐待とは考えていないからではありませんか？」シャノンはそれ以上言わなかったが、マットには口にされなかった言葉が聞こえた気がした。

〝そのふたつが虐待だと考えられていたら、傍聴しにきている親たちの半分は何年もまえに刑務所へ放りこまれていたでしょう〟

ハイツはシャノンを睨みつけ、シャノンもハイツを睨みかえし、睨みあいは一分近くもつづいてぎこちない空気が流れたが、ハイツのほうが折れて言った。

「そのとおりです」

「ありがとうございます」シャノンはわざとらしいほどゆっくりと表のほうへ歩いていき、〝医療的虐待〟の並びの端まで太い線を引いた。

マットはエリザベスを見た。表情に変化は見られず、昨日ハイツ刑事が彼女を面白半分に子どもを痛めつける、サディスティックな虐待者として描きあげたときと同じ、無表情の仮面をいまだに張りつけていた。だが今日は、エリザベスは冷酷ではなく心が麻痺しているだけのように見えた。悲しみのあまり呆然としていると。そしてマットの頭に、今朝、目覚めてから思いつづけていたことがよみがえった。エイブに話さなければならない。おそらくシャノンにも。洗いざらいでなくてもいいが、少なくともメアリーのこと、保険会社への電話のこと、Hマートのメモのことは。煙草の件に関しては、しばらくようすを見よう。いまはどうしてもメアリーを見つけ、警告しておかなければならない。みずからエイブのもとへ行き、告白する機会を彼女に与えなくては。

マットはジャニーンの肩に手を置いた。「行かないと」と言って、仕事で呼びだされたふうを装ってポケットベルを指さす。ジャニーンは小さな声で「わかった。またあとでね」と言った。

立ちあがって法廷の外へと向かう。去りぎわにシャノンがいまや四本の太い線が引かれた表を指し示しているのを見た。「刑事」とシャノン。「少しまえに話した内容について明確にしておきたいと思います」シャノンは表に何かを書きこんでから言った。「これは職場での会議であなたが書いたのと同じ言葉ですよね？」
マットはドアのところで立ちどまり振りかえった。ハイツが「はい、そのとおりです」と言ったあとにシャノンが後ろへさがり、マットにも表に書かれた言葉を目にすることができた。虐待のカテゴリーの並びすべてに線が引かれた表のいちばん上に、シャノンは太い文字で〝虐待がない＝動機がない〞と書き、丸で囲っていた。

虐待がない＝動機がない

| | 父親 | 8／教師 | 4／療法士 | 2／医師 | キット |
|---|---|---|---|---|---|
| ~~育児放棄~~ | ~~なし~~ | ~~なし~~ | ~~なし~~ | ~~なし~~ | ~~なし~~ |
| ~~心理的虐待~~ | ~~なし~~ | ~~なし~~ | ~~なし~~ | ~~なし~~ | ~~？~~ |
| ~~身体的虐待~~ | ~~なし~~ | ~~なし~~ | ~~なし~~ | ~~なし~~ | ~~？~~ |
| ~~医療的虐待~~ | なし | なし | なし | なし | ~~キレーション療法 MMS（"漂白剤"）~~ |

## エリザベス

エリザベスは休憩時間に法廷の外で彼女たちを見た。二十人、いや、おそらく三十人ほどの自閉症のママたちのグループの一団。彼女たちに最後に会ったのはヘンリーの葬儀の場で、そのときエリザベスはまだ悲劇に見舞われた母親であり、ママたちの同情と悲しみ（それと、自分の子は生きているというほんの少しの優越感をひそかに覚えたことに対する後ろめたさ）の中心にいた。逮捕前にエリザベスに容疑がかかっているというニュースが広がると、キャセロールの差し入れを手にしたみなの訪問はぴたりととまった。エリザベスは何人かは裁判の傍聴に来ると思っていたが、昨日までは誰ひとり現われなかった。

ところがいまここに、みなが集まっている。なぜ今日？　おそらく最新のニュースを聞いて、丸一日ぶんのベビーシッターの料金を払ってでも傍聴したいほど好奇心を刺激されたのだろう。または今日は月例ミーティングの日で――そうだ、ミーティングは木曜日と決まっていた――、みなで社会見学へ出かけようという話になったのかもしれない。もしくは……でも、そんなことがあるだろうか？　ヘンリーに対する治療が〝医療的虐待〟との烙印を押されたことを聞きつけて、援護するためにやってきたのだろうか。なにしろ彼女たちの多くが自分の子どもたちに同じ治療を受けさせているのだから。

女性たちがなんとなく輪になってしゃべったり、巣の近くにいるミツバチのように輪のまわりをうろうろしている。法廷へ向かって歩いている途中に一団の近くを通ると、電話中の女性――エレイン。エリザベスよりも先にいわゆる漂白剤治療をはじめてためしたママ——が顔をあげてエリザベスに気づいた。エレインの眉があがり、エリザベスに会えてうれしいのか、唇が笑みの形をつくる。エリザベスは笑みを返し、グループのほうへ向かった。心臓がどきどきして鼓動が胸郭を打ち、全身が期待で浮きあがっている気がした。

するとエレインが笑みを引っこめてグループのほうへ向きなおり、何ごとかをささやいた。いまでは女性たち全員が腐っていく死体を見るような目をエリザベスに向けている——好奇心は抑えられないけれども嫌悪感も覚えているといった感じで、一瞥しては目をそむけ、腐ったもののにおいを嗅いだみたいに鼻に皺を寄せている。エレインが眉をあげて微笑んだのは驚いてあわてたからだとエリザベスが気づいたときにはもう、彼女は背を向けてグループの輪のなかへ入っていた。あまりにも強い力でつながっているがゆえに、みずからの圧力でいまにも壊れてしまいそうな輪のなかへ。

「さあ、行きましょう」とシャノンが声をかけてきた。

エリザベスはうなずいてグループから離れようとしたものの、脚が自分のものではないように感じられ、なかなか歩を進められなかった。何年ものあいだ、このグループはほかの母親たちとの一体感を味わえる唯一の場所だった。「あのお母さん、お気の毒よねえ。息子さん」——ここで少しの間《ま》——「自閉症なんですって。ほら、一日じゅう身体を揺らしているあの子よ」（当然、ささやき声で）とかわいそうがられることも、やんわりと輪に入るのを拒否されることもない、ただひとつの世界だった。グループのなかで、人生ではじめて自分には能力やカリスマ性みたいなものがあると実感できた。それまでにも学校でいい成績をとり、会社では特別ボーナスをもらった経験もあり、けっして能力がなかったわけではないけれど、それらは親に認めてもらうためのものであり、働きバチとしての成功だった。けれども自閉症の子のママたちの世界では、エリザベスはロックスターであり、奇跡の人であり、仲間うちでのリーダーだった。なんといってもみなが夢見ることを成し遂げたのだから。自閉症が治った子どもの母親。ほかの自閉スペクトラム症の子ども同様に、じょうずにしゃべることも社会とかかわることもできず、人前に出すのもはばかられた子が、何年も治療に励み、その甲斐あって症状が軽い子たちのクラスへ移り、治療を卒業できたのだから。ヘンリーはいつかは自分の子もきっと変われるという希望を具現化してくれた、まさに手本と言える存在だった。

うらやましがられ、尊敬されて（それに慣れることはなかった）有頂天にもなったが、しだいに困惑してきて、ヘンリーの進歩における自分の役割はそれほど大きくないと話すようになった。「おそらく」エリザベスはグループの面々に語った。「ヘンリーに変化が見られたのは治療や療法のおかげというよりも、進歩する時期に入っていただけだと思う。対照実験みたいに〝治療を受けていないグループ〟はないからほんとうのところはわからないけれど（本気で言ったわけではなかったが、〝治療したからといってかならずしも進歩が見られるとはかぎらない〟というのはもっともな意見とされ、〝治療を不要と考える異端者〟扱いはされなかった）」

こうした発言にもかかわらず、グループ内のほぼすべての親はエリザベスの栄養療法を取り入れ、子どもたちに彼女が選んだのと同じ治療をこぞって受けさせた。それらは〝エリザベスのプロトコル〟と呼ばれた。エリザベス本人としては、ヘンリーの臨床試験の結果をもとにして、ほかの人が推奨するやり方に少し手を加えただけだったのだが。ほかの子どもたちに改善が見られるようになると（ヘンリーほどすぐでも劇的でもなかったが）、エリザベスは本物の女王バチ、つまり誰もが頼る専門家になった。法廷の外に立っている女性たち全員が、アドバイスを求めてエリザベスにメールを送ったし、コーヒーを飲みながらエリザベスの知恵を借りたし、臨床試験の結果を解説してくれと頼んだし、お礼にマフィンやギフトカードを送った。

エリザベスを賞賛することでひとつにまとまっていた女性たちが一堂に会している。エリザベスに背を向け、今度は非難することでさらにしっかりと結束した女性たちが。同じ場所にかつては神ともあがめられ、転じて犯罪者と蔑まれているエリザベスがいる。グループのメンバーたちの反応が何かを暗示しているとすれば、それはエリザベスが死刑囚監房の住人となる、そう遠くない未来だろう。

法廷内で椅子にすわりながら、エリザベスはイーゼルに置かれた表を、〝虐待〟という不快な文字を見つめた。

児童虐待。それが自分がしたことなのか。隣人宅の地下室ではじめてヘンリーの肩を強く握ったあと、こんなことは二度とするまいと誓ったが――エリザベスは親子同士が敬意を払いあい、深く理解しあいながら子育てをするという〝ポジティブ・ペアレンティング〟を信奉し、子どもを怯えさせたり叱りつけたりするのは考えられなかった――、時間がたつにつれ不満がどんどんためこまれていった。何週間も何カ月も我慢を重ね、悪い行ないは無視してよい行ないをほめた。ときには潮流が激突するように激しくこみあげてくる怒りに圧倒されて、ヘンリーのやわらかい肉をつかんでひねりあげるか、叫び声をあげるかして、ためこまれた不満を吹き飛ばしたくなった。けれどもエリザベスはけっして叩いたりひっぱたいたりはせず、医者の世話になるほどの怪我を負わせることは絶対にしなかった。出血や骨折はもちろん、傷も負わせていないのに、おかしな行動をとめようとしたときに息子にショックを与えたらそれすなわち児童虐待になってしまうのか。罰として叩いたのと同じようにみなされるのだろうか。

エリザベスは虐待はなかったとする〝なし〟が書かれた表を見て、ヘンリーを思って胸が痛くなった。エリザベスも、ヘンリーを助けるのが仕事だった、表に載った人たちも、結局ヘンリーを救うことはできなかったのだから。シャノンが「エイブがハイツに再直接尋問をするけれど心配はいらない。虐待があったというハイツの主張を誰も信じないから」と言ったとき、エリザベスはひどい目に遭っているハイツがほんの少し気の毒になった。

エイブがまっすぐに表のほうへ行く。そして〝虐待がない＝動機がない〟を指さして言う。「刑事、あなたはこのフレーズを、被告がヘンリーを虐待していなければ、彼を殺す動機がない、という意味で書いたのですか？」

「いいえ、もちろんちがいます。それまでは虐待をしていなかった親が子どもを痛めつけたり殺したりする
ケースはいくらでもあります」

「では、どういう意味だったのですか？」

ハイツは陪審を見た。「まず、当時の状況を理解してもらう必要があります。わたしがヘンリーに対する虐待の捜査を開始したばかりのときに彼とキットが殺されました。わたしは放火殺人事件の捜査に協力するために、虐待の詳細をあきらかにしようとしました。それには捜査員を増員してもらう必要がありました。そのときに……」ハイツは厄介ごとを告白する勇気をかき集めるとでもいうように、大きく息を吸った。

「自分の主張を明確にするためにそのフレーズを書きました。〝虐待の有無をはっきりさせなければ動機は見つからない〟という意味で。当時、犯行の動機を示すものとしてわたしがつかんでいた証拠は虐待の通報だけだったので、虐待の捜査へ人員を割くべきと考えたわけです」

エイブは理解を示す教師さながらに笑みを浮かべた。

「あなたはもっと人手を寄こすよう上司を説得するためにそう書いた。ほかの刑事たちは同意したんですか」

「いいえ。同意するどころか、ピアソン刑事はそれを消して、わたしは視野が狭すぎると言いました。虐待の通報は動機のひとつの証拠ではあるけれど、唯一の証拠ではないと。たしかに、そのあとで動機の証拠となるものが数多く発見されました。被告のインターネットでの調査、メモ、キットとの口論、などです。結論を申しあげますと、わたしが書いたフレーズは〝虐待がなければ動機はない〟という意味ではまったくありません」

エイブは赤のマーカーペンを手に取り、表に書かれた〝虐待がない＝動機がない〟の上に太い線を引き、一歩さがった。「ミズ・ハウがおつくりになったこの表のほかの部分も見てみましょう。彼女は他人が気づいていなかったのだから虐待はなかったと断言しています。刑事、実地経験を積んだ臨床心理士かつ児童虐待事件を専門とする刑事として、これは正しいですか？」

「いいえ」とハイツは答えた。「虐待者はじょうずに自分の行動を隠し、子どもに口裏をあわせるよう言いふくめます」

「本件に関し、事実を隠蔽した証拠を見つけましたか？」

「はい。被告はヘンリーの小児科医や父親にさえも、ヘンリーにキレート剤とMMSを与えていることや、それらが原因で子どもたちが死亡している事例を報告していませんでした。これは典型的な隠蔽であり、虐待のひとつの特徴でもあります」

エリザベスは何も隠しだてはしていなかったと大声で訴えたかった。ただ単に、古い考えの医者との徒労に終わるとわかっている口論を避けただけだと。ヴィクターは細かい話を聞きたがらなかった。きみを信頼している、治療に付き添ったり調べものをいっしょにする時間はないと言うばかりだった。何も隠していないとはいえ、〝隠蔽〟という言葉にはどきりとさせられた。主治医の小児科医のもとへ行くとき、エリザベスはヘンリーに「あの先生にほかのお医者さまのことを話すのはやめておきましょうね。先生がやきもちを焼くといけないから」と言っていた。言いながらも後ろめたい気持ちになった。まさにあれが隠蔽なのだろうか。

エイブがハイツに近づいていく。「あなたはまえにも〝隠蔽〟について言及しています。臨床心理士として、また刑事として、なぜそれがあなたにとって重要なんですか？」

「隠蔽するかしないかで行動の意図が見えてくるからです。たとえば、母親が子どもにこう言います。もしXをしたら罰として叩くと。子どもはXをし、母親は叩く。これには子どもの悪い行ないを事前に食いとめるという意図があります。父親やまわりの大人も子どもがXをしたら叩かれるのはわかっています。こういう決まりをつくっている親は大勢います。

病院での治療も同じです。子どもが病気になった。母親は治療を受けさせたい。医者にも子どもの父親にもそう伝え、みんなで相談して治療法を決める。健全なプロセスです。しかし、母親が自分のとる行動を故意に隠した場合――治療にしろ体罰にしろ――、母親は自分がしているのは悪いことだと承知しています。違いはあきらかです」

エリザベスは身体のなかで何かがはじけ飛ぶのを感じた。白熱電球がまばゆく輝いていたかと思うと、いきなり火を噴きはじめたといったふうで、目の前が真っ暗になり何も聞こえなくなった。人前でほかの親たちが子どもをどなりつけ、ぴしゃりと頭を叩くのと、自分が金切り声をあげてヘンリーの身体をつねるのとは、いったい何がちがうのだろうかと、以前に考えたことがあった。それは隠すか、隠さないかの差だったのだろうか。激情に駆られてわが子を痛めつけるなんてしたくなかったし、絶対にするまいと誓っていたのに、それでもせずにはいられなかった。自分で悪いことだとわかっていたから隠したのか？　ふつうの人がディナーのまえにマティーニを飲むのと、アルコール依存症の人が同じくマティーニを飲むのには違いがある。目に見える動作は同じでも、行動の背景は——目的や結果は——大きく異なる。アルコール依存症の人間の場合は、あとさき考えずに自制をなくして酒を飲む。そしてそれを隠す。

「あなたの専門家としての見解では、あれらの〝なし〟は」——エイブは表を指さす——「虐待がなかったことを示していますか？」

「まったくちがいます」

エイブはふたたび赤のマーカーペンを手に取り、〝なし〟と書かれたすべての列に縦線を引いた。「虐待を類別した各項目についてはどう思いますか。ミズ・ハウは虐待のタイプをわけて、ひとつずつ線で消していきました。児童虐待の問題を分析するうえで有効なやり方と言えますか？」

「いいえ。それぞれの項目を個々に見ることはできません。ひとつの出来事は、それ自体は困った事例かもしれませんが、虐待と呼ぶには充分ではありません。たとえば親が子どもにいらつき、〝おまえはみんなに嫌われている〟と言うとします。それだけでは虐待ではありません。子どもの腕をひっかきます。これも**それだけでは**虐待とは言えないかもしれない。MMSやキレート剤を無理やり飲ませることと組みあわさって、はじめて虐待の可能性が出てくる。すべてをひとつのテーブルにのせて考えてみると、パターンが見えてきて、個別には無害に見えても、実際には害はないとは言えないかもしれないんです」

「だからあなたはヘンリーをすぐには家庭から引き離

さなかったんですか？」

「はい、まさにそのとおりです。子どもが骨折している とか、あきらかに怪我を負っている場合では決断を下すのは比較的、簡単です。ですが本件のような場合には、ひとつひとつの出来事について虐待が疑われるか、そうでないかを見きわめ、複数の情報源にあたって全体図をつくりあげなければなりません。つまりは時間がかかるんです。残念ながら、われわれがすべてを成し遂げるまえにヘンリーは亡くなってしまいました」

「要約すると」とエイブが言う。「虐待をべつべつのカテゴリーにわけ、それぞれのカテゴリーのなかで虐待が見つからなかった場合、それで虐待はなかったと証明できるのでしょうか」

「いいえ、できません」

エイブはすべてのカテゴリーをあらためて線で消した。「こうしてみると表は見る影もなくなってしまいましたが、捨ててしまうまえに医療的虐待について考えてみましょう。刑事、キレーション療法とMMSのみを表に記入したミズ・ハウのやり方は正しいですか？」

「いいえ。たしかにこのふたつはヘンリーに対して行なわれた治療のなかでもっとも危険なものでした。しかし、危険だから虐待、というだけではありません」

ハイツは陪審のほうを向いた。「例をあげてみましょう。たとえば化学療法。癌を患う子どもにとっては化学療法が医療的虐待ではないのはあきらかです。しかし、癌でもない子どもに化学療法を強いるのは虐待にあたると考えられます。もちろん危険だからですが、それだけではなく適切ではないからです」

「化学療法で子どもの癌が治るのと同じで、ヘンリーもいったんは自閉スペクトラム症と診断されたあとで、回復していますよね？」

「たしかにそうです。しかし、回復した子どもに化学品を与えるのは代理ミュンヒハウゼン症候群の典型的な症例です。わたしたちはこの症状を〝医療的虐待〟と呼んでいます。症状が起きるのは、介護を受ける子どもが重い疾患から回復するときです。病院や医者との定期的な接触がなくなった介護者は、子どもがまだ病気だと**見せかける**ために症状をでっちあげて、通院をつづけようとします。本件の場合では、ヘンリーはもはや自閉スペクトラム症ではないと診断されました。被告はそれを受け入れられず、引きつづき息子を病院へ連れていき、もう必要のない危険な治療を続行して注目を浴びつづけたのです」

エリザベスは自閉症の子のママたちのグループを思いだしていた。キットはいつもこう訊いてきた。「なんでそんなばかみたいなことをつづけるの？　どうしてまだわたしたちの会合に参加するのよ」いま、答えがわかった。会合に参加するのをやめたくなかったのは、あの世界にいたかったから——人生ではじめて、自分がいちばんで、うらやましがられる存在だったあの場所に。では、去年の夏、ヘンリーがHボットの治療中に生きながら焼かれたのは、自分が自己中心的にふるまったからなのか？

そう考えると気分が悪くなった。目を閉じて、吐き気を抑えるために胃のあたりに手をあてる。そのとき、誰かが被害者から直接、話を聞くのがいちばんだと言っているのが耳に入った。

そこで目をあける。シャノンが立ちあがって異議を申し立てるが、判事は「異議は却下します」と告げた。シャノンはエリザベスの手を握り、ささやいた。「ごめんなさい、とめられなかった。心の準備はいい？」

〝いいえ〟と答えたかった。いったいこれから何がはじまるのだろう。気分が悪くてここから出ていきたい。そう思ったと同時にエイブがイーゼルのとなりにあるテレビをつけた。

ハイツが言う。「これは爆発のまえの日に、キャンプでヘンリーと面談したところを録画したビデオです」エイブがリモコンのボタンを押す。

画面いっぱいにクローズアップされたヘンリーの顔が現われた。画面は大きく、エリザベスはビデオに映るヘンリーのほぼ実物大の顔の鮮明さに息を呑んだ。夏の日を浴びて鼻から頬にかけて散らばったそばかすまで見える。顔はややうつむいていて、画面の外からハイツ刑事の声が「ハイ、ヘンリー」と呼びかけると、ヘンリーはあごを動かさずに視線だけ上に向ける。もともと大きな目がさらに大きく見えて、キューピー人形のようだ。

「こんにちは」ヘンリーは高い声で、興味はあるけれども警戒もしているといった感じで返事をした。口を開くと前歯の隙間が見える――そのまえの週にそこに生えていた乳歯が抜けた。エリザベスは夜に、まくらに頭をのせてぐっすり眠っているヘンリーを起こさないように注意しながら、まくらの下から歯を抜きとって、歯の妖精からのプレゼントの一ドル硬貨を置いた。

「あなたは何歳ですか、ヘンリー」画面には現われないハイツが訊く。

「ぼくは八歳です」答えをプログラミングされたロボットさながらに、ていねいだけれど機械的に答える。カメラにも、おそらくカメラの後ろか横にいるハイツにも視線を向けていない。かわりに上を見て、天井のフレスコ画の細部まで観察しているとでもいうように目を泳がせている。エリザベスの記憶では、息子と会話を交わすときは「ヘンリー、ぼーっとしちゃだめ。ママを見なさい。あなたに話しかけている人の顔を見るの」と一度はかならず叱りつけるように言っていた。息子がどこに視線を向けるかがどうしてあんなに気になったのだろう。何を考えているの？　と訊いたり、あなたの瞳の色はパパとおんなじ色ね、と言ったりして、ただ話をするのがなぜできなかったのだろう。いま、涙のベールごしに息子を見る。ヘンリーはルネサンス絵画の聖母を見あげる天使にそっくりだ。なぜ、わが子の無垢な美しさに気づかなかったのだろう。

ハイツが「ヘンリー、腕にひっかき傷があるわね。なぜ傷がついたの？」と訊くと、ヘンリーは首を振って答えた。「猫のせいです。となりの家の猫にひっかかれました」

エリザベスは目をかたく閉じた。自分がついた嘘が小さな唇から漏れてくるのを聞いているうちに、苦くて塩辛いものが喉を流れ落ちていった。ほんとうはヘンリーの腕のひっかき傷は猫がつけたものではない。エリザベスが自分の爪でつけたものだった。あの日、一時間百二十ドルの作業療法は十二分前にすでにはじまっていて、もう二十四ドルがむだになっていた。これ以上遅れてはまずいと思い、ヘンリーに急いで車に乗るようにと言ったが、ヘンリーは立ちつくしてうつろな目で空を見あげ、首をまわしていた。そこで息子の腕をつかみ、言った。「聞こえないの？　さっさと車に乗りなさい！」ヘンリーは腕をひねって逃れようとしたが、エリザベスは離さなかった。そのとき爪が息子の肌をひっかき、オレンジの皮にナイフでつけたような細い傷がついた。

ビデオのなかでハイツが「猫がやったの？　どんな猫？　どこで？」と訊く。

ヘンリーは同じセリフを繰りかえす。「猫のせいです。となりの家の猫にひっかかれました」

「ヘンリー、誰かにそう言いなさいって言われたのね。猫にひっかかれたんじゃないんでしょ。難しいかもしれないけれど、ほんとうのことを言ってちょうだい」

ヘンリーはふたたび天井を見あげる。白目が血走っているのがわかる。「猫のせいです。猫は意地悪な猫です。猫は黒い猫です。猫の耳は白くて、爪は長いです。猫の名前はブラッキーです」

エリザベスはこんなふうにヘンリーに嘘をつけとは言っていなかった。ただひっかき傷をごまかしただけだった。怒りが去り、気持ちが落ちついてから、別バージョンの話を言い聞かせた。「ひっかいちゃって、ごめんね。痛くない？」でも「ちゃんと聞いてくれたらこんなことにはならなかったのに」でもなく、「まあ、スウィーティー、このひっかき傷を見て！　また猫と遊んだの？　もっと気をつけなきゃね」と言ったのだった。

とっさにつくりあげた話を平然と聞かせることでエリザベスはヘンリーをだました。だまされたヘンリーはみずからの記憶に疑問を投げかけるはめになった。天井を見あげ、視線をあちこちに泳がせているヘンリーの目には迷いが見える。頭のなかにあるふたつの舞台のうち、どちらの芝居がより真実味があるか決めかねているといったふうに。エリザベスがつくり話を繰りかえし言い聞かせて息子の記憶をねじ曲げたことで、ヘンリーは細かい点をつけ足して、つくり話を発展させてしまった。こうして母親がこしらえた架空の猫はすっかり操られた息子の頭のなかで本物の猫になり、名前までつけられて色や特徴が定められた。エリザベスは息子に身体的な苦痛を与えるだけでなく、息子の頭のなかを操作して、記憶を狂わせていたことに気づいた。自分はヘンリーの心まで壊した、悪い母親だったと。

ビデオのなかでハイッが言う。「ママがそう言えと言ったの？」

ヘンリーが答える。「ママはぼくを愛しています。でもぼくはママを困らせて、なんでもだめにします。ぼくがいなければママの人生はもっと楽しいと思います。ママとパパはまだ結婚していて、世界じゅうをまわってバカンスを楽しんでいたはずです。ぼくなんか生まれてこなければよかった」

なんということ。ヘンリーはほんとうにそう思っていたの？　**わたしが**そう思わせてしまった？　たしかにエリザベスは暗い考えにひたることもあった（どの母親だって同じだろう）が、いつもすぐさま後悔した。もちろん、ヘンリーにはそういう気持ちをぶつけたことは一度もない。息子はどうやってこんな考えを持つに至ったのだろうか。

ハイツが言う。「ママがそう言ったの？　ママがひっかいたの？」

ヘンリーはまっすぐにカメラを見た。目が見開かれていて、虹彩が白色のプールに浮かぶ青いボールのように見える。首を振って〝ちがう〟と伝える。「ひっかき傷は猫のせいです。となりの家の猫にひっかかれました。猫は意地悪で、ぼくのことが嫌いです」

エリザベスはリモコンをつかんでビデオをとめてしまいたかった。テレビのプラグを抜くか、テレビを押し倒して壊すか、どうにかしてヘンリーの口から嘘が漏れてくるのをとめたかった。嘘を聞かされるほうがひっかいた事実よりもよっぽど耐えがたかった。とうとう我慢しきれずに声に出して叫ぶ。「とめて。もうやめて」残響が跳ねかえって法廷じゅうに響きわたる。被告の叫びに唖然として判事が口を開き、小槌を打ち鳴らして「静粛に。法廷内では静粛に」と言ったが、エリザベスは判事の忠告を無視した。立ちあがり、目をきつく閉じて両手で耳をふさいで言う。「猫じゃない。猫なんていなかった」何度も何度も大声で。喉がざらついて痛み、声がかすれるまで。ヘンリーの声が聞こえなくなるまで。

## マット

マットは車のなかで、メアリーひとりをつかまえるにはどうしたらいいか考えていた。ヨンはいない。それはわかっている。ここに着いたとき、メアリーがパクを家のなかに入れるのをこっそり見ながら、一家の車がないこともチェックしていた。マットは人目につかない場所に車をとめ、三十分ほどなかにとどまって**何か**が起きるのを待っていた。メアリーがひとりで外に出てくるとか、パクが自力で出かけるとか、あるいはそのふたつが同時に起きるとか。とにかく、車からすぐさま飛びだせるきっかけとなる出来事をひたすら待っていた。

そのうちに暑さのあまり外に出ざるをえなくなった。汗で全身がべとべとになったわけではない。問題は手だった。マットのてのひらは汗をかかない。だが赤く熱を帯び、痛みまで感じられる。傷口を覆うてかてかした皮膚に閉じこめられた熱が、どうにかして外へ出ようとしているのか。痛みは本物ではない、神経は死んでいるのだからと自分に言い聞かせるが、痛みはひどくなる一方で、ついに耐えられなくなり車の外へ出た。ふとももの裏側が革張りのシートにべったりくっついていたが、かまわずに引きはがすと皮膚に痛みが走り、おかげで手の痛みが弱まった気がした。

指を組みあわせて腕を頭の上にあげてのばし、沸騰した血液が両手から引いていくところを想像する。そのまま十分ほどあたりを歩きまわり、待つ以外に何かしようかと考える。たとえば小石を投げてメアリーに合図を送るとか。そのとき、煙のにおいがした。脳がいたずらを仕掛けてきているだけだと心のなかでつぶやいても、火の近くにいると思うだけであの夜のにおいの記憶がよみがえり、心臓が早鐘を打ち、血がどくどくと流れはじめる。マットは無理やり目を納屋に向けた。壁が崩れてなかに置かれた潜水艦が見え、煤《すす》の下にうっすらとかつては青かった胴体がのぞいている。よく見てみろと自分自身を叱咤する。どこにも火はない。煙も。

背後の松林のほうを向いて深呼吸する。新鮮できれいな空気を吸って、緑の林を眺めろ、そうすれば気分も落ちつく、と脳に命じるが、やはり煙のにおいがどこからともなくただよってくる。それに何やら音も聞こえる。遠くのほうでパチパチと鳴る音が。あたりに目を向けると煙が見えた。うっすらと立ちのぼっては、風に吹かれて明るい空のなかに消えていく。

マットは一瞬だけほっとし——幻覚を起こしたのでも、気がふれたのでもなかった——、すぐにパニックに襲われた。火事だ。パクたちの家だろうか。家は林の向こう側にあり確認できない。〝踵を返して車まで急ぎ、すぐに走り去れ〟と頭のなかの声が言う。車のなかに携帯電話を置いてきたことを思いだし、九一一に通報しなくてはと考える。

だが車へは向かわなかった。マットは走りだした。林を抜けて、煙のほうへ。近づいてみると、煙は家の正面から立ちのぼっているように見えたので、側面をまわりこんでいく。火がはじける音が大きくなったが、ほかの音も聞こえてくる。声。パクとメアリーの。恐怖のあまり叫んでいるのでも、助けを呼んでいるのでもなく、低い声で何ごとかを話しあっている。

マットは足をとめようとしたが遅かった。角をまわった先で、ふたりに見つめられた。パクは驚いて息をとめている。メアリーは悲鳴をあげて跳びのいた。

火はふたりの目の前の、錆びついた金属製の容器のなかで燃えている。容器——ゴミ用の缶？——はパクの車椅子と同じくらいの高さで、オレンジ色の炎がちらちらとのぞいている。パクが口を開いた。「マット、なぜここにいるんだい」

何か言わねば。わかってはいるが、何も考えつかず動くこともできない。何を燃やしているのだろうか。煙草か？　証拠を隠滅している？　なぜ、いま？

マットは炎のカーテンの向こうにあるパクの顔を見た。火があごをなめているように見える。ふいに火に焼かれたヘンリーの顔を思いだして吐きそうになったが、同時に不思議に思ってもいた。パクはどうしてびくつきもせずにこれほど火の近くにいられるのだろうか。炎が顔に反射し、おそらく熱が全身に伝わっているだろうに。こうして火をはさんでいると、頬骨が高いパクの鋭角的な顔つきが何やら不吉なものに見え、彼がマッチを擦って酸素チューブの下に火をつける姿が頭に浮かぶ。現実の場面のように。ありありと。

「マット、なぜここにいるんだい」とパクがもう一度、言い、立ちあがろうとするように車椅子に両手を押しつけた。それを見てマットはヨンが言っていた話を思いだした。パクの脚の神経は正常らしく、いまだに下肢が麻痺している原因が医者にもわからないという。とっさにマットは思った。パクはずっと下肢が麻痺しているふりをしていて、いまここで立ちあがり、襲いかかってくるかもしれない。

「マット？」パクが言い、もう一度、車椅子に両手を押しつけた。マットは身体じゅうの筋肉をこわばらせて後ずさり、走り去る準備をした。パク——いまだすわっている——が車椅子の車輪をまわして炎の向こう側から出てくる。全身が見えたところでようやくマットは理解した。パクは砂利を乗り越えるために車椅子の車輪にぐっと力を入れていたのだった。

ひとつ咳払いをして言う。「裁判所から戻る途中でここにちょっと寄ってみようと思いついたんだ。今日、あなた方の姿が見えなかったから。とくに変わったことはなし？」

「ああ、ないよ」パクはちらりとゴミの缶に目をやり、言った。「これはメアリーの十八歳の誕生日の、まあ、お祝いの一環かな。韓国では子どものころの品物を燃やす風習があるんだ。大人になった証としてね」

「ふうん」マットは十八歳になる韓国人の誕生日パーティーに何度も招かれたことがあるが、そんな風習は聞いたためしがなかった。

パクがマットの胸のうちを読みとったように言う。「この風習はたぶんわたしの村だけのものだ。ヨンも知らなかった。きみは聞いたことがあるかい」

「いや、でもなかなかおもしろいね。ジャニーンの姪がもうすぐ十八歳になるから、彼女に伝えておくよ」そういえば義理の親戚たちも嘘を隠すために〝遠い昔からの風習〟とやらをさかんに持ちだす、とマットは思った。パクの肩ごしにメアリーを見やって声をかける。「誕生日おめでとう」

「ありがとう」メアリーはゴミの缶を見てから、視線をマットに向けて首を振った。「ジャニーンは」——ここで間をおく——「あなたといっしょに……来てるの？」ふたたび首を振って顔をしかめ、ふいに目を見開く。懇願なのか脅しなのか、マットにはわからない。いずれにしろ、メッセージははっきりしている。〝わたしたちがものを燃やしていることをジャニーンには言うな〟懇願だろうとほかのものだろうと、メッセージの内容に変わりはない。

「来てるよ。車で待っている」マットは強い不安に襲われ、嘘をついてでもこの状況を無事に切り抜けようとした。「もう行くよ。ジャニーンが気をもむといけないから。とにかく何ごともなくてよかった。じゃあ、また明日」

「メアリー、ほんとうに誕生日おめでとう」メアリーに背を向けながら付け加える。

立ち去りつつも背中にふたりの視線を感じたが、マットは振りかえらなかった。歩みをとめずにパクたちの家を通りすぎ、林のなかを抜けて廃墟となった納屋の前を通り、車に乗りこむ。ロックをしてエンジンをかけ、ギアをドライブに入れてアクセルを踏み、その場をあとにした。

## テレサ

テレサは法廷に残る最後のひとりになった。混乱をきわめた十分間——エリザベスは猫がどうのと叫び、シャノンの部下がエリザベスを引きずっていき、判事は小槌を叩いて昼休憩を宣言し、傍聴人はみな、走ったり電話でしゃべったりしているレポーターにぶつからないようにしながら、われ先にと法廷の外へ出ていった——のあとだけに、静寂にひたりたかった。何よりも、ひとりになりたかった。外へ出て、カフェからカフェを渡り歩いてゴシップを拾っていく女性たちと顔をあわせたくなかった。彼女たちはむきだしの好奇心を偽りの思いやりでじょうずに隠し、ヘンリー（「こんなに長いあいだ虐待されていたなんて！」）とキット（「お子さんが五人も！——ほんとに立派」）のために正義を求めているように見せかけている。ほんとうは誰かほかの人間の痛みをのぞき見して大興奮し、大いによろこんでいるというのに。

いやだ、この法廷の静けさから離れたくない。冷えすぎているのは困りものだけれど。開廷中は汗まみれの傍聴人たちが発散する熱気を古いエアコンでは撃退しきれないため、なかは暑く、テレサも暑さ対策でノースリーブのワンピースを着ている。ストッキングははいていない。けれども人がひとりもいなくなってしまうと法廷内は劇的に冷える。それともいま感じている冷気は、ヘンリーが意地悪な猫に嫌われていてひっかかれたと語るときの顔——年を重ねるうちにできてくるにきびや皺や傷がひとつもない、幼い子ども特有のやわらかそうな肌——を見て、そのあとでエリザベスが壊れて、猫なんていなかったと告白するところを目撃したせいだろうか。つまり……えっ、ちょっと待って。彼女が意地悪な猫だったってこと？　テレサはぶるっと震え、腕をさすった。手は冷たくてさらに身体が震える。

右前方の広い窓から日の光がさしこんでいる。テレサは通路を横切って日があたっている場所へ向かった。そこは検察官のテーブルのすぐ後ろで、弁護側の席へ移動するまでテレサがすわっていた場所だった。日光がちょうどあたる席を選んですわり、目を閉じて顔を少しあげ、光を存分に浴びる。白くまばゆい光が閉じたまぶたを突き抜けて、実体のない赤い点を浮かびあがらせる。エアコンが鳴るブーンという音が大きくなった気がする。貝のなかの波の音にも似たシャーという音が外耳のあたりでまわって跳ね、遠くから聞こえてくるささやきに変わり、いつのまにかエリザベスの声になっている。〝猫なんていなかった。猫なんて……〟

「テレサ？」後ろから呼びかける声が聞こえた。ヨンが許可を得ずに入るのをためらっている子どもみたいに半分閉じた扉からなかをのぞいている。

「あら、こんにちは」テレサは言った。「今日は来ないのかと思ってた」

ヨンは何も答えず、下唇を噛んでいる。日頃のブラウスとスカートという恰好ではなく、部屋着みたいなトップスとパンツを身に着けている。髪はいつものようにひとつにまとめてお団子にしているけれど、そのままで寝ていたのか、ほつれ髪が垂れている。

「ヨン、だいじょうぶ？　入ってきたら？」なぜだかテレサはヨンを誘い入れてやりたかった。ここは自分の家、とでもいうように。さしでがましいかもしれないけれど、ヨンの不安を払うために何かせずにはいられなかった。

ヨンはうなずいて通路を歩きはじめたものの、規則を破っているといったふうに、どこかおどおどしていた。蛍光灯の明かりの下でヨンの肌は青白く見える。ウエストのゴムがのびているらしく、数歩進むごとにパンツを引っぱりあげている。近くまで来たヨンが左側を見てからテレサのほうを向いた。彼女の困惑した顔を目にしてテレサは気づいた。なぜ席を変えたのか不思議に思っているのだ。それはそうだろう。すわる場所を変えた自分を見たら、誰だって何か理由があって検察側の席に戻ったと思うはずだ。まずい。これでは噂が広まってしまう。席を変えたことがニュース（〝殺人ママの気まぐれなお友だち、席をふたたび変える〟）になってすでにネットで流れているかもしれない。

テレサは窓を身振りで示した。「寒かったから移ったの。ここは日光があたって暖かいから」われながら言い訳がましく聞こえて、いやな気分になる。

ヨンはうなずき、腰をおろした。顔には落胆の表情が浮かんでいる。古いローファーをスリッパのようにかかとをつぶしてはいている。急いでいるあまり靴さえちゃんとはけなかったといわんばかりに。唇はひび割れ、目の端には目やにがくっついている。「ヨン、だいじょうぶ？　パクはどこ？　メアリーは？」

ヨンは目を瞬かせ、唇を嚙んだ。「ふたりとも具合が悪いの。胃が痛いんですって」

「かわいそうに。早くよくなるといいわね」

ヨンはうなずいた。「だから来るのが遅くなって。エリザベスが叫んでいるのを見たわ。そこの人たちが」——後ろのほうを示す——「あれはエリザベスの自白だって言っていた。彼女がヘンリーをひっかいたって」

テレサは息を吞んでうなずく。「そうみたい」

ヨンはほっとしているように見える。「ということは、あなたはエリザベスが有罪だと思っているのね」

「えっ？　まさか。誰かをひっかくのと殺すのとは、ぜんぜんちがうもの。おそらく、たまたまひっかいてしまったんだと思う」そう言いながらも、たまたまひっかいたことくらいでエリザベスがあんなに取り乱すとは思えなかった。エイブがエリザベスを指さしながら陪審に向かってこう言うのが目に浮かぶ。「この女性は自分の子どもを傷つけた暴力的な人間です。われわれがいま目にしたように、精神的に壊れて、情緒不安定な状態でもあります。彼女が警察から児童虐待の容疑をかけられ、友人と大喧嘩をしたあと、精神的なショックを受けて頭のどこかがぷつっと切れたとしてもなんら不思議はありません」

ヨンが言う。「エリザベスが児童虐待はしたけれど火はつけていないとして、それでも罰せられて当然とあなたは思う？　死刑じゃなくて、刑務所へ入るってことだけど」

「わからない」とテレサは答えた。「たったひとりの息子がむごい死に方をした。全世界がエリザベスを非難している。かつての友人を失った。エリザベスにはもう何も残っていない。これほどまでに追いつめられている彼女が火をつけていないとしたら？　エリザベスが何をしたにしろ、もう充分に罰を受けたとわたしは思う」

ヨンの顔が朱に染まる。さかんに瞬きをして涙をこらえようとしているけれど、その努力もむなしく目が潤んでいる。「でも、エリザベスはヘンリーに死んでほしかったのよね。わたし、ヘンリーのビデオを見てた。いったいどういう母親なら、自分の息子に死んでほしいなんて言えるのかしら」

テレサは目を閉じた。ヘンリーのビデオのなかでも、生まれてこなければよかったと話す場面にいちばん心をかき乱され、そのことは考えないようにしていた。

「ヘンリーがなぜあんなことを言ったのかわからないけれど、エリザベスがあの子に吹きこんだとは思えない」

「でもパクは言っていた。エリザベスがあなたにヘンリーには死んでほしい、あの子が死ぬのを空想しているって言っていたと」

「パクが？　どうしてそんな……」そう言いながらも、つねに頭の隅に追いやっていた記憶がよみがえってきた。〝あの子が死ぬところを空想した。あの子の死を望むのはそんなに悪いこと？〟うす暗いカプセルのなかでのささやき声。声が届く範囲には誰もいなかった。ただし……。「わたしたちのおしゃべりをヘンリーが聞いていて、それをパクに言ったのかしら。それにしてもへんだわ。ヘンリーはわたしたちとは離れてカプセルの端っこでビデオを観ていたはず」

「じゃあやっぱり、パクの話はほんとうなのね。ヘンリーには死んでほしいとエリザベスが言ったというのは」ヨンの口調は断定的で、問いかけのようには聞こえなかった。

「いいえ、ちがうの。エリザベスはそういう意味で言ったんじゃないの」メアリーの言動に端を発して起きた、あの日の出来事のすべてを話さずに説明するのは難しい。けれどメアリーがからんでいるだけにヨンにはとても話せそうにない。「ああ、どうしよう。エイブも知っているの？」

ヨンは唇を白くなるほどかたく引き結んでいる。懸命に口を閉じようとしているみたいに。そのあとで唐突に話しだした。「ええ、知ってる。そのうえでエイブはあなたに訊くつもりらしい。法廷で」

説明するとなると、みんなに背景となる事情を理解してもらう必要がある——そんなことができるだろうか。「それは……そういうんじゃないの。エリザベスはほんとうにそういう意味で言ったんじゃないから」テレサは懸命に言った。「エリザベスはわたしを励まそうとしただけなの」

「ヘンリーなんか死んじゃえばいいと言ってあなたを励ます？　いったいどういうこと？」

テレサは何も言えずにただ首を振った。

ヨンが顔を寄せてくる。「テレサ。教えて。わたしはその意味を理解したいの。**しなきゃならないの**」

テレサはヨンを見つめた。何があったかを絶対に聞かせたくない友人を。でもヨンの話がほんとうなら、法廷ですべての人の前で話せとエイブに迫られ、供述した内容が一時間もしないうちにネットで拡散されてしまうだろう。

テレサはうなずいて心を決めた。いずれにしろヨンの耳には入るだろうし、それならわたしの口から直接聞いたほうがいい。話を聞いてわたしを嫌いにならないでくれるといいのだけれど。

あの日はなんとなく気分が乗らなかった。晩のダイブのためにいつもの時間に家を出たけれど、八月にたまにあるように道路はガラガラで、Hボットがはじまる四十五分前にミラクル・サブマリンに着いてしまった。トイレに行きたかったけれど、ヨンの家のバスルームを借りるのは気が引けた。使わせてくれないわけではないが——反対にどうぞと言ってくれる——、ヨンがあちこちにある段ボール箱のことでなぜか謝り、〝仮の住まいだから〟と〝すぐ引っ越す〟を繰りかえすのを聞くと気まずくなる。

テレサは車を走らせ、人目につかない場所でとめた。こういうときのためにバンには大型の尿瓶を積んでいる。使うと考えただけでうんざりするけれど、ほかの選択肢よりはましだ。たとえばガソリンスタンドでトイレを借りるとする。まず車椅子にすわったローザをバンからおろす。やさしげなおばあちゃんタイプの女性を見つけてローザを見ていてもらう（ガソリンスタンドのトイレは狭すぎて車椅子を入れられない）。そうすると、ローザはどんな状態なのか質問されるはめになり、希望を捨てちゃだめ、とか、あなたはえらいわね、とか言われたあとに、車椅子にすわったローザをバンに戻してバックルで固定する。ぜんぶで十五分はかかり、身体も頭もくたくたになる。二分ですむトイレ休憩に十五分もかかるなんて！　こんな小さなことで愚痴を言ってはいけないとわかっている。対処しなければならないもっとたいへんなことがたくさんあるのだから。けれども毎日のように人に頭をさげ、失った時間を数えると、どうしてもイライラがつのり、〝ふつうの〟親たちはこんな思いをせずに生きているのだと考えてしまう。赤ん坊をかかえている母親たちは同じ思いをしているはずだけれど、一時的なことだと考えれば辛抱できるだろう。ところが自分は、来る日も来る日も我慢を重ね、こんな生活が死ぬまでつづくのかとひそかに嘆き、八十歳になってもバンのなかで腰を落として尿瓶のなかに排尿し、五十歳の身体の不自由な娘を車に乗せて治療を受けさせにいき、自分が死んだらいったい誰が娘の面倒を引き受けてくれるのかと頭を悩ますのだ。

考えたすえにテレサは外で用を足すことにした。ローザは眠っていて、娘を動かさずに大型の尿瓶を取りだすことはできないので、外へ出て、物置小屋の裏手の茂みに囲まれて人目につかない場所へ行った。ズボンをおろそうとしたちょうどそのとき、物置小屋のなかから電話が鳴る音が聞こえた。

「ヘイ、ちょっと待って」壁ごしに女の子の声がする。どうやらヨンの娘のメアリーらしい。テレサはじっとしていた。もう排尿どころではなかった。物音――箱か何かを動かしている？――が小屋のなかから聞こえてくる。さっきと同じ声が言う。「家にいるの。ごめんね」

少し間があく。「箱をもとの場所に戻しているんだ。ここを隠し場所にしてるから、例のものの」笑い声。「親が知ったらびっくりするだろうな。でも、絶対に見つからないから。紙袋に入ってて、それが箱に入ってて、その箱の上にほかの箱がのっかってるから」また、笑い声。

「そうだね、シュナップスは最高。で、ちょっと聞いて。お金返すの来週でいい？」

ふたたび間があく。「やったよ、でもパパに見つかって。もうカンカンになっちゃって。戻しておくところをまちがえたみたいなんだよね。うちのパパ、財布のなかにカードを順番どおりにきっちり並べとかなきゃ気がすまない強迫症《OCD》らしくて、そんなこと、知らないでしょ、ふつう」嘲るような笑い。

「だいじょうぶ。ママのを見つけて現金を引きだして、返すから。来週。約束する」

ここでまた間があく。「わかった、じゃあね。あっ、ちょっと待って。お願いがあるんだけど」

笑い。「そう、ほかのこと。郵便物が来ることになってて、それを両親に見られたくないんだよね。あなたの住所あてに送ってもらうから、届いたらクラスに持ってきてくれないかなあ」

さらに間があく。「ちがう、ちがう。アパートメントのリスト。親を驚かせようと思って」また少し間があく。「ありがと。ほんと、恩にきるわ。あっ、それから水曜日の予定、どうなった？　ほら、わたしの誕生日――。そっか、わかった。そうだよね、うん、うん。デイヴィッドによろしくって言っといて」

　折りたたみ式の携帯電話を閉じる音がしたと思ったら、メアリーがいかにも不機嫌そうに、大げさな調子で友人のまねをしてしゃべりはじめた。「もうデイヴィッドがね、あっ、あたしがどんなにデイヴィッドを愛しているか話したっけ？　それで、だめなの、あなたのバースデー・ディナーには行けない。だって、デイヴィッドから電話がかかってくるかもしれないんだもん」ふつうの声に戻って言う。「ビッチ」ため息。沈黙。

　テレサはゆっくりとバンに戻っていった。音を立てないようにドアを閉め、数分間、走ってから車をとめる。ローザを見る。布でつくった人形みたいに頭を前に垂らしてまだ眠っている。呼吸は深く穏やかで、息を吐くたびにフーッという音を立てる――いびきより軽く、口笛よりやさしい。無垢でかわいらしく、赤ちゃんのよう。

　ローザとメアリーは同い年だ。ローザが脳を破壊するウィルスに感染していなければ、メアリーと同じく酒を飲んだり、友人のふりをした敵《フレネミー》と何ごとかを共謀したり、母親の金を盗んだり、親が子どもには絶対にしてほしくないと願うことをするだろうか。いや、ローザはけっしてしないだろう――親の願いを叶えてくれるはずだ。生きているかぎりずっと。じゃあどうして、わたしはすすり泣くのをやめられないのだろうか。

　もちろんテレサにも喜怒哀楽はある。テレサがいらつくのは、〝ほんと、幸せそう〟としかコメントできそうもない、よその家族の一面を見せられるときだ。たとえば、自慢げな写真（サッカーのユニフォーム姿でトロフィーを掲げている息子、ヴァイオリンとメダルを掲げている娘、このうえなく幸せそうににっこりと笑う両親）つきのクリスマスカードのなかの理想的な家族の姿とか、自慢げな手紙（〝わたしのすばらしい子どもたちがものすごいことを成し遂げたの。そのほんの一部をお知らせするわ〟）とか。どれもが幸せ家族をアピールしているだけでエセくさいと切って捨てられるものばかり。

しかしごくふつうの日常や、腹立たしい反面、これが子どもが成長するということなのだと思わせる出来事――娘が呆れ顔で天を仰ぐとか、ドアをバタンと閉めるとか、「ママのせいで人生がめちゃくちゃになる！」とわめくとか――がないのは悲しかった。ないものねだりをしてもしかたがないけれど。カルロスの反抗期がはじまったとき〝ローザがこんなふうにならなくてよかった〟と思った。夜中に何度も起きて乳児にミルクを与えるのと同じで、ぐったり疲れ果ててしまい、反抗期なんか早く終わってくれと願った。けれど、本心ではそうは思っていなかった。それが〝ふつう〟のサインだから。どんなにいやな〝ふつう〟でも、失った者にとってはかけがえのないものだから。ローザが母親の財布から二十ドル札を盗んだり、隠れて酒を飲んだり、誰かのことを陰で〝ビッチ〟と呼んだりする場面には絶対に遭遇しないという事実が、テレサの内側をむしばみ、腹にさしこむような痛みを感じさせている。〝悪いこと〟をした娘に腹を立てるという〝ふつう〟を味わいたい。それができるヨンとパクが憎くて、テレサはこのまま走り去り、二度とふたりには会うものかと思った。

しかし、もちろんそうはしなかった。納屋まで車で戻り、ヨンとパクに笑顔を向けてカプセルに入った。マットは来ていなかった（ＴＪの具合が悪い）。マットも（渋滞に引っかかったらしい。さっきまでは道路はガラガラだったのに）。結局そのダイブでは大人はテレサとエリザベスのふたりきりだった。ハッチが閉じるとすぐに、エリザベスが話しかけてきた。「だいじょうぶ？　何かあった？」

テレサは答えた。「ちょっとね。でもなんでもない。疲れてるのかな」唇を目いっぱい横に広げて笑みをこしらえる。泣きだしそうなときに自然な笑みをつくるための筋肉の動かし方を思いだすのは至難のわざだ。涙をこらえて瞬きを繰りかえし、胸のなかでこうつぶやいているときには。〝ああ、もう。最低の人生だとか、これから先ずっとこんな思いをするのかとか、そんなんじゃなくてもっとほかのことを考えなさいよ〟

「わかった」とエリザベス。「わかった」〝わかった〟を二度言ったエリザベスの口ぶり――それならばしかたがないといったふうで、ランチに入った店で満席だと告げられた少女のよう――がテレサに打ちあけてしまいたいと思わせた。もしくはカプセルのなかだったからかもしれない。大人はふたりきりで、うす暗いなかでDVDの明かりがちかちかと光り、ナレーターの声が眠りを誘う――まさに秘密を打ちあけるにはうってつけと感じられた。テレサは瞬きするのをやめ、すわったままエリザベスのほうへ寄り、話しはじめた。

エリザベスにその日の出来事を語る。いったん家へ戻ってから晩のダイブのためにふたたびここへ来て、ローザが眠ってしまい、自分はトイレに行きたくなったこと。健康な五歳の娘に〝お休み〟と言って翌朝から二日間の出張に出かけ、帰宅してみると娘が昏睡状態に陥っていた十二年前の話も。夫（いまでは元夫）がローザを勝手にモールへ連れだしたり、娘の手を洗ってやらなかったり、生焼けのチキンを食べさせたりしたときに彼をさんざん非難したことも。医者からローザは助からないだろうと告げられ、もし生きのびたとしてもひどいダメージを受けた脳の回復は見込めないと言われたときのようすも。

死か、脳の麻痺プラス知的障害か。〝死なないで、お願い、死なないで。どうなってもかまわないから〟

とテレサは祈った。しかしほんの一瞬、ほんとうにちょっとのあいだだけ、一生、脳に損傷を負ったまま生きつづける娘を思い浮かべた。肉体という入れ物だけが残され、かわいらしい愛娘は消えてしまったと実感する瞬間を。フルタイムの介護。あとかたもなく崩れ去る平凡な日常。仕事にも就けず、友人もいなくなり、介護は永遠につづく。

「だからといってローザの死を望んだわけじゃない。もちろんちがう。ほんのちょっと考えただけ。どうしようもなく……」テレサは目をぎゅっと閉じて、恐ろしい考えを追いだそうとした。「死なないでと祈って、そのとおりになった。すごくうれしかった——いまもうれしい。でも……」

「でも、そう祈ったのが正しかったのか考えてしまう」とエリザベスが言った。

テレサはうなずいた。ローザが死んでいたら、自分も自分の人生も壊れていただろう。しかし最後にはこれでよかったんだと納得して、棺を地中におろして別れを告げたかもしれない。そしていつかは自分の人生を立て直していたはずだ。最初は苦しみもがくとしても、少しずつ立ちあがり、一日が過ぎるごとに悲しみを過去のものにしていく。そのほうがよかったのだろうか。「母親がそんなふうに考えても許されるもの？」テレサが訊く。

「テレサ、あなたはいいママよ。今日はひどい一日だったのね」

「ちがう、わたしは悪い人間。たぶん子どもたちは夫のトーマスに引きとられたほうがよかったんだわ」

「もうばかなことを言うのはやめて」とエリザベスが言う。「ほんと、たいへんよね。この子たちみたいな子どもの母親をつとめるのは。キットはもっと気楽にやれって言うけれど、そんなのは無理。いつも不安にさいなまれながら、次から次へといい治療法を探して駆けずりまわり、今度はこのダブル・ダイブ……」エリザベスは首を振り、苦い笑いを絞りだす。「ほんとはもううんざり。ほとほと疲れた。わたしがそんなふうに感じているくらいだから、あなたが何もかもいやになって投げだしたくなるのも当然よ。だってわたしなんかよりもっとたくさん、やるべきことをかかえているんだから。ほんとうにそう思ってる。あなたには畏敬の念すら抱いている。キットだって同じように思ってる。あなたはすばらしいママよ。ローザにはやさしく根気強く接しているし、人生すべてをローザのために犠牲にしている。だからみんな、あなたのことをマザー・テレサって呼ぶの」

「でもいまわかったでしょ。いい人ぶってるだけだって」テレサは目を瞬かせ、熱い涙が頰を濡らすのを感じた。マザー・テレサ。耳にするたびに恥ずかしくなる。何かの冗談だろうと。「ほんと、今日はどうしちゃったのかしら。思いの丈をぜんぶあなたにぶつけるなんて、自分でも信じられない。ごめんなさいね、わたし――」

「なんで？　ぜんぜんそんなことない。話を聞かせてくれて、わたし、うれしいのよ」エリザベスはテレサの腕に触れた。「こんなふうに話をするママがもっといればいいのにって思う。お互いに人には言えない、言ったら恥ずかしいと思っていることを語りあうべきなのよ」

テレサは首を振った。「いまの話を脳性麻痺患者の家族のグループが聞いたら、どんな態度に出るか想像もつかない。きっとグループを追いだされちゃう。わたしみたいに考えているママはいないもの」

「冗談でしょ？」エリザベスがテレサを見つめる。「もっとこっちへ寄って」できるだけ子どもたちから離れようと、ハッチとインターホンのすぐとなりまで、すわったたまずれる。それから声をひそめて言う。「キットが熱を出したTJのことを話したの、覚えてる？」

テレサはうなずいた。キットは自閉スペクトラム症の症状が高熱によって緩和されるという現象を話題にして、実際にTJが熱を出したときに頭を叩きつけるのをやめ、ぶつ切りの言葉をしゃべったと話し、熱が引いてもとの状態に戻ったときにどんなにがっかりしたかを語った（「たった一日だけ自閉症がよくなったTJを目にして、天国と地獄を味わったわよ」）。

エリザベスがつづける。「ヘンリーは逆なの。熱があがったとたん、完全にぼーっとなってしまう。前回は言葉も出てこなくなって、そのうえ身体を揺らしはじめて。ここ一年はやんでいたのに。ずっとつづくようになったらどうしようって、本気で怖くなった。すっかり怯えてヘンリーに向かって声を荒らげた。叩いたら熱がさがるかも、なんて考えながら。それに……」エリザベスはうつむいて、〝だめなわたし〟と動作で示すように首を振った。「そのとき考えてしまったの。どうしてこんな息子がいるんだろうって。ヘンリーが生まれてこなければ、人生はずっとましだったろうなあと。いまごろは夫がいて、そうね、ヴィクターとまだ結婚していて、世界じゅうを旅してバカンスを楽しんでいただろうって。それで、せっかくよくなったヘンリーの症状がまた悪化するかどうか調べるのをやめて、フィジーの島々を眺めはじめちゃった」

テレサが言う。「それのどこが悪いのよ。お気に入りの俳優との出会いを夢見るようなもんじゃない」

エリザベスは首を振った。「それ以来、精神的に追いつめられると、ヘンリーなんかいなければいいと思うようになった。一度なんか、あの子が死ぬところを空想した。苦痛のない方法で眠りながら死んでいくのを。そしたら人生はどうなるかしら。あの子の死を望むのはそんなに悪いこと？」

「ママ」ヘンリーが呼びかけてきた。「DVDが終わった。ほかのやつ、入れてくれる？」

「わかったわ、スウィーティー」エリザベスはインターホンを鳴らしてパクを呼び、次のDVDを再生してくれと頼み、はじまるのを待っているあいだにテレサにささやいた。「とにかくわたしが言いたいのは、誰もがみんなそういうふうに考えてるってこと。でもそれは一時《いっとき》のもので、すぐに忘れ去られる。一日の終わりには、あなたはローザを、わたしはヘンリーを心から愛していて、わたしたちはふたりともすべてを犠牲にして、子どものためならなんでもやろうという気になっている。頭の片隅でひどいことをちらっと考えても、考えが入りこんできたと同時に追い払うんだから、とりたてて悪いことでもないでしょ? よっぽど人間らしいと思わない?」

テレサはやさしげな笑みを浮かべているエリザベスを見て考えた。彼女はこちらの気分をなだめ、ときに子どもの死を望むのはあなたひとりじゃないと伝えるためにわざと話をつくったのだろうか。と同時にローザのことを考える。ローザはウィルスに感染したときに亡くなっていた可能性もある。運命のいたずらで奪われたローザの肉体はすでに埋葬されて、骨だけになっていたかもしれない。テレサはあらためてヘンリーと並んですわっているローザを見やった。金魚鉢を思わせる酸素ヘルメットに覆われた顔が、スクリーンの明かりを浴びてちらちらと光っている。ローザがメアリーみたいになることはけっしてない。いまごろは酒を飲み、デイヴィッドとかいうボーイフレンドがいる友人を陰でけなすメアリーとはまるでちがい、ローザはカプセルのなかにすわって恐竜さながらの声を立てて笑っている。たぶん、それでいいのだ。

あの日から何度も(とくにメアリーが脳の損傷もなく昏睡から目覚めた直後)テレサはヨンにメアリーの不良行為を暴露しているところを想像しては、自慢の娘がじつは両親が思い描いていたような品行方正な女子高生ではなかったとヨンが気づく場面で満足感を覚えていた。そしていま、ついにその機会がめぐってきた。しかもちょっとした意地悪から告げ口するのではなく、〝自分の子どもに死んでほしがっている〟をめぐる会話の背景説明の一環として語れるのだ。けれどもテレサにはできなかった。ひどく疲れ、混乱しているヨンの顔を見て、メアリーを〝マクドナルドにいたティーンエイジャー〟に置きかえて話したのだった。

テレサの話を聞いたあとにヨンが言った。「パクは正しかった。ヘンリーには死んでほしいとエリザベスは言ったんだから。そんなことを言える母親がいるなんて驚きだわ」

たしかになんの感情もまじえずに淡々と話して聞かせたけれど、ヨンがあまりにも表面的にしか理解していないことに驚き、テレサは喉のどこかに何かが引っかかるのを感じた。それを呑みこんで言う。「わたしも言ったのよ、ローザが死ぬのを想像したって。わたしが先に言ったの」

ヨンは首を振った。「でも、あなたの……あなたがかかえている状況はほかとはちがうもの」

どうちがうの？　訊いてみたいが訊く必要はない。答えはわかっているから。ヨンが考えていること、ほかのみんなが考えていることはわかっている。ローザが死んだほうがよかった。ヘンリーではなく。ヘンリーには生きる価値があり、母親はほんとうは彼の死など望んでいなかったのだから。ハイツ刑事がカフェテリアで言っていたのは、まさにそういうことだった。「形がどんなものであれ、障害のある子どもを持つのはたいへんなの。経験してみなければあなたには理解できないと思う」

「メアリーは二ヵ月間、昏睡状態に陥っていた。わたしはあの子の死などけっして望まなかった。たとえ脳に損傷を負っているとしても、死んでほしくなかった」

その二ヵ月間、メアリーは入院していて、手厚い看護を受けていたのだとヨンに向かって大声で言ってやりたかった。自分で何もかもやらねばならないとなると状況がまるきりちがってくる。いつのまにか月が年に変わり、自分自身も変わってしまう。ヨンはそこのところがちっともわかっていない。テレサはヨンを傷つけ、えらそうなことを言える立場から引きずりおろしてやりたい衝動を抑えられなかった。「あのね、ヨン、わたしが声を聞いた、悪いことをしていた女の子なんだけど、あれ、じつはメアリーなの」

テレサは言いおわらないうちからすでに後悔していた。ヨンは頭が混乱しているらしく、眉間に皺を寄せ、言った。「メアリー？　マクドナルドであの子を見たの？」

「ちがう。メアリーは物置小屋にいた」

「物置小屋？　あの子はそこで何をしていたの？」

後悔してももう遅かった。いままさにメアリーを困った立場に追いこもうとしている。ティーンエイジャーなら誰でもやるようなことをメアリーもやっていたというだけなのに。「べつに何もしていなかったわ。箱を動かしていただけ。ほら、子どもって、ものを隠しておく秘密の場所を確保したがるじゃない。カルロスもおんなじことを――」

「隠す？　どの箱？」

「わからない。わたしは外にいたから。メアリーが電話で誰かに〝例のもの〟を箱のなかに隠していると言っているのが聞こえた」

「例のもの？　ドラッグ？」ヨンの目が見開かれた。

「そういうものじゃないと思う。たぶん現金じゃないかしら。パクの財布からカードを抜いたことがパク本人にばれたとかなんとか言っていて、それで――」

「財布からカードを？　パクにばれた？」ヨンの顔から血の気が引いた。ボタンをクリックして写真をセピア色に変えたみたいに。メアリーに金を盗まれたことをパクがヨンに伝えていないのはあきらかだった。ヨンの家庭生活がうまくいっていないらしい新たな証拠を得て、テレサは思わずかすかな満足感を覚えた。同時に、そんな自分を恥ずかしいと思った。「ヨン、そんなに気にすることないわよ。子どもってそういうもんだから。カルロスなんかいつもわたしの財布からお金をくすねるもの」

ヨンは傍目から見ても呆然としていて、狼狽のあまり言葉も出ないようだった。

「ヨン、ごめんなさい。こんな話するべきじゃなかった。たいしたことでもないし、忘れて。メアリーはいい子よ。メアリーから聞いているかもしれないけれど、あの子、去年の夏、不動産屋さんに頼んでないしょであなたたちのためにアパートメントを探していたみたい。親を驚かせたいって言っていた。心遣いがこまやかな娘さんだと思う――」

そこでいきなりヨンに腕をつかまれた。爪が食いこむほど強く。「アパートメント？　ソウルの？」


「えっ？　さあ、そこまではわからないけれど、なぜソウルなの？　このあたりのアパートメントかと思ってた」

「わからないの？　見たんじゃないの？」

「いいえ。メアリーがアパートメントのリストって言っているのを聞いただけ。どこのかは言っていなかった」

ヨンは目を閉じた。テレサの腕を握ったままで、かなり動揺しているようだった。

「ヨン、だいじょうぶ？」

「わたし……」ヨンは目をあけて何度か瞬きをしたあと、笑みを見せた。「なんだか具合が悪くて。家に帰るわ。今日は傍聴できなくてごめんなさいってエイブに言っておいて」

「まあたいへん。車で送りましょうか？　わたし、今日は時間があるから」

ヨンは首を振った。「だいじょうぶよ、テレサ。いつも気を遣ってくれてありがとう。いい友だちがいてよかった」ヨンはテレサの手を取り、きつく握った。テレサは恥ずかしさが身体じゅうに広がるのを感じ、ヨンの心痛をやわらげるためならなんでもしてやりたいと思った。

通路を歩き去っていくヨンに声をかける。「伝えるのを忘れるところだった」ヨンが振りかえる。「さっき聞いたんだけど、マットの携帯電話を使って放火の件で電話をかけた人物は訛りのない英語をしゃべっていたとエイブが言ってた。これでパクへの疑いは晴れたわね」

ヨンは口を開いて眉根を寄せた。目が右へ左へと動く。「訛りがない？」言葉の意味がわからずに途方に暮れているとでもいうようだったが、すぐに眉はふつうに戻り、目の動きもとまった。それから目を閉じ、口もとをゆがめた。笑おうとしているのか、泣きだしてしまうのか、テレサにはわからなかった。

「だいじょうぶ？」そう言ってヨンのほうへ行こうとしたけれど、ヨンは目をあけて、来ないでくれといわんばかりに首を振った。そして何も言わず、背を向けてドアから出ていった。

## エリザベス

エリザベスは気がつくと見覚えのない部屋にいて、かたい椅子にすわっていた。ここはどこ？　自分では眠ってはいないし、意識もはっきりしていると思っていたが、どうやってここへ来たのか覚えていなかった。家に向かって車を走らせていたのに、ふいに気づくとガレージにいて、実際に運転していたのかどうかさえ覚えていないというのに似ていた。

　まわりを見る。部屋は狭く、四脚の折りたたみ椅子とテレビが置けるくらいの大きさのテーブルがスペースの半分を占めている。壁は白っぽいグレイ。ドアは閉まっている。窓も通気孔も換気扇もない。監置場に留置されている？　それとも精神病棟？　なぜこんなに暑くて空気がうすいのか。めまいがして息ができない。唐突に記憶がよみがえる。ヘンリーが言っている。「ヘンリー、暑い。ヘンリー、息ができない」あれはいつだったか。おそらく五歳のときで、ヘンリーはまだ人称代名詞をうまく使えず、〝ぼく〟が言えなかった。ヘンリーが亡くなってからはいつもこんなふうだ。見るもの聞くものすべてが、あの子とはまったく関係ないものでさえ、息子の思い出を掘り起こし、わたしを動揺させる。

　追い払おうとしても、情景は消えてくれない。ユニットタイプの遠赤外線サウナのなかにいる、エルモの水泳パンツをはいたヘンリーが頭のなかに現われる。この部屋にいると暑くて息苦しく、閉じこめられている感じがして、自宅の地下にあったサウナを思いだしたのだ。はじめてサウナをためしたときヘンリーはドアの向こうでこう言った。「ヘンリー、暑い。ヘンリー、息ができない」エリザベスは叱りとばしたい気持ちをぐっとこらえ、汗を出して毒素を流すのだと説明したが、ヘンリーがドアを蹴ってあけたとき——ドアは真新しく、サウナ自体はヴィクターに何度も電話をかけてどうしても必要なのだと説得し、一万ドルで購入したものだった——、ついにこらえきれなくなって、壊れてはいないと知りつつも大声で言った。「なんてことをするの！　あなたのせいで壊れちゃったじゃない」ヘンリーは激しく泣きはじめた。涙が鼻水と混じって顔にへばりつくのを見て、エリザベスは嫌悪感を覚えた。一瞬そういう感情を抱いたことをあとになってひどく後悔したが、そのときは五歳の息子が憎くてしかたなかった。自閉症なんかになって。厄介な状況を招いて。母親に自分の子どもを憎ませて。「泣くのはやめなさい。いますぐ。このクソッタレ」エリザベスはそう言って、サウナのドアを力まかせに閉めた。ヘンリーには〝クソッタレ〟の意味がわからない。息子の前でそんな言葉を一度も使ったことがないから。唾を飛ばしながら〝クソッ〟〝タレ〟と投げつけるように言い捨ててドアをバシンと閉めたら、なんだか胸がすっとして、怒りがどこかに消え気持ちが落ちついた。すぐにでもドアをあけて、ママが悪かったと言いながら息子を抱きしめたかったが、あわせる顔がない。何もなかったふりをしたほうがいい。そこでタイマーが鳴るまで三十分間待ち、そのあとでえらかったねと息子をほめ、泣き叫んだことについては触れなかった。息子に対してひどい態度をとった事実は消え去った。

翌日からはふたりでいっしょにサウナのなかへ入り、冗談を言ったり歌をうたってヘンリーの気をそらせたが、それでもヘンリーはサウナがいやでいやでたまらないようすだった。毎日サウナの時間になるとこう言った。「ヘンリー、えらい。ヘンリー、泣かない」そして泣きそうになると目を瞬かせてこらえていた。サウナのなかで息子が涙をふいていると、エリザベスはわざとおどけたふうに言った。「すごいじゃない、汗をたくさんかいて。目にまで汗をかいてる！」

いま過去を思いだしながら考える。ヘンリーはわたしを信じていたの？「ヘンリー、たくさん汗かいた！」と言って笑みを向けてくるときもあった。泣くなどどなられずにすんでほっとして笑顔が浮かんだのか、涙を汗だと言ってごまかすためのつくり笑いだったのか。自分は子どもを怖がらせる意地悪な母親だったのだろうか。それとも子どもに嘘をつかせる精神を病んだ母親？　もしくは両方？

ドアが開いた。シャノンが弁護チームのひとりのアナと入ってきたときに、法廷の前の見慣れた廊下が目に入った。もちろんここはサウナではなく、弁護人用の控室だ。

シャノンが口を開いた。「アナがポータブルの扇風機を見つけてきた。わたしはお水を。まだ顔色が悪いわね。はい、お水をどうぞ」シャノンは身体の不自由な人に水を飲ませるように、エリザベスの唇にカップをつけて傾けた。

エリザベスはそれを押しやった。「いいえ、けっこうよ。ただ暑いだけだから。ここじゃ息をするのもたいへん」

「ごめんなさいね」とシャノン。「いつも使っている部屋よりはかなり狭いけれど、窓がない部屋はここだけなの」

なぜ窓のない部屋を、と訊こうとしたところで思いだした。シャノンが盾となってくれるなかで、カメラのシャッターを切る音とフラッシュが焚かれる音が絶え間なく聞こえ、レポーターが次々と質問を投げかけてきた。〝猫なんていなかったとは、どういう意味ですか？〟〝となりの家に猫がいたんですか？〟〝猫を飼ったことはありますか？〟〝猫は好きですか？〟〝爪を抜かれる猫がいるなんて信じられますか？〟

〝ヘンリーは猫アレルギーだったんですか？〟

猫。ひっかき傷。ヘンリーの腕。ヘンリーの声。へンリーの言葉――。

意識が遠のき、世界が暗転していく。空気が必要だ。エリザベスはテーブルに取り付けられた小さな扇風機の前に身を乗りだし、顔に風を受けた。弁護士たちは気づいていないようだった。ふたりともボイスメールとメールをチェックしている。扇風機の羽根がブーンと音を立てながら送ってくる空気を吸っているうちに、血がのぼってきたのか頭がかすかにうずく。「それ、エリザベスの爪の写真ですか？」とアナが訊き、シャノンが言う。「まいったわね、これじゃ陪審が――」エリザベスは両手で耳をふさぎ、目を閉じて、扇風機が立てる音だけを聞こうとした。音に集中するとふたりの話し声は消え、ヘンリーの声だけが残った。〝世界じゅうをまわってバカンスを楽しんでいたはず〟〝ぼくなんか生まれてこなければよかった〟〝猫はぼくのことが嫌いです〟

「猫はぼくのことが嫌いです」とささやいてみる。ヘンリーは架空の猫をつくりあげたのか、もしくは、自分をひっかき、話のなかで〝猫〟に変わってしまった母親のことをしゃべったのか。後者の場合、本気で母親に嫌われていると思っていたのだろうか。そしてバカンス。まえにテレサにバカンスがどうのと話したことがある。DVDを見ているヘンリーからなるべく離れて、息子の耳に入らないように小声で話した。けれどもヘンリーには聞こえていたのだろう。息子の死を望むときがあると言った小声での告白が鋼鉄の壁にあたって跳ねかえり、どういうわけか息子の耳に届いてしまった。

音はけっして消えない痕跡を残す、と以前読んだことがある。音響の振動は近くにある対象物を貫き、量子のレベルでそれを永遠につづけていくらしい。海に小石を投げるといつまでもさざ波が立つのに似ている。エリザベスの不穏な言葉は壁を貫き――同時に、それを聞いてしまったヘンリーの痛みが彼自身の脳を貫き——、最後のダイブで壁に囲まれて同じ場所にすわっているときに、不穏な言葉と痛みが衝突して爆風を起こし、ヘンリーの脳をずたずたにして内側から焼いてしまったのか。

ドアが開いて、弁護チームのべつのメンバーのアンドリューが入ってきた。「ルース・ウェイスが承諾しました！」

「ほんとう？　やったわね」とシャノンが言う。

エリザベスは顔をあげた。「抗議者の？」

シャノンがうなずく。「パクに脅迫されたことについて証言してくれるよう、彼女に頼んでいたの。おそらくそれで——」

「でも、あの女が犯人なのよ。火をつけてヘンリーを殺したの。あなただって知っているでしょう」とエリザベスは抗議した。

「いいえ、知らない。あなたがそう思っているのは知っている。けれど、わたしたちはその説は捨てている。彼女たちは警察署からまっすぐワシントンDCへ帰った。ワシントンDCにある携帯電話の基地局の九時の時点での情報がそれを証明している。だからその説は——」

「いくらでも計画は立てられたはず。ひとりが火をセットするために現場にこっそり残り、アリバイづくりのために車で帰った人が携帯電話を持っていったとか。それとも猛スピードで車を走らせて、十五分で——」

「それを示す証拠はひとつもないでしょ。パクには不利な証拠が山ほどある。わたしたちは法廷にいるの。憶測ではなく、証拠が必要なのよ」

エリザベスは首を振った。「警察の手口とおんなじ。わたしがほんとうにやったかどうかは重要じゃなくて、訴追できるいちばん簡単な人間を選んだだけ。あなたは同じことをやっている。わたしがいつも言ってるように、あなたたちは抗議者たちの行動を調べるべきなのに、証拠を集めるのが難しいからという理由でそれを放棄している」

「わかってほしいんだけど、真犯人を見つけるのはわたしの仕事じゃない。わたしの仕事はあなたを弁護すること。あなたが抗議者をどれほど嫌っていようと関係ない。抗議者が陪審の疑いの目をパクに向けさせてくれて、結果的に無罪の評決をもたらすなら、彼女たちはあなたの親友。それに、今日あなたが法廷で暴れたおかげで、せっかく得ていた支援を失ったからほかに何かが必要なの。テレサが検察側へ戻ったという噂がすでに拡散している」

「噂じゃなくほんとうの話です」とアンドリュー。「少しまえに見たんです。法廷にひとり残っているテレサが、立ちあがって検察側の席へ移動するのを」

テレサ。最後に残ったただひとりの友だち。ひっかき傷の件が彼女を翻意させたのだろう。そうにちがいない。

「まったく」とシャノン。「通路を横切って席を移るなんて、弁護側に見切りをつけたとアピールするには充分だわね。どうりでエイブが自信満々だったわけだ」

アナが言う。「いまさっき、わたしたちはエイブに会ってきました。エイブは次の証人としてテレサを尋問して、こちらに揺さぶりをかける作戦らしいんです。〝テレサは陪審を驚かせるたいへん興味深い事実を耳にしている〟だそうです」南部のアクセントをまねて言う。「ほんと、いやなやつ」

「ちょっと考えてみたんだけど」とシャノン。「エイブはテレサが耳にした事実を証言すると言っていた。それってつまり、伝聞例外ね。伝聞証拠禁止の原則があるなかで、証人に法廷で証言させることにより証拠として認めさせるつもりだわ。おそらく、かなり重要な証拠――」

「エリザベスの自白の証拠？」とアナ。

「そうだと思う」シャノンはエリザベスのほうを向い

た。「自分を不利な状況に追いこむような事実をテレサに言ったことある？　エイブのようすを見ると、有罪の決め手となるような証拠にちがいないわね」

ひとつだけある。カプセルのなかでの会話。ふたりだけのあいだでささやかれた秘密の恥ずべき言葉。ほかの誰かに聞かれることも、繰りかえされることもないはずのやりとり。思いだすのも耐えがたい話の内容をテレサは法廷で語ろうとしている。それはネットや新聞を通してすぐに世界じゅうに広がるだろう。

裏切られたという思いが胸に突き刺さる。テレサを見つけだして、互いに同じ心境を語り、共感しあったというのに、どうしたらこちらだけを非難するようなまねができるのかと問いただしたい。テレサもローザには死んでほしいと言っていたと、シャノンに伝えてしまいたい。法廷でシャノンがテレサをずたずたに切り裂くのを見たら、きっと胸のすく思いがするだろう。心やさしいマザー・テレサに今回だけはバッド・マザーとして舞台に立ってもらう。

でもテレサは悪い母親ではない。わが子をひっかいたりしないし、無理やりつらい治療を受けさせて子どもを泣かせたり吐かせたりしない。テレサがどんな考えを持ち、何を言おうと、母親に嫌われているとわが子に思わせはしない。テレサが友を見捨てるのは相応の理由があるからだ。ことここに至って、エリザベスという友は軽蔑に値すると悟り、ヘンリーのためにも母親失格のこの女に正義の鉄槌を下したいと思ったのだろう。

「エリザベス、何か思いあたることはある？」とシャノンが訊く。

エリザベスは首を振った。「いいえ、何も」

「そう。まあでも、考えてみて。何が飛びだしてくるか知っておきたいの。そうでないと反対尋問の作戦が立てられないから」シャノンがチームのメンバーたちのほうを見た。

反対尋問。法廷に立つシャノンの声が聞こえるような気がした。「エリザベスがその発言をする直前の会話はどんなものでしたか。まさかあなたが〝見て、わたし髪を切ったの〟と言ったあとに、エリザベスがうっかり〝ヘンリーには死んでほしい〟と言った、なんてことはありませんよね？　わたしが思うに――あなたも似たような発言をしたのではないですか？　ずっと考えていたことを口にしたのでは？」話を聞いてくれる友人とふたりきりのときにテレサがようやく吐露できた個人的な思いを、赤の他人が非難するところを想像しただけで吐き気がする。テレサにあの話を法廷でさせるなんてとんでもないし、報道されれば本人はもちろん、ローザとカルロスまでが傷つく。なんとしてもとめなければならない。でもどうやって？

シャノンがエリザベスのほうを向いた。「去年の夏、ヘンリーとふたりだけの時間を過ごしたことがある人をリスト化してくれる？　療法士とかベビーシッターとか……ヴィクターは週末なんかに来ていた？」

「なぜ？」

「えーっと、あなたが言ったことはちがう意味に解釈できると思う。〝猫なんていなかった〟がどういう意味か、人はなぜそんなことを言うかわたしたちで考えているの」

「人？　わたしがその人だけど。それを言ったのはわたしで、そのわたしはいまここにいる。どうしてわたしに訊かないの？」

誰も何も言わなかった。言う必要もない。言った本人には訊いていない。訊く必要がないから。全員、答えを知っているが、いままさにべつの解釈を〝考えている〟最中で、〝正解〟を告げられたらかえって困るのだ。

「わかった」エリザベスは言った。「でもとにかく言っておく。あの意味はつまり――」

シャノンが片手をあげて制止した。「いいの、言わなくて」そこでため息をつく。「あのね、どういう意味かは重要じゃないの。あなたが言ったことは証拠にはならない。判事が陪審に無視しろって言ったから。理想の世界ではそれでおしまいだろうけれど、現実の世界ではそうはいかない。陪審員は人間で、聞いてしまったからには影響を受けざるをえない。だから、ほかにも児童虐待者がいたと陪審に示して影響をできるだけ小さくする必要があるわけ」

エリザベスは息を呑んだ。「でも……ほかの児童虐待者ってどういうこと？」

「ヘンリーを傷つけることができた誰か。その誰かをヘンリーはかばいたがった。あなたは虐待者が誰だか察しがついていて、ビデオのなかでヘンリーが必死にその人物をかばおうとするものだからあなたの怒りが頂点に達し、それで法廷で錯乱状態になった」

「えっ？　無実の人間を選んで児童虐待者として非難するということ？　教師か療法士かヴィクター？　それともヴィクターの奥さん？　シャノン、いい加減にして！」

「非難などしない」シャノンが言う。「仮説を提示するだけ。陪審はあなたについてのイメージをすでに持ってしまっている。本来なら持つべきではないイメージをね。そこから彼らを引き離さなければならない。わたしたちがやるのは、あなたがあの発言に至った論理的な理由を提示するだけ」

「だめ。ばかげている。あなたはその仮説が真実ではないとわかっている。**わたしが**ヘンリーをひっかいたと思っているから。わたしにはわかってるのよ、あなたがそう思ってるって」

「わたしが何を思おうと関係ないの。大切なのは、どんな証拠を提示できて、どういった論争を繰り広げられるかなの。いやだと言われただけで引きさがるつもりはさらさらないから。ご理解いただけた？」

「いいえ」エリザベスは立ちあがった。ふいに頭に血がまわらなくなり、部屋が縮んで見えた。「そんなことはしないでけっこうよ。誰が火をつけたのかという問題とは関係ないと言い張るだけでいい。あなたならそれで陪審を説得できる」

「いいえ、できない」ついにシャノンの口調から穏やかさが消えた。「お望みなら疲れ果てるまで議論をつづけられるけれど、ここで言っておく。あなたがヘンリーを傷つけたと陪審が思ったら、彼らはあなたの味方にはけっしてなってくれない。誰が実際に火をつけたかは関係なく。陪審はあなたを罰したいと思うはず」

「そうさせればいい。いずれにしろ、わたしは罰せられてもしかたがないけれど、罪もない人たちを巻きこむのを許すつもりはないわ」

「そう言われても――」

「やめて。もう終わりにしたい。有罪を申し立てたいの」

「なんですって？　なんの話をしているの？」

「ごめんなさい。ほんとうに申しわけないと思ってるけれど、これ以上つづけるのは無理。法廷には一秒たりともいたくない」

「わかった、わかったから」シャノンが言う。「ちょっと落ちつきましょう。それほどあなたがいやがるなら この作戦はやめておく。ひっかき傷の件は本件とは関連性がないという点に絞って弁護を――」

「そうじゃない。ひっかき傷だけじゃなくてぜんぶなの。パクも抗議者もテレサもビデオも、もうぜんぶ終わりにしたいの。有罪を申し立てる。今日」

シャノンは何も言わず、ただ鼻で深呼吸を繰りかえし、口をかたく閉じていた。話しだす機会をじっとうかがっているように。ようやく口を開いたときは、かんしゃくを起こした子どもをなだめる母親さながらに、言葉がゆっくりと流れでてきた。「今日はいろいろなことが起きた。あなたには休息が必要で、わたしたちも同じ。今日はもう休廷にしてもらえるよう判事に頼んで、ひと晩じっくり考えましょう」

「それでも気持ちは変わらないから」

「わかった。明日も同じ気持ちだったら、いっしょに判事のところへ行きましょう。でも今日いっぱいはじっくり考えてみて。あなたにはずいぶん貸しがあるんだから」

エリザベスはうなずいて、気持ちは変わらないと知りながら「わかった。明日ね」と言った。いま監獄へ放りこまれて鍵をどろどろに溶かされても、いっこうにかまわないだろう。そんなことを考えつつ、すべてがもうすぐ終わると思うと、しばらくのあいだ抑えこんでいた恐怖が湧きあがってくるのを感じた。いままでしびれて感覚がなかった足が、血液が流れるにつれてうずきだし、チクチクして痛みが増していくのに似ている。ただし恐怖を感じているのは全身だったが。ふいに髪の毛の生えぎわや腋の下に汗をかいているのに気づいた。「洗面所へ行ってくるわね。水で顔を冷やさなくちゃ」エリザベスは返事も待たずに部屋を出た。

出た直後に、ほんの数歩先の電話ボックスにいるヨンの姿が目に入った。ちょうど見えている横顔は生気が失せて青ざめ、肩は糸が切れた操り人形のようにだらりと垂れている。エリザベスはヨンに車椅子を押してもらって法廷へ入ってくるパクを思い浮かべた。ヘンリーとキットを助けようとしたために下半身不随となったパクは、いまやエリザベスの弁護士に悪しざまに言われている。それもこれもすべて非難の矛先をエリザベスからパクに転じるために。

エリザベスは立ちどまってヨンを待った。数分後、ヨンが電話を切って出てきた。ふたりの目があった瞬間、ヨンは息を呑み、驚きで目を見開いた。いいえ、ちがう、あれは驚きではない。恐怖。それだけではない名状しがたい感情が見え隠れしている――唇はわななき、眉間に皺が寄り、目尻が垂れさがっている。悲嘆と悔恨の色が見えるが、ヨンがそんな表情を浮かべる理由もないので、そう見てとれたのはこちらの気のせいかもしれない。ひとつの字を長く見つめていると、〝are〟みたいに簡単な文字でも外国語のように見えるし、どう発音するのかもわからなくなるときがある。たぶんそれと同じだ。ヨンの表情は、自分の家族がひどい目に遭わされたことに対するむきだしの敵愾心の表われにちがいない。

エリザベスはヨンのほうへ歩を進めた。「ヨン、わたしが心から申しわけないと思っていることを知っておいてほしいの。うちの弁護士がパクを責めるなんて知らなかった。ほんとうにごめんなさいと伝えておいてね。裁判なんてはじまらなければよかったのに。でも、もうすぐ終わる。約束する」

「エリザベス、わたし……」ヨンは唇を噛み、言葉が見つからないといったふうに目をそむけた。「裁判が早く終わることを願っている」ヨンはようやくそう言ってから歩き去った。

**明日**、とヨンの背に呼びかけたかった。〝明日、有罪を申し立てる〟その言葉が口からあふれでた。「わたしは明日、有罪を申し立てる」低い声ながらも、きっぱりと言う。われながら滑稽だった。結婚の宣言などではなく、死刑囚監房行きを宣言しているのだから。はっきりと心を決めたいま、安堵感が大きくふくらんで気分が高揚し、この気持ちをわかちあえる友人がいたら、と心から思った。それに加えて、ヨンに謝罪することで罪悪感がいくぶんやわらいだ。なるべく早くすべてを終わらせるというのは正しい選択だった。ここでヨンに会ったことでなおさらそう思えた。

洗面所へ行き、トイレットペーパーで顔の汗をふく。洗面所を出たところでシャノンとアンドリューにばったり会った。ふたりは判事に会いにいくという。アナはまだ部屋にいて誰かと電話で話していた。エリザベスがなかへ入ると、アナはラップトップを閉じて「少し待っていて――廊下で電話をしてくるから」と言い、部屋を出ていった。

エリザベスはテーブルにつき、手を扇風機にあてて冷やした。アナのラップトップの下にあった何枚かの紙をなにげなく読んでみる。どれもたいした内容ではなかった。戦略、論争、証人たち――自分には関係のないものばかり。それから部屋を見まわして自分のバッグを探し、部屋の隅に置かれたシャノンのバッグとブリーフケースのとなりにあるのを見つける。どこに置いたのかをすっかり忘れていた。バッグを手に取ろうとして、シャノンのブリーフケースのポケットにあるリーガルパッドが目に入った。無造作に突っこまれてゆがんだ表紙の隙間から文字がのぞいている。有罪申し立てに――

有罪申し立てに向けて？　有罪申し立てについて？　有罪申し立てに関すること？

一本の指でリーガルパッドを動かし、表題の内容を確認する。いちばん上の左側にシャノンのきれいな文字で〝有罪申し立てに反対する？〟と書かれていた。

エリザベスはリーガルパッドを取りだした。シャノンが箇条書きした文字が並んでいる。

・バージニア州の有罪申し立て要件――〝任意に、知悉したうえで、理性的に〟

心神喪失による責任能力なしの場合はこの要件は満たせない？　（アナ）

・責任能力ありのクライアントの有罪申し立てに反対した先例をチェック（アンドリュー）（抜きだす案件：〝法廷における不当行為〟としての有罪申し立て）

・利益相反を盾に翻意させる？――倫理規定（アナ）

・責任能力の鑑定――ドクター・Cとのミーティ

ング　今夜！（シャノン）

有罪申し立て。責任能力。クライアントの有罪申し立てに反対。喉が締めつけられ、ブラウスの襟が首に食いこみ、吐き気に襲われる。いちばん上のボタンをはずして深呼吸し、肺に酸素を取り入れる。

ひと晩じっくり考えましょう、とシャノンは言った。確認のために。明日も同じ気持ちだったら、いっしょに判事のところへ行きましょう、とも言った。そう言いつつも有罪の申し立てをさせる気などさらさらなかったのだ。ひとまず明日は。この先もずっと。いまはみずからのクライアントに対する先制攻撃の準備を着々と進めている。このクライアントは頭がおかしい、法廷に対して虚偽行為をはたらいていると宣言する計画を立てている——裁判をつづけるためならなんでもやるつもりでいる。このままだと法廷に引きずりもどされ、ヘンリーのビデオの残りを無理やり見させられてしまう。テレサが法廷に引っぱりだされ、ふたりだけの秘密の恥ずべき話を証言させられてしまう。シャノンはヴィクターかほかの誰かについて嘘を並べ、児童虐待者に仕立てあげて非難するだろう。パクを責めたてて泥沼を引きずりまわし、さらに抗議者を使ってパクを悪者に見せかけるだろう。

抗議者。ルース・ウェイス。自閉症と生きるママ。あの女のことを考えると、もはやなじみとなった激しい嫌悪感に襲われ、めまいがしてきて、倒れないように壁に寄りかからなければならなくなる。あの女はヘンリーを焼いた。自分の主張の正しさを示し、独自の〝自閉症理論〟（実際のところ、みずからの子育てを正当化するだけのものにすぎない）に賛同させたいという、それだけの理由で。彼女の行きすぎた行動をとめなかったのは自分の落ち度だとエリザベスは思う。ルース・ウェイスは自閉スペクトラム症の掲示板でエリザベスにしつこくからみ、脅し、ののしり、児童保護サービス《PS》に通報までしたが、エリザベスが過激さを増す行為を無視しているうちに気がつくと手に負えないほどになっていて、向こう見ずで極端な行動に走らせる結果になってしまった。過去の自分の怠惰と怯懦のせいで、ルース・ウェイスは殺人を犯しながらも逃げおおせ、新たな犠牲者であるパクを苦しめようとしている。

いいえ。そんなことはさせない。

エリザベスは部屋のなかを歩きまわった。ここから出なければならないが、外へ抜けだすための窓もなく、アナはドアのすぐ外にいる。どうにかして建物から出られたとしても、それからどうすればいい？　車もないし、道を流しているタクシーもいそうにない。電話で呼べはするが、タクシーが到着するまえに自分が消えていることが知られてしまうだろう。それでもどうにかしなければ。

自分のバッグを取りにいく。つかむと同時に、となりにあるシャノンのバッグが倒れて中身が動く音がした。心の奥深くにつねにあったイメージが、その音とともに浮かびあがった気がした。自由になった自分が、ずっとまえにやるべきだったことをやっている姿が見える。

エリザベスはシャノンのバッグをつかんで立ちあがった。行くべき場所とやるべきことははっきりとわかっている。あとは行動に移すのみ。すばやく、誰かにつかまるまえに。心変わりするまえに。

## マット

マットとジャニーンは判事の執務室の前でふたり並んでエイブを待っていた。もうひと組の若いカップルがすぐ近くに立っていて、ひっきりなしにキスをし、合間に女性が指輪をうっとりと眺めている姿から、ふたりは結婚するのを待っているのだとマットは想像した。一方で自分たちはどう見えるだろうかと考える。おそらく離婚すると思われているだろう——ジャニーンは顔をしかめ、「いますぐ説明して。わたしたち、ここでいったい何をしているの?」と小声で繰りかえし、こちらは黙りこくって首を振っているのだから。

ジャニーンにここにいる理由を伝えたくないわけじゃない。黙っているのはジャニーンがどう出るかわかっているからだ。真実をすべて、たとえば爆発の起きた夜にジャニーンが現場にいたことや、自分がメアリーといっしょに煙草を吸っていたことなどをエイブに打ちあけると告げたら、かならず文句を言ってくるだろう。そして適当な話をつくって、それをエイブに伝えようと持ちかけてくるはずだ。実際のところ、何かを隠したり、たくらんだり、嘘を事実として列挙したりすることにマットはうんざりしていた。もうこのへんでエイブと顔と顔を突きあわせて、隠してきた事実をすべてぶちまけてしまいたかった。

エイブとシャノンがそれぞれの部下を引き連れて出てきた。「エイブ、いますぐあなたと話がしたい」とマットが言った。

「いいですよ。今日は休廷になったので。この部屋を使いましょう」エイブは向かいにある会議室のドアをあけた。

シャノンが眉を吊りあげた。それを見てマットは思った。シャノンにもエイブ以上に知ってもらう必要がある。だがエイブから知らせてもらった場合、検察官のフィルターをくぐり抜けて、自分の告白がどの程度シャノンに届くだろうか。同じ理由で先にジャニーンにも話さなかったのではないか？　ジャニーンからエイブに伝わる際にこざかしいつくり話が混じってしまうおそれがあるから。マットは言った。「ミズ・ハウ、あなたとも。おふたりいっしょに話がしたい」

エイブが首を振る。「あまりいいアイデアとは言えませんね。まず――」

「いいえ」やはりどうしてもシャノンにも聞いてもらわねばと思いつつ、マットは言った。「全員が同じ部屋にそろわなければ何も話しません。賭けてもいいですが、おふたりともこの話を聞きたいだろうと思います」そう言い、ジャニーンを連れて部屋へ入る。あとからシャノンが入ってくる。エイブはドア口に立ったまま、怒りをにじませた視線を送ってくる。

シャノンがリーガルパッドをテーブルに置いた。

「さっそくはじめますけど？」エイブに言う。「お入りにならないなら、ドアを閉めてくださいませんか？」

エイブは目を細め、〝いますぐあんたを殺してやりたい〟という表情を見せたあと、部屋に入ってきてマットの向かいにすわった。リーガルパッドもペンも出さず、ふんぞりかえって腕を組み、マットに言う。

「よろしい、はじめてくれ」

マットはテーブルの下でジャニーンの手を握った。ジャニーンは手を振りほどき、唇を引き結ぶ。口のなかにある苦いものを吐きださないようにしているとでもいったふうに。マットはひとつ深呼吸をした。「保険会社への電話の件です。例の、放火についての問い合わせの」

エイブは組んだ腕をほどき、前に身を乗りだした。

「思いだしたことがあるんです。メアリーはぼくの車のドアをあけられました。スペアキーの隠し場所を知っていたので」そこでエイブを見る。「訛りのない英語」

「ちょっと待って」とシャノン。「つまり――」

いったんとまったらもう話せないと思い、マットはつづけた。「去年の夏、メアリーは煙草を吸っていました。キャメルを」

エイブが言う。「どうしてそれをあなたが知っているのか――」

「いっしょだったからです。ぼくはメアリーと煙草を吸っていたんです」頬が熱くなるのを感じた。意思の力で毛細血管を収縮させて、肌の表面に血液が集まってくるのをとめたかった。「ぼくは喫煙者ではありませんが、ある日、ふとした気まぐれで煙草を買い、ダイブのまえに吸っていたところへメアリーが現われ、彼女に一本あげてしまったんです」

「そのときかぎり、ですよね」エイブが言う。問いかけよりもむしろつぶやきに近い。

マットはジャニーンの顔を見た。恐怖と期待がないまぜになった表情が浮かんでいる。そこで昨夜、一度だけだったと妻に告げたことを思いだす。「いいえ。川辺で煙草を吸うのが習慣になってしまい、ときどきメアリーもやってきて、彼女と話をしたりしました。夏のあいだ、おそらく十回以上」

ジャニーンはまたしても昨晩、夫に嘘をつかれたと気づいたのか、口をあけて呆然としている。

「それで、あなた方は毎回、煙草を吸っていたんですか?」とシャノン。

マットはうなずいた。

「キャメルを?」

マットはふたたびうなずいた。「そうです、セブン-イレブンでキャメルを買いました」

「なんということだ」エイブは首を振りうつむいた。いまにもテーブルに拳を打ちつけそうだった。

シャノンが言う。「じゃあ、エリザベスが見つけたキャメルとマッチというのは――」

「あくまでもエリザベスがそう申し立てているだけですがね」とエイブ。

シャノンは蚊を追い払うみたいに手を振り、引きつづきマットに話しかける。「煙草とマッチについてはどう思いますか、ドクター・トンプソン」

マットはありがたいと思った。〝川辺での待ち合わせ〟（法廷でならおそらくそんなふうに呼ばれただろう）のあいだほかに何が起きたか、メアリーは何歳だったのかといった質問をシャノンはしてこなかったからだ。シャノンの目をまっすぐに見て答える。「煙草はぼくが購入したものです。マッチは煙草についてきました」

「八時十五分に会いたいというHマートのメモは？」とシャノン。

「ぼくのです。ぼくが書いてメアリーに残しました。もうやめたかった。喫煙を、という意味ですが。メアリーに知らせて謝らねばとも思いました。悪い習慣に引きずりこんだわけですから。それであのメモを書き残したところ、彼女から〝わかった〟と書き添えたメモが送られてきたんです。それが爆発があった日の午前中でした」

「まったく、時間のむだ遣いにもほどがある」エイブは何もない壁を見つめて首を振った。「Hマートのメモを法廷で取りあげた時間が……」口を閉じる。

「あなたが持っていたはずの煙草とマッチを、どうしてエリザベスが林で見つけることになったのかしら？」

ここはへたにしゃべってはいけない。自分の話を自分でするのは勝手だが、ここから先はジャニーンが語るべき話なのだから。マットはジャニーンをちらりと見た。彼女はテーブルをぼんやり眺め、冷蔵保存されている死体さながらに顔色を失っている。「なぜその点が問題なのかわかりませんね。エリザベスが林のなかで煙草とマッチとメモを見つけた。それらがどこから来たのかが、なぜそれほど重要なんですか」

「ここにいる検察官が」――シャノンはエイブをちらりと見る――「エリザベスが持っていた煙草とマッチが火をつけるのに使われたと繰りかえし述べたからです。だから、誰かほかの人物がそれらを持っていて、火をつけるのに使ったあとで捨てた可能性があるかどうか知る必要があるんです」

「そうでしょうけど、ぼくはカプセルのなかに閉じこめられていたんで、そこはなんとも――」

「わたしが持っていって、メアリーにあげたんです」とジャニーンが言った。マットは妻を見なかった。いや、見たくなかった。こんな状況に追いこんだ夫への激しい怒りで目が燃えているだろうから。

「なんですって？　いつですか？」とシャノン。

「爆発が起きるまえで、八時くらいです」ジャニーンの声はかすかに震えていた。もしそれが寒さからくる震えだったら抱きしめて温めてやれるのに、とマットは思った。「夫が誰かと隠れて会っているような気がして……とにかくあの日、わたしは夫の車のなかを、グローブボックスから床に置いてあるゴミ箱、トランクに至るまであらゆるところを探して、それらを見つけたんです」

マットはジャニーンの手を取って握りしめた。ただ単にメモを見つけたとだけ言うこともできただろうが、ジャニーンはそうはしなかった。夫の車のなかをあさったと認め、詳細を語ることで夫を許しているように思えた。あなたのせいばかりではない、ふたりとも愚かなまねをしたのだと。

「あなたは爆発の起きた晩にミラクル・クリークにいたとおっしゃるんですか？」とシャノン。

ジャニーンがうなずく。「マットには言いませんでした。ふたりがこっそり会っているところを見てみたかったので。いずれにしろ、ダイブは予定より遅れていて――マットからの電話で知りました――、ひとりでいるメアリーを呼びとめて煙草やマッチなんかを渡し、迷惑だから夫には近づかないでくれと告げて、立ち去りました」

「ちょっと話を整理させてください」とシャノン。「爆発まで三十分もないときに、メアリー・ユーは納屋の近くにひとりでいて、キャメルの煙草とセブン‐イレブンのマッチを持っていた。そういうことですか？」

ジャニーンはうつむきながらもうなずいた。

シャノンがエイブのほうを向く。「起訴を取りさげる気はありますか？　もしないなら、わたしは審理を無効にするよう要請します」

「なんだって？」エイブが立ちあがった。顔から引いていた血の気が戻りつつある。「ドラマみたいなまねはやめましょう。いくつかインチキやごまかしがあったからといって、あなたのクライアントが無実だとはかぎらない。いや、無実からはほど遠い」

「偽証だけでなく、故意の司法妨害まで発生したんですよ。証人、それも検察側の重要証人によって」

「いやいや、それはちがう。煙草が誰のものだったとか、誰がメモを書いたとかは、ミステリーのお楽しみとしてとっておけばいい。あなたのクライアントは息子を排除したがっていた。そして火がつけられた時刻に殺人の道具を手にしてひとりでいた。ここで何が語られようと、その事実に変わりはない」

「けれども、いまやメアリー・ユーが――」

「メアリー・ユーはほんの子どもで、しかも爆発で死にかけた」エイブは拳をテーブルに叩きつけた。シャノンのペンがころころと転がっていく。「彼女には動機がな――」

「動機がない？　ハロー、ふたりの話を聞いていましたか？　結婚している男性と恋愛に興じているティーンエイジャー。妻と対決して、男にはもう会うなと告げられる。ものすごく頭にきて怒り狂い、男を殺してやりたいと思う。そうだ、いま火をつければ、なかにいる男は確実に死ぬ。メアリー・ユーがほんの子どもだなんて、まただご冗談を。これって典型的なミステリー小説のネタじゃない。そのうえ、自分で電話をかけて確認した保険会社から百三十万ドルが転がりこむ」

「恋愛関係などなかった」マットがまわりには聞こえないくらいの小さな声で言うと、シャノンが反応してさっとこっちを向いた。「何？」

もう一度言おうとしたがジャニーンがそれをとめ、うつむきながら低い声で何ごとかをつぶやいた。電話がどうのこうのと。

エイブは聞き逃さなかったようで、ジャニーンを見て言った。「なんだって？」言うと同時に表情がみるみる曇る。

ジャニーンは目を閉じて深いため息をつき、ふたたび目をあけてエイブに言う。「電話をかけたのはわたしです。メアリーじゃありません。あなたの推測は正しかった。電話をかけた日、マットと自分の電話を取り違えていたんです」

エイブの口がゆっくりと開き、そのまま凍りついた。言葉はひとつも出てこない。

ジャニーンはマットのほうを向いた。「わたし、パクのビジネスに十万ドルを投資していたの」

十万ドルを投資？　放火の件で電話をしたのはジャニーン？　想像していたこととはかけ離れすぎていて、脳がまったく理解できず、ふたつの事実が何を意味しているのかも考えられなかった。マットは妻の顔をまじまじと見た。いま聞いた言葉が飛びだしてきた唇、虹彩がほぼなくなり開いた黒い瞳孔だけになった目、頰の横で垂れさがっている赤っぽくなった耳たぶ。顔のすべてのパーツがキュビズムの絵さながらにちがう方向にずれて傾いている。

ジャニーンがつづける。「いい投資先だと思ったの。患者はひっきりなしで、みんな契約書にサインして前払いしていたし、それに――」

マットは目を瞬かせた。「ぼくらの貯蓄から出した、つまりはそういうこと？　ぼくには何も言わずに？」

「わたしたち、しょっちゅう言い争いをしていたから、もめごとはもううんざりだった。あなたはHボットにはすごく懐疑的で、いくら説明してもわかってくれなかった。投資の件もだめだと言われるに決まっていると思ったけれど、わたしはおいしい話を逃したくなかった。パクは優先的に利益を還元してくれると言っていて、四カ月で投資したお金を回収できるうえ、その後の利益分配も受けられるはずだった。あなたが知らないうちにね。投資に使ったお金はずっと口座に眠っていたものだし、すぐに入用になるとも思えなかった」

シャノンが咳払いした。「のちほど夫婦間のもめごとを解決してくれそうな腕のいいカウンセラーを紹介するわね。でもいまは放火の電話の件に戻りましょう。あなたの話は放火の電話とどうつながるのかしら」マットはそれを聞いてまたしてもありがたいと思った。ふたたび妻に嘘をつかれた事実からひとまずは意識をそらせるからだ。それにしても、嘘をついたのは新たな諍いを避けたかったから、とは。自分が嘘をついた理由――女の子と会うのをやめたくなかったから――と比べると、どちらがましだろうか。

ジャニーンが言った。「ダイブがはじまってから数週間して、パクが林で吸い殻とマッチの山を発見したと言ってきました。彼はティーンエイジャーのしわざだと推測していましたが、納屋の近くで煙草を吸われるのをひどく心配して、わたしに相談を持ちかけてきたんです。酸素が流れているので喫煙は厳禁という旨の警告文を掲示しようかとふたりで話しあいましたが、結局それはやめておきました。でもわたしはお金を投資している関係で、火災にはひどく神経を尖らせていました。最初のころはパクは保険には入りたがらず、わたしは入らないなら投資はしないとまで言いました。それほど心配だったんです。吸い殻の話を聞いてさらに心配になりました――パクが保険に入ったのはわたしをなだめるためで、それには最低限度の補償しかついていないのではないかと。ティーンエイジャーが納屋に火をつけた場合まではカバーされていないかもしれないと思ったんです。それで保険会社に電話したところ、担当者は放火の場合の補償も保険証券にうたわれていると説明してくれました。真相はそういうことです」

しばし誰もが無言だった。マットは脳を覆っていた霧が消散するのを感じ、ほんの少しだけにしろ世界が正しい姿を取りもどした気がした。たしかにジャニーンは嘘をついていた。だがそれは自分も同じだ。それにどういうわけか、ジャニーンがついた嘘がみなの知るところとなってほっとしていた。みずからの罪悪感もうすれ、互いについた嘘は帳消しになったのかもしれない。

エイブが口を開いた。「それはつまり――」

ちょうどそのときノックの音がしてドアが開き、エイブの助手が入ってきた。「お話し中のところすみません。ピアソン刑事が連絡をとりたがっています。エリザベス・ワードがひとりで外にいるという知らせを受けたとのことです」

「どういうこと？　彼女はわたしのチームといっしょにいるはずよ」とシャノンが言った。

「いいえ」とエイブの助手が答える。「ピアソン刑事はたったいまそちらの方たちと話したところで、彼らもエリザベスがいないと言っていたそうです。彼女に金を渡したんですか？」

「なんですって？　どうしてわたしが彼女にお金を渡すの？」シャノンはそう言い捨て、エイブとともに急いで出ていった。彼らが去ったあとドアが軋みながらゆっくりと閉まり、最後にカチリと鳴った。

ジャニーンはテーブルに肘をついて両手で顔を覆っている。「たいへんなことになったわね」

マットは返事をしようと口を開いたが何を言えばいいかわからず、自分の手を見おろしたときはじめて両手を握りあわせていたことに気づいた。それぞれのてのひらの傷がこすれあい、互いに圧迫しあっている。

ふいに炎が、ヘンリーの頭が、死刑囚監房にいるエリザベスが頭に浮かんだ。

「あなたには知っておいてほしいんだけど、パクは爆発のまえにすでに二万ドルを戻してくれているの。あとの八万ドルは保険金が入りしだい返すと約束してくれた。もしそれがだめだったら、わたしの退職基金から返すから」

八万ドル。ジャニーンは眉間に皺を寄せ、真剣なまなざしを送ってくる。妻の顔を見ていると笑いだしたくなった。消えたことにも気づかなかった（ジャニーンは正しい）八万ドルが、爆発の余波でいきなり夫婦間の大問題になるとは。マットはただうなずいて言った。「パクといえば、思いだしたことがあるんだ。エイブに言うチャンスはなかったが、今日、パクとメアリーが何かを燃やしているのを見た。おそらく煙草だろう。ブリキ缶に入れて保管してあったやつだと思う」

ジャニーンはマットを見た。「今日パクのところへ行ったの？　何時ごろ？　病院へ行くって言っていたとき？」

マットはうなずいた。「今朝、エイブにすべてを話さなければと考え、同時にメアリーに警告しておいたほうがいいと思ったんだ。で、行ってみると、ふたりで何かを燃やしていた。それを見て、ひょっとしたらと……」そこで首を振る。「それからまっすぐここへ来て、きみをつかまえ――」

「不意打ちを食らわせたってわけね。事前に何も言わず」

「悪かったよ。ほんとにごめん。正直に話さなくてはと思った。すぐに行動に移さないと怖じ気づいてしまう気がした」

ジャニーンは何も言わず、しかめっ面を向けてきた。知らない人間なのに、どうして見覚えがあるのか不思議に思っているといったふうに。

「何か言ってくれよ」こらえきれずに言う。

「一年間も」ゆっくりと、一語一語、一音節ずつ区切って言う。「お互いに隠しごとをしていたなんて、あまりいい夫婦関係とは言えないと思う」

「昨日の晩、黙っていたことを打ちあけあったじゃないか――」

「昨日の晩、お互いにすべてを話したはずなのに、まだ秘密があったなんて、ほんとにあまりいい夫婦関係とは言えない」

マットは深いため息をついた。ジャニーンの言うとおりだ。自分でもそうだと思う。「ほんとうにごめん」

「わたしも、ごめんなさい」泣きそうになるのをこらえたらしく、顔に手をあてて、こする。乾いた汚れを落とすとでもいうように。そのときジャニーンのバッグのなかで何かが震え、彼女は携帯電話を取りだした。画面を見て、顔をゆがめて悲しげな疲れた笑みを浮かべる。

「どこから？」

「不妊治療のクリニック。予約の確認じゃないかな」

マットはすっかり忘れていた。今日、裁判所からの帰りに寄って、体外受精をはじめる予定だったのだ。

ジャニーンは悪さをして反省を命じられた子どものように、立ちあがって部屋の隅へ行き画面を見つめた。

「もう行けないよね」

マットはうなずいた。「予約しなおすかい？　明日にでも」

ジャニーンは壁に頭をつけてもたれかかった。身体が弱っていてひとりでは立っていられないかのように。

「ううん。どうしよう。わたし……もうできそうにない」

マットはジャニーンのもとへ行って抱きしめた。拒絶されると覚悟していたが、意外にもジャニーンは腕のなかで身体をあずけてきた。しばらくのあいだ、ふたりはそのまま動かずにいた。鼓動が呼応しあうなかで、悲しみとやすらぎ、安堵感を同時に覚え、それが胸に広がってジャニーンの心にも伝わっていく気がした。ふたりには話さねばならないことがたくさんあった。

――お互いに、警察に、エイブに、たぶん判事にも。山ほどの質問をされるだろうし、それらに答えなければならないだろう。おそらく不妊症治療のクリニック通いはもうしない――明日も、来週も。別れの挨拶がわりにこうして抱きあっているのだとマットにはわかっていた。いまだけは、ふたりのこの時間を大切にしたい。何も言わず、何も考えず、これからの計画も立てずに、ただ静かに互いを感じあっていたい。

ドアが開く音につづいて、足音が聞こえてきた。ジャニーンはまどろみから急に目覚めたといったふうにさっと身体を引いた。マットは振りかえった。エイブがブリーフケースをつかんで出ていくところだった。

「エイブ？　どうしたんですか。何があったんですか」とマットは訊いた。

「エリザベスだ。どこにも姿が見えない。彼女は消えてしまった」

## エリザベス

一台の車が追ってきていた。シルバーのセダンで、これといった特徴もない車。もしかしたら私服警官が運転する覆面パトロールカーかもしれない。さっきからずっとあとをついてきている。エリザベスは落ちつきなさいと自分に言い聞かせた。運転している人物はパインバーグで昼食をとって、町をあとにしているだけだと。けれどもこちらが道を曲がれば、その車も曲がる。ある程度の距離を保っているので、どんな人が運転しているかまでは見えない。スピードを落として、あげて、また落としてみるが、車は同じ距離を保っている。どう考えても覆面パトロールカーにしか思えない。前方の視界は開けている。エリザベスは車を路肩に寄せてとめた。つかまるならそれはそれでかまわない。これ以上運転はつづけられない。極度に緊張してすでに神経がすり減っている。

車がスピードを落としつつ近づいてくる。とまって窓がさがり、〈メン・イン・ブラック〉ふうにサングラスをかけた男がバッジを突きだしてくるだろうと覚悟したが、あっさりと通りすぎていった。乗っていたのは若いカップルで、男が運転して女が地図を読んでいた。ふたりはブドウの看板が掲げられている広い道を曲がっていった。

もちろん観光客だ。レンタカーに乗って、バージニアのワイナリー巡りをしている。エリザベスは背もたれに身体を投げだし、ゆっくりと深呼吸を繰りかえして、シャノンの車を盗んでから絶えず胸郭を震わせている鼓動を鎮めようとした。危うい場面を何度もやりすごしてこんなに遠くまで来られたのは奇跡と言ってもいい。小さな部屋でシャノンの鍵の束を自分のバッグに入れているとき、アナが入ってきた。そこで、タンポンが必要になり、シャノンの財布から小銭を取って使えと本人から言われたと、とっさに嘘をついた。ありがたいことにアナはいっしょにトイレへ行くと言い張らなかったが、次はふたりの警備員が配置されている郡庁舎の出入口を抜けなければならなかった。エリザベスは団体が来るのを待ち、警備員が彼らのバッグをチェックしている隙に外へ出た。シャノンの車を見つけるのは簡単だったが、駐車場の出口のブースで待機している係員に駐車料金を払わねばならないことは失念していた。シャノンの財布からくすねた小銭はあるものの、係員に見とがめられて外へ出るのを阻止されたらどうしようと考えると気が気ではなかった。やむなくグローブボックスにあったシャノンのサングラスと帽子を身につけ、車のサンバイザーをおろし、支払っているときは顔をそむけたが、走り去る直前に「すみませんが、もしかしてあなたは――」と言う声が聞こえた。

町のなかを走るのはもっとたいへんだった。裏道を通ろうと思っていたのに、自閉症の子のママたちの一団が見えたためにほかの道へ曲がらざるをえず、混雑しているメイン・ストリートに出てしまった。帽子をさらに目深にかぶり、人目にとまらずにすむくらいには速く、注意を引くほどには速くない、ほどよいスピードで走る。歩行者が横断するのを待つために二度、しかたなくとまった。その二度目には大きなかばんを肩からさげた男――カメラマン?――が、こちらの顔をよく見ようとしているのか、細めた目を向けてきたので、早く発進したくてたまらなかったが、横断歩道にはよちよち歩きの子の手を引いてベビーカーを押しながらゆっくりと道路を渡っている女性がいて、二フィート進むごとにとまってベビーカーの進行方向を調整していた。男がこちらに向かって歩きはじめたちょうどそのとき、横断歩道には誰もいなくなり、エリザベスは車を発進させた。男が通報しないようにと祈りながら。

そうしてようやくパインバーグの町を出たようだった。まわりに車は一台もない。自分がどこにいるのか正確にはわからないけれど、ほかの人間にもわからないだろう。時計を見る。十二時四十六分。裁判所を出てから二十分。自分が消えたことに誰かが気づいていてもおかしくない。

行き先をクリーク・トレイルにしてナビゲーションをセットする。州間高速道路六六号線とミラクル・クリークを結ぶこの道路を、エリザベスは去年の夏、何度も往復した。現在地がどこかよくわからないいま、とにかく知っている道路に出ることが肝心だ。それに誰も自分を探してクリーク・トレイルへは向かわないだろう。警察は逃走先はミラクル・クリークだと見当をつけるかもしれないが、裁判所から直行するルートをとったと思うはずだ。

クリーク・トレイルはアスファルトのあちこちに穴があいた片道一車線の曲がりくねった郡道で、両側には林が広がり、六十から七十フィートの高さの木々が道路に覆いかぶさるように立っている。木のトンネルのジェットコースター。ヘンリーはそう呼んでいた。そこを走るのは不思議な気がする。最後にこの道を走ったのは爆発があった日で、今日と同じくどしゃ降りの雨のあとの晴れあがった日だった。自然の天蓋をつくっている葉と葉のあいだから日の光がさしこみ、水たまりを通ると泥水が跳ねあがって涙の形のしみを車の窓に残した。あのとき、ヘンリーは生きていた。後部座席にすわったヘンリーが話しかけてきて、息子が吐きだした空気がこちらの肺のなかに入り、ふたりの息が混じりあっていた。そんなことを思いだすと、自然とハンドルを強く握ってしまい、指のつけ根の関節が盛りあがった。

Uの字型の矢印が書かれた明るい黄色の標識が見え

てきた。前方のヘアピンカーブ――ヘンリーの大のお気に入りだった――に注意をうながしている。爆発の日の朝、エリザベスは激しい頭痛にさいなまれながら（前日の晩、児童虐待の件で刑事の訪問を受け、そのせいで眠れなかった）同じ標識を見て、この道路を走るのは大嫌いで、次々に現われるカーブにはうんざりすると言った。ヘンリーは笑って「でも楽しい。木のトンネルのジェットコースターだもん！」と答えた。甲高い笑い声が神経に障り、息子をひっぱたいてやりたくなった。現実にはひっぱたくかわりに、冷ややかな口調でもう少し人の気持ちを考えろと諭し、〝気分が悪いのに、こんなことを言ってごめんなさい――ぼくに何かできることはありますか？〟と声に出して言ってみろと命じた。ヘンリーが「ママ、ごめんなさい。ぼくになんかできる？」と言うと、「ちがうでしょ。〝気分が悪いのに、こんなことを言ってごめんなさい――ぼくに何かできることはありますか？〟よ。もう一度、言ってみなさい」と返した。それから二十回ほど繰りかえさせた。ひとつでもちがうところがあるともう一度と命じ、そのうちにヘンリーの声が震えはじめた。

その言葉にはなんの意味もなかったし、実際にはヘンリーはほぼ正確に言えていた。ただ憂さ晴らしのために息子をいじめたいだけだった。でも、なぜ？　あの日、エリザベスはヘンリーがいまだに（四年間もソーシャルスキルのトレーニングを受けているのに！）場の空気が読めないと思いこんだ。でもいま、時間がたち、ヘンリーと離れ離れになって考えてみると、ヘンリーが笑ったのは母親の気分を上向けようとしたか、ただ単に楽しかったからで、不機嫌なママとつきあうはめになったふつうの八歳の少年の態度そのものだったのだとわかる。ただの道を〝木のトンネルのジェットコースター〟と名づけたことに並々ならぬ創造性を感じたりもする。なぜ当時の自分にはそれがわからなかったのか。自閉症のせいだと考えていたものはすべて、成長過程にある子どもの未熟さの表われで、母親の気分によって困ったと感じたり、愛おしいと感じたりするものだったのではないだろうか。自分はそれに気づかず、いつでもへとへとに疲れ、ヘンリーのやることなすことにいらついていた。

一匹のリスが道路を横切り、エリザベスはハンドルを切ってよけた。ここでは頻繁に動物に遭遇した——去年の夏は少なくとも一日に一度は動物を見かけた。見かけるだけではなく、爆発の数時間前にシカを轢きかけたことが、Hボットをやめようと決めたきっかけになった。午前中のダイブを終えて帰る途中、抗議者の脅しの言葉とキットとの諍いに気をとられてシカに気づくのが遅れ、あわててブレーキを踏んだ際に岩にぶつかってしまい、ホイールアライメントがずれてしまった。そのせいで運転中はハンドルを取られていた。ヘンリーをキャンプでおろしたあといったん帰宅して、二時間をかけて抗議者のパンフレットに載っていたHボットの火災事例について調べ、パクのルール（綿百パーセント素材の衣類着用、紙類、金属類の持ちこみ禁止など）が類似の事故を避けるのに充分かどうか確認し、アライメントの調整をしてもらう時間をひねりだせるかどうか、壁に貼ってあるその日のスケジュール表を見た。

七時三十分　Hボットへ出発（Hの朝食は車中）
九時〜十時十五分　Hボット
十一時〜三時　キャンプ（そのあいだに買い物、Hの夕食の準備）
三時十五分〜四時十五分　スピーチセラピー
四時三十分〜五時　ヴィジョンセラピー
五時〜五時三十分　自宅にてしゃべり方などの復習
五時三十分　Hボットへ出発（Hの夕食は車中）

六時四十五分〜八時十五分　Hボット
九時〜九時四十五分　帰宅、サウナ、シャワー

空いた時間はどこにもなく、そのときはじめて、自分も疲れているがヘンリーはもっと疲れているはずだと気づいた。ヘンリーがきちんとテーブルについて食事をしたのはいつが最後だったかも思いだせなかった。食事をとるのはセラピーからセラピーへと移動する車のなか。スピーチセラピーや作業療法、インタラクティブ・メトロノーム法、ニューロフィードバック。それらの合間に、つっかえずにしゃべる、しっかり文字を書く、目をあわせるといった練習時間が詰めこまれ、休み時間は片時もない。こんなハードスケジュールで疲れないわけがない。けれどもヘンリーはけっして不満を口にしなかった。言われたことをこなし、日に日に進歩していった。ひとりの子どもがこれだけ多くをこなして成果をあげているのは驚嘆すべきことなのに、エリザベスは自己憐憫と望みどおりの子どもを持てないという身勝手な怒りを覚えるだけで、ほかには何も見えていなかった。ほしかったのはママとのスキンシップが大好きなおおらかな子ども、成績がよくて、いつでも"いっしょに遊ぼう"と声をかけてくる友だちがいる子ども。自分の望みどおりではない、自閉症だという理由でヘンリーを責めた。自分が涙を流したり、調べものをしたり、車の運転をしたりしなければならないことを呪い、ヘンリーを傷つけてもしかたないと思った。

エリザベスはもう一度スケジュール表を見て、明日の予定に"九時三十分〜三時三十分　キャンプ"以外に何もない表を想像した。あわてることも遅刻を心配することもなく、頼むからぼんやりしないで、もっと速く動いてとヘンリーにどならなくてもすむ一日。一時間の空き時間があって、自分は昼寝をしたりテレビを観たりして、ヘンリーはゲームをしたり自転車に乗

って遊べる日。ヘンリーには自由にできる時間が必要だと抗議者もキットも言っていたのではなかったか。エリザベスはメモ用紙に〝もうHボットはなし!〟と書き、その下に線を引いた。あまりにも強く引いたのでペンで紙が破れてしまった。文字を丸で囲みながら、身体のあらゆる臓器が軽くなり、重みをなくして浮かんでいる気さえして、そこではたと気づいた。やめてしまえばいい。セラピーも治療も、いまやっているものをすべて。息子を憎み、責め、痛めつけることも。

残りの午後はずっと、頭がめまぐるしく動いていた。ヘンリーのスピーチセラピーの療法士に電話をかけ、その日のセッションをキャンセルした(二時間前までに連絡すればキャンセル料がかからないというぎりぎりの時間に)。それからキャンプの通常の終了時間にあわせてヘンリーを迎えにいった。まだほかの子たちが残っている時間に迎えにいくのはそれまでに二度しかなかった。ヴィジョンセラピーをスキップして帰宅し、しゃべり方などの練習もなしにした。ヘンリーはソファにすわってオーガニックのココナッツミルクのアイスクリームを食べながら、好きなテレビ番組を観た(とはいえ、ディスカバリーチャンネルかナショナルジオグラフィックの番組にかぎられていたが)。一方でエリザベスはヘンリーが通っているすべてのセラピー——驚くほどたくさんあった——の利用規約を確認し、次々にキャンセルする旨をメールで送った。

唯一悩んだのはミラクル・サブマリンだった。前払いをすれば値引きしてもらえたので事前に四十回のダイブの料金を払いこんでいたが、パクの〝規定と方針〟という書類には契約解除の際の返金についてはひと言も触れられていなかった。ただ、同日のキャンセルについては百パーセントの料金を申し受ける旨が明記されていた。つまり百ドルが丸々むだになるということだ。エリザベスは金がむだに消えるのには我慢ならなかった。それで決心がにぶることはないにしろ、いらだちを覚え、すべてをやめると決めたときの興奮はうすれた。結局、百ドルを惜しんだことが、ヘンリーの死につながる一連の誤った判断と行動の第一歩、ミス#1を生じさせてしまった。ミス#1は、キャンセル料について交渉するためにパクにメールを送るのではなく電話をかけたこと。契約の解除についても、ほかにHボットを必要とする誰かを見つけることで部分的な返金に応じてくれるよう、持ちかけるつもりだった。けれども納屋の電話にかけてもなぜか誰も出ず、不在のときにいつも応答する留守番電話にもつながらなかった。電話を切り、パクの携帯電話にかけようとしたところで、自分の電話が鳴った。

そのとき発信者の番号を見ていれば電話に出なかっただろうが、エリザベスは見ていなかった(ミス#2)。パクが折り返しの電話をかけてきたと思いこみ、すぐさま「こんにちは、パク。電話をくれてありがとう。わたし――」と言ったところで、キットがさえぎった。「エリザベス、わたしよ。聞いて、わかったの――」今度はエリザベスがさえぎった。「キット、いまは話していられないの」と切ろうとしたが、キットはかまわずにつづけた。「待って、お願い。あなたが怒っているのはわかってる。でもあれはわたしじゃない。CPSに電話したのはわたしじゃないの。信じてくれないでしょうけど、今日一日、ネットで調べたりほかの人に電話したりして、見つけたの。誰が通報したかわかったのよ」

エリザベスは聞こえなかったふりをして電話を切ってしまおうかと思ったが、好奇心には勝てず――これがミス#3――、そのままキットの話に耳を傾けた。キットはまず自閉症の子の母親たちの掲示板にくまなく目を通し、子どもの治療に躍起になっているグループを批判する人物をひとり見つけだした。ユーザーネームは〝自閉症と生きるママ〟で、そのネームでの投稿を見ていくと、エリザベスの治療を危険な〝インチキ治療〟と攻撃するスレッドをいくつも立てているのを見つけた。さらに〝自閉症と生きるママ〟がミラクル・サブマリンでの抗議活動を計画していたことを知り、最後には彼女が前週にCPSに通報したと誇らしげに語っている投稿を発見した。通報した人物を特定する決定的な証拠だった。

エリザベスは耳を傾けながらもひと言も発せず、キットが話しおえるとそっけなく礼を言って電話を切り、夕食用の特別なごちそうづくりに戻った。メニューはヘンリーの大好物のピザで、生地は手づくりのココナッツ粉、チーズのかわりにすりつぶしたカリフラワーを使う。ディナー用に並べた凝った模様の皿にスライスしたピザを置きながら、気がつくと怒りと嫌悪感で手が震えていた。あの女に嫌われていることは知っていた。けれどもネット上で知らないうちに自分がネタにされ、通報されたことが周知の事実となっていたとは。憤りを抑えられず、屈辱感で押しつぶされそうだった。銀髪の女が憎悪もあらわに〝虐待〟があるとCPSに通報し、通報された側の日常がどれほどめちゃくちゃになるか考えもせずに、これでヘンリーに対する治療はやむだろうと満足そうにしている姿が頭に浮かんだ。今夜、自分がミラクル・サブマリンに姿を現わさなかったらあの女はどう思うだろう。邪悪な児童虐待者を怖じ気づかせたとして抗議グループの勝利を祝い、シャンパンの栓を抜いて乾杯するだろうか。

いいえ、そんなまねはさせない。だから今夜はどうしても行かなければならない。独善的でいまいましい〝自閉症と生きるママ〟とかいう女に勝ったと思わせてなるものか。標的が恥じ入ってこそこそ逃げ隠れしたという満足感を高慢ちきな女に与えるわけにはいかない。でもそれだけではなかった。キットとの電話で衝動的にすべてのセラピーをキャンセルしたときの高揚感はすっかり消え、現実が見えてきた。一時《いっとき》の思いつきでかたっぱしからキャンセルしたはいいが、ヘンリーの先生たちにはひと言も相談していない。性急な自分勝手で無責任な行動ではなかったか。それに今夜Hボットをキャンセルしてもお金を取りもどすすべはない――そもそも、どうしてキャンセルしなくてはならないのか。Hボットが有害というわけでもないのに。すでに料金は払っているのだから行ったほうがいい。一日の終わりにあと一回だけ我慢してサブマリンに乗る。これが最後だと思えば感慨すら湧いてくるかもしれない。サブマリンの外で待っていたっていい。ヘンリーの付き添いは誰かにまかせ――まえにも具合が悪かったときにキットが面倒をみてくれた――、川辺の静かな場所でいろいろと考えてみたら、正しい決断をしたと確信が持てるかもしれない。そして何よりも、自分が来たことを銀髪の女に知らしめなければ。そっちの計画はお見通しで、CPSへ通報したこともわかっている、いやがらせをやめなければ迷惑行為で訴えると言ってやる。

エリザベスはふたりぶんの食事の用意が整ったテーブルを見やった。よく冷えたワインのとなりにはクリスタルグラスが置かれ、ヘンリーのぶんのスライスされたピザは皿の上で取り分け用のヘラにのったままになっている。翌年、エリザベスは毎晩ベッドに横になるときや朝起きだすまえに目を閉じて、本来とるべきだった行動をとっている自分がいる、パラレルワールドを思い描くようになる。改変された世界ではエリザベスは首を振り、二度と会うこともない頭のおかしな女とはかかわりを持つなと自分に言い聞かせ、ピザは皿に置いたままにして、夕食の用意ができたとヘンリーを呼ぶ。ワインといっしょに夕食をとったあと、ソファの上でヘンリーと丸くなって〈プラネットアース〉を観る。そのとき、テレサが火事が起きたと電話をかけてくる。エリザベスは友を偲んで泣き、ヘンリーの頭のてっぺんにキスをして、ちょうど今日やめようと決めたことを神に感謝し、数カ月後のルース・ウェイスが被告として裁かれる殺人事件の裁判から車で戻ってくる途中、あの女への意趣返しのためにあやうく最後のダイブへ出かけるところだったと思い、身震いする。

しかし現実の世界では、ピザは皿に置かれたままにはされなかった。ここでミス#4が起きる。エリザベスが犯したいちばん大きなミス。ヘンリーの運命を決定づけた取りかえしのつかない行為を、生きているかぎり毎日、毎時間、毎分、何度も何度も思いかえしては後悔することになる。エリザベスは取り分け用のヘラにのせたままのピザを凝った模様の皿から持ちあげ、車のなかで食べられるように紙皿に移し、息子を呼んだ。「ヘンリー、靴をはきなさい。最後にもう一度だけ、潜水艦《サブマリン》に乗りにいくわよ」持っていくものを車のなかに投げ入れながら、美しくセッティングされたテーブルやクリスタルグラスの輝きを思いだして胸に痛みを感じ、踵を返して家のなかへ戻りたくなったが、

あの女のとりすました笑みと癇に障る銀髪ボブが頭に浮かび、思いとどまった。戻りたい気持ちをぐっとこらえ、ヘンリーに早くしなさいと言い、明日のことを考えようとした。明日になればすべてが変わる、と。

そうしているあいだに、かわりのアイデアを思いついた。川辺で楽しむワインとチョコレートを持っていくことにしたのだ。帰宅する九時半ごろにはすでにくたくたで、お祝いのワインは飲めそうにないし、せっかくのお祝い気分を不愉快な抗議者たちに台無しにされたくない。エリザベスはふだんはヘンリーに〈バーニー&フレンズ〉は観せない――「あなたの脳にとってのジャンクフードだから」と言って、DVDの画面が設置されている舷窓からはいつも離れたところにすわらせていた――が、いままでがんばってHボットを受けてきたご褒美としてDVDを観られるようにTJと並んですわれるようにした。マットにヘンリーの面倒をみてくれと頼んだが、マットは困っているようだ

ったのでなんでもかんでも押しつけはせずに、自分でカプセルのなかを這っていき、酸素のチューブの端をコックにつなぎ、もう片方の端をヘルメットの穴に入れた。いい子にしていなさいよ、と言い、頬にキスして髪をくしゃくしゃっとしたかったが、ヘンリーはすでにヘルメットをかぶっていたので、そのまま這って外へ出て納屋をあとにした。それが生きている息子を見た最後だった。

十分後、川辺に腰をおろしてワインを飲みながら、今回のダイブはママは外にいます、と言ったときのヘンリーの反応を思いだしていた。大嫌いなヘルメット――首もとの輪がきつくて息ができないと文句を言う――をかぶっているのに、顔つきはすっかりリラックスしていた。うれしそうだった。ほっとしていたのかもしれない。けっして満足せず、がみがみ言うばかりのママから一時間、自由になれると。エリザベスはさらにワインを飲み、冷たい酸味が舌を刺激してざらついた喉へすーっと落ちていく感じを楽しみつつ、ヘンリーが出てきたらすぐにヘルメットを引きはがし、息子を抱きしめて愛している、会いたかったと言ってやりたいと思った。そうしたあときっと笑ってしまうだろう。たった一時間、離れ離れになっただけなのに会いたかったなんて言うのはばかげているから。それでも言いたかった。

アルコールが血管をめぐって身体全体が熱くなり、指が内部でほぐれているみたいにうずいた。空を見あげる。だんだんと暗くなって濃い紫色に変わっていく。メレンゲみたいに真っ白な丸い形の雲に目が吸い寄せられ、明日は朝食にカップケーキを焼こうと思いつく。どうしてケーキなのとヘンリーに訊かれたら、笑ってお祝いだからと答えよう。ふだんはめったに気持ちを表わしたりはしないけれど、ヘンリーはママの宝物でママはヘンリーが大好きなのよ、と言おう。愛する気持ちとほんとうに治療をやめてもいいのかという不安が入り混じって気が変になるかもしれない。それでもいまよりはずっと平穏な新しい生活をはじめられるだろう。どんなものも人も完璧にはなりえないのだから、新しい生活も完璧とは無縁だろうが、息子とふたり、お互いさえいればそれでいい。カップケーキをつくるときにメレンゲを指ですくって、それをヘンリーの鼻の上にふざけてくっつけたりするかもしれない。息子は笑うだろうか。上の乳歯が抜けて新しい歯が生えかけているのを見せびらかすみたいな、とびきりの子どもらしい笑顔。そうしたら頬にキスしよう。ほんのちょっとつつくようなキスじゃなく、ふっくらとした頬にしっかり唇をあてて。息子が許してくれるかぎり長く、小さな身体を抱きしめていよう。

もちろん、現実には起きなかった。カップケーキも、キスも、新しい歯も。かわりに息子の遺体を確認し、棺と墓所を選び、息子を殺したとして逮捕され、被告を精神病院か死刑囚監房かどちらに送るべきか議論する新聞の特集記事を読み、そしていま、自分のせいで息子が生きながらに焼かれた場所へ盗んだ車を駆っている。

ヘンリーが死ぬきっかけをつくったのはわたしだ。プライドと嫌悪感と逡巡する心と金を惜しむ卑しさに振りまわされて。愚かしいとしか言いようがない。もう一度ダイブをするために戻ることで、抗議者たちに向けて勝利を宣言できるなどと本気で思っていたのだろうか。ダイブに行かなければ前払いした百ドルがむだになる——息子は百ドルのために死んだのか。現地に着いたときには抗議者たちはもうどこにもいなかったし、セッションは遅れていてエアコンも動いていなかったのだから、すぐにでも現場をあとにすればよかった。それにあとから煙草とマッチを見つけたとき——純酸素のすぐそばで喫煙！——、即座に火災の危険性に思い至るべきだった。すでに身体にまわっていたアルコールのせいだったのか、それとも抗議者たちが警察に連れていかれたと知って勝利に酔っていたからか。午前中のうちにパクにあの女性たちは危険だと警告していたくらいだから、あたりに人がいなくなったときに彼女らが火をつけるかもしれないと予測できただろうに。まさかそんなことはできまいと侮っていたのだろうか。

エリザベスは車を路肩に寄せてとめた。そんなことはもうどうでもいい。テレポートすべきパラレルワールドも過去に戻れるタイムマシンもない。今週に入ってまわりの状況がどんどん荒んでいき、心の底からすべてを終わらせたくなった。ヘンリーの敵《かたき》をとりたいとの一心で裁判にのぞみ、憎むべき女、ルース・ウェイスの正体をシャノンが暴くのを期待していた。彼女が抗議者たちへ調査の手をのばすのを拒否している状況で、どんな望みが残っているというのか。

ボタンを押してシャノンの車のルーフをあける。裁判所では自分の車に乗れたらいいのにと考えていたけれど、いまはコンバーチブルでよかったと思っている。うまくいかない可能性が減るから。ミラクル・クリークとパインバーグを隔てる丘陵地帯にいると涼しいものの、湿気は高低差とは関係がないらしい。シートベルトをはずし、シートを前にずらすべきか後ろにずらすべきか考える。前に出すぎるとエアバッグが思わぬ働きをしてしまうおそれがあり、後ろにさがりすぎると衝撃で外に投げだされる可能性が高まる。シートの位置はいまのままにしておこうと決め、もう一度シートベルトをしめる。ベルトがはずれているときにピーピーと鳴る警告音には我慢ならない。

準備は万端でいつでも行けるけれど、ためらいが生じた。いままで考えてもみなかった事柄が次々に頭に浮かぶ。うまくいかなかったらどうしよう。うまくいったとして、それでもシャノンがクライアントの汚名をそそぐためにヴィクターとひっかき傷を結びつけるという、あのいやらしい作戦を開始したら？　エイブが次のターゲットとしてパクに狙いを定めたら？　もし――。

エリザベスはきつく目を閉じて首を振った。無意味なことを考えるのはさんざんやってきたのだからそろそろやめるべきだろう。ほんとうは自分は臆病なのだ。みずからの直感すら信じない優柔不断な人間で、慎重に考えているふりをして臆病ぶりを隠してきた。ヘンリーが死んだ真の原因はそこにある。Hボットはもうやめるべきだとわかっていながら、やめることを恐れ、いつものようにわざと時間をかけて何か見落としていないかたしかめ、意味のない〝メリットとデメリット〟のリストをつくり、あらゆる不測の事態を想像した。息子につらい思いをさせ、いやがることを強いて〝ママに嫌われている〟と思わせ、あげくに無理やりカプセルのなかに入れて焼死させ、一方で自分はワインを飲み、ボンボンを口に放りこんでいた。もう計画の一時停止を解除する頃合いで、やらねばならないとわかっていること、本来なら一年前にやっているべきだったことを実行に移すときだ。メリットもデメリットもなし。分析もいらない。ためらいは禁物。

ハンドルを握りしめ発進する。ガードレールや道路ぞいに並ぶ木々のなかに突っこんでいかないよう、ハンドルを切るたびに指がレザーの上で脈打った。注意をうながす明るい黄色の標識が見えてきた。目指す場所はすぐ先にある。はじめてこの近くを走った日、崖の縁から飛びおりたい衝動にも似た不思議な引力を感じた。カーブが見えてきたと思ったらとつぜん木々が消え、押しつぶされて外に倒れたガードレールが目に入った。何もない空間へのスロープみたいで、このままますぐ走ればいとも簡単に空へ向かって飛べるだろうと思ったのを覚えている。

スピードを落として道なりに進むと、前方にガードレールが見えてきた。あれから修復されているかと心配だったけれど、もとのままだった。外側に折れ曲がった部分も。灰色っぽくなった鉄の板が倒れてスロープのようになっている。スポットライトを思わせる日の光が板にあたり、こちらへおいでと誘いかけている。ボタンを押してシートベルトをはずす。手首や膝の裏、後頭部が激しく脈打っている。力いっぱいアクセルを踏みこむ。そのとき、カーブの向こうに丸くてふわふわした雲が浮かんでいるのが見えた。まんなかがぽつりと黒っぽくなっている。去年の夏、指さしてヘンリーに見せてあげたのと同じような雲。ヘンリーは笑って言った。「ぼくの口みたい。歯が抜けてて！」エリザベスは笑みを返しながら驚き——ほんとにそう。この子の口みたいに見える——、わが子をかかえあげてきつく抱きしめ、えくぼが浮かんだ頬にキスした。

雲の手前で太陽から注がれる熱気が空気のなかに波をこしらえている。空にかかる見えないカーテンが揺れていて、ここまで飛んでこいと呼びかけている気がする。倒れたガードレールにタイヤが乗りあげてガタガタと鳴る音が響く。同時に身体を前へ傾けると、下には日の光を受けて美しく輝いている谷が見えた。蜃気楼のようだった。

## パク

パクは待つのが嫌いだ。湯が沸くのを待つにしろ、打ち合わせがはじまるのを待つにしろ、待つというのは自分ではコントロールできないものをあてにするということだからだ。今日のように車もなく、電話もなく、ヨンがどこへ行ったか見当もつかない状態で家でじっと待つのは、ほんとうにたまにしかない。メアリーとともにすべてを燃やしおえたあと、とくにすることもなく、ふたりともただじっとすわりヨンを待って麦茶を飲んでいた。いや、麦茶を飲んでいるのは自分だけかもしれない。メアリーもカップに注いではいるが、まったく口をつけていなかった。テレビの画面を見ているようにマグをじっと見つめ、ときたま息を吹きかけては琥珀色の液体を波立たせている。もう熱くないよ、注いでから一時間もたっているのだからと言おうかと思ったが、結局は何も言わなかった。ただ待つのはうんざりするから何かをしたくなる気持ちはわかる。自分も歩きまわれるのならそうしたい。下半身不随になると多くの問題が発生するが、好きなときに歩きまわれないのもそのひとつだ。車椅子の車輪を前や後ろに転がすだけでは、いまみたいな手持ち無沙汰のときに動きまわりたいという欲求を満足させられない。

ようやくヨンが二時三十分に帰ってきたとき、安堵の波が押し寄せてきた。ほっとしたのは、ヨンが警察といっしょではなくひとりで帰宅したからだ(メアリーにはヨンが警察に通報するはずはないから安心しなさいと言ってあったが、妻が実際にひとりで帰宅するまでは確信が持てなかった)。「ヨボ、どこへ行っていたんだい」

ヨンは答えず、パクのほうを見もせずに、身をかたくして腰をおろした。妻のそうした姿を見て、胸に恐怖が芽生えはじめた。

「ヨボ、心配していたんだよ。誰かに会ったのかい。話はしたのか？」とパクが訊く。

ヨンがこちらを向いた。妻が傷ついているか、何かを恐れているようだったらそれなりの対処はできる。叫んだり、怒りをヒステリックにぶちまけたら——その覚悟もできている。だがマネキンさながらの無表情なこの女性——顔はこわばり、口は動かない——は二十年連れ添った妻ではない。よく知っている顔だが誰だかわからない。パクは恐ろしくなった。

「すべてを話して」そう言うヨンの声は表情と似かよっていた。感情がこもらない一本調子で、抑揚のあるいつもの口調とはまったくちがう。

パクは息を呑み、平静を装って言った。「何もかもすでに知っているだろう。きみが歩き去るまえにわたしがメアリーに話すのを聞いていたんだから。ところで、どこへ行っていたんだい」

ヨンは答えず、それどころか質問を聞いてもいないようだった。視線をじっとこちらに据えている。パクは熱を感じ、レーザー光線で目や脳を射られている気分になった。「わたしの目をまっすぐに見てすべてを話して。今度は真実を」

ヨンから先に話を切りだしてほしいとパクは思った。妻がなにがしかの話を耳にしてきたのはあきらかで、それをぶちまけることで怒りを鎮めてくれればと願い、同時にこちらも調子をあわせて話をつくることができると考えた。しかしそうしてくれる見込みはなさそうだ。話しだすそぶりもない。パクはうなずいてテーブルの上に両手を置いた——昨晩ヨンが物置小屋から持ってきたものを落としたのと同じ場所に。それのせいで自分はもっともらしい話を無理やりでっちあげるはめになった。今朝の会話を聞いてしまったからには、ヨンは昨晩の話はすべて嘘だと考えたはずだ。そこからスタートしよう。

「昨日の晩、わたしは嘘をついた」とパクは言った。「ソウルのアパートメントのリストは弟のためのものではない。わたしたちのためのもので、火災のあとで引っ越すときのために手に入れた。嘘をついて悪かった。きみを守りたかったんだ」

低姿勢で謝罪すればヨンの態度はやわらぐだろうと思った。ところがどういうわけか妻の目つきは厳しさを増し、瞳孔が真っ黒な点になるまで収縮している。パクは自分が犯罪者になったような気がしたが、ヨンに夫は犯罪者だと思わせることこそが目指すゴールだと思いなおし、真実と嘘を織りまぜて話しつづけた。不動産業者に電話をして、韓国に帰るだけの金がないことに気づいたと。そこで必要な金を得るために放火を計画し、放火の場合の規約を確認するために電話をした(調べられるとまずいので、誰かべつの人物の携帯電話で)と。

抗議者に関する部分はおおよそのところ真実だったのでわりあいに簡単で、爆発の日については次のとおりに話した。警察が何もしてくれないのでしかたなくバルーンを飛ばして停電を発生させ、それを抗議者による妨害だと通報して警察を介入させた。バルーン作戦がうまくいったのでひとまず安堵したが、抗議者の女性から電話があり、かならず戻って妨害活動をつづけると脅された。そこで彼女たちのパンフレットに載っていたとおりのやり方で煙草を置き、抗議者たちのしわざに見せかけて今度こそ警察に逮捕させ、永久に彼女たちを追い払おうとした。

途中で何度か、こちらの話に異を唱えないよう警告の意をこめてメアリーと目をあわせようとしたが、娘はまだマグカップをじっと見つめていた。話しおえると長い沈黙がつづき、ようやくヨンが口を開いた。

「言い忘れていることはない？　すべて真実なんでし

ょうね？」表情は落ちついているが声にはすがるような響きがあり、そんな話は信じたくないという強い思いが感じられた。妻の気持ちを汲みとって、じつはちがうんだ、わたしが金のために人の命を危険にさらすような男ではないことはきみも知っているだろう、と言ってやりたかった。

だが言わなかった。正直に語るよりももっと大切なことがあるときもある。たとえ相手が妻であっても。

「そうだよ、すべて真実だ」これもみんなヨンのためだ、とパクは自分に言い聞かせた。ヨンがまぎれもない真実を知ったら壊れてしまうだろう。自分は妻を守らねばならない。それが家長としてのつとめであり、いちばんの義務だ。何があろうと家族を守る。たとえ最愛の女性に冷酷な犯罪者だと思われようとも。それに責任の一端は自分にある。抗議者たちに放火未遂の濡れ衣を着せようと計画したのは自分だからだ。爆発の起きた日、煙草に火をつけ、赤い先端から煙が立ちのぼるのを見ながら、ほんの少し離れたところを純酸素が流れているのかと思うと心配のあまり心臓がどくどくと鳴ったが、もう先へ進むしかないし、これくらいで惨事が起きるはずもないと決めつけた。傲慢だった。最悪の罪だ。

ヨンは泣くのをこらえているのか、瞬きを繰りかえした。「じゃあ、ぜんぶあなたがやったの？ 誰の助けも借りず、ほかの人間を巻きこむこともなく？」

パクは妻から視線をそらすなと自分を叱咤した。

「そうだよ。ほかには誰も知らない」危険だとわかっていたから誰も巻きこまなかった。すべて、ひとりでやった」

「あなたがマットの携帯電話を無断で借りて保険会社に電話したの？」

「そうだ」

「ソウルへ戻る件で不動産業者に電話をした？」

「ああ」

「アパートメントのリストを物置小屋に隠した?」

パクはうなずいた。

「キャメルを買って、ブリキ缶に隠した?」

パクはまたうなずいた。質問の間合いがどんどん短くなるなかでうなずきつづけていると、首振り人形になった気がした。それにしても、こちらが嘘をついたことについてのみ、ヨンが質問してくるのが気になる。法廷に立つシャノンさながらに誘導尋問じみたことをして罠に追いたてているのか?

「煙草で実際に火災を発生させるつもりだったの?抗議者たちを困った立場に追いやるんじゃなくて、ほんとうに保険金を得ようとしていた?」

頭がくらくらする。水のなかに落ちて、どちらが上か下かもわからなくなるのに似ていた。「そうだ」パクは答えた。自分にもほとんど聞こえないくらいの小さな声で。

ヨンは目を閉じた。顔は青白く、ぴくりとも動かない。死人のようだ、とパクは思った。ヨンは目をあけずに言った。「ここへ帰ってくる途中ずっと、もしかしたら、あなたはわたしに対しては正直になってくれるんじゃないかと思ってた。だから今日わかったことをあなたには言わなかった。あなたの口から聞けるかもしれないと思ったから。わたしをだますためにこんなにややこしい話をでっちあげるなんて、怒るべきなのか感心するべきなのか、もうわからない」

空気がすーっと部屋から消えてなくなった気がした。パクは息苦しさを覚えながらも考えた。ヨンは何を見つけたのか。いま何を知っているのか。たぶんはったりをかけているのだろう。疑ってはいるが事実はつかんでいない。だからこちらはいままでと同じ態度をつづければいい。とりあえず〝わからない〟で逃げよう。

「きみがなんの話をしているのかさっぱりわからない。わたしはすべてを打ちあけた。これ以上、何を知りたいというんだ」

ヨンは目をあけた。ゆっくりと。まぶたが重いカーテンで一ミリ持ちあげるのもたいへんだといわんばかりに。そしてパクを見る。「真実。わたしが知りたいのは真実」

「真実ならもう話しただろう」パクは腹立たしく聞こえるように言ったが、言葉は弱々しく響き、しゃべっているのは遠くにいる誰かで、自分の口から出ているのは木霊《こだま》にすぎない気がした。

ヨンは何ごとか心を決めたらしく、目を細めた。

「エイブが保険会社で電話を受けた人物を見つけたの」

パクは驚いて目を見開きかけたがなんとか自制し、ヨンから視線をそらすなと自分に言い聞かせた。

「かけてきた人は訛りのない完璧な英語をしゃべっていたそうよ。だからあなたじゃない」

頭のなかではさまざまな考えが渦巻いていたが、パクは無理やり冷静さを装った。ここは〝そんなはずはない〟で押しとおすしかない。「電話を受けた担当者の記憶がまちがっているとしか考えられない。一日に何百本もの電話を受ける人間が一年前に聞いた声を覚えているはずがない」

ヨンがテーブルの上に何かを置いた。「ソウルのアパートメントのリストに不動産業者の社名と担当者の名前が載っていたから、会いにいってきた。担当者の女性はリストのことをよく覚えていたわ。いったん移住した人が韓国に戻るのはめずらしいし、連絡を寄こしたのが若い女性だったのもめずらしいと言っていた」

パクはヨンから目をそらすまいとし、苦々しげな口調で言った。「それでわたしが嘘をついていると思っているのか？　一年前に聞いた声なんだぞ。ほかの誰かと取り違えて覚えていたとしても不思議じゃないだろう」

ヨンはそれには答えず、夫につられて声を荒らげもせず、あいかわらずの穏やかな口調で言った。「昨日の晩、わたしがリストを見せたとき、あなたは驚いていた。隠していたものをわたしが見つけたから驚いているのかと思ったけれど、ちがった。あなたは見たこともないものを見せられたから驚いたのよ」パクは首を振ったがヨンは話しつづけた。「ブリキ缶にも驚いていた」

「それについてはもう説明したはずだ。ボルチモアできみがわたしに手渡して、それから――」

「それからカンさんに渡すものといっしょにして、ぜんぶメアリーに渡して届けてくるように頼んだ」パクは恐ろしくなり、腹のなかがぞわぞわした。ヨンにその話は一度もしていない。どうして知っているのか。

問いに答えるようにヨンが言う。「今日カンさんのお宅に電話をしたのよ。カンさんはメアリーが荷物を持ってきたことを覚えていて、親孝行な娘を持って幸せだねって言っていた」ヨンがメアリーをちらりと見る。「もちろん、カンさんはメアリーが煙草の入ったブリキ缶を抜いて自分のものにしたなんて思ってもいないでしょうよ。ほかの誰も。昨日の晩まで、あなたはあの缶はボルチモアにあると思っていた」

苦い味が口のなかに広がり、パクは思わず唾を呑みこんだ。「カンさんに渡す品々をメアリーに預けたのはほんとうだ。そのまえにわたしがブリキ缶を抜いた。あれを物置小屋に置いたのはわたしだ」

「嘘よ」ヨンがあまりにもきっぱりと言うので、いきなりパクの胃が痙攣しだした。これがはったりだとしたら一世一代の大芝居だ。だがなぜこれほど確信を持てるのだろうか。パクは言った。「きみはわかってない。それは単なる推測で、しかもまちがっている」

ヨンはメアリーのほうを向いた。「あなたが物置小屋で電話しているのをテレサが聞いていたの」メアリーは麦茶を見つめ、マグをいまにも割れるかと思うほど強く握っていた。「あなたがリストを友だちの家へ送ってもらうよう手配したことはわかっている。お父さんのキャッシュカードを使ったことも。物置小屋に置いてある箱のなかにぜんぶ隠していたことも」ヨンは視線をパクに向けて言った。「わかっているのよ」

パクは否定したかったが、具体的な内容をこうも列挙されてはそれもできない。こうなったら自分を信じてもらうためにいくつかを認めざるをえない。「わかった。たしかにリストはメアリーが取り寄せた。この子はソウルに戻りたがっていて、リストを持ってきてわたしに見せた。だからメアリーはいま罪悪感にさいなまれているんだ。放火の計画を思いついたのは**わたし**なのに、すべては自分のせいだと思いこんで。わたしはメアリーの罪悪感を取り払ってやりたかった。事件とはいっさい関係がないと納得させたかった。わかってくれるかい?」

「罪悪感を取り払ってやりたかったのはわかるけれど、それは無理。いいから聞いて。あなたがまわりに患者がいるところで火をつけるなんてありえない。どんなに小さな火でも。たとえすぐに消せるものでも。あなたはものすごく用心深いから」

恐れている言葉をヨンに言わせないために、パクはしゃべりつづけなければならなかった。「きみが正しかったらどんなにいいか。でもわたしは火をつけた。それはきみも認めざるをえない事実だ。**現実に**起きたことをどう考えているかは知らないが、どうやらメアリーが関係していると思っているようだね。しかし今朝、わたしが打ちあけた話にメアリーがどんなにショックを受けたか、きみだって聞いていただろう。われわれはきみがあそこにいたなんて知らなかった。だからきみに聞かせるためにあの会話を仕組んだわけではない」

「そうね、仕組んだとは思ってない。あなたはメアリーに真実を語っていたんだと思う」

「つまり、きみはわたしがすべてやったと思っているんだね。煙草もマッチも、それに――」

「ずいぶんと考えた。あなたがやったと言った内容のすべてについて。何度も何度も。場所を選んで、小枝を集めて、小さな山をつくって、そこにマッチを置いて、いちばん上に煙草をのせて――火をつけるに至るすべての場面の詳細を。でもひとつだけ、あなたが語っていないことがある」

パクは何も言わなかった。言えなかった。息さえできなかった。

「いちばん肝心な場面。わたしはずっと考えていた。どうしてパクはそこをはぶくのだろうって」

パクは首を振った。「何を話しているのかわからないよ」

「実際に火をつけている場面のことを話しているの」

「もちろん火はつけたさ。煙草に」脳裡になじみのある記憶がよみがえってくる。爆発の起きた日、抗議者からかならずまた妨害行動をしにいくとの電話を受けて狼狽した。抗議者グループがつくったパンフレットを見ながら、彼女たちが施設を焼き払おうとしたように見せかけるというアイデアを思いついた。以前林へ行ったとき、たまたま通りかかった木の洞《うろ》に煙草の吸い殻と使用ずみの紙マッチが捨てられているのを見つけた。それを思いだして林まで走り、未使用ぶんが多く残っている紙マッチといちばん長い吸い殻、それと小枝を集めた。小さな山をつくった。煙草に火をつけてしばらくそのままにしてから、軍手をはめた指で先端をつまみ火を消した。

パクの心を読んだかのようにヨンが言った。「あなたは煙草に火をつけたけれど、消した。火が消えた煙草を警察に見つけてほしかった――抗議者が火をつけようとしたけれど、煙草はすぐに消えて失敗したと見せかけたかった。あなたは爆発を引き起こした火をつけていない。つけるつもりもなかった」

パクは恐怖――あまりにも熱すぎて冷たく感じる―

ーが身体じゅうにじわじわと広がっていくのを感じた。

「それでは筋が通らない。どうしてわたしはやってもいないことをやったと告白しなくちゃならないんだ?」

「身代わりとして」ヨンが答えた。「このまま調べをつづけたら、わたしが何かを掘りあてるかもしれない。あなたはそれを恐れてわたしの目をほかへ向けようとした」

パクは息を詰めて、喉をごくりと鳴らした。

「わたしには真実が見えている」ヨンは言った。妻の小さな声をパクは懸命に聞きとろうとした。「妻には正直に接するのが夫としての礼儀でしょ。言われなくてもそうして」

「何を知っているというんだ。何を知っていると思っているんだ」

ヨンは目を瞬かせてメアリーのほうを向いた。落ちついた表情は消え、顔は苦痛でゆがんでいる。パクはこの瞬間まで確信はしていなかった。だが、ヨンの娘を見るようす――深い悲しみを感じながらも愛おしくてたまらない――を目にしてパクは悟った。ヨンはすべてを理解している。

パクは呆然とした。やめてくれ、何も言わないでくれ、おぞましい言葉を口にしたら現実になってしまう。そう言いたかったのに言えなかった。ヨンはメアリーの顔に触れ、流れる涙を手で払った。そっと、やさしく、シルクをなでるように。

「あなたなのね」妻が娘に言う。「あなたが火をつけたのね」

## メアリー

二〇〇八年八月二十六日、午後八時七分、爆発の十八分前、メアリーは林のなかを走ったあと、シダレヤナギの木にもたれかかっていた。ジャニーンに煙草とマッチとくしゃくしゃに丸めたメモを投げつけられ、メアリーはできるかぎり平静を装った口調で「あなたが何を言っているのかわからない」と言い、くるりと背を向けて歩きだした。一歩、また一歩、一定のペースを保つことに集中し、叫び声をあげながら走りたいという衝動と闘った。てのひらに爪を食いこませ、歯で舌を嚙み、痛みの限界に達するまで圧力をかけつづけた。五十歩目で（歩数を数えていた）耐えきれずに走りだした。できるだけ速く走りつづけ――ふくらはぎの筋肉が焼けつくように痛み、涙で視界がかすんだ――、しまいには頭がくらくらして脚がもつれ、木に身体をあずけて泣き崩れた。

　発情したませガキ。ジャニーンにそう呼ばれた。ストーカー女、とも。「目をパチパチさせたり、髪を指でくるくるまわしたりして、無邪気な女の子みたいにかわいこぶっても、あなたがどんな子かちゃんとわかってるのよ」ジャニーンはそう言った。父親は彼女を引き合いに出しては、ああいうふうになりなさい、と言っていた。いわば父親の理想の女性で、だから娘にアメリカでの教育を受けさせたがった。ジャニーンから離れてここに腰をおろしていると、言ってやりたかったこと、**言うべき**だったことが次々に頭に浮かぶ。煙草を持ってきたのはマットで、煙草を吸うようになったのは彼のせいだ。待ちあわせるために最初にメモを書いたのもマット。たしかに孤独でさびしくて、彼がいてくれてうれしかったけれど、誘惑？　**盗む**？

気にかけてくれる友だちのふりをしていたけれど、とうとう本性を現わし、わたしを押し倒して、こっちが叫び声をあげようとすると無理やり舌を入れてきた。わたしの手を取ってパンツのなかに押しこみ、わたしの手を自分の手できつく覆って道具を扱うみたいに上下に動かした。マットとはそういう男だ。

けれどもメアリーは何も言わなかった。ただ突っ立って、ジャニーンが投げつけてくるひどい言葉の数々を聞き、それらが肌を突き抜けて脳にまで達し、身体じゅうに蔓をのばし根を張るにまかせた。そしていま、ジャニーンはまちがっている、悪いのはマットで自分は被害者だと心のなかで叫んではいるが、もうひとりの自分がささやきかけてくる声も聞こえていた。マットの気を惹けてうれしかったんじゃないの？　マットにちらちら見られて性的な対象にされていると感じ、ジャニーンを負かしたつもりになって満足していたんじゃない？　誕生日にセクシーな服を着て、いっしょに飲もうとマットを誘い、彼がキスしてきたとき——やさしく、ロマンティックに、思い描いていたとおりのファーストキスだった——キスを返したでしょ？　夜が深まるまえに〝愛してる〟って言われて互いの目を見つめあい、考えるだけで鳥肌が立つくさいセリフの連発でおとぎ話が幕を閉じるのを想像してたんじゃないの？

誕生日の夜に屈辱的な思いをさせられたのだから、無邪気な淡い期待は影も形もなくなったと思っていたのに、それから毎日のようにマットがメモを寄こし、SATの準備クラスにまで追いかけてきて、消えたはずの気持ちがよみがえってしまった。そしてマットと会うことに同意し、父親の蒸留酒のソジュをこっそり飲んで勇気を奮い立たせて川辺へ向かった。ほんの一瞬、ディズニー映画のヒロインと同化しているもうひとりの自分がマットが川辺に立っているところを想像した。彼は川辺でじっと待っている。愛していると告げ、きみなしでは生きていけないと告白し、誕生日の夜のふるまいを釈明するために。きみを恋焦がれるあまり衝動的に愚かなまねをしてしまった、激しく後悔していると。ソジュで気持ちよく酔い、期待で胸が高鳴っていたちょうどそのとき、ジャニーンの姿が目に入った。頭をガツンと殴られたような衝撃を受け、すべてはマットの妻が夫から手を引けと告げるために仕組んだことだったのだと悟った。ジャニーンとの対決を思いだしながら、シダレヤナギの木に額を押しつけて目の裏側の痛みをとめようとする。恥辱が全身を覆い、いまにも全臓器が引き裂かれそうだ。このまま消えてしまいたい。二度とマットともジャニーンとも顔をあわせないよう、どこかへ行ってしまいたかった。

ふいに何かの物音が聞こえてきた。家のほうから、誰かがノックをしているのと似た音が。ジャニーンだ。ジャニーンが両親を訪ね、まじめな夫を誘惑しストーキングしているふしだらな娘についての苦情をまくしたてているにちがいない。ジャニーンからメモや煙草を見せられ、哀れな娘が性的な関係を求めて彼女の夫につきまとっているようすを聞かされて、ドアロに立った両親が顔をひきつらせているところが目に浮かんだ。その場面を想像するとふたたび恥辱と恐怖が身体を突き抜けたが、今度はべつの感情も混じっていた。怒り。マットに対する怒り。こちらの孤独につけこんでいやらしい行為におよんだあげく、妻にありもしない話を聞かせた男。ジャニーンに対する怒り。相手の娘が悪いと頭から決めつけ、夫の潔白を信じて疑わない女。両親に対する怒り。娘を故郷や友人たちから引き離し、こんな状況に放りこんだ親たち。何よりも自分自身に対する怒りがつのる。応戦もせずにやられっぱなしだとは。このままにはしない。絶対に。メアリーは立ちあがって家のほうへ向かった。勝手な判断を下されるまえにマットにやられたことをすべてぶちまけてやる。

恥辱感に襲われて言いかえすこともできなかった自分に腹を立て、そのうえ激しい頭痛をかかえながら家へと歩を進めていたとき、納屋の裏手に白くて細長いものがあるのに気づいた。煙草。なんとも絶妙な位置に置かれていて、火をつければ納屋を焼失させミラクル・サブマリンを葬り去ることができそうだった。一週間前に夢で見たように。

〝燃えて消えてしまえばいい〟という思いを抱いたのは十七歳の誕生日の夜だった。酒を飲んでいた楽しい時間が〝あのこと〟(口に出して言うのも耐えられない)で打ち切られてマットが走り去ったあと、メアリーはシダレヤナギに囲まれた自分だけの安全地帯に逃げこみ、腰をおろして岩にもたれかかり、泣いたり吐いたりしないようにひっきりなしに何本も煙草を吸っていた。

三本目か四本目の煙草を吸いおわり、吸い殻を捨てて新しい煙草を手に取る。鼻孔にはピーチシュナップスのべたついた甘ったるい香りと精液の生臭さが混じったにおいが残り、それを消すために煙が必要だった。だからできるだけすばやく次の一本に火をつけたくて、同時に頭と胴体を動かさないように気をつけなければならなかった。頭がふらつき、胃のなかのドロドロしたものをいまにも吐いてしまいそうだったから。でも指がまだ震えていて自然と頭も動いてしまい、煙草をくわえて火をつけたとたんにマッチを落としてしまった。

マッチは水の近くに落ちてすぐ消えたので火は燃え広がらなかったけれど、少し離れた地面にふと目をやると、二、三フィート先で小さな火が燃えていた。どうやらちょっとまえに捨てた煙草が葉っぱの山に落ちたらしい。すぐに火を踏み消すべきなのはわかっていたのに、なぜかそうする気になれなかった。メアリーは火の前にしゃがみ、燃えるようすをじっと見つめた。

オレンジと青と黒の炎が渦を巻きながらしだいに大きくなっていく。火を見つめているうちに、マットの歯が唇にあたり彼の舌が唇をつついてきて口が開いたときに、喉の奥のほうで〝やめて〟と言ったことを思いだした。ほかにも記憶がよみがえった。ペニスを握らされた手が何かを絞りだす道具みたいに上下に動かされ、手が上下するたびに発酵したピーチくさいうめき声が漏れてきたこと。マットの舌がからまってきたときに咳きこんだこと。川のなかで真っ赤になるまで手をこすったあとも、生ぬるくてねばねばした精液がくっついていたこと。マットのズボンのジッパーで手をひっかいてしまったところに白い線が残ったこと。

〝あのこと〟が起きるまえ、SATの準備クラスのクラスメイトといっしょにいたとき、自分が救いようもないほど愚かだったことも思いだした。みんなから誕生日のディナーには行けないとの答えが返ってきたあと、ぜんぜんかまわないよ、じつは男の人と、医者なんだけどね、会う約束があるんだ、と言うと、クラスメイトはいっせいにはやしたて、そういう男って意外と変態ジジイかもよと言ってきたので、基本的には紳士で、相談にも乗ってくれる友人でもあって、彼自身もいまつらいときを乗り越えようとしてるんだ、と話した。みんなは笑って、だまされないようにねと返してきた。彼らは正しかった。

シュナップスの残りを火に注ぐ。液体に触れて炎がシュッと鳴った。みんな炎に巻かれ、あとかたもなく消え去ってしまえばいい。マットも友人たちも両親も自分も。そう考えると何やら心が躍った。

一瞬、炎が立ち、火はすぐに消えた。メアリーは立ち去るまえに完全に火が消えたことを確認した。夜も更けたころ、カプセルで眠っているときに火事の夢を見た。火はシダレヤナギの木立から燃え広がり、大嫌いな町に自分を縛りつけているミラクル・サブマリンに襲いかかって焼きつくし、いなくなってほしいと願っていた男を呑みこんだ。目覚めたあとは夢について深くは考えなかった。誕生日の夜の出来事を記憶から消そうとしてSATに向けての勉強をしたり、希望大学について調べたり、ソウルのアパートメントを選んだりして忙しくしていたから。あれからほぼ一週間がたち、納屋のすぐ横で、小枝と枯葉の山に置かれた煙草と開いた紙マッチを見つけた。それは自分にさしだされた贈りものに思えた。運命に呼ばれて、火をつけなさい、さあ早く、ぐずぐずしないでと誘われている気がした。マットの妻にストーカーだの発情したませガキだのとなじられ、恥辱と怒りが身体のなかを駆けめぐっているいま、それはまさに自分が求めていることだった。すべてを燃やしてこの世から消し去ることが。

メアリーは煙草のほうへ歩いていった。ゆっくりと慎重に。近づいたら消えてしまう蜃気楼を追うみたいに。小山の前にかがみ、震える手で煙草を手に取る。先端が焦げていたので、誰かが火をつけたあとで小枝の山に燃え広がるまえに消したのだとぼんやりと考えたが、誰がなぜという疑問は頭に浮かばなかった。病院で目覚めてから翌年にかけて、誰がなぜという謎に悩まされることになるのだけれど、そのときは気にもかけなかった。そんなことはどうでもよかった。ただ煙草につけた火が小枝の山のなかで燃え広がることだけを考えていた。川辺でシュナップスを注ぐまえの炎は温かくて心地よかった。もう一度炎を見たい。見なければ。

紙マッチを手に取り、一本ちぎって擦る。煙草に火をつけ、急いで紙マッチとともに小山の上に置く。紙マッチ全体に火がつき、煙草の先端は真っ赤に燃えている。川辺にしゃがんでいたときと同じ温かさを胸のなかに感じ、小山へ燃え移るようにとそっと息を吹きかけて火に空気を送ると、枯葉から灰が舞いあがり煙が立ちのぼった。顔がだんだんと熱くなる。小山に火が広がる。立ちあがって炎を見つめながら一歩一歩後ずさり、もっと大きくもっと熱くなって古びた納屋となかのものをすべて燃やしてしまえと願った。

炎に背を向けて家へと歩きはじめたとき、現実とは思えない不思議な感覚に包まれていた。時刻は八時十五分をまわっていた。患者は全員すでに帰途についているだろう。患者用の駐車場を確認したとき、車は一台もなかったのだから。それにジャニーンはダイブはすでに終了していると言っていた。でもパパがまだ納屋のなかにいて、掃除をしていたらどうしよう。いいえ、そんなことはない。納屋がからっぽなのはあきらかだ。パパは掃除のあとにかならずエアコンを切る。いまエアコンは動いていない。うるさいファンの音はしないし、明かりも消えている。そこではたと自分のしでかしたことの重大さに気づき――放火、犯罪、警察、刑務所、悲しむ両親――、急に胸がずしりと重くなって立ちどまり、取りかえしがつかなくなるまえに火を踏み消しに行こうと思った。

「ミヒヤ、ミヒヤ！」娘を見つけられず、いらだっているような母の声が家から聞こえてきた。非難の気持ちを〝ミヒヤ〟にこめた母親の声が石の礫《つぶて》となって胸にあたり、怒りがふたたび湧きあがって、火をつけたときの穏やかな気分は消えた。メアリーはくるりと向きを変えて走りはじめた。

いますぐ煙草を吸いたくてたまらなくなり、物置小屋へ行くと、外で電話をかけている父と会った。「ああ、よかった。おまえに電話しようと思っていたところだ。手を貸してくれ」父は携帯電話を耳にあて、こっちへおいでと手招きした。いくらもしないうちにしゃべりだす。「きみはメアリーをどうしようもない娘だと思っているようだけど、メアリーならここにいて、手を貸してくれてるよ。それに、電池なら台所のシンクの下にある。だが患者をほったらかしにしてちゃだめだ。メアリーをそっちへやるから、電池のことはこの子にまかせなさい」父がこちらに向かって言う。「すぐに家へ行くんだ。そして単一の乾電池を四本、納屋へ持っていってくれ」それからまた電話での会話に戻る。「わたしは一分で戻る。それから患者を外に出す。いいか、けっして言うんじゃ……ヨボ？　もしもし。聞こえるか、ヨボ！」

**患者。彼らを外に出す。納屋。**

それらの言葉が竜巻のように頭のなかで回転し、めまいがした。メアリーは父に背を向けて全速力で走った。お願い、神さま、火を消しとめさせて。夢を、悪夢を見ているのだと言って。パパの言葉は嘘だと言って。どうして患者が納屋のなかにいるの？　今日の最後のダイブはかなりまえに終わったはずなのに。ジャニーンだってそう言っていた。エアコンはとまっていた。明かりも消えていた。駐車場に車は一台もなかった。なのにどうして？

息が切れてもう走れない。さっき飲んだソジュがせりあがってきて喉を焼き、地面が波打つ。自分の名を呼ぶ母の声を聞きながら倒れてしまいそうになるが、なんとかこらえてふたたび走りはじめる。納屋に近づいていく。やはり明かりは消えていて、駐車場はからっぽ。エアコンが動いている音もしない。あたりはしんとしていて何も聞こえないが……ああ、なんてこと、納屋のなかから誰かが何かを叩いているようなかすかな物音が聞こえてくる。それに納屋の裏手からは木材がパチパチと燃えている音がして、煙があがっている。納屋の角をまわりこんで裏側の壁に顔を向けたとたん、顔が火に焼かれたかと思うほど熱くなった。頭のなかの声はもっと壁に寄れ、火を消すために壁に身体を投げだせと叫んでいるのに、少しも近寄ることはできなかった。

「ミヒャ、ミヒャ」と呼ぶ母の声が聞こえてきた。小さな声で。やさしく。振り向くと母がこちらを見ていた。何年も会っていなかったとでもいうように、メアリーは瞬きもせずむさぼるように母を見つめかえした。爆発音が響きわたって身体が宙に投げだされる直前に、母が腕を広げてこちらへ近づいてくるのを見た。母のもとへ駆けていきたかった。母にすがりついて抱きしめてもらえば、きっとすべてが丸くおさまる。少女のころと同じように。母がオンマだったころのように。

ヨン

わが子を殺人者だとして非難する言葉を発すると同時に、メアリーが顔をあげて見つめてきた。いままでくしゃくしゃになってあちこちに皺が寄っていた顔が、ほっとしたのか、落ちついた表情になっている。ヨンはようやく真実にたどりついた。

パクが沈黙を破った。「そんなのはばかげている」ヨンは夫を見もしなかった。娘の目をのぞきこみ、そこに浮かんでいるものを食い入るように見ていたから。心を開いてすべてを打ちあけたいという強い思いを。ふたりはほんとうに仲のよい親子だった。毎日の生活のあれこれをしゃべりながら、目と目をあわせるだけで意思の疎通がはかれていた。仲がぎくしゃくしだしてから、もうどれくらいになるだろう。不思議なことに、いま娘と目をあわせているだけで魔法がかかったみたいにすべてが変わっていく気がする。互いにちがう言葉を使うとしても——ふだんはヨンとパクが韓国語で話しかけ、メアリーは英語で答える——、ぎこちなさを感じていた以前とはちがい、いまならだいじょうぶだと思える。言葉の壁を越えて心をかよわせられると。

パクが言った。「いったいきみは何を言っているんだ。わたしたちが共謀しているとでも思っているのか？　わたしがお膳立てして、メアリーにもっとも危険なパートを託したとでも？」

「いいえ、ちがう。そう思っていたときもあったけれど、よく考えているうちに気づいたの——なかに人がいるのにあなたが火をつけるわけがないと。わたしはあなたをよく知っている。あなたは人の命を軽んじるような冷酷な人間じゃない」

「だがメアリーはそうだと？」

「ちがう。この子だって人の命を危険にさらしたりしない」あなたのことはよくわかっている、と娘に伝えるために、ヨンはメアリーの顔をやさしくなでた。「でも、たとえば納屋はからっぽだと、ダイブは終わっていてなかには誰もいないと思ったとしたら……」

メアリーの顔に残っていた皺がきれいに消え、目に涙が浮かんできた。母はわかってくれている、理解して赦してくれているという喜びの涙なのかもしれない。

ヨンはメアリーの涙を指でふいた。「だからあなたはとても静かだったと言いつづけていたのね。昏睡から目覚めてから、何度も繰りかえしそう言っていた。医者は爆発を追体験していると考えていたけれど、ぜんぜんちがった。エアコンも明かりも消えているのだから、まさか患者がなかにいて、酸素が流れているなんて思いもしなかったんでしょう。あなたは停電が起きていることを知らなかった」

「わたしは一日じゅう外出していた」とメアリーが言った。何日もしゃべっていない人みたいに声がこわばっている。「夜、家に帰ったとき、納屋の前の駐車場には一台も車がなかった。だからダイブは終わり、納屋には誰もいなくて、酸素もとまっていると思った」

「そう思って当然よ」ヨンは言った。「そのまえのダイブも遅れていて駐車場はいっぱいだったから、最後のダイブのグループには道路脇の空き地に車をとめてもらったの。早い回の患者が帰ったあとは駐車場はからっぽになった。そんな事情、あなたにはわかりようもなかった」

「ほかの駐車場やまわりに車がとまっていないか確認するべきだった。あの日の午前中は、みんなべつの駐車場にとめていたんだから。でも……」メアリーは首を振った。「そんなことはどうでもいい。わたしが火をつけた。事故じゃない。わたしがやった。火をつけようとしてつけた。ぜんぶわたしのせい」

「ミヒヤ」パクが言った。「そんなこと言うな。おまえのせいじゃない――」

「もちろん、メアリーのせいよ」とヨンが言う。パクがこちらを見る。〝なんてことを言うんだ〟とでも言いたいのか、口が開いている。ヨンはメアリーに言った。「わたしはあなたが人を殺すつもりだったと言ってるんじゃない。人が死ぬのを予見していたとも。でもね、あなたがとった行動のせいで人が死に、傷つく結果になってしまったのだから、あなたには責任がある。それはわかっているわよね。あなたがすごく苦しんで、涙を流したのをわたしは見てきた。裁判を傍聴して、自分の行ないのせいで多くの人の人生が壊れたのを見聞きするのはつらかったでしょうね」

メアリーはうなずいた。自分に罪があるという事実を指摘されて、表情に安堵の波が押し寄せている。ヨンは理解した――罪悪感にさいなまれているときに、きみの責任じゃないよとほかの人間に言われるのが耐えられない場合もある。子ども扱いだし、気休めだから。

「病院で昏睡から目覚めたとき、もしかしたらぜんぶ自分の頭のなかで起きた出来事なんじゃないかと思った。だから覚えていなかったというわけじゃない。爆発の夜に関しては、はっきりした記憶があった——爆発まえにいやなことがあって、ありえないくらいものすごく腹を立てていて、納屋へ行ってみると煙草とマッチがあった。もともと何かをたくらんでいたんじゃないけれど、それを見たとたん、なんだか、こう……運命みたいな気がして、納屋を焼いてこの世から消し去るのがまさに自分のやりたいことだと思えて、火をつけたときにはすごく気分がよかった。炎を眺め、あおって、これで納屋が火に包まれると確信した」メアリーはヨンを見た。「でも混乱していた。酸素が流れていないのに酸素タンクが爆発するはずがないと思っていたから。だからあれは夢にちがいない、昏睡に陥っていたせいで記憶が混乱したんだろうとずっと考えていた。自分なりにそれで説明がついた。そうじゃないとあそこに煙草が置いてあった意味がわからなかったから」

「だから言いださなかったの？　夢か現実かわからなかったから？」ヨンは声に疑念が混じらないように注意した。ヨンにはメアリーがそう信じたがっていたことが痛いほどわかった。自分の記憶はまちがっていると思ったままでいたかったのに、今日、煙草がほんとうにあそこにあって、どこから持ってきたかまでパクから聞かされてしまった。

メアリーは顔をそむけ、四角に切りとられた明るい空が見える間にあわせの窓のほうを向いた。深く息を吸いこんでパクを、それからヨンを見て、かすかに悲しげに微笑んだ。「ううん、ちゃんとわかっていた」——首を振る——「自分をごまかしていただけ。現実に起きたことだとわかってた」

「じゃあどうして言いださなかったの？　なぜすぐにわたしかお父さんに話さなかったの？」

メアリーは唇を噛んだ。「言うつもりだった。目が覚めたあとエイブが訪ねてきたときに。でも切りだすまえにママからエリザベスのことを聞かされた。彼女がヘンリーを殺す計画を立てていた証拠を警察がつかんでいるって。それでエリザベスが犯人だと思った。つまり、彼女が小枝の山をつくって、そこに煙草とマッチを置いたんだと。火をつけたあとに逃げたにちがいないって。さっさと逃げたから爆発が起きたときに納屋の近くにはいなかった。でも煙草はわたしが見つけるまえになんらかの理由で消えてしまった。強い風が吹いたとかで。そう考えたらほんとうの犯人はわたしじゃないと思えて、気が楽になった。エリザベスが犯人、責めを負うべきなのは彼女。わたしがもう一度火をつけたのは便宜上そうなっただけで、エリザベスがやろうとしていたことを引き継いだ形になってしまっただけだと」

「エリザベスが裁判にかけられて、あなたはほっとしていたの？」

メアリーはうなずいた。「エリザベスは有罪だと自分に言い聞かせていた。そうなってもしかたがないと。エリザベスは火をつけるつもりだったんだし、煙草が消えていなかったら火事が起きていたはずだからと。消えた火をまたつけた人間がいることにも気づいていないんじゃないかと思った。エリザベスの頭のなかでは計画は成功し、計画どおりにことが進んだんだと。そう考えると罪の意識が少し軽くなって、でも……」

メアリーは目を閉じてため息をついた。

「でも今週、あなたは法廷でエリザベスを見た」

メアリーはうなずいて目をあけた。「ぜんぜんエイブが言ったとおりじゃなかった。裁判が進むにつれてたくさんの疑問が湧いてきて、はじめて思ったの、エリザベスが犯人じゃなかったらどうしようって。誰かほかの人間がすべてお膳立てして、エリザベスは火事とはまったく関係がないとしたら、どうなるのかって」

「じゃあ、あなたは今週になってはじめてエリザベスは無実かもしれないと思ったのね」ヨンは胸のうちで思い、願ってもいたけれど、自分の娘が無実の女性をそうとわかったうえで苦しめていたわけではなかったことを確認しておきたかった。

「そう。昨日なの、もしかしたら」――メアリーは唇を嚙み、首を振った――「誰かほかの人が煙草をセットしたのではないかと思いはじめたのは。それでもやっぱりエリザベスがやったのだろうと考えていた。でも今朝、アッパからやったのは自分だって聞かされて。そのときはじめてエリザベスじゃないってはっきりわかった」

「じゃあ、あなたは？」ヨンはパクのほうを向いた。「火をつけたのがメアリーだと、いつ気づいたの？どれくらいのあいだメアリーをかばっていたの？」

「ヨボ、わたしは火をつけたのはエリザベスだと思っていた。彼女がたまたまわたしがセッティングしたものに気づいて、火をつけたのだとずっと考えていた。だが昨日の晩にきみから物置小屋から持ってきたものを見せられて、頭が混乱した。たしかに疑いはじめはしたが、メアリーが全体図のなかにどうはまるのか見当もつかなかった。考えるだけでわたしは恐ろしくなり、メアリーをかばおうと心に決めた。この子は家のなかに紙袋があるのを見て、今朝、わたしにすべてを話した。わたしも煙草を置いたのはエリザベスじゃなくてわたしだと言ったんだ。そしてわたしたちの会話をきみが聞いていた」

ぜんぶ説明がついた。すべてのピースがぴたりとはまった。でもできあがった絵はどんなものだろう。どう決着をつければいいのか。

その問いに答えるようにメアリーが言った。「洗いざらいエイブに話さなくちゃ。今週のはじめに彼のオフィスで話そうとしたんだけど、ずっと死刑のことが頭にあって、すごく怖くて、だから……」メアリーは顔をしかめた。おそらく恥ずかしさを覚え、後悔の念に駆られたのだろう。それと恐怖も。

「だいじょうぶだ。話す必要はない」とパクが言う。

「エリザベスに有罪の評決が下されたらわたしが申しでる」

「だめよ」とヨンは言った。「メアリーは真実を話さなければならない。いますぐに。エリザベスは無実なんだから。彼女は子どもを亡くし、その子を殺したとして裁判にかけられているのよ。そんなつらい目に遭わなければならない謂れはない」

パクは首を振った。「エリザベスはひとつも間違いを犯していない、まぎれもなく潔白な母親というわけではないんだよ。わたしは彼女に関するあることを知っているが、きみは知らない。火事に関しては無実かもしれないが――」

「あなたが言おうとしていることは、もう知っています。あなたはエリザベスがヘンリーの死を望んでいると漏れ聞いたんでしょ。わたしはテレサと話をして、彼女に説明してもらったの。エリザベスはほんとうにそう思って言ったんじゃないのよ。ふたりは母親なら誰もが思うことを話していただけ。わたしだって思ったもの――」

「自分の子に死んでほしいと思ったのか？」

ヨンはため息をついた。「母親っていうのはときにそう思って、あとで恥じ入るものなの」メアリーの手を取り、指と指とをからませる。「あなたを心の底から大切に思ってる。病院でつらそうにしているあなたを見て、わたしもつらかった。代われるものなら代わりたかった。でもある意味では、その時間を楽しんでいた。ほんとうに久しぶりにあなたはわたしを必要としてくれたし、世話をさせてくれて、抱きしめても押しかえさなかった。だから……」ヨンは唇を噛んだ。「よくならなくてもいい、もうちょっとだけこのままでいてほしいとひそかに思ってた」

メアリーは目を閉じた。ためていた涙が頰を伝い落ちる。ヨンは娘の手を握りしめ、つづけた。「何度喧嘩をしたかわからないし、メアリーなんかわたしの人生から消えてくれればいいのにって思ったこともある。あなたもわたしに対して同じふうに思ってるってわかっていたけどね。でも現実にそんなことが起きたら絶対に耐えられない。仮にあなたが消えてしまって、そうなったのは母親が娘なんか消えればいいと言ったからだと責められたら、この先どうやって生きていけばいいかわからなくなると思う」そこでパクを見る。「わたしたちはエリザベスをそういう状況に追いやっているの。もう終わりにしなければ。いますぐ」

パクは窓のほうへ車椅子を動かした。壁をくり抜いたところはパクの頭より上なので外は見えないけれど、その場でじっと壁に顔を向けていた。ややあって話しはじめた。「それならわたしがひとりで火をつけたと言うよ。わたしがあそこに煙草を置かなかったらメアリーは何もしなかったはずだから。わたしが責めを負うのが正しい終わらせ方だ」

「いいえ。エイブはかならずメアリーと煙草を結びつける。ソウルのアパートメントのこともあるし――彼はすべてを調べあげるはず。いまこちらから打ちあけたほうがいい。あれは故意ではなかった。エイブならわかってくれる」

「ママは故意ではなかったと言うけれど、あれは故意だった。火事を起こすためにつけたんだから」

ヨンは首を振った。「あなたには人を傷つけたり殺したりする意図はなかった。計画して実行したわけじゃない。衝動的にカッとしたはずみで火をつけてしまったのよ。アメリカの法律ではそれがどう解釈されるかわからないけれど、わたしだってやってしまうかもしれない。それが人間というもの。だから――」

「ちょっと黙って」とパクがさえぎった。「誰かが来る。車のドアが閉まる音が聞こえた」

ヨンはパクの頭の上で外をのぞいた。「エイブだわ」

「いいかい、いまは何も言うんじゃないぞ。誰も何もしゃべるな」とパクが言ったが、ヨンは無視してドアを開き「エイブ」と声をかけた。

エイブは何も言わず、足をとめずに家のなかへ入ってきた。顔は紅潮し、こめかみに玉の汗が浮かんでいる。無言のまま順に三人の顔を見やる。

「どうしたんですか」ヨンが訊いた。

「エリザベスが、彼女が死んだ」

エリザベスが死んだ。ついさっき顔をあわせて言葉を交わしたばかりなのに。ほんの少しまえには生きていた人が死んだ? いつ? どこで? なぜ? 訊きたいことは山ほどあるのにヨンは何も言えず、動くこともできなかった。

「何があったんですか」パクが訊く。声は震えていて遠くから聞こえてくるみたいだった。

「自動車事故。ここから数マイル行ったところで。急なカーブがあって、そこのガードレールが外側に倒れていて、車が道路から落ちたそうです。エリザベスはひとりでした。おそらく……」そこで間をおく。「断定するのはまだ早いですが、自殺を疑う理由はあります」

自分が息を呑む音が聞こえ、膝ががくがくし、驚いてショックを受けていることも自覚しているのに、なぜか意外な感じはまったくなかった。自殺。そう考えるのが当然だろう。エリザベスの表情も、話す口調も、後悔に満ちていながらも決然としていた。あと知恵だけれど――正直に言うと、彼女に会ったときにも感じていた――、エリザベスはすでに心を決めていたにちがいない。

「会ったの、エリザベスに」ヨンは言った。「申しわけないと言っていた」そこでパクを見る。「パクにごめんなさいって伝えてほしいと頼まれた」血の気が引いたパクの顔に恥じ入っているような表情が浮かぶ。

「なんだって？　それはいつ、どこで？」エイブが訊いた。

「裁判所で。たぶん十二時半ごろ」

「ちょうどエリザベスが姿を消した時刻ですね。彼女が謝っていたとすると……辻褄はあう」エイブが首を振る。「今日エリザベスは法廷で取り乱した。それに有罪の申し立てをしたがっていた。罪悪感が大きくなりすぎて、裁判をつづける気力をなくしたのでしょう。弁護人が責めたてていたのがパクだったことを考えると、エリザベスはとくにパクに対して罪悪感を覚えていたと思われます」

エリザベスがパクに対して罪悪感を覚えていた。その罪悪感のために死を選んだ。

「それで、事件は幕引きになるんですか」とパクが訊いた。

「公訴は棄却されるでしょう。それでもわれわれは決定的な自白といったようなものを求めています。ヨン、エリザベスの謝罪はそれに該当すると思われます。しかし……」エイブはメアリーをちらりと見た。

「しかし、なんです？」とパク。

エイブは何度か瞬きをしてから言った。「正式に公訴が棄却されるまえに、いくつか調べておきたいことがあります」

「なんですか、それは」パクが訊く。

「やり残していることがあるんです。マットとジャニーンから新たな情報を寄せられまして」エイブの口調はさりげなく、それほど重大ではないと思われたが、メアリーに向けられるエイブの視線がいかにも相手の反応を見ているといったふうで、ヨンは気になってしかたなかった。しかも〝マットとジャニーン〟を強調した言い方は何やら言外の意味を感じさせるし、メアリーが顔を赤らめているのも気になる。エイブからの秘密のメッセージを受けとったのだろうか。

「いずれにしろ、いくつかお訊きしたいことがあるので、あなた方にはいずれまたご足労願うと思います。いまはあまりにも衝撃が大きくてほかのことは考えられないでしょうが、あなた方やほかの被害者が気持ちに折り合いをつけ、前へ進めるよう願っています」

**被害者**。その言葉が胸に突き刺さったが、ヨンはたじろぐなと自分を叱咤した。なんだか脚が疲れていて痛みまで感じる。何時間も立っていたとでもいうように。

エイブを見送ったあと、そのままドアにもたれかかり、ざらざらした木の表面に額をあてた。目を閉じて数時間前の裁判所でのエリザベスとのやりとりを思いだす。ふたりで話したときにはもう、火をつけたのはメアリーでエリザベスは無実だとわかっていた。自分の弁護士の弁護方針を恥じ、謝罪までしてくれた彼女に対し、ヨンは何も言わなかった。すべてを打ちあけてエリザベスをさらなる苦しみから救うべきだったのに、彼女に真実を告げる機会を与えられながら、何も語らず、その場から逃げ去った。そしてエリザベスは死んだ。

背後でパクが長く重いため息を何度もついた。肺に酸素を取りこむ機能が低下しているとでもいうように。しばらくしてから韓国語で話しはじめた。「まさかこんなことになるとは……」声がかすれていた。また少し間をおき、咳払いをする。「マットとジャニーンが寄せた情報とはなんなのか、ふたりと話して探りを入れよう。ここを乗り切れれば、たぶん……」

喉が締めつけられる感じがする。最初はほとんど気づかないくらいだったけれど、パクがエイブにはこう言おう、ああ言おうと話しつづけるうちにどんどん苦しくなり、もう耐えきれなくなった。笑うべきか泣くべきか、両方いっぺんにするべきか。ヨンは拳を握って目をかたく閉じ、法廷でのエリザベスと同じように──あれは今日の午前中の出来事だった？──叫び声をあげた。喉が痛み、息がつづかなくなるまで。そのあとで目をあけ振りかえってパクを見やった。ろくにエリザベスの死を悼みもせず、さっさと隠蔽工作の計画を立てはじめた男を。そして韓国語で言った。「わたしたちのせい。わたしたちがエリザベスを殺した。わたしたちが自殺に追いやった。なのにあなたは気にもとめないの？」

パクが顔をそむけた。恥じ入っているのか顔をゆがめている。ヨンの胸に痛みが走る。夫のとなりでメアリーが泣いている。「アッパを責めないで。わたしが悪いんだから。わたしが火をつけてふたりを殺したの。すぐに出頭すべきだったのに、ずっと黙っていた。それでエリザベスまで死んだ。わたしのせいで」

「ちがうよ」とパクがメアリーに言う。「おまえが黙っていたのは、エリザベスがヘンリーを殺すために火種をセットしたと思っていたからだ。今朝それが間違いだったと知ったとたんに、おまえはエイブのところへ行こうとした。わたしがとめていなければおまえは……」声が尻すぼみになる。パクは目を閉じて歯を食いしばった。泣きだすのをこらえているとでもいうように。

「言い訳ならいくらでもできる」ヨンが言う。「今朝までは、エリザベスは有罪で罰を受けるべきだとあなたたちは思っていた。真実があきらかになったいま、今度は互いにかばいあっている。そんなことをしたって、わたしたちがお互いに、それにエイブに対して嘘をついていたという事実は変わらないの。この一年、たくさんの嘘をついてきた。いいとかまずいとかも考えず、自分たちの都合のいいように。わたしたちはみな、責めを負うべきなの」

パクが言う。「今回のことは悔やんでも悔やみきれないし、過去を変えるためならわたしはなんだってする。だがそれはできない。われわれにできるのは前へ進むことだけだ。おかしな言い方だが、わたしたち家族にとって今回の件はまたとないプレゼントなんだと思う」

「プレゼント？」ヨンが言う。「無実の女性がひどい目に遭ったうえに亡くなったのがプレゼントですって？」

「すまない。たとえがまちがっていた。わたしは出頭する理由はどこにもないと言いたかったんだ。エリザベスが死んだ事実は変えられない。だから――」

「だからその事実をうまく利用したほうがいい、エリザベスが自殺したことを幸運ととらえろと？」

「そうじゃない。逆に訊くが、いま自白したところでどんな意味があるんだ？　彼女に家族や、彼女の汚名がそそがれてよろこぶ人間がいればべつだが、もうひとりもいないんだぞ」

ヨンは手足から血の気が引き、筋肉が脱力するのを感じた。うまく息が吸えず、見えない手に首を絞められているような気がする。「じゃあ、知らぬ存ぜぬを決めこんでエリザベスを放火の犯人に仕立てたままにするつもり？　罪は彼女とともに消え、わたしたちは大手を振って保険金を受けとり、ロサンゼルスへ引っ越して、メアリーは大学へ行くわけ？　それがあなたの新たな計画？」

「そうすればこれ以上、誰も傷つかずに幕を引ける」

「あなたはそう思っているのね。言わせてもらうけれど、最初の計画だってあなたは誰も傷つかないと思っていた。酸素が流れている近くに一本の煙草を置いたくらいじゃ誰も傷つかないと考えていたんでしょうけれど、実際にはふたりの人間が亡くなった。エリザベスを裁きの場へ送るという二番目の計画では、エリザベス本人が亡くなった。なのに今度の三番目の計画はすべて順調にいくはずで誰も傷つかないと信じているの？　あといくつ死体が並べばあなたは学ぶの？　あなたには結果を保証することなんかできない。この事件は出来心ではじまったけれど、何もかも隠そうとしたせいでわたしたちはみんな殺人者になってしまった」喉が痛む。気づくと自分は叫んでいて、メアリーはすすり泣いていた。メアリーの涙を見ても娘の痛みをやわらげてやりたいとは思わない。覚えているかぎりそんなことははじめてだ。メアリーには痛みをうんと感じてもらいたい。自分が犯した罪にきちんと向きあい、恥ずべき人間であることを自覚してほしい。そうしてくれないと、自分の娘はモンスターだという事実を受け入れねばならなくなる。

メアリーはテーブルに肘をつき、両手で顔を覆っていた。ヨンはとなりにすわり、娘の手を顔から引きはがした。「わたしを見なさい。あなたは悪夢のなかでお化けと遭遇する幼い子どもみたいに、〝あっちへ行け〟とばかりに今回のことから顔をそむけようとしていた。でもけっして逃げられないのよ」今度はパクを見て言う。「あなたは口を閉じてさえいれば誰も傷つかないと思っているの？　わたしたちの娘を見て。いまにも死にそうになってる。メアリーは逃げるんじゃなく、自分のしたことと向きあわなければならない。逃げればこの子に心の平安が訪れるとあなたは思っているの？　あなたとわたしにも？　今回の件はメアリーの心に居すわりつづけ、いずれこの子は壊れてしまう」

「ヨボ、頼む」パクはヨンのほうへ車椅子を寄せ、妻の両手をつかんだ。「この子はわたしたちの娘で、人生はまだはじまったばかりだ。刑務所へ送り、人生を台無しにさせるわけにはいかない。口を閉ざしているのがつらくても、われわれは耐えねばならない。それが親のつとめであり、何があろうと身を挺して子を守るのが、この世にひとつの命を送りだした者が負うべき責任なんだ。娘を警察に引き渡すわけにはいかない。そんなことをするくらいなら、わたしがすべてやったと言う。よろこんでこの身を犠牲にする」

「わたしだって娘を守るためなら何度でもこの身を捧げられる。この子が刑務所に入れられたらつらいなんてものじゃないだろうし、できることなら代わってやりたいとも思う。でもわたしたちは試練に耐えなきゃならない。試練にどうやって耐えるか娘に教えなきゃならないの」

「いまはきみのお得意な哲学的な議論を交わしている場合じゃないんだ！」パクはいらだちのあまり言葉を荒らげ、片手でテーブルを叩いた。それからしばらくのあいだ目を閉じ、深呼吸を繰りかえして、みずからを落ちつかせるようにゆっくりと話しだした。「メアリーはわたしたちの子どもだ。刑務所には行かせられない。わたしは家長で、家族に対して責任を負っている。家長であるわたしの決定には従ってもらう。われわれは口を閉ざす」

「従えない」ヨンは言い、メアリーのほうを向いて娘の手を握った。「あなたはもう大人よ。十八歳の誕生日を迎えたからだけじゃなく、たいへんなことを経験したのだから。あなたは自分で決めるべきなの。わたしやお父さんが決めるのではなく。楽に決められるようにはしてあげないからそのつもりで。お尻を叩いてエイブのところへ行けとは言わないってこと。自分で考えて、自分で決めなさい。エイブのところへ行こうが行くまいが、それはあなたしだい。自分の責任で真実を語るかどうか決めるのよ」

「つまり、メアリーが口を閉ざすと言えば、きみも閉ざす。エイブには事件の幕を引かせる」

「そうよ。でもあなたから何も言うなと言われても従うつもりはないから。わたしはお金なんてどうだっていい。ただ嘘をつきたくないだけ。エイブに訊かれたら、あなたがやったことを話すつもりはないけれど、エリザベスは火をつけていないと自信を持って言えるから、彼女の汚名をそそいでほしいと話すつもり。彼女のためにそれくらいはしてあげないと」

「エイブは誰がやったのかと訊いてくるだろう。エリザベスが無実だと、どうしてきみが知っているのかも」

「言えないと返す。答えるのは拒否すると」

「無理やり聞きだすかもしれない。きみを留置場へ入れると脅して」

「それなら留置場に入れてもらう」

パクは疲れ果てたのか、重いため息をついた。「その必要はない。きみは――」

「ストップ。綱引きはもうおしまい」ヨンはメアリーのほうを向いた。「ミヒヤ、これはお父さんとわたしの闘いではないのよ。あなたはどちらを応援するかを決めるんじゃない。これはあなた自身の闘いで、何が正しいか自分の頭で考えて選択しなければならないの。わたしはそれをあなたから教わった。覚えているかしら? 韓国にいたころ、あなたは十二歳でまだ子どもだったのに、お母さんがアメリカへ移住したくないのは知っていると言って、自分の人生なのにどうしてほかの人の決定に抵抗もせずに従うのかと訊いてきた。わたしはあなたを叱って、お父さんには従わなくてはならないと諭したけれど、ほんとうはとても恥ずかしかった。それにあなたをとても誇りに思った。わたしもあとからいろいろ考えたのよ。あのときに戻って自分の意見を言えていたらと……」ヨンはうつむいて首を振った。

指でメアリーの髪を梳くと、娘の顔に髪がかかった。

「わたしはあなたを信じている。口を閉ざして生きるのはどんなものか、もうわかっているわよね。やむにやまれずわたしたちに真実を話したときに感じたほっとした気持ちも。何日かまえにわたしが保険金のことを話して、ついでにカリフォルニアの大学へ行けばと言ったとき、あなたはヘンリーとキットが死んだというのにどうしてそんな話ができるのかと訊いてきた。それを思いだして。エリザベスのことも。きっと勇気が湧いてくるはず」

「われわれが何をしようと彼らは戻ってはこない。きみはメアリーに意味のないことをして人生をぶち壊せと頼んでいるんだぞ」

「意味がなくなんかない。正しいことをするんだから、それだけで意義深いのよ」ヨンは立ちあがって夫と娘に背を向け、ドアのほうへ歩きだした。一歩、また一歩、メアリーがとめてくるのを、わたしもいっしょに行くと呼びかけてくるのを心のなかで待ちながら。けれどもふたりとも何も言わず、動きもしなかった。

外は明るく、太陽のまぶしい光を受けて思わず目を細める。いつもの八月の遅い午後と変わらず、空気はたっぷりと湿気をふくんでいる。空は澄みわたり、数時間後には降ってくるはずの雷雨の気配はまだない。強い日差しのために熱気がたまっていき、やがて空が割れて嵐となり、十分後には雨がやんで熱気が去り、夜は少しだけ涼しくなる。翌日も同じサイクルが繰りかえされる。

家のなかからはくぐもった声が聞こえてくる。パクがメアリーに少しのあいだ辛抱しなさい、じきに母さんは正気に戻るから、と言いふくめているのだろう。それを聞くのがいやでヨンはさらに歩き、オークの巨木の近くまで行った。幹のあちこちにできているこぶが古い傷を覆う瘢痕組織のように見える。

背後でドアが軋んだ音を立てて開き、足音が近づいてきたが、娘の顔に浮かぶ表情を見るのが怖くてヨンは木のほうを向いたままだった。足音がとまる。肩に手がかけられ、やさしく握ってくる。「わたし、怖いの」とメアリーが言った。

涙で目が潤む。ヨンは振り向いて言った。「わたしもよ」

メアリーはうなずいて唇を噛んだ。「わたしが自白したら、アッパは自分が真犯人だと名乗りでると言ってる。保険金を得るために火をつけたと。計画的犯行ではないと父をかばうために娘は嘘をついたのだと話すって。金のために放火したと自白したら、自分は最終的には死刑になるだろうとアッパは言ってた」

ヨンは目を閉じた。パクはほんとうにずる賢い。もうひとり死人が出る、つまり自分が死ぬと娘を脅しているのだから。目をあけてメアリーの手を握る。「そんなふうにはさせない。パクの脅しもふくめて、エイブにすべてを話しましょう。彼はあなたの言うことを信じてくれる。かならず」

メアリーが瞬きを繰りかえした。泣くかと思ったけれど、娘は涙を見せずに唇をきゅっとあげて悲しそうに微笑んだ。ふいに記憶がよみがえる。メアリーが五歳か六歳のころ、かんしゃくを起こした娘に向かってヨンは穏やかに、あなたにはがっかりしたわ、と言った。するとメアリーはドレッサーからハンカチを出して涙をふき、唇を笑顔の形にして、ちょうどいまと同じように凛として言った。「見て、オンマ、もう泣いてない」ヨンは娘をきつく抱きしめた。

メアリーはヨンの肩に頭をのせ、その日はじめて韓国語でしゃべった。「いっしょに行ってくれる？ 何も言わなくていいの。ただそばにいてくれるだけで」

涙で言葉が詰まり、ヨンは娘を抱きしめて髪をなで、何度もうなずくことしかできなかった。ほどなくして娘の身体をそっと押してまっすぐに立たせ、愛していると伝えた。そして、あなたが真実を語るときにいっしょにいられることを誇りに思う、少しつらいだろうけれど、と付け加えた。話したいことはまだたくさんあった。ボルチモアではさびしい思いをさせてごめんねとか、何年もひとりきりにさせて、ちっとも力になってあげられなくて申しわけなかったとか、できることなら二度とひとりぼっちにさせたくないとか。なおも疑問に残っていることを質問したいし、こちらからも話して聞かせたいこともある。でも話をするのはあとにしよう——一分後か一時間後か、明日にでも。いまは何も言わず、抱きしめたときに感じた娘の身体の重み、首筋にかかった温かい吐息を大切に胸にとどめておきたい。

その後
二〇〇九年十一月

## ヨン

ヨンは納屋の前の木の切り株に腰をおろしていた。いや、昨日まで納屋があった場所と言ったほうが正確だろう。新しい所有者は納屋の残骸を取り壊し、ばらばらにして運び去った。あとに残ったのは泥のなかに横たわる潜水艦《サブマリン》だけで、どこかの廃品投棄場へ運ばれるのを待っている。草地と林を背景にして鋼鉄の物体が鎮座する光景はSF映画の一場面を思わせる。

そこにすわるのが一日のうちでヨンが気に入っている日課だ。朝の早い時間、まだ夜が明けきらない早朝。月は出ているが満月ではない。銀色のかすかな光がサブマリンを照らしている。細かいところまではよく見えない。焦げて黒ずんでいる箇所とか、ペンキが泡状になっているところとか、舷窓のガラスが割れてギザギザになっているようすまでは見えない。うっすらと見えるのは外観だけで、ほのかな光に照らされていると（もしくは、まったく光がないと）、真新しくペンキを塗られて輝いていた去年の姿と少しも変わらない。

午前六時三十五分、カプセルはぼんやりとした黒い楕円形の物体にしか見えないけれど、遠くの空は明るくなりはじめている。灰色のなかにほんの少しピンクがかった雲を見つけて、ソウルからニューヨークまで生まれてはじめて飛行機に乗ったときに雲を見て頭が混乱したことを思いだした。飛行機が厚い雲の層へ向かって上昇するにつれてしだいに遠ざかっていく故郷をひと目見ようと、ヨンは窓の外に目を凝らしていた。雲の層を突き抜けたとたん、はるか彼方まで広がる雲海の美しさ――どこまでも白く、ところどころに鱗の模様が表われている――に息を呑んだ。鋼鉄のなめらかな翼が雲の端っこをかすめ、正確な角度でふわりとした花みたいな雲をスライスしていくのを見て、自分はまちがっているという思いがふと頭をよぎった。空を飛んでいい気になっていると。たったひとつの故郷を飛びだして、化け物じみた乗り物に乗り、重力を公然と無視してほかの大陸へ移動していくなんて、思いあがりもいいところだと。

午前六時四十四分、夜を覆っていた闇は太陽に追い払われつつあり、空はほんのりとした紫色に変わっていく。カプセルの焦げあとは徐々に見えはじめているけれど、あたりはまだ暗くて影のようにしか見えない。もしくは鋼鉄に生えたコケで、おかげでカプセルは風景の一部になっている。

午前六時五十二分、空が青みを帯びはじめた。新生児室の色。同じ色のサブマリンは、かつては水気をふくんだようにつややかだったのに、いまはあばただらけに見える。

午前六時五十九分、明るい日の光が重なりあった葉と葉のあいだからさしこんでサブマリンに注がれる。舞台照明のスイッチが入り、ショーの主役にスポットライトを浴びせているかのようだ。じきに光が明るさを増してサブマリンを浮かびあがらせ、隠れていた醜い部分があらわになる。ヨンは目をそらさず視線をまっすぐに据え、犯罪の痕跡を見た。あちこちが焦げて黒くなり、舷窓のガラスは溶けてサブマリンが叫んでいるように見える。カプセル全体が傾いて、杖をついた老人の姿を思わせる。

目を閉じて呼吸をする。吸って、吐いて。一年以上たつというのに、灰と焼けた肉のにおいがいまだにカプセルの残骸にまとわりつき、朝露に濡れてさらに強烈な焦げたにおいを発散させている。もしくは、自分が想像しているだけかもしれない。微粒子が肺に入りこむときに、カプセルのなかで灰になった人間の細胞を吸いこんでいるのだと。

川のほうへ目を向ける。子どもがいたずらしてスプレーしたみたいに黄色や赤に染まった葉に隠れて流れる水は見えない。ヨンは木々の向こう側の水辺に腰をおろしてマット・トンプソンと笑いながら煙草を吸っているメアリーを想像した。ある夜、娘はマットに手をつかまれていやらしいことをさせられた。またべつの夜に、マットの妻にどなられ、ストーカーだとなじられた。発情したませガキだと。

メアリーはエイブと公選弁護人に犯行を自白し、有罪答弁を経て重罪謀殺化の原則（重罪を犯した結果、人が死亡した場合は殺人罪が適用されるという法理）により殺人と放火の罪に対する量刑が判事により定められた。メアリーが自白するまえは、どんな罰が下されようと娘は受け入れなければならないとヨンは考えていたが、メアリーとパクが刑務所に収監されているいま、事件に間接的にかかわっていた多くの人間が罰を受けずにいるなかで、メアリーが最短で十年ものあいだ囚人として過ごすのは不当なのではないかと考えずにはいられなかった。たしかに火をつけたのはメアリーだ。けれどもジャニーンがダイブは終了してマットは帰宅したと嘘をつかなければ、メアリーが火をつけることはなかっただろう。パクが煙草とマッチを現場にセットしていなければ、メアリーは火をつけることはできなかった。そしてマット——彼こそがすべての原因だ。ジャニーンに嘘をつきメアリーに欲望をぶつけなければ、爆発の日の夜のふたりの対決も、メアリーが火をつけることもなかったはずだ。マットがいなければ、彼が木の洞に捨てていた吸い殻をパクが酸素チューブの下にセットすることもなかっただろう。なのに法はジャニーンを単なる第三者とみなし、責めを負うべき人間ではないとしている。パクとマットについては、火災発生の原因となる行為はひとつも確認できないとされたうえで、偽証罪と司法妨害でパクには十四カ月の実刑、マットには保護観察つきの執行猶予の判決が下された。聞くところによるとマットとジャニーンは離婚調停の最中らしく、それで少しは胸のわだかまりが晴れた。娘に対するマットの行為が法的に罰せられなかったことが、コンにはどうしても許せなかったのだ。

自分自身に目を向けてみると、ああしておけば事態を変えられたのにと思うことがたくさんある。納屋にいて時間どおりに酸素を切っていれば。一年間、エイブに嘘をついていなければ。何よりも、エリザベスが死んだ日に彼女にすべてを打ちあけてさえいれば、と強く思う。ヨンはそれらすべてをエイブに話し、自分も刑務所送りにしてほしいと頼んだが、彼はただ〝本件とは無関係だ〟と言い、訴追を拒否した。

午前七時、腕時計が鳴った。家に戻って荷造りのつづきをする時間だ。午前七時といえば、爆発の日の朝に抗議者たちがやってきて抗議活動をはじめた時刻でもある。彼女たちを責めるつもりはない。けれども抗議者が現われなければ、ヘンリーもキットもエリザベスもみんないまも生きていただろうと考えてしまう。パクが停電を引き起こすことはなかっただろうし、ダイブに遅れも生じなかっただろう。メアリーが火をつけた時刻には酸素の供給はとまっていて、患者はみな納屋の外に出ていただろう。いや、パクはどこにも煙草を置かなかったはずだから、メアリーも火をつけることはなかったはずだ。

今回の事件は、ふつうの人間がいくつかの過ちを犯した結果であって、どれもけっして故意ではなかった。それにはよい面と悪い面がある。テレサはまえにこう言っていた。ローザはこんなふうになるはずじゃなかったと考えると、ほんとうに腹が立って、眠れぬ夜になると。気持ちをなだめるために車を走らせずにはいられなくなると。ローザが遺伝子異常をかかえて生まれていたら、テレサはそれとともに生きようと覚悟を決められただろう。けれどもローザはもともとは健康そのもので、病気の治療が間にあわずに手遅れになるという、起きてはならないことが現実になり、いまのような状態になってしまった。こんなのはおかしい、回避できたはずだと考えるのも無理はない。同様の考え方で、ヨンはメアリーが意図的に犯罪を実行していたらよかったのにと思う。もちろんメアリーが邪悪な人間であってほしいと願っているのではなく、娘は間違いを犯してしまったふつうの人間だと思うと、ある意味、よりつらいのだ。運命が事件当日の出来事を操作して、最終的にメアリーがマッチの火をつけるように仕向けたと考えると不憫でならない。多くのピースがぴたぴたとはまらなければ、ああいう結果にはならなかったのだから。停電、ダイブのスケジュールの遅れ、マットのメモ、ジャニーンとの対決、そしてパクの置いた煙草。そのなかのひとつでも起きていなかったら、いまごろエリザベスとキットはヘンリーとTJをそれぞれの学校まで車で送っていたかもしれない。メアリーは大学へ通っていたはずだ。ミラクル・サブマリンは営業をつづけていて、自分とパクは今日予定されているダイブの準備に追われていただろう。

けれども人生はそうやって進んでいく。すべての人間は無数の異なる要因が混ざりあった結果、生まれてくる——百万個の精子のうちのひとつがある決まった時刻に千分の一秒のずれもなく卵子にたどりつく。何かがちがえばまったくべつの人間が生まれてくる。いいことも悪いことも——友情が芽生えたり、恋愛関係を築けたり、不幸な出来事が起きたり、病気になったり——すべてはそれ自体は取るに足らない、何百もの小さな事柄の組み合わせによって生じる。

ヨンは紅葉した木のほうへ歩いていき、地面に落ちている鮮やかな色の葉を三枚、拾った。赤は幸運の色だ。メアリーが刑務所から出てくる十年後には、この林はどんなふうになっているだろうか。メアリーは二十代後半になっている。それからでも大学へ通えるし、恋愛も、子どもを持つこともできるだろうと思うと希望も湧く。メアリーが戻るまで毎週、面会に行こう。ここ何カ月でよかったと言えるのは、娘との関係が修復されてより深まったことだろう。大学時代に教科書として使っていた哲学書をメアリーのところへ持っていき、面会時間のあいだふたりきりの読書会ふうに内容を話しあった。ヨンが韓国語で話しメアリーが英語で返すと、ほかの受刑者たちが不思議そうな顔をした。

パクとの面会はもっとたいへんだった。とくに最初はパクがあまりにも強情だったので腹が立ったけれど、定期的に面会に出かけていくたびに、パクの態度がやわらいでいくのを感じた。火事とエリザベスの死に責任を感じているだけではなく、家族に口を閉じていろと命令したことに対しても後悔しはじめているようだ。きっと何度も訪ねていけば、顔をあわせてしゃべるのがもっと簡単になるだろう。パクを許すことも。

テレサが到着して建設用機材の横に車をとめた。作業員によると〝ローダークレーン〟と呼ばれるものらしい。テレサはひとりきりだった。「ローザは教会のお友だちのところ?」ヨンは挨拶がわりのハグをしながら言った。

テレサはうなずいた。「そう。今日はやることがたくさんあるから」それはほんとうだった。ふたりはヨンのほとんどの荷物をすでにテレサの家のゲストルーム(「〝ゲストルーム〟って呼ぶのはやめて。もう**あなたの部屋なんだから**」とテレサはいつも言っている)に運んでいたが、正午に行なわれるある施設の除幕式のためにシャノンが用意したチェックリストにはこまごまとした仕事がたくさん残っていた。先週ワシントン・ポスト紙が記事を載せたので出席者は三倍に増えた。なかにはワシントンDCに住む自閉症の子の母親たちのグループ、ミラクル・サブマリンの元患者の家族、エイブと彼のスタッフ、刑事たちと彼らのスタッフ、そして直前の参加表明にみな驚いたヴィクターもふくまれている。ヴィクターは功労者なのだから参列するのは当然なのだけれど。彼がめぐりめぐってエリザベスの遺産の相続人になったとき、シャノンに相続したくない旨を告げ、エリザベスは自閉症に関連した有意義なことに金を使ってほしいだろうから、何か考えてくれないかと頼んだ。シャノンはテレサに相談し、ヨンの助けも借りて、みんなで〈ヘンリーの家〉をつくった。〈ヘンリーの家〉は特別なケアを必要とする子どもたちの〝ホームグラウンド〟として、施設内でのセラピーやデイケア、週末のキャンプを行なう予定になっている。

「はい、これ」テレサは袋をヨンに手渡した。なかには形はシンプルだが、濃い茶色に塗られた木製の写真用のフレームが入っていた。おさまっているのは三枚の肖像写真。エリザベス、ヘンリー、キット。下にはそれぞれの名前、生年月日と死亡日が刻まれている。「ロビーに飾ろうと思って。設立記念のプレートの下に」とテレサが言う。

思わず喉が詰まる。「とてもきれい。ロビーに飾るのにぴったりね」

ふたりの前では作業員たちがカプセルを運びだす準備をしている。ケーブルが巻きつけられていくのを見ているうちに、去年、べつの作業員たちがこのカプセルをここへ運んできて、ケーブルをはずしていたときのことをヨンは思いだした。パクは施設の名を〝ミラクル・クリーク・ウェルネスセンター〟にしようとしていたが、カプセルが小型の潜水艦に似ていたのでヨンは思わず「ミラクル・サブマリン」とつぶやいた。それからパクのほうを向いてもう一度その名を口にした。「ミラクル・サブマリン——名称はこれにしましょうよ」パクは微笑んで、いい名前だ、すごくいい、と返し、ヨンは子どもたちがサブマリンのなかへ入り、純酸素を吸って身体を癒やすのを想像して胸が高鳴った。

クレーンがビービーと音を鳴らしながらカプセルを持ちあげ、そのまま向きを変えてトラックの上に吊りさげる。クレーンのアームがさがり、カプセルの鋼鉄とトラックの荷台の鋼鉄がぶつかってガシャンと大きな音がすると、ヨンは身をすくめた。何もなくなった地面を見ているうちに胸のまんなかが痛みはじめ、痛みが身体じゅうに広がっていくのを感じた。ヨンとパクの希望も未来もすべてが無に帰した。

作業員たちがカプセルをトラックに固定しているあいだ、ヨンは袋のなかの肖像写真を見て〈ヘンリーの家〉のことを考えた。根底には失われた命と悲しみがある――自分たち家族には何をもってしても償うことはできない。それならば、毎日TJに会いにいこう。〈ヘンリーの家〉まで車で送り迎えして、セラピーの合間にTJの世話をし、彼のお父さんや姉妹のみんなに息抜きの時間を提供して少しでも楽にしてもらおう。テレサといっしょに働き、ローザやほかの子たちの面倒をみてテレサを助けよう。

テレサが腕をのばし、ヨンの手をぎゅっと握った。ヨンは目を閉じて、左手でやわらかい手を握りかえし、右手で袋のなめらかな持ち手をつかみ、友のやさしさをひしひしと感じた。今度はトラックがビービーと鳴り、ヨンは目をあけた。何もなくなった泥地の向こう、いまゆっくりと運び去られようとしているサブマリンの残骸の向こうに、黄色や青の野草が咲きみだれていた。その光景を見ているうちに絶望がべつのものに変わり、心が重くなると同時に軽くなるのを感じた。ハン。英語にはこれに相当する言葉がなく、翻訳はできないし、この言葉の概念をひと言で言い表わすこともできない。どうしようもないほどの悲しみや後悔、魂を揺さぶるほどの悲嘆や何かに焦がれる気持ち――でもそこにはほんの少しだけ立ちあがる力と希望がこめられている。

ヨンはテレサの手を握る。テレサも握りかえしてくる。ふたりは手をつなぎ、ミラクル・サブマリンが遠くへ消えていくのを見つめた。

# 謝辞

このはじめての作品を書きあげるまでに多くの方々のお力添えをいただいた。なかでも最初に名前をあげなくてはならないのが夫のジム・ドローンだろう。彼は執筆過程のどの段階においても数多くの役割を果たしてくれた。読み手、聞き手、編集者、カウンセラー、法廷シーンのコンサルタント、料理人、お抱え運転手。それにわたしの小さな書斎までコーヒーやオムレツやマティーニや、とにかく次の章を終わらせるために必要なものをなんでもつくって運んできてくれた。あなたがいなかったらわたしはどうなっていただろう。この本を書きあげられなかったことはたしかだ。それどころか一字も書けなかったかもしれない。何年かまえ、きみは作家になる、と最初に言ってくれたのはあなただった。わたしにそう思いこませ、とりあえずためしてみるための道具とスペースを与えてくれてありがとう。

並はずれた手腕を持つわたしのエージェント、スーザン・ゴロム、持ちこみ原稿の山のなかから無名の新人を選び、この作品を信じて熱烈なる支持を表明してくれてありがとう。ライターズ・ハウスのマハ・

ニコレック、マライア・ストーヴァル、ダニエル・バーコウィッツ、セイディ・レズニック、どんなときでもわたしを支援し導いてくれたあなた方にも感謝の言葉を捧げる。

誰もが頼りにする切れ者の編集者兼出版責任者のサラ・クライトン。あなたがこの作品を手に取ったとき――はじめて話をしたときにはほんとうにゾクゾクした！――、これを次のレベルへ、さらに高いレベルへと持っていくにはどうすべきかを正確に把握していた。わたしの背中を押してくれてありがとう。それからファスラー《F》・ストラウス《S》＆ジルー《G》の驚くべき一流チームの面々、ナ・キム、デブラ・ヘルファンド、リチャード・オリオーロ、レベッカ・ケイン、ケイト・サンフォード、ベンジャミン・ローゼンストック、ピーター・リチャードソン、ジョン・マギー、チャンドラ・ウォルバー、エリザベス・シュラフト。わたしの言葉をこれからもずっと誇りに思える美しい本に変えてくれてありがとう。

FSGの営業部長のスペンサー・リー、あなたがこの本を受け入れ、支持してくれてほんとうにうれしい。広報担当のキンバリー・バーンズとロッチェン・シヴァーズ、わたしたちの共同作業ははじまったばかりだけれど、広報の専門家に行程のひとつひとつを教えてもらえて、わたしはほんとうに恵まれている。ヴェロニカ・インガル、ダニエル・デル・ヴァレにも感謝を。この本を世界へ届けるために懸命に働いている営業、マーケティング、広報のチームのすべてのメンバーに謝意を表する。

わたしのライティング・グループのみなさん――ベス・トンプソン・スタフォード、ファーナンド・マニボッグ、キャロライン・シャーマン、デニス・デズモンド、ジョン・ベナー、そして遠くに住む名誉職のアミン・アーマド――、最初の読むに堪えない草稿から校正刷りまで、何度も何度も原稿を書き直すわたしにつきあってくれてありがとう。プロセッコ、おいしかったね。スパークリングワインのプロセッコは絶対に忘れられない。

マリー・ミョンオク・リー、彼女の寛大さには際限がなく、大勢の仕事仲間のうちの作家、編集者、エージェントをすべて紹介してくれた。そして親友のマーラ・グロスマン、スーザン・ロスウェル、スーザン・クルツ、メアリー・ベス・フィスター、みんな初期のころから作品を読んで応援してくれ、行きづまったときの電話に応えてくれて、タイトルを決めることから著者の写真を選ぶことまで、あらゆることに手を貸してくれた。姉妹も同然の、いつでも頼れる親友がいることはほんとうにありがたいと思う。

この本を完成させるのに手を貸してくれた多くの方々にも感謝を申しあげたい。ニコル・リー・アイダー、マリア・アセバル、キャサリン・グロスマン、バーバラ・エストマン、サリー・レイニー、リック・エイブラハム、メアリー・アン・マクローリン、カール・ニコルス、フェイス・ドーンブランド、ジョナサン・クルツ。以上のみなさんには率直なフィードバックをいただいた。ジョン・ギルストラップとマーク・バーギンは爆発と指紋についての質問に辛抱強く答えてくれた（誤りがあればそれはすべてわたしの責任）。アニー・フィルブリック、スーザン・ケイン、ジュリー・リスコット・ヘイムズ、アーロン・マーティン、リンダ・ロイグマン、コートニー・センダー、以上のみなさんは著作権代理人と出版社という未知の世界へのナビゲーター役をつとめてくれた。ミシー・パーキンス、カーラ・キム、ジュリー・リースは何度もしょっちゅうワインをすすめてくれた。〈ノー・プレッシャー・ノー・ギルト〉読書会と〈フェア・ウェザー・ハイキング・ママ〉のグループのメンバーたちはいつでも手をさしのべてくれて、おかげでわたしは正気を保つことができた。

最後に近づいたところで、心からの感謝を両親のアナとジョン・キムに捧げたい。オンマ、アッパ、わたしの将来のために韓国での生活をなげうって、家族をアメリカへ連れてきてくれてありがとう。オンマとアッパの献身と愛にわたしはいつも驚かされ、勇気づけられている。伯母夫婦のヘレンとフィリップ・チョウはわたしたちにアメリカでの家を与えてくれた――文字どおり、あなたたちがいなかったらわたしはここにいなかった。そして三人の息子たち。執筆のせいでめちゃくちゃになった生活に耐えてくれてありがとう。あなたたちは毎日ハグやキスをしてくれた（しかもときには自発的に！）。一日のうちに、ときには一時間のうちに、さまざまな人間の感情――不安や怒りや不満、〝もう気がへんになりそう〟という感覚、抑えきれない愛情と守ってやりたいという気持ち――を経験させてくれたおかげで書くエネルギーが湧いた。わたしは毎日、あなたたちを誇りに思っている。愛してる。わたしの奇跡《ミラクル》たち。

そして一周まわって人生のパートナーであり、わたしの最初で最後の読み手でもある、愛するジムに戻る。もうすでに語ったのはわかっている。でも何度でも言いたい。あなたなしでは何もはじまらない。ありがとう、愛してる。いつまでも。

# 解説

本書はアンジー・キムの長篇デビュー小説 *Miracle Creek* の全訳である。

物語の舞台はアメリカ合衆国バージニア州郊外の小さな町ミラクル・クリーク。この町に移ってきた韓国人のユー一家が経営する高気圧酸素治療施設〈ミラクル・サブマリン〉で火災が発生した。酸素治療中だった子どもヘンリー・ワードと、子どもに酸素治療を受けさせるために同伴していたキット・コズラウスキーが命を落とす。その後、火災は人為的なものであることが判明。ヘンリーの母親であるエリザベス・ワードが逮捕され、翌年裁判が開かれる。自身も火災に巻き込まれ重傷を負ったユー一家をはじめ、患者たちや施設の関係者らの心理を丹念に追いながら、本書は意外な展開を迎える。悲劇にいたるまでの彼らの過去と秘密とは。障害や難病の治療に「奇跡」を期待された施設に、いったい何があったのか——

著者のアンジー・キムは十一歳のときに韓国のソウルからアメリカ合衆国ボルチモアの郊外へ移住。その後スタンフォード大学、ハーヴァード・ロースクールへと進み、バラク・オバマ元大統領がつとめたことでも知られる《ハーヴァード・ロー・レビュー》の編集長に就任した。その後、法律事務所のウィリアムズ&コノリーで法廷弁護士として活躍。執筆活動としてグラマー・エッセイ・コンテストやウォバッシュ賞のフィクション部門で大賞を受賞し、《ヴォーグ》《ニューヨーク・タイムズ》など数多くの刊行物やオンラインマガジンに掲載された。著者と編集者サラ・クライトンとの対談によれば、本作で描かれる高気圧酸素治療は、難病を抱える息子の治療法を探しているときに知ったものであるという。

本書は二〇一九年四月にSarah Crichton Booksから刊行された。《ニューヨーク・タイムズ》や《ワシントン・ポスト》などの書評で高く評価され、リーガル・ミステリの巨匠スコット・トゥローからは〝『ミラクル・クリーク』には読みはじめから心をわしづかみにされた。みごとな筆致で描かれたすばらしいリーガル・サスペンスであり、巧みなフーダニットでもある〟と激賞されている。二〇二〇年にアメリカ・ミステリ界の権威であるエドガー賞（アメリカ探偵作家クラブ賞）の最優秀新人賞を受賞。さらに国際スリラー作家協会新人賞とストランド・マガジン批評家賞を受賞し、ミステリ文学賞の新人賞三冠を果たした。また、受賞には至らなかったものの、アンソニー賞とマカヴィティ賞の各新人賞にもノミネートされた。

二〇二〇年一〇月

（編集部N）

HAYAKAWA POCKET MYSTERY BOOKS No. 1961


服《はっ》部《とり》京《きょう》子《こ》

中央大学文学部卒業,
英米文学翻訳者
訳書
『誰かが嘘をついている』カレン・M・マクマナス
『ボブという名のストリート・キャット』ジェームズ・ボーエン
他


この本の型は，縦18.4センチ，横10.6センチのポケット・ブック判です.

〔ミラクル・クリーク〕


2020年11月10日印刷　2020年11月15日発行

| | |
|---|---|
| 著者 | アンジー・キム |
| 訳者 | 服部京子 |
| 発行者 | 早川浩 |
| 印刷所 | 星野精版印刷株式会社 |
| 表紙印刷 | 株式会社文化カラー印刷 |
| 製本所 | 株式会社川島製本所 |

発行所 株式会社 早川書房
東京都千代田区神田多町2－2
電話 03-3252-3111
振替 00160-3-47799
https://www.hayakawa-online.co.jp

（乱丁・落丁本は小社制作部宛お送り下さい
送料小社負担にてお取りかえいたします）

ISBN978-4-15-001961-7 C0297
Printed and bound in Japan

ハヤカワ・ミステリ〈話題作〉

1913 虎狼

モー・ヘイダー

北野寿美枝訳

突如侵入してきた男たちによって拘禁された一家。キャフェリー警部は彼らを絶望の淵から救うことが出来るのか？　シリーズ最新作

1914 バサジャウンの影

ドロレス・レドンド

白川貴子訳

バスク地方で連続少女殺人が発生。捜査に派遣された女性警察官が見たものは？　スペインでベストセラーとなった大型警察小説登場

1915 楽園の世捨て人

トーマス・リュダール

木村由利子訳

〈「ガラスの鍵」賞受賞作〉大西洋の島で怠惰に暮らすエアハートは、赤児の死体の話を聞き……。老境の素人探偵の活躍を描く巨篇！

1916 凍てつく街角

ミケール・カッツ・クレフェルト

長谷川圭訳

酒浸りの捜査官が引き受けた失踪人探し。若い女性が狙われる猟奇殺人。二つの事件を繋ぐものとは？　デンマークの人気サスペンス

1917 地中の記憶

ローリー・ロイ

佐々田雅子訳

〈アメリカ探偵作家クラブ賞最優秀長篇賞受賞〉少女が発見した死体は、町の忌まわしい過去を呼び覚ます……巧緻なる傑作ミステリ

ハヤカワ・ミステリ〈話題作〉

1918 渇きと偽り
ジェイン・ハーパー
青木 創訳
一家惨殺の真犯人は旧友なのか？ 未曾有の干魃にあえぐ故郷の町で、連邦警察官が捜査に挑む。オーストラリア発のフーダニット！

1919 寝た犬を起こすな
イアン・ランキン
延原泰子訳
〈リーバス警部シリーズ〉不自然な衝突事故を追及するリーバスと隠蔽された過去の事件を追うフォックス。二人の一匹狼が激突する

1920 われらの独立を記念し
スミス・ヘンダースン
鈴木 恵訳
〈英国推理作家協会賞最優秀新人賞〉福祉局のソーシャル・ワーカーが直面する様々な家庭の悲劇。激動の時代のアメリカを描く大作

1921 晩夏の墜落
ノア・ホーリー
川副智子訳
〈アメリカ探偵作家クラブ賞最優秀長篇賞受賞〉ジェット機墜落を巡って交錯する人間ドラマ。著名映像作家による傑作サスペンス！

1922 呼び出された男
ヨン＝ヘンリ・ホルムベリ・編
ヘレンハルメ美穂・他訳
スティーグ・ラーソンの幻の短篇をはじめ、現代ミステリをリードする北欧人気作家たちの傑作17篇を結集した画期的なアンソロジー

## ハヤカワ・ミステリ〈話題作〉

1923 **樹脂**

エーネ・リール
枇谷玲子訳

〈「ガラスの鍵」賞、デンマーク推理作家アカデミー賞受賞〉人里離れた半島で、父が築きあげた歪んだ世界のなか少女は育っていく

1924 **冷たい家**

JP・ディレイニー
唐木田みゆき訳

ロンドンの住宅街にある奇妙なまでにシンプルな家。新進気鋭の建築家が手がけたこの家に住む女性たちには、なぜか不幸が訪れる！

1925 **老いたる詐欺師**

ニコラス・サール
真崎義博訳

ネットで知り合い、共同生活をはじめた老紳士と未亡人。だが紳士の正体は未亡人の財産を狙うベテラン詐欺師だった。傑作犯罪小説

1926 **ラブラバ**〔新訳版〕

エルモア・レナード
田口俊樹訳

〈アメリカ探偵作家クラブ賞最優秀長篇賞受賞〉元捜査官で今は写真家のジョー・ラブラバは、憧れの銀幕の女優と知り合うのだが……

1927 **特捜部Q**―自撮りする女たち―

ユッシ・エーズラ・オールスン
吉田奈保子訳

王立公園で老女が殺害された。さらには若い女性ばかりを襲うひき逃げ事件が……。次々と起こる事件に関連は？　シリーズ第七弾！

ハヤカワ・ミステリ〈話題作〉

1928 ジェーン・スティールの告白 リンジー・フェイ 川副智子訳

アメリカ探偵作家クラブ賞最優秀長篇賞ノミネート。19世紀英国を舞台に、大胆不敵で気丈なヒロインの活躍を描く傑作歴史ミステリ

1929 エヴァンズ家の娘 ヘザー・ヤング 宇佐川晶子訳

〈ストランド・マガジン批評家賞最優秀新人賞受賞作〉その家には一族の悲劇が隠されていた。過去と現在から描かれる物語の結末とは

1930 そして夜は甦る 原 尞

〈デビュー30周年記念出版〉伝説のデビュー作がポケミスで登場。書下ろし「著者あとがき」を付記し、装画を山野辺進が手がける特別版

1931 影の子 デイヴィッド・ヤング 北野寿美枝訳

〈英国推理作家協会賞ヒストリカル・ダガー賞受賞作〉東西ベルリンを隔てる〈壁〉で少女の死体が発見された。歴史ミステリの傑作

1932 虎の宴《うたげ》 リリー・ライト 真崎義博訳

アステカ皇帝の遺体を覆った美しい宝石のマスクをめぐり、混沌の地で繰り広げられる、大胆かつパワフルに展開する争奪サスペンス

ハヤカワ・ミステリ〈話題作〉

1933
あなたを愛してから
デニス・ルヘイン
加賀山卓朗訳
レイチェルは夫を撃ち殺した……実の父を捜し、真実の愛を求め続ける彼女の旅路の果てに待っていたのは？ 巨匠が贈るサスペンス

1934
真夜中の太陽
ジョー・ネスボ
鈴木 恵訳
夜でも太陽が浮かぶ極北の地に一人の男がやってくる。彼には秘めた過去が――『その雪と血を』に続けて放つ、傑作ノワール第二弾

1935
元年春之祭《がんねんはるのまつり》
陸 秋 槎
稲村文吾訳
不可能殺人、二度にわたる「読者への挑戦」――気鋭の中国人作家が二千年前の前漢時代の中国を舞台に贈る、本格推理小説の新たな傑作

1936
用心棒
デイヴィッド・ゴードン
青木千鶴訳
暗黒街の顔役たちは、ストリップクラブの凄腕用心棒にテロリスト追跡を命じた！ 年末ミステリ三冠『二流小説家』著者の最新長篇

1937
刑事シーハン／紺青の傷痕
オリヴィア・キアナン
北野寿美枝訳
大学講師の首吊り死体が発見された。他殺と見抜いたシーハンだったが事件は不気味な奥深さを……アイルランドに展開する警察小説

ハヤカワ・ミステリ〈話題作〉

1938 ブルーバード、ブルーバード アッティカ・ロック 高山真由美訳
〈エドガー賞最優秀長篇賞ほか三冠受賞〉テキサスで起きた二件の殺人に黒人のレンジャーが挑む。現代アメリカの暗部をえぐる傑作

1939 拳銃使いの娘 ジョーダン・ハーパー 鈴木 恵訳
〈エドガー賞最優秀新人賞受賞〉11歳の少女はギャング組織に追われる父親とともに旅に出る。人気TVクリエイターのデビュー小説

1940 種の起源 チョン・ユジョン カン・バンファ訳
家の中で母の死体を見つけた主人公。昨夜の記憶なし。殺したのは自分なのか。「韓国のスティーヴン・キング」によるベストセラー

1941 私のイサベル エリーサベト・ノウレベック 奥村章子訳
二人の母と、ひとりの娘。二十年の時を越えて三人が出会うとき、恐るべき真実が明らかになる……スウェーデン発・毒親サスペンス

1942 ディオゲネス変奏曲 陳 浩基 稲村文吾訳
〈著者デビュー10周年作品〉華文ミステリの第一人者・陳浩基による自選短篇集。ミステリからSFまで、様々な味わいの17篇を収録

ハヤカワ・ミステリ〈話題作〉

1943
# パリ警視庁迷宮捜査班
ソフィー・エナフ
山本知子・川口明百美訳

停職明けの警視正が率いることになったのは曲者だらけの捜査班⁉ フランスの『特捜部Q』と名高い人気警察小説シリーズ、開幕！

1944
# 死者の国
ジャン゠クリストフ・グランジェ
高野 優監訳・伊禮規与美訳

パリで起こった連続猟奇殺人事件を追う警視が執念の捜査の末辿り着く衝撃の真相とは。フレンチ・サスペンスの巨匠による傑作長篇

1945
# カルカッタの殺人
アビール・ムカジー
田村義進訳

一九一九年の英国領インドで起きた惨殺事件に英国人警部とインド人部長刑事が挑む。英国推理作家協会賞ヒストリカル・ダガー受賞

1946
# 名探偵の密室
クリス・マクジョージ
不二淑子訳

ホテルの一室に閉じ込められた探偵に課せられたのは、周囲の五人の中から三時間以内に殺人犯を見つけること！ 英国発新本格登場

1947
# サイコセラピスト
アレックス・マイクリーディーズ
坂本あおい訳

夫を殺したのち沈黙した画家の口を開かせるため、担当のセラピストは策を練るが……。ツイストと驚きの連続に圧倒されるミステリ

1948 雪が白いとき、かつそのときに限り
陸 秋槎
稲村文吾訳
冬の朝の学生寮で、少女が死体で発見された。その五年後、生徒会長は事件の真実を探りはじめる……華文学園本格ミステリの新境地。

1949 熊の皮
ジェイムズ・A・マクラフリン
青木千鶴訳
アパラチア山脈の自然保護地区を管理する職を得たライス・ムーアは密猟犯を追う！ アメリカ探偵作家クラブ賞最優秀新人賞受賞作

1950 流れは、いつか海へと
ウォルター・モズリイ
田村義進訳
元刑事の私立探偵のもとに、過去の事件についての手紙が届いた。彼は真相を追うが――アメリカ探偵作家クラブ賞最優秀長篇賞受賞

1951 ただの眠りを
ローレンス・オズボーン
田口俊樹訳
フィリップ・マーロウ、72歳。私立探偵はとっくに引退して、メキシコで隠居の身。そんなマーロウに久しぶりに仕事の依頼が……。

1952 白い悪魔
ドメニック・スタンズベリー
真崎義博訳
ローマで暮らすアメリカ人女優は、人気政治家と不倫の恋に落ちる。しかしその恋は悲劇を呼び……暗い影に満ちたハメット賞受賞作

ハヤカワ・ミステリ〈話題作〉

1953
# 探偵コナン・ドイル
ブラッドリー・ハーパー
府川由美恵訳

十九世紀英国。名探偵シャーロック・ホームズの生みの親ドイルがホームズのモデルのベル博士と連続殺人鬼切り裂きジャックを追う

1954
# 最悪の館
ローリー・レーダー＝デイ
岩瀬徳子訳

〈アンソニー賞受賞〉不眠症のイーデンは星空の景勝地を訪れることに。そしてその夜殺人が……誰一人信じられないフーダニット

1955
# 果てしなき輝きの果てに
リズ・ムーア
竹内要江訳

薬物蔓延と若い女性の連続殺人事件に揺れる街で、パトロール警官ミカエラは失踪した妹が次の被害者になるのではと捜査に乗り出す

1956
# 念入りに殺された男
エルザ・マルポ
加藤かおり訳

ゴンクール賞作家を殺してしまった女は、出版業界に潜り込み、作家の死を隠ぺいするため奔走するが……一気読み必至のノワール。

1957
# 特捜部Q
―アサドの祈り―
ユッシ・エーズラ・オールスン
吉田奈保子訳

難民とおぼしき老女の遺体の写真を見たアサドは慟哭し、自身の凄惨な過去をQの面々に打ち明ける――人気シリーズ激動の第八弾！